D1922373

Mosaik der verlorenen Zeit

Ein Roman

von

Elyseo da Silva

Mosaik der verlorenen Zeit

Erstes Buch - STERNSCHLAG

Zweites Buch - BRUCHSTÜCKE

Drittes Buch - MOSAIK

Für Manuel Eyrich und Diogo Miguel Santana Abrantes da Silva.
Ihr lehrtet mich zu leben und zu sterben.

Meiner geliebten Großmutter Maria Stengel.
Ich wünschte, Du wärst noch hier.

„Träume sind Küsten, an denen der Ozean des Geistes auf das Land der Materie trifft. Strände, wo die Noch-nicht-Gewesenen, die Einst-Gewesenen und die Niemals-Sein-Werdenden inmitten der Noch-Seienden spazieren gehen können."

David Mitchell, number 9 Dream

Erstes Buch - Sternschlag

Prolog

Vom tintenblauen Himmel herab sendet ein silberner Mond seinen Atem aufs Land. Vorstadtvorhänge bauschen sich, unbemerkt.

Hinter einem solchen Vorhang, an einem Schreibtisch, sitzt ein Mann. Vornübergebeugt sitzt er, summt gedankenverloren eine traurige Weise. In seiner Hand ein Füllfederhalter. Er fliegt über einen Bogen Papier, beschreibt ihn mit eng gesetzten Lettern. Bisweilen rastet er, schwingt sich dann wieder auf. Zögerlicher Mal um Mal.

Beschwörend sendet der Mann einen Blick gen Himmel.

Abermals ringt er der Feder ein Wegstück ab. Schließlich jedoch verstummt sie, verharrt, als entweiche alles Leben aus ihr.

Der Mann seufzt.

Knisternd landet der Bogen im Feuer, wie so viele seiner Brüder zuvor, wird eins mit dem silbernen Atem.

Ein weiterer Bogen findet seinen Weg. Der Mann beugt sich vornüber, summt leise,

Lieber Pascal,

schreibt er.

Lehnt sich zurück.

Schließt die Augen.

Beugt sich abermals nach vorn und sendet die Feder fort, hinauf zu neuem Fluge.

Kapitel 1 – Freud'sche Versprechen

„Was führt dich zu mir?"

Julián erschrak. Er hatte den Mann mit dem schlohweißen Haar nicht hinter der Blockhütte hervorkommen sehen. Unwillkürlich ergriff er Dunas Zaumzeug und tätschelte die sternförmige Zeichnung auf ihrem verschwitzten Hals.

„Totumay?"

Das Lächeln des Alten offenbarte faulige Zahnstümpfe. „So ruft man mich", entgegnete er. „Wenn mich denn jemand ruft."

„Lola schickt mich zu Ihnen." Julián räusperte sich. „Sie ist meine Mutter."

„Lola." Die Augen des Mannes funkelten, als er den Namen aussprach.

„Genau", nickte Julián. „Ach so – entschuldigen Sie. Ich bin Julián." Er streckte dem Alten eine Hand entgegen und gab sich alle Mühe, nicht auf dessen Zähne zu starren. „Julián Coya de la Serna. Lola meinte, Sie könnten mir vielleicht helfen."

Eine Brise wehte von dem dunklen Waldsee herüber und kühlte den Schweiß auf Juliáns Haut. Er wünschte, er hätte einfach ins Wasser springen können, so wie früher.

„Nun, ich will sehen, ob mir das möglich ist. Zuerst aber solltest du Duna versorgen. Sie wird sich sonst erkälten."

Julián stutzte, als der Alte den Namen der Stute nannte. Dann aber nickte er. Natürlich. Er war nicht der einzige, der auf diesem Wege hierher gelangte.

„Du kannst sie dort hinten anbinden", Totumay wies ihm mit dem Finger die Richtung. „Da ist es windgeschützt. Ich bringe dir ein Handtuch."

Duna schnupperte an Juliáns Hals, als er sich bückte, um sie an dem Pflock hinter der Hütte anzubinden. Das Gefühl war ihm noch immer vertraut, obschon es so viele Jahre zurücklag, seit er seine eigene Stute in Spanien hatte zurücklassen müssen. Ein anderes Leben.

Julián hörte, dass Totumay zurückkam. Rasch richtete er sich auf.

Der Alte reichte ihm das Handtuch. Julián nahm es und rieb Duna trocken. Währenddessen fraß die Stute begierig die Karotten, die Totumay ihr hinhielt. Erst jetzt bemerkte Julián die ordentlich angelegten Gemüsebeete ringsumher. Wie sonst auch hätte der Alte sich mitten im Wald ernähren sollen?

Als Duna trocken war, folgte Julián Totumay ins Innere der Hütte.

„Willkommen in meiner bescheidenen Behausung."

Juliáns Augen brauchten einen Moment, um sich an das Halbdunkel zu gewöhnen. Was er dann sah, glich nichts, was er je zuvor gesehen hatte. Ein Fadengespinst durchzog den Raum. Unzählige Gegenstände hingen davon herab: Muscheln, Kristallprismen, Tierzähne. An der gegenüberliegenden Wand lehnte ein Trinkhorn, darüber hing ein Kuhschädel.

Julián sog den Atem ein. Es roch eigenartig.

Bilder stiegen in ihm auf. Flüchtig.

Ein Wohnwagen an der Atlantikküste. Singende Menschen. Feuer. Ein Fest am Strand.

Ebenso schnell wie sie kamen, verschwanden sie wieder.

„Wonach riecht es hier?" fragte Julián.

„Copal", entgegnete Totumay.

„Copal", wiederholte Julián und ihm kam es vor, als kenne er dieses Wort, diesen Geruch.

„Setz dich! Ich hole dir etwas zu trinken."

Totumay wies auf eine Eckbank und verließ die Hütte. Julián tat, wie ihm geheißen. Vor ein paar Jahren hätte ihm ein solcher Ritt nichts anhaben können, jetzt aber war er froh, die müden Glieder ausstrecken zu dürfen.

Totumay kehrte mit einer Karaffe in der Hand zurück und füllte einen tönernen Becher, den er Julián reichte.

„Danke."

Julián trank.

„Was ist das?"

„Altes Rezept", lächelte Totumay. „Genau das Richtige an einem heißen Tag wie heute, findest du nicht?"

Er setzte sich ebenfalls, holte eine Pfeife aus den Tiefen seines weiten Gewandes und stopfte sie mit Tabak. Der Pfeifenkopf stellte ein dicklippiges Gesicht dar. Totumay entzündete den Tabak und sog den Rauch ein.

„Möchtest du?" fragte er, nachdem er den Schwaden schweigend dabei zugesehen hatte, wie sie sich im Raum auflösten.

Julián schüttelte den Kopf.

„Also, weswegen bist du zu mir gekommen?" fragte Totumay.

Julián lehnte sich zurück und nippte an dem Getränk. Wieder füllte der würzige, leicht scharfe Geschmack seinen Mund.

Er hatte diese Geschichte schon so oft erzählt.

Da kam ihm ein Gedanke. Er stand auf, knöpfte sein Hemd auf und zog es zur Seite.

„Deshalb", sagte er.

Totumay sah auf die nässenden Blasen, die sich sternförmig um den Nabel ausbreiteten. Einen Augenblick lang sagte er nichts.

„Sind das - Brandblasen?" fragte er schließlich.

„Ich denke ja", entgegnete Julián. „Aber ich habe mich nicht verbrannt. Das ist ja das Absurde an der ganzen Geschichte."

„Woher kommen sie dann?"

Julián knöpfte das Hemd wieder zu und setzte sich.

„Ich weiß, es klingt unglaubwürdig, aber", er zögerte einen Augenblick, „aber sie sind da, wenn ich aufwache."

„Sie entstehen im Schlaf?" hakte Totumay nach.

„Wissen Sie, es ist so", begann Julián, „es gibt da diesen Traum. Fragen Sie mich nicht, warum, aber es ist immer der gleiche. Und ich wache immer an der gleichen Stelle auf. Nur werden die Blasen in letzter Zeit schlimmer und schlimmer."

„Wie lange geht das schon so?"

„Seit Jahren", sagte Julián. „Und glauben Sie mir, hätte ich nicht schon alles probiert, wäre ich mit Sicherheit nicht hier. Ich bin nicht wie Lola."

Er lehnte sich zurück und nippte an dem tönernen Becher.

Totumay lächelte ihn an. Abermals fiel es Julián schwer, nicht auf die braunen Stümpfe zu starren.

„In der Tat, das bist du nicht."

„Also, verstehen Sie mich nicht falsch", schob Julián nach, „sie ist meine Mutter. Aber manche ihrer Vorstellung sind schon – naja, wie soll ich sagen, bisschen abgedreht."

Totumay erwiderte nichts.

„Wie dem auch sei. Auf jeden Fall sind Sie sozusagen meine letzte Hoffnung." Julián seufzte. „Ich bin es leid, dass keiner dieser sogenannten Experten mir helfen kann."

„Würde es dir etwas ausmachen, mir von dem Traum zu erzählen?" fragte Totumay.

„Deswegen bin ich ja hier." Julián sah sich in der Hütte um. Totumay stopfte währenddessen seine Pfeife.

„Zumindest muss ich mir bei Ihnen wohl keine Sorgen machen, dass Sie mich für verrückt halten."

„Verrückt?" Der Alte lachte. „Nein, da gebe ich dir Recht. Ich denke für gewöhnlich nicht in derartigen Kategorien. Insofern bist du vor einem solchen Urteil sicher."

„Leider gibt es sowieso nicht viel zu wissen. Ich träume, dass ich mich in einer Höhle befinde. Nichts als Fels um mich herum. Einige Schatten, die über den Boden huschen. Es ist still, beinahe unheimlich still. Von irgendwoher dringt dann ein Rauschen an mein Ohr. Ganz leise zunächst, dann lauter und lauter. Plötzlich beginnt es zu brennen. Ich versuche mich zu retten, doch in diesem Moment wache ich jedes Mal auf."

Totumay sah aus dem Fenster. Der Wind spielte in den Wipfeln der Birken.

„Ein Rauschen?" fragte er. „Was, denkst du, verbirgt sich dahinter?"

Julián starrte auf eine leuchtende Feder, die von dem Fadengespinst herabhing.

„Ich kann es nicht sagen", erwiderte er schließlich. „Könnte sein – also was weiß ich, ich kann mich in diesem Traum ja nie bewegen." Er überlegte. „Aber doch, es wäre möglich, dass es Flügel sind."

„Flügel?"

„Sag ich doch. Vielleicht sind es Flügel. Wenn, dann müssten sie allerdings sehr groß sein."

„Flügel", wiederholte Totumay leise. Sein Blick wirkte mit einem Mal abwesend. Er murmelte etwas.

„Wie bitte?" fragte Julián.

Totumay antwortete nicht.

„Was haben Sie gesagt?"

Der Alte mied Juliáns Blick und richtete sich auf.

„Nichts, mein Junge, gar nichts. Entschuldige mich bitte einen Moment - ich fürchte die Natur ruft."

Er verließ die Hütte, ohne sich umzuwenden.

Julián saß auf der Eckbank und runzelte die Stirn. Draußen hämmerte ein Specht seinen gleichförmigen Rhythmus ins Holz eines Baumes. Erst in diesem Augenblick bemerkte Julián auch das unablässige Vogel-Geschnatter und -Gezwitscher draußen im Schilf.

Als Totumay schließlich zurückkehrte, hatte Julián den tönernen Becher ausgetrunken und kaute an seinen Fingernägeln.

„Verzeih", sagte Totumay, während er sich erneut Julián gegenüber niederließ.

„Keine Ursache."

Totumay entzündete die Pfeife und nahm einen tiefen Zug. Sein Blick folgte den Rauchschwaden, die ihre Reise ins Nichts antraten.

„Wollen Sie gar nichts zu alldem sagen?" fragte Julián schließlich.

„Nun, Patentrezepte gibt es nicht. Was glaubst Du, Julián?" Totumay sah ihn an. „Was steckt hinter diesem Traum?"

„Wenn ich das wüsste, wäre ich kaum hier. Wenn es nicht einmal die sogenannten Experten erklären können, wie sollte ich es verstehen?"

„Ich bezweifle, dass Experten in diesem Falle zu viel nutze sind."

„Sage ich ja."

„Träume haben etwas mit dir selbst zu tun. Mit sonst niemandem. Sie kommen aus deinem Inneren, nicht wahr?"

„Aber was stimmt nicht mit meinem Inneren, wenn es mich verbrennt?" flüsterte Julián. Dann richtete er sich auf und räusperte sich. „Schließlich hat auch sonst niemand solche Träume. Ich mache nichts anderes als meine Freunde oder als die Leute, die mit mir studieren. Warum also gerade ich?"

„Hast du mit deinen Freunden über diese Träume gesprochen?"

„Nur mit einem. Kevin. Das hat mir genügt, ehrlich gesagt." Julián sah aus dem Fenster, wo gerade ein Entenpärchen auf dem See landete. „Er meinte, ich solle mich nicht so anstellen. Nett, oder?"

„Ohnehin bleibt Fakt, dass du es bist, der diese Träume hat. Nicht deine Kommilitonen. Was also ist einzigartig an dir?"

„Einzigartig?" Julián schüttelte den Kopf. „Nichts. Glauben Sie mir. Ich führe ein ganz normales Leben."

„Dennoch musst du davon ausgehen, dass dieser Traum nicht grundlos zu dir kommt. Er will dir etwas zeigen. Weswegen sonst sollte er dich wieder und wieder heimsuchen?"

„Sie haben leicht reden. Dieser Traum verbrennt mich! Ich habe die Schnauze voll von solchen Binsenweisheiten. Wenn Sie mir nicht helfen wollen, können wir uns das hier sparen!"

„Du fühlst dich ungerecht behandelt, das kann ich nachvollziehen. Dennoch scheint mir Zorn in diesem Augenblick wenig sinnvoll. Feuer mit Feuer bekämpfen." Totumay strich sich übers Kinn. „Sei realistisch, seit drei Jahren versuchst du den Kampf auf diese Weise auszufechten. Was hat es gebracht? Offensichtlich nichts. Die entscheidende Frage bleibt also, warum ausgerechnet du diese Verbrennungen erleidest."

Julián zuckte mit den Achseln.

„Du sagtest, du seist praktisch austauschbar", meinte Totumay.

„Das habe ich so nie behauptet!"

„Nicht mit diesen Worten."

Julián musterte ihn.

„Du führst ein ganz normales Leben, sagtest du. Aber was soll das heißen - *normal*?"

Julián stand auf und ging zum Fenster hinüber. Er lehnte seine Stirn an die kühle Scheibe. „Ich will doch nichts als meine Ruhe haben! Verstehen Sie das nicht?"

Der Alte trat von hinten an ihn heran und legte ihm eine Hand auf die Schulter. Auf einmal spürte Julián eine tiefe Müdigkeit. Er drehte sich um und sah Totumay an. Dieser erwiderte seinen Blick und reichte ihm dann die Hand.

„Komm", sagte er.

Julián folgte ihm, legte sich auf die Eckbank, streckte die Beine aus und nahm das Kissen, das Totumay ihm hinhielt. Er schloss die Augen.

Auch der Alte setzte sich wieder. „Vielleicht", begann er schließlich, „ist es an der Zeit, dich von der Vorstellung einer allgemeingültigen Normalität zu verabschieden. Für dich scheint sie nicht mehr zu existieren."

Julián öffnete die Augen. „Was soll das heißen?"

„Für die Menschen der alten Völker bedeutete Feuer Reinigung. Sieh dir nur die Räucherrituale an, die sich in unserer Kultur bewahrt haben. Das kommt nicht von ungefähr: auch der Glaube ans Fegefeuer, das die Seelen der Menschen –"

Eine Veränderung im Raum zog Juliáns Aufmerksamkeit von den Worten weg. Das Licht schwand aus seinem Gesichtsfeld. Das Antlitz des Alten erstrahlte mit einem Mal heller und heller. Ein Leuchten ging von ihm aus „...bedenke nur die Scheiterhaufen..." seine Züge verschwammen, verwischten langsam und die Konturen einer anderen Gestalt begannen sich abzuzeichnen. Narben durchzogen ihr Gesicht wie Flüsse eine verblasste Landkarte. Nun saß eine Frau vor ihm „...Zeichen für Veränderung, die..." eine weise Gestalt mit grauschwarzem Haar, zu beiden Seiten des Kopfes zu Zöpfen geflochten „...anerkennen, was dies bedeuten kann, ja, wenn nicht muss..." sah ihm in die Augen, stieg tiefer hinab, mit sehendem Blick „...solltest die Antwort in dir suchen..." heißes Blut schoss ihm in die Lenden „...Wahrnehmung kann ein Geschenk..." jene aus Urzeiten entstiegene Indianerin lächelte ihm zu, als ob sie ihn kannte. Kannte sie ihn? Er sie? Seit langem? – Immer schon.

Ein Aufschrei entrang sich Juliáns Kehle.

Was war hier los?

Er bemerkte, dass er auf dem Boden lag und blickte sich um. Da sah er Totumay, der neben ihm kniete, als sei nichts gewesen.

Was war das für ein Mensch? Er wusste nichts über ihn! Was trieb er für ein perfides Spiel? Was wollte er wirklich, dieser zahnlose alte Kauz?

Julián bemühte sich, einen klaren Kopf zu gewinnen.

„Alles in Ordnung mit dir?" fragte Totumay. Er lächelte und hielt ihm den tönernen Becher hin. „Beruhige dich. Trink erst mal einen Schluck!"

Julián schlug ihm den Becher aus der Hand. Er zerbarst auf dem Boden. Noch war er zumindest klar genug, um sich zu wehren!

Er versuchte sich aufzurichten, schwankte jedoch, fühlte sich benommen, fand schließlich sein Gleichgewicht, als er sich am Tisch abstützte.

Totumay stand ihm mit ausdruckslosem Blick gegenüber.

„Ich, ähm, ich muss weg. Vielen Dank für alles. Und Entschuldigung. Also, ich, ich muss dann mal –"

Julián machte einen Schritt auf die Tür zu, stolperte über ein Sitzkissen und verlor erneut das Gleichgewicht. Er versuchte sich an einem gewinnenden Lächeln.

„Ich denke nicht, dass dies der rechte Moment ist, um zu gehen", sagte der Alte, trat Julián in den Weg und versperrte die Tür.

Kapitel 2 - Vorstadtkäfig

„Nein, ich kann es nicht begreifen!" sagte Kyriel.

Obwohl es bereits Nacht war, wehte warmer Wind durch das geöffnete Fenster herein.

„Wenn ich ehrlich bin, Laura, ich will es auch nicht. Du verlangst zu viel von mir. Wie lang geht das schon so? Monate? - Jahre?"

Ruhig blickte sie ihn an.

„Anderthalb Jahre."

„Du musst Dich endlich entscheiden. Siehst du die Ringe unter meinen Augen? Meine Gedanken drehen sich in einer gottverdammten Endlosschleife. Du - Pascal - du - Pascal. Wer außer mir würde das mitmachen?"

„Trenn dich, Kyriel! Das habe ich dir von Anfang an gesagt." Laura nahm einen Schluck von ihrem Cabernet und stellte das Glas zurück auf den Couchtisch. Es klirrte. „Wenn du es nicht aushältst, trenn dich. Wie könntest du deine Selbstachtung bewahren, wenn ich dir diese Entscheidung abnähme?"

Kyriel kaute auf seiner Unterlippe.

„Ich", sagte Laura, „will mich nicht von dir trennen. Ich liebe dich. Die Sache mit Pascal hat daran nichts geändert!"

„Wie kannst du das von mir verlangen?"

Er beugte sich zu ihr hinüber und fuhr ihr mit der Hand durch die schwarzen Locken.

„Du bist doch meine Frau!"

„Ich bin niemandes Frau."

Kyriel wich zurück. Seine Hände verkrampften sich.

„Warum kannst du dich nicht von ihm trennen? Genüge ich dir nicht? All meine Freunde fragen mich, ob ich einen Vollschaden habe. *Sie tut dir nicht gut, mach endlich Schluss!* Ich kann es nicht mehr hören! Und jetzt", er sprang auf, „jetzt kommst ausgerechnet du mir auch noch damit!"

„Ich habe nicht gesagt, dass du Schluss machen sollst. Ich habe gesagt, trenn dich, wenn du es nicht mehr aushältst. Meinst du, es macht mir Spaß, mitanzusehen wie du leidest?"

Sie ergriff seine Hände und sah ihm in die Augen. Er ließ es geschehen.

„Aber ich glaube an uns. Wir können das schaffen - und zwar gemeinsam. Jemanden lieben heißt, ihn freilassen."

„Seit anderthalb Jahren vögelst du mit einem anderen!"

„Sprich es aus. Sein Name ist Pascal."

„Ich kenne seinen verdammten Namen!"

Er entzog sich ihrem Griff.

„Freilassen, freilassen - was genau stellst du dir darunter vor, bitte?"

Laura gab keine Antwort. Ihre Augen wurden dunkel und sie verschwand. Kyriel hatte aufgegeben, herausfinden zu wollen, wohin sie in diesen Augenblicken ging.

Er zündete sich eine Zigarette an, trat ans Fenster und lehnte sich hinaus.

Die Sterne funkelten durch die Zweige des Ahorns im Hof. Die Hitze war noch immer unerträglich.

Erst nachdem er eine zweite Zigarette geraucht und sein Glas ausgetrunken hatte, trat Laura von hinten an ihn heran und schlang ihre Arme um seine Hüften. Sie legte ihren Kopf auf seine Schulter. Ihr Atem ging schwer. Kyriel spürte, wie er einen Ständer bekam. Er wandte sich zu ihr um.

„Du machst dir etwas vor", wisperte Laura, „wenn du mir die Schuld an deiner Unzufriedenheit gibst."

Sein Lächeln fiel ebenso in sich zusammen wie der Ständer in seiner Hose.

„Ich weiß, dass du es nicht leiden kannst, wenn ich mich einmische. Trotzdem ist es kein Wunder, dass du nicht glücklich bist. Was ist aus deinen Plänen geworden? Dem Reisen? Dieser Job war doch als Übergangslösung gedacht."

„Erstens", wand Kyriel sich aus ihrer Umarmung, „kommt es anders und zweitens als man denkt."

„Du hast immer die Wahl!" Laura goss sich noch ein Glas Cabernet ein. „Das nennt man Leben." Der Wein hatte bereits einen violetten Schimmer auf ihren Zähnen hinterlassen. „All diese Energie, die du in die Geschichte zwischen

Pascal und mir steckst: Das ist nichts als Feigheit. Du weigerst dich, nach vorn zu schauen."

„Ich möchte sehen, wie du damit umgehen würdest, wenn ich eine andere hätte!"

„Dann finde es raus - wenn es das ist, was du willst! Woher sollte ich es auch wissen? Ich kann mich nur an einer Realität beweisen. Aber wir sind schon wieder bei diesem leidigen Thema. Meine Frage war eine andere: Wie lange hast du noch vor, dich hinter diesem Drückebergerjob zu verstecken!"

„Ich habe diesen Job deinetwegen angenommen, Laura. Unseretwegen! Ich wollte Zeit für dich haben. Keinen Fulltime-Job, bei dem wir uns kaum gesehen hätten."

„Benutze mich nicht als Ausrede für alle Entscheidungen, die du in deinem Leben triffst!"

„Was soll ich deiner Meinung nach machen? Was wäre die Alternative?"

„Wie soll ich dir diese Frage beantworten können, Kyriel? Über deine Ziele schweigst du dich seit Monaten aus!"

Kyriels Miene verdüsterte sich.

„Woher soll ich wissen, was meine Ziele sind? Nach dem Abi dachte ich, Philosophie wäre ideal."

„Das ist doch Schnee von gestern."

„Ich hatte geglaubt, Philosophie hätte etwas mit Leben zu tun. Aber als ich dann herausfand, wie es wirklich war - ich wollte nicht zuschauen, wie das Leben an mir vorbeizieht, während ich mich durch Kant kämpfe."

Er lächelte müde und schenkte sich Wein nach.

„Vielleicht ist es das, was ich will", sagte er mit leiser Stimme. „Leben."

„Leben!" Lauras Lachen klang heiser. „Wollen wir das nicht alle? Verrinnt das Leben nicht, während du Hamburger brätst?"

„Ach, Laura. Können wir nicht einen normalen Abend miteinander verbringen?"

„Du musst dir endlich Gedanken darüber machen, was du willst." Sie sah ihn herausfordernd an. „Nicht darüber, was du nicht willst! Oder wie du dich von mir oder deinem Vater abgrenzen kannst."

„Lass meinen Vater aus dem Spiel!"
„Wie könnte ich das? Zwar bist du immer drauf bedacht, alles zu vermeiden, was er gutheißen könnte. Und doch hast du ähnlich spießige Vorstellungen wie er!"
„Das kann nicht dein Ernst sein! Glaub mir, er hätte dir längst einen Arschtritt verpasst, dass du achtkantig aus der Wohnung geflogen wärst!"
„Und doch", entgegnete sie und ihre Augen funkelten, „hättest auch du mich am liebsten ganz für dich allein. Würdest mich in einen Vorstadtkäfig mit weißem Gartenzaun drum herum sperren - ich lasse es nur nicht zu! Eine gewisse Ähnlichkeit mit der Welt deines Vaters ist nicht zu leugnen, oder?"
Auf Kyriels Stirn bildete sich eine Zornesfalte.
„Verdammt, Laura, was erwartest du von mir?"
Er drehte sich um und holte eine neue Flasche Wein aus der Küche.
Als er sie entkorkt hatte, sagte er: „Ich tue, was ich kann. Ich lasse dir die Freiheit, die du möchtest. Es ist eben nicht so leicht, damit umzugehen. Was, wenn ich zu schwach dazu bin?"
Er setzte sich auf das Sofa und sah in die Nacht hinaus.
„Ich habe es satt, mich Tag für Tag wie ein Versager zu fühlen! Der Mann zu sein, der deine Wünsche nicht befriedigen kann", setzte er leise nach. „Du hast Recht - womöglich bin ich wie mein Vater. Aber wie sollte ich es auch nicht sein? Seinen Wunsch, in geordneten Verhältnissen zu leben, kann ich inzwischen jedenfalls besser nachvollziehen als früher."
Laura setzte sich neben Kyriel, schlang ihre Arme um seinen Hals und zog ihn zu sich heran. Sie streichelte seinen Hinterkopf und er atmete aus.
„Niemand hat uns beigebracht, so zu lieben", flüsterte sie. „Das ist mir klar. Aber ich glaube daran, dass wir es lernen können. Du und ich. Alles ist besser als diese geheuchelte Monogamie! Wie viele Beziehungen gehen in die Brüche, weil einer den anderen betrügt. Denk nur an meine Eltern! Ich werde nicht zulassen, dass wir die gleichen Fehler ma-

chen wie sie. Meinst du, meine Mum hätte meinem Vater nicht verzeihen können, wenn er mit ihr darüber gesprochen hätte?"

„Darauf kann ich dir keine Antwort geben", murmelte Kyriel. „Zumindest konnte sie einen klaren Schlussstrich ziehen."

„Würdest du uns lieber aufgeben, als dich einer schwierigen Situation zu stellen?"

„Alles, was ich will, ist endlich zur Ruhe kommen."

Kapitel 3 – Waldkönigen

Verschwitzt, mit vom Wind zerzaustem Haar näherte sich Julián Waldkönigen. Er konnte Dunas keuchenden Atem hören, gönnte ihr aber keine Pause. Übermächtig war sein Bedürfnis, Abstand zu gewinnen.

Wie war so etwas möglich?

Drogen. Das war die einzige Erklärung, die ihm einfiel.

Dennoch fühlte er sich in diesem Augenblick glasklar. Die Umnachtung war einer übergroßen Schärfe gewichen.

Ohnehin war das Gesicht der Frau in der Hütte klarer gewesen, als alles, was er zuvor erlebt hatte. Noch immer hallte ihr Blick in ihm nach.

LSD vielleicht? Konnte ein Trip so schnell vorübergehen? Julián bezweifelte es.

Vermutlich ein Kraut aus dem Wald. Tollkirschen. Fliegenpilze.

Er würde es nicht herausfinden. Keinen Fuß würde er je wieder über diese Schwelle setzen. Gerade so, dass er noch einmal davongekommen war!

War Lola von allen guten Geistern verlassen, ihn zu einem solchen Scharlatan zu schicken?

Moritz, der blonde Hüne, von dem er die Stute geliehen hatte, stand mit weit aufgeknöpftem Hemd vor der windschiefen Scheune. Seine Augen weiteten sich, als Julián auf das Gehöft ritt.

„Schon zurück?" rief er. „Ich hatte nicht vor morgen mit euch gerechnet!"

Eine Welle der Erleichterung durchflutete Julián, als er vor Moritz stand. Obschon er dieses wettergegerbte Gesicht nur einmal zuvor gesehen hatte, schien es ihm in diesem Augenblick doch vertraut.

„Ging schneller, als erwartet", entgegnete er lakonisch und schwang sich aus dem Sattel.

„Du siehst aus, als wärst du dem Leibhaftigen begegnet. Ganz blass um die Nase!"

Als Julián nichts erwiderte, ergriff Moritz die Zügel der Stute. „Jetzt muss erst mal Duna versorgt werden. Hinten im Stall findest du Stroh. Damit kannst du sie trockenreiben. Ich hole ihr Hafer."

Er tätschelte den Kopf des Pferdes. An Julián gewandt meinte er: „Und du siehst aus, als könntest du einen Kaffee vertragen!"

Eine halbe Stunde später saßen Moritz und Julián vor zwei dampfenden Tassen Kaffee in der Küche des Bauernhauses. Die Luft war angenehm kühl, da die Sommerhitze nicht durch die weißgekalkten Mauern drang. Im Herd knisterte das Feuer, das Moritz entfacht hatte, um den Kaffee zu brühen.

Feuer.

„Darf man hier rauchen?"

„Tu dir keinen Zwang an!"

„Ein Kaffee ohne Zigarette ist wie eine Geburt ohne Kind!"

Moritz lachte. „Wohl wahr. Es ist die, die mir am meisten fehlt."

Julián legte seinen Tabak verlegen zurück.

Der Landwirt schüttelte den Kopf. „Mach ruhig."

Er griff hinter sich, öffnete den Schrank und stellte einen Aschenbecher auf den Tisch.

Julián zündete sich eine Zigarette an.

„Du kennst Totumay?" fragte er.

„Kennen ist übertrieben. Ich war zweimal bei ihm. Habe ihm bei der Veranda geholfen. Aber es wird allerhand geredet."

„Wie lang lebt er schon dort draußen?"

„Als Totumay hierherkam, war ich noch grün hinter den Ohren. Ich erinnere mich daran, wie er zum ersten Mal unseren Hof betrat. Ich schleppte gerade einen Korb Kartoffeln ins Haus. Plötzlich stand mir dieser merkwürdige Fremde gegenüber. Er hatte steingraue Augen. Auch ansonsten sah er irgendwie anders aus."

„Diese Zähne!"

„Damals hatte er noch alle Zähne. Das war es nicht. Dennoch wirkte er wie eine Gestalt aus einer anderen Welt. Ich bin erschrocken, als er auf einmal vor mir stand."

Julián nippte an seinem Kaffee. Er griff nach seinem Pullover. Ihn fröstelte.

„Aber was ist mit seinen Zähnen passiert?"

„25 Jahre im Wald", erwiderte Moritz. „Er ist nie rausgekommen."

„Hat seinem eigenen Verfall zugesehen", murmelte Julián.

Moritz zuckte mit den Achseln.

„Was wollte er damals? Als er hierherkam, meine ich."

„Meinen Vater sprechen. Ich bin natürlich gleich losgerannt und habe ihn geholt. Die beiden haben sich dann ins Arbeitszimmer meines Vaters zurückgezogen. Zu gern hätte ich gewusst, was sie dort besprechen wollten – aber mein Vater hat mich aus dem Zimmer geschickt. Was mich allerdings nicht davon abgehalten hat, mich in der Nähe der Tür rumzudrücken. Zumindest wollte ich noch einen Blick auf diesen seltsamen Typen werfen, wenn er ging. Aber es dauerte. Irgendwann wurde mir langweilig und ich setzte mich in mein Baumhaus. Dort konnten sie mich nicht sehen, ich sie aber schon."

Moritz nahm die Kaffeetasse zur Hand, trank jedoch nicht.

„Was haben die beiden besprochen?"

„Ich habe es nie herausgefunden. Aber ich konnte sehen, was danach passierte. Ich war so wütend, dass ich tagelang kein Wort mit meinem Vater gesprochen habe."

„Was ist denn passiert?"

„Mein Vater hat Ravna weggegeben. Und das, obwohl er mir gehört hat. Ich hatte ihn bekommen, als er ein Fohlen war. Er war der schönste Hengst, den wir je hatten. Pechschwarz, sein Fell weich wie Seide. Das Schlimmste aber war, dass Ravna mein Gefährte war, mein bester Freund. Ich konnte nicht fassen, dass mein Vater das getan hatte."

Moritz wandte sich ab.

„Ich hatte früher eine Stute. Sie hieß Pras", sagte Julián leise. „Ich musste sie in Spanien zurücklassen, als wir nach

Deutschland zogen" Er klopfte Moritz auf die Schulter.

„Es ist viele Jahre her. Aber du weißt, wie das ist." Moritz räusperte sich. „Möchtest du ein Glas Wasser? Oder ein Bier?"

„Wasser ist okay", entgegnete Julián.

Moritz kehrte mit einer Flasche Sprudel aus dem Keller zurück.

„Hast du Ravna je wiedergesehen?"

Moritz schüttelte den Kopf.

„Es sollten viele Jahre vergehen, bis ich Totumay wiedersah. Von Ravna keine Spur. Ich glaube, er hat nie wieder ein Pferd besessen. Allerdings tauchten in all den Jahren immer wieder Menschen auf unserem Hof auf, um sich Pferde zu leihen."

Julián nickte.

„Aber, wenn er nie wieder aus dem Wald gekommen ist", fragte er, „weshalb reden die Menschen über ihn?"

„Genau deswegen natürlich. Totumays Ankunft war im Dorf nicht unbemerkt geblieben. Natürlich wurde getratscht. Die Leute begannen Geschichten über den seltsamen Fremden zu erzählen. Er kam aus dem Nichts und wollte zwischen Büschen und Bäumen leben? Das bot Stoff für Spekulationen! Schnell war er zu ihrem *Waldheiligen* geworden. Keine Ahnung, woher sie die Geschichten nahmen. Interessant war allenfalls, dass ihr Inhalt sich stets ähnelte."

Julián legte die Stirn in Falten.

„Dabei hat niemand je auch nur seinen richtigen Namen herausgefunden", fuhr Moritz fort. „Die wildesten Gerüchte machten die Runde. Totumay war abendfüllendes Thema in der Dorfkneipe."

Julián verzog die Lippen zu einem Grinsen. „Kann ich mir vorstellen."

„Für die einen war er ein reicher Aussteiger - langweilige Theorie, wenn du mich fragst. Andere sprachen davon, dass er Probleme mit der kasachischen Mafia hätte. Es war von illegalen Hundekämpfen die Rede. Wieder andere vertraten die Auffassung, er müsse den Staat um mehrere Millionen geprellt haben – weswegen sonst hätte er seinen Namen ändern sollen? Diese Geschichten erklärten immerhin, warum er in unserem Wald untergetaucht war."

„Klingt alles nicht sehr plausibel", meinte Julián. „Was hätte er mit dem ganzen Geld im Wald anstellen sollen?"

„Meine Rede. Mein einziges Interesse galt am Anfang ohnehin der Suche nach Ravna. Mein bester Freund Paul unterstützte mich dabei. Aber es wollte uns einfach nicht gelingen herauszubekommen, wo Totumays Hütte stand. Unzählige Nachmittage suchten wir danach. Ohne Erfolg. Es kränkte unseren Stolz, dass wir dieses verdammte Ding nicht fanden. Auch sonst schien niemand im Dorf etwas über die Hütte zu wissen. Außer meinem Vater natürlich – und aus dem war kein Sterbenswörtchen herauszubringen."

„Und dann all diese Geschichten." Moritz streckte sich. „Nach und nach entwickelte sich Totumay für uns zu einer mystischen Figur. Dennoch nahm unsere Suche in jenem Herbst ein abruptes Ende. Mein alter Herr schickte mich in die Stadt aufs Gymnasium."

„Du hast nichts herausgefunden?"

„Es sollte 13 Jahre dauern, bis ich als diplomierter Agrarwirt hierher zurückkam. Totumay hatte ich nach all der Zeit beinahe vergessen. Erst als mir auffiel, dass noch immer Menschen auf den Hof kamen, sich Pferde liehen und im Wald verschwanden, erinnerte ich mich."

Er sah Julián an.

„Entschuldige, ich rede und rede, möchtest du ein Bier?"

„Gern, danke."

„Ich mache uns auch einen Happen zu essen."

Moritz ging in die Küche.

Mit Wurst, Käse und Schwarzbrot kehrte er zurück. Das Bier goss er in steinerne Krüge.

Kaum, dass er sich wieder in seinen Schaukelstuhl gesetzt hatte, drängte Julián Moritz weiterzuerzählen.

„Wo war ich stehen geblieben?"

„Du bist nach deinem Studium hierher zurückgekommen. Da fiel dir Totumay wieder ein."

„Richtig." Moritz biss von einem Schinkenbrot ab und lehnte sich zurück. Er kaute in aller Ruhe, ehe er fortfuhr.

„Mir kam der Gedanke, Paul zu fragen, ob er etwas herausgefunden hätte. Ich hatte Jahre nichts von ihm gehört. Unser Kontakt war schnell eingeschlafen, als ich erst weg war. Ich hatte in der Stadt neue Freunde gefunden. Meine Herkunft war mir peinlich. Ich war ein Landei. Keine Ahnung, ob Paul an mich dachte. Immerhin war er in Waldkönigen geblieben. Die Welt hier dreht sich anders."

Julián nahm sich noch eine Scheibe Brot und bestrich sie dick mit Butter.

„Dieses Brot ist unglaublich lecker!"

„Rezept meiner Mutter. Habe es heute Morgen gebacken."

Julián nickte kauend.

„Ich fragte mich, was aus Paul geworden war", fuhr Moritz fort. „Seit meiner Rückkehr war ich ihm nicht begegnet. Das konnte eigentlich nur bedeuten, dass er nicht mehr im Dorf lebte. Ich habe bei den Nachbarn herumgefragt, jedoch nicht viel mehr herausbekommen, als dass seine Familie den Hof aufgegeben hatte und weggezogen war. Wohin wusste angeblich niemand. Zumindest wollte es mir niemand erzählen. Zwei Jahre später hörte ich in der Dorfkneipe zufällig ein Gespräch zwischen zwei Betrunkenen mit an. Pauls Mutter muss ihn eines Morgens mit einem Hanfseil um den Hals auf dem Heuboden gefunden haben. Seine Eltern ertrugen es wohl nicht, danach weiter hier zu leben."

Er schenkte sich nach und nahm einen kräftigen Schluck. Mit dem Handrücken wischte er sich den Schaum von der Oberlippe. In diesem Moment schien der Glanz in seinen Augen verschwunden.

Julián schluckte. Schweigend betrachtete er die massige Gestalt im Schaukelstuhl.

„Wie dem auch sei. Einige Zeit später habe ich erfahren, dass Totumay, kurz bevor er in die Eifel kam, eine lange Reise nach Lateinamerika unternommen haben soll."

„Von wem hast du das erfahren?"

„Ich will nicht vorgreifen. Es ist schon spät."

Julián spielte an seinem Ohrläppchen herum. „Es ist gerade mal zehn!"

„Eben. Ich muss mit den Hühnern raus", lächelte Moritz. „Im wahrsten Sinne des Wortes. Wenn ich noch ein paar Stunden Schlaf abkriegen will, sollte ich mich jetzt hinlegen. Du kannst gerne über Nacht bleiben, wenn du magst. Die Dachkammer ist frei."

Julián nahm Moritz' Angebot an.

„Aber unter einer Bedingung."

Moritz warf ihm einen überraschten Blick zu.

„Morgen erzählst du mir den Rest der Geschichte!"

Der Bauer schmunzelte.

„Einverstanden."

Schwefliges Licht.

Ein Rinnsal rieselt eine Granitwand hinab. Perlt schweigend, als könne sein Murmeln zu viel verraten.

Zeitlupenland.

Er ist allein. Jede Bewegung unmöglich. Als bänden ihn unsichtbare Mächte.

Beklemmung umwabert ihn. Kribbelt seine Beine hinauf. Ameisenhaft.

Juliáns Blick gleitet über den Boden.

Diese Schatten. Ohne Rast und Ruh.

Ein ums andere Mal derselbe sonderbare Ort.

Die Ameisen nisten sich ein.

Jählings ein Rauschen, das die gläserne Stille zerreißt. Schwingen.

Sulfurdunst umschleicht ihn. Sehnsüchtig. Fordernd. Kräuselt sein Haar.

Schwingen verklingen.

Was bleibt, ist das Reich der Ruhe.

Wie eine Pestdecke breitet sie sich über alles.

Die Schatten scheinen sie nicht zu bemerken. Unverwandt eilen sie umher.

Die Stille geliert.
Juliáns Nackenhaare richten sich auf.
Ein Flackern und die Schatten erstarren.
Zischend verdampft das Rinnsal.
Hitze. Unerträgliche Hitze.
Julián will fliehen, bietet all seine Kraft auf. Vergebens.
Sengende Flammen greifen nach ihm. Züngeln sein Rückgrat entlang. Er vermag den Bann nicht zu brechen. Sie beißen und reißen an Haut und an Haar.
Aussichtsloser Kampf. Er will die Hände hochreißen. Die jedoch –

Schreiend schrak Julián in der Dachkammer hoch. Sein Herz raste.
Er sah sich um. Vor dem Fenster zogen Wolken vorbei.
Hier.
Das Bett war klamm.
Der Traum.
Er atmete aus. Einzig mögliche Bewegung.
Atmete ein.
Aus.
Ein.
Nach dem Stand der Sonne zu urteilen, musste es beinahe Mittag sein.

„Erzähl schon, Moritz!"
Julián saß auf der Eckbank in der Küche und wartete darauf, dass Moritz sich setzte. Es war bereits spät am Nachmittag. Der aber ließ sich nicht aus der Ruhe bringen.
Er hatte den Tag auf dem Feld verbracht und schenkte sich zunächst einen starken Kaffee ein, ehe er sich Julián zuwandte.
„Wo waren wir stehen geblieben?"
„Du wolltest mir von Totumays Reise nach Lateinamerika erzählen!"

„Stimmt. Das war eine seltsame Geschichte. Ich habe sie nicht von ihm selbst erfahren, sondern von jemandem, der eines Nachmittags hier auf dem Hof auftauchte."

Moritz griff nach der Zuckerdose und tat sich Zucker in den Kaffee.

„Und wer war das?" drängte Julián.

„Ich war kaum ein Jahr zurück, da bekamen wir eines Tages unerwartet Besuch." Moritz strich sich über das Kinn. „Mit quietschenden Bremsen kam ein Fiat auf den Hof gefahren – ehrlich gesagt ein Wunder, dass die Rostlaube noch nicht auseinanderfiel. Es dauerte einen Moment, dann stieg eine alte Frau aus – oder besser gesagt, eine Dame. Ihrem ganzen Auftreten nach war sie nämlich genau das – eine Dame des alten Schlags. Sie stützte sich auf einen Gehstock. Ihre Mundwinkel hingen nach unten, als ob sie nicht viel zu lachen gehabt hätte in ihrem Leben. Ich konnte nicht anders, ich empfand Mitleid mit ihr."

Moritz nahm einen Schluck Kaffee.

„Sie muss damals über achtzig gewesen sein. Dennoch wirkte sie selbstsicher und herrisch. Als ich in ihre steingrauen Augen sah, wusste ich, wen ich vor mir hatte. Diese Augen hätte ich überall auf der Welt wiedererkannt."

„Totumays Mutter!" flüsterte Julián.

„Augen, die als Kind meinen Ravna entführt hatten. Augen, die Paul und ich verzweifelt aufzuspüren versucht hatten. Augen, die sich nun vor mir aufbauten und in verächtlichem Ton zu mir sprachen: *Ein Pferd, mein Junge, geben Sie mir ein Pferd.*"

Julián schmunzelte.

„Ich habe wohl ziemlich verdutzt aus der Wäsche geguckt. *Maßen Sie sich nicht an, das zu beurteilen!,* wies sie mich zurecht."

Moritz unterdrückte ein Lachen.

„Sofort schämte ich mich dafür, sie so abschätzig begutachtet zu haben. Ich stammelte hervor, wofür sie das Pferd denn bräuchte. Ihrem Blick nach zu urteilen, katapultierte mich das auf der Skala verachtenswerter Geschöpfe unter die Top-Five. Sie wolle ihren Sohn sehen, sagte sie giftig. Der Rotzlöffel habe verlangt, dass sie auf einem Pferd komme. Aber ich solle mich gefälligst um meinen eigenen Dreck scheren."

Julián lachte. „Ich kann mir das bildlich vorstellen!"

„Ich konnte ihre Wut nachvollziehen", meinte Moritz. „Was blieb mir also anderes übrig? Ich stellte mich auf ihre Seite. Nicht zuletzt, da ich die Gelegenheit witterte, endlich ein paar Einzelheiten zu erfahren, die ich mir in all den Jahren nicht hatte zusammenreimen können. Ich bot ihr einen Kaffee an – das besänftigte sie ein wenig. So kam es, dass ich an jenem Nachmittag einen weiteren Teil von Totumays Geschichte zu hören bekam."

Kapitel 4 – Löcher in der Welt

Laura fuhr auf.

Um Gottes willen!

Ihr Atem raste.

Mit dem Handrücken wischte sie sich die Locken aus dem Gesicht.

Spiegelfliesen an der Wand. Sie war also noch in Kyriels Wohnung. War nicht von dem Loch verschluckt worden.

Hörte das niemals auf?

Bisweilen wünschte Laura sich, sie könnte Kyriel davon erzählen.

Aber das ging nicht.

Sie durfte nicht zurückschauen.

Niemals.

Sie holte tief Luft und suchte jenen Punkt hinter ihrer Stirn. Das vertrieb die Bilder. Tat es immer.

Schließlich stand sie auf, zog die Jalousie hoch und öffnete das Fenster.

Die Nacht hatte keinerlei Abkühlung gebracht.

Noch einmal sah Laura zum Bett. Trotz der Hitze fröstelte sie. Sie schlang die Arme um ihre Schultern.

Alles würde gut werden. Sie durfte nur nicht daran denken.

Sie trug die leeren Cabernet-Flaschen in die Küche, leerte den überquellenden Aschenbecher, ließ Abwaschwasser ein und spülte die Weingläser.

Als sie fertig war, hielt sie einen Moment inne und sah sich um. Mit einem feuchten Lappen wischte sie die Tabakbrösel vom Tisch.

Das sollte genügen.

Danach schlüpfte Laura in die Leinenhosen, die Kyriel ihr aus Indien mitgebracht hatte, streifte sich ihr T-Shirt über und zog die braunen Riemchensandalen an. Sie wuschelte sich durch die Locken und schloss leise die Tür hinter sich.

Durch die verglaste Haustür drang kaum Helligkeit in den Korridor, doch Laura schaltete das Licht nicht ein. Womöglich hätte sie sonst bemerkt, das Kyriel gerade die Kellertreppe heraufkam.

Laura sah Kyriel jedoch nicht. Und auch er war in Gedanken woanders, schaute erst auf, als die Haustür ins Schloss fiel.

Die Schwüle lag wie ein nasser Lappen auf dem Tag.

Laura wollte Schafskäse-Creme und Oliven kaufen, bevor sie an ihren Schreibtisch zurückkehrte, deshalb wählte sie den Umweg durch den Park am Friedrich-Ebert-Platz. Auf den Bänken am Wegesrand saßen Mütter und beobachteten ihre Kinder beim Spielen. Denen schien die Hitze nichts anhaben zu können. Ein kleiner Junge rannte kreischend auf Laura zu, in seiner Hand ein tropfendes Schokoladeneis. Laura konnte gerade noch ausweichen, ehe er gegen ihre Beine rannte. Die Mutter warf ihr einen lethargischen Blick zu.

Als Laura durch die offene Tür des Dönerladens trat, strahlte Ahmad ihr entgegen.

„Laura!" Er betrieb die Bude seit Jahren. „Was eine Hitze, nicht wahr?"

„Kannst du laut sagen", erwiderte Laura. „Am besten sollte man sich gar nicht bewegen."

Ahmad lachte. „Glaub mir, möchte ich nichts lieber, als mich von diesem Dönerspieß wegbewegen!" Seine Augen blitzten. „Ist draußen heiß? Nichts im Vergleich zu hier drin!"

„Mit dir tauschen wollte ich nicht", gab sie zu.

„Was kann ich für dich tun, meine Schöne? Oliven, die üblichen?"

„Genau. Und ein Schälchen von eurer Schafskäse-Paste, der scharfen."

„Dein Wunsch ist meine Freude."

„Ach, Ahmad", lachte Laura, „ich wünschte, alle Männer wären so charmant wie du!"

Ahmads Grinsen wurde noch breiter.

„Habe ich schon gesagt, dass ich noch zu haben bin?"

In diesem Moment hörte Laura, dass jemand hinter ihr den Laden betrat.
„Laura! Was für ein Zufall!"
Sie wandte sich um. Vor ihr stand Tante Irmi, die Schwester ihrer Mutter.
„Tante Irmi", sagte sie.
Ahmad, der die Veränderung in ihrer Stimme bemerkt haben musste, warf ihr einen fragenden Blick zu.
„Mein Gott, Laura, das ist ja eine Ewigkeit her!"
Ihre Tante küsste die Luft neben Lauras Wangen und packte sie bei den Schultern.
Laura versuchte sich ihrem Griff zu entwinden. Dabei fiel ihr Blick auf die perfekt manikürten Fingernägel. Unwillkürlich kam ihr Lady Macbeth in den Sinn.
„Was für ein Glück, dich zu treffen", flötete Irmi. „Wenn das mal keine schicksalhafte Fügung ist."
Laura legte die Stirn in Falten. Ahmad reichte ihr die Plastiktüte mit Oliven und Käsecreme.
„Gib mir vier Euro", beantwortete er Lauras unausgesprochene Frage.
„Danke", murmelte Laura und legte ihm die Münzen auf den Tresen.
„Was kann ich Ihnen Gutes tun?" wandte er sich an Tante Irmi.
Die ergriff Laura beim Ellbogen und schob sie aus dem Laden.
„Ich komme später wieder."

Die Menschen auf der Straße bewegten sich wie in Zeitlupe.
„Mein Gott, wie soll man diese Schwüle nur überstehen?" fragte Tante Irmi. „Ist es nicht fürchterlich?"
Über dem Asphalt stiegen Hitzeschlieren auf. Laura erwiderte nichts.
„Weswegen ich mit dir sprechen wollte, Laura", Irmi schien Lauras Schweigsamkeit nicht zu bemerken, „ist Folgendes. Dein Onkel und ich haben diese Reise geplant. Wir fliegen nach Mittelamerika."
Laura blieb abrupt stehen.

„Kind, was hast du denn? Du warst doch schon dort, oder?"
Laura zwang sich zu einem Nicken.
„Deswegen ist es ja so ein glücklicher Zufall, dass wir uns treffen. Ich hätte dich nämlich ohnehin die Tage angerufen."
Laura wischte sich den Schweiß von der Stirn.
„Ich-", begann sie, schluckte, wich zurück, „ich glaube nicht, dass ich dir da helfen kann."
Sie sah Tante Irmi an. Offenbar hatte der niemand je gesagt, dass hellblauer Lidschatten und grüne Wimperntusche aus der Mode gekommen waren.
„Aber sicher kannst du das! In unserem Alter, du weißt doch, da ist das alles nicht mehr so einfach." Irmi seufzte. „Und ehrlich, du hast ja praktisch nichts erzählt, als du damals zurückgekommen bist."
„Ich habe mich um meine Mutter gekümmert", entgegnete Laura kühl. „Wie du dich womöglich erinnern kannst."
Irmi wandte den Blick ab und betrachtete ihre Fingernägel.
„Die alten Geschichten", murmelte sie. „Können wir die Vergangenheit nicht einfach ruhen lassen?"
„Vielleicht kannst du das."
„Aber deswegen kannst du uns doch bestimmt trotzdem ein paar Tipps geben." Tante Irmi stand mit dem Rücken vor dem Schaufenster des Supermarkts. Lauras Blick fiel auf ein Plakat, auf dem ein Laptop beworben wurde.
„Ich habe jetzt wirklich keine Zeit." Sie räusperte sich. „Meine Doktorarbeit wartet. Wenn ich nicht bald nach Hause komme, vergeht wieder ein Tag, ohne dass ich etwas schaffe."
Irmi lächelte, als sei ihr ein Früchtedrop im Hals stecken geblieben.
„Um Gottes willen", sagte sie, „ich will dich natürlich nicht aufhalten."
„Dann wünsche ich dir noch einen schönen Tag."
„Ebenso."
Laura ging davon.
Sie war beinahe beim Italiener am Eck angekommen, als Irmi ihr etwas hinterherrief. Laura drehte sich um.

„Ich melde mich die Tage bei dir!" Irmis Stimme hatte den Klang zurückgewonnen, den Laura noch von den Kindergeburtstagen her im Ohr hatte. „Dann kannst du mir von deiner Reise erzählen."

Laura zuckte mit den Achseln und bog in die Seitenstraße.

„Das werden wir ja sehen", murmelte sie.

Während sie die Straße hinabging, sah sie sich noch ein paar Mal um. Erst als sie sicher war, dass ihre Tante ihr nicht nachkam, blieb sie stehen und atmete aus.

Warum? Warum gerade jetzt?

Sie spürte, wie sich ein Loch in der Welt aufzutun drohte.

Rasch suchte sie Halt an einer Platane am Straßenrand.

Das durfte nicht geschehen. Sie durfte es nicht zulassen.

Die Rinde lag rau unter ihrer Handfläche. Laura lehnte sich an den Baum. Einem Instinkt gehorchend schlang sie die Arme um den Stamm und schloss die Augen. Sie sog den Geruch ein, verharrte und lauschte auf den gleichförmigen Klang ihres Atems.

Nach einer Weile schloss sich das Loch wieder.

Sie würde Irmis Nummer blockieren, sobald sie zu Hause war, ganz einfach.

Diese Person. Nie sonst hatte die Stimme ihrer Mum so kalt geklungen.

Beim *Café Fatal* bog Laura ab und wechselte auf die schattige Straßenseite hinüber. Vom Ende der Straße her kam ein Mann auf sie zu. Sie achtete zunächst nicht auf ihn, dann aber bemerkte sie seinen Gang und blieb stehen.

Simon!

Rasch suchte sie Deckung hinter einem Transporter.

Nicht auch das noch!

Die staubigen Hintertüren des Sprinters hatten keine Fenster, sodass sie nicht sehen konnte, ob er sie bemerkt hatte.

Sie spähte ums Eck, wagte sich nicht weit genug vor, um sicher sein zu können.

Wusste er etwa, wo sie lebte?

Sie hatte ihn seit damals kaum gesprochen, war ihm aus

dem Weg gegangen. Selbst die Nachrichten auf ihrer Mailbox hatte sie ignoriert.

Laura sah sich um. Geduckt hastete sie über die Straße und wäre beinahe von einem roten Kadett erfasst worden. Der Fahrer hupte und fuchtelte mit den Händen.

Fehlte nur noch eine Blaskapelle, um ihre Anwesenheit zu verkünden!

Laura lehnte sich an den Altglascontainer.

Hatten sich heute alle gegen sie verschworen?

Der dunkle Sog schien mit einem Mal übermächtig zu werden. Dieses Loch in der Welt. Lange war es her, dass der Wunsch sich hineinzustürzen so verlockend war. Einfach loslassen.

Und dann?

Nein, sie durfte nicht nachgeben, hatte es sich geschworen. Nicht für sich selbst. Zu viele Menschen hingen mit drin. Und wer wusste, was eines Tages sein würde? Vielleicht–

Schluss damit.

Sie beugte sich nach vorn und linste um den Rand des Containers herum.

Oh Gott!

Sie lachte auf und schlug sich mit der Hand vor die Stirn. Er war es gar nicht! Was war nur mit ihr los?

Sie straffte ihre Schultern und ging die Straße hinunter. Sie war schweißgebadet. Das war alles zu viel. Ohnehin könnte sie sich nicht konzentrieren.

Nein, sie würde morgen an ihrer Doktorarbeit weiterschreiben. Vielleicht sollte sie an den Birkensee fahren. Sich die Vergangenheit von der Haut waschen. Abstand schaffen zu dem gestrigen Streit, Abstand zu Pascal, Abstand zu diesem finsteren Loch in der Welt.

Kapitel 5 - Geruch nach Meuterei

Kyriel stellte die Tüten auf dem Fußabtreter ab, um die Wohnungstür aufzuschließen.

Trotz der Hitze hatte ihm die morgendliche Radtour gutgetan. Er hatte Kater und Wut herausgeschwitzt und freute sich auf das Frühstück mit Laura. Was auch immer der Grund dafür sein mochte, ein Leben ohne sie konnte und wollte er sich trotz all ihrer Probleme nicht vorstellen.

Er öffnete die Tür und trat ein.

„Laura?"

Keine Antwort.

„Ich habe uns Brötchen mitgebracht!"

Er schlüpfte aus seinen Sneakers und ging ins Wohnzimmer. Das Bett war leer, das Chaos beseitigt. Von Laura keine Spur.

Kyriel setzte sich auf das Sofa. Zu gern hätte er sich für den gestrigen Abend entschuldigt. Schließlich hatte er Laura eingeladen, um endlich mal wieder ein paar entspannte Stunden mit ihr zu verbringen. Dass es anders gekommen war - wieso konnte er sich nicht einmal zurückhalten?

Er schob sich eine der Oliven in den Mund, die er eben noch besorgt hatte. Allein zu frühstücken, hatte er allerdings keine Lust. Ohnehin musste er gleich zur Arbeit.

Kyriel zog sein verschwitztes T-Shirt aus und war auf dem Weg in die Dusche, als sein Telefon klingelte. Er eilte zurück zum Fensterbrett, wo das Handy lag.

„Ja?"

„Wieso brauchst du so lange?"

„Ach du bist es. Was gibt es denn?"

„Hast du meinen Brief bekommen?"

„Seit wann hast *du* Zweifel an der Zuverlässigkeit der deutschen Post?"

„Ich wollte nur sichergehen."

Kyriels Blick fiel auf den Umschlag auf seinem Schreibtisch. Er enthielt Stellenanzeigen aus dem *Nürnberger Tagblatt.*

„Und, hast du dich schon beworben?" fragte Siegmar Koesterbaum am anderen Ende der Leitung.

„Ich habe einen Job – falls dir das entgangen sein sollte."

„Du kannst es zumindest mal versuchen. Das ist nicht zu viel verlangt, oder? Du hast hoffentlich nicht vor, bis an dein Lebensende in dieser Klitsche hängen zu bleiben?"

„Klar." Kyriel unterdrückte ein Stöhnen. „Das mache ich."

Er gab dem Umschlag einen Stoß, sodass der in den Papierkorb unter dem Schreibtisch segelte.

„Außerdem gibt es natürlich immer noch die Möglichkeit, bei uns anzufangen. Du müsstest nur ein Wort sagen–"

„Papa, hör mal, ich bin gerade auf dem Weg unter die Dusche. Ich melde mich die Tage bei dir, okay?"

Kyriel legte auf, schaltete das Telefon auf stumm und ging ins Bad.

„Das werde ich nicht tun!"

Kyriel war nicht weniger überrascht als Herr Ebert, als er diese Worte ausgesprochen hatte. Drei Jahre lang hatte er klaglos alles hingenommen, was von ihm verlangt wurde.

Fassungslosigkeit blitzte im Gesicht seines Chefs auf, verwandelte sich jedoch im Bruchteil einer Sekunde in die übliche, ausdruckslose Miene.

Noch immer hielt Herr Ebert Kyriel Wischmopp und Putzeimer hin. Infernalischer Gestank drang aus dem Inneren der Toilettenkabine. Kyriel stieß mit dem Fuß die Kabinentür auf und sah hinein.

Wie konnte man bloß die Schüssel verfehlen?

Neben dem Klo lag eine vollgeschissene Unterhose.

„Wollen Sie das etwa so lassen?" fragte Ebert. Ein bedrohlicher Unterton klang in seiner Stimme mit.

„Ich werde es nicht wegputzen."

Der Ekel, der sich um Kyriels Hals geschlossen hatte, nickte zustimmend.

„Ja glauben Sie vielleicht, dass ich?" herrschte der Chef ihn an. Kyriel hielt dem Blick stand. Er zuckte mit den Achseln.

Eberts Nasenflügel bebten. Ungläubig sogen sie den Geruch nach Meuterei ein.

„Dann sehe ich mich gezwungen–"

„Oh nein", sprang Kyriel ihm bei. „Mein lieber Herr Ebert. Sehen Sie sich nicht gezwungen! Das könnte ich mir niemals verzeihen!"

Er streifte die Schürze ab und nahm die Mc-Donald's-Mütze vom Kopf. Beides drückte er Ebert in die Hand.

Er drehte sich nicht noch einmal um, als er durch die Tür ging.

Seine Kollegen hinter dem Tresen starrten ihn an, als er das Uniformhemd auszog, zerknüllte und zu Boden warf.

Er ging zu ihnen hinüber und zog seinen Rucksack unter der Kasse hervor.

Silvie, eine der Kassiererinnen, schmunzelte, schlug aber schnell die Hand vor den Mund.

Mehrere Leute saßen im Raum verstreut und kauten an ihren Hamburgern herum. Alle Blicke waren auf Kyriel gerichtet.

Ein blondes Mädchen, das nicht älter als 14 sein konnte, stierte ihn mit offenem Mund an - von den Pommes in ihrer Hand tropfte Ketchup auf den Tisch. Kyriel grinste zurück, öffnete den Reißverschluss seiner Mc-Donald's-Hose und ließ sie zu Boden fallen.

Das Mädchen kiekste.

Mit nichts als Boxershorts bekleidet kramte er T-Shirt und Baggypants aus seinem Rucksack hervor. Rasch streifte er beides über.

Die Frau, die am nächstgelegenen Tisch saß, wischte sich eilig Mayonnaise vom Kinn, als Kyriel zu ihr hinübersah.

Er hob die Hand zum Gruß, als er den Laden verließ.

Vor der Tür atmete er tief durch.

Er strich sich die Haare aus der Stirn und blickte gen Himmel.

Die Sonne strahlte auf ihn herab. Er strahlte zurück und nickte, dann machte er sich auf den Nachhauseweg.

Hoch oben, auf einem Felsen über der Stadt, thronte die Kaiserburg. Ein alter Mann mit einem Filzhut kam Kyriel entgegen. Er zog das rechte Bein nach. Als er bemerkte, dass Kyriel ihn ansah, trat ein Lächeln in seine Augen.

Lauras Duft schlug ihm entgegen, als Kyriel die Wohnung betrat. Er schlüpfte aus seinen Schuhen und ließ sich aufs Bett fallen. Als er seinen Kopf zur Seite drehte, lag Lauras Kuschelkissen vor ihm. Er vergrub sein Gesicht darin. Ihr Geruch war noch immer wie eine Droge für ihn. Er schloss die Augen. Laura würde seine Entscheidung gefallen, so viel war klar. Aber war diese überstürzte Kündigung wirklich klug gewesen? Wie sollte es jetzt weitergehen? Er hatte keinen Plan B. Mit einem Mal fühlte er sich unglaublich müde. War nicht alles ein einziger Kampf?

Ein Donnerschlag ließ Kyriel zusammenfahren.

Er rappelte sich auf und ging in die Küche hinüber. Auf dem Fensterbrett stand die Petersilie. Er riss einige Blätter ab.

Kauend öffnete er das Fenster und lehnte sich hinaus. Die Sonne war verschwunden, die Hitze aber geblieben. Über ihm türmten sich Gewitterwolken. Erste Regentropfen trommelten auf das Garagendach und der Wind drückte die Zweige des Ahornbaums ans Nachbarhaus. Kyriel schloss das Fenster wieder und legte sich im Wohnzimmer aufs Sofa.

Kurz darauf schlief er ein.

Erst das Klingeln des Handys riss ihn aus dem Schlaf.

Im Raum herrschte Zwielicht. Kyriels Hand tastete nach dem Handy, aber auf dem Tisch lag es nicht. Ächzend stand er auf. Das Handy klingelte noch immer. Er musste unbedingt diesen penetranten Klingelton austauschen. Wo war das verdammte Ding bloß?

Endlich fiel sein Blick auf die achtlos abgelegte Hose vor dem Bett. Wahrscheinlich käme er sowieso zu spät. Er griff nach der Hose und fingerte das Handy aus der Tasche. Auf dem Display wurde *Unbekannter Teilnehmer* angezeigt. Kyriel nahm ab.

„Ja?" fragte er.

„Ach Peter, du bist es! Deine Nummer wird nicht angezeigt. Das ist ja eine Ewigkeit her. Was verschafft mir die Ehre deines Anrufs?"

Kyriel streckte sich und gähnte, während er der Antwort am anderen Ende der Leitung lauschte. Mit einem Mal erstarrte er inmitten seiner Bewegung.

Das Handy fiel zu Boden.

Kyriel schrie.

Kapitel 6 – Tohil

Der General.

Noch nach einem Vierteljahrhundert trieb dieser Name Totumay den kalten Schweiß auf die Stirn.

Das erneute Antreten General Ríos Montts bei den guatemaltekischen Präsidentschaftswahlen im Jahre 2003 hatte seine Hassgefühle wieder aufflackern lassen. Ebenso wie seine Furcht. Dieser Schwelbrand war seither nicht erloschen, obwohl der General bei den Wahlen eine Niederlage hatte hinnehmen müssen. Unfassbar, dass ein Fünftel der Bevölkerung trotz all der Verbrechen des ehemaligen Diktators die Stimme für ihn abgegeben hatte. Doch Totumay wusste, wie so etwas dort lief.

Er betrachtete die Feder in seinen Händen.

Runzlig waren sie geworden, diese Hände. Er kam nicht umhin, sich einzugestehen, dass er alt war. Selbst der General dürfte kein Interesse mehr an der Verfolgung eines greisen Guerilleros aufbringen. Zu viel Zeit war vergangen.

Er befühlte die abgegriffene Feder. Auf der einen Seite erstrahlte sie blau, auf der anderen leuchtend rot. Sie war alles, was ihm von Yoyotli geblieben war.

Yoyotli.

Es war dieser Name, der es ihm damals ermöglicht hatte weiterzuleben. Doch um welchen Preis!

Als die Schamanin ihm die Feder geschenkt hatte, funkelte die Vorderseite bereits im selben Blau wie noch heute, so viele Jahre später. Ihre Kehrseite war von einem unscheinbaren Braun – bis zu jenem Mittwoch im August des Jahres 1983.

Totumay kauerte damals versunken auf einem Baumstumpf hoch über den Häusern von Quetzaltenango – Xela, wie die Einheimischen es nannten. Er schrieb gerade in sein Tagebuch, als sein Blick auf Yoyotlis Geschenk fiel.

Mit einem Mal leuchtete die Feder in flammendem Rot.

Es war vorbei.

Er begriff, dass er Yoyotli nie wiedersehen würde. Zugleich aber auch, weswegen sie ihm dieses Geschenk gemacht hatte: ihn zu beschützen, ihn zu warnen.

Totumay legte die Feder beiseite und blickte auf den See am Fuße der Veranda.

Und jetzt dieser Junge!

Er war so völlig anders. Silberblick. Zudem noch klein. Schutzlos - so wirkte er. Dennoch hatte es ausgerechnet ihn getroffen.

Totumay vermochte sich das nicht zu erklären: Nach all den Jahren trat der Feuertraum wieder in sein Leben und dann dergestalt! Er hatte keinen blassen Schimmer, was es damit auf sich haben sollte.

Ein Junge! Ein Kind, noch grün hinter den Ohren!

Immerhin, er war Lolas Sohn.

Weshalb aber war er tags zuvor davongestürzt wie vom wilden Affen gebissen? Etwas war geschehen. Womöglich war das ein gutes Zeichen. Sollte er sein Geheimnis bewahren.

Seine Gedanken kehrten zu Yoyotli zurück. Auch zwischen ihnen hatte es dereinst Geheimnisse gegeben. Ihr wahres Ausmaß hatte er nie erfasst. Erst als es zu spät war, begann er zu ahnen, wie viel Unausgesprochenes zwischen ihnen gestanden hatte. Aller Vertrautheit zum Trotz. Doch wen hätte er dann noch danach fragen können? Ob Yoyotli ihn mit ihrem Schweigen hatte schützen wollen?

Träger des Feuertraums hatten es gewiss nicht leicht. Er konnte nicht ermessen, welche Bürde diese Träume darstellten, geschweige denn die Verantwortung, die sie mit sich brachten.

Aber dieser Junge? Konnte sich vermutlich keinerlei Reim darauf machen, was da über ihn hereingebrochen war. Oder erfasste er es intuitiv? Nein, das war ausgeschlossen. Wieso hätte er ihn sonst aufsuchen sollen? Den Mann, der der Welt vor einem Vierteljahrhundert den Rücken gekehrt hatte. Der ihr entflohen war. Der sich in der Ödnis des Waldes verborgen hielt und sich dem eigenen Schicksal entwunden zu haben glaubte.

Bis gestern.

Er mochte sich getäuscht haben. Offenbar gab es kein Entrinnen. All die Jahre schien es funktioniert zu haben. Jetzt aber war er wieder da.

Der Feuertraum. Der Traum, von dem ihm Yoyotli erzählt hatte, als sie eines Nachts schreiend neben ihm erwacht war.

Selbst jetzt, so weit von jener Zeit und jenem Ort entfernt, vermeinte Totumay ihre Furcht zu spüren. Nie hatte er sie so erlebt. All seine Versuche, sie zu beruhigen, waren erfolglos geblieben. Natürlich hatte sie zu jener Zeit längst gewusst, dass dies eben nicht nur ein Traum war, wie er ihr ein ums andere Mal versichern wollte. Nein, der Feuertraum war ein Stigma, weitergegeben von Generation zu Generation. Unvorhersehbar. Willkürlich.

Aber ein Junge aus Köln? Er mochte spanischer Herkunft sein - aber dieser Traum entsprang der Welt der *Mayas*.

Allerdings war ja auch er selbst zufällig in diese Geschichte hineingezogen worden. Hätte dieser Friedenskongress damals nicht ausgerechnet in Köln stattgefunden, er hätte Yoyotli nie kennen gelernt.

Doch war er stets Randfigur geblieben. Ein hellhäutiger Europäer, dem niemand zutraute, dass er sich auf ein solch tückisches Spiel einließ und sein kostbares Weißenleben riskierte. Genau das hatte ihn für die Guerilleros wertvoll gemacht. Die Schlächter des Generals hatten in ihrer Verblendung nicht begriffen, dass Menschen aus den eigenen Reihen es wagten, sich gegen sie zu stellen. Weiße. Europäer. Undenkbar.

Grimmig stopfte er seine Pfeife. Sie war das Geschenk eines Guerilleros namens Tleyotl, ein kaum den Kinderschuhen entwachsener Widerstandskämpfer, der sie in den endlosen Stunden geschnitzt hatte, während derer er sich in Totumays Cabaña verborgen hielt. Ihr Kopf war ein Abbild des Gottes Tohil. Überbringer des Feuers.

Ein Europäer als Träger des Feuertraums? Das war, gelinde gesagt, eigenartig. Aber der Traum folgte seinen eigenen Gesetzen. Gesetzen, die selbst Yoyotli kaum verstanden hatte. *Er führt dich. Wenn du dich weigerst, ihm zu folgen, wird er dich verzehren.*

Ihre Worte bekamen durch Juliáns Verbrennungen einen schalen Beigeschmack. Nie hatte er vergleichbare Male auf ihrem Körper entdeckt. Yoyotli war dem Traum gefolgt. Gefolgt bis zum bitteren Ende - aber was hatte das bewirkt?

Die Einsamkeit, die ihn all die Jahre umhüllt hatte wie eine zweite Haut, war dabei aufzubrechen.

Was hatte er nur getan? Wie hatte er davonlaufen können, mit all dem Wissen, das er besaß? Er hatte seine Freunde im Stich gelassen. Menschen, die ihm vertraut, ihn womöglich gar gebraucht hatten. Er aber, außerstande seine Furcht zu bezähmen oder auch nur hintan zu stellen, hatte die eigene Haut gerettet. Bis heute hatte er nicht die Courage gefunden, ins Leben zurückzukehren.

Jetzt war es zu spät. Er war ein dahinschwindender Greis. Nie war er ein Auserwählter gewesen. Deshalb hatte er es sich erlauben können, den falschen Weg einzuschlagen. Es hatte keine Flammen gegeben, die ihn davon abgehalten hätten. Keine Yoyotli, in deren Gegenwart er hätte spüren können, dass mehr in ihm steckte, als man ihm sein Leben lang hatte glauben machen wollen. Dass er den Namen, den er von ihr empfangen hatte, zu Recht trug.

Also war er geflohen. Hatte sich verkrochen wie eine sterbende Ratte und dem eigenen Verfall zugesehen - nur dass ihm dieses Sterben unendlich lang geworden war. Zurückzukehren in die Welt dort draußen war nie eine Option gewesen. Dafür war sein Versagen zu unwiderruflich. Niemals hätte er das Wissen um die eigene Schande ertragen.

Selbst der nahende Tod seiner Mutter hatte ihn nicht dazu bewegen können, sein Exil zu verlassen. Da hatte sie toben und lamentieren können, so viel sie mochte. Er hatte sich nicht die Mühe gemacht, ihr seine Entscheidung zu erklären. Sie hätte ihn nicht verstanden.

Wie hätte sie diese Geschichte auch verstehen sollen? Wo er ja selbst kaum begriff, was geschehen war. Wahrscheinlich hätte sie vermutet, dass Yoyotli ihn verzaubert hatte. *Eine Indianerin! Das kann ja nichts als Unheil verheißen!* In dieser Hinsicht hatte sie Recht behalten.

Im Wald hatte er wenigstens seine Ruhe. Abgesehen von den Ratsuchenden, die von Zeit zu Zeit auftauchten, war er allein. Wie hätte er nicht versucht sein können, jenes letzte bisschen Selbstachtung zu wahren, indem er diesen Menschen beistand? Ohnehin war es ein erlöschender Funke, den er in sich trug, ein schwacher Abglanz dessen, was Yoyotli ihn einst gelehrt hatte.

Nun aber erschien dieser Junge auf der Bildfläche. Ebenso wenig wie dereinst die Schamanin glaubte er an Zufälle. Welch aberwitziger Zufall das auch wäre! Nein, der Feuertraum war zu ihm zurückgekehrt. Womöglich war dies seine letzte Chance, einen Teil seiner Schuld abzutragen. Das war das Geringste, was er nach all den Jahren noch für Yoyotli zu tun vermochte. Und für all die anderen.

Es gab nur ein Problem.

Er hatte nicht die leiseste Ahnung wie.

Kapitel 7 – Und jedem Anfang wohnt ein Zauber inne

„Du solltest das bekommen." Kyriel starrte Ann-Marie an. Sie hielt einen schimmernden Gegenstand in der Hand. „Sie", Ann-Marie schluckte, „sie hätte es sicherlich so gewollt."

Sie trug schwarz. In den wenigen Tagen hatten sich tiefe Ringe unter ihren Augen eingegraben. Ihr graumeliertes Haar hatte sie hochgesteckt, doch einzelne Strähnchen suchten das Weite.

„Was ist das?" fragte Kyriel.

Ann-Marie kam nahe an ihn heran.

Er nahm den Geruch des Alters wahr. Nie zuvor hatte er ihn bei ihr bemerkt. Er versetzte ihn in seine Kindheit zurück. Die Nachmittage, als er mit der Großmutter auf dem grünen Samtsofa lag und auf den Wogen ihrer Atemzüge in den Schlaf ritt.

Kyriel nahm den Gegenstand in die Hand und betrachtete ihn. Er sah ein wenig wie eine Koralle aus. In der verästelten Oberfläche waren Sandkörner zu erkennen. Das Ding, was immer es sein mochte, lag kühl in seiner Hand. Die Innenseite bestand aus Glas.

„Was ist das?" wiederholte er.

Lauras Mutter stand ihm reglos gegenüber. Ihr Blick hatte sich verloren. Lauras Blick.

„Ann-Marie?"

Sie räusperte sich und sah ihn abermals an.

„Das haben sie im Sand gefunden – direkt neben ihr." Ihre Stimme war rau. „Sie sagen, der Blitz habe das geformt."

Er konnte den Stein nicht mehr halten, doch Ann-Marie war zur Stelle und fing ihn auf.

Das konnte doch alles nicht sein! Hätte er sie an jenem Morgen nur geweckt! Womöglich–? Am Ende wäre sie nicht–? Oder ein wenig später? Wie konnte sie ihm das nur antun? Verdammt! Sie konnte ihn doch nicht alleine lassen! Was war das nur für eine Welt?

Ann-Marie strich ihm über den Rücken. Er biss die Zähne zusammen und sah auf. Sein Blick fiel auf den Gegenstand in ihrer Hand.

Wie konnte sie tot sein? Wie in Gottes Namen konnte sie nur tot sein?

Neben Kyriel schulterten drei weitere Männer den Sarg: Lauras Vater, ihr Onkel Hilmar und Simon, ein Freund aus der Schulzeit. Der Tag war windig und regnerisch. Mechanisch setzte Kyriel einen Fuß vor den anderen. Wann wäre es endlich vorüber? Unter seinen Füßen knirschte es. Ob die Steinchen wohl in den Sohlen hängenbleiben würden?

Der Friedhof war voller Menschen. Kyriels Blick fiel auf Tante Irmi. Falsche Schlange. Der Anblick ihres tränennassen Gesichts würgte ihn in der Kehle.

Die Anwesenden versammelten sich um das finstere Loch, das auf einer Anhöhe inmitten frischer Gräbern ausgehoben worden war.

Wie ätzendes Harz troff Lilienduft in Kyriels Poren, drohte ihn zu ersticken, während er und die anderen Männer schwitzend den Sarg in die Tiefe hinabließen. Seine Hände waren feucht. Er musste alle Kraft aufbieten, um das Seil Zentimeter für Zentimeter hinabgleiten zu lassen.

Endlich stand der Sarg auf dem Boden des Grabes.

Kyriel trat zu den Versammelten hinüber. Er fand seinen Platz zwischen Ann-Marie und Peter. Beide starrten ins Nirgendwo, jeglichem Liliengestank entrückt.

Für Eltern, die ihre Kinder verloren, besaß unsere Sprache nicht einmal ein eigenes Wort, wohingegen die Worte „Witwe“ und „Waise“ gang und gäbe waren.

Der Wind zerzauste Kyriels Haar. Er strich sich die widerspenstige Strähne aus der Stirn und klemmte sie sich hinter das Ohr.

Wie er es hasste, an vorderster Front zu stehen! Er fing den Blick einer Frau auf, die er nie zuvor gesehen hatte. Tränen rannen über ihre Wangen. Als sie bemerkte, dass er sie ansah, wandte sie sich rasch ab. Hinter der Fremden stand ein versteinerter Pascal.

Ann-Marie stützte sich auf Kyriels Schulter. Er ließ es geschehen, obwohl er sich am liebsten geschüttelt hätte.

Viele der umstehenden Menschen kannte er. In vier Jahren war er allen möglichen Tanten, Onkeln, Cousins und Cousinen vorgestellt worden. Bei anderen wiederum fragte er sich, was sie hier suchten. Wer war der Mann im Jägerkostüm? Wer die Frau mit dem Hut, der noch aus den Achtzigern zu stammen schien? Und weswegen heulte sie Rotz und Wasser?

All die Menschen ringsumher und trotzdem fühlte Kyriel sich allein – unsäglich allein.

Die letzten Worte des Pfarrers verklangen im Nieselregen. Ann-Marie zupfte an seinem Sakko. Er sah auf und nickte, dann geleitete er sie an den Rand des Schlundes, der dabei war, ihr die Tochter zu rauben. Sie bückte sich, ergriff die Schaufel. Wie hatte er das Spiel im Matsch geliebt, als er klein und die Welt noch einfach war!

Ann-Marie kauerte neben dem Grab, stand nicht wieder auf. Ein Wimmern drang aus ihrer Kehle. Kyriel umfasste ihren Arm, versuchte ihr aufzuhelfen, doch jegliche Kraft schien aus ihrem Körper gewichen.

„Komm schon“, flüsterte er ihr zu. „Gleich hast du es geschafft!“ – wohlwissend, dass er log, dass nichts vorbei, nichts geschafft war.

Betreten sahen die Menschen ihn an. Seine Augen brannten.

„Ann-Marie“, flehte er.

Ein Zittern durchlief sie. Letztlich stand sie auf. Kyriel legte ihr den Arm um die Schulter. Ihr Körper starr wie eine Rüstung. Ann-Marie Bernhard hatte den Ort verlassen. Sie nahm die Lilien und ließ sie in das Loch fallen, zu dem die Welt geworden war.

Tock.

Ihre Mundwinkel zuckten, die Lippen öffneten sich leicht, wollten etwas sagen – dann schien Ann-Marie klar zu werden, dass diesem Tock nichts hinzuzufügen war. Also schloss sie die Lippen wieder.

Kyriel trat als nächster nach vorn, blickte auf den Sarg und warf die Rose hinab, die über Lauras Bett gehangen hatte.

Eine leise Rose war sie, die erste, die er Laura schenkte, zu leise für ein Tock, schüchtern, wie ihre aufkeimende Freundschaft, kaum mehr als das Tasten einer Rose, als er sie damals zur ersten Verabredung mitgebracht hatte, er, der verschämte Schuljunge. Und doch, eine Rose voller Hoffnung.

Er ergriff eine Hand voll Erde.

„Ich liebe Dich", murmelte er. „Danke für alles!"

Er öffnete seine Hand. Dunkel fiel die Erde hinab.

Besiegelte, was nicht zu ändern war.

Leichenschmaus.

Schon beim Gedanken an Nahrung schnürte es Kyriel die Kehle zu. Dennoch saß er seit Stunden zwischen Lauras Eltern am Tisch und bemühte sich, die Guter-Schwiegersohn-Fassade aufrecht zu erhalten.

Am liebsten wäre er gegangen, egal wohin, Hauptsache fort von dieser Heuchelei. Dabei konnte er sogar verstehen, dass die Menschen sich in Belanglosigkeiten flüchteten.

Gelächter wurde am Ende der Tafel laut. Kyriel konnte und wollte nichts zu dieser Heiterkeit beitragen. Besser schweigen. Auch wenn das bedeutete, dass er versagte. Wieder einmal. So sollte das alles nicht sein. Da war er sich sicher. Laura hätte sich ein Fest gewünscht. Was hier ablief, war grotesk.

Er ging zum Tresen und bestellte sich einen Jägermeister. Mit dem Glas in der Hand trat er vor die Tür. Die Abendsonne hatte ihr Antlitz vor die Wolken geschoben. Rotgolden brach sich das Licht in den Regenperlen. Kyriel lächelte. Wenn Laura das bloß sehen könnte. Doch sie würde nie wieder etwas sehen.

Jemand legte ihm eine Hand auf die Schulter. Er drehte sich um. Vor ihm stand Pascal. Schweigend sahen die beiden Männer sich an. Pascals Augen schimmerten. Kyriel schluckte.

„Lass uns trinken“, sagte Pascal schließlich und hob sein Glas. „Lass uns darauf trinken, dass wir Laura kennen durften. Möge es ihr gut gehen, wo auch immer sie jetzt ist.“

Kyriel nickte, unfähig etwas zu entgegnen. Die beiden stießen an. Die Flüssigkeit brannte sich Kyriels Kehle hinab. In der Tasche seines Jacketts tastete er nach dem Stein.

„Ein Fulgurit.“

Pascal sah ihn verständnislos an.

„Entsteht, wenn ein Blitz in Sand einschlägt“, sagte Kyriel.

Pascal zögerte, dann griff er nach dem Stein, befühlte ihn mit seinen Pianistenfingern. Sein Gesicht blieb ausdruckslos. Zuletzt legte er den Fulgurit zurück in Kyriels Handfläche.

Abermals sahen die beiden einander an. Graugrün traf auf Saphirblau, Saphirblau auf Graugrün. Irgendwann begannen ihre Mundwinkel zu zucken. Zu guter Letzt brach das Lachen hervor – und mit ihm die Tränen. Pascal zog Kyriel hinüber zu den Stufen unter einer Blautanne, die dem Restaurant gegenüberstand. Dort setzten sie sich. Die Sonne versank, während die beiden schweigend ihren Gedanken nachhingen.

„Wollen wir gehen?“ fragte Pascal schließlich.

Kyriel nickte.

Überall in Kyriels Wohnung lagen getragene Klamotten herum. Die Luft war erfüllt von kaltem Rauch. Auf Tisch und Boden standen Flaschen und benutzte Gläser.

„Entschuldige, dass es hier so aussieht“, sagte Kyriel und öffnete das Fenster.

Er ging in die Küche, nahm die Petersilie vom Fensterbrett, um auch dort das Fenster aufzumachen, riss einen Stängel ab und schob ihn sich in den Mund. Dann schwenkte er zwei Gläser aus und entkorkte eine Flasche Tempranillo.

Als er zurückkam, stand Pascal vor dem Fenster und sah in die Nacht hinaus. Kyriel schaltete den CD-Player ein und drückte auf Play.

„Der Tod und das Mädchen", flüsterte Pascal, mehr Feststellung denn Frage. Kyriel reichte ihm ein Weinglas. Pascal leerte es in einem Zug.

„Gib Deine Hand, du schön und zart Gebild!
Bin Freund und komme nicht zu strafen.
Sei gutes Muts! Ich bin nicht wild,
Sollst sanft in meinen Armen schlafen!"

Kyriel schenkte ihm nach und sah ihn an.

„Der Tod und das Mädchen", wiederholte Pascal.

„Guter Mut", sagte Kyriel. „Als ob das so einfach wäre."

„Nicht für die, die bleiben."

Kyriel schüttelte den Kopf und leerte ebenfalls sein Glas. Pascal ging zum Sofa hinüber, schob ein paar achtlos abgelegte T-Shirts beiseite und setzte sich. Kyriel lehnte sich ans Fensterbrett. Silbern stand der Halbmond am Himmel.

„Alles hat einen Sinn", flüsterte Pascal. „Selbst das."

Kyriel wandte sich abrupt um.

„Das glaubst du ja wohl selbst nicht", sagte er. „Sinn? Für mich war in all dem immer das Schwere reserviert, nicht wahr? Komm mir also nicht mit Sinn."

Er spuckte aus dem Fenster. Der Speichel schmeckte gallig.

Pascal schwieg. Kyriels Hände umklammerten das Fensterbrett. Leise versickerten die Sekunden.

„Ob man hier rauchen darf, brauche ich wohl nicht zu fragen."

In seinem Rücken vernahm Kyriel das Klicken des Feuerzeugs.

„Menschen", Pascal stieß den Rauch aus, „Menschen, die auf so absurde Weise sterben, vielleicht haben die ihre Aufgabe erfüllt."

Kyriel schluckte. „Laura glaubte an das Leben!" Seine Stimme bebte. Er starrte hinauf zum Mond. „Und das war es auch was sie wollte: sie wollte leben!"

„Was Laura gewollt hätte, wäre, dass wir weitermachen", Pascal trat hinter ihn. „Zurückzuschauen – das war nicht ihre Art, oder? Alles, was ich versuche, ist, in ihrem Sinne damit umzugehen."

Kyriel spürte Pascals Atem im Nacken. Seine Knöchel wurden weiß, so heftig krallte er sich am Fensterbrett fest. Da legte Pascal ihm die Hand auf die Schulter.

„Ich kann es nicht", flüsterte Kyriel.

Er ließ das Fensterbrett los und lehnte sich nach hinten. Pascal stieß die Luft aus.

Mit einer neuen Flasche Tempranillo kehrte Kyriel aus der Küche zurück. Er setzte sich neben Pascal auf das Sofa.

Auf den ersten Blick war Pascal kein schöner Mann. Seine Haut war blass. Die schwarzbraunen Locken standen strohig in alle Richtungen und auch die Nase wirkte zu groß für das schmale Gesicht. Dem Leuchten seiner Augen aber konnte man sich nur schwer entziehen.

Kyriel füllte das Glas und reichte es Pascal. Der sah ihn an und lächelte.

„Ich weiß, dass die letzten Monate eine verdammt schwierige Zeit für dich waren." Pascal sah zu Boden.

Kyriel zuckte mit den Achseln.

„Es war, was es war", entgegnete er, stand auf und wechselte die CD.

Pascal schmunzelte, als er das Lied erkannte. Sie stießen an.

„Was hast du jetzt vor?" fragte Kyriel.

„Was meinst du?"

„Na, wie soll es weitergehen?"

Pascal räusperte sich. „Gute Frage." Er betrachtete die dunkle Flüssigkeit in seinem Glas. „Keine Ahnung."

Er warf Kyriel einen Seitenblick zu. „Und bei dir?"

Kyriel kaute nachdenklich auf seiner Unterlippe.

„Wusstest du", fragte er schließlich, „dass ich an dem Tag, als Laura gestorben ist, meinen Job gekündigt habe?" Er strich sich die Haare aus der Stirn. „Am Abend zuvor hatten wir uns noch darüber gestritten."

Pascal schüttelte den Kopf. „Dann bist also frei zu gehen?" fragte er.

„Wohin sollte ich wohl gehen?" Kyriel stand auf.
„Keine Ahnung", erwiderte Pascal. „Momentan ist jeder Ort besser als hier."
„Hast Du nicht vorhin gesagt, du wolltest in Lauras Sinne handeln? Für sie war der beste Ort immer der, wo sie gerade war."
„Eben", sagte Pascal.
Kyriel schmunzelte.
„Sag mal", fragte er, „fandest du diese Beerdigung auch so furchtbar?"
„Welche wäre das nicht."
„Ich kannte kaum die Hälfte der Leute. Laura hätte es gehasst."
„So ist das mit der Familie" Pascal wandte sich ab. „Manchmal sieht man sie Jahre nicht, dann sind auf einmal alle da."
„Heuchelei! Wer sich nicht für dein Leben interessiert, braucht sich auch nicht für deinen Tod zu interessieren."
Kyriel stemmte sich hoch von der Couch hoch und schwankte in die Küche. Als er zurückkam, hielt er eine Flasche Williams in der Hand. Er füllte zwei Schnapsgläser.
„Auf das Ende der Heuchelei!"
Ein Teil der durchsichtigen Flüssigkeit schwappte aufs Sofa.
„Auf das Ende der Heuchelei."
Kyriel schüttelte sich.
„Ich habe ein schlechtes Gewissen, Pascal."
Pascal nickte.
„Vor einer Woche erst saß ich mit ihr auf diesem Sofa. Eine Woche. Kannst du dir das vorstellen?"
Pascal erwiderte nichts. Stattdessen goss er Schnaps nach.
„Dabei gibt es so viel, was ich ihr noch hätte sagen wollen! Einfach zu spät."
Aus geröteten Augen sah Kyriel das Glas an, das Pascal ihm hinhielt.
„Absurd, dass ich dir das erzähle. Dass ich ausgerechnet mit dir hier sitze."
„Du hast Laura die Chance gegeben, die sie haben wollte."

Sie leerten die Gläser. Danach beugte Kyriel sich nach vorne und umschlang die Knie mit seinen Armen.
„Du kanntest sie, Kyriel. Sie war nicht der Schwarz-Weiß-Typ."
Kyriel war schwindlig.
Er richtete sich auf.
„Die Freiheit, die sie wollte, konnte ich ihr trotzdem nicht geben."
„Du hast es probiert."
Kyriel ging zum CD-Player und wechselte abermals die CD.
„Er wusste, was Freiheit ist."
Pascal nickte, als er *Imagine* erkannte.
„Wenn es einer wusste, dann er."
Kyriel zündete sich eine Zigarette an und füllte die Gläser.
„Was du darüber gesagt hast, hier wegzugehen."
„Wer sollte dich aufhalten?" fragte Pascal.
„Und dich?" hielt Kyriel ihm entgegen.
„Meine Arbeit."
„Was würde davonlaufen wohl bringen?"
„Wer hat etwas von davonlaufen gesagt?"
„Wäre es keine Flucht, wenn ich weggehen würde?" Kyriel blies eine Rauchwolke in die Luft. „Alle würden es so nennen."
„Eine Flucht ist es nur, wenn du fliehst."
„Ich wüsste nicht einmal, wohin."
Kyriel stand auf und setzte sich aufs Fensterbrett. Der Mond war nirgends mehr zu sehen.
„Auf das Leben!" Pascal sah Kyriel in die Augen und trank.
„Auf den Scherbenhaufen, der unser Leben war."
Pascal ließ Kyriels Worte im Raum stehen.
„Siehst du es etwa anders?" fragte der herausfordernd, glitt von der Fensterbank und ging auf Pascal zu.
„Nein, Scherbenhaufen trifft es gut, denke ich. Wichtig aber ist nicht, was es ist. Wichtig ist, was wir daraus machen."
„Was in Gottes Namen willst du daraus bitte noch machen?"

Pascal ließ sich Zeit.

„Ein Mosaik", entgegnete er schließlich.

„Schon wieder Regina?"

Kyriel deutete auf den Titel: Begin to hope.

Pascal war betrunken. Draußen kündigte der erste Silberstreifen die Morgendämmerung an. Der Himmel war klar, am Firmament verblassten die Sterne. Die ersten Vögel brachten dem Morgen ihr Ständchen dar, während durch das Fenster noch die gläserne Luft der Nacht hereintrat.

Alkohol rauschte durch Pascals Adern. Er trug ein wenig der betäubenden Schwere mit sich davon. Natürlich vermochte er sie nicht ganz fortzuspülen, die Spitzen jedoch nahm er. So entstand ein unscheinbarer Raum, in dem etwas Neues aufkeimen konnte: ein erstes Gefühl für die Möglichkeit eines Danach.

Pascal griff zur Fernbedienung und sprang zum ersten Stück zurück. Er stand vom Sofa auf. Ihm war nach Tanzen.

Begin to hope.

Hoffnung. Der Strom des Lebens. Mit all seinen Strudeln und Untiefen.

Er streckte Kyriel die Hand entgegen. Dieser sah ihn bloß an.

„Komm schon!"

Letztlich ließ Kyriel sich hochziehen, mied zwar seinen Blick, begann aber, sich im Takt zu bewegen.

Gut so, dachte Pascal. Er lächelte und schloss die Augen. Überließ sich der Musik. Der Leichtigkeit des Rausches. Er sah Laura vor sich. Wie sie auf eine Parkbank sprang. Hörte ihr Lachen. Es schnürte ihm die Kehle zu. Traurig sein. Er musste traurig sein. Nur so hätte jenes Danach, das er am Horizont erahnt hatte, eine Chance. Er versank, gab sich der Musik hin. Der Kloß in seinem Hals schwoll an.

Nein! schrie es in ihm auf. Nicht jetzt!

Jenes letzte bisschen Beherrschung, das er in den vergangenen Stunden aufgebracht hatte, drohte fortgespült zu werden. Er durfte nicht schwach werden. Nicht jetzt. Wozu war er schließlich hier?

Ein Schrei zerschnitt den Raum.

Pascal erschrak, als ihm klar wurde, dass das Geräusch aus seinem Mund gekommen war. Auf einmal stand Kyriel vor ihm und schloss ihn wortlos in die Arme. Pascal sah nicht auf. Er konnte seinen Tränen keinen Einhalt gebieten.

Kyriel zog ihn näher heran.

Samson perlte Reginas Stimme. Und sie sang von Liebe. Die beiden tanzten, tanzten, wie sie nie getanzt hatten. Von Abschied und Vergessen-Werden sang Regina. Auch Laura war einfach gegangen, so ungerecht, fort, fort, an jenen Ort ohne Wiederkehr. Pianoklänge umspülten sie. Sie tanzten. Weinten. Gemeinsam. Von Küssen bis zum Morgengrauen sang Regina. Und Wange an Wange, Kyriels fiebrigen Atem am Ohr, verschmolzen Pascals Bewegungen mit denen Kyriels.

War da Hoffnung in diesem Festhalten?

Kyriels Lippen berührten die seinen.

Verlangen. Verlangen nach mehr.

Mehr Halt. Halt mich fester. Fester in dieser Kälte. Dieser Einsamkeit. Pascals Zunge nippte von Kyriels Trauer. Seine Hände fuhren Kyriels Hals entlang, tasteten nach Hemdknöpfen.

Er fühlte wie sie aufs Bett fielen, sah eben noch einen Schimmer Morgenlicht im Raum.

Dann schloss er die Augen.

Kapitel 8 - Briefe an Godot I

Nürnberg, 27. Juni 2008

Lieber Godot,

ich weiß nicht, weshalb gerade Du es bist, an den ich mich wende, wo Du mich doch gebeten hast, Dir nicht mehr zu schreiben. Manche Dinge ändern sich eben nie, egal, was wir tun oder sagen.
Keine Ahnung, ob die Verbindung zwischen uns noch immer besteht oder ob die Wunden, die ich hinterlassen habe, stärker sind. Für mich jedenfalls lebt sie fort, hat in all den Jahren fortgelebt, die seit damals vergangen sind.
Nie in meinem Leben habe ich mich so allein gefühlt wie in diesem Moment.
Ich habe alles verloren. Selbst wenn ich versuche, es mir schönzureden, komme ich doch stets zurück zu diesem Punkt: Ich habe alles verloren.
Womöglich kann ich nun besser verstehen, wie Du Dich damals gefühlt hast. Wie oft hast Du versucht, es mir zu erklären. Ich konnte es nicht verstehen. Nicht bis heute.
Vielleicht ist es nichts als Ironie des Schicksals, dass ich Dir jetzt schreibe, wo ein anderer Mensch mein Leben in einen Scherbenhaufen verwandelt hat. Anders als ich bei Dir damals trägt sie noch nicht einmal die Schuld daran. Sie ist einfach gestorben. Wie könnte ich ihr das vorwerfen?
Deine Vorwürfe waren berechtigter damals. Ich hätte mich anders verhalten können. Hätte Verantwortung übernehmen, für Dich einstehen können. Dass ich es nicht getan habe, tut mir leid. Du kannst nicht wissen, wie oft ich es seither bereut habe.
Ist es egoistisch, Dir in diesem Augenblick zu schreiben, mein Freund? Ich weiß es nicht. Erst wenige Wochen sind seit Lauras Tod vergangen und ich habe seither viel nachgedacht. Wenn mir eines klar geworden ist, dann dass es Dinge in meinem Leben gibt, die ich klären muss. Wer weiß, ob es nicht eines Tages zu spät dazu ist.
Jeden Tag, wenn ich aufwache, sehe ich aus dem Fenster. Alles scheint so normal. Als hätte sich nichts verändert. Die Welt zerbricht und niemand nimmt davon Kenntnis.

Während alles seinen gewohnten Gang geht, hat sich mein Dasein über Nacht in eine Fassade verwandelt. Dahinter ist es leer. Dennoch steht sie trotzig. Aufrecht. Wüsste ich nur, was sie beschützen will! Ich schleppe mich zur Arbeit. Gehe nach Hause. Schlafe. Gehe wieder arbeiten.
Kann das das Leben sein, das uns einst versprochen wurde?
Summerhill. Weißt du noch?
Ich frage mich, wie ich all das hatte vergessen können. Es brauchte eine Laura, um mich daran zu erinnern. Dabei hatte sie nie davon gehört. Es ist so leicht zu vergessen. Alle legen es darauf an. Sei ein Rädchen und alles ist gut. Laura war anders. Keine Ahnung, woher sie die Kraft dazu nahm.
Auch sie hatte ihre dunklen Momente, gewiss. Ich habe nie gewagt zu fragen, wohin sie dann ging. Jetzt ist es zu spät. Ich werde es nicht mehr erfahren.
Trotzdem nahm sie mir das Gefühl der Verlorenheit. Ich hörte auf, den Weg des geringsten Widerstands zu gehen. Erinnerte mich. Wie hatte es überhaupt so weit kommen können?
Jetzt ist sie fort und wieder treibe ich im luftleeren Raum. In meinem Leben war es zuvor nur einem Menschen gelungen, mir dieses Gefühl zu nehmen. Ich bin nicht sicher, ob Du es weißt, aber Du warst das, Godot.
Es würde mich sehr freuen, wenn wir nach all den Jahren die Vergangenheit endlich hinter uns lassen könnten. Letztlich aber muss ich diese Entscheidung Dir überlassen. Ob wir diesen Kontakt pflegen oder nicht, für mich bist du noch immer mein Freund, mein Vertrauter – neben all dem, was uns trennt, gibt es zu viel, was uns verbindet, als dass sich das für mich ändern könnte.

Ich umarme Dich aus der Ferne und verbinde mich im Geiste mit Dir,

Dein Pascal

Kapitel 9 - Hundstage

„Mrs. Ochmonek!"

Nichts.

Mit ihrem Geschrei würde sie noch die gesamte Nachbarschaft aufwecken. Lola stieß einen langanhaltenden Pfiff aus. Nichts geschah.

„Mrs. Ochmonek!" rief sie erneut.

Eine Frau mit Lockenwicklern im Haar beugte sich aus dem Fenster eines der Reihenhäuser und sah zu ihr herab.

„Wissen Sie eigentlich, welchen Tag wir heute haben?" keifte sie.

„Nimmt leider der Hund nicht Rücksicht auf welche Tag."

„Wie der Herr, so's Gescherr!" bellte die Frau.

Lola verstand das nicht, den Tonfall aber wusste sie zu deuten. Also ging sie weiter. Die Frau schickte ihr einen bösen Blick hinterher und schloss lautstark das Fenster.

Die verwaiste Leine in der Hand trottete Lola die Straße hinab. Ihr Magen knurrte. Noch einmal bog sie auf den Spielplatz ein.

Nichts. Kein Hund. Nicht mal Kinder.

Auf einmal donnerte es.

Lola sah zum Himmel auf. Eben war er noch stahlblau gewesen.

„Mrs. Ochmonek!" schrie sie. „Wenn du kommst nicht hier sofort, ich gehe allein nach Hause! Kannst du dir eine neue Frauchen suchen dann!"

Ihre Drohung verhallte ungehört.

Dafür fiel Lola ein erster Tropfen auf die Stirn. Dann noch einer. Und noch einer.

Sie beschloss, die Hündin ihrem Schicksal zu überlassen und rannte nach Hause. Würde sie eben, wie so oft, im Tierheim anrufen müssen. Sybilles Reaktion am Telefon konnte sie sich vorstellen. Die Frau im Tierheim machte stets den gleichen Witz, den Lola leider schon beim ersten Mal nicht verstanden hatte. Nach all der Zeit aber wäre es peinlich, noch nachzufragen.

Tropfnass gelangte sie nach Hause. Sie steckte den Schlüssel ins Schloss und, siehe da, im selben Moment kroch Mrs. Ochmonek unter der Treppe hervor.

„Da bist du ja!"

Mrs. Ochmonek spähte zu Lola hinauf. Als diese auf sie zu trat, warf sie sich auf den Rücken, Lola aber tätschelte nur ihren Bauch.

„Gut, dass du bist wieder da. Scheiße Wetter draußen, nicht wahr?"

Sie sperrte die Tür auf. Die Hündin versuchte sich an ihr vorbei ins Innere der Wohnung zu drängen. Lola bekam sie jedoch am Halsband zu fassen.

„Hier geblieben. Erst ich mache dich trocken."

Mrs. Ochmonek warf ihr einen traurigen Blick nach, als Lola ihr die Tür vor der Nase zudrückte und verschwand. Erst als die Tür abermals geöffnet wurde und Lola mit einem Handtuch vor ihr stand, wedelte sie wieder mit dem Schwanz.

„Ist gut, Kleine, ist ja gut", wisperte Lola, während sie die Hündin trockenrieb.

Nachdem sie Mrs. Ochmonek eine Schale mit Futter hingestellt hatte, briet Lola sich eine Tortilla de patata. Beim Kartoffel-Schneiden dachte sie an Julián. Seit er bei Totumay gewesen war, verhielt sich ihr Sohn seltsam. Nicht nur, dass er praktisch nichts erzählt hatte. Das war sie gewohnt. Überraschend genug, dass er mit dem Feuertraum zu ihr gekommen war. Seit den Tagen in der Eifel aber wirkte er abwesend und unnahbarer als üblich. Auch hatte er sich kaum blicken lassen.

Wenn sie ihm nur helfen könnte! Diese Träume machten ihr Angst. Sie konnte sich ebenso wenig einen Reim darauf machen wie alle anderen. Selbst die Experten wussten keinen Rat. All die Ärzte, die sie aufgesucht hatten! Nichts. Die Brandblasen auf seinem Bauch blieben.

Lola sog zischend die Luft ein. Diese schrecklichen Brandblasen! Mrs. Ochmonek stupste sie mit ihrer kalten Schnauze am Bein.

„Hast Recht, Kleine, ich sollte nicht mir so viele Sorgen machen."

Die Hündin knurrte zustimmend.

Als Julián ihr zum ersten Mal davon erzählt hatte, hatte er ihr wie ein Häufchen Elend gegenübergesessen. Lola erinnerte sich, dass ihr angst und bange wurde, als er sie mit seinem Silberblick ansah. Dieser Ausdruck in seinen Augen. Seither hatte sie dieses ungute Gefühl.

Nein, *damit* konnte es nichts zu tun haben, versuchte sie sich selbst ein ums andere Mal glaubhaft zu machen.

Gelingen wollte es ihr nicht recht. Wie ein Furunkel saß der Gedanke fest. Meldete sich immer dann zu Wort, wenn sie gerade nicht auf der Hut war.

Das Klingeln des Telefons schreckte Lola aus ihren Gedanken. Sie brauchte einen Moment, um sich zu sammeln. Hastig schob sie das Schneidebrettchen zur Seite und stolperte auf dem Weg zum Telefon über Mrs. Ochmonek, die zu ihren Füßen lag und auf einem Kauknochen herumbiss.

Lola nahm den Hörer von der Gabel. *„¿Dígame?"*

Sie lauschte.

„Aber kannst du uns natürlich besuchen kommen, hijo! Das weißt du doch! Jederzeit! Und was soll das schon für ein Papier spielen, dass es lange her ist? Du weißt doch, dass du hier immer willkommen bist! Ich freue mich auf dich, Kyriel! Julián auch, bin ich sicher!"

Lola saß am Tisch, aß und hing ihren Gedanken nach.

Eine Zeit lang war Kyriel zweimal pro Jahr nach Köln gekommen, um Julián zu besuchen. Sie mochte den Burschen. Das war genau die Art von Freund, die Julián gerade brauchte. Das Rechte geschah stets zur rechten Zeit.

Wann war er zuletzt hier gewesen? Das musste vier, fünf Jahre her sein. Dann hatte er sich verliebt und hatte sich nie wieder blicken lassen. So waren die Jungs in diesem Alter – kaum in festen Händen, mir nichts dir nichts von der Bildfläche verschwunden. Bei Julián war es dasselbe gewesen, als er damals diese Freundin hatte. Von einem Tag auf den anderen war er gerade mal zu Hause aufgetaucht, um ihr seine Schmutzwäsche zu bringen und den Kühlschrank zu plündern.

Sie konnte sich gut daran erinnern, wie sie Kyriel zum ersten Mal gesehen hatte. Was für ein hübscher Kerl! Blaue Augen und schulterlange blonde Haare. Er konnte nicht älter als 16 gewesen sein. Sie spürte ein sanftes Ziehen in ihrem Schoß, wenn sie daran zurückdachte. Wie er jetzt wohl aussah?

Die beiden hatten sich damals in Spanien kennen gelernt. Kyriel machte einen Interrail-Trip durch Europa, als er in Barcelona auf Julián stieß.

Es musste Mitte August gewesen sein. Jedenfalls waren Julián und seine beiden Cousins in der Barceloneta unterwegs gewesen und hatten mitten in der Nacht beschlossen, schwimmen zu gehen. Als sie am Strand ankamen, erwartete sie ein Menschenauflauf. Ein einziger Satz drang an Juliáns Ohr: *Ich verstehe kein Wort, von dem, was sie sagen.* Ehe seine Cousins sich versahen, hatte Julián sie stehen lassen und schob sich durch die Menschen. Inmitten der Ansammlung, von Polizisten umringt, stand ein Junge mit blondem Haar. Er sah müde und verwirrt aus. Zu seinen Füßen stand ein Traveller-Rucksack. Verzweifelt bemühte er sich zu erklären, dass er kein Spanisch spreche und ob die Herren nicht womöglich Englisch könnten. Das konnten sie nicht.

Julián lief auf den Blonden zu. Laut rief er: „Hey, Stefan! Wo warst du denn die ganze Zeit! Ich habe mir schon Sorgen gemacht!" Er zwinkerte dem Jungen zu, noch ehe die Polizisten sich zu ihm umdrehten. Hände legten sich auf Schlagstöcke. „Wir wollten uns doch an den Ramblas wieder treffen", fuhr Julián fort. Er lächelte einen der Beamten an. „Da müssen wir uns wohl verpasst haben –"

Er legte einen Arm um die Schultern des Fremden und fügte auf Spanisch hinzu: *„Disculpen las molestias, señores. Este es un amigo mío de Alemania y nos perdimos hace algunas horas. Va a dormir en mi casa. Uds. pueden ver, todavía lleva su equipaje. Pues,* *quizá sea mejor que ahora le lleve a casa, ya es un poco tarde, ¿no? Venga, perdonen, por favor, y ¡muchas gracias por su ayuda!"*

An Kyriel gewandt: „Komm mit, ich hole dich hier raus! Es ist verboten, am Strand zu schlafen."

Die Polizisten hatten sich noch nicht gefasst, da hatte Julián Kyriel auch schon am Arm gepackt und fortgezogen. Wie ein Lämmchen trottete dieser hinter ihm her. Erst in einer Gasse des alten Fischerviertels hielten sie an.

„Julián."

„Kyriel." Kyriel ergriff Juliáns Hand und grinste. „Für dich aber gern auch Stefan. Du hast mir ganz schön aus der Patsche geholfen."

„Keine Ursache. Kannst dich ja bei Gelegenheit revanchieren. Aber komm erst mal mit. Ein Bett für dich werden wir bestimmt noch auftreiben!"

So kam es, dass Kyriel die letzten zehn Tage seiner Reise im Haus von Lolas Schwester verbrachte und er und Julián gute Freunde wurden.

Lola lächelte. Das war der Julián, an den sie sich gern erinnerte. Rotzfrech und nie um eine Antwort verlegen.

Sie stand auf und brachte ihren Teller in die Küche. Mrs. Ochmonek folgte ihr auf dem Fuße. Ihr Schwanz wedelte, als gelte es einen Preis zu gewinnen. Als sie jedoch erkannte, dass Lola zum Bücherregal ging und das Päckchen mit den Tarot-Karten aus dem Schrank zog, verkroch die Hündin sich beleidigt unter den Tisch.

Was hatte es mit Kyriels Auftauchen wohl auf sich? Und was hatte es für Julián zu bedeuten?

Mischen. Ausfächern.

Lola schloss die Augen. Behutsam glitten ihre Finger über die Karten dahin, bis sie den kühlen Sog spürte. Sie zog die Karte heraus.

Nachdenklich betrachtete sie sie.

„Gar nicht so schlecht", murmelte sie und legte die Karte auf den Tisch.

Es war *Der Tod*.

Mrs. Ochmoneks Gebell hallte durch das Haus. Sie stürmte zur Tür und zurück, sprang an Lola hoch, drehte sich noch im Fluge und jagte wieder davon.

„Ist ja gut, Kleine. Ruhig! Das wird Kyriel sein."

Lola öffnete die Tür.

Tatsächlich stand Kyriel vor ihr. Er hatte sich verändert. Seine Haare trug er noch immer länger, aber er sah männlicher aus. Muskeln zeichneten sich unter dem T-Shirt ab, das eine Nummer größer hätte sein dürfen.

„Kyriel! Was für eine Freude, dich wiederzusehen! Es ist so lange her! Wie du aussiehst! Komm her, lass dich anschauen. Auf jeden Fall ich habe Tausende Male Julián gefragt, ob er hat von dir gehört, aber er meinte, dass ihr hattet schon ewig keinen Kontakt. Na siehst du – und jetzt auftauchst du ganz von selbst! Umso besser! Aber, aber, ich rede mit die Ellenbogen! Bitte, komm erst mal rein!"

Lola drückte Kyriel an sich.

Mrs. Ochmonek sprang an ihm auf und ab, ein einziger wedelnder Schwanz. Kyriel konnte ihr nicht genug Kopf und Bauch tätscheln. Immer wieder sprang sie auf, legte ihre Pfoten auf seine Beine und versuchte ihm das Gesicht zu lecken.

„Stell doch deinen Rucksack gleich im Gästezimmer."

„Wo ist Julián?"

„Ay, weißt du nicht? Er wohnt nicht mehr hier." Lola blickte zu Boden. „Aber kein Problem, du kannst die alte Zimmer haben. Ich habe viel Platz allein in Hause."

Kyriel nickte. „Aber er weiß, dass ich hier bin?"

„Kein Problem, wirklich. Du machst dich frisch, ich mache uns Café con leche. Willst du?"

Erst jetzt sah Lola Kyriel im hellen Licht und erschrak.

„Aber, hijo, was ist mit dir passiert? Du siehst so triste aus – wie sagt man? Ach ja – traurig! Nun gut, jetzt du setzt dich erst mal, dann haben wir Zeit uns unterzuhalten. Du bleibst doch ein paar Tage?"

Nachdem er geduscht hatte, setzte Kyriel sich zu Lola an den Küchentisch. Sie stellte einen Milchkaffee vor ihn hin und lehnte sich zurück. Dann erzählte Kyriel von Laura.

„Die Beerdigung war also vor fünf Wochen", endete er schließlich. „Tatsächlich habe ich meine Zelte in Nürnberg abgebrochen. Mein Nachmieter ist schon eingezogen. Meine Sachen sind bei meinen Eltern im Keller - außer dem, was ich dabeihabe. Wahrscheinlich kannst du dir ihre Begeisterung vorstellen."

Lola war blass.

„Was hast du jetzt vor?" wisperte sie.

„Ich musste weg, Lola. Alles hat mich an sie erinnert. Vier Jahre sind eine lange Zeit. Erinnerungen auf Schritt und Tritt. Ich konnte es nicht mehr ertragen."

Sie ging zu ihm hinüber und zog seinen Kopf an ihre Brust. Sanft wiegte sie ihn hin und her.

„Schhhh. Hier du kannst bleiben, solange du willst."

Kyriel löste sich vorsichtig aus ihrer Umarmung.

„Das ist lieb von dir." Er schluckte. „Ich weiß das zu schätzen!"

„Noch ein Café con leche?"

„Gerne. Ganz wie in alten Zeiten! Wir zwei, gute Gespräche und Café con leche."

Lolas Augen schimmerten als sie aus dem Raum ging.

Hatte sie deshalb den Tod gezogen?

Sie bezweifelte es. So einfach funktionierte das mit den Karten zumeist nicht.

Mit zwei vollen Tassen kehrte sie zurück. Sie setzte sich Kyriel gegenüber. Dieser lächelte sie an. Zu ihren Füßen grunzte Mrs. Ochmonek behaglich. Dann entwich ihr ein Wind, der den ganzen Raum verpestete.

Hunde!

Kapitel 10 – Le café aux folles

Ein lauer Wind strich durch die Kronen der Platanen auf dem Brüsseler Platz. Über die umliegenden Jugendstilhäuser erhoben sich die Türme von St. Michael. Es hatte Kyriel ins Belgische Viertel gezogen, nachdem er vergeblich versucht hatte, Julián zu erreichen. All die Cafés und Kneipen erinnerten ihn an längst vergangene Zeiten. Julián und er hatten damals gemeinsam die Straßen unsicher gemacht. Zwischen ihnen hatte es einen regelrechten Wettkampf darum gegeben, wer die schönste Frau des Abends anzusprechen wagte. Sollte er sie dann auch noch mit nach Hause nehmen, stand der Sieger fest.

Doch das war lange her.

An diesem Morgen stand Kyriel nicht der Sinn nach Eroberungen. Er suchte etwas in den Eingeweiden der Großstadt, das Hoffnung für ihn barg: *Vergessen*.

Hier lief er kaum Gefahr, Bekannten zu begegnen. Sich genötigt zu sehen zu erzählen, was er so verzweifelt hinter sich zu lassen suchte. Er hatte nicht gnadenlos sich selbst zu verkörpern. Kyriel - den die Menschen liebten oder ablehnten, je nachdem.

Das war der bestechende Vorteil der Fremde. Sie sprengte die Kerkermauern des Daseins. Erinnerungen anderer existierten in dieser Welt nicht.

Niemand, dessen mitleidigem Blick es zu entfliehen galt. Niemand, der krampfhaft bemüht war, einen aufzuheitern, wenn einem nicht nach Aufheiterung zumute war. Niemand, der meinte, man solle nicht allein sein, auch wenn man sich nicht nach Gesellschaft fühlte.

Vor ihm erstreckten sich die Täler der Zukunft. Eine Landschaft, die kein Kartograph bislang erkundet hatte.

Kyriel setzte sich auf die Stufen vor der Kirche. Er beobachtete die Passanten, die den Zauber des Ortes nicht zu bemerken schienen. Verblasster Bestandteil des Alltags. Er aber schloss die Augen und sog den Duft von Rosenblüten und Lavendel in sich auf.

Auf der Terrasse des *Hallmackenreuther* bestellte Kyriel sich einen Tee. Er wollte eben daran nippen, als das Telefon in seiner Hose zu vibrieren begann. Heiße Flüssigkeit ergoss sich über seinen Handrücken. Kyriel unterdrückte ein Fluchen.

Das musste Julián sein.

Endlich fand er das Telefon.

„Julián?" stieß er hervor.

„Koesterbaum hier. Ist Kyriel zu sprechen?"

„Papa, das ist ein Handy. Ich bin dran."

„Wo steckst du, mein Junge?"

„Ich sitze in einem Café und trinke einen Tee. Was gibt es?"

„Ich wollte nur hören, wie es dir geht."

„Ich bin gut angekommen."

Siegmar Koesterbaum zögerte. Im Hintergrund tutete es leise.

„Außerdem muss ich mit dir reden. Hast du ein paar Minuten Zeit?"

Kyriel strich sich die Haare aus dem Gesicht. „Ja, habe ich. Worum geht es?"

„Also deine Mutter und ich - wir haben uns Gedanken über dich gemacht. Versteh mich nicht falsch. Natürlich wissen wir, dass das eine schwere Zeit für dich ist. Aber wir sind der Ansicht, dass es nichts bringt, jetzt davonzulaufen."

„Aber Papa, das haben wir doch schon geklärt. Ich laufe nicht davon! Ich habe mir eine Auszeit genommen. Ich muss mir über einige Dinge in meinem Leben klar werden."

„Das verstehen wir ja. Aus diesem Grund haben wir uns überlegt, dass du wieder zu uns ziehen solltest."

Kyriel verdrehte die Augen.

„In Dinkelsbühl wirst du nicht ständig an alles erinnert, was geschehen ist. Dein altes Zimmer steht leer. Hier könntest du tun und lassen, was du möchtest. Immerhin ist uns klar, dass du jetzt erwachsen bist. Außerdem habe ich mit Herrn Rübsal aus der Personalabteilung gesprochen. Du kannst jederzeit bei uns anfangen, mein Junge. Aber bei deinem Abitur -"

„Wie oft soll ich es dir noch sagen?" entgegnete Kyriel. „Ich habe kein Interesse daran, bei der Sparkasse zu arbeiten."

„Ich möchte, dass du es dir noch einmal überlegst. Bei uns hast du einen sicheren Arbeitsplatz. In die Rentenversicherung würdest du auch endlich einzahlen. Außerdem verdienst du gut, wenn du ausgelernt hast. Du musst an deine Zukunft denken, mein Junge! Deine Mutter und ich sind uns einig, dass es dir Spaß machen würde, wenn du dem Ganzen bloß eine Chance geben würdest. Außerdem kämst du auf andere Gedanken. Laura hätte bestimmt gewollt -"

„Wag es nicht, sie da hineinzuziehen", Kyriels Stimme bebte. „Woher willst du wissen, was sie gewollt hätte! Du konntest sie von Anfang an nicht leiden!"

„Das ist doch nicht wahr, mein Junge."

„Ihr wart nicht mal auf ihrer Beerdigung! Ich bin euer Sohn, oder nicht? Sie war meine Freundin! Hättest du nicht ein Mal, nur ein einziges Mal, deinen Egofilm vergessen können?!"

„Das habe ich dir doch erklärt. Tante Muriel hatte diesen Termin beim Gerontopsychiater. Du weißt, wie schlecht ihr Zustand ist, mein Junge."

„Hör auf mich so zu nennen! Ich hasse das! Außerdem hättet ihr ja wohl einen anderen Termin für sie bekommen können, oder etwa nicht?"

„Auch das habe ich dir schon erklärt. Es ist unglaublich schwer, überhaupt einen Termin zu bekommen. Die haben Wartezeiten von bis zu drei Monaten."

Siegmar Koesterbaum hatte einen versöhnlichen Ton angeschlagen. Beinahe kleinlaut.

„Aber ich bin dein Sohn!" Mehrere Köpfe wanden sich zu ihm um. „Meine Freundin ist gestorben! Gestorben, verstehst du? Nichts mehr mit *in drei Monaten*! Und jetzt bildest du dir ein, ich würde zurück zu euch nach Dinkelsbühl kommen und alles wäre wie früher? Wie naiv bist du eigentlich?"

„Kyriel, beruhige dich. Deine Mutter und ich halten es für das Beste. Wir waren sehr großzügig, was deine Wünsche angeht. Als du damit ankamst, dass du Philosophie studieren willst, hielten wir das für keine gute Idee - aber wir haben dich finanziell unterstützt, oder? Das hast du zwar nicht lange gemacht, aber auch danach haben wir dich einfach machen lassen -"

„Einfach machen lassen? Nennst du es einfach machen lassen, wenn du mir alle zwei Wochen die neuesten Stellenanzeigen aus der Zeitung zuschickst? All die gutgemeinten Gespräche über mein Leben? Meine Zukunft? Die Rentenversicherung? Das nennst du einfach so machen lassen?"

„Wir meinen es doch nur gut, mein Junge."

„Du sollst aufhören, mich so zu nennen. Ich bin 24. Ich bin nicht dein Junge!"

Am Nachbartisch fiel ein Kaffeelöffel zu Boden. Irritiert sah Kyriel auf.

„Kyriel, du wirst immer mein Sohn bleiben, egal wie alt du bist. Auf jeden Fall wollen deine Mutter und ich nur dein Bestes, das weißt du doch. Wir haben entschieden, dass du es mit dieser Ausbildungsstelle probieren solltest –"

„Ihr habt entschieden? Das kann nicht dein Ernst sein, oder? Erinnerst du dich, dass du eben noch meintest, ich sei erwachsen?"

„Gib dem Ganzen eine Chance! Bis September ist noch ein Monat hin. Da hast du Gelegenheit, dir über einiges klar zu werden. Wir finden es völlig in Ordnung, dass du erst mal Urlaub machen willst, um ein wenig Gras über die Sache wachsen zu lassen. Aber momentan, wo diese amerikanische Immobilienkrise herüberschwappt, ist es wichtig, langfristig zu denken. Du wirst mir eines Tages noch dankbar sein."

Kyriels Finger hatten den Tisch mit Hilfe einiger Servietten in eine detailgetreue Nachbildung der Schlacht von Verdun verwandelt.

Unbeirrt fügte sein Vater hinzu: „Herr Rübsal meint, du hast noch zwei Wochen Zeit, es dir zu überlegen."

„Ich habe nicht vor, mir irgendetwas zu überlegen", zischte Kyriel.

„Dann muss ich dir leider sagen, dass du mit finanzieller Unterstützung von unserer Seite nicht mehr zu rechnen hast. Deine Mutter und ich sind uns einig, dass es Zeit wird, dass du etwas Vernünftiges mit deinem Leben anstellst. Du hast mehr als genug Zeit verplempert!"

„Ich komme auch ohne dein Geld klar. Falls es da Missverständnisse gibt, wirf einen Blick auf deine geheiligten Kontoauszüge! Und spar dir deine Erpressungsversuche!"

„Mein Junge, wie kommst du nur auf so etwas. Ich will dich doch nicht erpressen! Deine Mutter und ich –"

Kyriel legte auf und platzierte das Telefon unsanft auf dem Tisch.

„Stress?" fragte eine helle Stimme im gleichen Moment.

Kyriel sah auf.

„Darf ich mich setzen?"

Er sah sich um. Ringsumher waren kaum Tische besetzt.

Die Stimme gehörte einem blonden Mädchen. Auf dem Kopf trug sie eine türkis-gelbe Narrenkappe.

„Wenn's denn sein muss", brummte er.

Sie ließ sich nicht abschrecken.

„Eltern", sah er sich zu erklären genötigt. „Meinen immer, sie wüssten alles besser."

„Wer kennt das nicht?"

Ihr Lächeln leuchtete in den Sonnenstrahlen, die sich durch die Platanen stahlen. „Ich bin schon dankbar, wenn meine mir keinen Suchtrupp auf die Fersen hetzen, sobald sie mich ein paar Stunden nicht erreicht haben."

Kyriel griff nach seinem Rucksack.

„Möchtest du?"

Sie sah auf das Grünzeug in seiner Hand.

„Petersilie?" Sie runzelte die Stirn.

„Ein Tick von mir. Ich habe mal versucht, mit dem Rauchen aufzuhören. Da habe ich es mir angewöhnt." Er grinste. „Jetzt rauche ich und esse Petersilie."

„Warum nicht."

Auch er selbst schob sie sich einige Blätter in den Mund.

„Ich heiße übrigens Kyriel."

„Susanna."

„Ich will dir nicht zu nahe treten, aber das ist nicht gerade der übliche Kopfschmuck zurzeit oder habe ich einen Trend verpasst?"

Susanna schüttelte den Kopf. Die Glöckchen bimmelten.

„Du trittst mir nicht zu nah.“
„Und?“
„Frag nicht!“
Susanna lehnte sich auf ihrem Stuhl zurück. „Könnte ich noch ein bisschen Petersilie haben?“
„Klar.“
Rasch kramte Kyriel ein paar Stängel hervor.
Wieder erklangen die Glöckchen, als Susanna den Kellner herwinkte und einen Cappuccino bestellte. Ein paar Neugierige verrenkten sich die Köpfe, um den Ursprung des Geräuschs zu entdecken.
„Warum sitzt du hier eigentlich, so ganz allein?“
„Jetzt ist es an mir, *frag nicht* zu sagen.“
Susanna sah ihn erstaunt an.
„Sagen wir einfach, ich warte auf einen Freund, okay?“
Er drückte ihr einen weiteren Stängel Petersilie in die Hand.
„Erzähl mir lieber, was dich nach Köln führt. Du bist nicht von hier, oder?“
Sie legte die Stirn in Falten. „Mein Job, ursprünglich. Nicht schwer zu erraten, wo ich herkomme, nicht wahr?“
„So schlimm ist es nicht. Den Osten wird man wohl nie ganz los“, erwiderte Kyriel. „Ursprünglich?“
„Hat sich erledigt, sozusagen.“
„Der Job?“
„Lass mal - ich will dich nicht mit meinen Problemen belasten“, sie nippte an ihrem Cappuccino. „Siehst aus, als hättest du den Kopf voller eigener -“
„Bitte, nur zu! Ich bin froh, wenn sich meine Gedanken ausnahmsweise mal nicht um mich selbst drehen. Ich bin Egozentriker, musst du wissen.“
Susanna musterte ihn schweigend. Schließlich sagte sie: „Wenn du meinst. Aber behaupte hinterher nicht, ich hätte dich nicht gewarnt.“
„Ehrensache.“
„Um es in einem Satz zu sagen: ich bin zu nett.“
„Zu nett?“

„Laut meiner Chefin. Oder vielmehr Ex-Chefin." Sie langte nach dem Bund Petersilie, der mittlerweile auf dem Tisch lag. „Darf ich?"

„Vorsicht, sonst geht's dir wie mir. Irgendwann kommst du nicht mehr davon los."

Susanna lachte. „Vielleicht gibt es eines Tages Bilder im Kräuterregal, die die inneren Organe von Petersilie-Süchtigen zeigen. Petersilie", sagte sie mit tiefer Stimme, „gefährdet die Gesundheit ihres Kindes schon während der Schwangerschaft."

Kyriel grinste.

„Jedenfalls", fuhr sie fort, „war das die Begründung dafür, weshalb sie mich gefeuert hat - ich sei zu nett."

„Das kann nicht ihr Ernst sein! Es muss doch eine Vorgeschichte geben -"

„Das war der Kündigungsgrund." Susanna rührte in ihrem Kaffee. „Meine Kolleginnen haben sich beschwert, dass ich immer so gute Laune habe."

„?!"

„Das könne ja nicht echt sein. Wenn ich vornerum so nett bin, muss ich praktisch eine falsche Schlange sein."

„Wo hast du gearbeitet? Im Bestattungsinstitut?"

„In einer Buchhandlung."

„Wie lange?"

„Fünf Jahre."

So erzählte Susanna ihm von ihrer Zeit im Buchladen. Davon, wie mit den Jahren alles immer strenger geworden war, keine Zeit mehr für Gespräche mit den Kunden blieb und nur noch Studenten eingestellt worden waren.

„Das Problem ist, dass die Menschen heute sich alles gefallen lassen", sagte Kyriel.

Susanna verdrehte die Augen.

„Aber ist doch so", verteidigte er sich. „Keiner wehrt sich mehr, aus Angst um seinen Job. Die Konsequenz ist, dass jeder alles mit sich machen lässt. Und verlierst du den Job trotzdem, bist du sofort ein Sozialschmarotzer."

Die Glöckchen stießen aneinander, als Susanna ihm zustimmte.

Ein Mann mit zerfurchtem Gesicht quittierte das Geräusch mit einem übellaunigen Seitenblick. Kopfschüttelnd zerrte er seinen Rauhaardackel hinter sich her.

„So etwas hätte es früher nicht gegeben!" flüsterte Susanna mit Grabesstimme.

Kyriel lachte.

„Aber du hast Recht", nahm sie den Faden noch einmal auf. „Auf dem Arbeitsamt haben sie mich behandelt wie eine Verbrecherin."

„Arbeitsagentur."

Susanna winkte genervt ab.

„Ich brauche all diese sogenannten Errungenschaften des neuen Jahrtausends nicht", erwiderte sie. „Nächste Station: Findhorn. Man soll die Hoffnung ja nie aufgeben."

„Findhorn?"

„Eine Kommune in Schottland. An einer kleinen Bucht gelegen. Muss zauberhaft schön sein dort. Das hat mir Christine erzählt, die habe ich letztes Jahr auf dem Summerjam kennen gelernt. Geschichten hat die erzählt, sag ich dir! Beinah zu gut, um wahr zu sein."

„Was denn?"

„Entspannte Menschen. Nicht dieser Dauerstress. Essen selbst anbauen - solche Dinge." Ihr Blick wanderte hinauf zu einem Ast, auf dem ein Rotkehlchen saß und sein Lied sang. „Füreinander - nicht gegeneinander. Das ist viel wert. Ohnehin habe ich es satt, mir wie eine Bittstellerin vorzukommen."

„Gehst du mit deiner Kappe auch aufs Arbeitsamt?"

„Gerade dorthin!" versetzte Susanna.

Kyriel musste schmunzeln. „Erwarte dir einfach nicht zu viel dort", sagte er. „Dann wird es bestimmt gut werden."

„Was heißt schon zu viel?" Susanna funkelte ihn an. „Diese Heuchelei kotzt mich an. Ehrlichkeit wäre ein Anfang. Im Laden waren vornerum alle überfreundlich zu mir. Keiner hat mich je kritisiert. Nicht einmal diese Chance haben sie mir gegeben. Vermutlich wäre es ohnehin ein Kampf gegen Windmühlen gewesen. Wenn sie dir Falschheit unterstellen, kannst du nirgends ansetzen. Glaubt dir ja sowieso niemand. – Teufelskreis eben. Aber selbst die Chance, etwas zu ihren Anschuldigungen zu sagen, haben sie mir verweigert. Womöglich ticken die Menschen in Findhorn ja anders. Hoffen darf man schließlich. Sonst können wir uns gleich begraben lassen."

Vielleicht hatte Susanna Recht.

Weshalb der Welt nicht einfach den Rücken zuwenden! Es ging auch anders, das war klar.

Das blasierte Gesicht des Diktators aus Dinkelsbühl sah von seiner besserwisserischen Warte auf ihn herab. Sinnbild der väterlichen Denke war seit jeher die akkurat gestutzte Hecke ums elterliche Grundstück gewesen. Jenseits derer begann das Reich des Bösen. Seiner hatte man sich mit allen Mitteln zu erwehren.

Kyriel jedoch wollte sich nicht wehren. Ihm war jenes Reich zum Land der Verlockungen geworden. Ein Land ohne Ausbildung, Rentenversicherung und Schlips.

Würde auch er sich, wie Susanna, einfach auf und davon machen, seinem alten Herrn mitsamt seiner Sparkassensippe blieben die herrlich drapierten Zukunftspläne für den Sohnemann schlicht im Halse stecken!

So viel Unvernunft, Kyriel war sich sicher, verschlüge seinem Vater den Atem. Er konnte seine Mutter vor sich sehen, wie sie beflissentlich die Schweißperlen von Siegmars stressbefleckter Stirn tupfte.

Das Handy klingelte und riss ihn aus seinen Gedanken. Diesmal war es allerdings nicht seines.

„Alles klar!" sagte Susanna. „Bin schon auf dem Weg!"

Sie legte auf und wandte sich zu Kyriel.

„Ich muss los, sorry." Sie streckte ihm ihre zierliche Hand entgegen. „Hat mich echt gefreut! Vielleicht läuft man sich ja mal über den Weg!"

So einen Händedruck hätte Kyriel ihr gar nicht zugetraut.

Ehe er sich versah, hatte Susanna zwei Euro auf den Tisch gelegt und bimmelte über den Brüsseler Platz davon.

„Alles Gute!" rief Kyriel ihr nach.

Susanna aber drehte sich nicht noch einmal um.

Kapitel 11 - Briefe an Godot II

Nürnberg, 01. August 2008

Lieber Godot,

jetzt, da Laura tot ist, kann ich die Augen nicht länger verschließen. Also habe ich gestern gekündigt. Ich ertrage die Verachtung nicht mehr, mit der mein Spiegelbild mir entgegensieht. Zeit, die Masken abzunehmen.
Mischst auch Du inzwischen mit im großen Spiel? Oder warst Du stärker als ich, mein Freund?
Partnerportale im Internet, Stierkämpfe in Spanien, der Bauchmuskelfetisch von Cristiano Ronaldo – das alles kann mir jedenfalls gestohlen bleiben. Ich verschwende meine Zeit und ich bin es leid.
Doch wohin nun?
Noch vor einigen Jahren hatte ich die Illusion, unsere Presse sei frei. Hätte ich einen Job am Fließband angenommen, ich hätte Stumpfsinn erwartet – doch bei der Zeitung? Dennoch habe ich mich einlullen lassen. Schleichend. So läuft das. Nun bin ich ratlos.
Haben sie auch Dich zerbrochen, Godot, wie sie am Ende jeden Widerstand zerbrechen? Hinterfragt niemand den marktschreierisch deklamierten Endsieg des Kapitalismus?
In all ihrer Einfalt ist die Arroganz, die sich hinter diesem Glauben an ein Ende der Geschichte verbirgt, beinahe sympathisch. Sie erinnert an den Sonnenkönig.
Was nur, so frage ich mich, ist das für eine Welt, in der wir Menschen trotz all unsrer Errungenschaften nicht glücklich sind?
Die Alte, die mich anherrscht, ich solle sie erst aussteigen lassen, wenn ich reglos am U-Bahnsteig warte. Der Nachbar, der mit dem Besenstiel die Decke malträtiert, wenn ich Musik höre. Der Kollege, der mir die Mandelentzündung vorwirft, als läge ich krank im Bett, um ihm mehr Arbeit zu machen. Der Blick der Lidl-Kassiererin, wenn ich zu lange nach Kleingeld suche. Der lichthupende Mercedes-Fahrer, wenn ich einen LKW überhole. Homo homini vigil.
All diese Menschen schlucken die Schmähungen des Alltags und speien sie mir später als moralinsaure Brosamen ins Gesicht.

Verstehen kann ich sie. Doch was ist das für eine Welt?
Ich bin es leid, ständig zu kämpfen. All diese Aggression. Wieso ist im Schlaraffenland der ersten Welt meine Sehnsucht nach Zufriedenheit so abwegig?
Und schon zieht neues Unheil auf.
Finanzkrise.
Wie immer lassen sich die Lämmchen arglos zur Schlachtbank führen.
Sachzwänge. Schon rauscht es in meinen Ohren. Freiheit. Wie beim Krieg gegen den Terror. Du bist Deutschland. Uneingeschränkt.
Bis hinein in Dieter Bohlens Casting-Show.
Niemand der das Offensichtliche sagt.
Nein!

Wundert es Dich, dass ich mich verdrückt habe?
Niemand wagt aufzubegehren. Nach Alternativen zu suchen. Jenseits der ehernen Gesetze des Marktes.
Das nenne ich gelungene Fundamentalisierung – und unsereins ätzt gegen die Glaubenstreue der Muslime. Wir sind kein Stück besser, nur heißt unser goldenes Kalb nicht Koran, sondern Marktwirtschaft!
Du sahst die Dinge stets klarer als ich, sahst sie früher kommen. Besitzt Du sie noch, deine Hellfühligkeit, Godot? Ich habe Dich um diese Gabe beneidet. Manchmal aber machte sie mir Angst. Habe ich Dir das je gesagt?
Was gäbe ich darum, in diesem Augenblick Deinen Rat zu hören.

Oft schlug mir in diesen letzten Jahren Herablassung entgegen. Meine Kollegen nannten mich naiv.
Ist Naivität womöglich das Mal, das zu tragen uns auferlegt ist? Muss naiv sein, wer einmal frei war?
Derzeit mag man auf mich herabsehen. Menschen zu allen Zeiten ist es so ergangen. Menschen, die nicht ans Ende der Geschichte oder tausendjährige Reiche geglaubt haben. Die sich auf ihr Gespür verlassen haben. Auf ihren Glauben an Veränderung.
Eins wird allzu gern unterschlagen, wenn Darwins Evolutionstheorie zur Rechtfertigung angeblicher Unabänderlichkeit heran-

gezogen wird. Neben dem Totbeißen gibt es einen weiteren elementaren Bestandteil: Solidarität. Gegenseitige Hilfe.
Möge dies mein Leitstern bleiben.
War es ein Fehler, mich mit Laura zu entziehen? Den Kampf Kampf sein zu lassen?
Letztlich, denke ich, haben wir uns gar nicht entzogen.
Wir haben versucht, frei zu sein, nicht nur darüber zu sprechen.
Was mehr als einen Gegenentwurf könnte man liefern?
Ich kenne sie nicht, die einzig wahre Antwort auf alle Fragen.
Unser Ansatz war der Versuch, anders zu leben. Nur jenes bedeutungslose Leben, das uns im selben Augenblick so bedeutsam erscheint.
Ich werde diesen Weg nun allein fortsetzen müssen. Einen Weg der kleinen Schritte, nicht der globalen Umstürze.
Wenn ich doch nur mit Dir sprechen könnte, mein Freund. Ich hoffe, diese Zeilen erreichen Dich und ich höre bald von Dir. Danke für Deine Geduld. So Du diese Worte gerade liest, hast Du sie bewiesen.

Ich umarme Dich aus der Ferne und verbinde mich im Geiste mit Dir,

Dein Pascal

Kapitel 12 – Von der Flüchtigkeit der Sterne

Mrs. Ochmonek lag zu Lolas Füßen und gähnte. Julián versuchte krampfhaft, dieselbe Reaktion zu unterdrücken. Einzig Kyriel schien daran interessiert, was Lola zu sagen hatte.

„Wie ich habe schon gesagt, es geht um die Gesetze von Kosmos. Besonders um die Gesetz von Anziehung. Diese Gesetz sagt, dass du bekommst immer das, was du dir wünschst oder auch nicht dir wünschst, wenn du dich in Gedanken nur lange genug damit beschäftigst."

„Das ist Schwachsinn, mamá. Wenn das so wäre, hätte ich mir den Feuertraum ja ausgesucht! Ist das dein Ernst?"

Kyriel strich sich die Haare aus der Stirn. Unter seiner Schädeldecke probte eine Samba-Truppe.

Er trank ein weiteres Glas Wasser.

„Natürlich ist dir das nicht bewusst, cariño. Aber glaub mir, irgendeinen Sinn hat das Ganze! So das Universum funktioniert nun mal. Ob du willst das einsehen oder nicht!"

Sie legte das Buch auf den Tisch. *Law of Attraction.*

„Dein Problem ist, dass du immer und überall Zusammenhänge sehen willst! Du bist wie diese Jesus-Freaks, die in jedem Windstoß einen Pups Gottes sehen!"

„Ich bin deine Mutter, also pass gefälligst auf, wie du redest mit mir. Außerdem komm nicht mir mit Gott! War ich in eine Klosterschule gesteckt oder du?"

Mrs. Ochmonek knurrte.

„Du musst ihn verstehen, Lola! An seiner Stelle fiele es mir auch schwer, der Situation etwas Positives abzugewinnen."

Kyriel beugte sich hinab und tätschelte Mrs. Ochmoneks Kopf. Sofort warf diese sich auf den Rücken.

„Ich will ihm nichts einreden. Ich denke allerdings, es ist sinnvoll, die Dinge anzunehmen, so wie eben sind. Hilft nichts, gegen Träume sich verteidigen – das auch du mittlerweile verstehen haben solltest, Julián!"

„Lass uns aufbrechen, Kyriel! Kevin wartet bestimmt schon auf uns!"

„Willst du wirklich wieder losziehen?" stöhnte Kyriel. Mit glasigem Blick betrachtete er das Ziffernblatt seiner Taschenuhr. „Wollen wir nicht lieber einen Ruhigen machen?"

„Ist die von Gold?" fragte Lola.

Kyriel gab ihr die Uhr und nickte.

„Ein Erbstück von meiner Oma", sagte er. „Sie hat sie von ihrem Vater geerbt, als der gestorben ist."

„Es ist Samstagabend!" unterbrach Julián die beiden genervt. „Alles ist besser, als mir zu Hause komische Moralpredigten anzuhören." Er erhob sich vom Tisch. „Nach zwei Kölsch geht's dir wieder gut!"

„Ich hatte nicht vor, dir eine Moralpredigt zu halten, Julián. Aber du wirst erlauben, dass ich mache mir Sorgen!"

„Mach dir Sorgen, wenn du meinst", brummte Julián und griff nach seinem Pulli.

„Komm, Kyriel, wir gehen!"

Kyriel stand auf, warf Lola einen hilflosen Blick zu, doch da hatte Julián bereits die Tür ins Schloss gedrückt.

„Mutter!"

„Was gibt's denn? Ich bin im Keller!"

„Bring mir noch ein Bier, ja!"

„Ich komme sofort! Ich hänge nur noch die Wäsche auf! Kleinen Moment!"

Siegmar Koesterbaum saß in seinem Fernsehsessel. Er hatte die Beine hochgelegt. Im Fernsehen lief Fußball: Frankfurt gegen Hertha. Das Spiel ging in die achtzigste Minute. Die Eintracht lag 0:2 hinten. Siegmars Finger trommelten auf die Armlehne.

„Dein Bier."

Hannelore Koesterbaum wischte sich die platinblonden Haare aus der Stirn.

„Ach Mutter, geh doch aus dem Weg!"

Siegmar lehnte sich nach rechts, um den Bildschirm im Auge zu behalten.

„Entschuldige bitte."

Hannelore huschte davon. Ihr rechtes Augenlid zuckte.

„Brauchst du noch was?"

„Meinen Frieden", brummte Siegmar. „Foul! Das war ein Foul! Dieser Schiri ist doch gekauft!"

Leise zog Hannelore die Tür hinter sich zu. Sie trottete in den Keller und machte sich daran, die verbliebene Wäsche aufzuhängen. Es war besser, ihren Mann allein zu lassen, wenn er Fußball schaute. War die Eintracht am Gewinnen, ging es noch, aber wehe, wenn nicht. Dann hieß es, besser in Deckung gehen.

Sie schnappte sich eins von Siegmars Sparkassen-Hemden, schüttelte es aus und hängte es auf einen Holzbügel. Diese elenden Hemden. Sie konnte machen, was sie wollte. Nach fünf Monaten war der Kragen nicht mehr sauber zu kriegen. Da half kein Chlor und keine Bleiche. Und Siegmar brauchte zwei am Tag! Kam er mittags zum Essen nach Hause, zog er sich stets um. Wenn Der Herr ihn mit etwas reichlich gesegnet hatte, dann mit Schweißdrüsen.

Hannelore blickte hinüber zu dem Berg Bügelwäsche, der am anderen Ende der Waschküche auf sie wartete. Was half das Klagen! Die Hemden bügelten sich nicht von alleine.

„- gottverdammter - war doch rot - denn die Möglichkeit?!" drang Siegmars Wutgeschrei die Kellertreppe hinab. Und dann: „Mutter!"

Sie öffnete die Tür der Waschküche.

„Was ist denn, Schatz?"

„Bring mir doch noch ein Bier - nein, lieber ein Weizen, diesmal! Aber eins von den Kalten! Die liegen im untersten Fach!"

Ich weiß wo sie liegen, schließlich habe ich sie ja dorthin geräumt, dachte Hannelore Koesterbaum, während sie den Kühlschrank öffnete und rief: „Natürlich, Schatz!"

„Und lass nicht wieder die ganze Hefe in der Flasche!"

Auf der Kellertreppe beging eine Spinne den Fehler, Hannelores Weg zu kreuzen.

Manchmal fragte sie sich, warum sie nicht, wie normale Bedienstete, wenigstens anständig bezahlt wurde. Aber Siegmar konnte auch anders. Und was hätte er ohne sie anfangen sollen?

Dieser Gedanke verschaffte ihr eine gewisse Genugtuung, während sie das Weißbier langsam in das Weizenglas laufen ließ. Er mochte noch so ein Großkotz sein - ohne sie wäre der *Herr Sparkassenzweigstellenleiter* nicht einmal in der Lage, sich einen Topf Spaghetti zu kochen. Kläglich verhungern würde er -- oder noch mehr Geld in die Kneipen tragen.

Als sie die Tür zum Wohnzimmer öffnete, fiel ihr Blick auf Siegmars gerötete Glatze. Von der dunkelblonden Mähne seiner Jugendzeit war nichts geblieben außer einem mausgrauen Kranz um den Schädel. Kaum zu glauben, dass das derselbe Mann war, der sie damals mit seinen Luftschlössern um den Finger gewickelt hatte. Es war schwer, Siggi in *Herrn Koesterbaum* wiederzufinden.

Dieses Haus auf Korfu - das wäre etwas gewesen! Terrasse mit Blick aufs Meer. Stets eine salzige Brise in der Luft. Romantische Sonnenuntergänge. Jeden Tag Gyros, Kalamari und Ouzo.

Leider war es nie dazu gekommen. Vom Ouzo mal abgesehen. Siggi hatte die Beförderung angenommen. Die Zukunft musste warten. Dann kam das Kind und die Träume von einem Leben am Meer hatten sich in eine Sehnsucht nach vergangenen Zeiten verwandelt. Zeiten, als wenigstens die Träume noch wild und exotisch sein durften.

„So was muss doch drin sein!"

Hannelore reichte Siegmar das Weizen. Er nahm sie nicht zur Kenntnis. Schweißperlen standen ihm auf der Stirn. Gebannt starrte er auf den Bildschirm. Es lief die 90. Minute. Da kam der Abpfiff. Die falschen Spieler rissen die Hände in die Luft.

„Zu dumm zum Eierlegen! Die stolpern über ihre eigenen Füße!" Siegmar Koesterbaum schaltete ab. Im Raum kehrte Stille ein. „Ich brauche dringend einen Schnaps!"

Mit zwei Gläsern und einer eisbeschlagenen Flasche Ouzo kehrte Hannelore aus der Küche zurück.

„Du auch?" fragte ihr Gatte.

„Heute schon."
Sie goss sich selbst ein halbes, ihrem Mann ein ganzes Glas ein. Siegmar bedachte sie mit einem skeptischen Blick und trank. Hannelore nippte.
„Genau richtig!" er wischte sich mit dem Handrücken über den Mund. „Schenk mir doch noch einen ein!"
„Bitte."
„Bitte."
Nachdem er den zweiten Schnaps getrunken hatte, lehnte Siegmar sich im Sessel zurück. Er lockerte seine Krawatte, öffnete den obersten Hemdsknopf. Nachdenklich kratzte er sich am Kinn.
„Ich denke übrigens, dass Tante Betty Recht hat."
Wenn ihre Schwägerin ins Spiel kam, hatte Hannelore stets das Gefühl auf einen Mund voller Weintraubenkerne zu beißen.
„Womit?"
„Ich habe die Faxen dicke!"
Schweigend sah Hannelore ihren Gatten an.
„Jetzt tu nicht so! Du weißt haargenau, von was ich rede!"
Sie schluckte. „Er hat es nicht leicht gerade, Siggi. Lass ihm ein bisschen Zeit."
„Es ist ja nicht so, dass er erst seit dieser dummen Sache keinen Fuß auf den Boden bekommt."
„Der Junge braucht eben länger, bis er seinen Weg findet."
„So was hat es zu meiner Zeit nicht gegeben! Das Land geht den Bach runter!" Siegmar nestelte an seiner Krawatte herum. „Dass so eine Finanzkrise überhaupt entstehen kann, liegt nur daran, dass die jungen Leute von heute keinen Mumm mehr in den Knochen haben. Wir haben das Land nach dem Krieg wiederaufgebaut und jetzt –"
„Du bist '54 geboren!"
„Und wenn schon! Damals haben alle mit angepackt! Mein Vater hätte mir was erzählt, wenn ich ihm mit solchen Flausen gekommen wäre."
Hannelore füllte Siegmars Glas. Müde blickte sie zur Standuhr in der Diele.

„Wovon will der Junge leben, wenn wir mal nicht mehr sind? Bis heute hat er keine müde Mark in die Rentenkasse eingezahlt!"

Hannelore seufzte.

„Da brauchst du nicht zu seufzen. Diese Generation hat keinen Weitblick mehr! Von klein auf wurde denen alles hinten reingeschoben!"

„Aber Siggi, das stimmt nicht!" unternahm Hannelore einen zaghaften Versuch zu widersprechen. „Bei Mc Donald's musste der Junge seine Beiträge zahlen wie jeder andere auch."

„Mc Donald's. Wenn ich das schon höre. Da verrechnet ihr euch, meine Liebe. Selbst wir können froh sein, wenn wir noch eine anständige Rente kriegen! Aber er: kein Riester, kein gar nichts!"

„Du kannst ihn nicht zwingen. Was hättest du gesagt, wenn dein Vater dir ständig reingeredet hätte?"

„Das kann man überhaupt nicht vergleichen! Ich habe eine anständige Ausbildung gemacht und dann mein eigenes Geld verdient. Der Junge treibt sich nur in der Weltgeschichte herum." Mit hochrotem Kopf saß Siegmar am Tisch. Er atmete schwer. „Schließlich mussten wir alle irgendwann lernen, was richtig ist."

Hannelore ergriff die Ouzo-Flasche und goss zwei weitere verlorene Träume ein.

„Und was gedenkst du zu tun?"

„Das", Siegmars Augen funkelten, „lass mal meine Sorge sein!"

Hannelore zog ihre Strickweste enger. „Aber Siggi." Sie sah ihn von unten herauf an. „Wir sind seit 33 Jahren verheiratet, mir kannst du es doch sagen!"

„Du musst auch nicht alles wissen. Am Ende tratschst du es wieder herum - ich kenne dich! Sobald eins von deinen komischen Weibern auf den richtigen Knopf drückt –"

Gekränkt verschränkte Hannelore die Arme vor der Brust.

„Eins lass dir gesagt sein", flüsterte Siegmar. Sein saphirblauer Blick sank auf den Grund des Weizenglases.

„Weihnachten ist der Bursche wieder zu Hause."

Drei Kölsch und der Kater war vergessen.

Kevin saß zwischen Julián und Kyriel. Wie üblich sah er aus wie ein Teddy, der ein Verbrechen zu vertuschen suchte.

Er knuffte Julián in die Seite. „Was ist los mit dir?"

Julián zuckte zusammen und ließ von seinem Ohrläppchen ab.

„Nichts. Alles okay. Musste kurz an einen Streit mit meiner Mutter denken."

„Die beruhigt sich wieder", meinte Kyriel. „Außerdem hat sie es nicht böse gemeint."

„Ist auch egal. Lasst uns woanders hingehen!" Julián sah sich um. Außer dem Barkeeper und ein paar Gestalten am Tresen, die zu tief ins Glas geschaut hatten, war niemand da. „Ich habe Lust zu tanzen!"

„Tanzen?" fragte Kevin ungläubig. „Du kriegst doch den Stock nicht aus dem Arsch!"

Julián warf ihm einen vernichtenden Blick zu. „Nichts gegen euch, Jungs, aber ich brauche ein paar Mädels um mich herum."

„Und ich hatte gehofft, du wärst erwachsen geworden", stöhnte Kyriel in gespielter Verzweiflung.

„Nur weil du es nicht mehr nötig –" Der Rest des Satzes blieb Julián im Halse stecken. „Tut mir leid."

„Vielleicht hast du Recht", Kyriel klopfte Julián auf die Schulter, „und eine neue Bekanntschaft würde mir helfen."

„Was schiebt ihr denn jetzt für einen Film?" fragte Kevin.

Julián winkte ab. „Zahlen bitte!"

„Nur Prolls hier", zischte Kevin, als sie die Treppe zur Tanzfläche des Clubs hinuntergingen.

„Habe ich dir doch gesagt!" entgegnete Julián.

Kevin zuckte mit den Achseln. „Wir müssen uns die Ladies eben schöntrinken."

Julián legte den Arm um Kevins Schulter. Er zeigte auf ein kurzberocktes Mädchen mit langen Beinen. „Nicht so übel, oder?"

Kevins Augen weiteten sich. „Ich brauche erst mal einen Drink", meinte er.

„Wodka!" Schon war Julián in Richtung Bar verschwunden. Als er zurückkehrte, reichte er seinen Begleitern je ein Longdrinkglas voll durchsichtiger Flüssigkeit und wedelte mit mehreren Päckchen Ahoi-Brause vor ihren Gesichtern herum. „Ich habe einen Deal mit der Barfrau gemacht."

„Wenn wir das geleert haben, kriegen wir nicht mal mit, wenn die Froschkönigin uns wachküssen will!" schrie Kyriel gegen den Lärm an.

„Ich nehme Waldmeister", sagte Kevin.

Am Rande der überfüllten Tanzfläche verschanzte sich Kyriel hinter einem Lächeln. Zu wummernden Electro-Beats schlingerten entfesselte Hüften durch den Raum. Brüste wurden feilgeboten wie Obst auf dem Wochenmarkt. Bauchnabelpiercings funkelten im Stroboskoplicht. Der Wodka hatte Kyriels Kopf in einen Wattegarten verwandelt. Die Prinzesschen um ihn her waren ihm gleichgültig. Allerdings hatte er es satt, wie ein rohes Ei behandelt zu werden und harrte deshalb aus. Außerdem: wo hätte er schlafen sollen? Er hatte keinen Schlüssel zu Juliáns WG und Lola konnte er kaum mitten in der Nacht wecken.

„Sorry!" riss ihn ein Mädchen aus seinen Gedanken. Während Kyriel sich noch das Bier vom Arm wischte, war sie schon auf der Tanzfläche verschwunden.

Er sah sich um. Kevin stand am gegenüberliegenden Ende des Clubs. Mit einer Hand klammerte er sich an der Bar fest, in der anderen hielt er einen Drink. Die Mireille-Mathieu-Frisur zu seiner Linken hing gebannt an seinen Lippen.

Aber wo war Julián?

Als er ihn schließlich entdeckte, musste Kyriel sich ein Lachen verbeißen. Sein Freund war dabei, einer Blondine ins Ohr zu kriechen – was sich als schwierig entpuppte, da die Auserwählte ihn um Haupteslänge überragte. Ihr Jeans-Rock bedeckte kaum die Pobacken.

Aus dem Augenwinkel sah Kyriel einen Typen im Muskelshirt, der auf das Mädchen zusteuerte. In der Hand hielt er zwei volle Gläser. In dem Moment, als der Typ Julián bemerkte, schob er die buschigen Augenbrauen zusammen. Schlagartig war Kyriel nüchtern.

Noch während er loslief, versuchte er Julián ein Zeichen zu geben. Der aber ging völlig in der Rolle des Eroberers auf.

Das Mädchen sah auf. Kyriels Blick und der ihre trafen sich in der Mitte des Raumes. Bitte, flehte er. Sie verzog keine Miene. Hilflos deutete Kyriel auf Julián. Sie lächelte.

Da war es auch schon zu spät. Muskelshirt tippte Julián auf die Schulter. Dieser drehte sich nichtsahnend um.

So schnell er konnte, drängte sich Kyriel durch die Tänzer, aber es war einfach zu voll. Er hatte keine Chance.

Muskelshirt versetzte Julián einen Faustschlag mitten ins Gesicht. Dieser ging zu Boden. Die Musik übertönte Kyriels Schrei. Muskelshirt drosch ohne Unterlass auf Julián ein.

Als Kyriel sich endlich zum Ort des Geschehens durchgekämpft hatte, versuchten einige Umstehende, Muskelshirt wegzuzerren. Der spie jedoch Gift und Galle.

„Du blöder Wichser! Dich mach ich kalt! Meine Alte angraben! Ich mach dich platt! Mit dir bin ich noch nicht fertig!"

Noch immer traktierte er den am Boden Liegenden mit Fußtritten. Mehrere kräftige Kerle mühten sich damit ab, seine Hände in Schach zu halten.

Kyriel zerrte Julián so gut es ging außer Reichweite, dabei bekam auch er einige Fußtritte ab. Als endlich einige Menschen zwischen ihnen und Muskelshirt standen, half er Julián auf.

„Lass uns verschwinden! Der dreht total durch!"

Noch immer versuchte Muskelshirt sich loszureißen. Einige Leute redeten beschwichtigend auf ihn ein. Blut tropfte aus Juliáns Nase und beschmutzte sein weißes Hemd.

„Wo ist Kevin?"

„Keine Ahnung," erwiderte Kyriel. „Lass uns hier abhauen. Kevin kann allein auf sich aufpassen!"

„Wieso muss immer mir so was passieren?"

Julián betupfte seine aufgesprungene Unterlippe mit einem feuchten Taschentuch. Seine Nase hatte aufgehört zu bluten, doch er fühlte sich völlig zerschlagen. Er war nie der Kämpfertyp gewesen und hatte gar nicht erst versucht, der geballten Aggression, die da auf ihn niederprasselte, etwas entgegenzusetzen.

„Keine Ahnung! War vielleicht keine gute Idee, ausgerechnet in einen Club am Ring zu gehen."

„Woher hätte ich bitteschön wissen sollen, dass die Tussi einen Freund hat? Sie hat keinen Ton davon gesagt!"

Die beiden saßen am Fuße einer Trauerweide. Sie blickten auf den Aachener Weiher, in dem sich die nächtlichen Lichter der Stadt spiegelten. Kyriel zuckte mit den Achseln. Auf manche Dinge gab es nichts zu erwidern.

„Das ist alles so ungerecht. Weißt du, wie lang ich schon keinen Sex mehr hatte?"

Kyriel schüttelte den Kopf. Zwei Wochen, wie er Julián kannte. So war das zumindest früher gewesen. Die Frauen schienen Juliáns Silberblick unwiderstehlich zu finden. *Dein Freund ist ja soo süß*!

„Zweieinhalb beschissene Jahre!"

„Wirst du langsam alt?"

„Sehr witzig! Meinst du, ich finde das zum Lachen?"

„Entschuldige. Natürlich nicht. Erzähl schon, wie kommt's?"

Julián riss Grashalme aus und schleudert sie ins Wasser.

„Es ist wegen der Hautsache. Davon habe ich dir gestern erzählt, oder?"

„Schon, aber - *und*?"

„Also, es ist - ich, also", druckste Julián herum. „Ich habe dir doch von meinen Brandblasen erzählt -"

Kyriel nickte.

„Die am Bauch, meine ich -" Julián stockte. „Also, ähm, naja - der Bauch ist nicht die einzige Stelle, wo ich die habe -"

„Du meinst?"
„Genau."
Kyriel sah zum Himmel hinauf. Über ihm stand der Große Wagen.
„Das ist beschissen."
„Was glaubst du, warum mich diese ganze Sache wahnsinnig macht!"
„Manchmal", erwiderte Kyriel, „manchmal kommt es mir so vor, als hätte es jemand da oben auf mich abgesehen. Als würde jemand Sterne abgreifen und sie dann auf die Erde schleudern. Sternschlag. Verstehst du? - Alles um mich herum fällt in sich zusammen. Und ich? Ich stehe daneben und kann nur zusehen."
„Sternschlag?" Julián sah zum rötlichen Großstadthimmel auf. „Also, wenn ich hier so liege - womöglich hast du Recht." Er deutete gen Himmel. „Kaum noch Sterne übrig."
Eine Weile sagte keiner ein Wort.
Dann meinte Kyriel: „Mach dir nicht so viele Gedanken. Irgendeine Lösung gibt es immer."
„Du wirst verstehen, dass sich mein Optimismus mittlerweile in Grenzen hält." Nachdenklich kaute Julián auf seinem Daumen herum. „Danke übrigens, dass du mich da rausgeholt hast!"
„Erinnerst du dich an die Nacht in der Barceloneta?"
Juliáns Augen funkelten.
„Ich hatte dir versprochen, dass ich mich eines Tages revanchieren würde!"
„Ach das. Das ist doch längst vergessen!"

Der Abend begann wie so viele andere.
Lola stand in der Küche und bereitete das Abendessen vor. Mrs. Ochmonek wich ihr nicht von der Seite. Aufmerksam beäugte sie jeden von Lolas Handgriffen.
„Sollst auch nicht leben wie ein Hund", murmelte Lola und warf ihr einen Brocken Rind zu.

Julián und Kyriel hatten sich zum Essen angesagt. Lola schälte Kartoffeln. Ihre Hände zitterten leicht. Es sind doch nur Kyriel und Julián, schalt sie sich. Aber die Abende allein wurden ihr hin und wieder lang, insofern freute sie sich auf die beiden.

Der zaghafte Versuch, den sie unternommen hatte, um Kyriel zum Bleiben zu bewegen, war in dem Augenblick zum Scheitern verurteilt gewesen, als Julián verkündet hatte, einer seiner Mitbewohner fahre über die Semesterferien nach Hause.

Sie mochte es Kyriel nicht verdenken. Wer würde schon gern mit einer alleinstehenden Frau zusammenleben, wenn er ebenso gut in einer WG in Ehrenfeld wohnen konnte? Noch dazu auf der falschen Rheinseite.

Es klingelte.

Lola erschrak. Sollten das schon die Jungs sein? Die waren doch sonst nie zu früh dran! Noch nicht mal das Essen war fertig! Hastig schob sie die Kartoffeln in die Spüle. Einige kullerten über die Arbeitsplatte davon. Während Lola sich die Hände abtrocknete, kalkulierte sie rasch. Der Salat war schnell gemacht und auch die Steaks brauchten nicht lange. Aber die Kartoffeln! Daran konnte sie nichts ändern. Es dürfte noch etwas Tortilla im Kühlschrank sein. Das musste eben genügen.

Lola eilte zur Tür. Mrs. Ochmonek dackelte hinter ihr her. Sie knurrte. Verwundert wandte Lola sich zu ihr um.

„Was ist los mit dir?"

Die Hündin blieb die Antwort schuldig, stattdessen sträubten sich ihr die Nackenhaare.

„Sitz! Alles ist gut!"

Lola öffnete die Tür, zunächst einen Spalt.

„Ich dachte, wolltet ihr erst um –"

Es verschlug ihr die Sprache. Mrs. Ochmonek gebärdete sich wie toll.

„Du?"

Die Hündin fletschte die Zähne und kläffte.

„Wirst du wohl still sein! Ruhe jetzt!"

Abermals starrte Lola den unerwarteten Besucher an. Dann besann sie sich und zog die Tür auf.

„Entschuldige bitte - wie unhöflich von mir! Komm erst mal rein! Du bist platschnass! Es regnet draußen?"

„Nicht weiter tragisch."

„Siehst du, ich bekomme nichts mit in diese Küche ohne Fenster. Warte. Ich bringe dir ein Handtuch! Vielleicht ich finde auch anderes Hemd für dich. Ich habe ein paar alte Sachen im Schrank."

„Lola, mach dir bitte keine Umstände."

Mrs. Ochmonek schnüffelte an der dargebotenen Hand. Sie ließ ein letztes Knurren verlauten, dann schleckte sie zögerlich über den Handrücken.

„Aber das sind nicht Umstände! Du kommst gerade rechtzeitig zum Essen! Julián und sein Freund kommen gleich. Aber es genügt bestimmt für einen mehr!"

„Ohnehin ist es dein Sohn, den ich sprechen wollte."

„Julián?"

Der Stern wankte bedenklich, sandte einen Eishauch zur Erde hinab.

Lola fröstelte.

Der Besucher drückte die Tür ins Schloss und trat in die Diele.

„Ich fürchte ja. Es gibt da etwas, das er erfahren muss."

Kapitel 13 - Was vom Leben übrig blieb

„Habe ich Lust auf Lolas Steaks heute Abend!"

„Das kannst Du laut sagen! Deine Mama ist eine begnadete Köchin, was man von uns beiden nicht gerade behaupten kann."

Kyriel begutachtete den Topf mit verkrusteten Spinatresten, der seit Tagen in der Spüle stand. Die Kartoffeln auf dem Teller daneben sahen kaum besser aus. Vier, fünf weitere Tage und sie könnten damit anfangen, ihnen erste einfache Sätze beizubringen.

Kyriel fasste sich ein Herz, räumte den Spinattopf und einen Stapel Teller aus der Spüle, drehte den Hahn auf und ließ heißes Wasser ein.

„Lass uns das doch später machen", sagte Julián, „es ist so schönes Wetter draußen!"

„Du findest immer eine Ausrede! Langsam wird es eklig. Ich mache das jetzt schnell."

„Schnell?" Julián sah ihn zweifelnd an. „Das glaubst du wohl selber nicht. Das dauert Stunden!"

Kyriel bückte sich, um das Spülmittel unter dem Becken hervorzuholen. Unbemerkt schlüpfte der Fulgurit unter seinem T-Shirt hervor. Er baumelte an einem Lederband um Kyriels Hals. Ehe er ihn zurückstopfen konnte, griff Julián danach.

„Was ist das für ein hässliches Ding?" fragte Julián.

Seine Finger schlossen sich um den Fulgurit.

„Lass ihn los!" sagte Kyriel scharf.

Julián war zu verdutzt, um loszulassen. Er nahm den Fulgurit und betrachtete ihn.

„Ich habe gesagt, du sollst ihn loslassen!"

Kyriel stieß Julián heftig von sich. Der stolperte. Verlor das Gleichgewicht. Fiel. Das Band riss entzwei.

Den Fulgurit in Händen fand Julián sich auf dem Boden wieder.

Kyriel war bleich.

„Gib das sofort zurück!"

Ihm war mit einem Mal kalt vor Zorn.
Julián sah zu ihm auf. „Sag mal, spinnst du? Was in Gottes Namen ist in dich gefahren?"
Kyriel starrte ihn an. „Du sollst ihn hergeben, habe ich gesagt."
Kopfschüttelnd legte Julián den Fulgurit in Kyriels Hand.
Dieser wandte sich um und verließ die Küche, ohne ein weiteres Wort zu verlieren.

Kyriel saß auf seinem Bett und betrachtete ein zerknittertes Foto.
Darauf hielt er Laura von hinten umfangen und strahlte in die Kamera. Ihr Haar wallte unter einem Strohhut hervor. Das Licht der Abendsonne brach sich auf dem Fluss. Erst am Tag vor der Abfahrt hatte er ihr dieses weiße Kleid geschenkt. Eine Ewigkeit schien seither vergangen. Laura deutete auf einen Punkt außerhalb des Fotos. Schmerzlich wurde ihm bewusst, dass er sich nicht daran erinnern konnte, worauf sie gezeigt hatte. Den Hradschin?
Zaghaft klopfte es an der Zimmertür. Kyriel sagte kein Wort. Noch einmal. Dann wurde das Klopfen lauter. Als Kyriel noch immer nicht reagierte, verstummte es schließlich. Schritte entfernten sich den Gang hinab.
Kyriel warf noch einen Blick auf das Foto, dann steckte er es wieder in seinen Geldbeutel. Er ließ sich nach hinten fallen und zog sich die Decke über das Gesicht.

Es war wiederum ein Klopfen, das Kyriel weckte. Er brummte vor sich hin, da öffnete sich die Tür auch schon. Julián betrat den Raum.
Kyriel setzte sich auf und rieb sich den Schlaf aus den Augen.
„Entschuldige", sagte Julián und hielt ihm ein ledernes Band hin. „Das habe ich für dich besorgt." Er sah zu dem Fulgurit, der auf dem Nachttisch lag. „Darf ich?"

Kyriel nickte, also zog Julián das Band durch den Stein. Dann setzte er sich neben Kyriel aufs Bett und legte ihm das Lederband um den Hals.

Rasch schob Kyriel den Fulgurit unter sein T-Shirt.

„Ich weiß nicht, warum ich so reagiert habe", sagte er.

„Kein Problem."

Die beiden sahen einander an.

„Willst du mir davon erzählen?" fragte Julián.

Kyriel fuhr sich mit der Hand die Haare aus der Stirn. „Es ist wegen Laura."

„Wie meinst du das?"

So erzählte Kyriel ihm die Geschichte des Fulgurits. Julián hörte schweigend zu.

„Keine Ahnung, weshalb ich so wütend geworden bin", endete Kyriel schließlich. „Es ist alles so viel in letzter Zeit."

„Du wolltest ihn beschützen. Das ist doch verständlich."

Kyriel zuckte mit den Achseln. „Findest du?"

„Er ist alles, was dir von ihr geblieben ist."

Kyriel schluckte. Sein Blick wanderte zum Fenster.

„Ich kann nicht aufhören, mich zu fragen, was gewesen wäre, wenn wir uns an diesem Abend nicht gestritten hätten."

„Du kannst es nicht ungeschehen machen."

„Dennoch", entgegnete er. „Einmal? Wieso haben wir es nicht einmal geschafft? Vielleicht wären wir gemeinsam aufgestanden am nächsten Morgen. Sie wäre nicht an den See gefahren. Hätte zu Hause auf mich gewartet."

„Du bist wütend auf sie", stellte Julián fest.

„Wütend?" Kyriel stand auf. „Wieso sollte ich wütend sein? Schwachsinn. Ich bin nicht wütend."

„Natürlich bist du das."

„Glaubst du, sie hat es sich ausgesucht? Wie könnte ich wütend auf sie sein, Julián? Sie ist tot."

„Das spielt keine Rolle."

„Wir hätten einen entspannten Abend haben können. Warum musste sie mit diesem Thema anfangen? Unser letztes gemeinsames Erlebnis war ein Streit! Wenn ich auf jemanden wütend bin, dann nicht auf sie, sondern auf die Welt. Das Schicksal. Es ist so verdammt ungerecht."

„Du bist wütend auf sie. Und auf dich selbst", beharrte Julián. „Aber das ist okay. Es ist dein gutes Recht - selbst wenn sie tot ist. Vielleicht solltest du anfangen, das zu akzeptieren."

„Kannst du endlich damit aufhören? Ich habe sie geliebt."

„Eben das ist der Grund."

„Das ist vollkommen unlogisch. Wenn ich sie geliebt habe, wieso sollte ich sauer auf sie sein? "

„Weil sie dich verlassen hat."

„Sie hat mich nicht verlassen." Kyriels Augen funkelten. „Sie ist gestorben."

„Das ist dasselbe", entgegnete Julián.

„Wie kannst du so etwas sagen? Sie ist nicht zu einem anderen gelaufen. Sie ist bei mir geblieben." Kyriel erhob die Stimme. „Kannst du den Unterschied nicht begreifen? Sie wurde von einem Blitz erschlagen. Sonst wären wir noch immer zusammen!"

„Du verstehst mich nicht."

„Nein, da hast Du Recht. Und ich habe keine Lust, mir das länger anzuhören. Ich will meine Ruhe haben. Lass mich allein, bitte."

„Kyriel."

„Verschwinde, Julián. Ich brauche mir von dir nicht erklären zu lassen, was ich fühle."

Julián erhob sich zögerlich. „Das ist nicht gegen dich gerichtet. Ich–"

Als er Kyriels Blick sah, verstummte er.

„Wir sehen uns dann später", murmelte er noch, als er die Tür hinter sich zuzog.

Julián saß am Schreibtisch und starrte auf seinen Rechner, als Kyriel Stunden später sein Zimmer betrat. Sonnenlicht fiel durch die orange changierenden Vorhänge. Da Julián nicht aufsah, setzte Kyriel sich aufs Bett. Gandalf blickte milde auf ihn herab.

Kyriel drehte eine Zigarette und hielt sie dem Freund hin. Endlich sah Julián auf. Er ergriff die Zigarette und steckte sie sich an.

„Das ergibt doch keinen Sinn", sagte Kyriel. Seine Hand umschloss den Fulgurit.

„Ich habe nicht behauptet, dass es Sinn ergäbe", entgegnete Julián und stieß eine Rauchwolke aus.

„Wie kann ein Stein alles sein, was von einem Menschen übrig bleibt?"

Julián starrte an Kyriel vorbei aus dem Fenster. „Ist er nicht", flüsterte er. „Du hast Erinnerungen, oder?" Er schloss die Augen. „Das ist wenigstens etwas."

„Erinnerungen", sagte Kyriel verächtlich.

Er hielt den Fulgurit gegen die Sonne. Das Glas im Inneren funkelte.

„Hin und wieder ertappe ich mich, wie ich darauf warte, dass sie zurückkommt. Ich habe das Gefühl, Laura sei nur kurz aus dem Raum gegangen. Oder ich höre ihre Stimme. Ihr Lachen. Ist das nicht seltsam?"

„Finde ich nicht", entgegnete Julián.

Sie schwiegen.

„Was ich dich schon die ganze Zeit fragen wollte", wechselte Kyriel letztlich das Thema, „Lola hat mit mir darüber gesprochen, dass du einen Mann in der Eifel aufgesucht hast. Diesen Waldheiligen."

Ohne zu wissen weshalb, blickte Julián nach oben. Ein Eishauch wehte ihn an.

„Das hätte ich mir sparen können."

„Erzähl schon! Konnte er dir nicht weiterhelfen?"

„Wenn ich es dir sage: Ein Waldschrat, nichts weiter. Ich weiß selbst nicht, warum ich auf Lola gehört habe."

„Zu mir meinte sie", entgegnete Kyriel, „der Typ sei außergewöhnlich."

„Du weißt doch, wie sie ist. Sie übertreibt gern. Der Typ hatte nicht einmal mehr Zähne im Mund. Nur verfaulte

Stumpen. Ekelhaft. Was weiß ich, weshalb der mitten in der Wildnis haust."

„Aber was hat er dir geraten? Wegen des Traumes meine ich?"

„Nichts als Stuss hat der von sich gegeben. So einen Schwachsinn wollte ich mir nicht anhören, also bin ich wieder gegangen." Juliáns Finger spielten mit seinem Ohrläppchen.

„Schade", meinte Kyriel. „Hörte sich interessant an."

„Du kennst Lola. Sie hat einen Tick, was dieses spirituelle Zeug angeht. Aber was sie an dem Typen fand, kann ich dir beim besten Willen nicht sagen. Hat mich einen ganzen Tag gekostet."

„Verstehe."

„Ich wäre dir dankbar, wenn du das Thema heute Abend nicht anschneiden würdest. Bin froh, dass sie mir damit bislang nicht weiter auf die Pelle gerückt ist. Besser keine schlafenden Hunde wecken."

Kapitel 14 - Briefe an Godot III

Nürnberg, 17. August 2008

Lieber Godot,

ich fürchte, ich habe einen Fehler begangen. Du weißt, ich hatte seit jeher ein angeborenes Talent dafür, mich in Schwierigkeiten zu bringen. Nun, ich will den Ereignissen nicht vorgreifen und von vorn beginnen:
Alles begann harmlos – mit einer unerwarteten Begegnung heute Morgen. Ich saß auf den Stufen vor der Lorenzkirche und schmökerte in der „Entdeckung des Himmels", als plötzlich ein Mann vor mich hintrat und meinte, er glaube mich zu kennen. Ob ich nicht auf Lauras Beerdigung gewesen sei. Noch während er sich anschickte, sich mir vorzustellen, wurde mir klar, dass Peter Bernhard vor mir stand – Lauras Vater. Da er offensichtlich keine Ahnung hatte, wer ich war, stellte ich mich meinerseits vor. Er zeigte keinerlei Regung, als ich meinen Namen nannte. Scheinbar wusste er nicht, was mich mit Laura verbunden hatte. Ich sah keine Veranlassung, ihn in diesem Augenblick damit zu konfrontieren.
Obwohl er mich nur jenes eine Mal gesehen hatte, fragte er mich, ob ich einen Kaffee mit ihm trinken wolle.
So abgehärmt wie er aussah, konnte ich ihm diese Bitte kaum abschlagen. Die vergangenen Wochen hatten ihn gezeichnet – von dem stattlichen Mann, der mir auf Lauras Beerdigung begegnet war, war nicht mehr viel übrig.
Ich hatte vermutet, er wolle mit mir über Laura sprechen, doch weit gefehlt. Peter Bernhard bestellte sich einen Kaffee mit Brandy – ich selbst blieb beim Cappuccino – es war gerade mal halb elf und du weißt ich trinke kaum.
Als ich Peter gegenübersaß, bemerkte ich die Tränensäcke, die sich unter seinen Augen eingegraben hatten. Seine Augäpfel schimmerten gelblich. Es war wohl nicht der erste Morgen, an dem er trank. Kaum hatte er einen Schluck genommen, löste sich die beklommene Stimmung. Zunächst zögerlich begann er zu erzählen. Schnell vergaß er, dass er mich gar nicht kannte. Seine Geschichte sprudelte

aus ihm heraus, als habe er lange keine Gelegenheit gehabt, sich jemandem anzuvertrauen.
Nicht Lauras Tod war es jedenfalls, der ihm derzeit so zu schaffen machte, sondern das Schicksal seiner Ex-Frau Ann-Marie (Lauras Mutter). Zwei Wochen zuvor hatte er sie in ihrer Wohnung gefunden, als sie gerade versuchte, sich mit einer Küchenschere die Pulsadern aufzuschlitzen. In ihrem Wahn hatte sie ganze Arbeit geleistet. Alles, was ihr in die Finger gekommen war, hatte sie akribisch zerstückelt - Vorhänge, Kleider, Bettwäsche, die Büchersammlung und alles, was sich ihrem zerstörerischen Ansinnen nicht zu widersetzen gewagt hatte. Als Peter sie fand, lag der einzige Gegenstand in ihrem Schoß, den zu zerstören sie nicht hatte über sich bringen können: das Album mit den alten Familienaufnahmen.
Alle Bilder traten mir klar vor Augen: Ann-Marie, deren verfilztes Haar sich aus ihrem Dutt gelöst hatte und ihr ins Gesicht hing, die Tränenmale verlaufener Wimperntusche und der verwischte Lippenstift. Aus Ann-Maries Schoß starrte Peter das Lächeln seiner Tochter entgegen, während Ann-Maries Hand die Küchenschere umfasst hielt. Unaufhörlich traktierte sie ihren Arm. Die Zerstörungswut hatte die Schere jedoch abgestumpft.
Wie der Zufall es wollte, hatte Peter just an diesem Nachmittag begonnen, sich Sorgen um seine Ex-Frau zu machen. Seit Tagen war Ann-Marie nicht ans Telefon gegangen. All seine Nachrichten auf dem Anrufbeantworter waren unbeantwortet geblieben.
Angesichts ihres Zustands zögerte er nicht lange und brachte sie ins Krankenhaus. Dort wurde sie in die geschlossene Abteilung der Psychiatrie eingeliefert. Peter wusste weder ein noch aus. Auf meine Frage, wie es Ann-Marie nun gehe, erwiderte er, er sei seither nicht dort gewesen, bringe es nicht über sich, wolle die ganze Sache endlich hinter sich lassen und vergessen. Es fiel mir schwer, meine Fassungslosigkeit zu verbergen.
Kaum dass ich allein auf der Straße stand, reifte der Entschluss in mir, Ann-Marie zu besuchen. Möglicherweise gab es niemanden, der sich um sie kümmerte. Der Gedanke beunruhigte mich. Immerhin war diese Frau Lauras Mutter, nicht weniger Teil dieser Tragödie als ich selbst. Was konnte schlimmer sein, als die eigenen Kinder zu überleben?

Glaub mir, Godot, es ist nicht so, dass ich Peters Schwäche nicht hätte nachvollziehen können. Dennoch verachtete ich ihn dafür, dass er sich nicht zusammenriss und Ann-Marie in dieser Zeit beistand.

Wie konnte er sie nur allein in der Psychiatrie lassen? Sich scheiden zu lassen und anzuerkennen, dass die Liebe, die man dereinst unsterblich geglaubt, eben doch sterblich war, ist eine Sache. Aber die Loyalität? Loyalität ist eine Entscheidung, kein Gefühl.

Ehe ich mich versah, stand ich in der Anmeldung der Klinik. Ich verlangte, Ann-Marie Bernhard zu sehen. Auf die Frage, wer ich sei, antwortete ich mit ihr Sohn. Die Dame an der Anmeldung schenkte mir ein strahlendes Lächeln. Seit zehn Tagen sei Frau Bernhard auf der offenen Station untergebracht und habe bisher noch keinen Besuch empfangen. Ich käme von weit her, erklärte ich. Ihre blonde Turmfrisur wippte verständnisvoll, während sie mir den Weg wies.

Weshalb ich mich in diesem Moment als ihr Sohn ausgab, Godot, ich weiß es nicht. Es ist nicht so, dass ich den Plan in diesem Augenblick gefasst hätte – das kam später. Ich fürchtete wohl, sie würden mich nicht zu ihr lassen.

Sachte klopfte ich an die Tür von Zimmer II-24. Ich war kurz davor umzudrehen, als eine Stimme mich hereinbat. Die Frau im Krankenhausgewand hatte mit der eleganten Dame, die ich wenige Wochen zuvor gesehen hatte, rein gar nichts gemein. Zwar war Lauras Mutter auf der Beerdigung am Grab ihrer Tochter zusammengebrochen, dennoch war sie eine charismatische Person gewesen. In den Augen der Frau, der ich nun gegenüberstand, erblickte ich indes nicht einmal mehr Leid, nur Leere.

Ich erschrak bei diesem Anblick. Meine Aufmerksamkeit schweifte ab, suchte Halt, fand ihn schließlich in Form von Tabletten-Schachteln, die auf dem Nachttisch neben Ann-Maries Bett lagen.

„Wer sind Sie?" fragte Lauras Mutter mit tonloser Stimme.

Ich schluckte. Natürlich erkannte sie mich nicht. Wir waren uns nur einmal begegnet.

„Ein Freund von Laura", entgegnete ich. „Mein Name ist Pascal."

Ein Schatten huschte über ihr Gesicht, aber vielleicht bildete ich mir das nur ein. Oh! war alles, was sie erwiderte. Dann sank sie ins Kissen zurück. Ihre Augen wanderten zur Decke. Wie angewurzelt stand ich da. Ratlos. Sie hatten diese arme Frau unter Drogen gesetzt, Godot, und das nur, weil sie nicht über den Tod ihrer eigenen Tochter hinwegkam. War das verdammt nochmal so ungewöhnlich? Während ich sie betrachtete, spürte ich, wie Wut in mir aufstieg. Klar, so wurden hier alle Probleme gelöst! Deckel drauf und wegsperren, anstatt sich mit dem Leid der Menschen und seiner Ursache auseinanderzusetzen. Aber diese Frau war nicht irgendein Mensch! Sie war Lauras Mutter.

Der Gedanke an Laura traf mich wie ein Hieb in die Magengrube. Wenn sie sehen könnte, was Ann-Marie hier angetan wurde! Sie würde durchdrehen!

Einen Augenblick verweilte ich bei dem Gedanken. Nein, Laura würde nicht ausrasten. Sie unternähme etwas.

Aber Laura war nicht hier. Nie wieder wäre sie irgendwo, um selbst für Gerechtigkeit zu sorgen. Hier war nur ich. An mir war es, dieses Problem zu lösen.

Ann-Marie summte vor sich hin. Mit umwölkten Blich starrte sie an die Decke. Nehmt Abschied, Brüder.

Ich betrachtete die Tabletten. Tavor, Zyprexa – das sagte mir nichts. Ein Blick auf die menschliche Hülle vor mir allerdings genügte. Aber ich konnte doch nicht –

Nur, was blieb mir anderes übrig? Was sonst vermochte ich für sie zu tun? Sie an diesem Ort zu lassen, bedeutete, sie aufzugeben. Sie Menschen zu überlassen, die glaubten, dass ihr Verhalten krankhaft war.

Das, Godot, ist es keineswegs, davon bin ich überzeugt. Diese Frau trauert um ihre Tochter! Es ist falsch, ihr diese Möglichkeit zu nehmen! Nie wird sie über diesen Verlust hinwegkommen, wenn sie ihr die Gelegenheit zu trauern verweigern!

„Ann-Marie", flüsterte ich, „wollen wir einen kleinen Spaziergang machen?"

Sie wandte mir ihr Gesicht zu. Ihre dunklen Laura-Augen starrten mich an. Da glomm kein Funke mehr, der sich danach sehnte weiterzuleben.

Was konnte mir geschehen, sollte ich das durchziehen? Was würden sie mit mir machen? Ich hatte mich als Ann-Maries Sohn ausgegeben – wenn ich nun wieder ginge, würde das unbemerkt bleiben, wenn ich aber –

„Haben Sie Lust?" fragte ich noch einmal. Beinahe unmerklich nickte sie. Zumindest konnte ich sie an die frische Luft bringen. Womöglich weckte das ihre Lebensgeister. „Gut", meinte ich, „dann sollten Sie sich etwas anderes anziehen. Schaffen Sie das alleine?"
Sie schaffte es. Es dauerte zwar, doch ich nutzte die Gelegenheit und ließ die Tabletten in meine Tasche gleiten. Zuletzt trug sie ein dünnes Strickjäckchen und einen beigefarbenen Leinenrock.
Ich gab der Dame mit der Turmfrisur Bescheid, dass ich mit meiner Mutter einen kurzen Spaziergang machen würde. Sie nickte wohlwollend. Artig versprach ich, das Gelände nicht zu verlassen. Schon waren wir draußen. Zu diesem Zeitpunkt hätte ich es mir noch überlegen können, hätte mit ihr nur eine Runde über das Klinikgelände gehen und sie dann zurückbegleiten können.
Dann aber fuhr ein spätsommerlicher Wind durch Ann-Maries Haar. Als sie zum Himmel aufschaute, umspielte – zum ersten Mal seit ich da war – ein Lächeln ihre Lippen. Lauras Lächeln. In diesem Moment beschloss ich, sie nicht an diesen furchtbaren Ort zurückzubringen.
Wir schlenderten gemeinsam über das Krankenhausareal, an den Betonklötzen der verschiedenen Institute vorbei. Ich bot ihr meinen Arm und sie hakte sich ein. Ich wusste nicht, ob sie mich für einen Pfleger hielt oder begriffen hatte, wer ich war. Als wir uns dem Ausgang näherten, erkundigte ich mich, ob sie in ihr Zimmer zurückwollte. Sie schüttelte den Kopf. Zum ersten Mal sah sie mir in die Augen.
Ich drückte ihre Hand und nickte. Wohin mich das führen würde, wusste ich nicht – aber wenn nicht ihr, so war ich es Laura schuldig. Ich konnte ihre Mutter nicht an solch einem Ort zurücklassen.
Als Mutter und Sohn auf der Rückkehr von einem Krankenbesuch verließen wir das Klinikgelände. Niemand schenkte uns die geringste Beachtung. Ich überlegte kurz, ob ich ein Taxi rufen sollte. Dann kam mir in den Sinn, dass es besser wäre, wenn es niemanden gäbe, der sich im Nachhinein erinnern konnte. Ann-Maries Verschwinden bliebe nicht lange unbemerkt. Schnell hätten sie herausgefunden, dass Frau Bernhard überhaupt keinen Sohn hatte.
Wir benötigten beinahe eine Stunde, bis wir bei meiner Wohnung am Stadtpark angelangt waren. Dies, mein Freund, war eine der längsten Stunden meines Lebens. Neben der Furcht davor, aufge-

halten zu werden, verspürte ich jedoch eine tiefe Genugtuung. Ich hatte Ann-Marie da rausgeholt!
Als wir zu Hause ankamen, kochte ich uns Tagliatelle mit Lachs. Die Tabletten verstaute ich im hintersten Winkel einer Schreibtischschublade. Nach dem Essen war Ann-Marie sehr erschöpft und ich machte ihr mein Bett zurecht. Während ich Dir diese Zeilen schreibe, liegt sie drüben und schläft.
Ich selbst werde zunächst auf der Couch im Wohnzimmer schlafen. Ein geeigneter Schlafplatz dürfte allerdings mein geringstes Problem sein.
Ich habe keinen Schimmer, wie es weitergehen soll. Auf Dauer kann ich Ann-Marie kaum hierbehalten. Wenn Peter von der Sache Wind bekommt, kann er sich vermutlich zusammenreimen, wer dieser ominöse Sohn ist, von dessen Existenz er bis dato nichts wusste – schließlich hat er mir ja erst heute Morgen von Ann-Maries Einweisung erzählt. Gut, dass er nur meinen Vornamen kennt!
Ich muss wohl darauf vertrauen, dass mir das Richtige einfallen wird. Im Augenblick hoffe ich nur, dass Ann-Marie den Tablettenentzug gut übersteht. Bei dem Cocktail, den sie ihr verabreicht haben, weiß man nie. Ich habe jedenfalls nicht vor, ihr Tabletten zu geben, es sei denn, es lässt sich absolut nicht vermeiden. Zum Glück habe ich Zeit, mich um sie zu kümmern.

Habe ich einen Fehler begangen? Was denkst Du? Vermutlich hättest Du genauso gehandelt wie ich. Diese menschenunwürdigen Bedingungen hätten Dein großes Herz ebenso wenig kalt gelassen wie meines, Godot.
Doch wer weiß. Kenne ich Dich noch gut genug, um das zu beurteilen?

So viel erst mal von mir. Nun werde ich es mir auf meinem Sofa bequem machen.

In der Hoffnung, doch noch Nachricht von Dir zu erhalten, umarme ich Dich aus der Ferne und verbinde mich im Geiste mit Dir,

Dein Pascal

Kapitel 15 - Blick zurück nach vorn

„Hola, mamá!“

„Hola, cariño“, küsste Lola ihren Sohn auf die Wangen. „Wo hast du Kyriel gelassen?“

Mrs. Ochmonek sprang an Julián hoch und versuchte, sein Gesicht zu lecken.

„Er ist noch zum Geldautomaten.“

„Komm rein - du bist platschnass!“

„Du siehst blass aus. Alles okay bei dir, mamá?“

In diesem Moment trat Totumay in die Diele. Er streckte Julián die Hand entgegen.

„Was macht der denn hier?“

„Aber, hijo! Hast du keine Sitten? Ist das die Art, einen Besucher zu begrüßen? Manchmal glaube ich, meine Erziehung völlig an dir versagt hat.“

Julián senkte den Kopf und murmelte etwas Unverständliches.

„Julián, ich weiß nicht, was dir damals widerfahren ist. Weshalb du so überstürzt geflohen bist. Doch bin ich gekommen, um mich bei dir zu entschuldigen.“

„Wegen der Drogen?“

„Drogen?“ fragten Lola und Totumay wie aus einem Munde.

Julián stockte. „Nur ein Witz“, sagte er verlegen. Er beugte sich hinab, um Mrs. Ochmoneks Ohren zu kraulen.

Totumay trug ein ausgeblichenes Holzfällerhemd, das Julián bekannt vorkam. Wirr standen seine weißen Haare vom Kopf ab.

„Bei deinem Besuch in meiner Hütte war ich nicht aufrichtig zu dir. Ich habe dir Dinge vorenthalten, von denen du Kenntnis haben solltest. Darüber wurde ich mir im Nachhinein klar.“

„Sie haben mich belogen?“

„Entschuldigst du bitte, Totumay - muss der Junge zuerst sich trockene Kleider anziehen, sonst nimmt er sich den Tod, nass wie er ist!“

Energisch zog Lola ihren Sohn mit sich fort.

Mrs. Ochmonek warf Totumay einen Blick zu, dann ließ sie ihn allein in der Diele stehen.

Als Lola und Julián zurückkehrten, saß Totumay in Lolas altem Ohrensessel. Sein Fuß wippte auf und ab. Julián wirkte in dem blauen Sweater wie ein Junge, der sich am Kleiderschrank des Vaters vergangen hatte.

„Ich habe unverantwortlich gehandelt, indem ich dir nicht die ganze Wahrheit gesagt habe, Julián", begann Totumay ohne Umschweife. „Womöglich kannst du es mir nachsehen, wenn du meine Beweggründe kennst."

„Ich gehe das Essen fertig bereiten", wandte Lola sich zur Tür.

„Dich dürfte interessieren, was ich deinem Sohn zu sagen habe, Lola. Es geht um den Feuertraum."

Julián rutschte unbehaglich auf dem Ledersofa herum.

„Das ist nicht mehr so schlimm. Wird von Tag zu Tag besser, sozusagen." Seine Hand knibbelte am Ohrläppchen.

„Lüg mich nicht an, Julián!" erwiderte Totumay.

Lola sah ihn erschrocken an. Mrs. Ochmonek knurrte.

„Denn dass du lügst - dessen bist du dir ebenso bewusst wie ich."

Der resignierte Tonfall dieses Nachsatzes verfehlte seine Wirkung nicht. Julián errötete. „Nein! Die Träume sind weniger geworden!"

Totumay blickte ihn prüfend an.

„Na gut, zumindest habe ich das Gefühl. Außerdem sind die Verbrennungen schwächer geworden."

„Der Feuertraum", noch immer ruhte der Blick des Alten auf Julián, „der Feuertraum verschwindet nicht einfach. Du wirst deine Probleme nicht aus der Welt räumen, indem du die Augen vor ihnen verschließt."

„Die Sache ist mir unangenehm", entgegnete Julián schließlich. „Gut, ich gebe es zu - die Träume sind noch da. Trotzdem fühle ich mich besser zurzeit."

Lola warf ihm einen erstaunten Blick zu. „Aber, hijo, du hast gesagt, dass sind sie fast fort!“

Totumay legte die Stirn in Falten. „Viele Jahre ist es her, da ist mir dieser Traum schon einmal begegnet. Zu einer anderen Zeit und in einer anderen Welt - eine Welt, die ich viel zu lange verdrängt habe.“

„Sie kennen jemanden, der den Feuertraum hatte?“ stieß Julián hervor.

Der Alte nickte. „Es kommt mir vor, als wäre das in einem anderen Leben geschehen. Aber ja, es stimmt. Ich habe nicht durch dich von der Existenz dieses Traumes erfahren“

„Und *Sie* wollen mir etwas von Lügen erzählen?“

„Julián!“ mischte Lola sich ein. „Du siehst doch, es tut ihm leid. Er will dich helfen. Deswegen ist er gekommen. Seit 25 Jahren er hat den Wald nie verlassen!“

„Lass nur, Lola. Der Junge hat Recht. Eben deshalb bin ich hier, um mich bei ihm zu entschuldigen.“

Totumay wandte sich wieder an Julián. „Als du mir in meiner Hütte gegenübergesessen hast, brachte ich es nicht über mich, dir die Wahrheit zu sagen. Es war so viel Zeit vergangen. Ich hatte geglaubt, dieses Leben ein für alle Mal hinter mir gelassen zu haben.“ Er schluckte. „Dann kamst du.“

Juliáns Blick wirkte glasig.

„Ich bitte dich dafür um Vergebung, Julián. Ich bin gekommen, um dir zu sagen, was ich weiß. Auf meine Unterstützung sollst du von nun an zählen können - möge sie dir von Nutzen sein oder nicht.“

Julián spielte noch immer mit seinem Ohrläppchen. Seine Stimme zitterte, als er die Frage aussprach: „Wer hatte diese Träume? Und was hat er getan, damit sie aufhörten?“

„Die Trägerin des Traumes war eine Frau. Eine Schamanin.“

Aus Juliáns Gesicht wich alle Farbe.

„Schamanen sind Menschen wie du und ich, Julián. Einzig dehnt ihre Welt sich weiter aus - in Sphären, die unsereins nicht erreicht.“

„Und wie ist sie den Feuertraum wieder losgeworden?“ Julián zögerte. „Sie ist ihn doch losgeworden, oder?“

„Sie beschrieb mir den Feuertraum einmal folgendermaßen: *Er führt dich. Weigerst du dich, ihm zu folgen, wird er dich verzehren.*"

„Und was soll das heißen?" flüsterte Julián. „Ist sie ihn losgeworden oder nicht?"

„Ihr Name war Yoyotli."

„War?"

„Ich will dir gerne von ihr erzählen."

„Ist sie tot?"

„Ja, sie ist tot, Julián" sagte Totumay leise. Julián beugte sich näher an ihn heran. „Das Wenige, was ich weiß aber, sollst du erfahren. Es mag deinen Weg noch beeinflussen."

„Du meinst doch nicht", Lolas Stimme überschlug sich, „du meinst doch nicht, dass Julián –"

In diesem Augenblick klingelte es.

Mrs. Ochmonek stürmte laut bellend zur Haustür.

„Das wird Kyriel sein", meinte Julián und ging ihr nach.

„Wenn ich die Augen schließe, sehe ich noch immer das Land vor mir. Endlos, diese Weite. Die verstreuten Häuser der Stadt. Und die Vulkane, natürlich die Vulkane." Mit einem Mal wirkte Totumays Antlitz faltig. „Dieses Land. Ach, dieses Land! Wie ich mich nach ihm sehne. *El país de la eterna primavera*. Land des ewigen Frühlings – klingt das nicht wundervoll? Wäre dem nur so gewesen."

„Wie meinen Sie das?" wollte Julián wissen.

„In Guatemala lebte die Sklaverei unvermindert fort. Die Mayas lebten unter menschenunwürdigen Bedingungen. Sie besaßen kein Land. Nicht, seit den Zeiten der spanischen Eroberer." Die Worte tropften von Totumays Lippen wie die Litanei eines Moribunden. „Es war nie in ihren Besitz zurückgelangt. Sie schufteten, bis sie tot umfielen. Zudem wütete, zu allem Übel, ein Bürgerkrieg."

„Wann war das?"

„Mein Aufenthalt dort liegt 25 Jahre zurück. Anfang der 80-er Jahre folgte ich Yoyotli in eine Stadt namens Xela. Allerdings bezweifle ich, dass es heute wesentlich besser ist. "

Der Raum lag im Zwielicht.

„Ich hole Kerzen", flüsterte Julián und stand auf.

Mrs. Ochmonek sandte ihm begehrliche Blicke hinterher, als er in die Küche ging. Julián fragte sich, wo Kyriel stecken mochte. Er war noch nicht zurück. Eine Nachbarin hatte um Eier gebeten, als es geklingelt hatte.

„*Gracias*", flüsterte Lola, als Julián die Kerzen anzündete. Sie riss mit den Zähnen Fetzen ihrer Nagelhaut ab.

Julián setzte sich wieder auf das Sofa.

„Die Gräuel dieses Krieges waren unsagbar." Totumay fuhr sich über den Mund, zögerte. „Kaum dass ich dort war, wurde ich überflutet von Erinnerungen. Folter. Mord. Größenwahn. Ich hatte es in der Tat geschafft, das zu vergessen. Unvorstellbar, nicht? Aber in den Augen der Kinder dort sah ich den kleinen Jungen, der ich selbst einst gewesen war. Diese Augen erwarteten nichts von der Welt. Sie waren voller Furcht und beständig brannte der Hunger."

„Worum ging es in diesem Krieg?"

„Worum es in jedem Krieg geht. Geld - Gier - Macht."

„Aber wer kämpfte gegen wen?"

„Die Militärs führten einen Feldzug gegen das eigene Volk, allem voran gegen die Mayas."

„Aber wie", Julián zündete sich eine Zigarette an, „wie hängt das alles mit dem Feuertraum zusammen?" Er blies einen Rauchkringel in die Luft und beugte sich zu Mrs. Ochmonek hinab.

„Yoyotli war eine Schamanin. Sie fühlte sich dem Kampf ihrer Landsleute verpflichtet."

Lola räusperte sich.

Totumay und Julián sahen sie an, sie aber schüttelte nur den Kopf.

„Es war Zufall, dass ich von diesem Traum erfuhr. Aber, um mit Yoyotlis Worten zu sprechen, Zufälle gibt es nicht. So geschah es also in der letzten Nacht, die ich an Yoyotlis Seite verbrachte", Totumay stockte. Sein Blick wanderte hinaus in die Ferne.

Als er wieder ansetzte, war seine Stimme kaum mehr als ein Wispern. „Womöglich einzig, damit ich dir heute Abend davon würde erzählen können – wer weiß das schon – geschah es in jener letzten Nacht, dass sie von einem solchen Traum heimgesucht wurde. Ich bin damals von ihren Schreien aufgewacht. Natürlich habe ich versucht sie zu beruhigen, habe ihr die Haare aus der Stirn gestrichen, sie in den Arm genommen. Doch es hat eine Weile gedauert, bis sie in die Realität zurückfand. Schließlich erzählte sie mir von dem Traum. Das war das erste und letzte Mal, das ich von ihm gehört habe. Bis", er sah Julián an, „bis zu dem Tag, als du aufgetaucht bist."

„Was hat sie gesagt?" Julián sah Totumay an. „Wusste sie etwas darüber? Hatte sie auch Verbrennungen?"

„Der Feuertraum, so sagte sie mir, sei das Erbe ihres Volkes. Er werde stets an Auserwählte weitergegeben."

„Auserwählte?" Julián beugte sich vor. „Was soll das bedeuten, auserwählt? Auserwählt wozu?"

„Ihre Andeutungen blieben dunkel. Träger des Feuertraums zu sein, bedeute, sein Leben dem einen Ziel unterzuordnen."

„Welchem einen Ziel?"

„Ich wünschte, ich könnte es dir sagen, Julián. Ich fürchte aber, es ist an dir, das herauszufinden."

„Habe ich es immer gewusst. Dieser gottverfluchte –" Lola verbarg ihr Gesicht in den Händen. Ihr Körper bebte.

„All die Jahre ich hatte gehofft –"

Mrs. Ochmonek winselte.

„Mamá! Wovon sprichst du?" Julián blickte seine Mutter verständnislos an. Die Hündin kniff den Schwanz ein. „Was hast du gewusst?"

Kapitel 16 – Briefe an Godot IV

Nürnberg, 27. August 2008

Lieber Godot,

harte Zeiten, daher habe ich kaum Zeit, Dir zu schreiben. Ohnehin weiß ich nicht, ob Du meine Briefe bekommst. Zurückgesandt wurde mir bisher keiner. Liest Du mich also? Es gibt Momente, da glaube ich, meine Briefe seien egoistisch. Dein Schweigen macht mir Angst. Ist die Verletzung zu tief? Ich wüsste zu gern, wie es Dir geht. Ich vermisse Dich, mein Freund. Mehr denn je, seit auch Laura mich verlassen hat.

Verlassen. Das Wort klingt beinahe so, als hätte sie eine Wahl gehabt. Wie kann ich ihr meine Schwermut vorwerfen?

Eines Tages werde ich wieder unbeschwert an sie denken können. In meinen düsteren Momenten rufe ich mir ins Bewusstsein, dass meine Reaktion normal ist. Normal. Was ist mit mir geschehen, dass ich diesen Begriff auf einmal nutze, um mich zu rechtfertigen? Seit jeher war das letzte, was ich sein wollte, normal. Nun soll gerade die Normalität mich retten?

Dann aber gibt es den kleinen Jungen in mir. Mit weit aufgerissenen Augen verfolgt er alles, was geschieht.

Auch Ann-Marie im Nebenzimmer. Seit Tagen versucht sie, von den Medikamenten loszukommen.

Habe ich ihr damit tatsächlich einen Gefallen getan? Wenn sie, wie eben, zitternd und schwitzend auf dem Sofa liegt, mich mit irren Augen ansieht, frage ich mich das ernsthaft. Habe ich richtig entschieden?

Die Verantwortung, die ich übernommen habe, ist größer als erwartet. Es ist unmöglich, mich mit ihr zu besprechen. Sie versteht nicht, was ich ihr erkläre. Sitzt nur da und nickt. Die einzig starke Reaktion, die ich bisher erhielt, war die Antwort auf meine Frage, ob sie in die Klinik zurückwolle.

Dieses Tavor ist ein Teufelszeug, Godot. Ich hatte keine Vorstellung! Manchmal wird Ann-Marie von einer Minute auf die andere aschfahl, reagiert nicht, wenn ich sie anspreche. Dann wieder dieser Schüttelfrost, das Schwitzen. Und ich kann niemanden fragen,

niemanden zur Hilfe holen. Dabei schleichen wir es aus. Kein kalter Entzug also.
Immer wieder spricht sie davon, ohnmächtig zu werden, nur geschieht es nie. Vielleicht wäre es besser. Bewusstlosigkeit reinigt.
Ich frage mich, wie lange wir diesen Kampf noch auszustehen haben. Nach Tavor steht uns noch Zyprexa bevor.
Ab und an macht Ann-Marie seltsame Andeutungen. Sie wollen mir nicht aus dem Kopf. Sie kenne das alles, sagt sie. Dann spricht sie über Laura. Unzusammenhängend. Ich frage mich, was sie meint, traue mich aber nicht, nachzuhaken. Laura jedenfalls hat nie ein Wort darüber verloren. Warum?
Keine leichte Zeit, alles in allem. Mein Gewissen plagt mich zudem. War meine Bauchentscheidung doch überstürzt? Ständig stehe ich unter Spannung. Was, wenn es plötzlich klingelt und zwei uniformierte Beamte vor meiner Tür stehen? Immerhin verstecke ich Ann-Marie, sozusagen. Kann man in diesem Fall von Entführung sprechen? Selbst wenn ich mir sicher bin, dass ich sie nicht entführt habe, mag das Gesetz das anders sehen. Irgendwann wird es auch wichtig sein, dass sie wieder unter Menschen kommt. Was dann?
Ich habe angefangen zu schreiben, Godot. Das nimmt etwas von diesem Druck. Ohne es zu wollen, landete ich schnell bei Laura. Ich tue mir schwer, das muss ich zugeben. Ich habe das Gefühl, diese Traurigkeit hört niemals auf. Wenn ich über sie schreibe, fühle ich mich ihr näher. Einerseits. Es tut gut sie in diesen Momenten an meiner Seite zu wissen, wenn auch nur als Figur auf einem Blatt Papier. Andererseits fällt mir erst jetzt auf, wie wenig ich eigentlich über sie wusste. Das lässt mir keine Ruhe. Ich habe anderthalb Jahre mit ihr verbracht. Trotzdem wüsste ich kaum etwas über das Leben zu sagen, das sie führte, bevor wir uns kennen lernten. Wie kann das sein?
Wollte sie nicht darüber sprechen oder hat es sich einfach nie ergeben? Und dann diese dunklen Momente. Wohin ging sie in diesen Momenten?
Diese Frau war einzigartig, Godot. Sie hat es verdient, nicht vergessen zu werden. Womöglich fällt es mir leichter, sie gehen zu lassen, wenn ich mich noch eine Weile mit ihr beschäftige. Das

hoffe ich zumindest. Also habe ich beschlossen, mehr über ihr Leben zu erfahren. Ich will ihre Geschichte aufzeichnen. Das ist alles, was ich noch für sie tun kann.
Eine gewisse Anspannung bleibt trotz meiner neuen Aufgabe. Ich weiß zwar, dass ich Ann-Marie nicht entführt habe, doch was droht mir, sollte ich mich für mein Handeln verantworten müssen?
Ins Gefängnis werde ich nicht gehen, soviel sei Dir versichert.

Ich umarme Dich aus der Ferne und verbinde mich im Geiste mit Dir,

Dein Pascal

Kapitel 17 – Lolas Geheimnis

Lola hob den Kopf. Sie starrte zuerst ihren Sohn, dann den Alten an. In ihren Augen standen Tränen.

„Oh Julián! Seit du bist zum ersten Mal zu mir gekommen und hast mir von diesem Traum erzählt, ich habe gefürchtet, dieser Tag kommen würde. Aber ich konnte es doch nicht wissen, hatte keine Ahnung!“ jammerte sie. „Totumay, bis heute du hast nie mir ein Wort gesagt!“

Totumay legte ihr besänftigend die Hand auf die Schulter.

„Was, mamá, was wusstest du nicht? Was ist hier überhaupt los? Hat es etwas mit dem Feuertraum zu tun?“

„Ja, hijo, vielleicht – ja. Ich glaube jetzt, er ist daran schuld. Aber ich konnte das nicht wissen, oder?“ Tränen rannen über ihre Wangen. Auf einmal wurde es kühl.

„Wer trägt woran die Schuld, Lola?“

Sie wandte sich Totumay zu, griff nach einem Taschentuch und schnäuzte sich. Dann sah sie ihren Sohn an. „Dein Vater, Julián.“

Mit eingezogenem Schwanz robbte Mrs. Ochmonek unter den Tisch. Niemand sonst erkannte, dass ein Stern niedergegangen war.

„Mein Vater?” fragte Julián wie vom Donner gerührt. „Aber er ist tot! Wie kann er etwas damit zu tun haben?“

Lola hielt seinem Blick nicht stand. Sie sah hinaus in die Lichter der nächtlichen Vorstadt.

„Das stimmt nicht, hijo.” Ihre Stimme zitterte. „Das heißt, ich weiß nicht, ob er noch lebt.“

„Mamá! Was soll das heißen – du weißt es nicht?” Julián sprang auf. „Was ist mit der Serpentinen-Straße? Dem regnerischen Abend? Dem entgegenkommenden Auto?“

„Gelogen“, flüsterte Lola.

„Was?! – Aber warum? Warum hast du gelogen? Was soll das überhaupt bedeuten?“ Juliáns Stimme schraubte sich zu einem beängstigenden Vibrato auf. „Lebt er noch?“

„So beruhige dich doch, Julián!” Totumay war hinter ihn getreten. „Mir scheint, für deine Mutter ist es schwer genug, das alles zu erzählen.”

„Sag du mir nicht, was ich zu tun und zu lassen habe!" Julián wirbelte herum. Er starrte Totumay an. Dieser trat einen Schritt zurück.

„Ihr habt mich nach Strich und Faden belogen. Alle beide! Erzähl mir nicht, wie ich mich zu fühlen habe!"

Er wandte sich wieder Lola zu. „Also? Was soll das heißen. Lebt mein Vater noch?"

„Ich weiß nicht, cariño. - Ich weiß es doch nicht."

„Warum in Gottes Namen hast du mir dann erzählt, dass er tot ist? Wie konntest du nur?"

Lola schwieg.

„Ich will die Wahrheit wissen. Jetzt! Keine Ausflüchte mehr!"

„Er hat mich verlassen", flüsterte Lola kaum hörbar. „Ein Morgen er war weg - ohne Botschaft, einfach verschwunden. Seine Sachen, alles weg - kein Wort er hat gesagt. Er hat mich allein verlassen! Es war ihm egal, was mit dir ist. Du hattest gerade zwei Jahre damals. Plötzlich waren wir allein. Ich mit ein klein Kind, ohne Arbeit." Sie schluckte den Kloß im Hals herunter. „Du fragst mich, warum ich gelogen habe? - Für mich er *war* tot, Julián! Wollte er es selbst genau so!"

Julián starrte sie fassungslos an. Er biss die Zähne aufeinander.

„Aber er ist mein Vater!" Presste er schließlich hervor. „Das ist über 20 Jahre her - glaubst du nicht, dass irgendwann der Zeitpunkt gekommen wäre, es mir zu sagen?"

Totumay setzte sich neben Lola auf das Sofa. „Weshalb, Lola", er nahm ihr Gesicht in beide Hände, „weshalb brichst du ausgerechnet heute dein Schweigen?"

Lola entwand sich seinem Griff. Sie sah aus, als wolle sie jeden Augenblick die Flucht ergreifen.

„Drehst du mir ein *cigarillo,* bitte, Julián."

„Wenn du meinst. Auch schon egal."

Juliáns Hände zitterten. Nie zuvor hatte er seine Mutter rauchen sehen. Als er fertig war, reichte er Lola die schiefe Zigarette und gab ihr Feuer, ohne ihr dabei in die Augen zu sehen.

„Gute Frage, Totumay. Aber ich kann sie dir beantworten. Du hast erzählt von dieser Traum, der Feuertraum."

„Hatte mein Vater auch solche Träume?"

„Weiß ich es doch nicht, hijo!" Sie nahm einen tiefen Zug von der Zigarette. „Aber eins ich weiß. Raúl kam auch von diese verfluchten Land! - *Guatemala*."

Sie spuckte den beiden das letzte Wort vor die Füße. Dort blieb es liegen. Mrs. Ochmonek schnüffelte arglos daran, konnte aber nichts Verdächtiges entdecken.

Totumay horchte auf. „War er ein Maya?"

„Ja, war er - oder, vielleicht er ist noch."

„Du hast mir doch gesagt, er sei ein Gitano gewesen!" sagte Julián.

„Ich musste dir deine dunkle Hautfarbe erklären", flüsterte Lola.

„Das wäre eine mögliche Erklärung", sinnierte Totumay. „Wenn dein Vater ein Maya ist, hat sich der Traum auf die übliche Weise auf dich übertragen - von einer Generation zur nächsten. Auch wenn er selbst keine Träume dieser Art hatte." Er wandte sich an Lola. „Hat Juliáns Vater dir gegenüber jemals etwas von derartigen Träumen erwähnt?"

„Nein. Ich hätte niemals das für mich halten können, wenn er das erzählt hätte."

„Warum hast du dann geglaubt, dass diese Träume mit ihm zu tun hätten?" zischte Julián. „Wie kamst du darauf?"

Lola duckte sich unter seinen Worten weg.

„Außerdem, wenn du das von Anfang an geglaubt hast", seine Stimme wurde dunkel, „wie konntest du mir nur nichts davon sagen?"

„Hijo, ich war nicht sicher, es war nur ein Gefühl. Dieser Traum immer hat mich an Geschichten erinnert, die Raúl erzählt hat, als ich ihn kennen gelernt habe. Aber ich konnte doch nicht sicher sein! Das waren Märchen, *cuentos*, verstehst du? Dieser Feuertraum war echt! Du hattest diese Brandblasen - das war kein *cuento*. Ich habe gebetet, dass es hat nichts zu tun mit ihm!"

Totumay richtet sich auf.

„Besteht eine Chance, Raúl aufzuspüren?"

Daran hatte Julián bisher noch gar nicht gedacht.

Sein Vater lebte! Das bedeutete natürlich zugleich, dass er ihn finden konnte. Er hatte einen Vater! Aber einen Vater, der ihn im Stich gelassen hatte, als er ihn am meisten gebraucht hatte.

Julián krümmte sich unter dieser Erkenntnis. Sein Vater hatte ihn verlassen. Er war nicht tragisch ums Leben gekommen. Er hatte ihn verlassen. Es war eine Entscheidung gewesen. Er hatte seinen Sohn verlassen.

„Was ist?" fragte Lola.

Er ignorierte sie. Wie hatte er so naiv sein können? Es gab kein Bild von seinem Vater. Nie hatte er eins zu Gesicht bekommen. Ein Unfall! Er lächelte bitter bei diesem Gedanken.

„Ich habe nie es versucht, Totumay. Hätte ich ihn suchen sollen?" Lola ächzte. „Ich hatte keine Ahnung, wohin er verschwunden ist. Auch ich hatte Julián, den ich kümmern musste. Von einem Tag auf den anderen Raúl war weg. Diese Botschaft ich habe verstanden! Sein Onkel hat mir auch Recht gegeben. Raúl war immer schwierig, er hat gesagt. Wie alle Menschen aus dem Krieg."

„Gab es wirklich keinen Grund, mamá?" fragte Julián ungläubig. „Es kann doch nicht sein, dass er ohne Grund abgehauen ist!"

Als Lola zu einer Antwort ansetzen wollte, klingelte es. Mrs. Ochmonek sprang auf und Julián folgte ihr zur Tür.

Als er öffnete, stand Kyriel vor ihm. Er war völlig durchnässt.

„Du wirst nicht glauben, was hier gerade abgeht!" begrüßte ihn Julián. „Hast du keinen Wein finden können? Der Kiosk hatte nicht zu, oder?"

„Nicht direkt", knurrte Kyriel und tätschelte Mrs. Ochmonek den Kopf.

„Nicht so schlimm", entgegnete Julián, „ich gebe dir erst mal etwas Trockenes zum Anziehen."

Kyriel nickte. Finster dreinblickend folgte er Julián ins Haus.

„Es ist unfassbar“, wisperte Julián ihm zu. „Ich komme nichtsahnend hierher, um gemütlich ein Steak zu essen, und da stellt sich so ganz nebenbei heraus, dass mein komplettes Leben eine Lüge ist!“

„Wie meinst du das?“ fragte Kyriel abwesend.

„Halt dich fest: mein Vater ist nicht bei einem Autounfall ums Leben gekommen.“

„Ach.“

Kyriel lächelte.

„Hörst du mir überhaupt zu?“ Julián packte ihn bei den Schultern und rüttelte ihn. „Mein Vater ist womöglich gar nicht tot!“

„Was?“

Erst jetzt schien Kyriel zu begreifen.

„Du hast richtig gehört! Lola hat mich all die Jahre belogen! Er hat sie sitzen lassen damals! Vielleicht lebt er sogar noch! Kannst du dir das vorstellen? Unfassbar, oder?“

„Was ist das nur wieder für ein Tag?“

„Und dann ist auch noch Totumay hier–“

„Der Waldheilige?“

„Genau der! Stell dir vor: Der hat mir die Geschichte vom Pferd erzählt, als ich bei ihm war“, sprudelte es aus Julián hervor. „Hat mich belogen. Scheint ein neuer Volkssport zu sein. Er kennt nämlich diesen Traum schon und zwar aus Guatemala. Ein Traum der Maya, sagt er. Und da stellt sich doch heraus, man höre und staune, dass mein Vater auch ein Maya war! Er kam nämlich aus - drei Mal darfst du raten - richtig: Guatemala. Er war also kein Zigeuner, wie mir mein Leben lang erzählt wurde.“ Er schnaufte tief durch. „Ich kann dir nur eins sagen, ich komme mir vor wie im falschen Film!“

„Wem sagst du das“, entgegnete Kyriel. „Scheint am Tag zu liegen.“

„Was?“

„Ich habe kein Geld mehr.“

„Wie, kein Geld mehr?“

„Dieser Vorgang ist aus technischen Gründen derzeit leider nicht möglich.“

„Die Automaten spinnen manchmal – ist mir auch schon passiert! Du hättest zur Volksbank runter laufen sollen!"

„So schlau war ich auch. Also laufe ich im strömenden Regen da runter. Als ich meine Karte in den Automaten schiebe und die PIN eingebe, macht es *ratsch* – und die Karte ist weg! Die haben meine Karte eingezogen!"

„Wieso das denn?"

„Gute Frage. Ich also zurück zur Sparkasse. Vielleicht finde ich zumindest eine Service-Nummer, denke ich. Die Sparkasse hat zu. So viel war klar. Aber ohne Karte, das hatte ich nicht bedacht, komme ich nicht hinein. Also stehe ich vor der Tür im Regen und warte."

„Jetzt mal langsam. Warum haben sie deine Karte behalten?"

„Das wollte ich ja auch rausfinden! Nach zehn Minuten taucht endlich ein Typ auf und lässt mich rein. Ich rufe also diese Servicenummer an und erfahre, dass mein Konto gesperrt ist."

„Ja aber – warum?"

„Das war auch meine erste Frage Das, meinte der Typ an der Hotline knochentrocken, könnte ich nur vor Ort mit ihm besprechen. Außerdem sei das das übliche Procedere, wenn über Monate kein Geld eingeht und kein Guthaben auf dem Konto ist."

„Aber du hattest doch Geld. Wie kann das sein? Außerdem hast du bis vor zwei Monaten gearbeitet."

„Denk mal scharf nach!"

Julián zuckte mit den Achseln.

„Wer arbeitet bei der Sparkasse? Wer kann dort schalten und walten wie er will?"

„Das ist nicht dein Ernst!"

„Wir wollen nur dein Bestes, mein Junge!" Kyriel lachte hämisch. „Aber eins verspreche ich dir: mit seinen Erpressungsversuchen kommt er bei mir nicht mehr weit. Damit ist jetzt Schluss!"

„Ich weiß es wirklich nicht, cielo. Er war einfach weg. Es gab keinen Grund!“

„Aber das kann doch nicht sein!“ Julián kochte. Selten hatte Kyriel ihn so aufgebracht erlebt. „Weshalb sollte er einfach so abhauen?“

„Wichtiger scheint mir“, Totumay fuhr sich mit den Fingern durch das Haar, „dass diese Wendung zahllose neue Fragen aufwirft. Diese Information könnte der Schlüssel sein, der dir zum Verständnis des Feuertraums bislang gefehlt hat, Julián. Was also gedenkst du zu tun?“

„Nichts als leeres Geschwätz!“ Julián stand auf und ging zum Fenster.

Kyriel betrachtete den Waldheiligen nachdenklich.

„Was glauben Sie, weswegen dieser Traum ausgerechnet Julián heimsucht?“ fragte er.

Der Alte sah ihn an, als wäre er selbst eben aus einem Traum erwacht. „Ich kann nur wiederholen, dass es sich um einen Traum der Mayas handelt, Kyriel. – Einen alten Traum, der seit Hunderten von Jahren von Generation zu Generation weitergegeben wird. Schon Tecún Umán soll von dieser Vision heimgesucht worden sein, bevor er gegen die Spanier in die Schlacht zog.“

„Nie gehört“, brummte Julián, ohne sich ihnen wieder zuzuwenden.

„Tecún Umán war der letzte Maya-Herrscher. Heute gilt er als Nationalheld, obwohl er in der Schlacht damals sein Leben verlor. Wenn ich es recht bedenke – wahrscheinlich nicht obwohl, sondern eben deswegen.“

„Er konnte die Niederlage nicht abwenden“, murmelte Kyriel.

Totumay nickte. „Der Grundstein für Jahrhunderte des Leids und der Unterdrückung war gelegt.“

„Damit“, sagte Kyriel, „dürfte klar sein, was wir zu tun haben.“

„Ständig“, murrte Julián, „ist hier irgendwem irgendwas klar!“

„Es gibt nur einen einzigen Menschen, der uns womöglich weiterhelfen kann.“

„Nein!“ schrie Lola auf, ehe Julián auch nur den Mund aufmachen konnte.

Mrs. Ochmoneks Ohren zuckten.

„Das dürft ihr nicht!“

Sie ergriff Juliáns Arm, als könne sie ihn festhalten.

„Julián, kannst du mich hier nicht alleine lassen!“

Julián schüttelte Lolas Hand ab wie ein lästiges Insekt.

„Du hast mich all die Jahre belogen. Erwarte nicht, dass ich auf dich Rücksicht nehme.“

Noch immer verweigerte er ihr jeden Blickkontakt.

Lola schluchzte auf. Die Hündin knurrte.

„Aber, hijo, was hätte ich tun sollen? *Perdóname, por favor*! Ich wollte dir es erzählen, immer und immer wieder. Doch ich hatte solche Angst! Was willst du bei ihm? Er hat dich verlassen, als du warst ein Baby! Ist er ein schlechter Mensch - du bist sein Sohn und nie hat er dich gekümmert. Ich war für dich da, dein ganzes Leben!“

„Beruhige dich, Lola!“ Totumay hob die Hand.

Sie verstummte.

„Kyriel hat Recht. Auch mir scheint dies derzeit der einzig gangbare Weg zu sein.“

„Aber er tut doch etwas! Er war bei so vielen Ärzten –“

„Und was hat mir das gebracht?“ fauchte Julián. *„¡Estoy hasta los cojones de estos putos médicos!* Der Feuertraum ist noch immer da, nicht einmal die Verbrennungen bekommen sie weg!“

„Wir werden doch zurückkommen!“ versuchte es Kyriel. „Aber Julián muss herausfinden, was es mit dem Traum auf sich hat. Er kann nicht den Rest seines Lebens die Augen davor verschließen! “

„Aber was ist mit deinem Studium, hijo?“ fragte Lola. „Bald fängt das neue Semester an. Du kannst nicht einfach alles verlassen!“

Juliáns Zähne knirschten hörbar.

„Erzähle du mir nicht, was ich kann und was ich nicht kann, mamá! Diese Entscheidungen hast du viel zu lange getroffen – ab jetzt entscheide ich!“ Juliáns Worte trafen Lola wie Peitschenhiebe. „Ich bin es leid! Ich bin diese Träume leid, ich bin diese Heuchelei leid – und, ehrlich gesagt, bin ich dieses ganze Leben leid! Vielleicht ist es das, was mir diese Träume sagen wollen: dass ich anfangen soll, meine eigenen Entscheidungen zu treffen!"

Lola erhob sich schwankend.

„Ich mache jetzt mal die Steaks", murmelte sie und ging in Richtung Küche davon. „Manche Entscheidung nimmt man besser mit vollem Magen."

Leuchtende Hundeaugen folgten ihr.

„Wenn du dich dafür entscheidest, deinen Vater zu suchen, würde ich dich selbstverständlich begleiten. Immer vorausgesetzt, du wolltest das." Kyriel zögerte einen Moment, dann fügte er hinzu: „Aber du hast mitbekommen, was mein Vater getan hat."

„Du hast nicht vor, nach Dinkelsbühl zu fahren."

„Auf gar keinen Fall."

„Es gibt immer einen Weg – Geld ist nicht alles."

Zweites Buch - Bruchstücke

Kapitel 18 - Nordwind

Der Sturm, der am Tage von María Dolores' Geburt über den Lago Atitlán zog und das Palmdach von Eufemias und Salvadors Hütte riss, fegte zugleich den demokratisch gewählten Präsidenten des Landes aus dem Amt. Man schrieb den 27. Juni des Jahres 1954. Der verhängnisvolle Wind wehte von Norden.

„Die Natur gibt uns alles, was wir brauchen." Eufemia strich sich mit der Hand über den geschwollenen Bauch und sah sich um. *Qachu Alom.* Mutter Erde. „Wir können so viel lernen. Sieh hin und sei bereit zu hören, was sie dir sagen will."

Sie betrachtete die schwarzen Bohnen, die Frijoles, auf dem Feld, die ebenso typisch für die Ernährung der Guatemalteken waren, wie die kleinen gerösteten Maismehl-Tortillas, die die Frauen der Dorfgemeinschaft jahrein jahraus herstellten. Jäh schoss ihr ein Schmerz durch den Leib. Die Wehen setzten ein. Auf dem Rücken trug sie Pepito, ihren Jüngsten, ein Kind von elf Monaten, das fröhlich krähte, als seine Mamá unter einer ersten Schmerzwelle erbebte.

„Was ist mit dir, mamá?" Lucía hatte die Augen weit aufgerissen. Sie war neben Pepito das zweite von Eufemias und Salvadors Kindern. Das zweite, das noch lebte. Die Chance, dass sie, im Gegensatz zu ihren Geschwistern Ana, Mario und dem kleinen Salvador, das Erwachsenenalter erleben würde, wuchs von Tag zu Tag. Jetzt aber meldete sich ein weiteres Geschwisterchen zu Wort.

Zu früh. Es war noch nicht an der Zeit. Eufemia fragte sich, was sie tun sollte. Die Kinder dürften nicht hier sein! In diesem Alter sollten sie von den Schmerzen einer Geburt nichts mitbekommen. So wollte es der Brauch. Eufemia aber war nicht darauf vorbereitet gewesen, dass es heute schon so weit sein könnte.

„Nichts, cariño, mach dir keine Sorgen! Lauf nur schnell runter ins Dorf und schick mir Yolanda her. Deine Schwester will ans Tageslicht!" erklärte sie der Kleinen.

„Woher weißt du, dass es eine Schwester ist?" Aufgeregt verschmierte Lucía eine Mischung aus Rotz und schwarzer Erde auf den Wangen.

„Ich weiß es eben, *hija*. Bei all meinen Kindern habe ich es gewusst - bei Salvador, bei Mario, bei Ana, bei Pepito und auch bei dir!"

„Bei mir auch?" rief die Kleine. Ihre Augen leuchteten.

„Ja, auch bei dir!" entgegnete Eufemia. Sie sah ihre Tochter an und fühlte sich einmal mehr bestätigt. Lucía war der richtige Name für sie gewesen - dieses Kind leuchtete. „Sogar deinen Namen habe ich schon gewusst, bevor du da warst."

Sie strich der Kleinen über das Haar, während Pepito im Inneren des Tuches vor sich hin brabbelte. „So, mein großes Mädchen, jetzt lauf zu Yolanda und schick sie zu mir!" Eufemia bemühte sich um eine ruhige Stimme. Sie wollte Lucía nicht beunruhigen. Auch wenn sie ahnte, dass etwas schieflief. Es war nicht die erste Geburt, die sie erlebte. Sie presste die Hände in den Rücken. Lucía warf ihr noch einen Blick zu, wie er nicht recht zu einem Mädchen ihres Alters passen wollte, drehte sich um und rannte den steilen Hang hinab, durch die Milpas, in Richtung San Marcos la Laguna. Eufemia brachte ein Lächeln zustande. Diese Tochter war ein Geschenk! Mochten die Götter dafür sorgen, dass sie überlebte!

Das Wetter im Hochland war unberechenbar.

Urplötzlich wallten dichte Regenwolken über die Berge und verhüllten die noch eben sonnenbeschienenen Gipfel. Mit sich trugen sie einen übellaunigen Wind, der über die Hänge hinab ins Tal brauste.

„Gib mir Pepito!" Yolandas Entschlossenheit ließ Eufemia keine Wahl. Im Grunde ihres Herzens war sie froh darüber. So konnte sie sich ganz auf die bevorstehende Geburt konzentrieren. Die kommenden Stunden und Tage gehörten ihr und dem Baby. So war es Sitte. In den ersten acht Tagen blieben Mutter und Kind für sich. Nichts würde nach dieser Zeit die Bindung zwischen ihnen zerstören können.

Yolanda band sich Pepito auf den Rücken. Der Kleine gab keinen Mucks von sich. Mit blanken schwarzen Augen betrachtete er seine Mutter. Dann umhüllte ihn erneut das Tuch und seine Welt bestand einzig aus leuchtenden Farben. Lucía wich ihrer Mutter keinen Schritt von der Seite.

„Wir müssen ins Dorf runter", bestimmte Yolanda.

„Warum hast du Lucía wieder mitgebracht?" flüsterte Eufemia.

„Candelaria war nicht zu Hause."

Yolanda war die Curandera des Dorfes, eine schamanische Heilerin, zu der die Dorfbewohner mit ihren Krankheiten, aber auch mit ihren alltäglichen Sorgen und Nöten kamen. Die größte Freude empfand Yolanda selbst jedoch dabei, dem Nachwuchs auf die Welt helfen zu dürfen. Es gab kaum jemanden in San Marcos, der im Moment, da er die verklebten Augen öffnete, um es mit der Welt aufzunehmen, nicht von Yolandas Lächeln begrüßt wurde. Seit Langem galt es zudem als offenes Geheimnis, dass in San Marcos weniger Mütter bei der Geburt starben als anderswo am Lago.

Eufemia unterdrückte ein Stöhnen, als eine neuerliche Wehe all die Energie ihres Körpers in den Unterleib lenkte. Sie biss die Zähne zusammen. Noch ehe der Schmerz abgeklungen war, stützte sie sich auf Yolandas Schulter und sie begannen den Abstieg in Richtung Dorf.

Der Wind wirbelte ockerfarbenen Sand auf. Lucías Augen verengten sich zu Schlitzen und sie ergriff Yolandas Hand. Eufemia ächzte. Sie stemmte die Hände ins Kreuz und starrte in die Wolken.

„*No tenga pena*, Eufemia, mach dir keine Sorgen. Gleich hast du es geschafft. Nur noch wenige hundert Meter bis zum Dorf", sagte Yolanda. „Atme einfach weiter - langsam und gleichmäßig - genau."

Eufemia schluckte den galligen Kommentar herunter, der ihr auf der Zunge lag. Stattdessen blickte sie sich um. Sie standen inmitten einer Milpa. Langsam atmete Eufemia ein und versuchte, die Luft gleichmäßig wieder ausströmen zu lassen. Wie sie es von Kindesbeinen an gelernt hatte, lenkte sie ihre Aufmerksamkeit auf ihre Umgebung. Die Maispflanzen bogen sich unter dem Sturm. Die Frijoles, die sie umrankten, wirbelten mit ihnen in diesem luftigen Tanz. Die beiden Pflanzen waren Schwestern, die eine der anderen Stütze. So war es seit jeher gewesen. So musste es bleiben. Das war das Prinzip der Milpa. Sich selbst inmitten dieses größeren Rahmens zu verorten, gab Eufemia ihre Zuversicht zurück.

„Ich glaube, ich schaffe es jetzt, Yolanda. Lass es uns versuchen."

Dunkle Augen blitzten im runzligen Gesicht der Curandera. Sie und ihr Mann Ramiro waren zugleich die Abuelitos, die Dorfältesten. Das hatte, wie im Falle der beiden, nicht zwangsläufig mit dem Alter zu tun – die Witwe María del Pilar war weitaus betagter –, sondern mit dem Vertrauen, das die beiden im Dorf genossen. Die Abuelitos wurden von der Dorfgemeinschaft gewählt. Für die Bewohner des Ortes waren sie wie zweite Eltern.

„Natürlich schaffen wir das, Eufemia. Ist ja nicht das erste Mal."

Bedachtsam setzte Eufemia einen Fuß vor den anderen. Tausendfach hatte sie diesen Weg beschritten, heute aber erschien er ihr steil wie nie. Der Sturm gewann unterdes an Stärke. Abgerissene Blätter und Zweige flogen an ihnen vorbei.

„Ich mag den Wind nicht, mamá", rief Lucía.

„Der Wind bringt Veränderung, Kleines", erwiderte Yolanda an Eufemias statt.

„Veränderung mag ich auch nicht", setzte das Mädchen entgegen.

„Diese Veränderung wird dir ein Geschwisterchen bringen, Lucía. Das ist doch ein Grund zur Freude."

Nachdenklich tippelte die Kleine neben Yolanda her.

„Unsere Vorfahren erzählen, der zwölfte Tag habe den Wind gemacht", fügte die Alte hinzu. „Was denkst du – gab es zuerst den Wind oder die Mayas?" Eufemia, die noch immer auf Yolanda gestützt nebenherlief, schmunzelte.

Lucía überlegte.

„Die Mayas natürlich", antwortete sie schließlich.

„Weshalb glaubst du das?" wollte die Curandera wissen.

„Das ist einfach", Lucías helle Stimme klang selbstsicher, „wenn keine Menschen da sind, gibt es niemanden, der den Wind spürt. Also müssen die Mayas zuerst da gewesen sein."

Yolanda zwinkerte Eufemia zu. Dann wandte sie sich wieder an Lucía. „Das ist ein weiser Gedanke. Die Alten aber erzählen, dass der zwölfte Tag den Wind hervorbrachte. Mit dem Wind kam der Geist in die Welt - der Atem, der uns das Leben einhaucht. Erst am Tag danach wurden wir Mayas geschaffen."

„Ach so", flüsterte Lucía und senkte den Blick. „Aber du bist doch alt", fügte sie hinzu. Schüchtern wandten sich ihre Augen wieder dem faltendurchfurchten Gesicht der Schamanin zu.

„Da hast du recht, niña", schmunzelte Yolanda. „Ich bin alt. Diese Geschichte ist jedoch noch viel älter als ich. Schon meine Abuela hat sie mir erzählt und sie hatte sie wiederum von ihrer Großmutter."

Lucía riss den Mund auf. Der Sturm spielte mit ihrem pechschwarzen Haar.

„Aber das war gut so", fuhr Yolanda fort, „denn wäre nicht zuerst der Wind geschaffen worden, gäbe es keinen Geist. Und wenn es keinen Geist gäbe, wären wir heute nicht, was wir sind. Wir könnten nicht darüber sprechen, ob der Wind oder wir Mayas zuerst da waren. Insofern hast du eine gute Antwort gegeben."

Das Mädchen strahlte die Curandera an.

Eufemia war dankbar für die Ablenkung. Inzwischen hatten sie die letzten Meter zum Dorf zurückgelegt. Eine Böe, zorniger als alle vorherigen, riss und zerrte an den ärmlichen Hütten des Dorfes. Eufemia blickte hinab, konnte ihr Zuhause vom Dorfeingang aus jedoch nicht sehen. Ausgerechnet am Tage ihrer Niederkunft schien die Natur mit aller Gewalt aufzubegehren. Womit bloß hatten sie den Zorn der Jenseitigen erregt? Es war nicht die Zeit des *Huracán,* des zerstörerischen Gottes der Winde und Blitze.

„Schnell, Eufemia, komm in meine Hütte!" rief Yolanda über den tosenden Wind hinweg.

Lucía stemmte sich gegen den Sturm, der sie beinahe von den Füßen riss, die Curandera aber hielt sie fest bei der Hand. Eufemia schleppte sich die letzten Meter zu Yolandas Behausung. Beim Anblick der schützenden Wände atmete sie auf. Bevor sie eintrat, bemerkte sie, dass der Wind die Bananenstauden abgeknickt hatte, die hinter dem Haus der Heilerin gestanden hatten.

Warum heute?

AveMariavollderGnadenderHerristmitdirdubistgebenedeitunterdenFrauenundgebenedeitistdieFruchtdeinesLeibes – wisperte Eufemia.

„Dir wird nichts geschehen, niña", sagte Yolanda. „Gleich bin ich bei dir. Vorher bringe ich die Kinder weg. Wo ist Salvador?"

„Auf dem Markt."

„In Panajachel?"

„Genau. Ich fürchte, es wird dauern, bis er wiederkommt. Unmöglich den Lago zu überqueren, bei dem Sturm."

Yolanda nickte. „Aber Ramiro werde ich finden. Sind Salvadors Eltern zu Hause?"

Eufemia verneinte. Pablo und Rosalia hatten ihren Sohn begleitet.

„Es ist anders heute", stöhnte sie. „Diese Schmerzen! Warum sind die Götter so zornig?" Sie deutete hinaus.

„Ich bin bei dir. Gemeinsam werden wir das Kleine zur Welt holen. Auch der Abuelito wird uns unterstützen. Ein Kind sollte in der Gemeinschaft zur Welt kommen."

Eine Wehe wischte das Lächeln von Eufemias Gesicht.

„Setz dich hin, Eufemia. Ich kehre zurück, so schnell ich kann."

Yolanda zog Lucía mit sich. Die Kleine an der Hand und Pepito auf dem Rücken machte sie sich auf den Weg zu Eufemias Mutter Candelaria.

Eufemia kam es vor, als sei kaum Zeit verstrichen, als Yolanda mit Ramiro die Hütte betrat. Er lächelte ihr zu. Seine Haare waren trotz seiner beinahe sechzig Jahre schwarz wie die Nacht. Eufemia atmete durch und erwiderte sein Lächeln. Ramiro durchschritt die Hütte und legte Feuerholz nach.

„Lass mich mal sehen", sagte Yolanda und ertastete die Lage des Babys. Ihre Stirn legte sich in Falten.

„Gott steh mir bei", wimmerte Eufemia.

„*No tenga pena*. Das Kleine liegt falsch herum, aber wir kriegen es schon dazu, sich noch einmal zu drehen", Yolanda strich ihr über den Rücken. „Versuch dich zu entspannen! Du kennst doch Martas Großen, den hübschen Antonio, bei dem war es genau so – und jetzt sieh ihn dir an, den Herzensbrecher."

Sie lächelte und verschwand in der kleinen Kammer am Ende der Hütte.

„Es wird heute so gehen müssen", murmelte sie, als sie mit einem Seil in der Hand zurückkehrte. Sie band eine Schlinge an die Decke. „Salvador ist leider nicht hier und Ramiro hat nicht mehr genug Kraft, um dich zu stützen."

Yolanda deutete auf die Schlinge. „Lehn dich hier rein. Es ist nicht gut, Kinder im Liegen auf die Welt zu bringen – eine Frau hat im Liegen nicht genügend Kraft."

Eufemia nickte und ließ sich in die Seilschlinge sinken, die sich durch ihr Gewicht stabilisierte. Sie hielt die Augen geschlossen.

„Wir werden jetzt versuchen, das Kleine in eine andere Lage zu bringen", flüsterte Yolanda. „Das Wichtigste ist, dass du dich entspannst, Eufemia. Das Kind braucht so viel Platz wie möglich, um sich zu drehen. Wenn du loslässt, geschieht es ganz von allein."

Aus matten Augen blickte Eufemia die Curandera an.

„Als erstes versuche ich, die bestmöglichen Voraussetzungen zu schaffen. Für dich und das Baby. Und für die Welt der Geister. Mögen sie uns in diesem schwierigen Moment beistehen!"

Die Hebamme entzündete ein Stück Copal und ließ die Flamme verglimmen. Der heilige Duft breitete sich im Raum aus.

Ramiro saß auf einem Hocker und seufzte zufrieden.

Yolanda strich über Eufemias Bauch, fuhr mit den Händen Eufemias Schenkel entlang und massierte ihre Füße. „Schließ die Augen, Eufemia. Begrüß dein Kind. Bald wird es Teil unserer Gemeinschaft sein."

Eufemia tat wie ihr geheißen. Die Hebamme griff nach dem glühenden Stück Copal und näherte sich behutsam Eufemias kleiner Zeh.

Eufemia riss die Augen auf. „Was machst du da?"

„Keine Angst. Ein wenig Wärme leitet die Energie in die rechte Bahn. Ich werde dich nicht verbrennen, mach die Augen ruhig wieder zu."

Yolanda fuhr damit fort, Eufemias Füße mit Hitze zu bearbeiten. Nach einer Weile kniete sie sich auf den Boden, legte ihre Hände auf Eufemias Bauch und erfühlte die Lage des Kindes. „Mal sehen", murmelte sie. Gerade als sie dem Kleinen einen sachten Impuls geben wollte, setzte eine neue Wehe ein. Eufemias Gesicht verzerrte sich vor Anstrengung.

„Ich weiß, niña, ich weiß", murmelte die Alte.

Von draußen drang trübes Licht herein. Es sah nach Regen aus. Eufemia schrie ihren Schmerz hinaus. Yolanda griff nach einem Lappen und tupfte ihr die Stirn ab. Noch einmal ertastete sie die Stellung des Ungeborenen und runzelte die Stirn. „Es hat sich noch nicht gedreht."

Eufemias Blick wanderte zu Ramiro. Der Abuelito zwinkerte ihr aufmunternd zu. Eufemia nickte.

„Du bist nicht allein, Eufemia. *No tenga pena*", sagte Yolanda. „Wir versuchen etwas anderes. Knie dich bitte hin."

Eufemia sah die Curandera verwirrt an.

„Genau, du hast richtig verstanden. Auf alle Viere. So hat das Baby am meisten Platz. Wäre doch gelacht, wenn wir es nicht dazu bewegen können, sich zu drehen."

Yolanda wischte sich den Schweiß von der Stirn.

Der Abend war hereingebrochen. Eufemias Kind war noch immer nicht geboren. Die Wehen setzten in immer kürzeren Abständen ein, das Kleine aber befand sich unverändert in Steißlage. Eufemia hing in der Seilschlinge. Ihr Körper glänzte von Schweiß. Violette Ringe umschatteten ihre Augen.

„Hier, niña, trink einen Schluck Wasser, das wird dir guttun."

Eufemia öffnete den Mund und trank.

„Yolanda?" flüsterte sie dann.

„Ja?"

„Ich habe Angst. Lange halte ich das nicht mehr durch. Wenn ich", ihre Stimme versagte. „Also, sollte ich nicht mehr da sein, ich meine, du verstehst, wenn –"

„Was soll das, Eufemia?" Yolandas Blick wurde streng. „Natürlich wirst du da sein. Du wirst deinen Kindern die Mutter sein, die sie brauchen."

Eufemia schluckte. „Ja, aber nur für den Fall, dass – würdest du bitte dafür sorgen, dass –"

Das Gesicht der Curandera wurde milder. Die vergangenen Stunden hatten an ihrer beider Kräften gezehrt. *„No tenga pena"*, sagte sie. „Dir wird nichts geschehen."

„Versprich es mir – versprich mir, dass du sie zu Lola und Luis bringst, damit sie sich um sie kümmern! Versprich mir, dass du ein Auge auf sie hast."

„Aber ja, niña. Natürlich. Deswegen haben wir sie ja zu ihren Paten bestimmt. Jetzt brauche ich dich aber hier. Wir haben alles versucht. Das Kleine dreht sich nicht. Uns bleibt nichts anderes, wir müssen es so auf die Welt holen."

Eufemia sah in Yolandas runzliges Gesicht. „Geht das überhaupt?"

„Mit Hilfe der Götter ist alles möglich."

Die Hebamme stand auf, nahm einige Kräuter vom Fensterbrett und warf sie ins Feuer. Rauchschwaden breiteten sich im Raum aus. „Mögen die guten Mächte mir beistehen!" Yolanda pustete in ihre Hände.

Eufemia riss mit aller Kraft an dem Seil, als die nächste Wehe einsetzte. Yolanda kühlte mit einem feuchten Tuch ihren

Nacken. „Gut machst du das, wunderbar, niña. Gib es frei – genau."

Eufemias Schreie hatten sich in ein Keuchen verwandelt. Der Schmerz ließ ihre Augen aus den Höhlen treten.

Die folgenden Stunden dehnten sich ins Unendliche. Setzten die Wehen aus, tupfte Yolanda Eufemias Gesicht ab und strich ihr die Haare aus der Stirn.

Während die Nacht hereinbrach und der Sturm das Alte fortblies, widerstand Yolandas Hütte allem Rütteln und Zerren. Wollte Eufemia sich davonstehlen, sprach die Curandera ihr Mut zu. Sie ließ nicht locker, bis jenseits des Sturmes die Wolken aufrissen und der Himmel in Sicht kam. Nach und nach fand das Kleine seinen Weg durch die Enge des Geburtskanals.

Als es endlich soweit war, musste es schnell gehen. Bauch und Nabelschnur waren zu sehen. Das Kind brauchte Luft! Sonst würde es ersticken.

Yolanda zog.

Eufemias Schrei ließ Ramiro zusammenfahren. Schatten flackerten über sein Gesicht.

Schließlich hielt Yolanda ein blutverschmiertes Bündel im Arm. Rasch befreite sie seinen Hals von der Nabelschnur und schlug ihm auf den Po. Es war tief in der Nacht. Nichts regte sich. Yolandas Atem stockte. Eufemia hing tonlos in der Schlinge. Noch einmal schlug Yolanda dem Kind auf den Hintern, kräftiger diesmal. Da verzog es das Gesichtchen und begann aus Leibeskräften zu schreien.

„Deine Tochter!" Die Erleichterung stand ihr ins Gesicht geschrieben. Ramiro half Eufemia hinüber zu einem Lager aus Stroh, Yolanda folgte mit dem Baby, das noch an der Nabelschnur hing. Ermattet legte Eufemia sich nieder. Als Yolanda ihr das Baby auf die Brust legte, sah sie auf und lächelte.

In diesem Moment flog die Tür auf.

Eufemia öffnete die Augen, doch es war nicht der Wind gewesen.

„Salvador!" rief sie. „Wie kommst du hierher?"

„Eufemia!"

Hinter ihm traten Pablo und Rosalia, seine Eltern, durch die Tür. Salvador stürzte auf seine Frau zu. Er trug wie üblich seinen Sombrero, nahm ihn jedoch ab, als er erkannte, in welchem Moment er hereingeplatzt war. Den Hut vor dem Körper stand er fassungslos vor seiner Frau und seiner neugeborenen Tochter.

„Du kommst im rechten Augenblick", sagte Yolanda und gab ihm das Messer, um die Nabelschnur zu durchtrennen.

Salvador lächelte seine Frau an.

Nachdem er die Nabelschnur durchschnitten hatte, verdüsterte sich seine Miene jedoch.

„Ich habe schlechte Nachrichten", murmelte er. „Sie haben Jacobo Árbenz gestürzt. Er ist heute geflohen. Es heißt, die United Fruit Company und die CIA hätten ihre Finger drin."

„So schlimm wird es schon nicht werden, cariño", murmelte Eufemia.

Salvador schüttelte den Kopf und starrte in die Finsternis außerhalb der Hütte.

„Schlimmer, Eufemia, es wird noch viel schlimmer kommen", meinte er nach einer Weile. „Die United Fruit ist für unsere Lage verantwortlich. Was glaubst du, weshalb wir wie Sklaven schuften? Wir hätten unser eigenes Land besitzen können. Árbenz hat es versucht! Jetzt aber bleibt alles beim Alten. Und sie werden sich rächen."

Salvador räusperte sich. „Das ist leider noch nicht alles." Eufemia, die kaum noch imstande war, die Augen offenzuhalten, sah ihn fragend an. „Es ist, nun, es ist eigentlich nicht so schlimm, aber – der Sturm hat unser Dach weggerissen!"

„Was!" entfuhr es Eufemia. Das Baby, das an ihrer Brust eingeschlafen war, blinzelte ins Licht des Feuers.

„Ja, ich habe es eben gesehen. In unser Zuhause können wir heute Nacht nicht zurück."

„Dann bleibt ihr über Nacht hier, Salvador. Ihr seid nicht allein. Das ganze Dorf wird euch dabei helfen, ein neues Dach zu errichten." Yolanda griff nach Salvadors Arm und streichelte ihn liebevoll. Für sie war und blieb er der kleine Junge, den sie vor gerade mal 25 Jahren zur Welt geholt hatte.

Salvador wandte sich ihr zu. Seine Augen glitzerten. „Danke, Yolanda."

„*No tenga pena*", entgegnete die Curandera. „Eine Frage habe ich aber noch. – Wie soll eure Tochter heißen?"

Salvadors und Eufemias Blicke trafen sich.

„María Dolores", flüsterte Eufemia und sah auf das neugeborene Mädchen hinab. „Das ist der richtige Name für sie – nach der heiligen Mutter und zur Erinnerung an die Schmerzen des heutigen Tages. Ich hoffe, dass ihr dieser Name zukünftige Schmerzen erspart."

Salvador nickte zustimmend.

„María Dolores", rief er aus und nahm Eufemia das Mädchen aus dem Arm. Er hielt seine Tochter vor sich hin und betrachtete sie stolz. „María Dolores. Mein sechstes Kind." Für einen Augenblick schien ihn die Trauer zu übermannen, dann aber lächelte Salvador sein jüngstes Kind an: „Willkommen in unserer Familie, María Dolores Vega Talán."

Frankfurter Abendzeitung
vom 29. Juni 1954, S. 7

Guatemala Stadt
Der Präsident der zentralamerikanischen Republik Guatemala, Jacobo Árbenz, verließ am 27. Juni die gleichnamige Hauptstadt des Landes und zog sich nach Mexiko ins Exil zurück.

Die Regierungsgeschäfte übergab der unter Druck geratene Árbenz an seinen Stabschef. Es wird jedoch damit gerechnet, dass bald Oberst Castillo Armas das Amt des Regierungschefs übernehmen wird. Unter der Führung des Oberst hatten bereits vergangene Woche mehrere Tausend Freiheitskämpfer von Honduras aus die Grenze nach Guatemala überschritten, um die Bevölkerung des mittelamerikanischen Staates vom drohenden Joch des Kommunismus zu befreien.

Offenbar ist es Oberst Castillo Armas nun gelungen, die Hauptstadt Guatemala City unter seine Kontrolle zu bringen.

US-Präsident Eisenhower begrüßte die Entwicklung und sprach von einem historischen Moment für die Stabilisierung der gesamten Region. Eisenhower äußerte sich zufrieden darüber, dass die Gefahr, Guatemala könne sich zu einem Brückenkopf des stalinistischen Russland auf dem amerikanischen Kontinent entwickeln, somit gebannt sei.

Auslöser für die wachsende Besorgnis des US-Präsidenten war eine tschechoslowakische Waffenlieferung an den lateinamerikanischen Staat im Mai dieses Jahres gewesen.

RH

Kapitel 19 - Leben wie Penner in Frankreich

„Julián!"

Kyriel rüttelte heftig an Juliáns Schulter, bemüht ihn zu wecken - bislang erfolglos. Wieder einmal focht Julián imaginäre Kämpfe aus.

Paul, ein Lastwagenfahrer aus München, der sie nach mehrstündiger Wartezeit an einem Rasthof in der Nähe von Lyon aufgelesen hatte, schrubbte sich nervös die Kopfhaut. Schuppen rieselten herab. Das obligate Feinrippunterhemd verhüllte seine wulstigen Formen nur dürftig.

„Julián!"

Endlich kam er zu sich.

„Was?" Schlaftrunken blickte er sich um. „Warum weckst du mich? Was ist los? Wir sind noch nicht da, oder?"

„Wir sind in der Nähe von Avignon. Nicht wahr, Paul?"

Pauls Kinne wippten zustimmend.

„Du hattest wieder einen dieser Träume, stimmt's?" fragte Kyriel leise.

Julián nickte verdrießlich. Er kniff die Augen zusammen. Nach dem Aufwachen fiel sein Silberblick stärker auf als gewöhnlich.

„Du hättest mich nicht wecken dürfen!"

Verwundert sah Kyriel ihn an.

„Diesmal", raunte Julián ihm zu, „war es anders."

Er warf einen prüfenden Blick auf den Fahrer. Der aber pfiff leise vor sich hin. Der Motorenlärm täte ein Übriges.

„Derselbe Traum wie immer, aber aus einer anderen Perspektive. Ich stand wieder vor der Felswand, aber diesmal habe ich mich von außen gesehen. Verstehst du?"

„Nicht wirklich."

„Ich sah auf mich herab, sozusagen."

„Ist dir etwas aufgefallen, was du aus früheren Träumen nicht kanntest?"

„Deswegen ärgere ich mich darüber, dass du mich geweckt hast."

„Ich kann nicht in deinen Schädel schauen. Ich habe es bloß gut gemeint –"

„Du hörst dich an wie dein Vater."
Ärgerlich wandte Kyriel den Kopf zur Seite und blickte aus dem Beifahrerfenster. Draußen zog eine Gebirgskette vorbei.
Julián klopfte ihm auf die Schulter.
„Nichts für ungut, amigo. Konntest es ja wirklich nicht wissen. Aber, ob du es glaubst oder nicht, ich habe etwas Neues gesehen."
„Und was?" brummte Kyriel.
„Aus der Ferne kam etwas auf mich zu - ich würde sagen *geflogen*. Es leuchtete in allen Farben."
„Konntest du erkennen, was es war?"
Julián schüttelte den Kopf und schob sich einen Kaugummi in den Mund.
„Will nichts heißen. Oft vergesse ich nach dem Aufwachen sofort alles wieder."
„Sagt mal, Jungs, stört es euch, wenn ich ein bisschen Musik anmache?" unterbrach Paul ihr Gespräch.
„Wäre ja noch schöner", antwortete Kyriel. „Ist dein Reich hier - insofern: dein Wille geschehe. Ich bin froh, dass wir uns nicht mehr an diesem zugigen Rastplatz die Beine in den Bauch stehen müssen."
Pauls Kinne erzitterten unter heiserem Lachen. Er legte eine verkratzte Kassette ein.
Wärst du doch in Düsseldorf geblieben, schöner Playboy, du wirst nie ein Cowboy sein...
Im Takt trommelten seine Finger auf das Lenkrad. Julián unterdrückte ein Grinsen.
Kyriel lehnte sich ans Fenster. Sein Blick wanderte über die abendlichtdurchfluteten Lavendelfelder der Provence.

Die beiden waren drei Tage zuvor in Köln aufgebrochen. Lolas tagelange Proteste hatten Julián in seinem Entschluss nur bestärkt. Als sie zu guter Letzt eingesehen hatte, dass ihr Widerstand zum Scheitern verurteilt war, hatte sie sich besonnen und Julián eine Kontaktadresse aufgeschrieben.

Pedro Coya Guarcas –
Calle de las Minas 17, 2-A, Granada, Albaicín (1985)

Julián betrachtete den Zettel mit Lolas krakeliger Handschrift. Sein Onkel. Vielmehr: Großonkel.

1985. Das war eine Ewigkeit her.

Wenn jemand etwas von Raúl wisse, dann er, hatte Lola behauptet. Aber lebte Pedro überhaupt noch? Und falls ja, wo hielt er sich auf? 23 Jahre – eine Zeitspanne, beinahe so lang wie sein Leben. Ein Leben, das er ohne Vater verbracht hatte. War ihm wirklich daran gelegen, das zu ändern? Was erwartete ihn, sollte er Raúl tatsächlich aufspüren? Er brachte es nicht über sich, diesen Mann gedanklich *Vater* zu nennen – oder *Papá*. Dieses Recht hatte Raúl verspielt, als er ihn seinem Schicksal überlassen hatte.

Juliáns Blick schweifte über den Rastplatz.

Ein paar Holzbänke und Tische, an denen Brummifahrer Kaffee aus Pappbechern schlürften und sich gähnend den Schlaf aus den Augen wischten. Staubige Sandwege. Verbrannter Rasen. Dazwischen überquellende Mülleimer, verstreute Papierservietten. Und, am Fuße einer Pinie, den Schlafsack bis über die Augen gezogen, Kyriel.

Noch einmal betrachtete Julián den Zettel in seiner Hand.

Pedro Coya Guarcas.

Wie alt der Mann sein mochte? Was würde er wohl sagen, wenn Julián urplötzlich aus dem Nichts auftauchte? Ob er sich daran erinnerte, dass Raúl einen Sohn hatte?

Raúl sei Pedros einziger Verwandter in Spanien gewesen, daher habe er sie regelmäßig besucht, hatte Lola gesagt.

War Raúl in seine Heimat zurückgekehrt? Was hätte ihn halten sollen, wenn es nicht einmal seine Familie geschafft hatte?

Google kannte weder einen *Pedro Coya Guarcas* noch einen *Raúl Coya Salamina.* Vom spanischen Melderegister hatte er keine Antwort erhalten. Alles in allem nicht gerade vielversprechend.

Gäbe es Neuigkeiten, würde Lola sich melden.

Hoffentlich.

„Zeit, deinen Kumpel zu wecken", riss Paul ihn aus seinen Gedanken. „Wenn der noch länger ratzt, kommen wir nie los! Ich habe einen Terminplan einzuhalten."

„Wird gemacht, Chef. In ein paar Minuten sind wir so weit!"

Julián trottete zu Kyriels Schlafplatz hinüber. Der Duft der Pinien kündete vom Mittelmeer.

„Aufstehen, *durmilón*."

Kyriel reckte sich und gähnte.

„Lang genug gepennt!" Julián stieß mit dem Fuß nach ihm.

Unbeholfen befreite Kyriel sich aus dem Schlafsack.

„Schon gut", brummte er. „Bin so gut wie fertig." Aus verquollenen Augen musterte er Julián. „Wo ist mein Kaffee?" fragte er schließlich.

„Bin ich deine Dienstmagd? Als nächstes soll ich dir wahrscheinlich die Füße massieren und dir mit Palmwedeln Luft zufächeln!"

„Hört sich gar nicht schlecht an." Kyriel verzog das Gesicht zu einem Grinsen.

„Vorerst aber tut es eine Tasse Kaffee. Milch und ein Löffel Zucker, bitte. Auf die Fußmassage komme ich später zurück."

„Na gut, Prinzesschen, einen Kaffee hole ich dir, damit wir hier nicht versauern, weil Paul uns hocken lässt, während du den All-inclusive-Urlauber gibst. Aber komm in die Pötte! Ich glaube, der will bald los. - Die Sache mit den Palmwedeln und der Massage kannst du dir getrost wieder aus dem Kopf schlagen!"

Mit diesen Worten stapfte Julián hinüber zur Raststätte.

Am frühen Abend erreichten sie Perpignan.

Paul setzte sie auf einem Rastplatz ab. Winkend zuckelte er mit seiner Ladung Handwaschlotion weiter in Richtung Toulouse.

Die Fahrt hatte sich gezogen. Totalsperrung der Autobahn. Drei Stunden unter der erbarmungslosen Septembersonne.

„Spanien können wir abhaken", meinte Kyriel und deutete auf die untergehende Sonne.

„Sieht so aus."

Die beiden setzten sich auf eine der Holzbänke. Julián fischte ein Stück Käse und einen Kanten alten Brotes aus dem Rucksack.

„Wanna beer?"

Der Fremde hielt ihnen eine angebrochene Flasche hin. Wind zerzauste sein struppiges Haar. Er mochte Mitte dreißig sein.

„Why not." Kyriel nahm einen Schluck und bot dem Mann ein Stück Käse an.

Grinsend griff der Fremde zu.

„Jacques", sagte er kauend. „Where are you guys from?"

„Germany."

„Oh! Ich habe in Frankfurt gelebt", sagte er mit französischem Akzent.

Julián musterte ihn. Er wirkte ausgemergelt, trug eine zerschlissene Cordhose und ein löchriges T-Shirt, auf dem die verwaschenen Überreste eines Schriftzugs prangten: *Fuck Chirac.*

Heute friste er sein Leben auf Autobahnraststätten, erklärte Jaques, als er Juliáns Blick bemerkte.

Mit einem kräftigen Schluck Bier spülte er ein Stück Brot hinunter. „Ein entspanntes Leben, eine Art Weltenbummler-Dasein." Er lehnte sich zurück und verschränkte die Arme hinter dem Kopf. „Kaum ein Rastplatz, den ich nicht wie meine Westentasche kenne! Und täglich neue Bekanntschaften!"

„Brauchst du nicht von Zeit zu Zeit ein Bett?" wollte Kyriel wissen. „Oder ein Dach über dem Kopf?"

„Ich schlafe oft drinnen", erwiderte Jaques. „Wenn es regnet oder kalt ist, schlafe ich doch nicht draußen!" Ein Grinsen flackerte über sein Gesicht. Einzig die Nase widersetzte sich der Schwindsucht seiner Züge. „Die ganze Welt ist Jacques' Zuhause!"

Julián verzog ungläubig das Gesicht. „Wie kannst du dir das leisten? Du siehst nicht aus, als ob du einen Job hättest."

„Einen Job? - Pah! Den will ich nicht mal haben, wenn sie ihn mir nachwerfen! Ich bin frei. Und das werde ich auch bleiben - das dürft ihr mir glauben. Können mir allesamt gestohlen bleiben, die Sklaventreiber!"

Julián drehte sich eine Zigarette. Dann trank er einen Schluck.

„Ehrlich gesagt", erwiderte er, „habe ich dann keine Ahnung, wie du das anstellst. Nehmen Freunde dich auf?"

„Darf ich?" fragte Jacques und griff nach Juliáns Tabakbeutel.

„Bitte, bedien dich!"

Mit geübtem Griff drehte er eine Zigarette. Den Filter verschmähte er.

„Klar habe ich Freunde", grinste er. „Aber das meine ich nicht." Er versuchte mit Juliáns Feuerzeug die Zigarette anzuzünden, was bei dem Wind beinahe unmöglich war. „Meine Freunde leben auf der Straße. Da kann ich nirgends unterkommen. Ein paar Bekannte habe ich schon, die in Häusern wohnen. Aber da halte ich es nie lang aus. Ich brauche Wind, der mir um die Nase weht."

Ein Regentropfen platschte auf den Holztisch. Kyriel sah zum Himmel auf. „Brauchst du auch Regen auf der Nase?"

„Pah!"

Jacques nahm die Bierflasche und seine Plastiktüte an sich und stand auf. Kyriel und Julián sahen sich fragend an.

„Worauf wartet ihr? Wollt ihr Wurzeln schlagen? Kommt schon mit, bevor es richtig anfängt!"

„Wo willst du hin?" fragte Julián. „Hilf uns lieber, dann bauen wir unser Zelt auf!"

„Pah! Bis das steht, sind wir nass bis auf die Knochen!"

Das Prasseln in den Baumkronen um sie her wurde lauter.

„Aber wohin?" wiederholte Julián.

„In die Raststätte, wohin sonst? Das *Ritz* ist heute Nacht ausgebucht!"

Die beiden stopften Taschenmesser und Brot in den Rucksack und rannten Jacques hinterher. Unter dem Vordach angekommen, rüttelte Julián an der Eingangstür. Nichts rührte sich. „Hätte mich auch gewundert!"

Jacques sah ihn an und schüttelte den Kopf. „Natürlich ist zu!" zischte er. „Aber doch nicht für Jacques!" Er funkelte Julián an. „Glaubst du, ich bin so schlecht vorbereitet? Ich kann Regen riechen."

Kyriel strich sich die Haare aus der Stirn, sagte aber nichts.

„Kommt!" rief der Franzose.

Sie folgten ihm auf die Rückseite des Gebäudes, wo Jacques sich an einem Fenster zu schaffen machte.

„Et voilà! Bitte schön, die Herren!" Mit einladender Handbewegung trat er zurück und bedeutete den Nachwuchs-Clochards durch das offene Fenster einzusteigen.

Julián zögerte. „Was ist, wenn uns jemand erwischt?"

„Pah! Vor fünf ist hier niemand. Und der Putztrupp ist okay. Sollten wir verpennen – die machen keinen Stunk. Werden uns zwar nicht mit Küsschen wecken", Jacques roch an seinen Achselhöhlen, „aber das wäre wohl auch zu viel verlangt."

Kyriel kam Jacques' Aufforderung als erster nach. Julián starrte unschlüssig auf den Asphalt. Es bildeten sich die ersten Pfützen. Schließlich zog auch er sich an dem Fensterbrett hoch.

„Na endlich", murmelte der Franzose.

Drinnen schlug ihnen Uringeruch entgegen. Von hinten schob Jaques Julián beiseite.

„Hier lang", flüsterte er.

Die beiden folgten ihm hinaus auf einen Treppenabsatz. Der Landstreicher angelte eine Taschenlampe aus seiner Hosentasche. Ein Lichtkegel wies ihnen den Weg.

„Oben ist ein Café, da ist es recht bequem! – Warum flüstere ich eigentlich?"

Er schüttelte den Kopf. „Hier ist niemand!" lachte er lauthals.

Kyriel sah sich um. Schatten flackerten über die Wände.

Das Café entpuppte sich als American Diner.

Jacques ließ sich auf eine der gepolsterten Bänke fallen. „Welcome guys! Nicht das *Ritz* – aber schlecht ist es nicht, oder?“ Er zündete einen Kerzenstumpen an und steckte die Taschenlampe ein.

Julián ließ sich ebenfalls auf einer der Bänke nieder und ließ die Finger über den grünen Kunstlederbezug gleiten. „Durchaus angenehmer als draußen.“ Er zog eine Flasche Rotwein aus dem Rucksack.

Jacques' Augen erstrahlten. „Leben wie die Könige!“

Kyriel entkorkte die Flasche mit dem Taschenmesser.

„Prost! Auf Jacques und unser trockenes Nachtquartier!“

Jacques nickte. „Mi casa es su casa.“ In seinen Augen stand Genugtuung. „Fühlt euch wie zu Hause!““

„Wie lange lebst du schon auf der Straße?“ fragte Kyriel.

„Dürften ungefähr acht Jahre sein.“ Jacques wischte sich Rotwein aus den Mundwinkeln und fuhr sich mit den Fingern über das struppige Kinn.

„Meine Güte!“ Julián runzelte die Stirn.

Der Franzose zuckte mit den Achseln. „Würde es nicht tauschen wollen. - Kann ich mir noch eine drehen?“

„Du willst hier drinnen rauchen?“ fragte Julián. Als er Jacques' Blick sah, reichte er ihm zögerlich den Tabakbeutel. „Den Rauch werden sie riechen, oder?“

„Ich mache einfach das Fenster auf“, Jacques betrachtete Julián. Abschätzig fügte er hinzu: „Kleine Missy.“

„Mach dich nicht über mich lustig!“ fuhr Julián hoch. „Bildest dir auf deine Erfahrung als Penner etwas ein? Darauf kann ich dankend verzichten, Monsieur Selbstgerecht!“ Eine Speichelwolke ging auf den Franzosen nieder. Der gluckste und wischte sich mit gleichmütiger Geste die Spucke aus dem Gesicht.

Kyriel legte Julián die Hand auf die Schulter und drückte ihn auf die Bank zurück.

Julián fixierte Jacques unschlüssig. Seine Hände zitterten.

„Schon gut“, lenkte Jacques schließlich ein. „Welchen Nerv ich da auch immer getroffen habe, excusez moi!“ Er deutete eine Verbeugung an. „War nicht böse gemeint. Bist selbst aber auch nicht zimperlich!“

Widerstrebend setzte sich Julián. Er hielt die Luft an und zählte von zehn an rückwärts.

„Okay“, erwiderte er schließlich. Leise fügte er hinzu: „War nicht so gemeint. Mit dem selbstgerechten Penner, meine ich. Hast mich auf dem falschen Fuß erwischt. Immerhin lägen wir jetzt in nassen Klamotten im Zelt, wenn Du nicht wärst.“

Jacques nickte.

„Wenn ihr wieder wie normale Menschen miteinander umgehen könnt“, Kyriel öffnete das Fenster und lehnte sie hinaus, „können wir jetzt eine rauchen.“

Der Regen trommelte auf den Asphalt.

„Jacques, wie kommt es, dass du so gut Deutsch sprichst?“ fragte Kyriel, um das Schweigen zu durchbrechen.

„Ich habe zwei Semester in Frankfurt studiert“, entgegnete der Franzose und blies eine Rauchwolke in die Nachtluft.

„Du hast studiert?“ wunderte sich Julián. „Wieso lebst du dann auf der Straße?“

„Das ist eine lange Geschichte.“

„Was hast du studiert?“

„BWL.“

Julián schluckte.

Jacques lachte trocken. „Hättest du nicht gedacht, was? Ein Diplom-Clochard.“

„Aber was ist passiert?“

„In zwei Worten?“

„Wäre ein Anfang.“

„Dotcom-Blase.“

„Du hast dich verspekuliert?“ fragte Julián.

Der Geruch regennassen Asphalts hing im Raum.

Jacques zuckte mit den Achseln. „Manchmal liegen die Dinge nicht ganz so einfach. Ich hab' meine Lektion gelernt. Es gibt kein Zurück.“

„Hast du einen zweiten Versuch gestartet?“ fragte Kyriel.

„Vielleicht hätte ich es getan, wenn – naja, wenn das Wörtchen wenn nicht wär', wie ihr auf Deutsch so schön sagt. Fakt ist, dass ich nicht nur mein Vermögen verzockt habe, sondern auch das meiner Frau.“ Jacques sah zu Boden. „Und das ihrer Familie.“

„Haben sie dich fallen lassen?“ Juliáns Stimme klang verunsichert.

„Das war nicht nötig." Der Franzose lächelte. „Ich besaß die Größe, selbst zu verschwinden. Wer weiß - vielleicht haben sie mich angezeigt? Das Klügste wäre es wohl gewesen: *Betrug*. Immerhin war es nicht ihre Schuld."

„Aber sie haben dir ihr Geld anvertraut."

„Ich liebe meine Frau. Nie hätte ich Clothilde–" Mit beiden Händen fuhr Jacques sich durch das struppige Haar. „Das war ihr Name. Clothilde."

Kyriel kaute auf seiner Unterlippe.

Schließlich richtete Jacques sich auf. Sein Blick suchte Juliáns. „Gib mir die Flasche, bitte!" räusperte er sich.

Rotweintropfen liefen seine Mundwinkel hinab, perlten auf *Chirac*. Außer dem Regen war nichts zu hören.

„Hast du deinen Schritt bereut?" erkundigte sich Kyriel.

„Pah! Ich bin froh, dass ich aus der Scheiße draußen bin! Dieser Psycho-Terror - das ist kein Leben, das ich vermisse! Verfluchte Schlipsträger-Arroganz!" Er spuckte aus. *„Mir gehört die Welt!"*

Julián fuhr zusammen, als der Schleimbrocken auf dem Boden des Diners aufschlug. „Und deine Familie?"

Jacques Miene verdüsterte sich. Eine Weile sagte er nichts. „Meine Tochter fehlt mir", sagte er letztlich. „Dass Jeanne ohne Vater aufwachsen muss, hatte ich nicht gewollt. Sie müsste jetzt neun sein."

„Du hast eine Tochter?" Juliáns Stimme war kalt. „Du - du hast sie einfach sitzen lassen? Als Baby? Wie konntest du?"

Beinahe tonlos erwiderte Jacques: „Es war das Beste für sie."

„Das Beste?" Eine Zornesfalte spaltete Juliáns Stirn. „Vom eigenen Vater sitzen gelassen zu werden? Hast du irgendeine Vorstellung wie sich das anfühlt? - Nein?"

Jacques saß da wie ein geprügelter Hund.

„Wirklich nicht? Dann will ich es dir sagen: beschissen fühlt es sich an! Du fühlst dich wie Müll, der in die Tonne getreten wird! Entsorgt. Das soll das Beste sein? Das ich nicht lache! Das ist ja wohl–"

„Julián!" fiel Kyriel ihm ins Wort. „Das genügt jetzt! Siehst du nicht, dass du zu weit gehst? Jacques ist nicht dein Vater! Er hat dich nicht verlassen!"

Julián verstummte. Wortlos verließ er den Raum.

Jacques' Augen schimmerten.

„Er meint es nicht so." Kyriel reichte ihm eine filterlose Zigarette.

Der Franzose nickte. „Er hat ja Recht. Wahrscheinlich denkt Jeanne, dass ich tot bin. Auf eine Art bin ich das auch. Für die Gesellschaft wurde die Akte Jacques Genet vor langer Zeit geschlossen."

„Was ist mit deinen Eltern?"

Jacques winkte ab. „Meine Eltern leben in Französisch-Guayana. Sie haben keine Ahnung. Für sie bin ich der erfolgreiche Sohn. Wenn ich jemanden finde, der mir Kleingeld gibt, rufe ich sie manchmal an, erzähle ihnen irgendwas von wegen–"

„Ist es nicht mühsam, ständig Geschichten über dein Leben zu erfinden?"

„Im Gegenteil. Es ist wie eine zweite Chance. Ein paralleles Universum. - Ein Leben, das es hätte geben können, auch wenn alles anders gekommen ist. Ein Spiel."

„Was ist, wenn sie eines Tages vor deiner Tür stehen?"

„Ich habe keine Tür. Außerdem hassen sie Frankreich. Warum sollten sie zurückkommen?"

„Deinetwegen? "

„Pah! Zu wissen, dass ich Erfolg, eine schicke Frau an meiner Seite und ein teures Auto habe, genügt ihnen."

„Und falls doch?"

„Dann fällt mir schon was ein. Unterschätz das Leben auf der Straße nicht!"

Kyriel zuckte mit den Achseln. Schweigend rauchten sie zu Ende.

„Ich schaue kurz nach Julián", meinte er schließlich und stand auf.

Er fand Julián in der Kaffeebar im Erdgeschoss. Durch das Fenster fiel orangefarbenes Licht. Ein Glas mit einer milchigen Flüssigkeit darin stand auf dem Tresen.

„Hey!"

„Hey." Julián stierte in sein Glas.

„Was machst du da?“

„Ich trinke Pernot. Hab keine Eiswürfel gefunden. Aber Leitungswasser tut es auch.“

„Du betrinkst dich?“

„Wir sind schließlich in Frankreich.“

„Geht es dir gut?“

Julián sah auf und sah Kyriel aus verquollenen Augen an. „Ist das wichtig?“

„Sei mir nicht böse, bitte. – Aber es war nicht fair, deine Wut an Jacques auszulassen.“

„Leck mich!“ knurrte Julián. „Auf die Moralapostel-Nummer kann ich verzichten!“

Kyriel schwieg.

Julián stürzte den Inhalt des Glases hinab, trat hinter die Bar und goss sich nach.

„Mit deiner Fahne nimmt uns morgen kein Mensch mit!“

„Wir werden sehen.“

„Kommst du klar?“

Da Julián ihn keiner weiteren Antwort für würdig befand, gab Kyriel auf und ließ den Freund allein.

Im ersten Stock hatte Jacques sich auf einer der Bänke ausgestreckt und schnarchte. Neben ihm stand die leere Flasche.

Na toll, dachte Kyriel. Er entrollte seinen Schlafsack, zog Hose und T-Shirt aus und versuchte es sich auf einer der Bänke bequem zu machen.

„Misch dich nicht ein“ – wie ich das satthabe. Ich will mich einmischen. Ich möchte nicht in einer Welt leben, in der die Menschen sich aus allem raushalten. Er konnte Lauras Tonfall hören, während sie diese Worte sprach.

Ob sie Recht hatte, wusste er nicht mit Sicherheit zu sagen. Nur stahl er sich, wenn er in einem Fall wie eben tatenlos zusah, nicht aus der Verantwortung? Andererseits, was ging es ihn an, wenn Jacques und Julián aufeinander losgingen?

Pass auf Julián auf! Leichter gesagt, als getan, Lola!

Julián hatte seine Mutter zum Abschied nicht einmal umarmt. Er konnte so hart sein. Dabei hätte er allein fahren müssen, wenn sie Kyriel nicht 500 Euro zugesteckt hätte.

Kyriel presste sich Lauras Kuschelkissen vor das Gesicht. Ein ums andere Mal atmete er tief ein.

Letztlich überkam ihn der Schlaf.

Kapitel 20 – Briefe an Godot V

Nürnberg, 15. September 2008

Lieber Godot,

es geht aufwärts. Gestern hat Ann-Marie ihren ersten tablettenfreien Tag überstanden. Die Angstzustände haben bereits vor einer Weile aufgehört. Ab und zu klagt sie noch über Schlafprobleme, findet nachts keine Ruhe, weil ihre Gedanken kreisen. Das aber geht mir selbst kaum anders.
Seit ich begonnen habe, meinen Roman über Laura zu schreiben, habe ich wieder ein Ziel vor Augen. Das gibt mir ein wenig Halt, selbst wenn der Weg unendlich weit scheint. Mehr und mehr bestätigt sich nämlich, was ich Dir im letzten Brief angedeutet habe. Ich muss mir eingestehen, dass ich anderthalb Jahre mit einer Frau verbracht habe, über die ich praktisch nichts wusste. Und mir war es nicht einmal aufgefallen.
War ich so unachtsam? Oder war es Lauras Absicht, nichts von sich preiszugeben? Beides behagt mir nicht.
Verbarg sie etwas?
Sie wirkte so offen, dass ich schlichtweg nie auf diese Idee gekommen wäre.
Habe ich mich getäuscht? Täuschen lassen gar?
Beinahe kommt es mir vor, als habe es eine Laura gegeben, die ich kannte und noch immer spüre, und dahinter eine andere, zweite Laura, von der ich nicht das Geringste ahnte. Wie kann ich mir dennoch bezüglich ihrer Aufrichtigkeit so sicher sein?
Ich traue mir selbst nicht mehr.
Ann-Marie und ich saßen in den vergangenen Nächten lange beisammen. Meine Entscheidung, einen Roman über ihre Tochter zu schreiben, befremdete sie zunächst. Dennoch glaube ich, dass die Gespräche, die wir seither führen, uns beiden guttun. Mir selbst, weil ich noch nicht so weit bin, Laura gehen zu lassen. Auf eine seltsame Art beruhigt es mich, mit Ann-Marie über sie zu sprechen. Ihr aber, weil sie endlich die Gelegenheit bekommt zu trauern. Das ist mitunter nicht leicht. Wie sollte es das sein, wo sich doch

alle Erinnerungen in Dornen verwandeln. Stets schwingt dieses Nie-Mehr mit, das einem jegliche Unbeschwertheit raubt. Schönheit verwandelt sich in Schmerz.
Dir brauche ich das wohl nicht zu erklären. Wenn ich daran denke, wie es Dir ergangen sein muss, fühle ich mich elend.
Je mehr wir teilen, desto mehr kostet es uns, einen Menschen zu verlieren. Von Zeit zu Zeit frage ich mich, ob es diesen Preis wert ist.
Dann wieder will ich nichts von dem missen, was ich erlebt habe.
Auch für mich war es nicht leicht, Godot. Hast Du das je verstanden, je verstehen wollen? Ich sei Dein Leben, sagtest Du. Wie hätte es mir anders gehen sollen?
Bisweilen frage ich mich, ob dieser Schmerz jemals endet.
Endet Liebe? Ich kann es mir nicht vorstellen. Vielleicht zieht sie sich nur in irgendeinen verborgenen Winkel zurück, harrt dort aus, um eines Tages – ja, warum eigentlich?
Früher konnte ich nie verstehen, wieso Menschen verbittern. Heute aber? Wenn ich mir vorstelle, dass all das nie aufhört? Sich, im Gegenteil, immer weiter auftürmt?
Ann-Marie hat mir versprochen, mir alte Aufzeichnungen von Laura zu geben. Schon unsere ersten Gespräche zeichneten ein anderes Bild von ihr, als ich erwartet hatte. Zugleich aber darf ich nicht vergessen, dass es ihre Mutter ist, die spricht. Diese Perspektive muss ich abziehen, will ich zu einer realistischen Vorstellung kommen – und die brauche ich. Ich will Laura gerecht werden. Was das heißt, werde ich wohl erst noch herausfinden müssen.
Mein Freund, ich warte noch immer auf ein Lebenszeichen von Dir! Gib Dir einen Ruck, Godot.

Einstweilen umarme ich Dich aus der Ferne und verbinde mich im Geiste mit Dir,

Dein Pascal

Kapitel 21 – Katoptrophobische Anwandlungen

Skeptisch musterte Laura ihr Spiegelbild. Ein schwarzgelocktes Mädchen taxierte sie unverfroren. Dass Daniel sie nicht anschaute, war wirklich kein Wunder. Sie zog den Bauch ein, hielt die Luft an, drehte sich zur Seite und nahm ihr Profil in Augenschein. Widerwärtig.

Bedachtsam strich Laura das Top über ihren Brüsten straff. Wenigstens die konnten sich sehen lassen. Sie zog die Nase kraus und wandte sich ab.

Zu lange konnte sie den eigenen Anblick nicht ertragen. Zum Glück verlangte das auch keiner von ihr. Oder doch? Die Welt war barbarisch. Verließ sie das Haus, stürmten von allen Seiten Spiegel auf sie ein. Autoscheiben, verglaste Bürogebäude, verkratzte U-Bahn-Fenster. Schaufenster, Spiegel an Kreuzungen, Pfützen auf Asphalt. Spiegel an Ausfahrten, die Umkleidekabinen bei H&M.

Die Welt war darauf versessen, sich zu bespiegeln!

Unten klingelte es an der Tür.

Die Sahnetorten.

Nach wenigen Sekunden drang die Stimme ihrer Mutter ins Obergeschoss. „Laura, deine Gäste kommen! Onkel Hilmar und Tante Irmi sind da. Bist du fertig?"

„Ich bin gleich unten, Mum! Ziehe mich nur schnell um!"

Laura öffnete die Tür ihres Kleiderschranks. Verwaschene Jeans, Ringelsocken, T-Shirts und Wollpullover fielen ihr entgegen. Rasch ergriff sie einen schwarzen Pulli, stülpte ihn über und trat noch einmal vor den Spiegel. Er reichte ihr bis zu den Knien. Das würde gehen. Sie angelte sich eine unten aufgeschnittene Jeans, dann stopfte sie die Kleidungsstücke, die auf den Boden gefallen waren, in den Schrank zurück und drückte die Tür zu. Noch einmal wuschelte sie durch ihre widerspenstige Lockenmähne, ein letzter Blick in den Spiegel und auf in die Tortenschlacht.

Sie war kaum die Treppe runter, da fiel ihr Tante Irmi um den Hals und busselte sie ab.

„Alles, alles Gute zum Geburtstag, mein Liebes! Geh her, lass dich anschauen! Allmächt, du wirst immer weniger! Nichts mehr dran an dir! Ann-Marie, bekommt das Mädel bei dir nichts zu essen? Aber keine Sorge, ich habe dir meine Schwarzwälder mitgebracht. Die magst du doch so gern."

Ann-Marie warf Laura einen Blick zu. Diese lächelte reflexartig.

„Und wie fühlt man sich so mit 14?" Irmi schlug sich die Hand vor den Mund. Ihre rotlackierten Fingernägel klackerten. „Du meine Güte, was für eine dumme Frage! Schon als ich klein war - und mein Gott, das ist eine Ewigkeit her - wusste ich nie, was ich auf solchen Unsinn antworten sollte." Kopfschüttelnd wandte sie sich Onkel Hilmar zu.

Der drückte Laura die Hand *Herzlichen Glückwunsch!,* als es abermals an der Tür läutete.

Der Rest der Verwandtschaft trudelte ein. Lauras Großeltern, Heinrich und Renate, Margot, ihre Patin und beste Freundin ihrer Mutter, Frieder, der Bruder ihres Vaters und Johanna, die Großmutter väterlicherseits. Laura ließ Glückwünsche über sich ergehen und nahm Geschenke entgegen.

Windbeutel, Apfelschnittchen, Käsekuchen und weitere Sahnetorten fanden den Weg auf den Kaffeetisch. Ein Anstandsstück, mehr würde sie auf keinen Fall essen. Niemand konnte sie zwingen.

Als endlich alle eingetroffen waren und Jacken und Mäntel abgelegt hatten, versammelte sich die Gesellschaft um den Geburtstagstisch. Margot stimmte *Wie schön, dass du geboren bist* an und Laura musste die Kerzen auf der Eierlikörtorte auspusten.

„Jetzt darfst du dir was wünschen!" riefen Margot und Tante Irmi, als alle Lichter erloschen waren. Laura schloss die Augen, wie es von ihr erwartet wurde, schlug sie wieder auf und nickte. Applaus erklang von allen Seiten.

„Jetzt wollen wir aber Kaffee trinken!" verkündete Ann-Marie und komplimentierte die Verwandtschaft ins Esszimmer.

„Du setzt dich zu mir, Laura", bestimmte die beleibte Oma Hanna, die an der Fensterseite des festlich gedeckten Tisches Platz genommen hatte. Laura lächelte ihr zu.

„Langt zu!" bat Ann-Marie. „Laura, du zuerst. Schließlich hast du Geburtstag! Gib mir deinen Teller!" Laura zögerte eine Sekunde – lange genug, um ihr den gestrengen Blick ihrer Mutter einzutragen.

„Was hättest du gern, Schätzchen?"

„Ein Stück Schwarzwälder", flüsterte sie kaum hörbar. Tante Irmi würde es ihr nie verzeihen, wenn sie ihre Torte verschmähte. Aber was war mit der Eierlikörtorte? Oma Hanna legte Laura die Hand auf den Arm.

„Würdest du dein Stück vielleicht mit mir teilen? Ich bin eine alte Frau, ich muss auf mein Gewicht achten. Aber die Eierlikörtorte deiner Mutter würde ich auch gern probieren." Laura schob ihrer Großmutter prompt die Hälfte des Tortenstücks auf den Teller. Ann-Marie blickte ihre Schwiegermutter unwirsch an, diese aber bemerkte es nicht. Tante Irmi lächelte dümmlich.

In diesem Moment betrat Lauras Vater den Raum. Erste graue Strähnen durchzogen sein dünner werdendes Haar.

„Ach Peter – ich hab' mich eben gefragt, wo du wohl steckst?" flötete Tante Irmi. Sie warf einen koketten Augenaufschlag in seine Richtung. In seinem schwarzen Rollkragenpullover war er immer noch ein attraktiver Mann. „Du wirst doch nicht den Geburtstag deiner Tochter verpassen wollen?"

Peter warf ihr einen kühlen Blick zu: „Verzeiht bitte. In der Arbeit hat es mal wieder länger gedauert. Ihr wisst ja, wie das läuft."

Er grinste entschuldigend, hauchte seiner Frau einen Kuss auf die Wange und wandte sich an seine Tochter.

„Komm her, mein Mädchen, lass dich umarmen!" Laura erhob sich von ihrem Stuhl. Ihr Vater drückte sie herzlich an sich. Er roch nach Pfeifenrauch und After Shave. „14 Jahre – unglaublich! Alles, alles Gute wünsche ich dir! Bleib so wie du bist!"

Nur ein paar Kilo leichter, schwor sich Laura.

„Jetzt setz dich, Peter", forderte Oma Renate ihn auf. „Wer arbeitet, muss auch essen!"

Opa Heinrich nickte und wischte sich einen Sahneklecks von der Strickkrawatte. Seine Frau stopfte gerade das dritte Stück Torte in sich hinein. Wie machte sie es nur, trotzdem so jung auszusehen?

„Habt ihr schon gesungen?" fragte Peter.

„*Wie schön, dass du geboren bist.*" Frieders feistes Gesicht glänzte, als er die Frage seines Bruders beantwortete. Er war nur wenige Jahre älter als Peter, brachte aber beinahe das Doppelte auf die Waage.

„Und *Imagine*?"

„Aber doch nicht ohne dich!" zwitscherte Tante Irmi. „Auf deinen Tenor wollten wir auf keinen Fall verzichten!"

Lauras Vater warf ihr einen bösen Blick zu, ging zum Wohnzimmerbuffet hinüber und holte die alte Lennon-Platte hervor.

„Peter, kann das nicht bis nach dem Kaffeetrinken warten?"

„Ach, Mum, bitte!"

Lauras Vater legte die Platte auf den Teller und setzte die Saphirnadel auf. Ein Knacken war zu hören, dann ertönten die Klänge des Pianos.

Wie auf Kommando erhob sich die Kaffeegesellschaft.

„14 Jahre ist er schon tot", murmelte Peter, als das Lied zu Ende war. „Was er in dieser Zeit noch alles hätte erreichen können!"

Oma Hanna setzte sich als erstes wieder. Der Rest der Verwandtschaft folgte ihr nach. Obwohl Laura versuchte hatte, sich Zeit zu lassen, war das halbe Stück Schwarzwälder Kirsch wie von Geisterhand von ihrem Teller verschwunden.

„Meine Eierlikörtorte musst du aber probieren, Schätzchen." Die Kuchengabel landete auf der Tischdecke, als Ann-Marie Lauras Teller nahm. „Die habe ich extra für dich gebacken."

„Wenn du gerade dabei bist, ich würde auch noch ein Stück nehmen." Lauras Patin schob sich den letzten Bissen in den Mund. „Aber nur ein ganz kleines, bitte! Diese Torten haben ja so viele Kalorien!"

Während Ann-Marie Margot ein Stück Torte auftat, schob Laura Oma Hanna flugs die Hälfte des eigenen Stücks auf den Teller. Die alte Dame zwinkerte ihr verschwörerisch zu.

Die Feier zog sich bis in die Nacht hinein.

Nach dem Kaffeetrinken verdrückte Laura sich und suchte ihren Verbündeten bei solchen Anlässen auf: die Toilette. Als sie erleichtert zurückkehrte, warteten bereits die Schnittchen. Zu Abend tischte Ann-Marie dann verschiedene Braten und Klöße auf. Zur Vorspeise gab es Brokkoli-Creme-Suppe und zum Dessert, als sowohl Onkel Frieder als auch Opa Heinrich ächzend die obersten Hosenknöpfe öffneten, wurde Panna Cotta gereicht.

Der Tag war ein einziges Gelage. Laura hatte sich durch stundenlange Ausschweifungen gekämpft, den ein oder anderen Bissen abgewehrt oder Oma Hanna zugeschanzt. Nichtsdestotrotz schlich sie sich, nachdem die letzten Gäste gegangen waren, ins Badezimmer und erbrach sich erneut. Danach öffnete sie das Fenster, damit niemand Verdacht schöpfte. Ihr Blick fiel auf die kerzengeschmückte Fichte im Garten. Die nächste Völlerei! Nahm das denn nie ein Ende? Sie putzte ihre Zähne, um den ekelerregenden Geschmack loszuwerden und machte sich auf den Weg ins Bett. „Gute Nacht!" rief sie ihren Eltern zu, die im Wohnzimmer in den Fernseher starrten.

„Hat dir dein Geburtstag gefallen?" Ann-Marie wandte sich zu ihrer Tochter um. Laura nickte und Ann-Marie schien zufrieden. „Na dann schlaf gut, Kleines! Hab' dich lieb!"

Laura stieg die Treppen hinauf zu ihrem Zimmer. Obwohl sie freitags zwei Stunden später zur Schule musste, wollte sie früh schlafen gehen, dann wäre das Drama endlich vorüber!

Letztlich saß sie allerdings vor ihrem Fenster, starrte auf die Felder hinaus und verlor sich in Gedanken an Daniel.

Ehe sie es sich versah, war es ein Uhr nachts. Im Schlafzimmer ihrer Eltern brannte kein Licht mehr, als Laura sich in die Küche hinabschlich.

Widerstrebend öffnete sie die Kühlschranktür. Ein unvorstellbares Verlangen nach Essen überkam sie. Sie nahm die Platte mit den Tortenresten heraus, griff sich einen Löffel aus der Schublade und setzte sich auf die Arbeitsplatte. Ein Stück Eierlikör, ein Stück Schwarzwälder, noch ein bisschen Eierlikör und ein wenig Schwarzwälder zum Ausklang. Zwischendurch trank sie gläserweise Wasser. Sie stellte die geschrumpfte Tortenplatte zurück in den Kühlschrank. Ihr Blick fiel auf den Käsekuchen. Sie verschlang also auch den, gestattete sich im Anschluss, die Windbeutel zu versuchen und naschte an den Apfelschnitten.

Nach all dem Süßkram musste ein Stück Kalbsbraten herhalten und auch das Schäufele konnte sie nicht unversucht lassen. Die Speckkruste krachte, als sie darauf biss. Laura nahm ein großes Stück von dem soßetriefenden Kloß.

Als sie auf die Uhr sah, war es halb zwei. Ihr war übel. Die Verzweiflung überfiel sie ebenso gnadenlos wie zuvor der Appetit. Ihr Blick fiel auf das aufgequollene Gesicht einer Fettleibigen im Fenster.

Sie löschte das Licht in der Küche und schlich den Gang entlang ins Bad. Das Plätschern der Bröckchen in der Schüssel war Balsam für ihre Seele. Als sie die Kirschen sah, wusste sie, dass alles gut war. Damit hatte es angefangen. Alles kein Problem also.

Laura wischte sich den Schweiß von der Stirn und wandte dem Spiegel den Rücken zu, als sie das Bad verließ. Leise zog die Tür hinter sich zu.

„Was machst du denn hier?" Peters Miene ließ sie zusammenzucken. „Ist dir nicht gut?"

„Doch, doch." Laura versuchte sich an ihm vorbeizuschieben. „Ich musste nur aufs Klo."

Peter hielt sie an der Schulter fest. „Schläfst du noch nicht?"

„Doch, schon. Bin nur gerade aufgewacht. Ich lege mich gleich wieder hin - muss morgen früh raus."

Prüfend sah ihr Vater ihr in die Augen. „Irgendwas ist doch mit dir? Du bist ganz blass!"

„Nichts, Papa, gar nichts. Nur ein komischer Traum. Alles wieder okay jetzt. Ich lege mich besser wieder hin." Sie entwand sich seinem Griff. „Schlaf gut, Papa", rief sie ihrem Vater von oben leise zu.

„Du auch, Laura", erwiderte Peter und betrat das Bad.

aus: Goldberg, Pascal: *Auf dem Lachsweg – Ein biographischer Roman,* München 2010

Kapitel 22 – Die Weiße Hand

Die Mitglieder der Dorfgemeinschaft betrachteten Salvador seit jeher mit Argwohn. Sein Interesse an etwas so Abwegigem wie der Politik der Ladinos hatten sie nie begreifen können. Dass er jedoch durch sein anhaltendes Engagement für den *Partido Guatemalteco de Trabajo*, die kommunistische Partei des Landes, die nach dem Sturz von Präsident Árbenz in der Versenkung verschwunden war, sich selbst und seine Familie in Gefahr brachte, machte ihn in San Marcos zum Außenseiter. Was hatte sich schließlich in der Amtszeit von Präsident Árbenz für sie verändert?

Die ehrliche Antwort, das wusste auch Salvador, war: Wenig. Praktisch nichts.

Noch immer fehlte den Bauern ausreichend Land, um ihre Familien zu ernähren.

Noch immer musste die Einwohnerschaft ganzer Dörfer zur Saisonarbeit an die Küste ziehen.

Noch immer konnten die Dörfler sich den Weg dorthin nur leisten, indem sie sich bei den Großgrundbesitzern verschuldeten.

Noch immer bezahlten sie diese Schulden vom ohnehin kärglichen Lohn zurück.

Noch immer blieb ihnen während der Plackerei auf den Plantagen keine andere Wahl, als das Lebensnotwendigste in den überteuerten Läden der Landeigner zu erstehen und diesen ihren Verdienst somit wieder in den aufgerissenen Schlund zu werfen.

Noch immer starben die Kinder während der Erntemonate an Unterernährung und tropischem Fieber.

Weshalb also diesem Ladino-Präsidenten eine Träne nachweinen?

Salvadors Argumente – Árbenz habe im Begriff gestanden, eine Agrarreform durchzuführen, er habe das Land umverteilen wollen, er habe geplant, den Polypen, wie die United Fruit Company landläufig genannt wurde, zu enteignen – überzeugten sie nicht.

Was zählte, war, dass die Familien täglich ihre Tortillas und Frijoles auf den Teller bekamen.

Das zu bewirken, hatte Präsident Árbenz nicht vermocht.

Weshalb also um ihn trauern?

Man schrieb das Jahr 1968.

Überall auf der Welt revoltierten die Studenten. Seit der Ermordung Ché Guevaras im bolivianischen Dschungel war kaum ein halbes Jahr vergangen. Die von ihm vorhergesagten *vielen Vietnams* hingegen ließen auf sich warten. Während auf den Straßen und in den idyllischen Parks von San Francisco Blumenkinder ihren Traum von freier Liebe träumten, wurden in Tlaltelolco, einem Hauptstadtviertel des benachbarten Mexiko, Aberhunderte von Protestierenden niedergemetzelt, um den anstehenden Olympischen Spielen ein nicht minder idyllisches Gepräge zu verleihen.

Kein Echo dieses taumelnden Weltenlaufs drang bis an den abgeschiedenen Lago Atitlán. Die Menschen hier hatten mit eigenen Problemen zu kämpfen.

Der Tag begann wie so viele andere.

Eufemia, María Dolores, ihre ältere Schwester Lucía mitsamt ihrem Sohn Francisco und die Großmütter, Rosalia und Candelaria, saßen vor der Hütte und kneteten Teig für die Tortillas.

Rosalias Ehemann Pablo saß auf einem Schemel unter dem Fenster. Er fühlte sich an jenem Morgen nicht wohl.

Pepito, ein langbewimperter Jüngling von 15 Jahren, war zusammen mit Salvador und Rafael, Lucías Ehemann, unterwegs, um auf der Milpa nach dem Rechten zu sehen.

Die Sonne erstrahlte vor stahlblauem Himmel. Friedlich lag der See in seinem vulkanumsäumten Bett. In den Gassen des Dorfes hallten Hundegebell und das Geschrei spielender Kinder.

Es war Ende Oktober. Die Regenzeit war vorüber. In San Marcos bereiteten die Menschen sich auf eine Feier zu Ehren von Yolandas Geburtstag vor. Die Curandera lebte, wie zu Zeiten von María Dolores' Geburt, in der Hütte nahe des Dorfeingangs.

Für die folgende Woche war die Abreise an die Küste angesetzt – ein Thema, das Salvador keine Ruhe ließ.

„Wir brauchen eine solche Kooperative", meinte er zu Rafael, als sie sich auf dem Rückweg ins Dorf befanden.

Obwohl die drei Männer sich aus der Ferne glichen, unterschieden sich ihre Schatten: Salvadors war kurz und quirlig, der seines Sohnes schien sich selbst noch nicht an die neue Größe gewöhnt zu haben, das Abbild des Schwiegersohnes hingegen war ein ruhender Pol.

„Im Hochland von El Quiché soll es schon eine ganze Reihe davon geben." Salvadors Augen strahlten unter der Krempe seines Sombreros hervor. „Stell dir vor, wir könnten unser Geld selbst verwalten!"

„Das hieße, wir müssten uns keins mehr vom Finquero leihen", vollendete Pepito den Gedanken seines Vaters.

„Wir kämen ohne Schulden auf den Plantagen an", ergänzte Rafael und strich sich durch den Kinnbart, den er sich seit einigen Wochen stehen ließ. „Der Finquero könnte uns dieses Geld also nicht mehr vom Lohn abziehen."

„In ein paar Jahren müssten wir gar nicht mehr in den Süden!" rief Salvador.

Ein Graufuchs huschte über den Weg. Salvador runzelte die Stirn. Er traute Füchsen nicht.

„Wie dem auch sei", sagte Salvador schließlich. „Fabián hat mir erzählt, dass die organisierten Bauern sich letztes Jahr geweigert haben, für 25 Centavos zu arbeiten. Alle gemeinsam, wie ein Mann."

„Riskantes Spiel", entgegnete Rafael.

„Das stimmt", pflichtete sein Schwiegervater ihm bei. „Aber funktioniert hat es. Wenn wir alle nein sagen, können wir etwas erreichen."

Rafael blickte nachdenklich auf den See im Tal hinab. „Wäre das Leben nicht schön, wenn wir unser eigenes Land hätten? Nicht so ein kleines Fleckchen wie jetzt, sondern so wie unsere Vorfahren. – Unser Land."

„Da hast du Recht." Pepito nickte seinem Schwager zu. „Was für ein Leben das wäre! Du müsstest dir keine Sorgen mehr machen, wie du Francisco durchbringen sollst. Und wenn Rosa und ich erst mal Kinder haben –"

„Ich habe noch etwas gehört", bemerkte Salvador. Steine knirschten unter seinen Füßen. Sie näherten sich der Ortschaft. „Ihr kennt doch die Hundertpfund-Körbe, in denen wir die Kaffeebohnen sammeln."

„Hundert Pfund." Rafael spuckte aus. Er lachte bitter.

„Genau", erwiderte Salvador. „Offenbar gab es vor einiger Zeit zwei Priester, die auf einer Kaffeeplantage an der Küste gearbeitet haben."

„Priester?" fragte Pepito ungläubig.

Sein Vater nickte. „Ich konnte es auch nicht glauben. Aber Fabián hat mir versichert, dass es wahr ist. Und ich habe auch schon davon gehört. Es gibt Priester, die unseren Kampf unterstützen."

„Wenn er es sagt." Rafael schien nicht überzeugt.

„Jedenfalls haben sie die Bauern aufgestachelt. Haben gesagt, dass sie sich das nicht gefallen zu lassen bräuchten. Die Männer sollen sich wehren, haben sie gesagt. Also haben die Männer sich zusammengesetzt. Die Diskussion dauerte mehrere Nächte, schließlich aber haben sie beschlossen, in die Stadt zu gehen. Dort gibt es nämlich eine Einrichtung für solche Fälle."

„Das gefiel dem Finquero bestimmt nicht." Rafael verzog das Gesicht als habe er Schmerzen. „Was ist das für ein Ort, von dem du sprichst? Wenn ich mir vorstelle, dass ich das Leben meines Francisco aufs Spiel setze? Wegen so etwas? Ich weiß nicht."

„Arbeitsgericht nennen sie ihn. – Mit dem Finquero hast du Recht. Es hat ihm nicht gefallen, aber machen konnte er nichts. Nach ein paar Tagen kamen Leute aus der Stadt auf die Plantage. Sie haben einen Korb mit Kaffeebohnen vollgemacht. 125 Pfund!" sagte Salvador triumphierend.

„Und der *Finquero*?" Pepitos Wangen waren gerötet.

„Er konnte nichts machen", erwiderte sein Vater. „Sämtliche Körbe wurden abgesägt, bis nur noch hundert Pfund hineinpassten."

Pepito riss die Augen auf. „Unglaublich!"

„Ich sag es euch ja! Wenn wir alle an einem Strang ziehen, haben wir mehr Macht als wir glauben."

„Aber diese Kooperativen", Rafael zog die Nase kraus. „Das riecht nach Ärger!"

„Soweit ich gehört habe, steht im Quiché die Kirche hinter den Kooperativen. Also kein Grund, dir Sorgen zu machen. Angeblich hat sogar die Regierung selbst droben im Dschungel von Ixcán Land verteilt, damit die Bauern ihre Felder bestellen können."

„Das hört sich doch gut an. Ich verstehe manchmal gar nicht, wieso du immer so auf die schimpfst!" meinte Pepito. „Vielleicht haben auch wir irgendwann Glück und bekommen unser eigenes Land."

„Ich kann dir schon sagen, warum mir diese Regierung stinkt, hijo. Dieser Méndez Montenegro ist ein falscher Hund. Erst lässt er sich von uns bei den Präsidentschaftswahlen unterstützen und kaum ist er gewählt, verbietet er unsere Partei! Der spielt das gleiche Spiel wie die Generäle vor ihm! Nichts wird sich für uns ändern! Seit Jahren wird alles schlimmer. Wir wissen kaum noch, wie wir unsere Familien ernähren sollen. Außerdem gibt es Gerüchte –"

„Ich bin ganz zufrieden", entgegnete Pepito kleinlaut. „Immerhin haben wir einander und die Leute im Dorf."

„Das sehe ich genauso", erwiderte Salvador. „Aber siehst du – das ist ein Grund mehr, warum eine solche Kooperative das Richtige für uns ist. Du denkst zuerst an die Menschen im Dorf und an unsere Familie."

„Natürlich, an wen sollte ich sonst denken?"

„Das siehst du so, das sieht Rafael so und das sehe ich so. Aber glaub mir, seit ich in der Partei bin, habe ich eins gelernt. Viele Menschen denken ganz anders als wir."

„Aber wie denken sie denn?"

„Ans Geld. An sich selbst. Sie kennen keine Gemeinschaft."

„Ist das nicht irgendwie traurig?" fragte Pepito.

Salvador nickte.

Rafael lief schweigend neben ihnen her.

„Wir, die wir ohnehin zusammengehören, weil wir zusammen aufgewachsen sind und unser Leben lang alles geteilt haben, müssen uns endlich unabhängig machen von den Ladinos. Eigene Läden aufmachen, eigene Kleider herstellen, unser Geld verwalten und einander helfen. Was immer wir zurzeit kaufen, nutzt ausschließlich den Ladinos. Wenn wir aber erstmal eine Kooperative gründen", Salvadors Blick wanderte in die Ferne, „werden wir unsere eigenen Herren sein."

„Salvador", Rafaels Stimme klang ernst. „Wir dürfen unsere Familien nicht in Gefahr bringen."

„Wenn wir nicht endlich anfangen, uns zu organisieren, werden wir unser Land nie zurückbekommen", entgegnete Salvador. „Bringen wir unsere Familien nicht in Gefahr, wenn wir sie nicht ernähren können?"

„Und diese Gerüchte? Die du gerade erwähnt hast?" wollte Rafael wissen. „Worum geht es da?"

Sie waren inzwischen im Dorf angelangt. Einige Hunde hatten ihre Ankunft bemerkt und umsprangen sie freudig.

„¡*Chucho*! Verpiss dich! - ¡*Quita!*"

Der fuchsrote Hund, der an Pepito hochgesprungen war, trollte sich.

„Es heißt, die Regierung ließe im Osten drüben Bauern umbringen–"

In diesem Augenblick legte Rafael seinem Schwiegervater eine Hand auf die Schulter. Er deutete auf einen Felsen unweit der Hütte, die Salvador mit seiner Familie bewohnte. Jemand hatte eine weiße Hand auf den Felsen gesprüht.

„Was ist das?" flüsterte Pepito.

„Die Weiße Hand." Salvador schluckte. „Gott steh uns bei!"

Der Tonfall seines Vaters ließ Pepitos Knie weich werden.

„Geh sofort ins Haus zu den Frauen und deinem Großvater, José."

„Und Du? Was will diese Weiße Hand von dir?"

„Ich sollte sofort mit ein paar Leuten sprechen", flüsterte Salvador.

Rafael betrachtete noch immer das Symbol auf dem Felsen.

„Ich komme mit dir", erklärte er ruhig.

„Das kommt nicht in Frage, Rafael!" widersprach Salvador. „Du musst an Lucía und Francisco denken. Wir dürfen unsere Familie nicht in Gefahr bringen. Das hast du selbst gesagt."

„Du wirst nicht allein gehen", stellte Rafael fest. Sein Schwiegervater zog die Augenbrauen hoch. „Damit würdest du ihnen in die Hände spielen, das muss dir doch klar sein. Was kann ihnen Besseres passieren, als dich allein anzutreffen? Keine Zeugen, keine Tat."

Salvador holte tief Luft, überlegte.

„Gut. Dann kommst du eben mit. – José, du bleibst bei den Frauen. Wenn dir etwas seltsam vorkommt, bring sie sofort zu Yolanda. Sei wachsam, hijo. Diese Menschen fackeln nicht lange."

Pepito sah in die dunklen Augen seines Vaters und fand etwas, was zu finden er dort nicht für möglich gehalten hatte: Furcht.

Er straffte sich, nickte Salvador zu, wandte sich um und ging hinüber zur Hütte.

„Wohin gehen wir?" fragte Rafael.

„Ich muss mit Don Álvaro sprechen. Wenn mir jemand helfen kann, dann er."

María Dolores stocherte mit einem Stock in der Feuerstelle, als Pepito die Hütte betrat. Ihre Mutter und Lucía standen neben ihr und formten Tortillas, während Candelaria die Frijoles wusch.

Francisco klammerte sich an Lucías Bein. Hin und wieder unternahm er Gehversuche, die jedoch entweder auf dem Boden oder in den Rockschößen seiner Mutter endeten.

Rosalia schmunzelte. „Er wird es bald lernen, Lucía", sagte sie und legte einen Teigfladen auf den Comal, die tönerne Scheibe, auf der die Tortillas gebraten wurden.

Pablo, ihr Mann, nickte. Er hatte die Männer an diesem Tag wegen seiner Bauchschmerzen nicht zur Milpa begleitet.

Stattdessen saß er auf einem Schemelchen vor dem Fenster und starrte ins Feuer. Ohne seinen Sombrero wirkte er beinahe nackt.

María Dolores sah auf und erblickte ihren Bruder. Sie trug ihr schwarzes Haar zu einem Knoten hinter dem Kopf zusammengebunden, was ihre Wangenknochen zur Geltung brachte.

„Was ist passiert, Pepito?" fragte sie. „Du bist ganz blass!"

Jetzt drehten sich auch die anderen zu Pepito um. Selbst Pablo versuchte nicht länger, die Geheimnisse der Flammen zu ergründen.

„Wo sind Papá und Rafael?" Eufemia packte ihren Sohn an der Schulter. „Warum bist du allein zurückgekommen, José?"

Der Junge zögerte: „Wir haben draußen auf dem Felsen ein Symbol gefunden - eine weiße Hand. Papá war ganz komisch. Er hat mich hergeschickt, damit ich auf euch aufpasse. Er meinte, er muss dringend mit ein paar Leuten sprechen."

„Und Rafael?" rief Lucía. „Wo ist Rafael?"

„Er ist mit Papá gegangen."

„Was? Rafael ist mit ihm fort? - Warum hast du das zugelassen?"

Eufemia hingegen stellte fest: „Gut, dass Salvador nicht alleine ist. Nichts wird geschehen, wenn die beiden zu zweit sind."

„Aber er hat einen kleinen Sohn! Wie konntest du ihn gehen lassen, Pepito?"

„Was hätte ich denn tun sollen?" fragte Pepito bestürzt. „Papá hat gemeint, ich soll hierbleiben. Er wollte allein gehen, aber Rafael ließ ihn nicht!"

María Dolores ging zu ihrem Bruder hinüber und legte ihm den Arm um die Schulter.

„Was ist diese weiße Hand?" flüsterte sie.

„Ich habe keine Ahnung, Yoyo. Papá meinte, die wissen wohl, dass er bei den Kommunisten ist. Deswegen sind sie anscheinend hinter ihm her."

María Dolores, von ihrem älteren Bruder nach ihrem ersten Wort zärtlich Yoyo genannt, kaute nachdenklich auf ihrer Oberlippe.

„Verfluchte Politik! Nichts als Ärger, das sag ich euch, nichts als Ärger!" Mit erhobener Faust drohte Candelaria einem unsichtbaren Feind. „Schon immer habe ich ihn gewarnt. Mit so etwas tut ein Vater seiner Familie keinen Gefallen! Um die eigenen Angelegenheiten soll er sich kümmern, habe ich ihm gesagt. Lass die Großen Große sein, habe ich ihm gesagt. Sind sowieso alles nur Ladinos. – Aber ich bin nur eine alte Frau. Auf mich hört ja keiner!"

„Schon gut, mamá", besänftigte Eufemia ihre Mutter. „Salvador weiß, was er tut. Lass uns abwarten. Heute Abend ist er bestimmt wieder zu Hause."

Lucía blickte verstohlen zu María Dolores hinüber. Diese lächelte ihr aufmunternd zu.

„Komm, Pepito, trink einen Schluck Wasser. Ihr wart den ganzen Morgen unterwegs, du musst durstig sein." Eufemia reichte dem einzigen Sohn, der die Kinderjahre überstanden hatte, ein Glas Wasser. In einem Zug trank Pepito es leer.

„Ich schau mich draußen um", verkündete er anschließend.

Eufemia legte die Stirn in Falten.

„Komm schon, mamá! Papá hat gesagt, ich soll auf euch aufpassen. Wie soll ich sehen, ob alles in Ordnung ist, wenn ich hier festsitze!"

„Damit hat er Recht", meinte María Dolores. „Ich begleite ihn. Wir sind immer noch in San Marcos."

„Soll ich euch begleiten?" erklang Pablos heisere Stimme vom Fenster her.

„Nicht nötig, abuelo, wir sind gleich zurück."

Candelarias Brust entrang sich ein Seufzen. Als ihre Enkel die Hütte verließen, sandte sie ein Stoßgebet gen Himmel.

„Wer ist Don Álvaro eigentlich?" fragte Rafael.

„Ein mächtiger Mann", erwiderte Salvador. „Ihm gehört eine Menge Land."

„Ein Ladino also?" bohrte sein Schwiegersohn nach.

„Ja, ein Ladino. Ich selbst bin ihm nie begegnet", Salvadors Stimme klang gepresst. „Victor von der *PGT* meinte vor Jahren, sollten wir je in Schwierigkeiten geraten, könnten wir uns an ihn wenden."

Die beiden gelangten ans Ufer des Lago. Sie bestiegen ein Boot, das sie nach San Pedro, auf die andere Seite des Sees, bringen sollte. Der Fahrer des Bootes begrüßte sie mit einem breiten Lächeln.

„San Pedro?"

Rafael und Salvador bezahlten den Jungen.

Es dauerte einige Minuten, bis das Boot ablegte. Als sie aufs offene Wasser gelangten, warf Salvador einen Blick auf die Bucht von San Marcos. Die Hütten des Dorfes hatten über die Jahre hinweg die zuunterst gelegenen Hänge erklommen, verblassten jedoch gegenüber den Bergen, deren sonnenbeschienene Gipfel im Hintergrund aufragten. Salvador betrachtete dieses Bild, bis ein Hügel ihm die Sicht auf die Siedlung nahm. Sein Herz ward schwer. Seine Heimat. Er wollte doch nichts weiter, als mit seinen Lieben dort in Frieden zu leben.

„Aber wie, glaubst du, kann Don Álvaro dir helfen?" Salvador zuckte zusammen, als er Rafaels Atemhauch an seinem Ohr spürte.

„Ich habe keine Ahnung", sagte er. „Victor hat uns nur erzählt, dass er auf der richtigen Seite steht. Er soll sich damals sogar für Árbenz Landreform stark gemacht haben."

„Aber Árbenz ist lange weg. Seitdem hatten wir vier oder fünf verschiedene Ladino-Präsidenten – wie kann er dir noch nützlich sein?"

„Don Álvaro hat sich nie weit aus dem Fenster gelehnt. Außerdem ist er selbst ein Ladino, da hat er einen anderen Stellenwert als unsereins."

„Das war Árbenz auch." Rafael warf seinem Schwiegervater einen skeptischen Blick zu.

Gleißendes Licht brach sich auf dem Lago. Salvador kniff die Augen zusammen. „Mir bleibt nur diese eine Chance."

„Du könntest fliehen", gab sein Schwiegersohn zu bedenken.

Salvador schüttelte entschieden den Kopf. „Das könnte ich nie! Du weißt, wie diese Menschen sind. Wenn sie mich nicht finden, werden sie sich an meiner Familie rächen. Soweit darf ich es nicht kommen lassen!"

„Wir könnten alle gehen."

„Wo sollten wir denn hin?"

„In die Hauptstadt? Viele Menschen ziehen zurzeit dorthin. Niemand würde uns dort finden."

„Und wovon sollten wir leben? – Ich bin Bauer, Rafael, genau wie mein Vater und sein Vater vor ihm. Mein ganzes Leben habe ich am Lago verbracht. San Marcos ist meine Heimat. Ich kann nicht einfach verschwinden!" Eine ältere Frau warf Salvador einen Seitenblick zu. Er senkte die Stimme. „Außerdem habe ich mich damals entschieden, für unsere Sache zu kämpfen. Also muss auch ich die Verantwortung dafür übernehmen."

„Aber es ist dein Leben!" zischte Rafael. „Das kannst du doch nicht einfach wegwerfen!"

Die Häuser von San Pedro zeichneten sich am Ufer ab. Dahinter stiegen die Hänge des gleichnamigen Vulkans an. Das Boot näherte sich dem Landungssteg. Gebeugt saß Salvador neben seinem Schwiegersohn.

„Was sollte ich tun? Vielleicht wollen sie mich nur warnen – mir eine Lektion erteilen." Es wollte ihm nicht gelingen, die Zweifel aus seiner Stimme zu verbannen. „Es hat jedenfalls keinen Zweck, vor ihnen zu fliehen."

Mehrere Dorfjungen warteten am Steg, um das Boot zu befestigen.

„Jetzt gehen wir erst mal zu Don Álvaro."

Salvador erhob sich und stieg über schwankende Planken ans Ufer. Rafael folgte ihm. Seine Kiefer mahlten.

Don Álvaro kam in die Jahre. Sein 80. Geburtstag lag wenige Wochen zurück, womit er für die Mayas endgültig zum Methusalem von Atitlán geworden war. Das Schicksal aber war in den vergangenen Monaten harsch mit Don Álvaro umgesprungen.

An jenem Nachmittag saß er in einem Rollstuhl auf der Veranda vor seiner Villa. Speichelfäden troffen aus seinem herabhängenden Mundwinkel und besudelten ein ausgebreitetes Stofftaschentuch. Die Lähmung der rechten Gesichtshälfte war das Erbe eines Schlaganfalls.

Mit trüben Augen spähte er die Auffahrt zu seinem Anwesen hinab. Weder die Blütenpracht der Bougainvilleen noch Bananenstauden oder Kaffeesträucher vermochten seine Aufmerksamkeit nach all den Jahren in Guatemala noch zu fesseln. Etwas anderes beanspruchte seine nachlassende Sehkraft. Zwei ungleiche Gestalten, zwei Indígenas, erklommen, der eine zielstrebigen, der andere verzagten Schrittes, den Weg hinauf zu seinem Wohnsitz.

Pilar, seine Haushälterin, hatte ihn über die Ankunft der unangekündigten Besucher in Kenntnis gesetzt. Don Álvaro hatte Weisung gegeben, die beiden einzulassen. Mochte sein Grundstück auch von einem Stahlzaun umgeben sein, seine Tür stand Menschen, die Einlass begehrten, stets offen. Nicht, dass es allzu viele gewagt hätten, ihm ihre Aufwartungen zu machen.

Im Gegensatz zu seinem welkenden Körper war Don Álvaros Geist rege wie eh und je. Bisweilen verfluchte er das Los, im Leib eines Greises gefangen zu sein. Den verbleibenden Lebensfunken in seinem Inneren jedenfalls hütete er eifersüchtig.

„Guten Tag, Don Álvaro", begrüßte ihn der ältere der beiden Männer, entblößte sein Haupt und deutete eine Verbeugung an.

„Was führt euch zu mir? Darf ich euch eine Erfrischung anbieten? Ein Glas Wein? Limonade? Wasser?"

„*No tenga pena, Don Álvaro, no tenga pena.* Aber herzlichen Dank!"

Don Álvaro ignorierte die Bescheidenheit seines Gastes und hieß Pilar zwei Glas Limonade bringen.

„Verzeiht die Störung, Don Álvaro. Ich würde es nicht wagen, Euch zu belästigen. Aber vor Jahren hat mir ein

Freund – Victor Medina – geraten, Euch aufzusuchen, sollte ich Hilfe brauchen."

Don Álvaros linker Mundwinkel schwang sich zu einem Lächeln auf. „Victor", murmelte er, „der gute alte Victor." An Salvador gewandt, fügte er hinzu: „So vermute ich zurecht, dass du derzeit in einer solchen Malaise steckst?"

„Ja, Don Álvaro. Ihr habt vollkommen Recht", erwiderte Salvador, lüpfte abermals seinen Sombrero und neigte den Kopf. Pilar kehrte mit der Limonade zurück.

„So sprich denn, Salvador aus San Marcos la Laguna. Wie glaubst du, könnte ich dir behilflich sein?"

Der andere Mann, ein Jüngling von vielleicht 20 Jahren, starrte auf seine Schuhe.

Salvador zögerte. „Verzeihung, Don Álvaro, das weiß ich nicht genau. Ich dachte, vielleicht wisst Ihr es. Als ich vorhin von der Milpa nach Hause kam, fand ich ein Symbol auf dem Felsen neben meiner Hütte. Eine weiße Hand."

Don Álvaro schloss die Augen. Leise rasselte der Atem in seiner Brust. Keiner der Männer sprach ein Wort.

Nach einer Weile öffnete er die Augen wieder. „Ich habe dergleichen erwartet", sagte er. „Es stand zu befürchten, dass sie Vergeltung üben wollen."

„Vergeltung? Aber wofür?" Diesmal hatte der Jüngere der beiden gesprochen, senkte seinen Blick jedoch sofort wieder, als Don Álvaro zu ihm hinübersah.

„Der Mord an John Gordon Mein", wisperte Don Álvaro. „Jemand muss dafür bezahlen."

Salvador beugte sich näher an den Rollstuhl heran.

„Er war Botschafter der Vereinigten Staaten. Die Guerilla hat ihn erschossen, als er sich einer Entführung zu widersetzen versuchte." Mit zitternder Hand tupfte Don Álvaro die Schweißperlen von seiner Stirn.

„Aber hier am Lago Atitlán gibt es überhaupt keine Guerilla!" Wieder war es Rafael, in dessen Stimme Empörung mitschwang. Rasch ergriff Salvador den Arm seines Schwiegersohns und bedeutete ihm zu schweigen.

„Das ist richtig", brummte Don Álvaro. Ein Speichelfaden lief sein Kinn hinab. „Es spielt indes keine Rolle. Die Weiße Hand ist entschlossen, diesen Mord nicht ungesühnt zu lassen. Daher hat sie sich auf die Fahnen geschrieben, alle potentiellen Kommunisten auszurotten. Immerhin könnten diese sich der Guerilla anschließen."

„Aber ich habe nichts mit dieser Sache zu tun", sagte Salvador.

„Ich fürchte, auch das wird keine Rolle spielen", flüsterte Don Álvaro. „Wenn die Weiße Hand herausgefunden hat, dass du Mitglied der *PGT* warst, ist es an der Zeit zu fliehen, so dir dein Leben lieb ist."

Salvador straffte sich. „Ausgeschlossen. – Das kann ich nicht."

Rafael sah zu seinem Schwiegervater hinüber. „Salvador, du musst! Du kannst nicht hier warten, bis sie dich holen und umbringen!"

Salvador schüttelte entschieden den Kopf.

„Es stünde in meiner Macht, dir eine derartige Flucht zu ermöglichen", merkte Don Álvaro an. „Victor ist ein guter Mann. Ich will sehen, was ich für dich tun kann."

„Mitsamt meiner Familie?" fragte Salvador.

Don Álvaro schüttelte den Kopf. „Das ist unmöglich, fürchte ich. Ohnehin ist ein solches Unterfangen schwierig zu bewerkstelligen. Die Zeiten sind rau. So leid es mir tut, aber deine Familie muss bleiben."

„Dann muss auch ich bleiben", erwiderte Salvador, ohne zu zögern.

Rafael schwieg.

„Du bist ein mutiger Mann, Salvador aus San Marcos la Laguna", stellte Don Álvaro fest. „Dein Mut könnte diesem Land noch von Nutzen sein. Eines Tages mag der Wind sich drehen. Überleg es dir gut."

Er sah Salvador fest in die Augen.

Dieser hielt seinem Blick stand und lüpfte abermals seinen Sombrero. „Danke für Eure Worte, Don Álvaro. Aber was wäre ich für ein Mann, wenn ich meine Familie im Stich ließe? Das kann ich nicht tun. Vielen Dank für Eure Freundlichkeit."

„Möge der Allmächtige dich schützen!"

Zurück auf dem Schotterweg in Richtung San Pedro versuchte Rafael, seinen Schwiegervater doch noch zur Flucht zu bewegen.

„Ich muss mich stellen", entgegnete jener aber. „Mir bleibt keine andere Wahl."

Damit erklärte er die Diskussion für beendet.

Gemeinsam legten sie den Weg zum Seeufer zurück, wo ein Boot für die Überfahrt nach San Marcos bereitstand.

„Ich werde mit dem nächsten Boot fahren, Rafael. Nimm du dieses hier."

„Aber warum? Ich werde dich nicht allein lassen! Wenn wir zu zweit sind, wird Dir nichts passieren!"

„Du weißt ebenso gut wie ich, dass das nicht wahr ist." Salvador sah Rafael an und fügte hinzu: „Ich kann nicht zulassen, dass dir etwas geschieht. Wenn sie mich holen, bist du der älteste Mann in der Familie. Mein Vater ist zu krank, um diese Last zu schultern. Du wirst die Verantwortung für ihr Wohlergehen tragen."

„Aber –"

„Widersprich mir nicht, Rafael! Du weißt, dass ich Recht habe. Außerdem musst du an deine Frau und deinen Sohn denken. Was sollte aus ihnen werden, wenn dir etwas zustößt?"

Rafael nickte widerstrebend.

Eingehend betrachtete Salvador ihn. „Nimm die bitte", meinte er schließlich und reichte Rafael die Machete, die sein Vater ihm geschenkt hatte, als er drei Jahre alt gewesen war. Rafael konnte den Kloß in seinem Hals nicht länger hinunterschlucken.

Die beiden Männer umarmten sich.

Dann wandte Rafael sich rasch ab und ging über den Landungssteg zu dem wartenden Boot. Salvador aber blieb am Ufer zurück.

Washington Tribune

vom 29. August 1968, S. 1

Guatemala City

Der Botschafter der Vereinigten Staaten in Guatemala, John Gordon Mein, fiel vergangene Nacht einem Attentat zum Opfer.

Nur wenige Meter von der US-Botschaft entfernt wurde Mein von bewaffneten Guerilleros erschossen. Präsident Johnson verurteilte das perfide Verbrechen aufs Schärfste. Er sprach der Witwe des Ermordeten sein tief empfundenes Mitgefühl aus und forderte die guatemaltekische Regierung unter Präsident Méndez Montenegro auf, für eine umgehende Aufklärung der Vorkommnisse Sorge zu tragen. Hierfür sicherte Präsident Johnson Méndez jegliche erforderliche Unterstützung zu.

Meins Mitarbeiter reagierten mit Bestürzung und tiefer Verunsicherung auf die Ermordung des allseits beliebten Botschafters.

Ein führender US-Diplomat sprach von einem schwarzen Tag für die Geschichte der USA.

John Mein hatte das Amt des US-Botschafters erst im Jahre 1965 übernommen. Nie zuvor war ein Botschafter der Vereinigten Staaten im Laufe seiner Amtszeit einem Attentat zum Opfer gefallen.

Die guatemaltekische Regierung verurteilte den Akt der Aufständischen einhellig und bekundete ihr Bedauern über die Ermordung Botschafter Meins. Der guatemaltekische Präsident Méndez versprach Präsident Johnson, alles in seiner Macht stehende zu unternehmen, um die Verantwortlichen zur Rechenschaft zu ziehen.

Wie aus wohlunterrichteten Kreisen verlautet, handelte es sich bei den Attentätern um Mitglieder der castronahen Guerilla-Organisation FAR (Fuerzas Armadas Rebeldes), die geplant hatten, Botschafter Mein in ihre Gewalt zu bringen, um die Freilassung führender Mitglieder der Rebellenorganisation zu erpressen.

JaB

Kapitel 23 – Vergessene Träume

„Der Putztrupp kommt gleich. Hopp, aufstehen!"

Kyriel schlug ungläubig die Augen auf.

„Was?" gähnte er.

„Und weck du die kleine Missy!" Jacques lächelte schief. „Ich hab' Angst, dass sie mich anfällt!"

„Warum bist Du schon wach?" Ein grauer Streifen am Horizont kündigte die Morgendämmerung an.

„Innerer Wecker", nuschelte Jacques. „Auf die Arbeitszeiten der Putztrupps programmiert."

Kyriel reckte seine schmerzenden Glieder und kroch aus dem Schlafsack. Lauras Kissen lag auf dem Boden. Von Julián keine Spur. Kyriels Lust, ihn zu suchen, hielt sich in Grenzen. Dennoch schlüpfte er in Hose und T-Shirt und stieg die Treppe hinab.

Unten erwartete ihn ein unerwartetes Bild. Julián saß noch immer auf dem Barhocker. Vor ihm standen die zur Neige gegangene Flasche und ein leeres Glas. Es stank wie in einer Schnapsbar.

Kyriel rümpfte die Nase.

Juliáns Kopf war auf den Tresen gesunken. Sabber rann aus einem Mundwinkel. Seinen Probetag als Clochard hatte Julián mit Bravour gemeistert, das stand außer Frage.

„Aufstehen!"

Brummen.

„Auf geht's! Die Bar hat geschlossen."

Julián fuhr hoch. Unbeholfen wischte er sich über den Mund. Es dauerte eine Weile bis er die Kontrolle über seine widerstreitenden Augäpfel gewann. Schließlich blinzelte er Kyriel fragend an.

„Wir müssen los. Der Putztrupp kommt gleich." Kyriels Blick fiel auf einen Lappen. „Könnte auch nicht schaden, kurz über die Theke zu wischen."

Julián bemerkte die Lache auf dem Tresen. „Könntest du Recht haben."

Jacques trollte sich nach dem Aufstehen. Kyriel bedankte sich bei ihm und wünschte ihm alles Gute.

Jacques stand mit hängenden Schultern im Morgenlicht.

„Euch viel Erfolg bei der Suche."

Julián würdigte ihn keines Blickes. Hilflos sah Jacques zu Kyriel hinüber. Als dieser mit den Achseln zuckte, ergriff er seine Plastiktüte und trottete davon, ohne sich noch einmal umzuschauen.

Julián blieb wortkarg. Kyriel ließ ihn schmollen.

Bis sie eine Mitfahrgelegenheit fanden, stand die Sonne hoch am Himmel. Vom Regen der vergangenen Nacht blieb nichts als die Erinnerung.

Nach zahllosen Misserfolgen bei Franzosen, Italienern und Briten hielt sich Kyriel an deutsche Nummernschilder. Er wäre nicht Siegmar Koesterbaums Sohn gewesen, hätte er nicht um die Begeisterung von Deutschen gewusst, die im Ausland auf Landsleute trafen. Oft genug hatte er miterlebt, wie sein Vater sich an den Stränden Italiens mit allem verbrüderte, was der gleichen Sprache mächtig war wie er selbst.

So war es Leon, ein Geschäftsreisender aus Wuppertal, der sie letztlich in seinem grauen Volvo mitnahm.

Julián nahm auf der Rückbank Platz. Noch immer kam nur das Nötigste über seine Lippen. So Unrecht hatte Jacques mit der kleinen Missy nicht, dachte Kyriel - und bestritt wohl oder übel das Gespräch.

„Wieso fliegst du die weite Strecke nicht?" erkundigte er sich.

Leon sah ihn aus brillenumrandeten Augen an.

„Frag nicht."

Verbissen sah er auf die Straße. Vor ihnen lagen die letzten Ausläufer der Pyrenäen.

„Seit dieser Krise ist alles anders. Bei uns sind sämtliche Geschäftsflüge gestrichen."

„Aber ist es nicht günstiger zu fliegen?"

„Was du nicht sagst!"

Leon mochte um die Vierzig sein, war sonnengebräunt und sah aus, als ob er seine Freizeit im Fitnessstudio verbrächte. Wenn er seine Arme bewegte, spannten die Hemdsärmel bedenklich.

„Aber wir müssen ein Zeichen setzen", wandte er sich Kyriel zu. „Zitat Ende. Ist ohnehin meine Zeit, die dabei draufgeht. Denen kann es egal sein."

Sie hatten Barcelona bereits hinter sich gelassen, als Kyriel der Meinung war, lange genug Animateur gespielt zu haben. Er atmete tief durch, blickte aus dem Fenster und beobachtete die vorbeirauschende Landschaft. Spanien war bergiger, als er es in Erinnerung hatte. Hin und wieder tauchte das Mittelmeer zu seiner Linken auf. Kyriel freute sich über den Anblick der spiegelnden Weiten.

Er steckte sich die Stöpsel seines MP3-Players in die Ohren und schaltete den Zufallsgenerator ein.

All the things I've never said
All the things I've never done
All the things I've never had
Fading sun
All the tunes I´ve never played
All the songs I´ve never sung
Fading sun

Kyriel biss sich auf die Lippen. Laura und er hatten *Carolin No* auf einer kleinen Bühne in Nürnberg gesehen.

Es gab so viele Dinge, die auszusprechen er nie wieder Gelegenheit haben würde. Hatte Laura noch gewusst, was er für sie empfand? Hatte sie daran geglaubt, dass sie diese Geschichte gemeinsam überstehen würden? Er würde es nie erfahren.

Sein Blick fiel auf die vorüberziehenden Weinberge.

Was sie wohl von dieser Reise gehalten hätte?

Er verspürte das plötzliche Bedürfnis mit Julián zu reden. Als er sich umdrehte, waren dessen Augen geschlossen. Ein

Anflug von Groll stieg in Kyriel auf, während er den Freund schlafen sah. Einmal, wenn er ihn brauchte!

Er blickte zurück nach vorne und drückte auf Repeat. Dann beobachtete er die Hügel, die vor den Fenstern vorbeirauschten.

Leon setzte die beiden auf einem Rastplatz kurz vor Valencia ab.

„Sicher, dass ihr nicht mit in die Stadt wollt?"

„Nein, danke", rang Kyriel das Verlangen nach ein paar Stängeln Petersilie nieder.

„Von hier aus sind unsere Chancen auf eine Mitfahrgelegenheit besser. Es ist schwer, aus der Stadt wegzukommen."

Leon nickte verständnisvoll. Die Sonne blitzte auf seinen eckigen Brillengläsern. Er hob die Hand zum Gruß und schon brauste der silberne Volvo davon.

„Glaubst du ernsthaft, dass wir heute noch jemanden finden werden?" Das war der erste Satz, den Julián seit Stunden an ihn richtete. Die Zeit des Schweigens schien vorüber.

Kyriel zog seine Taschenuhr hervor. „Ich fürchte nein", gab er zu. „Aber ein Hostel kann ich mir nicht leisten."

„Ist ohnehin schöner, bei der Hitze draußen zu schlafen", erwiderte Julián.

„Haben wir noch Brot?"

„Nein. Ich hole welches in der Raststätte. Hältst du hier die Stellung?"

„Klar."

„Und Julián?" rief Kyriel ihm nach, als er schon auf dem Weg war.

Julián blieb stehen und sah ihn fragend an.

„Danke."

Julián schüttelte den Kopf. „Nicht der Rede wert."

Kyriel rollte seine Isomatte aus. Erschöpft legte er sich hin und blickte gen Himmel. Er atmete aus und schloss die Augen.

Das Klingeln des Telefons ließ ihn hochfahren. *Eltern home* stand auf dem Display. Kyriel drückte den Anruf weg. Glaubte er allen Ernstes, er könne es sich so leicht machen? Wie konnte er ihn in eine solche Lage bringen? Väter waren dazu da, Söhne zu unterstützen, nicht ihnen Steine in den Weg zu legen! Kyriel fragte sich, ob seine Mutter von dieser Aktion wusste. Hatte sie versucht, Siegmar davon abzuhalten? Wenn sein Vater glaubte, er würde ein Leben lang nach seiner Pfeife tanzen, hatte er sich jedenfalls getäuscht. Naja, eines Tages hatte es wohl so kommen müssen.

„Was ist los?" Julián ließ sich neben ihm auf dem Boden nieder. „Bist du sauer auf mich?"

Kyriel schüttelte den Kopf. „Mein Vater", entgegnete er düster.

„Hat er wieder versucht, dich anzurufen?"

„Das kann er sich sparen! Nicht nach dem, was er gebracht hat. Für wen hält der sich? Ich bin es so leid."

„Das klingt nach einer längeren Geschichte. Früher war er doch ganz okay. Seit wann geht das so?"

„Seit ich mit Laura zusammenkam." Kyriel holte tief Luft. „Keine Ahnung, welcher Teufel ihn da geritten hat."

„Mochte er sie nicht?"

Kyriel lachte bitter. „Es war vollkommen absurd. Keine Ahnung, wie er auf die Idee kam, aber von Anfang an hieß es *Das Weibsbild ist nur hinter deinem Geld her!*"

„Hinter deinem Geld?" Jetzt war es an Julián zu lachen. „Wie ich Siegmar einschätze, kannte er deinen Kontostand!"

„Ich sage ja, es war absurd."

„Wie kam er auf eine solche Idee?"

„Ich denke, er konnte sie schlicht nicht leiden. Aber das hätte er kaum laut aussprechen können. Also brauchte er eine Ausrede."

„Wusste Laura davon?"

„Ich habe ihr nie explizit erzählt, was er so von sich gab, aber sie konnte es sich vermutlich denken. Seine Abneigung war unübersehbar. Wenn du es genau wissen willst", Kyriel strich sich die Haare aus der Stirn, „ich denke, sie machte ihm Angst."

„Wie kommst du darauf?" Julián brach ein Stück Baguette ab und reichte es Kyriel. „Ich habe auch Käse und ein paar Oliven gekauft. Möchtest du?"

„Sehr gern. Danke." Kyriel schnitt ein Stück Käse ab und schob es sich in den Mund.

„Gute Frage. Ist so ein Gefühl." Kauend fügte er hinzu: „Wenn ich es recht bedenke, liegt es auf der Hand. Ich glaube sogar, es war nichts Persönliches. Eher, dass Laura das Reich des Bösen verkörperte."

„Das Reich des Bösen?" Julián verschluckte sich und hustete.

„So nenne ich das bei mir." Kyriel klopfte ihm auf den Rücken.

Juliáns Augen füllten sich mit Tränen. „Was meinst du damit?" presste er hervor.

„Alles, was nicht ins Weltbild meines Vaters passt. Also praktisch alles. Im Speziellen aber Menschen, die sich der geltenden Norm widersetzen."

„Wie Laura?"

„Wie Laura."

Sie aßen schweigend weiter. Jeder hing seinen eigenen Gedanken nach. Kyriel hatte nie begriffen, weshalb Laura ihm riet, seinen Vater mit Nachsicht zu behandeln. Es hatte ihn keinen Schritt weitergebracht. Siegmar musste endlich akzeptieren, dass er ihn nicht ein Leben lang am Gängelband führen konnte. Er wollte es auf die harte Tour? Das konnte er haben.

„Diesmal werde ich nicht klein beigeben", knurrte Kyriel. „Die Zeiten sind vorbei!"

„Bitte?" Julián sah ihn irritiert von der Seite an.

„Mein Vater. Er muss es endlich lernen."

Julián zog eine Flasche Rotwein aus der Tüte. „Darauf trinken wir!"

„Herzlichen Glückwunsch! Rückt der Aufenthalt in der Betty-Ford-Klinik wieder einen Schritt näher!"

„Was sollen wir hier sonst den ganzen Abend machen?"

„Vielleicht löst der Wein nebenbei auch deine eingerostete Zunge wieder. Warst nicht gerade gesprächig heute."

„Ich war echt fies zu Jacques, oder? Überhaupt kann ich ziemlich ätzend sein zurzeit."

„Es wäre unhöflich, dir zu widersprechen", schmunzelte Kyriel. „Du verstehst, in welch schwierige Lage du mich bringst. Unhöflichkeit einem so guten Freund gegenüber! Wie sollte ich mir das je verzeihen?"

„Du nimmst es mir also nicht krumm?"

„Wenn du vom hohen Ross der Selbstgerechten steigst, weiche ich nicht von deiner Seite."

„Ich gebe zu, dass ich überreagiert habe. Aber es ist einfach so aus mir rausgebrochen. Außerdem war es furchtbar von diesem Jacques, seine Tochter sitzen zu lassen. Als Baby! Damit zerstört er ihr ganzes Leben. Die Vorstellung bekam ich einfach nicht mehr aus dem Kopf."

„Immerhin hatten wir dank Jacques einen trockenen Schlafplatz. Für meinen Geschmack hast du es dir zu leicht gemacht mit deinem Urteil. Du kanntest nicht mal seine wahren Beweggründe. Geschweige denn, dass sie dich interessiert hätten."

„Ist auch egal, jetzt ist es zu spät."

Kyriel kramte in seinem Rucksack nach seinem Korkenzieher. „Immerhin weiß ich nach gestern Abend, dass ich mit einer tickenden Zeitbombe unterwegs bin."

„Können wir das Thema jetzt begraben? Ich hab' mich doch bereits entschuldigt!"

„Logisch."

Kyriel trank einen Schluck und reichte Julián die Flasche.

„Ich frage mich nur, was passiert, sollten wir Raúl tatsächlich finden. Kämst du mit einer solchen Konfrontation klar?"

„Ich würde ihn wohl nicht suchen, wenn ich nicht müsste", sagte Julián.

„Vielleicht solltest du dich darauf einstellen, dass du ihm bald gegenüberstehen könntest." Kyriel sah Julián forschend an. „Ich kann mir vorstellen, wie schwierig das für dich sein muss –"

„Kannst du nicht!" knurrte Julián. „Dein Vater hat dich nämlich nicht sitzen lassen, als du klein warst!"

„Manchmal wünschte ich, es wäre so."

„Auch Siegmar hat nicht nur schlechte Seiten. Immerhin war er ein Leben lang für dich da!"

„Oder gegen mich."

„Zugegeben. Aber wenn es drauf ankäme, wäre er für dich da", beharrte Julián. „Bei meinem wusste ich bisher nicht mal, dass er am Leben ist!"

„Raúl zu finden, kann trotz allem eine Chance für dich sein." Kyriel sog den Pinien-Geruch ein, der über dem Rastplatz hing. „Du weißt nicht, was damals vorgefallen ist. Lola hat praktisch nichts erzählt, oder? Wer weiß, was dahintersteckte? Warum dein Vater damals abgehauen ist? Bist du nicht neugierig? Ich an deiner Stelle wäre es!"

Draußen donnerten die Lastwagen durch die Nacht.

„Es fällt mir schwer, gerade was anderes in mir zu spüren als Wut." Leise schob Julián hinterher: „Raúl müsste eine verdammt überzeugende Erklärung parat haben, damit ich ihm das je verzeihen könnte."

„Mich würde vor allem der Gedanke faszinieren, aus einer anderen Kultur zu stammen! Guatemala - die Mayas, das klingt spannend, findest du nicht?"

„Ich bin Europäer. Mein ganzes Leben habe ich in Europa verbracht - entweder hier oder in Deutschland. Schlimm genug, zwischen zwei Ländern hin- und hergerissen zu sein", sagte Julián. „Mein Bedarf an fehlender Zugehörigkeit ist soweit gedeckt - danke. Ich werde kein Maya, bloß weil Maya-Blut in meinen Adern fließt."

„Das hängt davon ab, was du sein willst! Es bleibt deine Entscheidung. Nur eins steht fest", Kyriel räusperte sich, „du hast diesen Traum geerbt. Es gibt also eine Verbindung zwischen dir und den Mayas."

„Womöglich haben auch andere Menschen diese Träume."

„Unwahrscheinlich." Kyriel legte Julián die Hand auf die Schulter. „Über die Familie deines Vaters gehörst du zu dieser Kultur. Was bringt es dir, nach Erklärungen zu suchen, wenn diese so naheliegt?" Nachdenklich strich er sich übers Kinn. „Warum wohl wird dieser Traum seit Jahrhunderten weitergegeben? So etwas habe ich noch nie gehört. Findest du es nicht aufregend, dass du vielleicht eine Aufgabe zu erfüllen hast?"

„Für dich hört sich das offenbar toll an. Aber was soll das für eine Aufgabe sein? Ich war zufrieden mit meinem bisherigen Leben. Von mir aus hätte alles bleiben können, wie es war!"

„Das glaube ich dir nicht, Julián!"

„Warum?"

„Ich kenne dich noch von früher. Als wir uns wieder getroffen haben, sagen wir mal –" er hielt einen Moment inne, „du hast dich gewaltig verändert in den letzten Jahren."

„Du etwa nicht?" schnappte Julián.

„Ich will dich nicht angreifen", sagte Kyriel ruhig.

Julián nahm einen Schluck aus der Flasche.

„Selbst wenn es dir nicht bewusst sein sollte, Julián, früher hattest du etwas an dir, was ich bewundert habe."

„Na danke."

„So habe ich das nicht gemeint! Als wir uns wiedergetroffen haben – bitte verstehe mich nicht falsch – war dieses gewisse Etwas verschwunden. Und ich spreche nicht von der Zeit, seit Lola dir von deinem Vater erzählt hat."

Julián schluckte, dann aber bedeutete er Kyriel fortzufahren.

„Schwer in Worte zu fassen. Aber früher, da hast du geträumt. Du selbst hattest Träume. Dazu brauchte es keinen Feuertraum."

„Weil es den heute bräuchte!"

„Du hast versucht, eine eigene Art zu finden, um mit der Welt klarzukommen. Womöglich hattest du sie sogar schon gefunden. Du, mein Freund, hast dir nichts gefallen lassen. Anpassung? Die gab es nicht. Nicht im Leben eines Julián Coya de la Serna! Und heute?"

Julián mied Kyriels Blick.

„Was ist passiert, Julián? Du studierst BWL? Warst nicht du es, der diese Wirtschaftsfuzzis – das war doch dein Name für sie, wenn ich mich recht erinnere – der diese Wirtschaftsfuzzis von ganzem Herzen verachtetet hat? Wie konntest du nur?" Kyriel nahm Julián die Flasche ab und trank. Er war noch nicht fertig. „Korrigiere mich, falls ich mich irre, aber waren es nicht deine Worte, dass man sich nicht zu sehr in diese Gesellschaft einbinden lassen dürfe, weil sie einen sonst versklaven würde? Wolltest du nicht aussteigen und dein eigenes Ding machen? Was ist aus diesem Menschen geworden, Julián? Wo ist er hin? Heute verbringst du deine Tage vor dem Rechner? Zockst hirnlose Spiele? Aber am meisten schockiert mich", er sah Julián direkt in die Augen, „dass du einem Menschen wie Jacques gegenüber keinerlei Verständnis aufbringst. Was ist aus deinen Träumen geworden? Musst du deine Gedanken permanent zudopen, um bloß nicht zu bemerken, dass du dich verloren hast?"

„Ich war jung", flüsterte Julián. Seine Aufmerksamkeit schien mit einem Mal von den Bildern gefesselt, die er mit einem Stock in den Sand zeichnete. „Wir alle werden irgendwann erwachsen."

„Oh nein, mein Lieber, so einfach kommst du mir nicht davon!"

„Und du?" fragte Julián. „Du brauchst gerade etwas sagen! Du hast die letzten Jahre bei Mc Donald's vergeudet! Erzähl mir nicht, das sei besser!"

„Damit magst du Recht haben. Aber ich habe dort gejobbt und mein Leben mit Laura gelebt", entgegnete Kyriel. „Es bringt dir nichts, dich abzulenken, indem du mir meine eigenen Probleme und Schwächen vorhältst. Wie kam es zu deiner Entscheidung? Warum hast du diesen Weg gewählt? Was ist mit deinen Ideen von einer besseren Welt passiert? Oder gehörst du mittlerweile zu denen, die behaupten, es wäre nur mit Anfang 20 möglich zu glauben, dass man etwas bewegen kann?"

Julián blickte Kyriel traurig an.

Als Kyriel bemerkte, dass er nicht mit einer Antwort zu rechnen hatte, fügte er hinzu: „Außerdem, Julián, hast du dich nie gefragt, warum der Feuertraum dich von innen heraus verbrennt? Könnte es nicht sein, dass es genau damit zu tun hat? Damit, dass du deine eigenen Träume so tief vergraben hast, dass sie einen solchen Weg wählen müssen? Einen Weg, um dir zu zeigen, dass sie noch immer da sind? Dass es falsch von dir war, sie zu begraben und dazu zu lächeln? Früher warst du derjenige, bei dem ich dieses Feuer spüren konnte. Du hast eine solche Kraft ausgestrahlt! Womöglich sind deine Brandwunden nichts als ein Fingerzeig der Flamme, die in dir lodert!"

Kapitel 24 – Briefe an Godot VI

Godot, hier geht alles drunter und drüber. Ich habe etwas Seltsames entdeckt, worüber ich unbedingt bald mit dir sprechen will.

Jetzt aber muss ich verschwinden.

Melde mich, sobald ich kann.

Pascal

Kapitel 25 – Simondépression

„Was, wenn ich mich weigere?"

„Aber Frau Bernhard", entgegnete der Arzt mit samtener Stimme.

Er war jung – so jung, dass Laura sich bereits gefragt hatte, wie er überhaupt Doktor in einem Krankenhaus sein konnte.

„Niemand zwingt Sie zu irgendetwas. Ich will Ihnen nur helfen, das Gefühl für Ihren eigenen Körper wiederzugewinnen."

„Was sollte mit meinen Gefühlen denn bitte nicht stimmen?" fragte sie.

Doktor Wiehler kratzte sich am Hinterkopf. Seine braunen Augen hielten Laura fest, sodass sie es nicht über sich brachte, sich abzuwenden. Sein Ausdruck war wohlwollend. Laura aber war sich nicht sicher. In den fünf Tagen, die sie unterdessen hier festsaß, hatte sich ihr Misstrauen gegen die Weißkittel nicht gelegt. Um genau zu sein, konnte sie nicht verstehen, weshalb ihre Eltern sie gezwungen hatten, hier zu bleiben.

„Mit Ihren Gefühlen ist alles in Ordnung, Frau Bernhard. Bei Ihrem Krankheitsbild ist es allerdings typisch, dass sich die Wahrnehmung des eigenen Körpers im Laufe der Zeit verzerrt."

Laura lachte auf. Ihr Blick wanderte zum Spiegelbild, das die Fensterscheibe ihr vor dem Nachthimmel darbot. Eine Fratze starrte ihr entgegen. Fett. Doktor Wiehler hatte Lauras Blick verfolgt.

„Das ist normal", meinte er und es hörte sich an, als sei dies die Antwort auf eine Frage, von der Laura sich nicht erinnern konnte, sie gestellt zu haben. „Aber genau deshalb möchte ich diese kleine Übung mit Ihnen machen." Er wagte sich einen Schritt weiter vor: „Sie sind nicht dick, Frau Bernhard – auch wenn Ihre Wahrnehmung Ihnen das vorgaukelt. Legen Sie sich bitte einfach mal hier hin."

Lauras Mund verzog sich zu einem bitteren Grinsen. Sie schüttelte verächtlich den Kopf. Wollte der ihr allen Ernstes verkaufen, dass sie sich das alles nur einbildete? Sie würde sich nirgends hinlegen, sie war schließlich kein Dressurpferd.

„Wie gesagt, ich werde Sie zu nichts zwingen. Sie müssen nichts tun, was Sie nicht tun wollen." Bei diesen Worten erhob sich Doktor Wiehler. Er strich mit einer Hand seinen Kittel glatt und wandte sich zur Tür.

„Was? Jetzt lassen Sie mich hier sitzen?" entfuhr es Laura.

„Ich habe den Eindruck, Sie sind noch nicht soweit. Vielleicht ist es zu früh. Das Wichtigste ist ohnehin, dass Sie sich zunächst an den geregelten Speiseplan halten. Und natürlich, dass Sie sich nach den Mahlzeiten nicht übergeben. Alles andere hat Zeit. Womöglich habe ich überstürzt gehandelt. Ich wollte Sie nicht bedrängen, Frau Bernhard."

Laura, die es nicht gewohnt war, gesiezt zu werden, sah sich unwillkürlich im Raum um.

„Warten Sie", rief sie, als der Arzt bereits die Tür geöffnet hatte. „Ich glaube zwar nicht, dass es was bringt. Aber wenn Sie meinen, probiere ich es eben."

Sanft drückte Doktor Wiehler die Tür wieder zu. Das Funkeln in seinen Augen verriet Laura, dass sie genau so reagiert hatte, wie er gehofft hatte. Die Vorstellung aber, den Rest des Abends allein oder in Gesellschaft der Verrückten zu verbringen, war nicht eben verlockender. Warum also nicht sein dummes Spiel mitspielen?

„Dann legen Sie sich bitte dort drüben auf die Matte. Versuchen Sie sich zu entspannen. Ich werde nur eine Linie um ihren Körper ziehen."

Widerstrebend tat Laura wie ihr geheißen. Doktor Wiehler kniete sich neben sie auf den Boden. Sie konnte die Wärme spüren, die von seinem Körper ausging. Auch hörte sie seinen Atem, als er sich über sie beugte und mit einem Stück Kreide ihre Umrisse nachzeichnete.

„Das war's schon. Sie können wieder aufstehen."

Laura setzte sich auf und blickte den Arzt an. Er lächelte ihr freundlich zu und sie kehrte zu ihrem Stuhl zurück.

„Schauen Sie sich die Figur, die ich auf die Matte gemalt habe, einmal an! Glauben Sie ernsthaft, dass das die Umrisse einer fettleibigen Frau sind?"

„Sie haben gemogelt!" fauchte Laura ihn an. „Ich weiß nicht, wie Sie es gemacht haben, aber das bin nicht ich! Wollen Sie mich für blöd verkaufen?"

„Aber Frau Bernhard - weshalb sollte ich so etwas tun? Natürlich sind das ihre Umrisse. Sie hätten es gespürt, wenn ich etwas anderes nachgezogen hätte - meinen Sie nicht?"

Lauras Miene war abweisend.

„Das ist, was ich Ihnen zu erklären versucht habe. Bulimie wirkt sich nicht nur auf Ihr Essverhalten aus. Ihre Eigenwahrnehmung ist aufgrund der Erkrankung gestört. Deshalb empfinden Sie sich selbst als unansehnlich und übergewichtig, obwohl es keinerlei Grund dafür gibt."

Laura betrachtete die Kreidelinien. Nachdenklich kaute sie auf ihrer Oberlippe. Er war offensichtlich clever. Sie wusste nicht, wie er es geschafft hatte, aber sie hatte keineswegs vor, sich hier verarschen zu lassen.

„Ich denke, das genügt für heute. Ruhen Sie sich erst mal aus und essen Sie zu Abend - wir sehen uns dann übermorgen." Doktor Wiehler stand auf, diesmal um den Raum tatsächlich zu verlassen. Laura folgte ihm mit einem Gefühl von Hilflosigkeit.

Wenig später schlenderte sie den Gang zum Speisesaal hinunter. Binnen weniger Tage hatte sie die Gemeinschaftsmahlzeiten hassen gelernt. Sie kam sich überwacht vor, hatte den Eindruck, jeder Bissen, der in ihren Mund wanderte, wurde von den Pflegern akribisch verfolgt, um hernach in ihrer Krankenakte festgehalten zu werden. Wie konnten ihre Eltern ihr das nur antun?

Als Laura die Tür zum Speisesaal öffnete, begrüßte sie Besteckgeklapper. Sie war spät dran. Die meisten Patienten saßen bereits vor vollen Tellern. Wie immer gab es abends Schwarzbrot, Butter, Wurst und Käse. Heute sollten saure Gurken das Abendbrot ein wenig aufpeppen. Sie verabscheute saure Gurken. Niemand könnte sie zwingen, die zu essen!

Sie stellte sich in der Schlange an der Essensausgabe an. Es hatte seine Vorteile, zu spät zu einer Mahlzeit zu erscheinen.

Anfangs zog sich die Schlange bis vor die Tür. Die meisten Patienten konnten die Mahlzeiten kaum erwarten. Sie waren für viele das einzige bisschen Freude, dass sie den Tagen hier abgewinnen konnten.

Laura hatte schnell herausgefunden, wer, wie sie selbst, wegen einer Essstörung in Behandlung war. Die Gruppe der Anorexie- und Bulimiepatientinnen und -patienten zeichnete sich durch mangelnde Begeisterung für die Mahlzeiten aus. Wer einem anderen in der Schlange den Vortritt ließ, litt mit Gewissheit unter einer Essstörung. Jeglicher Versuch, den Mahlzeiten fernzubleiben, wurde seitens des Klinikpersonals nicht toleriert. Das hatte Laura gleich am ersten Abend gelernt. Ein Mädchen wollte sich weigern zu essen, wurde von Pfleger Karl jedoch gezwungen, ihren Platz am Esstisch einzunehmen. Sie wehrte sich mit Händen und Füßen, hatte gegen den stämmigen Karl jedoch nicht den Hauch einer Chance.

„Keine sauren Gurken, bitte!" sagte Laura zu der molligen Frau hinter dem Tresen, als sie an der Reihe war. Die bedachte sie mit einem skeptischen Blick.

„Mir wird schlecht von den Dingern. Sie wollen doch nicht, dass ich mich hier im Speisesaal übergeben muss?"

Die Mollige rümpfte die spitze Nase, mit der sie, Laura war sicher, jegliche Ausrede sofort zu erschnüffeln imstande war. „Dann gibt's aber eine Extra-Scheibe Presssack."

Laura nickte widerwillig. Wenigstens wurde ihr von Presssack nicht übel. Bulimikerinnen war es verboten, innerhalb der ersten zwei Stunden nach einer Mahlzeit eine Toilette aufzusuchen. Leider hatte sie bislang keinen anderen Ort entdeckt, der nicht sofort aufgefallen wäre.

Mit vollbeladenem Teller suchte sie sich einen Tisch am hinteren Ende des Raumes. Sie hasste das Neonlicht. Es machte alle zu Gespenstern. Die neugierigen, abweisenden oder irrlichternden Blicke, die sie allenthalben streiften, schnürten ihr die Kehle zu. Doktor Wiehler riet ihr, sich Freunde zu suchen, doch wenn sie sich hier umsah? Es war auch ohne solches Psycho-Gelaber schwer genug. Laura fragte sich, wie lange sie diese Tortur noch ertragen musste. Der Arzt war dieser Frage ausgewichen und auch aus den Schwestern und Pflegern hatte sie nichts herausbekommen. Dabei war es mitten im Schuljahr!

Laura zwang sich eine Scheibe Brot hinein. Es war wie auf einem Autoreifen herumzukauen. Selbst der Pfefferminztee half nicht. Als Laura aufsah, bemerkte sie, dass Pfleger Karls Blick auf ihr ruhte. Sie wandte sie sich wieder ihrem Teller zu und belegte eine weitere Scheibe Brot. Wie sollte sie solche Mengen vertilgen? Sie hatte keinen Hunger. Unauffällig blickte sie sich im Raum um. Pfleger Karls Aufmerksamkeit richtete sich jetzt auf das Gespräch am Personaltisch. Hastig nahm Laura die verbliebenen beiden Brotscheiben, quetschte Wurst und Käse dazwischen, klumpte das Ganze zwischen ihren Händen zusammen und zwängte es sich in die Hosentaschen.

Einen Rest beließ sie auf dem Teller. Mit misstrauischen Menschen hatte sie Erfahrung. Auch ihre Eltern waren ja nicht dumm gewesen. Andächtig kaute sie auf einem Brocken Brot und wartete auf einen neuerlichen Blick von Pfleger Karl. Der ließ nicht lange auf sich warten. Als Karl den Köder geschluckt hatte, stand sie auf. Sie ließ ihren Pullover bis über die Knie fallen, brachte das Tablett weg und verließ den Speisesaal. Hoffentlich wären Claudia und Steffi noch nicht zurück im Zimmer. Wer wusste schon, ob die sie nicht verpetzten? Claudia ritzte sich und Steffi litt unter einer Persönlichkeitsspaltung. Gut möglich, dass die Ärzte die beiden auf sie angesetzt hatten.

Das Dreibettzimmer lag im Dunkeln.

Laura ging zum Bad, drückte die Klinke herunter. Abgesperrt. Verdammt.

Ihr wurde heiß. Sie lief im Zimmer auf und ab, ihr wollte jedoch nichts einfallen. Schließlich setzte sie sich aufs Bett. Unaufhaltsam siffte der warme Brei durch ihre Hose.

Beinahe wäre Laura an dem Jungen vorbeigelaufen, ohne ihn zu bemerken.

Sie kam gerade von einem Familiengespräch mit Doktor Wiehler und ihren Eltern zurück. Zunächst hatte Laura zwar nichts davon wissen wollen, als der Arzt darauf bestand, die beiden in die Angelegenheit mit hineinzuziehen – aber der Therapeut hatte so lange auf sie eingeredet, bis sie klein beigegeben hatte.

„Sie tragen nicht allein die Verantwortung für diese Erkrankung, Frau Bernhard. Wir sollten auch die Rolle ihrer Familie hinsichtlich ihres gestörten Essverhaltens beleuchten", stellte Doktor Wiehler zum wiederholten Male fest.

„Sie meinen also, ich übergebe mich nach dem Essen und es ist die Schuld meiner Eltern?" Laura blinzelte. „Das kann nicht Ihr Ernst sein. Ich möchte meine Mutter sehen, wenn Sie ihr das erzählen." Bei dem Gedanken musste sie grinsen. „Wenn sich jemand beim Essen unter Kontrolle hat, dann meine Mum."

„Es geht nicht um Schuld. Aber Sie sollten sich mit dem Gedanken vertraut machen, dass in den allermeisten Fällen die Ursachen für eine Erkrankung wie die Ihre im näheren Umfeld des Patienten zu suchen sind."

Laura runzelte die Stirn.

„Im Medizinerjargon heißt das Modellfunktion. Häufig übernimmt die Mutter eine solche Rolle. Kinder übernehmen das Verhalten ihrer Eltern."

„Meine Mum isst wie ein Spatz", entgegnete Laura. „Wie soll das denn mit Ihrer *Modellfunktion* hinhauen?"

„Könnte nicht das, was Sie gerade geschildert haben, ein Auslöser dafür sein, dass Sie selbst sich so unansehnlich fühlen? Dass Ihre Mutter weniger isst als Sie? Dass Sie das Gefühl haben, Ihre Mutter habe sich besser unter Kontrolle als Sie selbst?"

„Das ist kein Gefühl, das ist eine Tatsache", erwiderte Laura barsch.

„Oft dient das Essverhalten dazu, sich der eigenen Autonomie zu versichern. Die Art, wie Sie das angehen, ist nicht die einzige Möglichkeit. Der Weg Ihrer Mutter mag anders aussehen. Generell geht es darum, Probleme zu kompensieren."

Doktor Wiehler sah sie wieder mit diesem Blick an. „Wenn Ihre Mutter wenig isst", sagte er in leisem aber bestimmtem Tonfall, „bedeutet das weder, dass Sie deswegen dick, noch, dass Sie weniger wert wären. Diese Verknüpfung spielt sich einzig und allein in Ihrem Kopf ab. Das ist es, was ich Ihnen seit beinahe zwei Wochen zu erklären versuche."

Laura wandte den Blick ab.

„Wollen Sie Ihr Problem eigentlich in den Griff bekommen?" fragte der Arzt.

„Ich habe nie behauptet, dass ich hier sein will."

„Das habe ich nicht gefragt. Meine Frage war, ob Sie Ihr Essverhalten in den Griff bekommen wollen. Oder haben Sie Lust, für den Rest Ihres Lebens nach jeder Mahlzeit alles wieder auszuspeien? Ist es das, was Sie wollen? Widert Sie das nicht manchmal an?"

Laura horchte auf.

„Haben Sie sich je Gedanken darüber gemacht, wie es sein wird, wenn sich in ein paar Jahren Ihre Zähne auflösen und ausfallen?" Der Arzt sah mit einem Mal überhaupt nicht mehr freundlich aus. „Das ist nämlich eine Konsequenz Ihrer Brechsucht. Die Magensäure greift Ihren Zahnschmelz an. Davon abgesehen, dass dieses Leben vermutlich nicht allzu lange dauern würde! Wenn Sie nicht lernen, Ihre Gewohnheiten umzustellen, wird Ihr Herzkreislaufsystem eines Tages nicht mehr mitspielen - eine übliche Konsequenz mittelfristig."

Doktor Wiehlers Gesicht war gerötet. Er erhob sich von dem Ledersessel, kehrte Laura den Rücken zu und trat ans Fenster. Laura wusste nicht, was sie auf diesen Ausbruch erwidern sollte. Die Stille hing wie eine dunkle Wolke im Raum.

Als er sich wieder zu ihr umdrehte, wirkte Doktor Wiehlers Miene verändert. Der wohlwollende Blick war zurückgekehrt. Er trat auf Laura zu und tat etwas, was er noch nie getan hatte - er legte ihr seine Hand auf die Schulter.

„Verzeihen Sie, Frau Bernhard." Er flüsterte die Worte beinah. „Ich muss mich für meinen Ausbruch eben entschuldigen. Natürlich steht es Ihnen jederzeit frei zu gehen. Es ist nur - wissen Sie, ich habe schon einige junge Damen in

Ihrem Alter gesehen, die dasselbe Problem hatten wie Sie. Manchmal kann ich es einfach nicht ertragen, wenn Menschen ihr Leben so leichtfertig wegwerfen wollen."

Er löste sich von Laura und ging auf die andere Seite des Schreibtischs zurück.

„Schon okay", murmelte die.

Doktor Wiehler sah zu ihr hinüber.

„Wenn Sie meinen, dass es wichtig ist, dann rufen Sie meine Eltern eben an. - Kann ich jetzt gehen?"

„Selbstverständlich."

Das war vor zwei Tagen gewesen. Das Gespräch mit ihren Eltern war letztlich weniger schlimm verlaufen, als Laura es sich ausgemalt hatte. Dennoch fühlte sie sich in diesem Moment ausgelaugt. All dieser Schmerz. Die Schuldgefühle. Die Tränen ihrer Mum.

Vielleicht war das der Grund, weshalb sie den Jungen zunächst nicht wahrnahm.

Er saß an einem Tisch im Gang und war in ein Buch vertieft. So sehr, dass er die Welt um sich her zu vergessen schien. Sein Gesicht war zart. Hübsch. Beinahe weiblich. Er hatte seine langen Dreadlocks zu einem Zopf zusammengeknotet und hochgesteckt. Durch seine löchrigen Jeans lugte ein sonnengebräuntes Knie.

Laura erstarrte zur Salzsäule, als er aufschaute und sie aus moosgrünen Augen ansah. Er musste sie für eine Verrückte halten. Davon gab es hier ja genug.

„Ist irgendwas?" fragte er. Sein Gesicht wirkte teilnahmslos.

„Nein, nein", stammelte Laura. „Gar nichts, 'tschuldige. - Ich wollte nur sehen, was du liest", schob sie rasch hinterher.

„Der Idiot." Er sah ihr direkt in die Augen. Laura wich einen Schritt zurück. „Irgendwie passend - findest du nicht?"

„Keine Ahnung, kenne ich nicht."

„Nur wegen des Titels."

„Ach so, ja - stimmt." Laura versuchte sich an einem Lächeln. „Ich bin übrigens Laura, Bulimie, also nicht, dass du glaubst -"

„Verstehe schon", gab der Junge zurück, „Simon, Depression."

„Bist du Franzose?"

„Meine Eltern sind Kanadier. Aber ich bin hier aufgewachsen. Mein Name ist trotzdem Simon." Er wiederholte die französische Aussprache seines Namens. „Ich kann es nicht leiden, wenn die Leute meinen Namen falsch aussprechen."

„Bist du schon länger hier? Ich habe dich noch nie gesehen."

„Seit gestern." Simon sah grimmig drein. „Aber nicht für lang."

Laura nickte. „Das hoffen hier alle." Simon warf ihr einen bösen Blick zu. „Das soll natürlich nicht heißen, dass du –", sagte sie, doch er hatte sich bereits wieder dem Wälzer auf seinen Knien zugewandt.

Es sollten drei Tage vergehen, bis Simon Laura das nächste Mal über den Weg lief. Ihr war klar, dass das kein Zufall sein konnte. Aber weshalb sollte er sich auch für eine fette Kuh wie sie interessieren? Noch dazu war er viel älter als sie.

In den Gesprächen mit Doktor Wiehler zeigte sich Laura in diesen Tagen wenig kooperativ. Den Großteil der tristen Klinikstunden verbrachte sie damit, auf dem Bett zu sitzen, in die nassgraue Februarlandschaft hinauszustieren und müßigen Waswärewenn-Spielchen zu frönen.

Am Donnerstagabend aber raffte Laura sich auf. Sie beschloss, Dr. Wiehlers Rat zu befolgen und an der Yogastunde teilzunehmen. Wenn sie noch mehr Löcher in die Landschaft starrte, wäre bald nichts mehr davon übrig – geschweige denn von ihren heruntergekauten Fingernägeln.

Sie trug Sportschuhe und eine schwarze Leggins unter dem Arm und ging den Korridor hinab, als eine Stimme sie zusammenfahren ließ: „Hallo, Laurabulimie. Gehst du dir den Speck vom Leib schwitzen?"

Simon. Ihr Herz setzte für einen Schlag aus.

Sie drehte sich um. So gelassen wie möglich entgegnete sie: „Salut, Simondépression", wobei sie das Wort Depression mit einem ebenso affektierten Nasallaut versah wie seinen

Namen. „Und du? Hübschen Ort gefunden, um dich aufzuhängen?"

Simon reagierte, als hätte sie ihm eine Ohrfeige versetzt. War sie zu weit gegangen?

Dann verzog sich sein Gesicht jedoch zu einem breiten Grinsen. „Schlagfertiger als ich dachte. Aber, um deine Frage zu beantworten - nein." Sein Blick fiel auf die Sportsachen in ihrer Hand. „Ich wollte auch zum Yoga - ich nehme mal an, dort gehst du hin, oder?"

Laura nickte. „Machst du öfter Yoga?" fragte sie, um das Gespräch nicht zum Erliegen kommen zu lassen, bevor es überhaupt begonnen hatte.

„Mir fällt die Decke auf den Kopf. Kann ja nicht schaden, es mal auszuprobieren. - Du?"

„Ist mein erstes Mal."

Laura biss sich auf die Lippen. Leise fügte sie hinzu: „Also Yoga meine ich."

„Klar", gab Simon zurück. „Dann lass uns doch zusammen hingehen. Bin froh, wenn ich dort schon jemanden kenne. Laufen ein paar echt strange Vögel rum hier."

Laura starrte ihn an.

„Was ist jetzt?" fragte er.

„Klar", nickte sie eilig.

Gemeinsam liefen sie den Gang zur Sporthalle hinunter. Strange Vögel! Aber sie hatte er nicht dazu gerechnet! Laura warf ihm einen Seitenblick zu. „Weißt du inzwischen, wann du wieder raus darfst?"

Er schüttelte den Kopf. Seine braunen Dreads reichten ihm fast bis zum Po. Er trug eine schwarze Fischerhose und ein gleichfarbiges Shirt, über das er eine graue Kapuzenjacke geworfen hatte. „Sieht aus, als säße ich hier erst mal fest. Aber was Genaues sagt einem ja keiner - also mir zumindest nicht."

„Mir auch nicht", bestätigte Laura. „Und ich bin seit über zwei Wochen hier. Das geht mir auf die Nerven. Ich darf noch nicht mal aufs Klo, wann ich will. Komme mir vor wie im Kindergarten. Tu dies nicht, tu das nicht, tu dies, tu das."

„Wie lang geht das schon so? Mit der Fress- und Kotzsucht, meine ich?" Laura sah ihn irritiert an. „Sorry, falls ich dir zu direkt bin", lenkte Simon ein. „Musst natürlich nicht drüber reden, wenn du nicht willst. Könnte ich auch verstehen."

„Ich bin es nur nicht gewöhnt, dass mich das jemand fragt. Aber angefangen hat es vor ungefähr zwei Jahren, glaube ich."

„Glaubst du? Warst du nicht dabei oder hast du es verdrängt?" Simon setzte ein unschuldiges Lächeln auf.

„Sehr witzig. Ist doch ohnehin nicht wichtig. Wird schon genug Trara drum gemacht hier! Lass uns lieber über was anderes reden."

„Bitte, wie du meinst. Vorschlag?"

Laura zuckte mit den Achseln.

Wortlos liefen sie nebeneinander her. Der Linoleumboden quietschte unter Simons Gummisohlen, als ertrüge er das Schweigen nicht.

Schließlich traten sie in die Sporthalle.

„Was ist eigentlich der Grund für deine Depression?" erkundigte sich Laura.

„Die Welt", erwiderte Simon lakonisch. „Irgendwann erkläre ich es dir genauer", schob er hinterher, als er Lauras gekränkten Blick sah. „Aber jetzt verrenken wir uns erst mal die Glieder, okay?"

„Morgen habe ich bestimmt Muskelkater!"

„Wenn du magst, halt ich dir einen Platz frei", sagte Simon. Überrascht blickte Laura ihm in die Augen. Bernsteinsplitter. „Du wirst dich umziehen wollen, oder?"

Laura nickte, bahnte sich einen Weg durch die Yogamatten und verschwand in der Umkleidekabine am anderen Ende der Halle. Das Herz schlug ihr bis zum Hals.

aus:
Goldberg, Pascal: Auf dem Lachsweg – Ein biographischer Roman, München 2010

Kapitel 26 – Der Entschluss

Es war Balú, der fuchsrote Rüde, der den Tagen des Wartens schließlich ein Ende bereitete.

Rafael war nach dem Gespräch mit Don Álvaro alleine nach San Marcos zurückgekehrt und der Abend war hereingebrochen, ohne dass Salvador aufgetaucht wäre. Die Finsternis verbreitete eine Beklemmung in der Hütte, der auch das lodernde Herdfeuer nichts entgegenzusetzen wusste. Lucía suchte Rafaels Nähe und fand bei ihm Schutz und Geborgenheit. Ihr Empfinden aber blieb zwiegespalten: War sie einerseits glücklich darüber, den Ehemann unbeschadet an ihrer Seite zu wissen, so zermarterte sie sich andererseits den Kopf mit Schuldgefühlen aufgrund eben dieses Glücksgefühls. Wie konnte sie sich über Rafaels Heimkehr freuen, wenn doch ihr Vater verschwunden blieb? Hätte sie sich nicht wünschen müssen, dass ihr Mann an der Seite des Vaters stünde, um ihm in der Not beizustehen? Ihre Freude erschien ihr selbstsüchtig, insbesondere, wenn ihr Blick zu Mutter und Großmutter wanderte, die beide vor Sorge außer sich waren, wenngleich sie sich bemühten, dies zu verbergen. Lucía aber kannte die Mutter gut genug, um das Flackern in ihren Augen zu deuten.

María Dolores und Pepito hatten sich in die hinterste Ecke der Hütte verkrochen und saßen einander gegenüber. Seit Rafael allein zur Tür hereingekommen war, war kein Wort über María Dolores' Lippen gekommen. In ihren Augen stand ein ungewohnt grimmiger Ausdruck. Pepito hingegen quälte die Frage, warum er auf seinen Vater gehört hatte und im Dorf geblieben war, anstatt ihn zu begleiten. Er hätte sich nicht, wie sein Schwager, abwimmeln lassen.

In den folgenden Tagen verließen die Familienmitglieder die Hütte kaum. Ein Gefühl der Lähmung machte sich breit. Einzig Rafael vermochte diese Fesseln bisweilen abzustreifen, um die letzten Vorkehrungen für den Aufbruch an die Küste zu treffen.

Wenn sie mich holen, bist du der älteste Mann in der Familie. Du wirst die Verantwortung für ihr Wohlergehen tragen – es waren die Worte seines Schwiegervaters, die ihm die Kraft verliehen, den alltäglichen Pflichten nachzukommen.

Das Warten war eine Qual. Am Ende der bangen Nächte, kurz nach Sonnenaufgang schickte Eufemia Pepito aus, die Gegend zu erkunden und, so möglich, etwas über Salvadors Verbleib in Erfahrung zu bringen, doch in den vergangenen drei Tagen war der Junge mit leeren Händen zurückgekehrt. Niemand hatte Salvador gesehen oder etwas von ihm gehört. Er war wie vom Erdboden verschluckt.

An jenem Morgen jedoch kam Balú, einer der fünf Hunde, auf Pepito zugestürmt. Er sprang aufgeregt an dem Jungen hoch, bevor er kehrtmachte und Hang aufwärts davonstob. Nach einigen Metern blieb er winselnd stehen und schaute zu Pepito hinab. Balú bellte, Pepito aber begriff nicht.

„¡*Calla, chucho*!" Verschlafen wischte sich Pepito den Sand aus den Augen und sah den Hund verärgert an. „Du weckst noch das ganze Dorf auf!"

Als Pepito ihm nicht nachkam, drehte Balú sich um und sauste den Hang wieder herunter. Er setzte sich vor den Jungen auf den Boden und blickte ihn erwartungsvoll an.

„Was ist nur mit dir los, du komische Töle?" fragte Pepito. Balú strich sich mit den Vorderpfoten über die Schnauze und jaulte. Pepito wollte sich eben umdrehen, um einen Stein nach dem Rüden zu werfen, da ergriff Balú sein Handgelenk mit der Schnauze und zerrte am Arm des Jungen.

„Sag mal spinnst du? Lass mich in Ruhe!" zischte Pepito und versuchte sich aus dem Griff des Hundes zu befreien. Balú aber dachte nicht daran, seine Hand freizugeben. Er knurrte. Schließlich gab Pepito auf.

„Na gut, was willst du mir zeigen? – Du willst mir doch etwas zeigen, oder?"

Balú ließ Pepitos Hand los. Seine Pfoten wirbelten Staubwolken auf. Alle paar Meter hielt er inne, um sich zu vergewissern, dass Pepito ihm auch wirklich auf den Fersen war.

Nebelschwaden hingen zwischen den Bäumen. Pepito geriet außer Puste, als er versuchte mit Balú Schritt zu halten. Sie gelangten auf einen Schotterweg, der oberhalb des Sees entlangführte. Am östlichen Horizont tauchten die ersten Vorboten des Sonnenaufgangs den Himmel in ein milchiges Licht. Die Wasser des Lago Atitlán brandeten gegen die Felsen am Ufer. Pepito sah hinab und wollte kurz verschnaufen. Balú blieb stehen und ließ ein tiefes Knurren vernehmen.

„Nervensäge!" brummte Pepito und rannte weiter.

Der Weg wand sich von Bäumen und Sträuchern gesäumt bergan. Alt wurden die Bäume in Dorfesnähe nicht, da die Bewohner von San Marcos das Brennholz benötigten.

Balú war ein Stück vorausgerannt, machte nun jedoch kehrt. Sein Bellen erschallte über den Wassern des Lago. Kaum hatte er Pepito erreicht, drehte er um und stürmte erneut davon. Pepito keuchte. Die Machete schlug gegen seinen Oberschenkel. Schweiß rann ihm die Stirn hinab und brannte in seinen Augen.

An einem abgeknickten Jocote-Baum blieb Balú plötzlich stehen. Die Schatten verdüsterten sich, als Pepito die letzten Meter zu der Stelle zurücklegte. Er verlangsamte seinen Schritt. Ein Blick genügte ihm. Nie wieder würde ihrer aller Leben sein, wie es gewesen war.

Es war das sternförmige Muttermal auf der Wange, an dem Pepito seinen Vater erkannte. Die Augen waren mit einem Tuch verbunden. Als Pepito nähertrat, stieg ein Schwarm schillernder Aasfliegen auf. An Stelle des Ohres klaffte ein Loch im Schädel. Maden wimmelten aus den hervorquellenden Eingeweiden.

Pepito übergab sich.

Tränen vernebelten ihm die Sicht, als er losstolperte. Er stürzte. Steinsplitter bohrten sich in seine Handflächen, doch er spürte es nicht. Rasch rappelte er sich hoch und rannte weiter. Er hatte nur ein Ziel: nach Hause!

Als er endlich das Dorf erreichte, stand Eufemia vor der Hütte. Sie sah ins Gesicht ihres Sohnes. Dann begann sie zu schreien.

María Dolores, Lucía, Rafael und Candelaria eilten herbei. Pepito sank zu Boden, während sich weitere Dorfbewohner um ihn sammelten. So sehr er sich mühte, wollte doch kein

Wort über seine Lippen kommen.

„Was ist passiert, José?" schrie Lucía. „Hast du Papá gefunden? Lebt er?"

Pepitos Gesicht war aschfahl. Er schüttelte den Kopf. Rafael kniete neben ihm nieder. „Sieh mich an, Pepito. Was ist geschehen? Ist Salvador – ist dein Vater –"

„Oben am Weg nach Santa Cruz", stammelte Pepito. „Es, es – es ist fürchterlich –"

Alle verstummten. Irgendwo krähte ein Hahn.

„Wir müssen ihn herholen", entschied Rafael schließlich.

Eufemia saß neben ihrem Sohn und starrte ins Leere.

„Komm mit rein, hija." Candelaria nahm ihre Hand und zog sie hoch. „Komm mit rein."

Eufemia ließ sich ins Haus führen. Einige Männer der Dorfgemeinschaft schlossen sich Rafael an und wollten sich auf den Weg machen. Pepito stand ebenfalls auf. Er zitterte am ganzen Körper.

„Bleib du hier, José", bestimmte Rafael. „Beschreib mir nur den Ort, wir werden ihn finden. Du hast für heute genug durchgemacht."

„Er liegt bei dem alten Jocote-Baum. Vielleicht eine halbe Stunde von hier. Weißt du noch, wo wir im letzten Jahr Leña geschlagen haben?"

Rafael nickte.

„Nicht weit danach. Direkt am Wegesrand." Rafael strich über Pepitos Haar. Da wischte dieser sich die Tränen aus den Augen und richtete sich auf. „Ich werde nicht hierbleiben", sagte er. „Er ist mein Vater."

Sämtliche Dorfbewohner versammelten sich am Abend in Salvadors und Eufemias Hütte, um Totenwache zu begehen. Rocío und Esteban, die weiter unten am Hang lebten, hatten ein Huhn geschlachtet. Auch Yolanda und Ramiro brachten ein Huhn und einige Eier vorbei. Es war Sitte, dass die Familie des Verstorbenen keinerlei Ausgaben zu tragen hatte.

Gemeinsam hatten die Frauen den Tag mit der Zubereitung der Speisen verbracht. Das Ritual bewahrte Eufemia und Candelaria vor dem Zusammenbruch. Eufemia wollte alles tun, damit Salvadors Reise ins Jenseits so glatt wie möglich verlief. Immerhin hatte ihr Mann keine Gelegenheit gehabt, sich auf den Tod vorzubereiten - bis zum Nachmittag hatte es nicht einmal einen Sarg gegeben. Für gewöhnlich wurden die Särge lange vor dem tatsächlichen Tod gefertigt. Aber in den Tagen der Ungewissheit einen Sarg zu bauen - welch ein Omen wäre das gewesen?

„Die Zeiten sind furchtbar", sagte Ramiro zu Rafael. „Unser Volk ist es gewohnt, unterdrückt zu werden. Seit fünfhundert Jahren knechten uns die Weißen. Erst die Spanier, später die Ladinos. Zu Anfang haben sie uns unser Land weggenommen. Dann haben sie uns gezwungen, wie Sklaven zu schuften. Und doch haben wir unsere Bräuche über all die Jahre hinweg bewahren können."

„Das werden sie uns nicht nehmen können, Ramiro", erwiderte Rafael.

„In all den Jahren haben wir unsagbares Leid erlebt", murmelte der Abuelito. „Wenn jemand aber spürte, dass seine Zeit gekommen ist, bekam er die Gelegenheit, sich vorzubereiten. So soll es sein. So war es seit jeher. Er zog sich zurück, kehrte im Geiste an all die Orte zurück, die er gesehen hatte und gab seine Erinnerungen weiter."

„*No tenga pena,* abuelito. Unser Wissen wird nicht verloren gehen." Eufemia reichte den beiden ein Glas Chicha. Der Schnaps brannte in Rafaels Magen. Salvador war ihm ein Freund gewesen. Er hatte ihn nach der Heirat mit Lucía im Schoße der Familie aufgenommen und ihn behandelt wie seinen eigenen Sohn. „All dieses Leid hat es nie geschafft, uns zu brechen. Das Leben besteht aus Leiden. Seit unserer Geburt wissen wir das. Ist es nicht Teil unserer Kultur, das anzunehmen und zu ertragen?"

„Ich freue mich zu hören, dass du dein Vertrauen nicht verloren hast, Rafael. Deine Familie braucht dich - in diesen Tagen mehr denn je." Ramiro sah Rafael an. „Was mich so schmerzt, ist, dass Salvadors Erfahrungsschatz verlischt. Aber sind es nicht gerade Leute wie er, die uns fehlen? Uns bleibt kaum das Nötigste zum Leben. Salvador hat mich wieder und wieder davor gewarnt." Er seufzte. „Ich aber wusste es besser, wollte nicht auf ihn hören. *Sei demütig*, habe ich zu ihm gesagt. *Hab Respekt*."

Pepito war hinzugetreten und lauschte den Worten des Abuelito. „Wir werden heute Nacht über Papá sprechen, abuelito, oder nicht?" fragte er.

„Gewiss, José. Das ist der Weg, ihm den letzten Respekt zu erweisen."

„Selbst, wenn er selbst nicht die Chance dazu bekam", sagte Rafael, „werden wir es gemeinsam schaffen, einen Teil seiner Erfahrungen zu bewahren."

Pepito nickte. Er stellte sich neben seinen Schwager und senkte den Kopf. Schließlich brachte er hervor: „Es war Papás letzter Wunsch, dass wir eine Kooperative gründen. Darüber hat er an dem Tag mit uns gesprochen, als wir das Symbol der Weißen Hand gefunden haben."

„Dein Vater hat sich viel mit diesen Themen beschäftigt. Heute Nacht werden wir gemeinsam darüber beraten. Du und Rafael, ihr könnt berichten, was Salvador euch erzählt hat. Die ganze Zeit über habe ich gedacht, es sei am besten, einfach weiterzumachen wie bisher", sagte Ramiro leise. „Langsam aber scheint mir, dies könnte unser aller Ende bedeuten. Schlimme Geschichten dringen hierher. *Du sollst nicht töten* heißt es in der Bibel. Womöglich besaß dein Vater ein besseres Gespür für die Lage, als ich es mir eingestehen wollte. Ich wünschte, ich hätte das früher erkannt." Ramiro biss sich auf die Lippen. „Womöglich wäre er dann zu mir gekommen."

María Dolores, die nicht weit von der Feuerstelle auf dem Boden kauerte, hatte jedes Wort mitangehört. Sie wagte es nicht, sich in das Gespräch der Männer einzumischen. Männer hatten andere Aufgaben als Frauen, so war es ihr von

Kindesbeinen an beigebracht worden. Während sie ihrer Mutter bei der Zubereitung der Tortillas und Frijoles zur Hand gegangen war, gelernt hatte zu waschen, zu nähen, zur rechten Zeit auszusäen, Hühner zu rupfen, zu töpfern und Wasser zu holen, hatte ihr Bruder sich stets mit ihrem Vater um die Milpa gekümmert, Botengänge erledigt, zu besonderen Anlässen ein Huhn geschlachtet oder nachts die Hunde im Hof angebunden, damit sie nicht wilderten.

Die heutige Nacht war eine gefährliche Nacht, das spürte María Dolores. Dieser Mord betraf alle im Dorf. Yoyo – wie ihr Bruder sie bisweilen noch immer nannte – spürte, dass etwas in ihr aufgebrochen war. Wie ein waidwundes Tier hatte sie sich an einen abgeschiedenen Ort zurückgezogen. Einen Ort, der tief in ihr verborgen lag.

Seit Pepito am Morgen nach Hause zurückgekehrt war, hatte sie nicht eine Träne vergossen. Kein Wort war über ihre Lippen gekommen. Sie fürchtete, es werde ein Unglück geschehen, wenn auch nur ein Funke der Wut aus ihrem Inneren entwiche. Sie könne explodieren wie der Vulkan San Pedro, dessen friedliche Silhouette sie nie über das Brodeln tief in seinem Inneren hatte hinwegtäuschen können.

Auch wenn María Dolores den größten Teil ihrer Kindheit an der Seite ihrer Mutter verbracht hatte, hatte sie doch um Salvadors Traum von einer besseren Welt gewusst. Von klein auf war ihr, gleich ihrem Vater, ein ausgeprägtes Gerechtigkeitsempfinden gegeben. Seine Worte waren in ihr aufgegangen wie eine Saat, die sie eines Tages würde ernten müssen, sollte sie nicht verderben. Mehr noch als die Gründung einer Kooperative jedoch hatte sie ein Wort fasziniert: *resistencia*. Es klang abenteuerlich. Verführerisch. Womöglich, da es eines der wenigen spanischen Wörter war, die sie kannte. Ihr Vater hatte Spanisch gesprochen, Rafael sprach es und auch ihr Bruder Pepito vermochte sich in der fremden Sprache leidlich auszudrücken, hielt Ramiro es doch für wichtig, die Sprache der Ladinos zu verstehen. Die Frauen blieben hierbei allerdings außen vor. María Dolores und Lucía, Eufemia und erst recht Candelaria verstanden kaum ein paar Brocken Spanisch. Ihre Sprache war Kakchiquel, die Sprache ihrer Vorväter. Ohnehin war es Aufgabe der Männer, Geschäfte zu tätigen, Verhandlungen zu führen oder mit den Vorarbeitern die Arbeitsbedingungen auf den Plantagen auszuhandeln.

Als María Dolores an jenem Vormittag ihren Vater gesehen hatte, hatte sie sich geschworen, das nicht länger hinzunehmen. Es war an der Zeit, mehr Verantwortung zu übernehmen, als ihr bislang zugebilligt worden war. Sie würde die Sprache der Mörder lernen. Eines Tages brächte sie das Unrecht, das ihrer Familie, ihrem Volk widerfuhr, zu Gehör! Dafür musste sie sich auch außerhalb der Dorfgemeinschaft verständigen können.

Resistencia, murmelte sie vor sich hin. Der warme Atem des Feuers blies ihr in den Nacken. Sie könne es schaffen, flüsterte das Feuer. Obschon sie eine Frau war. Ihr entzündeter Rachen war ein Fingerzeig darauf, dass sie nicht länger schweigen durfte. Zu viele Menschen, vor allem Kinder und Alte, hatte sie mit ihren 14 Jahren bereits sterben sehen - insbesondere auf den Plantagen. Der Tod war Teil ihres Lebens, seit sie das Licht der Welt erblickt hatte. Ja, bereits zuvor, in Gestalt ihrer verstorbenen Geschwister Ana, Mario und Salvador. Dennoch traf sie die Ermordung ihres Vaters ungleich härter. Es war eine Sache, ob Menschen an Unterernährung oder Krankheit starben. Eine andere aber war es, wurde ihr Leben ausgelöscht. Grausam. Grundlos. Es war Salvadors Sinn für Recht und Unrecht gewesen, der ihn das Leben gekostet hatte. Auch sie trug diesen Kompass in sich. Das bedeutete, dass auch sie in Gefahr war - vielleicht nicht in diesem Augenblick, aber auf längere Sicht. Schlimmer allerdings war die Gefahr, zu der sie dadurch für ihre Familie wurde.

All die Jahre hatte sie sich im Schoße der Gemeinschaft in Sicherheit gewiegt - nun aber stellte sich heraus, dass dieses Gefühl nichts weiter war als eine Schimäre. Das Unrecht walzte die Grenzen nieder, innerhalb derer sie sich bislang geborgen geglaubt hatte. Sie sah zu ihrer Schwester Lucía hinüber, die an der Seite ihrer Mutter stand. Obschon sie vier

Jahre älter war, eine verheiratete Frau, erschien sie ihr zart und zerbrechlich. Ihre Mamá war stärker. Auch sie wirkte zierlich, besaß aber die Gabe, in aussichtslosen Momenten nach vorne zu schauen. Die beiden waren sich nahe gewesen, seit María Dolores denken konnte.

Ihr Blick fiel auf den eilig gezimmerten Sarg mit Salvadors sterblichen Überresten, der weit von der Feuerstelle entfernt aufgebahrt war. Ringsumher lagen Blumen verstreut. Nur Tage war es her, da hatte sie noch mit ihrem Vater gelacht. Nun warfen vier Kerzen flackernde Schatten auf die hölzerne Kiste, in der er die Reise ins Jenseits antreten sollte. Die vier Angelpunkte, an denen die Welt aufgehängt war. Hoffentlich bot dieses Geleit ihrem Papá in der anderen Welt mehr Schutz, als es seine eigenen vier Wände vermocht hatte.

Rafael trat zu ihr, den schlafenden Francisco auf seinem Arm. Er musterte sie. Mit ihm hatte Lucía eine gute Wahl getroffen. Rafael war stark, aber bedacht. Er würde über die Familie wachen.

„Du hast den ganzen Tag kein Wort gesprochen, María." Sie senkte rasch den Blick. „Dein Schmerz ist unser aller Schmerz. Du musst ihn nicht allein tragen. Schließ dich nicht aus. Lass uns gemeinsam um ihn trauern."

Yoyos Finger zeichneten Figuren in den Sand. Kreise. Spiralen. Nichts, woran sie sich hätte festhalten können.

„Dein Vater hat mich gebeten, für euch zu sorgen. Ihr seid meine Familie: Lucía, Francisco, du, Pepito, deine Mutter, deine Großeltern. Wären meine Eltern noch am Leben, würden Lucía und ich in ihrem Haus wohnen. Dein Vater aber hat mich aufgenommen wie einen Sohn. Ich werde ihm das nie vergessen. Du scheinst zu glauben, er hatte keine Gelegenheit, sich angemessen auf seinen Tod vorzubereiten. Aber seit dem Moment, in dem er die Weiße Hand vor eurem Haus gesehen hat, wusste er, was geschehen würde." Rafael schluckte.

María Dolores sah auf. Sie biss die Zähne zusammen.

„Dein Papá hätte fliehen können, Yoyo. Er hat es nicht getan, weil er euch beschützen wollte."

Es war das erste Mal, dass Rafael sie so nannte. María Dolores bemerkte überrascht, dass sie es mochte.

„Salvador stand zu seinen Überzeugungen. Vor allem aber stand er zu seiner Familie. Sein letzter Gedanke galt euch. Er hat sich dafür entschieden, euer Leben nicht zu gefährden, selbst um den Preis seines eigenen."

„Aber es ist so ungerecht", brach es aus ihr heraus. „Wie können Menschen so etwas tun, Rafael? Wie können sie so grausam sein? – *Respekt.* Das ist es, was Mamá und Papá mir beigebracht haben, seit ich klein war. *Respekt.* Wie soll ich weiterhin Respekt gegenüber Menschen empfinden, wenn es Leute gibt, die anderen so etwas antun?" Herausfordernd sah sie ihn an. „Sie haben ihm sein Ohr abgeschnitten! Seine Zähne ausgeschlagen!"

„Ich weiß, Yoyo, ich weiß", seine Hand strich ihr übers Haar. Sie ließ es geschehen. „Nichts kann rechtfertigen, was Salvador angetan wurde. Aber, vergiss eins nicht: Er wollte, dass wir weitermachen. Die Familie wird überleben. Dieser Gedanke hat ihn aufrecht gehalten."

María Dolores konnte den galligen Geschmack in ihrem Mund nicht unterdrücken. Sie spuckte ins Feuer. Sogleich war das leise Zischen verklungen.

Rafael warf ihr einen entsetzten Blick zu, sagte jedoch nichts. Sie starrte in die Flammen.

„Wir müssen nächste Woche aufbrechen", sagte er schließlich. „Die Küste. Sonst gibt es keine Möglichkeit, die kommenden Monate zu überstehen."

Ein Ruck ging durch Yoyos Körper. Sie sah Rafael in die Augen. Er wich einen Schritt zurück.

„Ich werde nicht mitkommen."

„Aber María, was soll das heißen? Du kannst hier nicht allein überleben! Was glaubst du, könntest du ausrichten? Es ist meine Aufgabe, mich um dich zu kümmern, so wie es dein Vater gewünscht hat."

„Ich werde überleben, Rafael. Mein Vater hielt nichts von dieser Arbeit an der Küste. Er hatte Recht. Wenn das einer wissen sollte, dann du."

„Aber wovon willst du leben? Dein Vater wollte, dass die Familie zusammenbleibt. Gemeinsam haben wir die Kraft einander zu beschützen."

„So wie du ihn beschützt hast."

Der Schmerz in seinem Blick versetzte María Dolores einen Stich.

„Eins weiß ich mit Sicherheit, Rafael. Mein Vater wollte nicht sterben. Dennoch liegt er in diesem Sarg. Ich bleibe hier. Du wirst mich nicht davon abhalten."

Yolanda, die das Gespräch mitangehört hatte, trat aus dem Schatten und legte ihre Hand auf María Dolores' Schulter. Die Abuelita musterte zunächst das Mädchen, dann Rafael.

„Sie kann bei mir bleiben", sagte sie nach einer Weile.

Aus einer vertraulichen Mitteilung des Leiters der Einheit zur Aufstandsbekämpfung der guatemaltekischen Armee, General Arana Osorio, an Teniente Coronel Sergio Rivadeneira:

Guatemala Ciudad, 17. Oktober 1968

Verehrter Rivadeneira,

in Anbetracht der derzeitigen Entwicklung halte ich eine Änderung unserer Vorgehensweise für angebracht. Zum Schutze unseres Vaterlandes heißt es nunmehr, die besprochenen Maßnahmen zu ergreifen. Die Bedrohung ist faktisch nicht mehr von der Hand zu weisen.

Es ist unsere heilige Pflicht, mit aller Härte gegen die kommunistischen Brandherde im Land vorzugehen. Aufgabe der Armee muss es sein, eine zukünftige Bedrohung von Recht und Ordnung zu verhindern. Ich stimme mit dem Präsidenten überein, dass es nach den Vorkommnissen der vergangenen Wochen unumgänglich ist, das Übel im Keime zu ersticken und einer weiteren Ausbreitung zuvorzukommen. Ich erteile Ihnen hiermit Anweisung, umgehend alle nötigen Maßnahmen zu ergreifen.

Lassen Sie uns dem Fisch das Wasser abgraben, werter Freund - und zwar ein für alle Mal.

Wie bereits in der Vergangenheit genießen Sie in dieser Angelegenheit mein uneingeschränktes Vertrauen. Ich erwarte, dass sie sich seiner würdig erweisen.

Für Gott und das Vaterland,

General Arana Osorio

Kapitel 27 - Albaicín

Granada. Endlich Granada.

Kyriel gähnte, als er die Treppen zum Frühstücksraum hinabstieg. Julián erwartete ihn bereits. Vor ihm stand eine Tasse Café con leche. Er tunkte gerade einen Muffin hinein, als Kyriel eintrat.

„*Doña Lupe* war keine schlechte Idee, oder?" meinte Julián kauend, als Kyriel sich zu ihm setzte.

„Ich habe ewig nicht so gut geschlafen."

„Möchtest du?" Julián legte Kyriel einen der Muffins auf den Teller. „Magdalenas. Esse ich immer, wenn ich in Spanien bin."

Kyriel betrachtete die schwammigen Brösel am Grunde der Tasse und schüttelte den Kopf.

„Zu früh für mich. Kaffee und Zigaretten, mehr brauche ich nicht am Morgen."

Julián schien guter Laune zu sein.

„Bist du nicht nervös?" erkundigte sich Kyriel.

„Ach was!" winkte Julián ab.

Kyriel sah ihn zweifelnd an. „Ich schon ein bisschen, ehrlich gesagt. Stell dir vor, wir finden heute deinen Onkel."

„Abwarten." Julián griff nach der Magdalena auf Kyriels Teller. „Du willst sicher nicht?"

Kyriel schüttelte den Kopf. „Bitte!"

Als die beiden das Hostel verließen, empfing sie strahlender Sonnenschein. Keine Wolke trübte den Himmel. Wenige Meter entfernt standen die ersten Touristen Schlange, um auf das Areal der Alhambra zu gelangen.

Julián schlug den Weg hangabwärts ein. Sie folgten der baumbestandenen Cuesta de Gomérez, bis sie hinunter auf die Plaza Nueva gelangten. Die Stadt wirkte verschlafen. Allenfalls ein paar Frühaufsteher waren auf den Beinen.

Sie überquerten die angrenzende Plaza Ana und schlugen den Weg in Richtung Albaicín ein. Neben der Straße gluckerte ein Bächlein.

„Das sind die arabischen Bäder.“ Julián zeigte auf ein Gebäude zu ihrer Linken.

„Von wann sind die?“ fragte Kyriel.

„Keine Ahnung. Irgendwann aus der Zeit, als die Araber hier waren. Wollen wir sie anschauen?“

Kyriel warf Julián einen nachdenklichen Blick zu. Der grinste ihn an.

„Warum nicht?“ entgegnete Kyriel schließlich.

Die Sonne war ein gutes Stück gen Süden gewandert, als sie wieder auf die Straße traten.

„Ich brauche dringend einen Kaffee", sagte Julián. „Kultur verursacht bei mir Koffein-Entzug. Wie sieht es bei dir aus?"

„Wenn du meinst, schließe ich mich an."

Sie folgten einem der Gässchen hinauf ins Maurenviertel, bis sie auf eine Snackbar stießen. Es war heiß. Kyriels T-Shirt klebte an seinem Rücken.

In der schmucklosen Eckkneipe bestellten sie zwei Café con leche und setzten sich an einen Bistrotisch.

„Sind wir eigentlich auf dem richtigen Weg?" Kyriel nippte an seinem Kaffee. „Wo genau ist diese Calle de las Minas?"

„Klar, amigo. Kann nichts schiefgehen." Julián zündete sich eine Zigarette an. „Für alle Fälle habe ich die Karte mitgenommen."

Frisch gestärkt verließen sie eine halbe Stunde später die Kneipe. Zwischen weiß gekalkten Häusern stiegen sie bergan. Julián warf hin und wieder einen Blick auf die Karte, ehe er eine Richtung vorgab. Treppauf, treppab, ein Labyrinth aus verwunschenen Gässchen, durchquerten sie das Albaicín. Schließlich gelangten sie an einen weitläufigen Platz. Die Berge der Sierra Nevada lagen zu ihrer Linken, zu ihren Füßen tat sich das Tal auf.

„Sieh mal! Ist das nicht herrlich." Julián atmete tief ein und laut vernehmlich wieder aus, ehe er sich auf eine Steinmauer setzte. Auf der anderen Seite des Tales erhoben sich die rötlichen Bauwerke der Alhambra. „Das ist der schönste Aussichtspunkt der ganzen Stadt."

„Hast du in die Karte geschaut", Kyriel kletterte ebenfalls auf die Mauer, „um uns hierher zu führen?"

Wortlos betrachtete Julián die pittoreske Kulisse.

„Findest du es nicht schön?" fragte er nach einer Weile.

„Das war nicht die Frage. Natürlich ist es schön", gab Kyriel zu.

„Ich dachte, du würdest dich freuen. Ich wollte, dass du etwas von der Stadt siehst, wenn du schon hier bist."

„Diese Calle de las Minas, verstehe mich nicht falsch, ist sie in der Nähe?"

„Im Albaicín, ja."

„Ich wollte wissen, ob sie in der Nähe ist, Julián."

Julián blickte geradeaus, über das Tal hinweg, auf die Paläste der Alhambra. Kyriel klappte seine Taschenuhr auf. Viertel nach zwölf. Julián blieb stumm.

„Könnte es sein", fragte Kyriel, „dass deine Spontanberufung zum Reiseleiter etwas damit zu tun hat, dass du es gar nicht so eilig hast, diese Straße zu finden?"

„Wir haben doch keinen Stress", murmelte Julián.

„Du drückst dich", stellte Kyriel fest. „Du hast Angst davor, was uns dort erwartet."

„Der Feuertraum kam letzte Nacht zu mir."

„Was hat das damit zu tun?"

„Nichts eigentlich", räumte Julián ein. „Aber an solchen Tagen fühle ich mich verwundbar."

„Julián." Kyriel legte ihm den Arm um die Schulter. „Wir werden nie herausfinden, was es mit dem Feuertraum auf sich hat, wenn wir deinen Vater nicht finden."

„Vielleicht will ich es gar nicht herausfinden." Julián hatte den Blick auf seine Füße geheftet, die über dem Abgrund baumelten. „Vielleicht will ich ihn auch gar nicht finden."

„Komm schon."

„Du hast leicht reden."

„Angst ist ein schlechter Ratgeber, mein Freund."

Julián stöhnte gequält.

Nach einer Weile sagte Kyriel: „Ich kenne auch den anderen Julián. Den Abenteurer. Der würde darauf brennen, endlich diesen verfluchten Onkel zu finden. Schließlich sind wir seinetwegen 2000 Kilometer getrampt."

„Aus deinem Mund klingt das, als bräuchte ich bloß einen Schalter umzulegen", Julián zupfte an seinem Ohrläppchen.

„Versuche dir klarzumachen, dass es der kleine Junge in dir ist, der sich fürchtet. Der hat nämlich seinen Papa verloren."

„Du klingst wie Lola." Missbilligend runzelte Julián die Stirn.

„Frage des gesunden Menschenverstands", erwiderte Kyriel. „Ich verstehe, dass dich die Aussicht, deinen Vater wiederzusehen, beunruhigt. Du warst dein ganzes Leben auf dich selbst gestellt."

Ein Ruck ging durch Julián. Er sprang von der Mauer.

„Na komm, lass uns aufbrechen." Er ergriff Kyriels Hand. „Du hast Recht, hilft alles nichts."

„Weißt du, wo wir hinmüssen?"

„Ich denke", Julián deutete auf eine Gasse, die vom Platz wegführte, „wir müssen da lang."

Die Calle de las Minas war von den anderen Gassen des Viertels kaum zu unterscheiden. Allenfalls wirkten die Häuser, heruntergekommener als in den Gassen ringsumher. Die Nummer 37 sah aus, als wäre sie nachträglich in eine Lücke hineingezwängt worden, die beim Bau der Nachbarhäuser entstanden war. Das Haus maß kaum vier Meter in der Breite. Julián begutachtete die Tür.

„Es gibt keine Klingel. Sieht aus, als müsste man einfach reingehen."

Kyriel klopfte. Lacksplitter stoben ihm entgegen. Von innen war kein Geräusch zu vernehmen. Er klopfte abermals, dann drückte er gegen die Tür.

Knarrend öffnete sie sich. Die beiden traten ein.

Sie standen in einem windschiefen Treppenhaus. Durch eine Fensterluke drang abgestandenes Licht. Es roch fahl.

Die erste Holzstiege knarzte laut unter Kyriels Sohle. Das Haus schien die Luft anzuhalten.

„Sollte jemand hier sein, hätte er uns längst gehört", flüsterte Julián. Er strich mit dem Zeigefinger über das Geländer und hielt Kyriel die graue Fingerkuppe unter die Nase. „Sieht aus, als stünde das Haus leer."

„Wenn du danach gehst", grinste Kyriel, „könnte man das bei euch in der WG auch denken."

Die Tür im ersten Stock war verschlossen. Blieb es auch, als Julián daran rüttelte.

„Was machst du da?" wisperte Kyriel.

„Ich schaue nur", erwiderte Julián.

„Da liegt ein Fußabtreter", murmelte Kyriel und deutete auf eine Bastmatte vor der Tür.

„Ups."

„Manche Menschen bevorzugen es, wenn man mit den Augen schaut."

Julián zuckte mit den Achseln. Kyriel wies nach oben und ging voran. Mit einem großen Schritt stieg Kyriel über ein Loch in der Mitte der Treppe hinweg und schloss die Hand fester ums Geländer. Da tat es einen Schlag. Kyriel drehte sich um. Julián steckte fest, er war durch die Stiege gebrochen.

„*Puta mierda*!" fluchte er. „So was gibt es nur im Film, dachte ich."

Kyriel tastete sich zurück und untersuchte Juliáns Fuß.

„Hättest ruhig was sagen können", maulte der.

„Ich wusste nicht, dass du blind bist."

„Sehr witzig."

„Stütz dich auf meine Schulter, dann zieh ich dich raus."

Julián tat wie ihm geheißen und stemmte sich hoch.

„Alles in Ordnung?" fragte Kyriel.

Julián klopfte sich den Staub von der Hose und rieb sich über den Knöchel. „Denke schon", knurrte er.

Im zweiten Stock war es düster. Die Tür zur 2-A war angelehnt. Julián schielte zu Kyriel hinüber. Der zuckte mit den Achseln. Also klopfte er. Innen war ein Geräusch zu hören.

„Was war das?" wisperte Julián.

„Keine Ahnung."

„Tío Pedro?“ raunte er.

„Selbst wenn er direkt hinter der Tür säße, würde er dich so nicht hören!“

Julián klopfte noch einmal, etwas kräftiger diesmal. Das Geräusch hinter der Tür verstummte. „Onkel Pedro?“ wiederholte er laut. Keine Reaktion. „Ich bin's, Julián.“ Nichts regte sich. „Raúls Sohn.“

Stille.

„Hier ist niemand, Julián - sonst wäre die Tür nicht offen.“ Kyriel versetzte der Tür einen leichten Tritt. Quietschend schwang sie zurück.

Sie standen in einer winzigen Diele. Die Tür zum angrenzenden Raum war geschlossen. Vorsichtig drückte Kyriel die Klinke runter. Da rauschte etwas auf ihn zu.

Er schrie auf. Stolperte. Julián riss die Arme vors Gesicht.

Schwarze Vögel schossen an ihnen vorbei ins Treppenhaus. Ihr Krächzen erfüllte die Luft.

„Was zum Geier war das?“

„Sah nach Raben aus“, entgegnete Julián.

„Fuck!“ Ringsumher segelten Staubflocken und vereinzelte Feder zu Boden. Kyriel fasste sich an die Brust. „Hitchcock ging mir schon immer auf den Sack!“

Im Zimmer herrschte Zwielicht. Vor einem Fensterkreuz, in dem verdreckte Glasscherben steckten, stand ein Sessel. Schaumstofffetzen quollen aus dem einstmals roten Bezug. Der Boden war überkrustet von Vogeldreck.

„Verlassen.“

Julián nickte. Auf der linken Seite des Raums befand sich eine weitere Tür. „Das muss noch ein Zimmer sein.“ Mit zwei Schritten war er dort und drückte die Klinke herunter. Die Tür öffnete sich lautlos. Innen war es finster.

Julián tastete nach einem Lichtschalter, während seine Augen versuchten, sich an die Dunkelheit zu gewöhnen. „Kein Strom. Natürlich.“

„Was ist da?“

„So genau kann ich es dir noch nicht sagen. Warte mal, da hinten steht etwas.“

Julián tastete sich an der Wand entlang. Spinnweben streiften sein Gesicht. Angewidert strich er sie fort.

„Und? Brauchst du Hilfe?"

„Geht schon. Es ist eine Kiste, denke ich."

Mit ein wenig Mühe schaffte Julián die Kiste ins Wohnzimmer und wuchtete sie auf den Sessel. Er war über und über von Staub und Spinnweben bedeckt. „Dann wollen wir mal sehen", murmelte er.

Er öffnete den Holzdeckel.

Die Kiste verströmte einen modrigen Geruch.

„Was ist drin?" fragte Kyriel.

„Papiere! Nichts als vergammelte Papiere!"

„Was hattest du zu finden gehofft?"

Julián ergriff einen Stapel schimmelfleckiger Blätter.

„Keine Ahnung! Irgendeinen Hinweis vielleicht. Wie kann Papier nur so schwer sein! Aber das", er deutete auf einen vergilbten Zettel, „das ist nicht mal von ihm!"

Jaime Sánchez Ruiz las Kyriel. *04.09.1988.*

„Bist du sicher, dass wir hier richtig sind?"

„Ich fürchte ja."

„Dann", überlegte Kyriel, „war dein Onkel Pedro also nicht der letzte, der in dieser Wohnung gewohnt hat."

„Hätte ich mir denken können", grummelte Julián. „23 Jahre. Wer wohnt schon so lange im selben Haus." Er sah sich um. „Noch dazu in so einem Haus", fügte er düster hinzu.

„Immerhin haben wir das Haus gefunden. Und wer weiß, womöglich kann uns dieser Jaime weiterhelfen."

„Dazu müssten wir ihn erstmal finden!"

„Stellt sich die Frage, ob das leichter ist, als Pedro zu finden."

„Eben."

„Aber: zumindest wissen wir, wer kurz nach deinem Onkel hier gewohnt hat. Es hätte schlimmer kommen können. Stell dir vor, hier wären zwischenzeitlich wer-weiß-wie-viele Menschen ein- und ausgezogen. Wir hätten nicht den Hauch einer Chance gehabt."

Julián nickte halbherzig.

„Das ist unsere erste Station. Hast du wirklich geglaubt, dass es so einfach wäre? Diese Adresse ist 25 Jahre alt."

„Ich weiß."

„Kein Grund, die Flinte ins Korn zu werfen. Gehen wir als erstes zu den Nachbarn. Vielleicht kann sich jemand an deinen Onkel erinnern. Wenn das nichts bringt, suchen wir im Telefonbuch nach diesem Jaime. Womöglich haben wir Glück und er wohnt noch in Granada."

„Vergiss nicht das Netz."

„Genau. Wir stehen ganz am Anfang."

Julián ließ noch einmal den Blick durch die schäbige Behausung schweifen. Wie es vor 25 Jahren hier ausgesehen haben mochte?

„¡Vámonos!" sagte er schließlich. „Ganz schön bedrückend in diesem Loch. Wie Onkel Pedro das wohl ausgehalten hat?"

Er drehte sich um.

„Vergiss das Loch nicht!" warnte Kyriel.

„Ich bin doch nicht blind!"

Der Besuch bei den Nachbarn brachte keinerlei neuen Erkenntnisse. Sie hatten es bei allen Häusern in der Straße probiert. Niemand schien bereits seit 25 Jahren in dieser Straße zu wohnen. Eine Tatsache, die Julián den Menschen nicht verdenken konnte. Vermutlich setzten sie alles daran, so schnell wie möglich aus dieser Gegend wegzuziehen.

Auch im Internet wurden sie nicht fündig. Zwar fanden sie einen Jaime Sánchez Ruiz bei Facebook, doch war er nicht aus der Gegend und wirkte auch zu jung, um bereits im Jahre 1988 Stromrechnungen erhalten zu haben.

„Und jetzt?" fragte Julián genervt, nachdem er sich ausgeloggt hatte. Er bezahlte die 2 Euro fürs Internet und sie traten auf die Straße. Es war kurz vor sieben.

„Jetzt essen wir was", entgegnete Kyriel. „Ich würde sterben für einen Stängel Petersilie. Außerdem kann ich mit leerem Magen nicht nachdenken."

Sie erstanden Weißbrot, Käse, Oliven, eine Flasche Rotwein und natürlich Petersilie. Auf der Plaza Nueva fanden sie ein schattiges Fleckchen. Schnell sahen sie sich von einer Schar Tauben umringt. Kyriel warf ihnen hin und wieder einen Brotkrumen zu.

Auf dem Platz herrschte reges Treiben. Julián und Kyriel nahmen ihr Mahl schweigend zu sich. Wenn sie schon Pedro nicht fanden, wie erst sollten sie dann Raúl finden, der womöglich gar nicht gefunden werden wollte?

Kyriel beobachtete die Menschen. Ein kleiner Junge machte sich einen Spaß daraus die Tauben aufzuscheuchen. Erwachsene standen in Grüppchen beisammen und unterhielten sich. Ganz in ihrer Nähe boten einige Straßenverkäufer Kunsthandwerk feil. Fröhlich schwatzten sie mit einer Gruppe blonder Frauen, unverkennbar Touristinnen. Am Nachbarstand umspielten die Strahlen der sinkenden Sonne den Schopf einer Indiofrau.

„Aber natürlich!" Kyriel schlug sich mit der Hand vor die Stirn.

„Hast du gerade eine Erleuchtung oder so etwas?"

„Wenn wir deinen Onkel finden wollen", stieß Kyriel hervor, „ist doch vollkommen klar, wo wir ihn suchen müssen!"

Kapitel 28 - Unter Tage

Aus Pascal Goldbergs Tagebuch:

29. September 2008

Das war knapp. Beinahe hätten sie mich geschnappt.
Aber was nun?
Ann-Marie dürften sie wohl zurück in die Klinik gebracht haben. Ich wüsste nicht, was ich dagegen jetzt noch unternehmen sollte. Noch einmal klappt die Tour mit dem verschollenen Sohn bestimmt nicht. Bleibt nur zu hoffen, dass sie sich dort unterdessen behaupten kann. Sie ist stärker, als sie glaubt.
Im Moment sitze ich in der Meisengeige, aber was jetzt?
Nach Hause kann ich unmöglich zurück. Zu riskant. Nicht, dass sie mir das Ganze doch als Entführung auslegen. Auf Wohlwollen seitens der Obrigkeit brauche ich nicht zu bauen, fürchte ich.
Zu meiner Schwester? – Keine gute Idee. Ich will sie nicht mit hineinziehen. Immerhin war es meine Entscheidung, Ann-Marie dort rauszuholen, also muss auch ich dafür geradestehen. Außerdem wäre es vermutlich ohnehin der erste Ort, an dem sie mich suchen würden.
Ich fühle mich wie gelähmt. Wie kann mir mein Zuhause auf einmal verschlossen sein? Das fühlt sich so unbegreiflich an! Verdammt! Wenn ich nirgends hinkonnte, dorthin doch immer!
Okay. Der schlimmste Fall ist also eingetreten. Obwohl ich die ganze Zeit wusste, dass so etwas passieren konnte, habe ich mir keinen Plan B zurechtgelegt. Typisch.
Die Familie scheidet also aus. Aber wohin dann?
Nürnberg ist ein schwieriges Pflaster, wenn man kein Zuhause hat. Die meisten Bars machen um eins zu. Montag ist ohnehin kaum jemand unterwegs. Ein Hotel kann ich mir aus dem Kopf schlagen – die würden mich nie ohne meinen Perso aufnehmen.
Das habe ich jetzt von meiner Eigenbrötlerei. Niemand da, an den ich mich wenden könnte.

30. September 2008

Acht Uhr morgens. Ich sitze beim Bäcker in der Adlerstraße. Mir ist schwindlig. Mal sehen, ob sich das mit Kaffee und Nussecken in den Griff bekommen lässt.
Es geht also doch. Seit so vielen Jahren lebe ich in dieser Stadt, dennoch habe ich sie unterschätzt. Es heißt nur ein paar Abstriche zu machen. Was aber blieb mir anderes übrig? Irgendwie musste ich mich ja durchschlagen.
Nachdem ich keine Ahnung hatte, wohin mich mein Weg führen sollte, als die Kellnerin in der Meisengeige mich bat zu gehen, folgte ich den erstbesten Männern, die nicht allzu müde aussahen. Auf diese Weise gelangte ich ins Alt Prag.
Was für eine Kaschemme! Aus der Jukebox klangen deutsche Schlager, Rauchwolken durchzogen den Raum. An der Bar saßen ein paar Nachtschwärmer, die mich anstarrten, als sei ich der Überbringer einer göttlichen Offenbarung. Ich war mir nicht sicher, ob ich Vicky Leandros wörtlich nehmen sollte oder ob ihre Liebesbekundung ans Leben nichts als Ironie war. Zumindest grölten alle mit.
Womit aber hatte ich gerechnet?
Der Barmann fragte mich, was ich trinken wollte. Er hieß Hella. Das und sein hinterhergehauchtes Schätzchen sorgten dafür, dass ich mich noch einmal umsah. Nichts als Männer.
Sei's drum. Ich ignorierte das Schätzchen und entschied mich, dass dies eine Nacht sei, um zu trinken. Also bestellte ich mir einen Gin Tonic und setzte mich an den Tresen.

Habe ich in meinem Leben etwas verpasst? Die Frage kommt mir absurd vor und doch drängt sie sich auf. Die vergangene Nacht hat mir eine fremde Welt vor Augen geführt. Eine Welt direkt vor meiner Haustür.
Auf seltsame Weise genoss ich es, der einsame Trinker am Tresen zu sein. Stumpfsinnig in mein Glas zu starren und mich selbst zu bemitleiden.
Seht her, ich zerbreche an der Welt.
Das Gefühl schmeckt nach Cowboys, Saloons, wildem Westen.

Vermutlich seit jeher nichts weiter als eine hübsch aufpolierte Illusion. Zumindest jedoch das.
Heute ist es out, einsam zu sein. Armer Poor-lonesome-Cowboy-Mythos. Was bleibt, ist der Platz an der Bar. Der leere Blick. Die Resignation.
Wider Erwarten kam im Laufe des Abends noch Stimmung auf. Ich bekam einen Drink nach dem anderen ausgegeben. Zu Beginn wehrte ich ab, dann ließ ich es einfach geschehen. Mit zunehmendem Alkoholpegel besserte sich auch meine Laune.
Im Wagen vor mir fährt ein junges Mädchen. Ratta-ratta-ratatatata…
Irgendwann machte das Alt Prag zu. Mit den Übriggebliebenen zog ich weiter ins Little Henderson – eine Spelunke, düsterer als die vorherige, aber immerhin geöffnet. Die Tigerlilly – so nannte ich die Wirtin bei mir – schenkte mir zur Begrüßung einen Wodka ein und legte ein Päckchen Ahoi-Brause dazu. Himbeere. So lief das hier also. Es kam nicht mehr drauf an.
Neon-Dekor, Schwarzlicht, schwarze Wände. Die obligatorische Jukebox und schlechte Musik. Diese Bar schoss mich raus aus der Zeit. Ab einem gewissen Punkt war ich überall und nirgends zugleich.
Als ich schließlich vor die Tür trat, war es draußen bereits hell. Ich lehnte alle Übernachtungsangebote ab und zog allein weiter, da mir auch nach Weißwurst und Weizen nicht der Sinn stand.
Nun sitze ich hier, einerseits überdreht, andererseits todmüde.
Weiter weiß ich noch immer nicht.
Ich hoffe nur, Ann-Marie geht es gut.

01. Oktober 2008

Florents Küche. Unter dem Küchenfenster liegt der Hauptmarkt. Es ist schon jede Menge los – was daran liegen könnte, dass Mittag ist.
Florent habe ich vergangene Nacht im Alt Prag kennen gelernt. Er ist ein Bär von einem Mann, kugelbäuchig, muskulös. Natürlich

schwul. Zudem spricht er das seltsamste Kauderwelsch, das ich je gehört habe.
Warum er es gerade auf mich abgesehen hatte, weiß ich nicht. Vielleicht weil ich sein Angebot, eine Flasche Sekt mit ihm zu trinken, ablehnte. Der Rausch der Nacht zuvor hat mir wahrlich genügt. Ich bin nicht zum Trinker geboren. Florent setzte sich jedenfalls trotzdem zu mir und bestellte mir eine Cola. Dann kamen wir ins Gespräch, wurden aber immer wieder von Leuten unterbrochen. Die ganze Stadt scheint ihn zu kennen. Zumindest die schwule Stadt.
Hier in seinem Loft hat Florent mir die Couch für die Nacht – oder was davon übrig war – bezogen. Selbst einen Schlüssel hat er mir dagelassen.
Ob ich ihm vertrauen kann? Welch eine Wahl habe ich, als es darauf ankommen zu lassen? Ich kann nicht ewig die Nächte durchmachen.
Zumindest habe ich ihm klargemacht, dass ich an einer sexuellen Beziehung mit ihm nicht interessiert bin. Was ihn nicht davon abhielt, mir begehrliche Blicke zuzuwerfen.
Manchmal komme ich mir vor wie ein Steppenwolf. Was hat mich so misstrauisch werden lassen?
In meiner momentanen Lage kann ich nicht anders, als Florent zu vertrauen. Was sollte mir auch geschehen?

02. Oktober 2008

Ich fühle mich wohl hier in Florents Wohnung.
Gestern habe ich beinahe den ganzen Tag verschlafen, während Florent Einkäufe für seine Kneipe erledigte. Ihm gehört das Gwada Libre. Abends überredete er mich, ihn zu begleiten. Obwohl ich müde war, raffte ich mich schließlich auf.
Die Bar liegt in einer Gasse nahe dem Henkersteg. Ein Kellergewölbe in einem Fachwerkhaus, gemütlich eingerichtet. Florent machte um acht auf, bis zehn waren wir praktisch allein. Schnell verstand ich, weswegen er mich gebeten hatte, ihm Gesellschaft zu

leisten – allein in einer leeren Bar herumzustehen ist unglaublich öde. Später wurde es allerdings voll.
Wieder frage ich mich, ob ich diese Art von Leben vermisse. Ausgehen macht mir Spaß. Ich mag es, mich mit Wildfremden zu unterhalten, selbst wenn ich wenig über mich erzähle. Die Gespräche nehmen mir die Schwere. Viele Menschen scheinen ein riesiges Bedürfnis zu haben, über sich zu reden. Da fällt ihnen meine Schweigsamkeit kaum auf. Trotzdem passiert in solchen Gesprächen etwas. Was es ist, kann ich nicht sagen. Hat es nur mit sich wahrnehmen zu tun? Ich fühle mich jedenfalls weniger einsam als zuletzt.
Wenn es Florent nicht stört, werde ich eine Weile bleiben. Für mich wäre es gut, mich sortieren zu können. Ich habe begonnen, zu schreiben. Dafür brauche ich einen Ort, an dem ich ungestört bin. Als wir heute Nacht vom Little Henderson nach Hause gelaufen sind, Florent eher gewankt als gelaufen, hat er versucht, mich zu küssen.
Ich habe ihm klargemacht, dass ich darauf keinen Bock habe. Allerdings bin ich nicht sicher, ob er begriffen hat, dass ich das ernst meine. In den vergangenen Tagen habe ich beinahe den Eindruck gewonnen, Schwule glauben, wenn man keine Lust auf Sex mit ihnen hat, könne das einzig und allein daran liegen, dass man sich die eigenen Wünsche noch nicht eingestanden habe.
Scheinbar ist auch die schwule Welt intolerant. Wo aber liegt dann der Unterschied zum Verhalten heterosexueller Männer, auf das in Homo-Kreisen so verächtlich herabgesehen wird? Auch Hetero-Männer können sich nicht vorstellen, dass es eine andere Art zu sein gibt als die eigene. Wo genau liegt der Unterschied?
Ich mag Florent, aber er lebt in einer völlig anderen Welt als ich. Soweit ich ihn bislang kennen gelernt habe, gibt es in seinem Leben nur Party, Arbeit und das anschließende Besäufnis bis in die Morgenstunden – und natürlich jede Menge Sex, wenn man seinen Erzählungen glauben darf. Ich kann mir allerdings nicht vorstellen, dass gerade er es nötig haben sollte, sein Selbstbewusstsein durch Lügenmärchen aufzupolieren. Auch wenn das für ihn vollkommen unvorstellbar scheint, hat er bei mir jedenfalls keine Chance. Meine Anwesenheit könnte sein Leben also etwas verkomplizieren. Ich

hoffe, er fühlt sich durch mich nicht in seiner Freiheit beeinträchtigt. Das wollte ich nicht. Genauso wenig, wie selbst zum Objekt der Begierde zu werden.
Nun ja, ich kann ganz gut auf mich aufpassen. Und was stört es mich, wenn er mir gelegentlich an den Arsch fasst und Baby zu mir sagt? Damit kann ich leben.

Kapitel 29 - Auf den Spuren Fürst Myschkins

„Was tust du da?"

Laura fuhr herum. Simon.

„Was geht dich das an? Bist du mein Aufpasser?"

Simon prallte zurück, fasste sich jedoch schnell wieder. Bernsteinfunken sprühten aus seinen Augen, als er entgegnete: „Ich habe mich nur gerade gefragt, weshalb du eine Platte Fleischbällchen in deine Handtasche gekippt hast. Aber du hast natürlich Recht. Die Antwort liegt auf der Hand."

„Deine Binsenweisheiten kannst du für dich behalten. Schließlich habe ich dich nicht um deine Meinung gebeten."

„Du hängst immer noch drin", gab er zurück. „Willst du das abstreiten?"

„Du glaubst wohl, du wüsstest alles besser. Lass mich in Ruhe, Simon. Deine Meinung interessiert mich nicht, behalt sie für dich! Ich habe es satt, auf Schritt und Tritt kontrolliert zu werden."

„So ungeschickt, wie du dich anstellst, muss ich kein Geheimagent sein, um mitzubekommen, was du tust."

„Lass das mal meine Sorge sein! Oder –" Ein Ausdruck von Misstrauen trat in Lauras Augen. „hast du etwa vor, mich zu verpetzen?"

„Darum geht es nicht."

„Kann ich mir auch nicht vorstellen", entgegnete Laura. „Schließlich hast du Himmel und Hölle in Bewegung gesetzt, um hier einen Reha-Platz zu ergattern. Oder willst du behaupten, dass es nur an der Schönheit der Landschaft hier liegt?"

„Du behandelst mich noch immer, als wäre ich dein Feind", stellte Simon fest. „Wann wirst du mir vertrauen, Laurabulimie?"

„Tut mir leid", erwiderte Laura. „Aber die Menschen warten doch genau darauf."

„Worauf?"

„Mich zurück in diese furchtbare Klinik zu schicken. Mir zu beweisen, dass ich es nie schaffen werde."

„Natürlich wirst du es schaffen." Simon legte ihr eine Hand auf die Schulter. Laura zuckte zusammen. „Manchmal frage ich mich, ob sie bei dir eigentlich die richtige Diagnose gestellt haben." Böse blitzte sie Simon an. „Also ich werde dich ab jetzt *Lauranoia* nennen."

„Sehr komisch. Aber jetzt mal ohne Witz, behältst du das für dich? Bitte! Ich will auf keinen Fall dahin zurück!" Lauras Stimme hatte einen flehentlichen Klang angenommen. „Du weißt, wie schrecklich es dort war. – Und wenn du ausnahmsweise einmal ganz ehrlich bist, bist du doch ganz froh, dass ich hier bin."

„Ehrensache." Simon machte ein feierliches Gesicht. „Ich schwöre beim Barte meiner Mutter."

Laura stieß ihm mit der Faust in die Rippen. „Idiot!"

„Aber wir wollten gerade über die zwei Kilo Hack in deiner Handtasche reden."

Laura seufzte.

„Spaß beiseite, ich bin dein Freund. Natürlich werde ich dein klebriges kleines Geheimnis für mich behalten – aber trotzdem müssen wir etwas tun."

„Du willst doch nicht?"

„Laura, ich hab' dir doch eben gesagt, dass ich dich nicht verraten werde. – Wie kann man nur so misstrauisch sein? Aber mal ernsthaft – wir müssen das in den Griff kriegen. Also, eigentlich *du*. Aber ich will gern versuchen, dir dabei zu helfen."

Simon musterte sie. Rasch schlug Laura die Augen nieder. Sein Blick war ihr nicht geheuer. Manchmal fürchtete sie, er sehe bis hinab zu dem Ort, wo all ihre Geheimnisse verborgen lagen. Einschließlich derer, die sie vor ihm verbergen wollte.

„Wie stellst du dir das vor? Ich wünschte es wäre so einfach! Ich habe es versucht – wirklich. Diese Fressattacken sind echt mies. Wenn dann nichts in Reichweite ist –" Mit einem unauffälligen Kopfnicken wies sie auf ihre Handtasche. „Es ist die Hölle, weißt du." Sie senkte ihre Stimme zu einem Flüstern. „Kannst du ein Geheimnis bewahren?"

„Genau das habe ich dir eben klarzumachen versucht!"

„Dann komm mal mit!"

Laura ergriff seine Hand. Sie zog ihn hinter sich her aus dem Speisesaal der Reha-Klinik, den Korridor hinab, vorbei am Panoramafenster des Aufenthaltsraums, von dem aus man das Hügelland des Allgäus sehen konnte, bis hinter die baumhohe Yucca-Palme neben der Damentoilette.

„Du machst es aber spannend!" frotzelte Simon. „Als hättest du eben herausgefunden, wer Laura Palmer ermordet hat."

Laura streifte den Ärmel ihres Pullis zurück und hielt Simon ihren Unterarm unter die Nase. Quer darüber verlief ein entzündeter Schnitt.

„Sag mal, spinnst du?"

„Das ist der Grund, warum ich lieber eine Extra-Ration Essen bunkere. Ich habe Angst, dass ich anfange, mich zu ritzen."

„Dein Problem ist größer, als ich dachte."

Sie sah ihn traurig an.

„Ach und übrigens", fügte er hinzu, „du hast Recht. Ich bin wirklich froh, dass du hier bist. Das war der Grund, weshalb ich auch hierher wollte." Er hauchte ihr einen Kuss auf die Wange. Augenblicklich nahm der Schnitt auf ihrem Arm eine kirschrote Färbung an.

Die leere Handtasche stand auf Lauras Bett. Laura strich die letzten Fleischkrumen von der Daunendecke.

Neben dem Bett verbreitete eine Lampe mit orangefarbenem Stoffschirm aufmunterndes Licht. Laura fühlte sich dennoch schuldig. Außerdem war ihr schlecht. Sie hatte eine Platte Fleischbällchen in zehn Minuten vertilgt und einen Liter Wasser hinuntergestürzt.

Seit ihrer Einweisung in Nürnberg waren sechs Wochen ins Land gezogen – und sie war keinen Schritt weiter als zuvor. Alle vermeintlichen Erfolge Doktor Wiehlers waren über Nacht vergessen.

Laura sah zum Buch auf dem Glastisch hinüber. *Wie ich lerne, mich selbst zu lieben*. In diesem Moment versuchte sich ein Rudel Fleischbällchen einen Weg aus ihrem Magen zu bahnen. Sie hastete zur Toilette. Es gelang ihr eben noch, den Klodeckel hochzuklappen.

Schweißperlen standen auf ihrer Stirn, als sie auf dem Klovorleger niedersank. Ihr Magen stach heftig. Der säuerlichscharfe Geschmack von Erbrochenem hing in ihrer Mundhöhle. Daran hatte sie sich auch nach all der Zeit nicht gewöhnen können.

Gerade als sie sich erneut über die Schüssel beugen wollte, ging die Zimmertür. Verdammt, die hatte sie völlig vergessen! Unverdautes Hackfleisch unterbrach ihren Gedankengang.

„Laura?"

Sie versuchte es mit Totstellen.

„Bist du da? Ich bin es – Simon."

Es klopfte an die Badezimmertür. Laura riss ein Handtuch vom Halter. Er durfte sie auf keinen Fall so sehen!

Behutsam wurde von außen die Klinke heruntergedrückt. Dann stand Simon im Raum. „Was machst du da?"

Laura wischte sich mit dem Handtuch über den Mund. Sie mied Simons Blick.

„Oh!" sagte der. „Verstehe. Entschuldige bitte – ich wusste nicht – ich wollte dich nicht stören."

Laura starrte auf seine baren Füße, als er das Bad verließ.

„Ich warte draußen. Also, für den Fall, dass du hier fertig bist."

Laura nickte. Plötzlich krümmte sie sich zusammen.

„Was ist mit dir?" Simon blieb stehen. „Alles okay? Hast du Schmerzen?"

„Der Magen."

„Verstehe", erwiderte Simon. „Das ist nicht weiter schlimm."

„Du musst es ja wissen." Dunkle Augenringe starrten ihm entgegen.

„Ich habe ein bisschen nachgeforscht", erklärte Simon. „Schließlich habe ich dir versprochen, dass wir das hinbekommen, oder? Das ist auch der Grund meines Besuchs."

„Nachgeforscht?"

„Oh, wo man das üblicherweise so tut – in Büchern. Liegen einige herum, hier im Haus." Er grinste. „Kann nicht schaden, mich ein bisschen zu informieren, dachte ich mir – und siehe da. Deshalb weiß ich jedenfalls, dass deine Magenschmerzen eine normale Reaktion sind – eine Reizung, nicht weiter tragisch. Diese ständige Überproduktion von Säure verkraftet der Magen nicht."

„Ich kotze nicht ständig", unternahm Laura einen halbherzigen Versuch, sich zu verteidigen.

Als sie aus dem Bad kam, hatte Simon die Beine auf ihrem Bett hochgelegt. „Fühlst du dich besser? Wie geht es deinem Magen?" erkundigte er sich.

„Geht schon wieder. Hast ja Recht, wen wundert's." Sie setzte sich auf einen Stuhl.

„Du willst diese Bulimie also mittlerweile selbst loswerden. Verstehe ich das richtig?"

Laura zuckte mit den Achseln. Simon interpretierte das als Zustimmung. „Das ist doch ein Erfolg, oder?"

„Du hast doch selbst gesehen, dass ich noch voll drinhänge."

„War kaum zu übersehen. Aber als du vor sechs Wochen in die Klinik gekommen bist, haben deine Eltern dich einweisen lassen. Da hattest du keinerlei Interesse daran, aus dieser Geschichte wieder rauszukommen – und jetzt –"

Laura schwieg.

„Das wäre dein Einsatz gewesen! Ich habe extra eine theatralische Pause gemacht. Aber bitte, sage ich es eben selbst: jetzt ist dir immerhin klar, dass es so nicht weitergehen kann. Das ist ein Erfolg."

„Ich habe gerade zwei Kilo Hack ausgekotzt."

„Sei doch nicht so verdammt selbstkritisch."

„Ich bin einfach nicht stark genug."

„Bulimie ist eine Krankheit – zumindest ab einem bestimmten Punkt. Am Anfang hättest du es allein in den Griff kriegen können, aber jetzt nicht mehr."

„Mir kommt es so vor, als könnte ich das nur allein schaffen."

„Gib dir mehr Zeit, Laura", sagte er. „Und lerne, dich über die Dinge zu freuen, die du schon geschafft hast."

„Dir geht es anscheinend wieder gut."

„Kann man sehen, wie man will." Simon runzelte die Stirn. „Im Augenblick aber reden wir über dein Leben, nicht über meins."

Laura zuckte mit den Achseln. Er hätte sie nie so zu Gesicht bekommen dürfen! Wie hatte sie vergessen können, die Tür abzusperren?

Simon erhob sich vom Bett.

„Hey!" Er knuffte sie in die Seite. „Ich habe jetzt keine andere Meinung von dir als vorher! Hältst du mich für so beschränkt? Ich wusste, was es bedeutet, Bulimie zu haben!" Er schenkte ihr ein Lächeln.

„Woher weißt du, was ich gedacht habe?"

„Ich habe ein gutes Gespür für Menschen."

„Was meinst du damit?"

„Ich bin ein Sensibelchen", grinste er. „Persönlich bevorzuge ich allerdings den Ausdruck Empath."

„Was bedeutet Empath?"

„Jemand, der sich in andere Menschen einfühlen kann. Hat den Vorteil, dass die Leute mir nichts vormachen können." Er trank einen Schluck von ihrem Wasser. „Einen Nachteil hat es allerdings auch."

„Und welchen?" fragte Laura.

„Man kann mir nichts vormachen. Manchmal möchte man nicht zu viel wissen."

Bei der Vorstellung, dass er ihre Gedanken las, bekam sie ein mulmiges Gefühl im Bauch.

„Ich bin kein Hellseher oder so was. Ich kann in niemandes Kopf schauen. Fange nur Stimmungen auf." Er sah sie an. „In diesem Moment beispielsweise, dass dich der Gedanke, dass ich Dinge in anderen Menschen spüren kann, erschreckt."

„Wie machst du das?" fragte Laura.

„Ich beobachte die Menschen. Das ist das halbe Geheimnis."

„Und die andere Hälfte?"

„Wer sich selbst gut kennt, kennt auch die meisten anderen Menschen. Vorteil der Depressiven - wenn wir jemanden wirklich gut kennen, dann uns selbst."

„Mir kann man leider alles erzählen", sagte sie. „Ich bin wohl zu gutgläubig."

„Das eine schließt das andere nicht aus. Aber zu was anderem. Es gibt etwas, worüber ich mit dir reden wollte." Laura schluckte. „Keine Ahnung, ob du mit meinen Gedanken etwas anfangen kannst, aber erzählen will ich dir davon. Setz dich doch mit zu mir." Er reckte sich und gähnte.

Laura zögerte einen Moment, dann setzte sie sich neben ihn ans Kopfende des Bettes.

„Was für Gedanken meinst du?"

„Du und ich - wir sind hier, weil wir verrückt sind, nicht wahr? Deshalb haben sie uns eingesperrt. Wir spinnen, ticken nicht ganz richtig, haben eine Schraube locker. Das ist es, was sie uns vermitteln."

„Hm."

„Was ich sagen will, ist simpel: ich glaube nicht dran."

„Woran?"

„Dass wir die Verrückten sind." Laura nahm ein Kissen in den Arm. „Es ist genau andersrum. Wir sind nicht verrückt. Wir sind völlig normal. Die anderen sind es."

„Denk an die zwei Kilo Hack."

„Die tun nichts zur Sache", entgegnete er. „Ich will auf etwas anderes hinaus."

„Und das wäre?" Sie betrachtete seine langen Wimpern.

„Ich habe doch neulich dieses Buch gelesen."

„Der Idiot?"

„Genau das. Da ist es so, dass die einzig liebenswerte Figur von allen behandelt wird wie der letzte Dreck. Dieser Mann ist gutmütig und mitfühlend. Lässt sich nicht in all die Intrigen verwickeln, die um ihn her ablaufen. Versucht vielmehr, seinen Mitmenschen mit Liebe und Nachsicht zu begegnen, egal, wie sie ihn behandeln."

„Das muss schwer sein, wenn es nicht zurückkommt."

„Eine Christusfigur eben, nur im Russland des 19. Jahrhunderts. Dieser Mann, Fürst Myschkin, ist es jedenfalls, der von allen als *Idiot* bezeichnet wird. Was sie meinen, ist: Verrückter." Simon sah sie herausfordernd an. „Jetzt sag mir, dass das nicht krank ist."

„Es ist ein Roman, Simon. Was hat das mit uns zu tun? Glaubst du nicht, dass du da zu viel hineininterpretierst?"

„Und ob das mit uns zu tun hat, Laura, und ob!" Seine Augen glühten. „Sieh dich an. Du hast Bulimie, das steht außer Frage. Die Ärzte und alle anderen hier versuchen dir zu helfen, diese Krankheit in den Griff zu kriegen. Aber", sein Gesicht war nur wenige Zentimeter von ihrem entfernt, „aber hast du dir je Gedanken darüber gemacht, warum du das eigentlich hast?"

„Ich bin zu fett. Ich kann mein Spiegelbild nicht ertragen." Laura drückte das Kissen fester auf ihren Bauch.

„Das ist genau, was ich meine!" rief Simon. „Nimm es mir bitte nicht übel, Laura, aber in dieser Hinsicht bist du wirklich verrückt! Du bist alles andere als fett. Um genau zu sein, bist du ein richtig hübsches Mädchen. Ich frage mich, wie du allen Ernstes auf solche Gedanken kommst?"

Laura errötete. Rasch wandte sie sich ab.

„Das Schlimmste daran aber ist", Simons Stimme bebte, „dass du keinerlei Schuld hast!"

Sie sah ihn fragend an.

„Verstehst du es nicht? Du kannst nicht sehen, dass du schlank bist, das glaube ich dir mittlerweile sogar. Aber das ist letztlich nur eine Facette des großen Ganzen! Ausdruck einer Welt, in der von vorne bis hinten nichts mehr stimmt. Bist du deshalb verrückt? – Keineswegs, wenn du mich fragst."

„Jetzt mach mal halblang. Ist es nicht etwas hochgegriffen, von meiner Bulimie auf den Zustand der Welt zu schließen?"

„Nicht im Geringsten", sagte Simon. „Die Frage ist doch eine gänzlich andere! Wie kann es sein, dass ein hübsches Mädchen wie du sich solche absurden Sachen einredet?"

Laura begann zu schwitzen.

„Schau dich doch um in der Welt! Wo du hinschaust, dünne Frauen. Dünn? Will sagen: abgemagert. In Schaufenstern, Filmen, der Werbung – überall! Nimm diese Kate Moss! Findest du die tatsächlich schön?"

„Die Frau hat eine Traumfigur, Simon. Erzähl mir nicht, dass du die nicht toll findest!"

„Dein Ernst?" Simon nahm ihre Hände in die seinen. „Ich persönlich finde diesen Hungerhaken alles andere als schön! Vielleicht hast du eine falsche Vorstellung von Männern."

„Glaube ich nicht."

„Spielt auch keine Rolle! Denn, ob ich sie nun schön finde oder nicht, ich komme ohnehin nicht um ihre Visage herum!"

Simon sprang auf. Er ging zum Fenster hinüber und riss es auf. Kühle Luft drang in den Raum.

„Wie viele Frauen, Laura?" Er drehte sich zu ihr um. Sie saß noch immer auf dem Bett und hielt das Kissen vor den Bauch. „Wie viele, die so aussehen, wie die auf den Plakaten oder in den Werbespots, begegnen dir täglich in der Stadt?"

Laura schwieg.

„Ernst gemeint", beharrte er. „Denk nach! – Wie viele solcher Frauen triffst du pro Tag?"

„Die meisten Frauen in der Stadt sind schlanker als ich. Da brauche ich nur durch die Fußgängerzone gehen. Du willst ein konkretes Beispiel? Meine Tante Irmi."

„Das stimmt nicht, Laura. Sei ehrlich zu dir selbst! Wie viele siehst du?"

Laura funkelte ihn an.

„Ich werde es dir sagen", nahm er ihr die Antwort ab. „Außer deiner Tante wahrscheinlich keine! Hast du dir schon mal Gedanken darüber gemacht, wie solche Fotos entstehen? Nein? Dann wird es aber Zeit. Dafür werden Tausende von Mark ausgegeben! Der beste Fotograf, ein Maskenbildner, der die Models zurechtmacht, jemand, der für die ideale Beleuchtung sorgt und so weiter. Und dann wird am Ende nur ein Foto verwendet. Eins von Hunderten! Fällt dir was auf? Diese Menschen verarschen dich – um es mal ganz klar auf den Punkt zu bringen."

„Das sind Vorbilder. Jemand, an dem du dich orientieren kannst!" widersprach Laura. „Klar, ist es hart, so weit zu kommen. Eines Tages aber werde ich auch so aussehen. Und dann –" Sie zögerte.

„Dann?"

„Dann", ihre Stimme mit einem Mal ein Flüstern, „dann finde ich auch den Mann, der zu mir passt."

„Daher weht also der Wind!"

Sie befanden sich im Auge des Hurrikans. Laura umklammerte ihr Kissen, als wäre es ein Stück Treibholz über den eisigen Tiefen des Atlantiks.

Es war Simon, der das Schweigen brach. „Und damit gehst du ihnen auf den Leim." Er setzte sich wieder neben sie. „Du solltest einen Freund finden, der dich nicht mag, weil du aussiehst wie ein halbverhungertes Model. Da hast du Besseres verdient."

Laura schaffte es nicht, ihn anzusehen.

„Es geht nur ums Geld, nichts weiter." Simon wurde leiser: „Dir zu erzählen, du sollst aussehen wie Kate Moss, ist eine Sache. Das Schlimmste aber ist, dass du dabei manipuliert wirst. Dieses unrealistische Idealbild gibt dir das Gefühl, du selbst seist hässlich!"

„Wie soll das mit Geld zusammenhängen? Wenn das alles so wäre, was hätten sie davon?"

„Da fragst du noch? Sie machen dir weis, dass du hässlich bist, bieten dir aber im selben Moment die Lösung dafür an! Kauf unseren Kram und du fühlst dich besser! Unfassbar, dass die Menschen auf so einen Schwachsinn reinfallen!"

„Aber habe ich nicht immer die Wahl? Ich bin ein freier Mensch, oder siehst du das anders?"

„Letzten Endes bist du frei zu entscheiden - aber, und das ist der springende Punkt, du musst dir zunächst der Manipulation bewusst werden. Wirklich frei entscheiden kannst du nur, wenn du dich dem Druck entziehen kannst, der von allen Seiten auf dich ausgeübt wird." Simons Wangen glühten. „Hast du noch einen Schluck Wasser, bitte?"

Laura reichte ihm ein Glas.

„Genau deshalb", setzte er erneut an, „finde ich deine Reaktion keineswegs verrückt. Du reagierst auf den Druck, der von außen auf dich ausgeübt wird - wenn auch nur unterschwellig. Es mag der falsche Weg sein, zu kotzen, aber letzten Endes ist es verständlich. Für mich zumindest."

„Denkst du?"

„Ja." Simon sah ihr in die Augen. „Eins haben wir nämlich gemeinsam. Wir sind beide zu feinfühlig, als dass wir die verqueren Dinge ignorieren könnten, die um uns herum passieren."

„Langsam beginne ich zu verstehen, worauf du hinauswillst", entgegnete Laura.

„Uns geht es nicht schlecht, weil wir verrückt sind, sondern weil wir *nicht* verrückt genug sind."

Simon lehnte sich im Bett zurück und schloss die Augen.

„Wir schaffen es nicht, unser Leben zu vergeuden", flüsterte er. „Das mag uns momentan als Schwäche ausgelegt werden – aber es sind die Menschen, die uns das hier angetan haben" – seine Geste schien die Klinik, die vergangenen Monate, ja das ganze Leben zu umfassen – „die letztlich falsch liegen."

Laura nickte. Wie sehr wünschte sie sich, dass er Recht haben möge.

„Ich für meinen Teil", fuhr er fort, „bin jedenfalls davon überzeugt, dass es mehr geben muss, als mir auf dieser Welt bislang zugestanden wird. Andere Wege. Wenn nicht mit, dann eben gegen den Strom."

„Wie die Lachse", sagte Laura. Ein Funkeln trat in ihre Augen.

„Nicht wir sind die Verrückten, Laura. Auch wenn sie uns das gerne einreden wollen. Die Menschen sind es, die zu bequem sind, sich Gedanken darum zu machen, was mit dieser Welt nicht stimmt. Die so tun, als wäre alles in bester Ordnung. Ich mag depressiv sein, aber eins weiß ich: Ich kann mich spüren! Ich lebe wenigstens!"

„Das kann ich auch", antwortete Laura leise.

„Dieser Fürst Myschkin aus dem *Idioten* wird am Ende eingesperrt. Und das, obwohl er der einzig Menschliche in der ganzen Geschichte ist. Eins sage ich dir: Ich habe nicht vor, so zu enden."

„Auf gar keinen Fall!"

„Dann sind wir uns einig. Der Lachsweg also."

aus: Goldberg, Pascal: *Auf dem Lachsweg – Ein biographischer Roman,* München 2010

Kapitel 30 – Rivadeneira

„Das kann ich nicht glauben."

„Und wenn ich es dir sage, Lucía! Eine Bestie! Sogar den eigenen Vater soll er umgebracht haben."

Vicenta schlug das tropfende Leinenhemd auf den Felsen, als wolle sie ihren Worten so eine größere Glaubwürdigkeit verleihen.

Lucía blieb skeptisch. Den eigenen Vater? Niemand könnte eine solche Tat übers Herz bringen. *Du sollst Vater und Mutter ehren.* Sie drehte sich zu Imelda um, die mit beiden Füßen im Seewasser stand und damit beschäftigt war, einen Fleck aus der Hose ihres Jüngsten zu entfernen.

„Kannst du dir das vorstellen, Imelda?"

Die zierliche Frau sah auf und verzog die schmalen Lippen zu einem Grinsen. Ihr Mann Diego hatte es nicht leicht mit ihr, ließ Imelda sich doch von niemandem den Mund verbieten – auch nicht von ihm. Im Dorf war sie berüchtigt für ihre scharfe Zunge. Über Diego hingegen wurde gespottet, weil er sein Weib nicht in Zaum zu halten vermochte. Sie beugte sich nahe zu Lucía hinüber, die augenblicklich den Rock, mit dem sie gerade zugange war, vergaß und sie erwartungsvoll ansah.

„Es heißt sogar, dass er von innen heraus verfault." Imelda zog die Nase kraus. „In seiner Nähe sollen die Leute sogar schon umgekippt sein. Kein normaler Mensch kann diesen Gestank aushalten. Deswegen benutzt er auch dieses seltsame Spray. Er geht nirgendwo ohne hin."

Paloma wischte sich den Schweiß aus ihrem runden Gesicht mit den vorspringenden Wangenknochen. Sie saß neben den Freundinnen im gleißenden Mittagslicht. Auf einem Stein schrubbte sie ihre Wäsche. Mit zusammengekniffenen Augen bemerkte sie: „Der Teufel selbst ist es. Deswegen hat er auch solche Angst vor den Ärzten."

„Glaubst du wirklich?" Vicenta schlug sich die Hand vor den Mund. „Ich habe ja gehört, was Rivadeneira mit denen gemacht hat, die ihn damals verraten haben. Da könnte man es fast meinen. Am Ende sollen sie ihn angefleht haben, sie umzubringen. Er aber hat ihnen nur ins Gesicht gelacht."

„Ekelhaft!" Lucía schüttelte sich. „Wie kann ein Mensch nur so werden?"

„Eines Tages wird er dafür bezahlen", entgegnete Vicenta. Sie raffte ihren Rock über den Knien, griff sich ein weiteres Kleidungsstück und tauchte es ins Wasser. *„Und sie werden gequält werden Tag und Nacht, von Ewigkeit zu Ewigkeit."*

„Mir ist das kein Trost, solange er unsere Söhne abschlachtet." Betreten verstummten die Frauen. Imelda war die älteste unter ihnen. Ihr Jaime war beinahe 14. Lucía dachte an ihren Francisco und seinen kleinen Bruder Salvador und nickte.

Die Geschichten, die über den neuen Präsidenten Arana Osorio bis zu ihnen drangen, versetzten die Landbevölkerung in Angst und Schrecken. Einer seiner gefürchtetsten Handlanger war eben jener Rivadeneira, dem Präsidenten angeblich bereits treu ergeben, als dieser noch ein einfacher General gewesen war. Rafael, der seit dem Tod ihres Vaters begonnen hatte, sich seinerseits mit der Ladino-Politik zu befassen, hatte Lucía erzählt, dass der Präsident nach seiner Wahl gedroht habe, das Land notfalls in einen Friedhof zu verwandeln, um Ruhe und Ordnung wiederherzustellen. Wie oft hatte sie Rafael gebeten, von diesem Thema abzulassen. Das Schicksal ihres Vaters hatte doch bewiesen, wohin die Politik einen führen konnte. Bei ihm aber war sie auf taube Ohren gestoßen. Er betrachtete sich als Salvadors Erben und sah es als seine Pflicht an, dessen Werk fortzusetzen. Allzu viel verstand sie ihm über sein Tun ohnehin nicht zu entlocken. Rafael hielt sich bedeckt.

Lucía packte eines von seinen tropfenden Baumwollhemden, wrang es aus und feuerte es in den Weidenkorb.

„Angeblich soll er früher auf der anderen Seite gestanden haben", begann Paloma nach einer Weile von Neuem.

Die Frauen sahen sie überrascht an.

„Was meinst du damit?" fragte Vicenta. „Auf welcher Seite?"

„Also Felipe war neulich in Panajachel. Dort hat er die Kuh verkauft–"

„Er hat die Kuh verkauft?" unterbrach Imelda sie. „Aber diese Kuh war das Beste, was ihnen passieren konnte! Wenn er sich geschickt angestellt hätte, hätte er eines Tages vielleicht jemanden gefunden–"

„Es ging eben nicht anders", fiel Paloma ihr nun ihrerseits ins Wort. „Seine Frau hatte dieses Fieber und wenn er die Kuh nicht verkauft hätte – woher hätte er das Geld für die Medizin nehmen sollen? Mein Luis sagt, seine Frau wäre bestimmt gestorben."

Lucía und Vicenta tauschten einen betroffenen Blick aus.

„Jedenfalls", fuhr Paloma fort, „hat er dort einen Mann aus der Hauptstadt getroffen, der die Kuh kaufen wollte, sie aber dann doch nicht gekauft hat –"

„Wofür sollte ein Mann aus der Stadt auch eine Kuh brauchen?" fragte Imelda.

„Was weiß denn ich?" versetzte Paloma gereizt. „Also, wollt ihr jetzt hören, was Luis mir erzählt hat, oder nicht?"

„Aber ja doch – natürlich!" drängte Vicenta. „Erzähl weiter, bitte!"

Paloma räusperte sich geheimnisvoll, dann senkte sie die Stimme: „Dieser Mann hat Felipe also erzählt, dass Rivadeneira früher für den alten Präsidenten gekämpft hat – du weißt schon, Lucía. Der, von dem dein Vater immer gesprochen hat."

„Jacobo Árbenz", murmelte Lucía. Sie dachte ungern daran, mit wie viel Begeisterung ihr Vater von diesem Ladino geredet hatte. Dieser verfluchte Präsident mit seiner verfluchten Landreform. Hätte es ihn nicht gegeben, würde ihr Vater noch leben.

„Genau der!" bestätigte Paloma. „Aber dann haben die Gringos den Präsidenten gestürzt. Mit Rivadeneira muss damals etwas passiert sein. Niemand weiß, was. Aber furchtbar muss es gewesen sein. Auf jeden Fall hat er seither ein kaputtes Bein. Und seit jenem Tag hasst er uns."

Yoyo packte eines der Hühner, das vor ihren Füßen vorbeiflatterte. Es gackerte laut, doch sie ließ es nicht los und hielt es dem Alten mit dem löchrigen Sombrero hin.

„Danke, señorita!"

In seinen Augen stand ein spitzbübisches Lächeln. Er stopfte das Huhn in den Käfig in seiner Hand, deutete eine Verbeugung an und hetzte weiter, hinter dem restlichen Federvieh her.

Der Marktplatz war überfüllt, es herrschte Gedrängel und Geschrei. Menschen aus dem ganzen Land strömten hierher, um unterschiedlichste Waren zu erstehen: leuchtende Tücher, Kleidung, Holzskulpturen, bemalte Masken und Töpferwaren, handgefertigte Gehstöcke, aber auch Blumen, Räucherstäbchen, Obst, Gemüse und eben Hühner.

María Dolores sah sich staunend um. Seit Monaten hatte Yolanda ihr versprochen, sie einmal mitzunehmen – und nun endlich war es so weit. Am Rande des Platzes gebärdete sich eine Meute von Straßenkötern wie toll. Ein hellhäutiges Mädchen warf den Hunden etwas aus einem Beutel zu. In sicherer Entfernung schleckte eine einäugige Katze ihre Pfoten, ohne den Blick abzuwenden.

Eine Marktfrau hockte auf einem Weidenkorb und sah Yoyo an. Auch sie war in Huipil und Corte, die traditionelle Tracht der Mayas, gewandet. Schüchtern lächelte María Dolores der Frau zu. Das Rot ihres Huipils wies sie als Fremde aus. Die Frau quittierte ihr Lächeln mit einem Strahlen, das ihr mit einem Schlag zwanzig Jahre von den Schultern nahm.

„Das ist die Iglesia de Santo Tomás." María sah zu Yolanda, die auf eine große Kirche am Rande des Platzes deutete.

Die weiß getünchte Kirche mit ihren vorgelagerten Halbsäulen stand in krassem Kontrast zum Trubel auf dem Platz. Auf der verwitterten Steintreppe, die zum Hauptportal hinaufführte, saßen Männer, unterhielten sich und rauchten.

„Siehst du die Stufen, María?" Yoyo nickte. „Es sind 18. Santo Tomás ist eine Brücke zwischen den Kulturen. 18 Stufen. Wie die 18 Monate des Haab. Manchmal werden hier sogar schamanische Rituale vollzogen."

„Das lassen die Christen zu?" fragte María Dolores.

„Viele Padres haben mittlerweile verstanden, dass sie uns die alten Bräuche nicht nehmen können. Sie lernen, damit zu leben. Genauso wie wir gelernt haben, an Jesus und die Jungfrau zu glauben."

Die beiden erklommen die Treppe, deren Stiegen die vier Jahrhunderte anzusehen waren. Aus dem Kircheninneren schlug ihnen rauchwerkgeschwängerte Luft entgegen. Yoyo wandte sich um und sah auf den Marktplatz hinab. Es war fantastisch.

Mit einem Mal zerrissen Donnerschläge die Luft. María Dolores zuckte zusammen. Sie drehte sich zu Yolanda um. Deren Gesicht war eine steinerne Maske.

Über dem Platz lag plötzlich Totenstille.

„Lass uns von hier verschwinden, solange wir noch können", raunte Yolanda.

Die beiden stürzten die Treppe hinab. Im selben Moment aber setzten sich auch all die anderen Menschen in Bewegung. Binnen Sekunden verwandelte sich der Platz in einen wimmelnden Ameisenhaufen. Verkäufer ließen ihre Stände im Stich, Holzkonstruktionen wurden umgestoßen und brachen zusammen. Votivfiguren rollten über den Boden. Steingut zerbarst und Kinder begannen zu weinen.

Abermals erbebte die Luft.

Yoyo kannte das Geräusch nur aus Erzählungen. Finsteren Erzählungen.

„Bleib dicht bei mir!" rief Yolanda ihr über den Lärm hinweg zu.

Yoyo ergriff die raue Hand der Schamanin. Sie versuchten sich einen Weg zu bahnen, doch ein Durchkommen war unmöglich. Yolanda sah sich um, dann zog sie María Dolores in einen schmalen Gang zwischen zwei Ständen. Auf der anderen Seite traten sie ins Freie. Yolanda hielt so abrupt inne, dass Yoyo in sie hineinlief.

Vor ihnen stand eine Truppe Uniformierter. Ein schrilles Quietschen ertönte. Yoyo riss die Arme hoch, um die Ohren zu schützen. Es folgte ein Rauschen. Es klang wie der Wind, der durch die Bäume am Lago strich. Hin und wieder knackte es.

„Ruhe!" Die Stimme war eiskalt. „Leistet unseren Anweisungen folge, dann wird keinem Unschuldigen etwas geschehen. Dies ist eine Routinekontrolle der guatemaltekischen Armee. Wir wurden darüber in Kenntnis gesetzt, dass führende Mitglieder der Guerilla hier Unterschlupf gefunden haben."

María Dolores hielt nach dem Ursprung der Stimme Ausschau. Nicht weit von ihr entfernt sprach ein hagerer Mann in einen Plastiktrichter. Er trug eine Uniform.

„Helft uns, dieser verräterischen Elemente habhaft zu werden. Sie besudeln die Ehre unseres Vaterlands und überziehen es mit Blut und Terror."

Es zischte zweimal, dann verstummte das Rauschen. Eine widernatürliche Stille lag in der Luft.

Hinter dem Sprecher stand eine Truppe von vielleicht fünfzig Soldaten, die Gewehre im Anschlag. Niemand wagte, sich zu rühren. In den Gesichtern der Menschen stand Entsetzen.

María Dolores spürte Yolandas warme Hand in der ihren. Die Zeit stand still.

Der Sprecher hinkte vor seinen Männern auf und ab. Seine Worte klangen wie Hundegebell. Soldaten lösten sich aus der Truppe und schwärmten aus. Um zu begreifen, was er sagte, reichte Marías Spanisch nicht aus. Das entseelte Grinsen des Mannes verstand sie dennoch.

Ihre Nackenhaare richteten sich auf. Ihr Atem ging flach. Aus den Augenwinkeln nahm sie eine Bewegung wahr. Sie wandte den Kopf. Es war der Alte, dem die Hühner entwischt waren. Er brach aus der Reihe hervor und rannte los.

Ein ohrenbetäubender Lärm zerriss die Stille. Der Alte sackte in sich zusammen. Sein löchriger Sombrero glitt ihm vom Kopf, rollte davon, kam unterhalb der Heiligen Jungfrau zu liegen. Die Menge hielt den Atem an.

Yoyo wurde schlecht.

Was, wenn sie sie alle töten würden? Was, wenn niemand überlebte, um davon zu berichten?

Ihre Knie begannen zu schlottern. Yolanda drückte ihre Hand.

„Ich habe euch gewarnt! Solltet ihr einem dieser verwanzten Verbrecher Unterschlupf gewähren, wird es euch ergehen wie diesem dreckigen Kommunisten hier."

Verächtlich trat der Soldat gegen die Leiche des alten Mannes. Der Körper rollte zur Seite. Blicklos starrten die Augen gen Himmel.

Kommunist. Das Wort hallte in María Dolores wieder. Kommunist. Dieser Mann hatte Hühner verkauft. Nichts weiter. Hühner!

Jetzt lag er wenige Meter vor ihr auf dem Boden und stierte mit gebrochenen Augen ins Leere. Nie wieder würde jemand sein spitzbübisches Grinsen sehen. War es wirklich so einfach? Brauchte es nichts weiter, um ein menschliches Leben auszulöschen?

Hasserfüllt sah sie den Soldaten an. Der Mann hielt ein Fläschchen in der Hand. Gelassen sprayte er zwei Sprühwolken in seine Mundhöhle. Noch aus einigen Metern Entfernung konnte sie Minze riechen. Die Erstarrung der Menschenmasse begann in Unruhe umzuschlagen.

„Verhalte dich ruhig", flüsterte da Yolandas Stimme zu ihrer Rechten. „Was immer sie tun – denk daran, es sind Menschen wie du und ich."

Wie konnte die Abuelita so etwas sagen? Nein, diese Menschen waren nicht wie sie! Niemals hätte sie dem alten Mann derartiges antun können!

Die Menschen auf dem Platz begannen fahrig zu werden. Ein Soldat stand so nah, dass María Dolores das Zucken seines Augenlids sehen konnte. Ein anderer, fast ein Kind noch, kaute auf seiner Unterlippe.

Wieder drang das Knattern einer Feuersalve an ihr Ohr. Einige der zusammengepferchten Menschen stöhnten auf. Andere flüsterten Gebete.

Ein Soldat versuchte sich einen Weg zum Anführer zu bahnen. Die Hose seiner Uniform war von dunkler Flüssigkeit durchtränkt. Brutal stieß er alle beiseite, die ihm in den Weg kamen. Der Anführer beobachtete ihn mit finsterem Lächeln.

Wieder griff er in die Tasche seiner Uniform, zog das Fläschchen heraus und sprühte sich Minzspray in den Mund. Der Verletzte trat zu ihm hin und flüsterte ihm etwas ins Ohr. Das Lächeln erlosch. Erneut führte er den Plastiktrichter an seinen Mund. „Ich habe euch gewarnt."

aus: Schmitt, Hjalmar (Hg.), Das große Gesundheitsbuch, Frankfurt a.M. 2002.

Refluxösophagitis (lat. reflux oesophagitis) bezeichnet eine chronische Entzündung der Speiseröhre, die durch den wiederkehrenden ↑Reflux (Rückfluss) anverdauten Speisebreis und der damit verbundenen Reizung der ↑Speiseröhre durch Magensäure, entsteht. Landläufig wird dieses Phänomen auch als chronisches ↑*Sodbrennen* bezeichnet, wobei hiermit genau genommen nur das augenfälligste Symptom der R. beschrieben wird. Unter Sodbrennen wird gemeinhin ein nicht näher lokalisierbares Brennen oder Stechen im Hals-Magen-Raum verstanden.

Als Ursachen für die R. kommen

a) eine überhöhte Magensäureproduktion
b) eine Beeinträchtigung der ↑*Peristaltik* der Speiseröhre (*Oesophagus*)
c) eine Funktionsstörung des ↑Ösophagussphinkter (innerer Schließmuskel, der den Magen von der Speiseröhre trennt)

infrage. Oft geht mit diesen Ursachen eine ↑*Kardiainsuffizienz* einher.

Als häufigste Symptome gelten, neben dem bereits erwähnten *Sodbrennen*, ein unspezifischer Brustschmerz (dieser erschwert bisweilen die Abgrenzung zu Herzerkrankungen), Atembeschwerden und ein starker, oft schwefelhaltiger Mundgeruch.

Kapitel 31 - Negerschlucht

Von: "Julián Coya de la Serna" <Jucose@mail.com>
An: "Lola de la Serna Ruiz" <el-mundo-de-lolita@mail.com>
Betreff: Lebenszeichen aus Granada
Datum: Tue, 04. Nov 2008 11:55:56

¡Hola Mamá!

Danke, dass du mein Schweigen respektiert hast. Das war mit Sicherheit nicht leicht für dich. Nach allem, was vorgefallen ist, brauchte ich die Zeit, um nachzudenken und zu mir selbst zurückzufinden.
Mittlerweile sehe ich klarer. Zumindest möchte ich aufhören, dir Vorwürfe zu machen, denn das bringt keinem von uns beiden etwas.
Was hilft es, sich über eine Entscheidung aufzuregen, die so viele Jahre zurückliegt.
Ich hoffe, dass du inzwischen verstehst, warum es für mich so wichtig ist, auf diese Suche zu gehen. Jetzt, wo ich weiß, dass mein Vater noch lebt, kann ich nicht weitermachen wie bisher und so tun, als ob ich keinen Vater hätte.
Natürlich habe ich keine Ahnung, wie es sein wird, sollten wir ihn tatsächlich finden.
Vielleicht will er mich gar nicht sehen? Oder ich finde ihn schrecklich? Oder er mich? Womöglich ist er mittlerweile wirklich gestorben? Ich weiß nur, dass ich das rausfinden muss.
Auch habe ich die Hoffnung noch nicht aufgegeben, dass er mir etwas über diese Träume erzählen oder mir sogar helfen kann.
Kyriel und ich sind seit fast drei Wochen in Granada. Unsere Suche war bisher leider nicht erfolgreich. Die Adresse, die wir von dir hatten, war nichts weiter als eine leer stehende Wohnung. Das war zu erwarten. In der Zwischenzeit ist

eine kleine Ewigkeit vergangen. Wäre ein erstaunlicher Zufall gewesen, meinen Onkel da noch anzutreffen.
Seither versuchen wir, irgendjemanden ausfindig zu machen, der Pedro kennt.
Kyriel hatte die Idee, es bei anderen Latinos zu probieren. Inzwischen habe ich das Gefühl, alle Latinos der Stadt zu kennen – was natürlich Unsinn ist. Granada ist einfach zu groß. Die wenigsten sind bereits so lange in der Stadt.
Wer weiß, ob Pedro nicht weggezogen ist?
Trotz allem hatten wir am Anfang das Glück, Elit kennen zu lernen. Er ist ein Venezolaner Anfang 30, den wir nach Onkel Pedro gefragt haben. Zwar hatte er noch nie von ihm gehört, aber wir kamen mit ihm ins Gespräch und er bot uns an, solange bei ihm unterkommen zu können, wie das hier eben dauert. Das ließen wir uns natürlich nicht zweimal sagen. Wir wohnen also in Elits Gästezimmer.
Elit arbeitet als Feuerwehrmann und kennt jede Menge interessante Geschichten. Allerdings ist er viel unterwegs, sodass wir ihn kaum zu Gesicht bekommen. Ist ja nicht so, dass wir viel zu Hause blieben.
Heute Abend wollen wir alle gemeinsam die US-Wahl anschauen. Ein schwarzer Präsident? Das wäre mal was. Kann mir gar nicht vorstellen, dass das klappt. Aber nach Bush, wer weiß.
Morgen werden Kyriel und ich zum Sacromonte gehen. Gestern hat uns nämlich ein Ecuadorianer erzählt, dass Menschen, die arbeitslos werden und ihre Wohnungen verlieren, oft dorthin ziehen. Wegen der Krise sind das zurzeit recht viele. Vielleicht kennt dort ja jemand Onkel Pedro. Die Latinos sind schließlich immer die ersten, die entlassen werden. Er kann ja nicht einfach vom Erdboden verschluckt worden sein!
Zum Glück ist es hier noch immer warm, während du in Deutschland vermutlich schon frierst. Der Vorteil des spanischen Klimas. An den grauen deutschen November werde ich mich wohl nie gewöhnen.

Drück uns die Daumen. Ich werde langsam ungeduldig. Wäre schön, wenn wir zumindest eine Spur finden würden!

Un abrazo,

Julián

Von: "Lola de la Serna Ruiz" <el-mundo-de-lolita@mail.com>
An: "Julián Coya de la Serna" <Jucose@mail.com>
Betreff: Re: Lebenszeichen aus Granada
Datum: Tue, 04. Nov 2008 19:32:12

Querido hijo:

Mir fällt ein Stein von Herzen endlich von Dir zu hören! Und dass es dir gut geht. Ich bin sehr froh. Natürlich du hast Recht, es ist schon sehr kalt bei uns und macht mir keinen Spaß rauszugehen. Dafür ich freue mich, dass du genießt den Herbst in deine alte Heimat.
Seit du hast mich verlassen, vieles ist auch hier passiert. Aber ich wollte dir Zeit geben und habe gedacht ich warte bis du dich meldest bei mir. Ich kann verstehen, dass du bist wütend auf mich aber du musst wissen, dass ich nicht weil ich wollte dir schaden diese wahre Geschichte nicht erzählt habe. Sondern ich habe geglaubt, dass es besser ist wenn du dich nicht dein ganzes Leben lang fragst warum dein Papá hat dich verlassen, wenn du warst ein Baby. Viele Nächte ich habe wach gelegen, seit du bist nicht mehr zu Hause. Ich habe mich gefragt ob die Entscheidung die ich habe genommen damals falsch war. Aber ich glaube sie war nicht. Ich wollte dich nur beschutzen wenn ich habe dir erzählt dass Raúl bei einem Unfall gestorben ist. Aber natürlich verstehe ich, dass du ihn jetzt finden willst und ich wünsche dir dass du ihn findest.
Es macht mich glücklich, dass ihr habt einen gute Menschen

gefunden wo ihr jetzt wohnt. Hoffentlich es fühlt ein bisschen wie zu Hause. Das würde mich so freuen und wird mein Herz viel leichter wenn ich denke, dass du nicht allein bist.
Ich habe gesagt vieles ist passiert. Eines ist, dass Totumay ist nicht zurückgegangen. Er hat seine Hütte im Wald gelassen und jetzt wohnt in deinem Ex-Zimmer in mein Haus. Ich musste viel reden bis ich habe ihn überzeugt, aber jetzt es ist gut für uns beide. Schön, nicht mehr allein sein. Mrs. Ochmonek mag ihn auch. Sie liegt abends immer auf sein Schoß, wenn wir sitzen in Wohnzimmer. Manchmal sie schläft sogar in sein Zimmer. Ich glaube, dass es gut für Totumay ist nicht mehr in Wald wohnen. Er ist ein alter Mann. Gerade er hat ein schlimm Husten. Es kommt von seiner Pfeife rauchen sagt er. Aber ich weiß nicht.
Jetzt habe ich übrigens verstanden. Als Kyriel ist gekommen im Sommer, ich habe eine Tarot-Karte für dich gezogen. Es war „Der Tod". Lange ich wusste nicht, aber jetzt ich verstehe. „Der Tod" macht alles neu. Neu Anfang. Zuerst ich habe gedacht, dass es war vielleicht wegen Kyriels Freundin, aber jetzt ich verstehe – für dich alles ist neu. Du suchst nach dein Papá, du willst diesen Traum endlich zu verschwinden. Das passiert bestimmt. Die Karten sagen immer die Wahrheit. Aber „Der Tod" ist auch eine harte Karte. Deshalb es überrascht mich nicht, dass alles ist so schwierig in diese letzte Wochen. Bevor du kannst neu anfangen du musst loslassen die alte Sachen. Das wehtut manchmal. Also mach dir keine Sorgen. Alles wird gut.
So, du weißt, ich mag nicht gern schreiben, weil ich mache viele Fehle. Aber ich denke immer an dich.

Ein Gruß auch an Kyriel von meiner Seite,

Mamá

„Hätten wir unsere Schnäpse doch auf McCains Wahlmänner getrunken!" sagte Julián.

„Das soll November sein!" Kyriel blieb stehen, um einen Schluck Wasser zu trinken. Er wischte sich die verschwitzten Haare aus der Stirn.

Die Höhlen auf dem Rücken des Sacromonte sahen aus wie schwarze Löcher. Vor der ein oder anderen saßen Gestalten. Kleidungsstücke flatterten im Abendwind. Ringsumher nichts als Agaven und eine löchrige Grasdecke.

„Ob wir hier eine Chance haben?"

Julián zuckte mit den Achseln. „Es macht mir jedenfalls nichts mehr aus, fremde Menschen nach Onkel Pedro zu fragen. Ich habe mich sogar an den Klang gewöhnt: *Onkel Pedro*."

Sie näherten sich dem Zugang zur ersten Höhle. Von Nahem ähnelte sie einer normalen Hütte: Es gab eine Tür und ein vergittertes Fenster, über dem ein rostiges Kaminrohr aus dem Stein spross. Nur führte sie eben ins Berginnere.

Der Geruch nach verbranntem Holz hing in der Luft. Auf einem abgewetzten Ledersessel saß ein alter Mann und blickte ihnen entgegen. Ein Gitano.

Der Berg gehöre den Gitanos, hatte Elit gemeint. Aber Kyriel und Julián hatten beschlossen, es auf einen Versuch ankommen zu lassen. Ihnen gingen die Ideen aus. Ein Mensch konnte sich nicht in Luft auflösen. Irgendjemand musste Pedro gekannt haben – und diesen Jemand würden sie finden, koste es, was es wolle. Immerhin war es vielversprechender, Pedro in Granada ausfindig zu machen, als sich ohne irgendeinen Anhaltspunkt auf die Suche nach Raúl zu begeben. Der konnte überall auf der Welt sein.

„*Disculpe*, verzeihen Sie die Störung. Wir sind auf der Suche nach einem Latino. Der Alte legte die Stirn in Falten. „Sein Name ist Pedro Coya Guarcas."

„Seid ihr von der Polizei?"

„Nein, señor." Belustigt schüttelte Julián den Kopf. Er übersetzte Kyriel die Frage. „Pedro Coya ist mein Onkel. Ich habe ihn seit Jahren nicht gesehen. Auch habe ich keine aktuelle

Adresse von ihm. Deshalb suche ich ihn hier - Granada war der Ort, wo er zuletzt gelebt hat. Ein Tipp hat uns hierhergeführt."

„Die Latinos wohnen da hinten." Die Stimme des Gitanos war ein metallisches Krächzen. „Die letzten Höhlen. Sind schließlich auch zuletzt gekommen."

„Muchas gracias, señor."

Kyriel und Julián machten sich in die Richtung auf, die der Alte ihnen gewiesen hatte. Die Abendsonne tauchte die Szenerie in Pastelltöne.

„Es wird schon dunkel."

„Wir werden uns schon nicht verlaufen." Julián klopfte Kyriel auf die Schulter. „Ich habe vorsichtshalber meine Headlamp mitgenommen - kann also nichts schiefgehen."

Kyriel rang sich ein Lächeln ab.

Je weiter sie bergan stiegen, desto weniger erinnerten die Höhlen an herkömmliche Häuser. Anstelle der Türen traten Stoffbehänge. Auf den winzigen Vorplätzen standen Schüsseln und Plastikkisten herum. Zudem erschwerte Geröll ihr Vorankommen. Ihnen begegneten ausschließlich Gitanos, die ihnen teils zulächelten und sie teils argwöhnisch musterten.

Die Sonne war hinter einem Berggipfel versunken und der violette Himmel im Verblassen begriffen. Von Latinos keine Spur.

Ein Mann schob einen ausgefransten Stoffbehang beiseite und trat aus einer der Höhlen. Über die linke Hälfte seines Gesichts schlängelte sich eine Narbenwulst. Sein Haar war schwarz, die Haut dunkel. Als er den Mund öffnete, kamen bräunliche Zähne zum Vorschein.

„Kann ich euch behilflich sein?" Schmierig wie Öl tropften die Worte auf den Stein. Der Blick des Mannes ruhte einen Augenblick zu lange auf Julián. Beinahe so, als erinnere dieser ihn an jemanden, den wiederzusehen er nicht erwartet hatte.

„Wir sind auf der Suche nach einem Guatemalteken", straffte Julián sich. „Sein Name ist Pedro Coya Guarcas."

„Don Pedro." Die Narbenraupe schlingerte über der Wange des Fremden.

„Sie kennen ihn? – Wissen Sie, wo ich ihn finden kann? Lebt er noch in Granada? Er ist nämlich mein Onkel."

„Don Pedros Neffe." Der Fremde lächelte. „Kommt erstmal rein." Er raffte den Stoffbehang zurück und bedeutete ihnen einzutreten.

Julián starrte auf die Verunstaltung, die sich vom Augapfel bis hinab zum Mundwinkel zog. Kyriel stieß ihn an und betrat die Höhle. Von den Wänden rieselte Kalk. Das Licht eines Kerzenstummels erfüllte den Raum mit Schatten.

„Mehr kann ich leider nicht bieten." Die Stimme des Fremden hallte von den Wänden wider. „Setzt euch!" Er deutete auf zwei Schaumstoffstücke auf dem Boden. „Mein Name ist übrigens Gabriel. Gabriel García Alarcón." Er deutete eine Verbeugung an.

„Julián Coya de la Serna und Kyriel Koesterbaum."

Bei der Erwähnung seines Namens nickte Kyriel Gabriel zu.

„Bitte, Gabriel, was weißt du über meinen Onkel? Wo hält er sich auf?"

„Nur langsam, nur langsam", Gabriel hob beschwichtigend die Hände. „Ich bekomme kaum je Besuch. Ihr wollt mir doch nicht das Vergnügen nehmen, euch zu bewirten? Ein Schluck Wein? Für den Neffen von Don Pedro – nur das Beste, versteht sich."

Gabriel ging aus dem Raum.

„Der Typ ist nicht koscher", flüsterte Kyriel.

Julián blickte sich um. Zum ersten Mal waren sie nahe dran! Dieser Gabriel wusste etwas.

Mit zwei Bechern kehrte Gabriel zurück. Er schenkte seinen Gästen Wein aus einem Tetra Pak ein.

Ein kühler Luftzug strich über Juliáns Knöchel. In der Höhle roch es nach muffigem Stein.

Gabriel führte den Tetra Pak an die Lippen, ehe er sich seinen Besuchern zuwandte. „Don Pedro – dein Onkel, wer hätte das gedacht!"

Ein Grinsen umspielte seine Mundwinkel. Er trank einen weiteren Schluck. „Ich will euch eine Geschichte erzählen."

„Über Onkel Pedro? Seit Wochen sind wir auf der Suche nach ihm oder jemandem, der ihn kennt."

„Oh ja, ich kenne ihn, deinen Onkel", Gabriels Stimme klang eine Nuance süßer, „gewissermaßen hat diese Geschichte mit ihm zu tun. Andererseits ist es aber auch die Geschichte dieser Höhlen. Die Legende von der Negerschlucht, wie sie im Volksmund heißt."

Julián sah zu Kyriel hin, der jedoch blickte zu Boden. Also lehnte er sich zurück und wartete ab.

„Die Geschichte, die euch erzählen möchte, trug sich vor vielen, vielen Jahren zu – zu einer Zeit, als die Christen Granada zurückerobert und den letzten maurischen König vertrieben hatten. Von einem Tag auf den anderen sahen sich die muslimischen und jüdischen Edelmänner vor eine bittere Wahl gestellt: Sie konnten in Spanien bleiben, ihr Leben riskieren und es womöglich verlieren", Gabriel fuhr sich mit seinem schmutzigen Finger die Narbenwulst entlang, „oder sie konnten alles, was sie besaßen, aufgeben und nach Afrika fliehen. Diese Männer waren Adlige. Familien, die über Jahrhunderte auf spanischem Boden gelebt, geherrscht und erfolgreiche Geschäfte gemacht hatten. Das machte ihnen die Entscheidung nicht leichter. Wenn ihr versteht – diese Männer hatten etwas zu verlieren – und zwar nicht nur ein paar lumpige Kröten, wie unsereins. Nein, diese Menschen waren reich. Unermesslich reich."

Gabriel hielt inne und sah Julián in die Augen. Dieser versuchte dem Blick standzuhalten, schaffte es jedoch nicht.

„Wie also sollten sie sich entscheiden?" fragte Gabriel. „Sollten sie ihren Reichtum den Christen überlassen und davonlaufen, um in Afrika bei null anzufangen? Oder sollten sie den Worten der Christenkönige Glauben schenken. Das bedeutete allerdings ein gewisses Risiko – denn was, wenn die ihr Wort brachen? Die letzte Möglichkeit, die ihnen blieb, war auf das Prinzip Hoffnung zu bauen. Sie konnten gehen und ihre Schätze vergraben – sollten sie eines fernen Tages in die Heimat ihrer Väter und Vorväter zurückkehren. Allen war klar, dass dies vielleicht niemals geschehen würde." Gabriel nahm einen Schluck Rotwein. „Tja, die meisten der hohen Herren waren dumm genug zu hoffen. Nach langem

Hin und Her beschlossen sie, ihre Reichtümer in Sicherheit zu bringen. Dafür wählten sie einen Ort außerhalb der Stadt – einen Ort mit dem klangvollen Namen Valle de Valparaíso."

Julián unterbrach Gabriel und bat, Kyriel die Geschichte übersetzen zu dürfen. Als er geendet hatte, fuhr Gabriel mit seiner Erzählung fort:

„Dieser Ort befindet sich genau unter euren Füßen." Er stampfte mit seinen ausgelatschten Turnschuhen auf den Boden. Eine Sandwolke stieg auf. „Nun geschah Folgendes: mit der Entmachtung der alten Herren gab es auf einmal zahllose Sklaven und Bedienstete, die gleichfalls ohne Zuhause dastanden. Viele dieser Arbeiter kamen aus Afrika – Neger also." Gabriel grinste. „Nachdem ihre Herren vertrieben waren, schlossen sich die ehemaligen Sklaven kurzerhand zusammen. Sie hatten lange genug in den Häusern der Adligen gearbeitet, um dort von den Plänen der Adligen Wind zu bekommen. Wer kennt das Leben des Herren besser als der Sklave? Die ehemaligen Sklaven begannen also, auf dem Berg nach den Schätzen ihrer ehemaligen Herren zu graben. Sie gruben und gruben. Tage, Wochen, Monate vergingen darüber. Sie höhlten den Berg aus wie Holzwürmer einen morschen Baumstamm. Irgendwann müssen sie aufgegeben haben. Arm wie ehedem beschlossen sie, die Höhlen, die sie mit ihren eigenen Händen gegraben hatten, als Wohnungen zu nutzen. So konnten sie frei leben. Außerhalb der Stadt brauchten sie keine neue Herrschaft zu fürchten."

„Haben sie die Schätze denn nicht gefunden?" fragte Kyriel, nachdem Julián ihm das Gehörte übersetzt hatte.

„Darüber wurde nie etwas bekannt", erwiderte Gabriel. Er senkte seine Stimme zu einem Flüstern. „Einer Sache aber kannst du dir sicher sein – hätte einer von ihnen einen Schatz gefunden, so hätte er ihn mit Sicherheit nicht mit den anderen geteilt. Er hätte sich eine schöne Villa gekauft und seine ehemaligen Brüder in ihren zugigen Höhlen verschimmeln lassen. So ist der Lauf der Dinge. Nur wer für sich selbst sorgt, wird überleben. Das –" an dieser Stelle wandte er sich Julián zu „– solltest gerade *du* verstehen, Neffe von Don Pedro!"

Julián schluckte.

„Verschlagenheit", spie Gabriel ihm entgegen, „das liegt dir im Blut. Verrat an den eigenen Brüdern! - Das ist es, was deinen Onkel groß gemacht hat."

Erschrocken wich Julián zurück.

„Natternbrut! Glaubst du allen Ernstes, keiner kennt Pedro Coya Guarcas? Bist du so naiv, muchá? Da täuschst du dich aber gewaltig!"

„Was willst du damit sagen? Seit Wochen–"

„Es ist *besser*, deinen Onkel nicht zu kennen!" fauchte Gabriel. „Deshalb gibt dir keiner Antwort auf deine Fragen, muchá. Wer spuckt schon dem Teufel in die Suppe?"

Dunkelrot pulsierte die Raupe im Schein der Kerze.

Da fiel es Julián wie Schuppen von den Augen. Das komische Gefühl, wenn er die Leute nach Pedro fragte. Natürlich. Sie logen!

Kyriel, der die letzte Wendung nicht mitbekommen hatte, kauerte angespannt neben Julián. In der Höhle knisterte die Luft, das hätte sogar ein Gehörloser mitbekommen.

„Welch ein Geschenk des Schicksals ist es da, dass es Don Pedros Neffen, das unschuldige Kätzlein, ausgerechnet zu mir verschlägt! Denn glaub mir - Gabriel spuckt jedermann in die Suppe, vor allem aber diesem Teufel von Pedro! Wie lang habe ich darauf gewartet? Kann ich mich also doch noch für das Geschenk deines Onkels revanchieren!"

Sein Fingernagel fuhr am Rande der Narbe entlang.

Julián saß da wie gelähmt. Gabriel zog ein Messer aus der Hosentasche. Unmittelbar vor Juliáns Augen ließ er die rostige Klinge aufschnappen.

„*No tenga pena,* mein Kätzlein, es geht ganz schnell!"

Gabriel hatte die Rechnung ohne Kyriel gemacht.

Der sprang auf und stieß ihn zur Seite. Gabriel taumelte, konnte sich eben noch abfangen, ließ aber das Messer fallen.

Kyriel riss Julián aus seiner Starre und zog ihn aus der Höhle.

Gemeinsam stürzten sie den Abhang hinab. Hinter ihnen ertönte Gabriels Wutgeschrei.

Ihnen blieb keine Zeit, sich umzudrehen. Über das Keuchen ihres Atems hinweg hörten sie die schweren Schritte ihres Verfolgers.

Die Mondsichel tauchte die Landstraße vor ihren strauchelnden Füßen in bleiches Licht.

Kyriel hatte sich den Fuß verknackst. Das Auftreten bereitete ihm Schmerzen. Dennoch hatten sie es geschafft, Gabriel abzuhängen. Julián wandte sich nichtsdestotrotz bei jedem Geräusch um.

Die Straße aber schien verlassen.

„Der wollte dich umbringen!" stieß Kyriel hervor, als er endlich zu Puste gekommen war. „Verdammt - wir müssen zukünftig vorsichtiger sein! Das hätte bös ins Auge gehen können!"

„Im wahrsten Sinne des Wortes!" knurrte Julián. „Keine Ahnung - aber langsam bin ich mir nicht mehr sicher, ob ich meinen Onkel wirklich kennen lernen möchte. So wie es aussieht, hat er Gabriel diese Narbe verpasst!"

„Wieso hat er deinen Onkel eigentlich immer *Don* Pedro genannt?"

„Normalerweise ist das ein Zeichen von Respekt. Wenn du jemand mit seinem Nachnamen ansprichst, nennst du ihn Señor, beim Vornamen macht man das mit Don."

„Seltsame Art von Respekt."

Julián zuckte mit den Achseln. „Bin nicht sicher, ob ich es wirklich rausfinden muss."

Gelbe Scheinwerferkegel zerschnitten den Nachthimmel. Vor ihnen leuchteten die Lichter das Albaicín. In der Ferne heulte ein Motor auf.

„Der hat doch kein Auto, oder?"

„Kann ich mir nicht vorstellen." Kyriel sah sich um. „Auf jeden Fall hat es da jemand ganz schön eilig. Besser wir passen auf, dass er uns nicht umfährt."

„Mein Bedarf an Action ist für den heutigen Tag gedeckt", bestätigte Julián.

In diesem Moment bog der Wagen um die Kurve hinter ihnen. In rasantem Tempo schoss er auf sie zu.

Kyriel riss Julián zur Seite. Er schützte seine Augen vor dem grellen Licht der Scheinwerfer.

Mit quietschenden Reifen kam der Wagen vor ihnen zum Stehen. Die Türen flogen auf und zwei Männer mit verspiegelten Sonnenbrillen und buschigen Bärten eilten auf sie zu. Sie verzogen keine Miene.

Entsetzt sahen die Freunde einander an.

„Don Pedro hat gehört, dass ihr die ganze Stadt auf der Suche nach ihm verrückt macht." Der Mann packte Julián am Arm. „Das begeistert ihn gar nicht!"

Kyriel wich zurück, da ergriff der Kräftigere der beiden auch ihn.

„Eure Suche ist hiermit beendet!"

„Was soll das?" zischte Julián. „Wer gibt Ihnen das Recht –"

„Klappe halten!"

Der Kräftige zog Kyriel zur geöffneten Limousine und schob ihn unsanft hinein.

„Einsteigen! Los!"

Julián zögerte.

„Na wird's bald!"

Kapitel 32 – Bilderstürmer

Aus Pascal Goldbergs Tagebuch:

07. Oktober 2008

Es sind einige Tage vergangen, seit ich zuletzt geschrieben habe. Ich habe mich viel mit der Arbeit an „Auf dem Lachsweg" beschäftigt. Aber warum sich gegenüber einem Tagebuch rechtfertigen? Seltsame Anwandlungen. Manchmal habe ich das Gefühl, wenn ich alt bin, werde ich ein komischer Kauz sein. Ich bin nicht sicher, ob ich diese Aussicht wirklich mag.
Ich sitze an Florents Küchentisch und schaue auf den Hauptmarkt hinab. Es ist schon dunkel. Ein kalter Wind pfeift um den Erker. Dieser Platz hat sich zu meinem Stammplatz entwickelt, wenn ich schreibe. Ich mag es, aus dem Fenster zu schauen. Es trägt meine Gedanken fort.
Im Augenblick bin ich allein in der Wohnung. Ich genieße die Stille um mich her. Florent ist im Gwada Libre, ich aber brauche eine Auszeit vom Partyleben. Selbst wenn ich nicht trinke, schlauchen mich diese langen Nächte. Eine dampfende Tasse steht vor mir. Zitronen-Verbene. Passend zum Herbst draußen.
Kaum dass ich einige Tage in Gesellschaft verbracht habe, fürchte ich mich vor dem Alleinsein. Wenn ich die Zeit mit Ann-Marie dazu rechne, waren es natürlich nicht nur ein paar Tage. Ich kenne das von früher. Deshalb habe ich beschlossen, mich zu stellen. Allein zu Hause.
Tagebuch schreiben hilft dabei. Schon nach diesen Zeilen merke ich, wie die Anspannung sich verflüchtigt. Deshalb mag ich das Schreiben. Wenn ich über Laura schreibe, ist es anders. Eine seltsame Mischung aus Glücksgefühl und Verlassenheit stellt sich dabei ein.
Ich kann Lauras Lachen nicht mehr hören. Das macht mir Angst. Ich beginne, sie zu vergessen, kann es selbst dadurch nicht aufhalten, dass ich über ihr Leben erzähle. Das finde ich erschreckend. Vor allem, weil ich weiß, es ist erst der Anfang. Es gibt keine Möglichkeit, es aufzuhalten. Nach und nach werden alle Erinnerungen verblassen; der Klang ihrer Stimme wird in den Hintergrund

treten; ich werde den Ausdruck in ihren Augen nicht mehr sehen können, wenn ich ihn herbeizurufen versuche.
Die Zeit ist ein grausamer Feind. Unerbittlich. Zugleich aber wird dieser Feind mir eines Tages den Schmerz nehmen. Ich bin nicht sicher, ob ich den Verlust der Erinnerung dafür in Kauf nähme, hätte ich die Wahl.
Florent entwickelt sich mehr und mehr zu einem Freund. Wir haben in der vergangenen Woche viel Zeit miteinander verbracht. Ich habe ihm von Laura erzählt. Die Sache mit Ann-Marie habe ich verschwiegen. Soweit bin ich noch nicht. Aber ich war in meiner Wohnung. Dabei habe ich einen Zettel von Ann-Marie gefunden. Sie schreibt, ich solle mir keine Sorgen machen, sie würde sich bald bei mir melden. Das ist über eine Woche her. Noch immer kein Grund, mir Sorgen zu machen?
Wenn ich wollte, könnte ich vermutlich zurück. Aber will ich? Ich glaube nicht. Der Gedanke, mein altes Leben wiederaufzunehmen, kommt mir komisch vor. Florent weiß nicht, warum ich bei ihm auf dem Sofa schlafe. Er hat nicht gefragt. Von mir aus habe ich das Thema nicht angeschnitten. Manchmal erzeugt Schweigen mehr Nähe als Reden. Sein Schweigen ist ein wortloser Vertrauensbeweis.
In den vergangenen Tagen habe ich viele Menschen kennen gelernt. Auch mich selbst auf ungekannte Art. Früher hätte ich all die Gespräche, die ich in der letzten Woche geführt habe, als oberflächlich abgetan. War das vorschnell? In all ihrer Oberflächlichkeit bergen diese Gespräche doch einen Sinn. Je freakiger die Leute, desto mehr fühle ich mich zu ihnen hingezogen.
Leona beispielsweise: eine Frau, über und über gepierct und tätowiert. Wir saßen im Little Henderson zusammen. Sie trank Whisky und erzählte mir von ihrer zweijährigen Tochter. Danach von ihren eigenen Eltern. Nach einer Weile kamen wir auf das Thema Tod. Allein der Gedanke daran, dass ihre Eltern eines Tages sterben werden, brachte sie zum Weinen. Hart wirkt sie auf den ersten Blick, unnahbar. Vermutlich haben viele Leute auf der Straße Angst vor ihr. Und ich? Erkenne nichts weiter als einen Menschen. Einen Menschen, der die eigene Zerbrechlichkeit durch Härte zu kaschieren sucht.

Oder Peter: eine Tunte wie aus einem How-to-act-gay-Ratgeber – aber hinter dieser Fassade ein Mann voller Ängste, Sorgen und Sehnsüchte. Wollen wir nicht letzten Endes alle das gleiche?
Die Schale dieser Menschen hätte mich zuvor abgeschreckt.
Ist das meine Art von Arroganz?
Florent kennt sie alle. Die Nachtschwärmer, die Heimatlosen, die Umtriebigen. Das macht es mir leicht. Bin ich mit ihm unterwegs, fliegen mir die Bekanntschaften zu. Hinter Florents Partykönig-Fassade steckt ein großes Herz. Ob all die Menschen, die ihn kennen, das wahrnehmen? Bisweilen bin ich mir nicht sicher, ob er wirklich beliebt ist. Bei manchen seiner Bekannten habe ich das Gefühl, sie nutzen seine Freigiebigkeit aus. Beschwören könnte ich es nicht. Aber da sind diese Blicke hinter seinem Rücken.

10. Oktober 2008

Die Sonne scheint. Ein milder Wind streicht durch mein Haar und lässt mich die Kälte in mir vergessen. Ich befinde mich an einem der schönsten Orte der Stadt, sitze auf der Sandsteinmauer am Henkersteg und schaue auf die Pegnitz. Die Blätter der Trauerweide auf der kleinen Insel inmitten des Flusses haben ihr Grün gegen das Gelb des Herbstes eingetauscht. Wie klamme Finger tasten die Zweige nach dem träge dahinziehenden Fluss. Wie viele Stunden habe ich hier in meinem Leben gesessen? Die Beständigkeit des Flusses nimmt mir die Schwermut, trägt sie davon, gibt mir das Gefühl, dazuzugehören, Teil zu sein. Ewiges Werden und Vergehen.
Das brauche ich heute. Am liebsten ließe ich mich selbst davonspülen.
Wie konnte das nur passieren? Welchen Anteil der Schuld habe ich meiner eigenen Naivität zuzuschreiben?
Ich fühle mich schmutzig. Missbraucht.
Eigentlich hätte ein Nein genügen müssen, oder? Hat es nicht. Frauen sagen nein und meinen ja. Voller Bitterkeit liegt mir dieser Spruch im Magen. Offenbar bewahrt mich noch nicht mal mein Geschlecht vor derartigem Schwachsinn. Mit diesen Worten lässt

sich alles rechtfertigen: Das Gegenüber weiß nicht, wovon es redet. Was es will.

Wer aber bist du, es zu wissen? Warum stellst du dich über mich? Heute Nacht habe ich mich nicht gewehrt, war ich zu verschlafen, um der nur ausgesprochenen eine körperliche Weigerung folgen zu lassen. Bin ich deshalb schuldig? Selber schuld? Bin ich als Mann womöglich ohnehin schuldig, sobald mein Körper funktioniert? Heißt das bereits „ich will“, egal, was ich sage, um das Gegenteil klarzumachen? Sind der Halbschlaf, das Loslassen, die daraus resultierende Wehrlosigkeit Bausteine meiner Schuld?

Ich habe keine Lust, dorthin zurückzugehen. Andererseits frage ich mich, ob ich mich damit nicht drücke. Wäre es fair, einfach zu verschwinden? So zu tun, als wäre all das niemals geschehen?

Hast du es als Gegenleistung für das, was du für mich getan hast, nicht auf eine Art sogar verdient, dass ich mich damit auseinandersetze? Du bist heute kein anderer Mensch als gestern. Nur kenne ich eine weitere Facette. Eine, die mich abstößt in ihrer Respektlosigkeit, ihrem unkontrolliertem Egoismus. Wo bleibe ich dabei?

Mehr noch als missbraucht, fühle ich mich missachtet. Missbrauchen konntest du nur meinen Körper, missachtet fühle ich mich in meinem Menschsein. Das ist schlimmer – zugleich aber kann ich diesen Teil auf einer bewussten Ebene fassen und versuchen, damit umzugehen. Was interessiert mich der Akt an sich? Er ist bedeutungslos – Bedeutung erlangt er einzig über die Bedeutsamkeit, die ich ihm verleihe.

Während ich das schreibe, merke ich, dass sich eine Stimme tief in meinem Inneren gegen dieses rationale Zerpflücken auflehnt. Offenbar erfasst diese Betrachtungsweise nur einen Teil der Wahrheit. Wie der andere aussieht, kann ich noch nicht genau sagen. Was bleibt ist ein Gefühl von Schmutz.

Kapitel 33 – Verlust der Praktischheiligkeit

„Was ist los mit dir?"

Simon zog die Zimmertür hinter sich ins Schloss. Laura lag auf ihrem Bett. Über die Mattscheibe flimmerte Werbung. Lauras Augen waren gerötet, ihre Wangen feucht.

„Hast du es noch nicht gehört?" Sie griff nach den Taschentüchern auf dem Nachttisch.

„Was denn?" fragte Simon.

„Lady Di!" Auf dem Betttuch zeichnete sich ein dunkler Fleck ab. „Sie ist tot!"

„Was?"

„Sie wurde von Paparazzi verfolgt. Ihr Auto ist gegen einen Tunnelpfeiler gekracht!"

„Hm", erwiderte Simon, der nicht recht wusste, was er dazu sagen sollte.

„Es ist furchtbar. Sie war noch so jung!"

„Sie war eine Medienkreatur, sonst nichts. Warum steigerst du dich so rein?"

„Wie kannst du so herzlos sein?"

„Sie wurde ins gemachte Nest gesetzt, oder etwa nicht?" Simon drehte sich einen Joint.

„Du hast nicht die leiseste Ahnung!" Laura warf ein Kissen nach ihm. „Jahrelang hat sie sich für Aids- und Lepra-Kranke eingesetzt! Hat gegen den Krieg gekämpft und ist überall hingefahren. – Außerdem war auch sie Bulimikerin!"

„Auch?" unterbrach Simon sie.

„Glaubst du ernsthaft, das sei vorbei?" gab Laura zurück.

„Vielleicht nicht."

Er sah auf den Fernseher. Es lief die werweißwievielte Sondersendung zu Lady Dianas Tod. Bilder von der Hochzeit mit Prinz Charles. Straßen, gesäumt von Menschenmassen. Diana im Brautkleid mit ellenlanger Schleppe.

„Diese Klatschgeschichten über die Reichen und Schönen. Das ist was für frustrierte Hausfrauen."

„Fick dich, Simon. Ich habe heute keinen Nerv auf deinen Zynismus. Kannst du nicht ein Mal mitfühlend sein? Ich bin traurig. Ist mir doch egal, ob du das nachvollziehen kannst oder nicht. Lass mich in Ruhe!"

Simon stand auf, trat ans geöffnete Fenster und zündete sich den Joint an. „Sorry, Laura. – Du hast Recht. Ich kann dir nicht verbieten, traurig zu sein."

Sie sah ihn mit forschendem Blick an.

Er pustete eine Rauchwolke in die flirrende Spätsommerluft. „Wenn du willst, kann ich wieder gehen", bot er an.

„Du kannst bleiben. Aber Schluss mit den blöden Sprüchen, okay?"

„Sicher? Wenn du lieber allein sein willst?"

„Ja, sicher", erwiderte Laura. Sie ging zu ihm hinüber und gab ihm einen Kuss auf die Wange. „Es geht mir besser, wenn du da bist. Wer sonst erträgt meine Spinnereien?"

„Dann lass uns etwas unternehmen. Draußen ist tolles Wetter – wir könnten auf den Feldern spazieren gehen."

Laura warf einen Blick zum Fernseher. Dodi al Fayeds Gesicht. Eine Yacht.

„Komm schon. Den ganzen Tag Trübsal blasen ändert nichts. Außerdem – hast du vergessen, welcher Tag heute ist?"

Laura sah ihn aus verquollenen Augen an.

„Keine Ahnung, ehrlich gesagt." Sie räusperte sich. „Sei mir nicht böse – aber ich stehe etwas neben mir. Nach dem Aufwachen habe ich als erstes diese Meldung im Radio gehört. Das war wie ein Schlag in die Magengrube."

„Heute vor zwei Jahren sind wir aus der Reha entlassen worden."

„Ich weiß nicht, wie ich dir danken soll", flüsterte Laura Simon ins Ohr. Er lächelte ihr zu.

Laura trug ein dunkles Kleid. Über ihre Schultern ergossen sich schwarze Locken.

Auf den Straßen Londons herrschte unbeschreibliches Gedränge. Dennoch war es seltsam still. Eine Decke aus

Schmerz und Trauer lag über der Stadt. Neben Laura wimmerte ein Mann und raufte sich die weißen Haare. Sein Anzug wirkte, als hätte er seit Jahren kein Tageslicht gesehen. Laura schluckte.

Ein Raunen ging durch die Menge. Laura ergriff Simons Unterarm und stellte sich auf die Zehenspitzen.

„Sie kommen", wisperte sie. „Oh Gott, sie kommen."

„Diana!" drang ein Schrei irgendwo aus der Menge. „Diana!"

Vor Laura sank eine junge Frau zu Boden, verbarg das Gesicht hinter den Händen. Ratlos blickten ihre beiden Kinder sie an. Das kleine Mädchen begann zu weinen. Ihr Bruder, vielleicht zwei Jahre älter, steckte seinen Daumen in den Mund.

Als erstes waren die königlichen Rappen zu sehen. Hochmütige Tiere, die gelassen durch die Massen schritten. Den Sarg selbst geleiteten die Welsh Guards. Sie waren in rote Parade-Uniformen gewandet. Die Mienen unter den Bärenfellmützen zu ausdruckslosen Masken gefroren. Eine blau rot goldene Standarte umhüllte Lady Dianas Sarg. Obenauf weiße Rosen und Lilien.

Laura drückte Simons Arm.

Leises Weinen allenthalben, gelegentlich ein Schluchzer von jemandem, der nicht an sich halten konnte.

Hinter dem Sarg gingen Prinz Charles und die Prinzen William und Harry her. Die Jungen hielten den Blick gesenkt, als hinge ihr Leben davon ab. An ihrer Seite Lady Dianas Bruder, der Earl of Spencer.

„Die Armen", flüsterte Laura. „Das muss furchtbar für sie sein. Bestimmt wollen sie sich nur verstecken!"

Simon streichelte ihren Rücken. Der Mann zu Lauras Rechten brach in lautes Schluchzen aus. Armani-Anzug und Krawatte vergessen.

„Diana, I love you!" rief eine Stimme aus einer der hinteren Reihen. Zahllose Menschen nahmen den Ruf auf.

„For us, you'll never die!"

Der Morgen war sonnig, doch wehte ein leichter Wind den Geruch der Lilien heran. „Ich jedenfalls werde dich nie vergessen", murmelte Laura und verbarg ihren Kopf an Simons Schulter. Auch seine Augen schimmerten feucht, als sie zu ihm aufsah. Schnell wandte er sich ab. Laura tätschelte seine Hand und schwieg.

Rosen und Lilien wogten in Richtung Westminster Abbey davon. Wildfremde Menschen nahmen einander in den Arm und weinten hemmungslos. Da ging sie hin - und käme nicht zurück.

„Ich will nicht, dass mich so was berührt." Simon zögerte einen Augenblick. „Es macht mir Angst."

Rauchschwaden zogen durch das Pub. Simon sah sich um und zündete sich den Joint an, den er im Hostel gedreht hatte.

„Was macht dir Angst?" fragte Laura. Lustlos biss sie in ein Stück Brot.

„Der Tod."

„Das geht uns allen so."

„Nicht meinen Eltern", sagte er. „Zum Beispiel." Er sah sich im Raum um, doch die Menschen schienen zu sehr mit sich selbst beschäftigt, um darauf zu achten, was er rauchte. „Was betrifft es mich, wenn irgendwo auf der Welt eine Prinzessin stirbt?"

Laura sah ihn gekränkt an.

Simon verschränkte die Arme vor der Brust. „Königin der Herzen - mag sein. Nicht aber meines Herzens. Sie hat kein Recht dazu!"

„Trotzdem hast du geweint. Kein Recht? Traurigkeit ist ein Gefühl, Simon. Glaubst du, deine Gefühle kontrollieren zu können, wie es dir passt?"

„Ich habe keine Lust, über den Tod nachzudenken. Was bringt das schon? Ich weiß, dass ich irgendwann sterben muss. Aber, was viel schlimmer ist, auch alle anderen werden eines Tages tot sein - meine Eltern, meine Freunde, meine Familie und", Simon zog an seinem Joint, „du!" Er rutschte auf der schwarzen Holzbank hin und her. „Weshalb muss ich mir das täglich vor Augen halten? Damit macht man sich nur das Leben schwer! Da verunglückt eine Prinzessin und alle Welt redet über nichts anderes mehr. Und, was sagst du zu Lady Di? – Ich? Ich will gar nichts dazu sagen, verdammt! Aber diese Möglichkeit habe ich nicht. Ich schalte den Fernseher ein. Lady Di hier, Lady Di da, ihre Kinder, Charles, Camilla, kaputte Ehe, blablabla. Gefühlsdiktatur nenne ich das!"

„Umso mehr weiß ich es zu schätzen, dass du mich hierhergebracht hast."

„Das habe ich für dich getan", sagte er. „Nicht ihretwegen."

Laura trank einen Schluck Cider, um das trockene Brot herunterzuspülen. „Glaubst du nicht, es ist gut, sich mit dem Tod auseinanderzusetzen?"

„Ach was! Was ändert das? Rein gar nichts! Wenn ich darüber nachdenke, weiß ich danach genauso viel wie vorher. Jeder, der etwas anderes erzählt, macht sich was vor!"

„Und deine Eltern?"

„Meine Eltern!" Er klang wie ein Vegetarier, dem ein Stück Blutwurst angeboten worden war. „Meine Eltern sind Weltmeister im Sich-etwas-Vormachen! Bisweilen beneide ich sie sogar um ihre Gewissheit. Nach dem Tod kommen wir in den Himmel und am Tag des Jüngsten Gerichts werden wir wieder auferstehen. Jesus hat uns alle gerettet. Die Guten jedenfalls", sein Gesicht war gerötet. „Wie naiv ist das? Niemand kann wissen, was danach sein wird!"

Er hob sein Glas und bedeutete dem Barkeeper noch zwei Cider zu bringen.

„Wie kann man so selbstherrlich sein? So elendig sicher? – Und warum kann ich es nicht, verdammt noch mal? Warum kann ich nicht, wie früher, an all die Geschichten glauben, die mir aufgetischt werden? Die anderen schaffen es doch auch! Warum ich nicht?"

„Es ist nicht dein Weg", bemerkte Laura. „Ich wusste gar nicht, dass deine Eltern religiös sind. Du sprichst nie von ihnen."

„Mein Vater hat früher sogar darüber nachgedacht, Priester zu werden – damals in Kanada noch. Hätte er sich nicht in meine Mutter verliebt - nun, dann bräuchte ich mir über all das jetzt keine Gedanken machen."

„Katholik also."

„Auf die Rechtgläubigkeit meines alten Herren ist vermutlich sogar der Papst höchstselbst neidisch! Steht doch alles geschrieben - wozu Dinge in Frage stellen? Nur ist das nicht mein Motto."

„Wenn du nicht alles hinterfragen würdest - wer weiß, vielleicht hinge ich noch immer in der Bulimie-Geschichte fest!"

„Ach was. Du hättest das auch so geschafft", entgegnete er. „Mein Leben habe ich mir dadurch jedenfalls nicht leichter gemacht. Darf ich vorstellen: Simon, das schwarze Schaf der Familie. Sollte mein Vater geplant haben, mich zu seinem Fels zu machen - ich werde ihn enttäuschen müssen. Dabei hatte er so große Hoffnungen auf mich gesetzt."

„Mein Fels bist du."

Simon warf ihr einen nicht zu entschlüsselnden Blick zu. Rasch sah Laura zur Eingangstür des Pubs, die in diesem Augenblick geöffnet wurde. Fünf Herren mittleren Alters betraten den Raum. Sie trugen schwarze Anzüge und waren stockbetrunken.

„Mein Vater sieht das wohl anders", meinte Simon, als die fünf sich am Nebentisch niedergelassen hatten.

„Und deine Mutter?"

„Die wäre überglücklich, wenn ich mir diese furchtbaren Zotteln - O-Ton - abschneiden ließe. Noch besser fände sie es, wenn ich endlich heiraten würde."

„Du bist 22!"

„Warum bin ich wohl so früh ausgezogen? - Das Problem ist nur, im Endeffekt liebe ich sie ja trotzdem. Ab und zu glaube ich, alles wäre leichter, wenn dem nicht so wäre. Dann träfe ihr ewiges Genörgel mich nicht so. Kann eben nicht aus meiner Haut." Simon lachte bitter. „Du sollst Vater und Mutter ehren."

„Was haben sie an deinem Leben auszusetzen? Davon abgesehen, dass du Gefahr läufst, als ewiger Junggeselle zu sterben."

„Als meine Eltern aus Kanada herkamen, waren Jean und ich noch klein. Mein Vater hatte damals einen Job bei Siemens angenommen. Das war die große Chance für ihn - deshalb ist er mit Kind und Kegel nach Deutschland gezogen. Keine Ahnung, was er sich von Europa erwartet hatte - etwas anderes als er vorfand, schätze ich." Simon überlegte, ehe er fortfuhr. „Für ihn war es der Aufbruch ins gelobte Land. Seine Urgroßeltern waren aus einem kleinen Dorf in Belgien geflohen, als der Erste Weltkrieg begann."

„Warum dann nicht Belgien?"

„Gewollt hätte er - aber er hatte keine Wahl. Wenn Europa, dann Deutschland. Er brauchte diesen Job. Ironie des Schicksals. Ausgerechnet Deutschland. Dabei waren es die Deutschen, vor denen seine Familie damals geflohen ist. Sie tat gut daran - von den Leuten, die blieben, hat kaum jemand überlebt."

„Hat er sich in all den Jahren nicht an Deutschland gewöhnt?"

„Ohnehin frage ich mich, ob mein Vater sich an irgendein Land gewöhnen könnte, Laura. Er ist seit 20 Jahren hier. In Kanada ist er ein Fremder. Der Onkel aus Europa, der nicht richtig Französisch spricht. Hier aber fühlt er sich genauso fremd. Die Deutschen mögen seinen französischen Akzent - aber einer der ihren ist er nicht - auch nicht nach so langer Zeit."

„Und Belgien?"

„Sein Traum mag es sein. Aber wäre es dort besser? - Wir haben keine Familie mehr in Belgien. Mein Vater hat nie dort gelebt. Seine Familie ist in Kanada oder tot. Was soll er dort? Glaubst du, dort gäbe es ein Empfangskomitee, das zur Begrüßung aufspielt, wenn Yannis nach Hause kommt - Yannis Montiniere, der verlorene Sohn?" Er verzog den Mund zu einem gequälten Lächeln. „Kein Mensch würde sich einen Dreck darum scheren, dass er zurückgekommen ist. Selbst dieses *Zurück*kommen ist ja ein Hirngespinst! Er war schließlich nie dort."

„Vermutlich besser, es nicht auszuprobieren."

„So bleibt ihm zumindest der Traum." Simon seufzte. „Aber mir macht es das Leben schwer. Ich habe so oft das Gefühl, dass ich an seiner Statt leben soll. Er hätte gern studiert – aber seine Eltern hatten kein Geld. Deshalb schickten sie ihn zum Arbeiten in die Stadt. Hartes Leben. Als Fünfzehnjähriger. Allein, ohne Familie. Er findet es unbegreiflich, dass ich keine Lust habe, zu studieren. Wo ich doch die Möglichkeit hätte! – Klar, die habe ich – aber ich kann nicht das Leben leben, das er gern gelebt hätte."

„Ist er während der ganzen Zeit nie hingefahren, um es sich zumindest mal anzuschauen?" fragte Laura.

„Sollte er je dort gewesen sein, hat er es vor uns verheimlicht."

„Hat es damit zu tun, dass du damals in der Klinik warst?"

„Schwer zu sagen. Auf eine Art war es meine eigene Schuld."

Laura blickte Simon forschend an.

„Wieso glaubst du das?"

„Verantwortung? Handlungsfreiheit? Warum sollte es in meinem Fall anders sein?" Er stand auf. „Bin gleich wieder da."

Als sie allein war, lauschte Laura dem Gespräch der Männer am Nachbartisch. Sie ließen sich über die Kaltherzigkeit der Queen aus.

„Du wolltest mir gerade erzählen, was der Grund für deine Depression damals war", sagte sie, als Simon sich wieder gesetzt hatte.

„Wollte ich das?" Simon runzelte die Stirn. „Nicht leicht in Worte zu fassen."

„Sobald es um dich geht, bist du stumm wie ein Fisch. Erzählst du eigentlich nur mir nichts über dich?"

„Du spinnst, Laura, das hat mit dir nichts zu tun. Ich rede einfach nicht gern darüber. Eher mit mir selbst. Außerdem ist es längst vorbei."

„Wenn es dir egal ist, dann kannst du es mir ja erzählen." Laura setzte ihr unschuldigstes Lächeln auf. „Du weißt alles über mich, Simon!"

Simon stierte in sein Glas. „Ich selbst", begann er düster, „würde es als philosophische Depression bezeichnen, wenn du dem Ganzen unbedingt einen Namen geben willst."

„Du versteckst dich hinter leeren Worten. Philosophische Depression? Sokrates' Laune vor dem Schierlingsbecher? Diogenes, als Alexander ihm nicht aus der Sonne ging?"

Simon schmunzelte. „Verstanden. Aber ich kenne keine passendere Bezeichnung. Wie würdest du es nennen, wenn alles, woran du zuvor geglaubt hast, von einem Tag auf den anderen seine Gültigkeit verliert?"

„Woran hast du denn geglaubt?"

„An Gott. Die Kirche. Höhere Gerechtigkeit - woran gute Christen eben so glauben."

„Spätzünder."

„Ich war 14. Ich wollte ein verdammter Heiliger sein, kennst mich ja. Weißt du noch, wie ich dir damals in der Reha Perfektionismus vorgeworfen habe?"

Laura nickte.

„Wir führen letzten Endes meistens Selbstgespräche. Grundregel."

„Worauf willst du hinaus?"

„Es ist bescheuert. Ich habe mich noch nicht mal getraut, mir einen runterzuholen damals. Dass ich es kann, das wollte ich mir beweisen."

„Was kannst?"

„Leben ohne Sünde."

„Als ich dich in der Klinik kennen gelernt habe, warst du 20."

„Ich weiß. Aber der Beginn liegt dort. Jedenfalls war es letztlich einfacher, mich vom Christentum abzuwenden. Die Christen hatten die Regeln aufgestellt. Ich bin gescheitert."

„Das hat dir dein Vater übel genommen."

„Kein Petrus für ihn. Das war seine Lektion. Wichsen ist stärker als Gott - das war meine."

„Wie haben sie reagiert, deine Eltern?"

„Ich hielt mich für unbesiegbar. Dann begegnete ich meinem härtesten Gegner", er sah sie an. „Und das war ausgerechnet ich selbst! Das war das Problem. Nicht meine Eltern."

„Oder vielmehr ein Teil von dir", entgegnete Laura. „Hast du mit niemandem darüber gesprochen?"

„Mit wem hätte ich denn sprechen sollen?"

„Du bist damit ja nicht der Einzige."

„Das dachte ich aber. Hätte ich mit meinem Vater reden sollen? *Du, Paps, sag mal, ich komme nicht damit klar, dass ich die Sünde des Onan begehe und Der Herr es verbietet?*" Er lachte kalt. „Ich hätte mich in Grund und Boden geschämt. Mein Plan war, es zu besiegen - zu überwinden! Das Böse in mir. Ganz schön bescheuert, was?"

„Ich nehme an, du hast es nicht besiegt."

„Die Ausgangsposition in einem solchen Kampf ist denkbar ungünstig. Ich gegen meinen Körper. Was auch passiert - ich verliere immer."

„Oder gewinnst."

„Das konnte ich damals nicht sehen."

Simon lehnte sich zurück und blickte durch das milchige Fenster. Draußen war es mittlerweile finster. Noch immer streiften Gruppen schwarz gekleideter Menschen durch die Straßen Londons, auch wenn der Strom nachgelassen hatte, seit sie in *Whitechapel* waren.

„Wie hast du den Konflikt lösen können?" holte ihn Laura in die Gegenwart zurück.

„Jemand anders hat das übernommen. Allerdings eher unfreiwillig." Simon bedachte sie mit schwer zu deutendem Blick. „Ich war damals in der katholischen Jugend bei uns im Dorf - was sollte man in unserem Alter auf dem Land auch sonst groß machen. Unser Gruppenleiter hieß Martin. Er war ein paar Jahre älter als wir und ich hatte großen Respekt vor ihm. Für mich war er ein Vorbild - ein Ideal. Mir kam es vor, als könne es niemanden geben, auf den Gott lieber herabschaute. Er war fest in seinem Glauben, predigte wie kein Zweiter, ohne dabei abzuheben. Für alle hatte er jederzeit ein verständnisvolles Wort - ein Christ, wie ich ihn mir vorstellte. Ein wahrer Apostel. Dieser Martin war der Fels, nach dem mein Vater sich immer gesehnt hatte. Also wollte ich werden wie er."

„Und wie hat dieser Martin dir weitergeholfen?"

„Anders, als ich es mir je hätte träumen lassen." Simon drehte gedankenverloren an einem Dreadlock. „Eines Abends im Winter kam ich an unserem Gruppenheim vorbei. Bloß eine alte Holzbaracke eigentlich. Ich war auf dem Nachhauseweg von meinem Freund Kai. Als ich also an unserem Gruppenheim vorbeilief, hörte ich seltsame Geräusche aus dem Inneren. Es brannte weder Licht, noch hätte es an diesem Abend eine Veranstaltung geben dürfen – es war Dienstag, da stand das Haus leer. Natürlich wurde ich neugierig. Kurz überlegte ich, ob ich jemanden zu Hilfe rufen sollte, dann aber dachte ich mir *und was, wenn du dich zum Affen machst?* Hinter dem Schuppen fand ich eine abgebrochene Holzlatte. Die griff ich mir und drückte vorsichtig die Klinke der Eingangstür runter. Offen. Ich hatte mich also nicht getäuscht. Irgendwas stimmte hier nicht – und zwar ganz und gar nicht. Leise schlich ich den finsteren Gang entlang. Mein Herz klopfte so wild, dass ich Angst hatte, es würde mich verraten. Dennoch pirschte ich mich vorsichtig voran. Die Geräusche wurden immer lauter. Am Ende des Ganges stand eine Tür offen. Es war die Tür zu dem kleinen Büro, wo Martin all den Verwaltungskram erledigte. Dort schien der Unbekannte sich zu schaffen zu machen. Todesmutig linste ich ums Eck."

Simon griff nach seinem Glas.

„Und?" drängte Laura.

„Ich musste mich sehr beherrschen, um nicht laut aufzuschreien." Simon nahm einen Schluck. „Dort stand Martin, mein Apostel Martin, mein Prediger Martin, der heilige Martin, Martin, mein Idol – mit heruntergelassenen Hosen. Vor ihm kniete Joni. Sie hatte seinen Schwanz im Mund. Entsetzt trat ich einen Schritt zurück. Ich schluckte den Schrei herunter. Allerdings habe ich die Holzlatte fallen lassen, als ich davongestürzt bin. Ich wette, die beiden bekamen einen Heidenschrecken. Aber ich musste nur da weg!"

„Haben sie rausgefunden, dass du es warst?"

„Das mag sich für dich unwichtig anhören – aber für mich ist an jenem Abend eine Welt zusammengebrochen. Wenn selbst Martin es nicht hinbekam! Joni war vielleicht zwei Jahre älter als ich. Die beiden waren nicht verheiratet. Es war Sünde, was sie taten – Martin wusste das! Ich konnte es nicht glauben. Außerdem konnte ich mit niemandem darüber sprechen, schließlich wollte ich die beiden nicht verpetzen. Also musste ich allein damit fertig werden."

„Und was hast du gemacht?"

Simon sah sie an und meinte: „Ein Teil von mir ist gestorben in dieser Winternacht – aber das war gut so, denn ein anderer Teil hat zu leben begonnen. Der Teil, der mir sagte: mach deine Regeln selbst. Entscheide für dich, was richtig und falsch ist. Es war die Nacht, in der ich meinen Glauben verlor. Auch meinen Glauben daran, dass andere Menschen mir sagen könnten, wie ich mein Leben zu leben habe." Simon knotete seine Dreadlocks hinter dem Kopf zusammen. „Es war außerdem die Nacht, in der ich beschlossen habe, meine Haare nicht mehr zu schneiden. Haare erinnern sich. Meine erinnern mich. Sie sind ein Teil von mir. Genau wie mein Körper – ein Teil von mir, der zugleich ich bin. Was mein Körper will, so viel wurde mir damals klar, das kann nicht falsch sein. Falsch ist, wenn jemand behauptet, er wisse es besser. Schlimmer noch, wenn dieser jemand meint, mir etwas verbieten zu können."

„Aber wie ging es an diesem Abend weiter? Was ist passiert, als du weggelaufen bist? Haben sie dich erkannt? Wurdest du später darauf angesprochen?"

„Ich bin erst mal nach Hause gerannt. Dort hab' ich mich in meinem Zimmer aufs Bett gelegt und über Martin und Joni nachgedacht. Dann habe ich mir einen runtergeholt."

aus: Goldberg, Pascal: *Auf dem Lachsweg – Ein biographischer Roman*, München 2010.

Kapitel 34 – Nomadin wider Willen

Weiter. María Dolores' Fußsohlen brannten wie Feuer. Ein Fuß vor den anderen. Dies war kein guter Ort, um zu rasten, geschweige denn, um die Nacht hier zu verbringen. Vorwärts. Der Schatten der Bäume war trügerisch. Zu nah das letzte Dorf. Zu nah die Landstraße. Weiter, nur ein bisschen noch. In den Jahren als Yolandas Schülerin hatte sie gelernt, dieser Stimme zu vertrauen. Egal, wie sehr sie sich nach Ruhe sehnen mochte. Weiter! Yoyo war hundemüde. Wie so oft wurde die Furcht schwächer, nun, da die Kräfte nachließen. Nur Tage zuvor wäre ihr das beinahe zum Verhängnis geworden. In letzter Sekunde hatte sie sich auf einen nahestehenden Baum flüchten können. Die Soldaten hatten sie nicht bemerkt. Nicht noch einmal den gleichen Fehler begehen. Also: weiter!

Der Abend war auch die Zeit, da die Bilder zurückdrängten. Vor ihnen graute Yoyo kaum weniger als vor marodierenden Soldaten. Letzteren konnte sie wenigstens entrinnen.

Nach Norden. In die Urwälder von Ixcán. Schritt für Schritt. Schier endlos schien der Weg. Es kam María Dolores vor, als wolle der Boden ihre Füße festhalten.

Sie hielt inne und lehnte sich an den Stamm eines Laubbaums. Die Rinde schmerzte in ihrem Rücken. Ihr Körper war derzeit empfindsamer. Sie war dünnhäutiger geworden. Dabei hätte sie hart werden sollen, hart und unverwundbar.

Yoyo schob den Gedanken beiseite. Die Richtung, in die er führte, gefiel ihr nicht. Sie atmete tief durch und strich sich mit den Händen über den Bauch. Sie würde stark sein, auch wenn es ihr schwerfiele. Sie hatte eine Entscheidung getroffen. In den vergangenen Jahren hatte sie die Erfahrung gemacht, dass sie zu ihren Entscheidungen stehen konnte. Damals, am Tage der Beerdigung ihres Vaters, hatte sie den Zweifel in Rafaels Augen gesehen, als sie ihm ihren Entschluss mitgeteilt hatte, nicht mit auf die Plantage zu kommen. Dennoch war sie ihren Weg gegangen und Yolandas Schülerin geworden. Jetzt aber war Yolanda nicht mehr bei ihr.

Nein! Sie musste vorsichtig sein, auch diese Gedanken wiesen an verbotene Orte.

María raffte sich auf. Nur ein paar Kilometer noch. Bald bräche die Nacht herein.

Selbst das Lied der Vögel vermochte Yoyo an diesem Abend nicht fröhlich zu stimmen. Sie schleppte sich einen langgestreckten Hang hinauf. Oben verlor sich der Pfad, der sie durch das Gehölz geführt hatte, auf einer weiten Hochebene. In nicht allzu weiter Ferne entdeckte Yoyo einen Findling. Mühsam bahnte sie sich einen Weg durch die Sträucher. Die Kletten würde sie entfernen, sobald sie einen Schlafplatz gefunden hätte. Zerrisse eines ihrer Kleidungsstücke, sie hätte nicht gewusst, womit es flicken oder wodurch es ersetzen.

Wind strich über das Plateau. Als María Dolores den Findling erreicht hatte, wusste sie, dass sie einen Schlafplatz gefunden hatte. Auf der Rückseite, geschützt und kaum einzusehen, befand sich eine Vertiefung, kaum größer als sie selbst. Erschöpft breitete sie ihre Habe - ein buntes Stofftuch - auf dem Boden aus und ließ sich darauf sinken. Sie schlang eine Banane und eine Handvoll Nüsse hinunter, die sie am Nachmittag in einem Dorf ergattert hatte. Nach dem Essen keimte das Körnchen Zuversicht wieder auf.

Noch bevor das letzte Tageslicht verschwunden war und sie Zeit gehabt hätte, sich diesem Gefühl hinzugeben, fiel sie jedoch in einen unruhigen Schlaf.

Es war der faulige Geruch, der María hochfahren ließ. Er verfolgte sie bis in ihre Träume hinein. Sie wusste nicht, ob sie ihn jemals würde vergessen können.

Sie blickte sich um. Ein erster silberner Streifen umwarb den Horizont. Niemand schien in der Nähe zu sein. Mit kühlen Fingern tastete eine Brise nach ihr. Wäre es tatsächlich sein Geruch gewesen, der sie geweckt hatte, so hätte sie ihn sehen müssen. Langsam ließ das Zittern ihrer Glieder nach. Nein, sie war allein. Niemand ahnte, wo sie sie sich aufhielt oder wohin sie unterwegs war. Vermutlich interessierte es auch niemanden. Außer Yolanda womöglich.

Yoyo schluckte den Kloß in ihrem Hals herunter, stand auf und strich ihren Rock glatt. Noch immer war er von Kletten übersät. Sie seufzte und setzte sich wieder hin. Vor lauter Erschöpfung hatte sie das am Vorabend vergessen. Sie zupfte die Plagegeister aus dem Gewebe und schichtete sie zu einem kleinen Haufen neben sich auf.

Nein, sie würde sich nicht unterkriegen lassen. Selbst nun, da die Dorfgemeinschaft sie verstoßen hatte, war sie es zumindest ihrem Vater schuldig, nicht aufzugeben. Tränen traten ihr in die Augen, aber sie wischte sie beiseite. Sie hatte sich entschieden, die Verantwortung zu tragen. Koste es, was es wolle.

Als sie die letzte Klette aus dem Garn des Corte entfernt hatte, faltete sie ihr Tuch zusammen und machte sich erneut auf den Weg – den Weg, der sie bereits weiter von ihrem Heimatdorf fortgeführt hatte als je zuvor in ihrem Leben. Den Weg, der sie nach Norden führen sollte, in den Dschungel von Ixcán, nach Norden, in die Berge, so weit die Füße sie tragen mochten, nach Norden, in ein neues Leben, das sie nicht gewählt hatte, nach Norden, immer weiter nach Norden.

„Hast du die schon mal gesehen?"

„Schau dir nur ihren Huipil an – hier aus der Gegend stammt sie nicht."

„Was macht sie dann hier?"

„Woher soll ich das wissen, Mauro?"

„Sie muss frieren – sollen wir sie nicht wecken?"

„Ich weiß nicht. Was, wenn sie eine Waffe hat?"

„Sie ist nur ein Mädchen, Jorge. Warum sollte sie eine Waffe haben?"

„Wenn sie allein unterwegs ist, kann man es ihr nur wünschen. Sonst wird sie nicht allzu weit kommen."

Wie aus weiter Ferne bahnten sich die Stimmen einen Weg in Yoyos Bewusstsein. Mit einem Schlag war sie hellwach. Jemand hatte sie gefunden! Sie war nicht vorsichtig genug gewesen. María bemühte sich, gleichmäßig weiterzuatmen. Was nun? Ob die beiden gefährlich waren?

„Sie ist hübsch!" flüsterte der eine ehrfurchtsvoll. „Was macht sie bloß so allein hier?"

„Sieh dir nur ihren Bauch an. Komm, wir wecken sie besser – vielleicht braucht sie unsere Hilfe."

„Du willst sie bloß kennen lernen. Bist wohl scharf auf sie, muchá?"

Yoyo überlegte fieberhaft. Sie wagte nicht zu blinzeln. Nein, Soldaten hätten nicht lange gefackelt. Außerdem hätten sie sich sicher keine Sorgen um ihren Zustand gemacht. Den Stimmen nach zu urteilen, waren die beiden in ihrem Alter. Womöglich sogar jünger. Dennoch waren sie zu zweit. Und sie kannte sie nicht. Das Beste wäre vermutlich, sich weiter schlafend zu stellen und zu hoffen, dass sie verschwinden würden.

In diesem Augenblick zupfte einer der beiden an ihrem Huipil, zunächst sanft, nach einer Weile aber so heftig, dass María die Augen öffnete.

„Was soll das?"

Vor ihr saßen zwei Jungen und starrten sie an. Der Kleinere der beiden grinste. Einer seiner Schneidezähne war halb abgebrochen. Der andere nahm seinen Sombrero ab und schaute zu Boden. Erleichtert atmete sie auf. Diese Knaben von vielleicht 13 Jahren stellten trotz ihrer Macheten keine Gefahr für sie dar.

„Was wollt ihr? Seht ihr nicht, dass ich schlafe?"

„Wir wollten nur wissen, ob alles in Ordnung ist." Der Junge blinzelte ins Gegenlicht, ohne jedoch seinen Sombrero wieder aufzusetzen. „Wir dachten –"

„Es ist mir egal, was ihr dachtet", fuhr sie ihn an. „Es ist unhöflich, eine schlafende Frau zu wecken!"

„Verzeihung", murmelte nun der Junge mit dem abgebrochenen Schneidezahn, „aber wir haben dich hier noch nie gesehen und da dachten wir, du brauchst vielleicht Hilfe."

„*No tengan pena*", erwiderte sie kaum hörbar. „Mir geht es gut soweit. Ihr habt nicht zufällig etwas zu essen?" Sie hatte die Frage ausgesprochen, noch ehe sie recht darüber nachgedacht hatte. Der Ruf ihres Magens ließ sich einfach nicht ignorieren.

Die beiden Jungs warfen sich einen verstohlenen Blick zu. „Wie ich meine Mamá kenne“, grinste der mit dem abgebrochenen Schneidezahn, „wird sie bestimmt ein paar Tortillas und Frijolitos für dich haben. Komm einfach mit ins Dorf – Mauro und ich bringen dich hin. Ich bin übrigens Jorge.“

Er streckte ihr die Hand entgegen.

María erschrak. Man würde ihr Fragen stellen.

„Das geht nicht“, wisperte sie. „Vielen Dank für das Angebot, aber ich habe keine Zeit zu verlieren.“

Mauro, der seinen Sombrero unterdessen wieder aufgesetzt hatte, kaute auf einem Grashalm herum und betrachtete sie nachdenklich. Dann griff er in den Stoffbeutel an seiner Hüfte und holte einige Tortillas hervor.

„Nimm! Du brauchst sie nötiger als ich.“ Sein Blick wanderte zu María Dolores Bauch hinab.

Yoyo sah weg. „Oh nein, bitte, das geht nicht, das kann ich nicht –“

Doch Mauro drückte ihr die Tortillas in die Hand und berührte mit seiner Handfläche Yoyos Handrücken: *„No tenga pena.* Jorge wird seine Ration schon mit mir teilen.“

Jorges Blick verhieß nicht gerade Begeisterung, aber er nickte seinem Freund zu. „Wohin soll es denn gehen?“ fragte er, an María gewandt.

„In die Berge.“

„Die Berge, ja.“ Die beiden nickten. „Keine schlechte Zeit, um in die Berge zu gehen. Wirklich, keine schlechte Zeit. Wer weiß, vielleicht sehen wir uns da. Eines Tages – wer weiß.“

„Wer weiß“, entgegnete María. Dann legte sie sich die Hand aufs Herz und deutete eine kleine Verbeugung an, ehe sie auf dem holprigen Pfad davonging.

Yoyo hatte aufgehört, die Tage zu zählen, die seit ihrem Aufbruch in San Marcos la Laguna vergangen waren. Die Zeit schien zu einem Brei zu verkommen, den auszulöffeln sie sich selbst auferlegt hatte. Sie schleppte sich durch ein Waldstück, als ihr Mauros Tortillas in den Sinn kamen, die sie am Morgen wohlweislich nicht alle aufgegessen hatte. Zum ersten Mal seit Wochen empfand sie ein Gefühl der Dankbarkeit einem anderen Menschen gegenüber. Dieser Junge hatte ihr seine Essensration geschenkt, obwohl er sie noch nie gesehen hatte!

María Dolores entdeckte einen umgestürzten Stamm, der breit genug war, um ihr als Sitzgelegenheit zu dienen. Vermutlich könnte sie sogar ein wenig die wunden Füße ausruhen. Sie erklomm den moosbewachsenen Baumstamm und breitete das Tuch vor sich aus. Drei Tortillas hatte sie sich am Morgen aufgespart. Nie in ihrem Leben waren ihr die Maisfladen köstlicher erschienen als in diesem Augenblick! Sie lehnte sich zurück und ließ ihren Blick umherschweifen. Hinauf in die Baumkronen, wo kleine Nager sich von Ast zu Ast schwangen, schillernd befiederte Vögel sich in die Tiefe stürzten und der Wind im Laub seine Weisen zupfte. Tropfen fielen herab und vermischten sich mit den Tränen, die über Marías Wangen kullerten.

Qachu Alom.

Wie hatte es nur so weit kommen können? Yoyo sah sich um und empfand jene verloren geglaubte Verbundenheit, die dem eigenen Leben den rechten Stellenwert zuwies und ihr zugleich die Schwere vom Herzen nahm. Was auch immer geschehen mochte – allzeit bliebe sie Teil dieser wundersamen Schöpfung. Allzeit würde sie ihren Beitrag leisten, soweit sie es eben verstand. Sie sog den Geruch des Waldes ein. Ihr Atem wurde ruhig und die Anspannung ließ nach.

Du wirst noch an mich denken.

Unwillkürlich schrak sie auf, fasste sich an den Hals, wo das *R* inzwischen zu einer schmallippigen Narbe verheilt war. So sehr sie sich wünschte, ihm diesen Gefallen nicht zu tun, wurden seine Worte stets aufs Neue wahr.

In der Ferne erklang eine Abfolge von Detonationen. María krümmte sich. Hatte sie deshalb an ihn denken müssen? Sie wollte sich verstecken, am besten tief in der Finsternis, wo niemand sie je fände. Eine neuerliche Explosion ließ den Boden erzittern. Das Bild von Yolandas blutüberströmtem Gesicht blitzte in Yoyos Erinnerung auf. Das Krachen ihrer brechenden Nase. Das Schwarz eines Gewehrkolbens. Schützend schlang sie die Arme um ihren Leib.

In diesem Augenblick barsten ganz in ihrer Nähe Zweige. Schritte. Rasch ließ sich María Dolores zu Boden gleiten und verbarg das leuchtende Tuch unter ihrem Körper. Sie presste sich auf die Erde, bemüht, keinen Laut von sich zu geben. Nicht lange und sie hörte ein Keuchen. Vorsichtig spähte sie durch den Farn. Kinder! Nicht weit von ihr bahnte sich eine Gruppe von Kindern den Weg durch das Dickicht – die meisten von ihnen vermutlich kaum zehn Jahre alt. Die Gruppe bestand aus drei Jungen und vier Mädchen. Die Panik stand ihnen ins Gesicht geschrieben.

Mühsam rappelte Yoyo sich auf.

„Was ist passiert? Woher kommt ihr?" trat sie ihnen in den Weg.

Einer der Jungen, er trug ein zerrissenes, schmutzigweißes Hemd, das ihm halb aus den kurzen Hosen gerutscht war, musterte María rasch, ehe er hervorstieß: „Sie wollten nicht auf uns hören! Jetzt ist es zu spät! Niemand wollte uns glauben!"

„Wer wollte nicht auf euch hören?"

„Mamá!" wimmerte ein kleines Mädchen, dessen Knie böse aufgeschürft waren. „Die Soldaten sind gekommen! Wir haben sie gesehen. Es waren so viele!"

„Wir müssen nach San Juan! Schnell!" jammerte ein Junge mit schmutzstarrendem Gesicht. „Schnell! Wir müssen weiter! Sie kommen bestimmt auch dorthin!" Unter seinem rechten Auge befand sich ein blutiger Kratzer. Wieder erzitterte der Boden unter ihren Füßen. „Onkel Paco und Tante Marta! Schnell! Ich muss sie warnen! Du musst mit uns kommen", keuchte der Junge und deutete in die Richtung, aus der die Donnerschläge kamen. „Dorthin kannst du nicht gehen." Er schluckte.

„Aber eure Eltern sind noch dort?" presste María Dolores hervor, nur um es im selben Moment zu bereuen.

„Vielleicht konnten sie noch fliehen", flüsterte der Junge mit dem zerrissenen Hemd. Er schien der Anführer der Gruppe zu sein. Inzwischen war er zu Atem gekommen und blickte María fest in die Augen. Sie konnte in seinem Blick lesen, dass er nicht an das glaubte, was er eben gesagt hatte. Seine schwarzen Augen baten sie inständig, dieses Wissen für sich zu behalten.

„Bestimmt." Die anderen Kinder sahen zu ihr auf. Yoyo überlegte einen Augenblick, ehe sie meinte: „Wir haben keine Zeit zu verlieren. Wir müssen eure Familien warnen. Die Soldaten werden nicht lange brauchen, bis sie dort sind."

Der Junge mit dem zerrissenen Hemd lächelte ihr dankbar zu. María erwiderte sein Lächeln. Ihre Gedanken aber wanderten zu Mauro, dem Jungen, der ihr am Morgen seine Tortillas geschenkt hatte. Sie würde nicht zulassen, dass die Soldaten schneller wären.

Der heiße Atem ihrer Verfolger brannte ihnen im Nacken und so legte María Dolores den Weg, den sie im Laufe des Tages hinter sich gebracht hatte, noch einmal zurück – nun jedoch in Begleitung einer Gruppe verängstigter Kinder und in eben die Richtung, aus der sie gekommen war. Hätte sie Zeit zum Nachdenken gehabt, vermutlich hätte sie die Situation verflucht – die Anspannung verscheuchte indes jeden Gedanken aus ihrem Kopf. Zudem fühlte sie sich als Älteste verantwortlich für die Truppe, deren Anführer kaum älter war als der Rest. Auf seinen Schultern lastete eine solche Bürde zweifelsohne zu schwer.

Als die Nacht hereinzubrechen drohte, winkte Yoyo den Jungen zu sich und gebot den anderen, einen Augenblick zu verschnaufen. Der Junge sprach ein paar Worte zu einem kleinen Burschen, der ihm auf Schritt und Tritt zu folgen schien, dann folgte er Marías Aufforderung.

„Wie heißt du, muchá?"

„Pedro", entgegnete er selbstsicher.

„Du hast einen kühlen Kopf bewiesen."

Ein Anflug von Stolz blitzte auf dem Gesicht des Jungen auf.

„Findest du den Weg nach San Juan, auch wenn es dunkel ist? Was denkst du?"

Pedros Stirn legte sich in Falten.

„Ich bin den Weg heute schon einmal gegangen", sagte Yoyo. „Könnte sein, dass ich mich an manches erinnere – aber ich komme nicht aus der Gegend."

„Das sehe ich", erwiderte Pedro mit Blick auf ihren Huipil. „Meinst du wirklich, wir müssen heute noch weiter?" fragte er.

„Wenn wir eine Chance haben wollen, müssen wir noch heute Nacht nach San Juan. Ihr wollt eure Familien beschützen. Darum geht es euch, oder?"

Pedro trotzte ihrem Blick und bejahte.

„Die Soldaten sind schneller als wir. Vergiss nicht, sie haben Wagen."

„Das stimmt ja. Ich bin nur so müde." Er seufzte, straffte dann aber die Schultern. „Was bleibt uns – wir müssen es probieren, oder? Sonst wäre alles umsonst gewesen. Ich bin den Weg noch nie nachts gegangen – aber alle gemeinsam werden wir es hoffentlich schaffen."

„Nein, Pedro", sagte sie. Er wich einen Schritt zurück. „Wir zwei."

„Was ist mit den anderen? Ich kann sie unmöglich hier zurücklassen!"

„Natürlich nicht. Wir gehen alle zusammen. Aber zu viele Meinungen und wir werden niemals ankommen. Die Verantwortung liegt bei uns." Yoyo sah ihm fest in die Augen. „Glaubst du, wir werden das schaffen?"

„Lass uns jetzt weitergehen. Noch haben wir ein bisschen Licht", erwiderte Pedro und drehte sich um.

María Dolores sah ihm nach. Welche Art Mann mochte aus einem solchen Jungen werden? Auch sie kehrte zur Gruppe zurück. Gemeinsam teilten sie den anderen die Entscheidung mit, noch in dieser Nacht den Weg nach San Juan zurückzulegen. Die erschöpften Kinder nahmen dies gleichmütiger auf, als María zu hoffen gewagt hatte.

Schlaftrunken öffnete ein älterer Mann auf das Klopfen hin die Tür zu seiner Hütte. Seine Augen wanderten von einem zum anderen, bis sein Blick an dem Jungen mit dem Kratzer unter dem Auge hängen blieb. Das Blut war inzwischen geronnen.

„Manuel?" fragte der Alte. „Was tust du hier? Was ist passiert?"

„Onkel Paco! Gott sei Dank!" rief der Junge.

„Schnell! Du musst Tante Marta und die anderen wecken! Die Soldaten sind auf dem Weg hierher. Ihr müsst fliehen."

Manuel beobachtete, wie der Bruder seines Vaters sich den Schlaf aus den Augen rieb.

„Was?" stammelte Paco. „Warum seid ihr Kinder alleine hier? Warum sind eure Eltern nicht bei euch? Wo sind sie?"

Manuel sah zu Boden und biss sich auf die Unterlippe. Selbst im fahlen Morgenlicht war zu erkennen, dass es ihm schwerfiel, die Tränen zurückzuhalten.

„Die Soldaten sind in Santa Teresa eingefallen", ergriff Pedro das Wort. „Es waren viele. Mit schweren Waffen. Maschinengewehren. Wir sahen sie kommen, aber niemand wollte auf uns hören!"

Paco starrte den Jungen an.

„Paco, was ist hier los?" Eine beleibte Frau trat von hinten heran und linste über die Schulter ihres Mannes hinaus auf den Trupp kleiner Gestalten.

„Tante Marta!" Manuel stürzte auf die Frau zu und warf sich in ihre Arme. Sie drückte den vor Kälte und Erschöpfung zitternden Jungen an sich. Dieser presste sein Gesicht an ihre Brust und ließ seinen Tränen freien Lauf.

„Ihr müsst fliehen! Uns bleibt nicht viel Zeit!" drängte María Dolores.

Paco musterte sie.

„Bald geht die Sonne auf – mit ihren Wagen werden die Soldaten schneller hier sein, als ein Jaguar auf einen Baum springen kann." Fragend drehte Paco sich zu seiner Frau um, die ihren Neffen im Arm wiegte. Marta sah ihn nachdenklich an. Schließlich nickte sie.

„Wo sollen wir nur hin?" murmelte Paco, während er nach seinem Sombrero griff.

„Entschuldigung", er sah María Dolores an, die ihn aus seinen Gedanken gerissen hatte, „aber ich muss wissen, in welchem Haus Mauro mit seiner Familie wohnt. Es ist wichtig!" Die letzten Worte sprach sie leise, aber eindringlich.

Marta schob ihren Mann beiseite und deutete auf eine Wellblechhütte am Ende der Siedlung. „Dort", nickte sie María zu, „dort leben Mauro und seine Familie."

Yoyo rannte los. Bereits im Laufen wandte sie sich um und rief den Kindern zu, dass sie die restlichen Dorfbewohner wecken sollten. Ihre Augen suchten unwillkürlich nach Pedro, sie konnte ihn jedoch nirgends entdecken.

In diesem Augenblick begannen die Kirchenglocken zu läuten. Yoyo schmunzelte.

Innerhalb von zwanzig Minuten hatte sich die ganze Dorfgemeinschaft in der kleinen Kirche von San Juan versammelt und beratschlagte, was zu tun sei. Sie entschieden, nur das Allernötigste mitzunehmen. Die Tiere sollten frei gelassen werden. Alle hatten bereits Geschichten darüber gehört, was die Soldaten der Armee mit den Tieren anstellten. Ein paar aber würden sie mitnehmen. Kehrten die Bewohner über kurz oder lang nach San Juan zurück, nun, wer wusste schon, was dann wäre. Womöglich fände sich das ein oder andere Nutztier in der Umgebung wieder. Leider bestand keine Möglichkeit, die Milpas zu schützen. Sie wären den Soldaten ausgeliefert – und somit auch die Ernte und das Überleben der Dorfgemeinschaft, sollten die Menschen wiederkehren.

Es war keine Stunde vergangen, seit die Kinder im Dorf angelangt waren, als sich die Gemeinschaft auf den Weg machte: Männer, Frauen, Kinder mit den wenigen Habseligkeiten, die sie tragen konnten. Einige Hühner und wild umhertollende Hunde. Alle auf dem Weg nach Norden – in die Berge von Ixcán, María Dolores an Mauros Seite mitten unter ihnen.

Darum bemüht, so wenig Lärm wie irgend möglich zu verursachen, trotteten die Männer, Frauen und Kinder der Dorfgemeinschaft durch das dichte Unterholz des Waldes. Die Hitze lag über dem Land wie ein feuchter Lappen. Niemand sagte ein Wort. Die Mienen der Älteren wirkten angespannt, während die Kinder von Santa Teresa kurz vor dem Zusammenbruch standen. Auch María Dolores konnte sich kaum auf den Beinen halte. Nichtsdestotrotz fühlte sie sich so gut wie seit Tagen nicht.

Vor ihr liefen Mauro und Jorge, die sich bisweilen nach ihr umsahen. Yoyo erwiderte ihre Blicke stets mit einem Lächeln.

So leise sich die Gruppe im Wald zu bewegen versuchte, war die Luft doch erfüllt von Hühnergegacker, Hahnengeschrei und dem Gekläff der Hunde. Die Neugeborenen ließen sich wenigstens zeitweise durch in Flüssigkeit getränkte Stofffetzen beruhigen, die die Mütter ihnen in den Mund steckten. Hund und Hahn blieben solchen Tricks gegenüber indes unempfänglich.

Maria runzelte die Stirn. Wie sollten sie es nur schaffen, unbemerkt in den Norden zu gelangen?

Sie warf einen Blick zu Pedro. Das Hemd klebte an seinem Rücken. Moskitos umschwirrten ihn. An seiner Hand führte er den kleinen Jungen, der ihm keinen Schritt von der Seite wich. Sein Name war Raúl und er war der Sohn von Pedros ältestem Bruder. Der war im Dorf geblieben. Einer der Hunde umschwänzelte Pedro und bellte. Schnell gesellten sich weitere hinzu. Für die Hunde war diese Flucht nichts als ein Ausflug.

„*Callar, chuchos*!" schnaubte Pedro. Die Hunde schienen nicht zu verstehen. Als er bemerkte, dass Yoyos Blick auf ihm ruhte, ließ er sich zu ihr zurückfallen. Die Hunde folgten ihm. „*Callar*! Ihr bringt uns alle in Gefahr!"

„Pscht!" zischte auch sie.

„Wenn wir das hier überleben wollen, María", wisperte Pedro heiser, „ich weiß auch nicht, aber –"

Vor ihnen schrie ein Säugling jämmerlich. Eilig schob seine Mamá, eine Frau kaum älter als María selbst, ihm den kleinen Finger in den Mund.

Pedros Neffe sah aus, als wollten ihm unter dem Laufen die Augen zufallen.

„Wir müssen die Tiere zum Schweigen bringen."

Yoyo entgegnete nichts. Nach einer Weile nickte sie, vermochte Pedro dabei allerdings nicht in die Augen zu sehen.

„Was willst du tun?" flüsterte sie.

„Ich muss mit dem Abuelito sprechen."

„Ich begleite dich."

Die beiden beschleunigten ihre Schritte, sodass sie an der Truppe von Menschen vorbei an die Spitze des Zuges gelangten. Der Abuelito, ein Mann mit Spitzbart, dessen Name Alberto war, ging neben Paco und dessen Neffen Manuel her. Die verschorfte Wunde in Manuels Gesicht war unterdes von einem tiefvioletten Bluterguss untermalt. Der Gesichtsausdruck des Abuelito war ernst.

„Verzeiht, wenn ich euch störe", sagte Pedro, „aber ich fürchte, es gibt ein Problem."

Der Abuelito betrachtete ihn verwundert, gab ihm dann aber zu verstehen, dass er sprechen möge. Aus der Ferne vernahm Yoyo ein dumpfes Grollen. Es musste sich um die Gefährte ihrer Verfolger handeln.

„Es ist - wir werden es niemals schaffen, wenn wir nicht leiser sind. Die Tiere", Pedro schluckte, „sie - sie werden uns verraten."

Der Abuelito schwieg.

„Aber was schlägst du vor, Junge?" schaltete sich Paco ein. „Ohne unsere Hühner werden wir verhungern! Was, in des Allmächtigen Namen, sollen wir deiner Meinung nach tun?"

„Das Problem sind nicht die Hühner", entgegnete Pedro.

„Nicht die Hühner?"

„Es sind die Hunde." Er wandte den Blick nicht von Paco ab. „Sie - und die Hähne."

„Aber du kannst doch nicht?"

„Ich fürchte, der Junge hat Recht." Der Abuelito sprach, ohne die Stimme zu erheben. Pedro senkte den Kopf. Nichtsdestotrotz wandte der Abuelito sich an ihn. „Was also schlägst du vor?"

Das Blut schoss Pedro in die Wangen. „Wir –", seine Stimme war kaum mehr als ein Flüstern, „ich denke, wir müssen sie töten."

„Du kannst doch nicht allen Ernstes –" Mitten im Satz brach Paco ab.

Manuel, der noch immer neben ihnen herging, starrte seinen Freund an. „Aber es sind unsere Hunde! Wie kannst du so etwas sagen!"

Pedros Antwort klang kühl. „Verdammt, Manuel, glaubst Du, mir macht das Spaß?"

Manuel wand sich unter Pedros Blick, dann schüttelte er den Kopf. Die Aufmerksamkeit des Abuelito ruhte noch immer auf Pedro.

„Aber am Ende heißt es: sie oder wir?" stieß der schließlich hervor.

María Dolores legte ihm die Hand auf die Schulter. Pedro bedachte sie mit einem dankbaren Blick.

Eine Weile sagte niemand etwas.

Dann meinte der Abuelito: „Ich stimme dem Jungen zu. Das Überleben der Dorfgemeinschaft muss über allem anderen stehen. So sehr ich auch wünschte, es gäbe eine andere Lösung."

„Für die Hähne gibt es die vielleicht."

Pedro, María, Paco, Manuel und der Abuelito wandten sich der Stimme zu. Hinter ihnen stand eine Frau, die Yoyo zuvor noch nicht bemerkt hatte. Ihre Haare waren, wie ihre eigenen, zu einem strengen Zopf nach hinten gebunden, nur mochte sie bereits Mitte dreißig sein.

„Und wie mag die aussehen, Alba?" fragte der Abuelito.

„Also, es käme auf einen Versuch an. Aber ich hatte vor ein paar Jahren einen Hahn, der sich in einem Drahtzaun verfangen hat. Dabei ist ihm ein rostiger Splitter im Hals stecken geblieben. So von der Seite her. Ab diesem Tag gab er nie wieder einen Schrei von sich."

„Aber er hat es überlebt?"
„Er hat noch zwei Jahre gelebt", nickte Alba, „und war putzmunter."
„Nun gut - wir haben keine Zeit zu verlieren. Alba, du übernimmst die Hähne. Benutze Nadel und Faden. Und du", er wandte sich Pedro zu, „du wirst die Hunde übernehmen."
„Aber -" stammelte der, doch der Abuelito gebot ihm mit einer Geste zu schweigen.
„Du hast zu lernen, dass Worten Taten folgen. Ich bedaure, dass dies auf diese Art zu geschehen hat, aber für jeden anderen wäre es ebenso schwer. Eine Machete hast du, oder?"
Pedro nickte. Ihm standen Tränen in den Augen. „Eine andere Möglichkeit gibt es leider nicht."
Der Abuelito brachte den Trupp dazu anzuhalten, dann erklärte er den Dorfbewohnern, was zu tun sei.
Nach seinen Ausführungen schlug ihnen betretenes Schweigen entgegen. In der Ferne wurde das Grollen lauter. Ein Mitglied der Dorfgemeinschaft nach dem anderen gab, teils sichtbar schweren Herzens, seine Zustimmung. Von der Entscheidung, die in diesem Augenblick getroffen wurde, mochte das Leben eines jeden einzelnen abhängen.
„Wir haben keine Zeit zu verlieren", übernahm der Abuelito wieder die Führung, nachdem alle befragt worden waren. „Paco, Miguel - ihr treibt die Hunde zusammen. Pedro, du weißt, was zu tun ist. Sie werden sie einzeln zu dir bringen. So sollte keine Panik unter ihnen ausbrechen. Bedecke ihre Leichen mit Ästen und Blättern."
Pedro nickte. Mit hängenden Schultern ging er davon. An seinem Gürtel baumelte die Machete, die er einst von seinem Vater geschenkt bekommen hatte.

Es verging keine halbe Stunde, ehe Pedro zurückkehrte. Er war allein, sein Blick zu Boden gerichtet. Seine Hände waren schmutzverkrustet. Und sein Hemd war von Flecken übersät. María Dolores ging ihm entgegen, trat vor ihn hin und legte ihm die Hände auf die Schultern.

„Wir alle sind dir Dank schuldig, Pedro. Du hast uns mit deinem Mut das Leben gerettet."

Ein zustimmendes Raunen ging durch die Dorfbewohnerschaft. Pedro sah auf und blickte María direkt in die Augen. Nichts, was sie in diesem Augenblick hätte sagen mögen, hätte etwas an dem zu ändern vermocht, was in den seinen zu lesen stand.

„Ich weiß", bemerkte sie knapp.

Pedro musterte sie einen Augenblick. Dann nickte er.

„Aber Junge!" ertönte da der Ruf einer Dorfbewohnerin. „In Gottes Namen - was ist das?"

Als María Dolores sich umdrehte, erkannte sie Alba, die sich um die Hähne gekümmert hatte.

„Pscht!!" machten einige.

„Dein Haar!" wisperte Alba. Ihr Tonfall verursachte María eine Gänsehaut. Sie schlang die Arme um ihren Leib, während Pedro Alba fragend anblickte.

„Es ist weiß!"

„Si es necesario convertir el país en un cementerio para pacificarlo, no dudaré en hacerlo."

„Sollte es nötig sein, das Land in ein Gräberfeld zu verwandeln, um es zu befrieden, werde ich nicht zögern, dies zu tun."

General Carlos Arana Osorio, guatemaltekischer Präsident (1970-1974), Zitat aus einer Rede nach seinem Amtsantritt

Kapitel 35 – Whisky und Zigarren

Zu Kyriels Furcht gesellte sich Ungeduld. Er hatte keine Ahnung, wie lange er und Julián schon in dieser fensterlosen Zelle festsaßen. Es mussten mindestens zwei Stunden sein. Die Gorillas hatten – eine reine Sicherheitsmaßnahme, wie sie grinsend versicherten – ihre Handys einkassiert. Worauf warteten sie eigentlich?

Während der Fahrt hatten die Männer geschwiegen. Die Finsternis draußen war undurchdringlich gewesen. Deshalb hatte Kyriel nicht die leiseste Vorstellung davon, wohin die beiden sie gebracht hatten.

Er sah zu Julián hinüber. Der zupfte an seinem Ohrläppchen und starrte missmutig vor sich hin. Als er Kyriels Blick bemerkte, flüsterte er: „Wie lange die Herrschaften uns wohl noch warten lassen wollen?"

Kyriel zuckte mit den Achseln.

„Worauf haben wir uns da eingelassen?" murmelte Julián. „Ein Wiedersehen mit der Familie hatte ich mir –"

Den Rest seines Gedankens verschluckte er. Draußen waren Schritte zu hören.

Mit einem Knarzen öffnete sich die Holztür. Die beiden blinzelten in das hereinfallende Neonlicht.

„Don Pedro wird euch jetzt empfangen", ertönte der Bass des Kräftigen. Er trug noch immer seine verspiegelte Brille. Der andere stand schweigend neben ihm.

„Wird's bald", zischte er nun. „Don Pedro ist ein viel beschäftigter Mann!"

Kyriel streckte seine steifen Glieder und stand auf. Zögerlich folgte Julián ihm nach. Ihre Blicke trafen sich für einen Herzschlag, dann verließen sie die Zelle.

„Julián! Welch ausgesuchtes Vergnügen, dich wiederzusehen! Komm her, lass dich anschauen!"

Der schmächtige Mann mit Sombrero zog Julián zu sich heran und grinste. Er fasste Julián beim Kinn, drehte seinen Kopf nach links, dann nach rechts.

„Mein Gott! Du warst ein Winzling, als ich dir zum letzten Mal begegnet bin! Also wirklich, was für ein Prachtkerl aus dir geworden ist!"

Pedros Umarmung presste Julián die Luft aus dem Leib.

„Wo habe ich nur meine Manieren?" Er gab Julián frei. „Setzt euch bitte!"

Er schob zwei Bürostühle an den Tisch heran. Sein Blick wanderte zu Kyriel. „Und das ist?"

„Kyriel, ein guter Freund von mir. Wir sind auf der Suche –"

„Das kannst du mir alles in Ruhe erzählen", unterbrach ihn sein Onkel. „Was für eine Überraschung, also wirklich!"

Ohne Kyriel eines zweiten Blickes zu würdigen, setzte sich Don Pedro in den Sessel auf der anderen Seite des Schreibtisches. Seine Haut war dunkler als die Juliáns.

„Was darf ich euch anbieten? Einen Aberfeldy vielleicht? Ich kann euch sagen, ich habe da ein edles Tröpfchen aufgetrieben. Einen Single Malt aus den Highlands, 21 Jahre gereift. Also wirklich! Beinahe so alt wie du, Julián, wenn ich mich nicht täusche."

„Möchtest du einen Whisky?" übersetzte Julián.

„Ein solcher Anlass will begossen sein!" Onkel Pedro öffnete die in einer Schrankwand verborgene Hausbar, entnahm ihr drei Whisky-Tumbler und eine Flasche. Der goldgelbe Malt floss in die Gläser.

„Auf eine schicksalhafte Zusammenkunft! Du musst mir glauben, mein lieber Julián, wenn ich dir sage, wie oft ich mich in all den Jahren gefragt habe, was wohl aus dir und deiner Mutter geworden ist. Eine fantastische Frau, deine Mutter, also wirklich. Wie das Leben manchmal so spielt."

Er schnalzte mit der Zunge. Aus einer Schublade zog er eine hölzerne Kiste hervor. Als er sie öffnete, fiel Juliáns Blick auf einen Ring an Pedros Ringfinger. In der Mitte saß ein goldgefasster Rubin.

„Zigarre?"

Pedro sah seinem Neffen in die Augen. Der zögerte einen Moment, dann griff er zu.

„Habe ich aus Cuba kommen lassen", schmunzelte Pedro. „Ich habe da ein paar Kontakte, die mitunter ganz nützlich sind."

Ratlos hielten Kyriel und Julián die Zigarren in Händen.

„Lasst mich mal machen, señoritos!" erklärte Don Pedro gönnerhaft und nahm ihnen die Zigarren aus der Hand. Mit geübtem Handgriff entfernte er die Spitze. „Rauchen schafft ihr selbst?" Er lachte heiser.

„Jedenfalls", setzte Julián abermals an, „sind wir auf der Suche nach meinem Vater. Kannst du uns helfen, tío? Du bist die einzige Spur, die wir haben. Weißt du, wo er sich aufhält?"

Don Pedro sah ihn an. „Ich muss dir leider sagen, Julián, dass ich keinen blassen Schimmer habe, wo sich dein Vater aufhält." Er legte ihm die beringte Hand auf die Schulter. „Darf ich offen zu dir sein?"

Julián nickte rasch.

„Ich bin nicht sicher, ob es eine gute Idee ist, ihn ausfindig machen zu wollen."

„Aber warum?" Julián schluckte. „Er ist mein Vater! All die Jahre hatte ich keine Ahnung, dass er noch lebt! Lola hat mich belogen. Sie hat erzählt, er sei tot. Ich muss ihn finden!"

Don Pedro lehnte sich in seinem Sessel zurück und ließ einen Schluck Whisky im Mund kreisen. Endlich seufzte er gedehnt. „Weißt du, Julián, ich sage es ungern, also wirklich –" Er inhalierte den Rauch seiner Zigarre. „Bisweilen ist es klug, die Vergangenheit ruhen zu lassen. Dein Vater ist ein schlechter Mensch. Womöglich war Lolas Entscheidung richtig. Du solltest akzeptieren, dass du keinen Vater hast."

„Was willst du damit sagen?" Julián wurde heiß.

„Betrachte die Umstände realistisch! Dein *Vater*", er zerdehnte das Wort, als sei es etwas Obszönes, „hat sich aus dem Staub gemacht. Ohne ein Wort. Er hat sowohl dich als auch deine Mutter sitzen lassen. Hast du je von ihm gehört?"

Pedro sah ihm direkt in die Augen. Neben der Iris seines rechten Auges saß ein schwarzer Fleck inmitten des gelblichen Augapfels.

Julián schüttelte beinahe unmerklich den Kopf.

„Siehst du! Welcher Vater würde seine Familie im Stich lassen? Also wirklich! Selbst mir, seinem einzigen Verwandten, hat er kein Wort gesagt. Er ist mir nichts, dir nichts verschwunden." Don Pedro sah zu Boden und schüttelte ebenfalls den Kopf. „Der Mann, den ich zu kennen glaubte, existiert nicht mehr. Wer weiß", fügte er leise hinzu, „ob er je existiert hat."

„Er muss Gründe für sein Verhalten gehabt haben", widersprach Julián zaghaft. „Vollkommen ausgeschlossen, dass ein Mensch ohne guten Grund sein ganzes Leben aufgibt!"

„Damit magst du Recht haben, sobrino. Aber erklär mir, weshalb er sich mir nicht anvertraut hat? Ich bin sein Tío! Mir hätte er vertrauen können. Was heißt können - müssen! Aber, unter uns, dein Vater war ein wenig unzuverlässig." Pedro legte die Stirn in Falten. „Es fällt mir schwer, das über mein eigen Fleisch und Blut zu sagen, aber Raúl war einer der eigensüchtigsten Menschen, die ich je gekannt habe. Versteh mich nicht falsch! Ich habe ihn geliebt, also wirklich. Aber manchmal hätte ich mir gewünscht, er wäre rücksichtsvoller mit seinen Mitmenschen umgegangen. Raúl war ein Sturkopf. Er dachte nur an sich." Pedro seufzte. „Die Familie spielte für ihn keine große Rolle."

„Mich würde dennoch interessieren, was ihn fortgetrieben hat", sagte Julián. „Was auch immer es war - ich werde erst dann glauben, dass er mich grundlos im Stich gelassen hat, wenn ich seine Motive verstehe."

Don Pedro musterte ihn. Er nahm seinen Sombrero ab und legte ihn vor sich auf den Schreibtisch. Inmitten seines pechschwarzen Haares erstrahlte eine leuchtend weiße Strähne.

„Womöglich bist du ihm ähnlicher, als ich dachte."

Kyriel berührte Juliáns Arm. „Hast du ihn gefragt, wer diese Gorillas waren?"

Julián schüttelte den Kopf.

Er zögerte. Letztlich wandte er sich wieder Don Pedro zu: „Weshalb hast du uns eigentlich in einer solchen Nacht- und Nebelaktion hierherbringen lassen?"

Pedros Augen flackerten auf.

„*Wer* bist du?" schob Julián nach. „Das alles kommt mir vor wie eine Neuverfilmung des *Paten*. Du lässt uns in ein Auto zerren, sperrst uns hier ein –"

Gelächter brach aus Pedro hervor wie ein Gewitter aus heiterem Himmel. Julián und Kyriel sahen einander betreten an.

„Was hast du gesagt?" zischte Kyriel.

„Ich habe ihn gefragt, was die ganze Show sollte!"

„Sei vorsichtig."

Julián nickte kaum merklich, während Pedro sich mit einem Stofftaschentuch die Tränen aus den Augen wischte.

„Du bist gut, sobrino… – *Pate*! Den muss ich mir merken. Also wirklich!"

„Normal ist das nicht, das musst du zugeben, oder?"

Pedros Lachen verzog sich so schnell wie es begonnen hatte.

„Ich will mal so sagen", er räusperte sich, „ich besitze einen gewissen Einfluss in dieser Stadt. Mein Wort hat Gewicht. Das sollte dir als Antwort auf deine Frage genügen. Habe ich dich nicht herzlich aufgenommen?"

Julián nickte und trank einen Schluck Whisky. Weich und mild. Pedro hatte nicht zu viel versprochen.

„In der Familie, das musst du dir merken, ist Loyalität das oberste Gebot." Don Pedro drehte sich auf seinem Schreibtischstuhl. Die Rückenlehne den beiden zugewandt fragte er: „Du hast also wider alle Vernunft vor, diese Suche fortzuführen?"

„Ich muss ihn finden."

„Nun", Don Pedro fuhr sich mit der Hand über das Kinn, „womöglich ist das letzten Endes keine so schlechte Idee. Wäre doch interessant zu erfahren, was aus dem guten alten Raúl geworden ist. Also wirklich. Du wirst mich selbstverständlich auf dem Laufenden halten." Er kritzelte etwas auf einen Zettel, und gab ihn Julián. „Unter dieser Nummer kannst du mich erreichen. Wenn du etwas herausfindest, setz mich davon in Kenntnis. Immerhin ist Raúl mein Sobrino. Womöglich hat er ein schlechtes Gewissen, weil er sich damals klammheimlich verdrückt hat. Vielleicht traut er sich deshalb nicht, in den Schoß der Familie zurückzukehren. Dabei habe ich ihm sein Verhalten längst verziehen."

„Aber wie soll ich meinen Vater finden, wenn du mir nicht weiterhelfen kannst?"

„Womöglich war dein Vater verrückt genug, in unsere Heimat zurückzugehen. Ich kann mir zwar nicht vorstellen, was er sich davon versprochen haben sollte, also wirklich, aber, wie bereits erwähnt, war er ein wenig unberechenbar. Vielleicht hat ihn das Heimweh gepackt. Unverständlich, wenn du mich fragst. Aber wir Kinder des Bürgerkriegs sind ein eigenartiger Menschenschlag. Du wirst nie nachvollziehen können, was in Menschen wie unsereinem vor sich geht. Alles eine Frage der Erfahrungen. Die unsren wünsche ich niemandem. Dabei hatte Raúl hier alles! Eine Familie, die ihn liebte. Sicherheit."

„Dennoch ist er gegangen", stellte Julián fest. „Wann genau seid ihr hierhergekommen?"

„1983", erwiderte Pedro.

„Im Jahr meiner Geburt? Wie war es möglich–"

„Das solltest du besser deine Mutter fragen, Julián. Ohnehin liegt all das so weit zurück, dass ich mich kaum erinnern kann. 25 Jahre sind eine lange Zeit."

„Verschwunden ist mein Vater wann?"

„Im Frühjahr 1986."

Julián seufzte. Diese Suche hatte bisher nichts gebracht, außer der Erkenntnis, wie wenig er tatsächlich über die Umstände wusste, unter denen sein Vater verschwunden war.

„Es ist an der Zeit, dass ihr zu Bett geht. Ihr seid selbstverständlich meine Gäste."

Julián setzte an, etwas zu sagen, aber Pedro ließ ihn nicht zu Wort kommen. „Nein, nein, nein. Keine Widerrede. Also wirklich. Juana wird euch in den Ostflügel begleiten. Ich habe zwei Zimmer für euch herrichten lassen."

Pedro drückte einen Knopf auf dem Schreibtisch.

Einen Augenblick später stand eine Bedienstete in schwarzem Kleid und weißer Schürze im Raum.

„Juana, bring die Herren auf ihr Zimmer. Sorg dafür, dass ihnen an nichts fehlt. Habe ich mich verständlich ausgedrückt?"

„Sí, Don Pedro, sí. Wie Sie wünschen."

„Danke für alles, Onkel Pedro", sagte Julián. „Sehr freundlich von dir."

„Du bist Teil der Familie."

Mit diesen Worten setzte Don Pedro seinen Sombrero auf und verließ den Raum.

Kyriel und Julián standen der Hausangestellten gegenüber.

„Wenn die Herren mir folgen würden."

Kyriel lag in einem Ehebett, dessen blütenweiße Bezüge nach Lavendel dufteten. Er streckte sich aus und schloss die Augen. Was für ein Tag! Er fühlte sich eigenartig. Allein sein. Er war es nicht mehr gewohnt.

In wenigen Worten hatte Julián ihm vom Gespräch mit seinem Onkel erzählt, bevor er zu Bett gegangen war. Kyriel war sich nicht sicher, was er davon halten sollte. Einerseits diese Entführung à la Film noir, Pedros Gorillas, die Zeit in der verschlossenen Zelle - andererseits dann Pedro selbst, der plauderte, sie mit Whisky und Zigarren verköstigte, in luxuriösen Zimmern unterbrachte und Julián als verlorenen Neffen empfing. Das wollte alles nicht recht zusammenpassen. Und dann Guatemala. Ohne einen einzigen Anhaltspunkt? Das grenzte an Wahnsinn. Er atmete tief durch. Sein Puls wurde ruhiger, die Einsamkeit aber blieb.

Im Lichte der Morgendämmerung erwachte er. Sich den Schlaf aus den Augen blinzelnd blickte er sich in dem Zimmer um.

Dem Bett gegenüber stand ein Bauernschrank aus schwarzem Holz. Ringsumher lagen schwere Teppiche. Sie waren mit exotischen Mustern verziert. Kyriel dachte an die Bruchbude in der Calle de las Minas. Welch ein Quantensprung!

Er schlug Laken und Wolldecke zurück. Als er sich aufsetzte, fiel sein Blick auf ein Päckchen. Es lag vor der Zimmertür. Kaum größer als eine Zigarettenschachtel.

Er schwang sich aus dem Bett. Während er geschlafen hatte, musste jemand hier eingedrungen sein. Er hob das Päckchen auf und setzte sich auf die Bettkante. Jemand hatte es sorgfältig verschnürt. Wieso diese Geheimniskrämerei?

„Was ist?" Julians Augäpfel wanderten in verschiedene Richtungen. „Warum weckst du mich?"

„Ich muss dir etwas zeigen. Dachte, es könnte wichtig sein."

Julián setzte sich auf und zog das Laken bis unter das Kinn. Kyriel hielt ihm das Päckchen unter die Nase.

„Was ist das?"

„Das werden wir gleich herausfinden. Ich wollte es nicht ohne dich aufmachen. Es lag vor meiner Zimmertür, als ich aufgewacht bin."

„Es lag in deinem Zimmer?" Juliáns Schläfrigkeit schien wie weggewischt.

Kyriel nickte.

Juliáns Finger nestelten an der Schnur herum. Letztlich gelang es ihm, den Knoten zu öffnen. Er entfernte das Packpapier und hielt einen vergilbten, zusammengefalteten Umschlag in der Hand. Julián entfaltete ihn. Da fiel ihm ein Zettel entgegen.

In krakeliger Schrift, als sei die Nachricht in großer Eile verfasst worden, standen folgende Worte zu lesen:

No confiar – mejor ir mientras posible.
Un amigo

„Was heißt das?" wollte Kyriel wissen.

„Habt kein Vertrauen. Besser ihr geht, solange es möglich ist. Unterschrieben ist es mit *Ein Freund*."

„Steck das besser ein. Nicht, dass unseretwegen noch jemand Ärger bekommt."

Julián nickte geistesabwesend und starrte auf den Umschlag in seiner Hand. Er war mit einem Wachstropfen versiegelt.

Kyriel strich sich die Haare aus dem Gesicht. „Das gefällt mir nicht. Ich habe ein ungutes Gefühl bei der Sache."

Julián runzelte die Stirn.

„Dieser Pedro ist eine zwielichtige Gestalt. Er mag dein Onkel sein, aber das alles stinkt zum Himmel." Kyriel deutete auf den Zettel in Juliáns Hand. „Offenbar bin ich nicht der Einzige, der das so sieht."

„Trotzdem", entgegnete Julián, „musst du zugeben, dass er sehr nett zu uns war."

„Zu dir."

„Er ist schließlich mein Onkel, nicht deiner."

„Und das hier?" Kyriel deutete auf die Nachricht in Juliáns Hand. „Das ist eine Warnung. Geht, solange ihr noch könnt!"

„Völlig egal scheint es Onkel Pedro aber nicht zu sein, was mit meinem Vater ist. Immerhin soll ich ihn auf dem Laufenden halten. Er sah richtig traurig aus, als er über meinen Vater gesprochen hat."

„Und die Warnung?"

„Ein Mann in seiner Position - natürlich hat der Feinde."

„Aber genau das meine ich, Julián! Was ist das für eine *Position*? Wenn ich dich richtig verstanden habe, dann hat er kein Sterbenswörtchen darüber verloren. Er hat dir vielmehr sogar den Mund verboten."

„Er will sich eben nicht reinreden lassen. Letztlich geht es mich nichts an. Es sind seine Geschäfte."

„Was ist mit Gabriel?"

Julián schüttelte verdrießlich den Kopf. „Er ist mein Onkel, Kyriel."

„Gabriel wollte dir das Gesicht zerschneiden! Als Rache für das, was dein Onkel ihm angetan hat."

„Sagt er. Letztlich wissen wir nichts. Ich fand Pedro jedenfalls nett." Julián hielt noch immer den vergilbten Umschlag in der Hand.

„Ich finde das alles ausgesprochen suspekt", bemerkte Kyriel.

„Mach endlich diesen Umschlag auf. Dann erfahren wir mehr."

Julián blickte nachdenklich drein. „Von wem der wohl stammen mag?"

„Das werden wir nicht herausfinden, bevor du ihn aufmachst!" Kyriel sah Julián in die Augen. „Du hast Angst, oder?"

Julián schüttelte den Kopf. Nach einer Weile flüsterte er: „Keine Ahnung - ich habe gerade einen Onkel wiedergefunden. Und das hier -", er sah zu der versiegelten Botschaft, „ich weiß auch nicht."

„Was auch darinsteht - es hilft nichts, die Augen davor zu verschließen. Ehrlich gesagt halte ich es sogar für gefährlich."

„Schwachsinn, Kyriel. Er ist mein Onkel."

„Wie du meinst", sagte Kyriel. „Trotzdem willst du das nicht ignorieren, oder?"

„Nein, natürlich nicht."

„Na also."

Julián machte noch immer keine Anstalten, den Umschlag zu öffnen.

„Soll ich?" fragte Kyriel nach einer Weile.

„Nein. Es ist nur - schau ihn dir an. Was glaubst du, wie alt der ist? Meinst du, er könnte vielleicht -?"

„Verdammt, Julián, wir werden es nie erfahren, wenn du ihn nicht endlich aufmachst!"

Julián blickte sich um. Auf dem Nachtisch neben seinem Bett lag sein Taschenmesser. Behutsam fuhr er damit unter das Wachssiegel. Der Umschlag schnappte auf. Darin befand sich ein gefalteter Zettel. Julián zog ihn heraus und klappte ihn auf. Etwas fiel zu Boden. „Was ist das?" Julián bückte sich. „Ein Schlüssel", murmelte er. Er begutachtete ihn von allen Seiten.

„Steht etwas drauf?" fragte Kyriel.

„Nichts. Es sieht sogar so aus, als wäre hier etwas abgeschmirgelt worden."

Er deutete auf den Kopf des Schlüssels.

„Und was steht auf dem Zettel?"

Julián hielt Kyriel das aufgefaltete Papierstück hin.

LX – Dr Sª Martins; Plª Mafalda de Almeida Prado
RCS

„Was soll das sein?" fragte der. „Sieht aus wie ein Haufen Namen und Buchstaben! Deswegen der ganze Aufstand?"

„Es ist eine Spur", wisperte Julián. „Sieh doch nur: *RCS*. Das sind die Initialen meines Vaters. Raúl Coya Salamina."

Kapitel 36 – Briefe an Godot VII

Kastalien, 27. Oktober 2008

Lieber Godot,

ich hatte einen Traum letzte Nacht. Es war ein Traum von Dir, Godot, obwohl Du nicht in Deiner Gestalt da warst. Seltsam, nicht wahr? Du sahst nicht aus wie Du und doch warst Du es. Ich erkannte Dich an Deiner Essenz. Niemand sonst hat je das gleiche Gefühl in mir heraufbeschworen. Ich erwachte mit einem Gefühl von Melancholie. Nun fühle ich mich bleiern. Das Schicksal hat uns übel mitgespielt, so will es mir scheinen.
In solchen Momenten der Sehnsucht nach Unwiederbringlichem kann ich mich nicht ausstehen. Deshalb schreibe ich Dir diese Zeilen, um wieder im Jetzt anzukommen.
Jenseits des Fensters liegt ein Tal im Morgenlicht. Nebel steigt vom Flusslauf auf, windet sich um Ahorn und Pappel. Rot und golden schimmert das Laub. Selbst unter dem Dach kann ich das Rauschen des Wassers hören.
Fernab der Zivilisation kommt mein Pulsschlag zur Ruhe.
Immer wieder tauchte in den Gesprächen mit Ann-Marie ein Name auf: Simon.
Simon, Lauras Vertrauter in schwierigen Zeiten. Simon, der ihre Weltsicht prägte. Simon, dessen Gedanken Ann-Marie suspekt waren und der ihr letztlich doch zu dem Sohn wurde, den sie nie hatte. Warum hat Laura nie ein Wort über ihn verloren?
Ich begab mich also auf die Suche, was sich als schwieriger erwies als vermutet. Schließlich aber fand ich ihn in einer Kommune in der Fränkischen Schweiz.
Das Anwesen besteht aus drei alten Bauernhäusern und einigen Feldern, auf denen Hühner, Ziegen und Schafe umherstreunen. Und natürlich Katzen und Hunde.
Als ich nach einem mehrstündigen Marsch über abgelegene Pfade letztlich hier anlangte, hießen mich hölzerne Buchstaben über einem Gatter willkommen: Kastalien. Ich musste grinsen. Aufgeregt bellten die Hunde. Kurz darauf erschien eine bunt gekleidete Frau

und bat mich einzutreten. Sie empfing mich, als wäre ich ein alter Freund, und führte mich direkt in die Küche. Als Simon hereinkam, hatte ich bereits einen Minztee vor mir stehen. Zu meiner Überraschung stellte ich fest, dass ich ihn kannte. Er war einer der Sargträger gewesen. Ich erzählte ihm, warum ich ihn aufsuchte. Simon umarmte mich. Er wolle mir helfen, so gut er könne, meinte er, obwohl er den Kontakt zu Laura vor Jahren verloren habe. Dennoch, glaube ich, gefiel ihm meine Idee.
So kommt es also, dass ich nun unter den Dachsparren dieses alten Fachwerkhauses sitze und in den Herbstmorgen hinausblicke. Den gestrigen Tag nutzte ich, um mich hier in Kastalien umzusehen. Simon war den ganzen Tag damit beschäftigt, Brennholz für den Winter zu schlagen, versprach mir jedoch, dass er heute etwas Zeit für mich habe – ohnehin könne ich bleiben, solange ich wolle. Was sei fürs Schreiben geeigneter als Ruhe und Abgeschiedenheit.
Damit mag er Recht haben. Zugleich fürchte ich mich vor der Stille. Sie zwingt mich dazu, mich mit mir auseinanderzusetzen. Das ist ein Risiko, besonders, da ich mir nicht sicher bin, wohin mein Weg mich führen wird. Lebe ich noch das Leben, das ich leben will? Die Arbeit im Freien allerdings würde einen Ausgleich zu meinen Grübeleien und dem Schreiben darstellen. Außerdem ist Simon mir sympathisch. Einen Freund könnte ich derzeit gut gebrauchen. Eines der Themen, mit denen ich mich gerade beschäftige, ist Vertrauen. Keine Ahnung, ob Du es Dir vorstellen kannst, aber ich habe große Probleme damit, Menschen zu vertrauen. Auch ich trage meine Narben, Godot.

Ich umarme Dich aus der Ferne und verbinde mich im Geiste mit Dir,

Dein Pascal

Kapitel 37 - Glut

Obschon ihre Alarmglocken schrillten, ging Laura weiter. Sie musste sicher sein, auch wenn es das Potential barg, ihr das Herz zu brechen.

Drei Jahre kannte sie Simon bereits. In all der Zeit war er ihr Fels in der Brandung gewesen. Wie traurig er ausgesehen hatte, als er ihr davon erzählte, dass er das für seinen Vater niemals würde sein können! Für Laura aber war er es: ihr Halt, ihre Stütze, ihre Zuversicht. Und der, dem sie ihr Herz geschenkt hatte. Selbst wenn sie sich seit Jahr und Tag vergeblich danach sehnte, dass ihre Liebe erwidert wurde.

Geduld, hatte sie sich ein ums andere Mal gesagt, wenn sie kurz davor stand zu verglühen. Geduld. Eines Tages wird es soweit sein. Sie vermochte Zeichen zu lesen - darin war sie gut.

Simon liebte sie.

Dennoch hatte er nie gewagt, ihr näher zu kommen. Nichts als eine Umarmung hier, ein Kopfstreicheln da. Aber er wäre das Warten wert. Und dann würden sie den Rest ihres Lebens miteinander verbringen.

Sie hatte ihre Gefühle für sich behalten. Anfangs, weil sie geglaubt hatte, dass Simon sich ohnehin niemals für ein Mädchen wie sie interessieren würde, später, weil sie fürchtete, alles aufs Spiel zu setzen. Der Gedanke, Simon zu verlieren, verursachte ihr eine solche Panik, dass sie es nicht über sich brachte, diesen Schritt zu gehen. Wie oft hatten ihr die Worte bereits auf der Zunge gelegen! Selbst auf die Frage, was mit ihr los sei, hatte sie immer mit *nichts, nichts* geantwortet. Als hätte er sich nicht denken können, dass das eine Lüge war. Aber er hatte nie nachgefragt und ihr Schweigen respektiert. So war er eben. Simon. Respektvoll, durch und durch. Entscheidungen, die sie traf, stellte er nicht in Frage. Manchmal wünschte sie, er täte es. Hätte er nur einmal direkt gefragt, womöglich hätte sie ihm ihre Gefühle gestanden.

Lauras Herz schlug bis zum Hals, als sie allein die laternenbeleuchtete Straße hinabging. Eigentlich hatte sie sich gerade auf den Weg zur Straßenbahn machen wollen, um nach Hause zu fahren, nachdem sie sich vor dem *Treibhaus* von zwei Klassenkameradinnen verabschiedet hatte.

War er es wirklich gewesen? Hundertprozentig sicher war sie nicht. Dennoch fühlte sie sich, als habe ihr jemand einen Fausthieb in den Magen versetzt. Nein, es war unmöglich. Es konnte einfach nicht sein.

Unaufhaltsam zog ein Magnet sie voran. Ihr Puls raste. Ein kühler Wind griff ihr unter das schweißnasse Top. Sie musste sich beruhigen. Noch wusste sie nichts Sicheres. Und doch: all ihre körperlichen Reaktionen bescheinigten es ihr, mochte sie es noch so wenig wahrhaben wollen.

Du bist nur eifersüchtig, redete sie sich ein und hastete über das Kopfsteinpflaster. Beim *Huter* bog sie in die Obere Wörthstraße ein. Aus einer Kneipe dröhnte laute Musik. Vor der Tür tummelten sich skurrile Gestalten. Manche über und über tätowiert, andere schwer angetrunken, die nächsten in eine Diskussion darüber verwickelt, ob Kohl nach 16 Jahren endlich der Garaus gemacht würde.

Laura sah die Straße hinab. Niemand. Er konnte sich ja nicht in Luft aufgelöst haben. Wo war er hin? Sie blieb stehen. Ihr Atem ging schwer. *Kloster* stand über der Bar. Im Fenster stand die Büste einer barbusigen Nonne. Niemand drehte sich nach ihr um. Laura spähte durch das Fenster. Rauchschwaden durchzogen den Gastraum. Rotes Licht tunkte die Welt ins Surreale, Marienbildnisse und christliche Reliquien taten ein Übriges. Die Menschen standen dicht an dicht. Es war zu voll, als dass Laura hätte erkennen können, ob er darunter war. Sie sollte nach Hause gehen. Was tat sie hier eigentlich, außer sich zum Affen zu machen.

Der Magnet aber war stärker.

Sie drückte die Tür auf und schob sich durch einen Brokatvorhang. Aus den Lautsprechern dröhnte Musik. Die Luft war zum Schneiden. Laura lenkte ihre Schritte in Richtung Tresen. Das erwies sich als gar nicht so einfach. Von allen Seiten rempelten Betrunkene sie an. Sie brauchte dringend einen Drink.

Bei einem Riesen mit Babyface bestellte sie eine Weinschorle und trank ein paar Schlucke, bevor sie sich umsah. Obschon die Bar kaum größer war als ein gewöhnliches Wohnzimmer, war es schwer, hier jemanden zu finden. Die Menschen grölten ein Lied, das alle Wort für Wort zu kennen schien. Laura verstand nur Fetzen. *...Federboa...... transpiriere fürchterlich... trinke schnell noch ein Glas Sekt...* Simon entdeckte sie nirgends. Hatte sie sich am Ende doch getäuscht?

Sie ergriff ihr Glas und zwängte sich noch einmal durch die verschwitzten Leiber. Umso besser. Wäre auch zu absurd, um wahr zu sein. Sie kannte ihn schon so lange.

Da hörte sie ein Lachen, dessen Klang ihr nur allzu vertraut war. Sie drehte sich um und sah ihn.

Laura ließ ihr Glas fallen. Es zerbarst, doch niemand nahm davon Notiz. Sie schaffte es eben noch, sich abzuwenden und davonzuhasten. Auf der Straße rannte sie blindlings drauf los, rannte und rannte. Rannte, bis sie spürte, dass sie nicht mehr konnte. Ihr Atem ging stoßweise.

Rasch stieg sie ein paar Stufen hinab. Sie befand sich auf einer winzigen Halbinsel, die in die Pegnitz hinausragte. Sie zog sich an den Rand der Wiese zurück. Lehnte sich an eine Mauer.

Kurz zögerte sie, dann steckte sie sich den Finger in den Hals. Es kam nichts außer einer galligen Flüssigkeit. Nachdem sie ihrem Drang nachgegeben hatte, fühlte Laura sich noch elender. Sie rollte sich zu einem Ball zusammen und heulte. Nicht Simon! Nein!

„Laura!"

„Verschwinde!!"

„Aber was ist denn los?"

„Verpiss dich, Simon!"

Simon rüttelte an Lauras Zimmertür. Verschlossen. Ann-Marie hatte ihn vorgewarnt, ihm jedoch nichts Genaues zu sagen vermocht. Ratlos überlegte Simon, was er tun sollte.

„Ich gehe hier nicht weg, bevor du mir erklärst, was los ist! Was in Gottes Namen ist denn passiert? Verdammt noch mal, Laura, ich mache mir Sorgen. Könntest du bitte mit mir sprechen?"

Aus dem Inneren des Zimmers kam keine Antwort. Simon stand im Halbdunkel des Flurs. Was war geschehen? Als er Laura vor zwei Tagen zuletzt gesehen hatte, war alles wie immer gewesen. Im Inneren des Raumes bewegte sich etwas.

„Laura!" Er schlug mit der flachen Hand gegen die Tür. „Mach endlich auf und lass uns reden! Was auch immer passiert ist, gemeinsam finden wir einen Weg! Versprochen!"

„Lügner!"

„Wovon sprichst du eigentlich?"

Irgendetwas prallte von innen gegen die Tür und fiel zu Boden. Danach war es still.

Noch einmal pochte Simon gegen die Tür. Nichts. Dann würde er eben warten. Irgendwann würde sie rauskommen müssen, daran führte kein Weg vorbei. Er hatte Zeit. Geduld war noch nie seine Schwäche gewesen. Also ließ er sich gegenüber von Lauras Tür auf dem Boden nieder.

Es war keine halbe Stunde vergangen, da hörte Simon Schritte die Treppe hinaufkommen. Ann-Marie sah ihn verdutzt an.

„Simon? Was machst du –?"

Simon legte einen Finger auf den Mund.

„Aber was ist eigentlich–?" setzte Ann-Marie noch einmal an, doch Simon schüttelte den Kopf. *Keine Ahnung*, formten seine Lippen, *ich warte*. Ann-Marie blieb einen Augenblick stehen, dann trat sie den Rückzug an. Simon schloss die Augen. Wenig später hörte er erneut Füße die Treppe erklimmen. Als er den Kopf zur Seite wandte, blendete ihn das Abendlicht, das durch die Dachluke in den Korridor fiel.

Ann-Marie hielt ihm einen Teller mit belegten Broten und eine Tasse Kaffee hin. Dankbar lächelte Simon sie an und nahm sich ein Brot. Ann-Marie nickte.

„Wenn du etwas brauchst", flüsterte sie.

Simon nickte ebenfalls.

Die Sonne war längst untergangen und Laura hatte noch immer keinen Fuß vor die Zimmertür gesetzt. Simon gähnte und streckte sich. Seine Glieder begannen zu schmerzen. Welch groteske Situation, dachte er bei sich und beobachtete die Schatten, die das Mondlicht in den Gang projizierte. Er hatte nicht den blassesten Schimmer, wie viel Zeit vergangen war, aber es kam ihm wie eine Ewigkeit vor. Wenn Laura nicht bald auftauchte – aber nein, er hatte sich vorgenommen zu warten, also täte er das auch.

„Was machst du denn immer noch hier?"

Simon schrak hoch. „Ich", er brauchte einen Moment, bis er seine Sinne beisammenhatte, „ich warte darauf, dass du mit mir sprichst."

Lauras Miene blieb unergründlich.

„Ich habe dir doch gesagt, dass ich nicht mit dir reden will!"

Er richtete sich auf. Eine Armee tobsüchtiger Ameisen schoss ihm das Bein hinauf. „Ich weiß. Aber so einfach wollte ich es dir nicht machen." Er beugte sich hinab, um seinen Unterschenkel zu massieren.

„Hm."

„Jetzt komm schon Laura, sprich mit mir. Wenn du dann immer noch möchtest, dass ich gehe, tue ich es auch. Versprochen."

„Ich muss zuerst aufs Klo", erwiderte sie und lief den Flur hinab. Vor dem Treppenabsatz drehte sie sich allerdings um und fragte: „Sitzt du allen Ernstes schon seit vier Stunden da vor meiner Tür?"

Simon zuckte mit den Achseln. „Du weißt doch, dass ich keine Uhr habe."

„Aber dafür einen Dickschädel. Das muss man dir lassen. – Nun geh schon rein, ich komm gleich."

„Kannst du mir bitte endlich erklären, was los ist?" fragte er.

Laura blickte hinaus in die Finsternis. „Als ob du das nicht selbst wüsstest!"

„Jetzt mach nicht einen auf zickig, sondern rück raus mit der Sprache!"

Sie fuhr zu ihm herum. „Fick dich, Alter! Wenn du so mit mir reden willst, kannst du direkt wieder gehen!"

„Was ist eigentlich los mit dir? Was bitte habe ich dir getan? Ja, gut, sorry für die Zicke, aber -"

„Ich habe dich gesehen", zischte sie.

„Was meinst du?" stieß er leise hervor.

„Du weißt genau, was ich meine."

Jetzt war es an Simon wegzusehen. „Laura. Bitte!"

„Ich war gestern im *Kloster*."

In der Nachbarschaft bellte ein Hund. In der Ferne befand sich ein Flugzeug im Landeanflug. In Lauras Zimmer aber war es totenstill.

Simon schluckte. „Ich wollte es dir ja sagen, ehrlich, aber -"

Lauras Lachen ließ die Stahlklingen in der Küche wie Plastikbesteck aussehen.

„Du bist meine beste Freundin. Du musst mir glauben, ich hätte es dir -"

„Du verstehst nichts, Simon! Gar nichts." Sie griff nach ihrem Kissen. „Darum geht es überhaupt nicht! Hast du es nie begriffen? Bist du allen Ernstes so naiv?"

Simon sah sie an.

Laura schüttelte den Kopf. „In all den Jahren hast du es nicht gemerkt?" Ihre Augen glitzerten. „Wie konnte ich nur so blöd sein?"

„Was meinst du? Du bist nicht blöd! Ich hätte sofort mit dir sprechen sollen. Aber, du musst mir glauben, ich habe Marcel selbst erst vor drei Wochen kennen gelernt und ich weiß auch nicht, warum ich es dir nicht -"

„Ich liebe dich, Simon! Hörst du das? Ich liebe dich! Seit dem ersten Tag, dort, im Korridor in dieser beschissenen Klapse - seit drei Jahren warte ich darauf. Und du? Du verstehst es nicht. Und jetzt? Jetzt willst du plötzlich schwul sein, oder was? Ich fasse es nicht! Wie konnte ich nur derart beschränkt sein?" Laura brach in Tränen aus.

Simon starrte sie an. Letztlich ging er zu ihrem Bett hinüber.

„Oh Gott", flüsterte er und streichelte ihre Haare. „Was war ich nur für ein Idiot!"

„Fass mich nicht an, Simon!" Laura zitterte am ganzen Körper. Sie rollte sich auf dem Bett zusammen. „Tu das nicht! Ja? Nie wieder, verstehst du?"

Simon zuckte zurück. Hilflos blickte er auf Laura hinab. Dann packte er sie bei den Schultern, rollte sich neben sie und zog sie in seine Arme.

Laura versuchte loszukommen. Schlug um sich. Biss und kratzte. Aber Simon war stärker.

Mit seiner Rechten drückte er ihren Kopf an seine Brust, so lange, bis ihr Widerstand allmählich ermattete. Anfangs ging ihr Atem stoßweise, unterbrochen von krampfartigen Schluchzern, nach und nach jedoch wurde sie in seinen Armen ruhiger. Simon hielt sie fest und wiegte sie.

„Ich bin doch da, Laura. Ich bin doch da. Es tut mir so leid. Verzeih mir. Ich lass dich nicht allein, keine Angst. Ich bin hier, ich verspreche es dir. Ich bin bei dir." Er wiederholte diese Litanei solange, bis Laura eingeschlafen war.

„Das kann ich nicht, Bea."

„Du musst."

„Es geht nicht."

„Du hast keine andere Wahl, Laura. Du kannst nicht mit einem Typen befreundet sein, in den du verliebt bist."

„Er ist nicht irgendein Typ", entgegnete Laura. Schon die Verwendung dieses Wortes nervte sie. „Er ist mein bester Freund!"

„Umso schlimmer", hielt Bea dagegen. „Du wirst niemals darüber hinwegkommen, wenn du keinen klaren Schlussstrich ziehst. So ist das nun mal im Leben."

„Schwachsinn."

„Dich weiter mit ihm zu treffen, ist, als ob du dir immer wieder selbst ein Messer in den Bauch rammen würdest. Willst du das?"

Bea schenkte Laura Minztee nach. Der Duft verbreitete sich im ganzen Raum. Laura schwieg angestrengt. Natürlich wollte sie das nicht! Dieser Schmerz war kaum auszuhalten. Tiefe Ringe hatten sich unter ihren Augen eingegraben. Seit zwei Wochen schlief sie kaum, außerdem kämpfte sie mit dem Essen. Das bereitete ihr Sorge. Sie musste vorsichtig sein. Wenn sie an einen Ort nicht zurückwollte, dann in die Klapse. Dennoch hatte sie nach dem einen Mal am Flussufer nicht wieder gekotzt. Immerhin etwas.

Bea streichelte ihr über den Oberarm. „Ich meine es doch nur gut. Ich weiß, wie schwer das ist! Aber es gibt keinen anderen Weg."

Laura schluckte. „Meinst du wirklich? Ich könnte doch versuchen –"

„Vergiss es, Laura!" fiel Bea ihr ins Wort. „Das Einzige, was du erreichen wirst, ist, dass es ewig dauert. Du hast selbst gesagt, dass du nicht mehr kannst. Dann musst du stark sein. Brich den Kontakt zu ihm ab. Erklär es ihm von mir aus. Aber tu es. Ein sauberer Cut. Anders funktioniert es nicht."

Laura starrte aus ihrem Fenster. Von draußen verspottete sie die Spätsommersonne. Tag für Tag lachte sie vom stahlblauen Himmel herab. Unbarmherzig. Seit ihrem Gespräch mit Simon.

Zudem gab es einen neuen Kanzler. Die Welt drehte sich weiter. Nur für Laura war sie stehen geblieben.

Sie hätte nicht geglaubt, dass es derart schlimm sein könnte. So körperlich. Alles tat ihr weh. Sie schaffte es kaum, aus dem Bett zu kommen. Eine Stimme raunte ihr Morgen für Morgen zu, sie solle sich die Decke über den Kopf ziehen und liegen bleiben. Sich verstecken. Dennoch quälte sie sich in die Schule.

Als sie vom Fensterbrett hinabglitt, hinterließ sie einen Stirnabdruck auf der Scheibe.

Sie liebte ihn doch! Gab es keinen anderen Weg? Es war so ungerecht.

Laura ließ sich aufs Bett fallen. Wie so oft in den vergangenen Wochen drückte sie die zwei auf der Fernbedienung ihres CD-Players und hörte *Jóga*. Laura schloss die Augen. Ließ sich davontragen. Wenn es schon keinen Trost gab.

Es war, als handle das Lied von ihr und Simon.

Nie hatte sie sich so elend gefühlt, als sie noch beste Freunde waren! Sie hatte auf seine Berührungen gehofft, ja. Darauf, dass er ihr die gleichen Gefühle entgegenbrächte wie sie ihm, natürlich. Dennoch hatte sie sich nie so verloren gefühlt!

Unschlüssig nahm sie das Telefon zur Hand. Seit Tagen schwieg es sie an. Was, wenn? Aber nein. Was sollte das bringen? Dennoch erschien ihr etwas daran, Simon dafür zu bestrafen, dass sie ihn liebte, nicht fair. Und war es nicht eben das? Eine Strafe?

Wie sonst sollte er es auffassen, dass sie sich verhielt, als hätte es ihn nie gegeben? Es war schließlich nicht sein Fehler! Im Gegenteil – er hatte sich bemüht, noch verständnisvoller zu sein als ohnehin schon. Selbst, als sie ihm eröffnet hatte, dass es besser sei, wenn sie sich nicht mehr sähen, hatte er es hingenommen. *Wenn du denkst, es ist besser für dich.*

Die Erinnerung an den Ausdruck in seinen Augen versetzte ihr einen Stich. War das noch sie selbst? War es das, was sie, Laura, wirklich wollte? Ohne Simon zu leben?

Er hatte ihr in einer Zeit Hoffnung gegeben, als es keine Hoffnung gab. Konnte sie das aufgeben, nur damit es ihr besser ging? Wenn es ihr denn besser ginge! Oder machte sie sich aus dem Staub, sobald die ersten dunklen Wolken am Horizont auftauchten? Verleugnete sie damit nicht alles, was ihr Simon und die Freundschaft mit ihm bedeuteten?

Das erschien ihr falsch. Unehrlich. Vor allem aber: schwach.

Laura ging zum hundertsten Mal in die Küche hinab, um auf die Straße hinauszusehen. Nichts. Sie trank ein Glas Wasser und ging wieder nach oben. Das Telefon erwartete sie – stumm, als wäre es ein Kinderspielzeug.

Simon hatte sich ihr gegenüber nie schwach verhalten.

Abermals ließ sie sich aufs Bett fallen. Sie war so müde. Dieser ewige Gedankenkreisel!

Das Schlimmste aber war der Heißhunger. Bislang hatte sie ihre Gelüste zwar im Zaum halten können, doch wie lange noch? War es das wert? Die Freundschaft zu dem wundervollsten Menschen aufs Spiel zu setzen, den sie kannte - und zudem Gefahr zu laufen, zurück in diesen Sumpf gezogen zu werden?

Laura erschrak. Normalerweise zweifelte sie nicht an der Entscheidung, die sie getroffen hatte. Sie sprang auf.

„Ich werde noch verrückt hier!"

Niemand antwortete. Das Haus war leer. Das Telefon grinste breiter denn je.

Aber warum eigentlich? Was genau hatte Bea zu ihr gesagt, das sie davon abhielt, über andere Wege auch nur nachzudenken? Wenn Laura ehrlich wahr: nichts. Nur war Bea ihr gegenüber in einem derartigen Brustton der Überzeugung aufgetreten, dass Laura nicht in Zweifel gezogen hatte, was sie gesagt hatte.

Sie drückte wieder Play. Verschränkte die Arme hinter dem Kopf und starrte zur Decke. Der schwarze Schmutzfleck. Das herabhängende Spinnennetz. Der gelbe Farbstreifen, der übers Ziel hinausgeschossen war. Sie konnte das alles nicht mehr sehen.

Vielleicht sollte sie ihm die Chance geben, sie zu heilen, wie Björk sang. Er hatte das schließlich schon einmal geschafft.

Konnte sie wirklich? Sie riss ihr Kissen an sich. Wippte auf und ab. Nein. Doch. Sie versagte. Aber sie liebte ihn doch! Es würde niemals enden. Nicht so. Aber wollte sie denn, dass es endete?

Das erste Mal seit Tagen stahl sich ein Lächeln auf Lauras Gesicht. Was hatte sie schon zu verlieren? Schlimmer konnte es nicht werden! Außerdem konnte niemand sie zwingen, Beas Rat zu befolgen! Sie musste überhaupt nichts. Es war immer noch ihre Entscheidung. Der Rest der Welt konnte ihr gestohlen bleiben!

Laura nahm das Telefon zur Hand. Es tutete mehrmals, bevor er sich meldete.

„Ja?"

„Simon?" hauchte sie. „Kannst du vorbeikommen? Bitte?"
„Ist irgendwas passiert?" fragte er.
„Nein, es ist nur –"
„Schon auf dem Weg!" rief er.
Ehe sie noch irgendetwas sagen konnte, hatte er bereits aufgelegt.

aus: Goldberg, Pascal: *Auf dem Lachsweg – Ein biographischer Roman,* München 2010

Kapitel 38 – Déjà-vu

Die Flucht in den Norden war voller Strapazen. Es gab zahllose Momente, in denen María Dolores zweifelte. Zweifelte, ob sie jemals ankämen; zweifelte, ob sie alle den endlosen Fußmarsch überleben würden; zweifelte, ob es klug gewesen war, sich der Dorfgemeinschaft anzuschließen; zweifelte, ob sie den Hauch einer Chance hätten, ihren übermächtigen Häschern zu entkommen.

Letzten Endes aber, nach wie vielen Tagen vermochte niemand recht zu sagen, stießen sie in den bewaldeten Bergen von Ixcán auf einen versprengten Trupp von Guerilleros.

Was auch immer sie sich zuvor erträumt haben mochten, ein Willkommen mit offenen Armen sah anders aus. Misstrauen schien das oberste Gebot zu sein. Allesamt mussten sie sich die Augen verbinden lassen, ehe die Guerilleros bereit waren, sie in das Lager der Ihren zu führen.

Vier Tage später saßen sie nun in einem Kreis auf dem Waldboden. In ihrer Mitte brannte ein bescheidenes Feuer, dessen Schein unter den Baumkronen verborgen blieb. Ilhuicóatl, der Anführer der Guerilla-Truppe, dessen Name *Himmelsschlange* bedeutete, blickte sie mit ernster und zugleich feierlicher Miene an.

„Es ist nun also an euch, einen neuen Namen zu erwählen. In diesem Augenblick lasst ihr euer bisheriges Leben hinter euch. Ihr tretet ein in den Kreis derer, die ihr Leben dem Widerstand verschrieben haben. Dem Kampf um die Befreiung unseres geschundenen Volkes. Zum Schutze eurer Familien und Anverwandten fordere ich euch auf: vergesst, wer ihr wart. In dieser Stunde erschafft ihr euch neu. Wählt euren Namen mit Bedacht. Möge er euch selbst und unserem Volk zur Ehre gereichen!"

María Dolores betrachtete die Gruppe von Widerständlern. Viele waren kaum älter als sie selbst, einige jünger. Auch Frauen befanden sich unter ihnen. Die Gesichter der Krieger wirkten ausgezehrt und doch war allen eines gemein: In ihren Augen glomm ein Feuer. Es rührte nicht vom Widerschein des Lagerfeuers her. Es war das Feuer derjenigen, die sich mit Leib und Seele einer Aufgabe verschrieben, größer als sie selbst.

Ilhuicóatl mochte Anfang dreißig sein. Er trug seine langen Haare zum Pferdeschwanz gebunden. Sein Gesicht war sanft geschnitten, dennoch wirkte er unnahbar. War es das, was das Leben in den Wäldern aus einem machte?

Eine feierliche Stimmung lag über der Lichtung. Zugleich spürte María die Furcht. Dies war ein Schritt, der, einmal gegangen, kein Zurück erlaubte. Das Leben, das sie gelebt hatten, war beendet. Was vor ihnen lag, wusste niemand zu sagen.

Den Anfang machte der Abuelito. Er stand auf, trat vor Ilhuicóatl und sagte mit fester Stimme: „Mein Name sei von nun an *Tzilmiztli*. Der schwarze Puma will ich sein. Unsichtbar werde ich hinter unseren Feinden stehen und sie niederreißen, wenn sie es am wenigsten erwarten."

Es folgte Paco, Manuels Onkel. „*Chimalli* sollt ihr mich nennen, denn wie ein Schild will ich vor den Meinen stehen und sie beschützen vor allem Schlechten, das ihnen droht."

„*Cinteotl* will ich für euch sein", meinte seine Frau Marta, „schließlich müsst ihr alle essen!" Vor allem einige der männlichen Krieger lachten und nickten zustimmend. „Also will ich eure Maismutter sein und dafür sorgen, dass ihr etwas in eure hungrigen Bäuche bekommt."

Auf Marta folgte Alba, die den Hähnen das Leben gerettet hatte. Beide Tiere hatten auf der restlichen Wanderung keinen Mucks mehr von sich gegeben – obschon sie es verzweifelt versucht hatten. Die Kränkung ihres männlichen Stolzes aber hatte ihnen einen vorzeitigen Tod erspart.

Sie trat in die Mitte des Kreises und verkündete: „*Ameyal* sollt ihr mich heißen, denn wie eine sprudelnde Quelle will ich euch mit Kraft, Mut und Inspiration erfrischen, wann immer ihr sie am dringendsten braucht!"

Einer nach dem anderen erhob sich und gab mit lauter Stimme bekannt, für welchen Namen der alten Tradition er sich entschieden hatte.

Aus Manuel wurde *Papalotl*, der Schmetterling. Der Junge liebte die Leichtigkeit dieses Wesens. Die Vorstellung, von nun an selbst eine Art Schmetterling zu sein, gefiel ihm.

Aus Jorge wurde *Itzmin*, der Donner, womöglich, weil er sich vor Gewittern fürchtete. Der Gedanke, dass seine Gegner sich fortan vor ihm fürchteten, verlockte ihn.

Mauro wollte *Citlalmina*, der Sternenpfeil, geheißen werden, wie die sterbenden Sterne, die des Nachts vom Himmel fielen und ihren Feuerschweif hinter sich herzogen.

Der kleine Raúl sollte von nun an *Tleyotl* genannt werden, Feuerherz. Auf dem langen Fußmarsch hatte er sich als so tapfer wie nur irgendeiner erwiesen.

Pedros weiße Strähne leuchtete im Angesicht des Feuers. In den Wäldern von Ixcán wollte er als *Ocatlana* gelten: der Wendestein. In der Lage, sich an jede Situation anzupassen.

María Dolores trat als letzte vor Ilhuicóatl. Von Stund an wären diese Menschen ihre Familie. Die einzige Familie, die sie hatte. Fraglos hatten sie sie aufgenommen, obwohl ihr Zustand offensichtlich war. Ein Gefühl der Dankbarkeit erfüllte ihr Herz. Dennoch dachte sie bei der Wahl ihres Namens an ihren geliebten Bruder Pepito. Tief in ihrer Brust nährte sie die Hoffnung, ihn eines Tages wiederzusehen, wenn sie nicht jedwede Spur auslöschte, die eine solche Begegnung verhindern mochte. Sie musste an Pepitos Blick denken, als sie das Dorf verlassen hatte, an die grenzenlose Traurigkeit, die in den Augen ihres Bruders gestanden hatte. Die Erinnerung drohte ihr die Luft abzuschnüren. Ihre Wahl war auf einen Namen gefallen, der den Kosenamen fortführte, den der große Bruder ihr nach ihren ersten gestammelten Silben gegeben hatte.

Sie atmete tief durch. Nachdem sie ihre Zuversicht zurückgewonnen glaubte, sprach sie mit klarer Stimme: „Von nun an will ich für euch *Yoyotli* sein, die Glocke der Bäume. Jederzeit will ich euch warnen, wenn Gefahr droht. Ich werde über euch wachen und euch beschützen, weil ich überall sein werde, wo unsere Feinde nicht mit mir rechnen. Unsichtbar verborgen, wenn nötig, in der Krone mächtiger Bäume, die unserem Anliegen wohlgesonnen sind. Niemals will ich im Kampf um eine gerechtere Welt verzagen, wo auch immer dieser Weg uns hinführen mag."

„Wir müssen", entgegnete Ilhuicóatl. Seine Miene spiegelte das Unbehagen aller. Dennoch klang er entschlossen.

Die Lage im Land war heikel, die Guerilla in den letzten Jahren in alle Winde versprengt. Die Härte des Präsidenten zeigte ihre Wirkung. Öffentliche Hinrichtungen, Verstümmelungen, Vergewaltigungen - all dies verunsicherte die Bevölkerung und ließ sie im Umgang mit den Guerilleros vorsichtiger sein.

Seit Monaten versteckte sich ihr kleiner Trupp in den Bergen. Nur hin und wieder hatten sie kleinere Ausfälle unternommen - einmal einen vorüberziehenden Militärverband überfallen, wobei es ihnen gelungen war, ein paar Nahrungsmittel und Waffen zu erbeuten - die Vorräte aber gingen langsam zur Neige. Es war nicht einfach, so vielen Menschen ein Leben im Urwald zu ermöglichen. Schlussendlich waren sie Dörfler und gewohnt, die Milpa zu bewirtschaften. Hier indes blieben sie kaum je mehr als ein paar Tage am selben Ort. Zu groß war die Gefahr, dass die Armee sie aufspürte.

„Ich werde dich begleiten", bemerkte Cinteotl, die einst geschworen hatte, für das leibliche Wohl der Guerilleros zu sorgen. „Wenn du glaubst, es ist richtig, nach San Luis Ixcán zu gehen, dann wirst du damit Recht haben." Ihr Mann, Chimalli, nickte.

„Auf uns kannst du ebenfalls zählen", meinten Itzmin und Citlalmina. Die beiden waren noch immer ebenso untrennbar wie an dem Tag, als sie die schwangere Yoyo gefunden hatten.

„Und ich komme auch mit euch - also natürlich nur, wenn du auf das Baby aufpassen kannst, Ameyal".

Die Hahnenfrau zögerte, ehe sie meinte: „Natürlich tue ich das für dich, Yoyotli. Aber bist du sicher, dass du gehen willst?"

Yoyotli nickte. „Seit Monaten schont ihr mich. Es ist an der Zeit, meinen Wert für die Gemeinschaft zu beweisen. Ich verdanke euch so vieles!"

Sie sah in die Runde und betrachtete jeden einzelnen: Ameyal, die ihr eine Freundin geworden war. Itzmin und Citlalmina, die beiden Jungs, die sie bereits an jenem ersten Tag ins Herz geschlossen hatte, als sie ihr Tortillas geschenkt hatten, ohne im Gegenzug etwas zu erwarten. Aber auch die anderen Guerilleros und Guerilleras, die sie behandelten, als sei sie eine der Ihren, ohne je ein Wort über ihre Schwangerschaft verloren zu haben. Oder auch darüber, wer mein Vater sei.

Lucía hatte sie mich genannt, nach der Schwester, deren Nähe ihr so schmerzlich fehlte.

„Wirklich, diesmal bestehe ich darauf mitzukommen!"

Ilhuicóatl betrachtete sie streng. Dann nickte er.

„So sei es denn. Zu sechst werden wir gehen. Das sollte genügen. Die Bewohner von San Luis haben sich uns gegenüber stets freundlich gezeigt. Sicher werden sie uns auch diesmal unterstützen."

Noch ehe der Morgen graute, brach die Gruppe auf. Der Fußmarsch nach San Luis dauerte mehrere Stunden. Auf unwegsamem Gelände führte er sie durch die Berge des Quiché.

Die Luft war erfüllt vom Duft der Dschungelpflanzen. Wenn Yoyotli sich umsah, wurde ihr einmal mehr bewusst, wie sie die Schönheit liebte, mit der *Qachu Alom* ihr Land gesegnet hatte – und wie sehr sie sie zugleich in Erstaunen versetzte. Schnell wich die Kühle der Nacht einer drückenden Schwüle. Kein Vergleich zum angenehmen Klima ihres Heimatdorfes.

Die Gruppe bahnte sich ihren Weg durch das dichte Unterholz. Ihr Ziel war eine Finca in der Nähe des Ortes San Juan Ixcán.

Ilhuicóatl hatte ihnen erzählt, dass die Bewohner der Finca ihnen schon früher Mais und Frijoles verkauft hatten. Außerdem sei es wichtig, den Kontakt zur einheimischen Bevölkerung zu pflegen. Stets aufs Neue müssten sie den Bauern erklären, welche Ziele die Widerstandsbewegung verfolgte. Schließlich seien es eben diese Bauern, in deren Namen die Guerilla ihren Kampf ausfocht. Sie seien es auch, die die Krieger immer wieder in ihrer Zuversicht bestärken mussten. Nur wenn die Bevölkerung auf ihrer Seite stünde, habe die Guerilla eine Chance im Kampf gegen einen haushoch überlegenen Gegner.

Meine Mutter empfand rasch Respekt für Ilhuicóatl. Das lag nicht nur daran, wie er und die anderen Guerilleros sie aufgenommen hatten, sondern auch daran, dass er an das glaubte, was er sagte. Seine Unfähigkeit, Unrecht hinzunehmen, seine Art, den Menschen seine Weltsicht zu erklären, erinnerte sie an meinen Großvater. Aus Ilhuicóatl sprach dieselbe Leidenschaft. Seine Gegenwart linderte ihr Gefühl der Einsamkeit.

„Halt!"

Seine Stimme riss Yoyotli aus ihren Gedanken. Innerhalb eines Wimpernschlags erstarrte sie. Auch die anderen rührten sich nicht. Citlalminas schwarze Augen flackerten. In diesem Augenblick hörte es auch Yoyotli: ein tiefes Brummen, das sich unter Geräusche des Dschungels wob.

„Was ist das?" flüsterte Cinteotl tonlos.

„Womöglich sind es normale Transportfahrzeuge", erwiderte Ilhuicóatl.

„Oder die Armee", wandte Itzmin ein.

Seine Worte schwebten über ihnen. Zwar waren die Guerilleros nicht ohne Waffen unterwegs, dennoch waren sie ausgezogen, um Lebensmittel zu beschaffen, nicht um in ein Gefecht verwickelt zu werden.

„Was sollen wir tun?"

Es war Cinteotl, die fragte. Chimalli, ihr Mann, stand angespannt neben ihr und beobachtete Ilhuicóatl. Dieser verharrte reglos, als versuche er über die schwachen Laute, die bis zu ihnen durchdrangen, zu entschlüsseln, was andernorts vor sich ging.

Letztlich sagte er ruhig: „Wir gehen weiter."

Chimalli zog die Augenbrauen hoch, entgegnet jedoch nichts.

Ilhuicóatl, der seinen Blick aufgefangen hatte, fügte hinzu: „Wir haben keine Wahl. Ohne Nahrung werden wir nicht überleben. Außerdem besteht die Möglichkeit, dass es nicht das Militär ist."

„Nein", sagte Yoyotli bestimmt. „Es ist die Armee."

Ihr Tonfall ließ Ilhuicóatl aufhorchen.

„Woher willst du das wissen?" fragte er.

„Ich weiß es. Das ist alles, was ich dir sagen kann. In meinem früheren Leben war ich Schülerin unserer Schamanin."

Ilhuicóatl nickte. Es war das erste Wort über jenes andere Leben, das über die Lippen meiner Mutter gekommen war. Jenes Leben, das ihr nicht mehr gehörte.

„Dennoch werden wir gehen. Allerdings müssen wir von nun an vorsichtiger sein. Wenn das Glück auf unserer Seite ist, können wir helfen."

Mit der Geschmeidigkeit von Wildkatzen glitten die Guerilleros durch das Unterholz des Urwalds. Sie waren dem Schoße der Natur entsprungen.

Der Marsch führte sie steil bergan. Bald lief Yoyo der Schweiß in Sturzbächen über den Rücken. Zugleich zerrten das beständige Brummen und die Ungewissheit an den Nerven aller.

Am frühen Nachmittag erreichten sie einen Fluss. Die vorbeischießenden Wassermassen beunruhigten Cinteotl, die nie gelernt hatte zu schwimmen.

„*No tenga pena*", versuchte Ilhuicóatl sie zu besänftigen. „Ich kenne eine Stelle, an der wir den Fluss gefahrlos überqueren können. Das Wasser reicht dort kaum bis übers Knie."

Zweifelnd sah Cinteotl ihn an.

„Ich werde an deiner Seite gehen", fügte er hinzu. „Es ist nicht das erste Mal, dass ich diese Furt benutze. Wir werden ein bisschen nass werden, das ist alles. Von dort aus ist es nicht mehr weit bis zur Finca."

Es war unschwer zu erkennen, dass Cinteotl der Gedanke keineswegs behagte.

Chimalli legte ihr seine Hand auf die Schulter. „Nichts wird passieren", versprach er seiner Frau. „Hab Vertrauen."

„Du weißt, wie ich Wasser hasse. Seit meine Schwester ertrunken ist, träume ich immer davon."

Chimalli bedachte Cinteotl mit einem Blick, der Yoyotli durch und durch ging.

„Ich werde nicht zulassen, dass dir etwas geschieht."

Cinteotl atmete tief durch. Letztlich seufzte sie.

„Hier lang", gab Ilhuicóatl die Richtung vor. Die kleine Gruppe folgte ihm flussaufwärts.

Sie mochten eine halbe Stunde am Ufer des Flusses entlang marschiert sein, da blieb Yoyotli stehen.

„Es ist weg!"

„Was meinst du?" Citlalmina sah sie fragend an.

„Das Geräusch!"

In diesem Moment bemerkten es auch die anderen. Das Brummen war verstummt.

„Ein gutes Zeichen?" überlegte Itzmin.

Citlalmina zuckte mit den Achseln. Auch Ilhuicóatl enthielt sich einer Antwort. Stattdessen deutete er auf eine Stelle am Horizont. „Seht ihr den Baum, der sich über den Fluss neigt, wie eine Mutter über die Wiege ihres Neugeborenen?" Die restlichen Wanderer nickten. „Dort liegt die Furt, von der ich gesprochen habe."

Als sie die Stelle erreicht hatten, konnte Yoyotli sehen, dass Cinteotl Schweißperlen über der Oberlippe standen.

„Dir wird nichts passieren", flüsterte Yoyo. „Wir passen auf dich auf."

Cinteotls Blick wirkte auf einmal leer.

„Los, wir haben keine Zeit zu verlieren. Wir gehen voran", bestimmte Ilhuicóatl. Er streckte der verängstigten Frau seine Hand entgegen. „Ich helfe dir."

Yoyotli sah, wie Cinteotl mit sich rang. Dann jedoch nahm sie Ilhuicóatls Hand und seufzte abermals tief.

„Wenn es keinen anderen Weg gibt."

Sie raffte ihren Rock und stieg hinter dem Guerillero ins Wasser. Die anderen folgten den beiden. Ilhuicóatl hatte nicht zu viel versprochen. Die Überquerung des Flusses war, von ein paar glitschigen Steinen einmal abgesehen, in der Tat ungefährlich. Itzmin und Citlalmina betrachteten das Fußbad gar als willkommene Abkühlung.

Als sie das andere Ufer erreichten hatten, fiel eine Last von Cinteotl ab. Die Farbe kehrte in ihr Gesicht zurück. Sie wandte sich an Chimalli. „Ich hätte nie gedacht, dass ich auf meine alten Tage noch solche Abenteuer zu überstehen hätte – aber irgendwie ist es aufregend."

Das Lächeln, das ihre Lippen in diesem Augenblick umspielte, brachte Chimallis Augen zum Leuchten.

Da zerriss ein Geräusch die Luft. Im Bruchteil einer Sekunde befand sich meine Mutter wieder auf dem Markt in Chichicastenango. Ihr Körper verkrampfte sich. Keines ihrer Glieder wollte ihr mehr gehorchen.

Ilhuicóatl, dem das Geräusch ebenso vertraut war, umfasste seine Pistole und packte meine Mutter zugleich bei den Schultern. „Nicht jetzt", zischte er. „Wir haben keine Zeit zu verlieren!" Er schüttelte sie. Sie betrachtete ihn wie aus weiter Ferne. „Nicht – jetzt!" wiederholte Ilhuicóatl gedehnt, sein Ton diesmal schärfer. Als sie nicht reagierte, gab er ihr eine Ohrfeige. Mit einem Ruck kehrte die Klarheit zurück.

Der Rest der Gruppe beobachtete die beiden schweigend.

„Wir müssen sehen, ob wir helfen können. Folgt mir!" befahl Ilhuicóatl. „Seid so leise, als wolltet ihr ein Kaninchen mit bloßen Händen fangen!"

Daraufhin sprintete er davon. Der Rest der Gruppe eilte hinterher. Bis zur Farm verblieb ein knapper Kilometer.

Bald drangen Stimmen zu ihnen durch. Wollten sie ihre Anwesenheit nicht frühzeitig verraten, mussten sie langsamer gehen.

In Richtung Fluss war die Finca durch dichtes Buschwerk abgeschottet, sodass sie sich unbemerkt nähern konnten. Als sie die ersten Gebäude hinter den Büschen ausmachen konnten, gab Ilhuicóatl ihnen das Zeichen, stehen zu bleiben.

„Yoyotli! Du und Chimalli, ihr kommt mit mir. Wir versuchen herauszubekommen, was hier vor sich geht. Ihr anderen verbergt euch im Gebüsch."

Cinteotl drückte Chimallis Hand. Die beiden Jungs nickten widerwillig. Dies war nicht der Moment für Diskussionen.

Von der anderen Seite des Gebüschs drang der Klang einer befehlsgewohnten Stimme herüber.

„Wenn ihr den Ruf einer Eule hört, folgt uns nach. Ansonsten wartet, bis wir wiederkommen!"

Mit diesen Worten wandte Ilhuicóatl sich zum Gehen.

Meine Mutter und Chimalli folgten ihm ins dornige Blattwerk. Nach wenigen Metern legte Ilhuicóatl den Zeigefinger auf den Mund und gebot ihnen, stehen zu bleiben. Sachte bog er ein paar Zweige zur Seite.

Vor ihnen lag ein kleines Gehöft. Mehrere Hütten umgaben einen Platz, in dessen Mitte sich ein abgedeckter Brunnen befand. Daneben lag ein rostzerfressener Eimer. Auf der ihnen zugewandten Seite des Platzes standen Militärfahrzeuge, vor denen eine Gruppe von zwanzig Soldaten Stellung bezogen hatte – Maschinengewehre im Anschlag. Die Bewohner der Farm drängten sich verängstigt auf der anderen Seite des Platzes zusammen. Der Blick der Frauen war starr zu Boden gerichtet.

„Was können wir tun?" flüsterte sie Ilhuicóatl zu.

„Abwarten, was passiert." Der Zorn in seinem Blick erschreckte sie. „Es sind zu viele. Außerdem wissen wir nicht, ob es nicht noch andere gibt. Wo ist ihr Anführer?"

Da hörte sie es. Das schleifende Geräusch eines nachgezogenen Beins. Dann seine Stimme. Unter Tausenden hätte sie die wiedererkannt.

„Nehmt mit, was ihr finden könnt. Auf die Lastwagen damit, aber plötzlich!"

Eine alte Frau auf der anderen Seite des Platzes begann zu schluchzen. Ein Mann in Jeans und Hemd, mit Sombrero auf dem Kopf, legte ihr behutsam die Hand auf den Mund. Augenblicklich verstummte die Klage der Alten.

Die Soldaten schwärmten aus. Sie warfen alle Nahrungsmittel, die sie fanden, auf die Ladeflächen der Lastwagen. Säcke voller Mais, Bohnen und Reis.

Einer der Soldaten, ein junger Mann, dessen Hautfarbe ihn als einen der unseren auswies, trat hinter einem Schuppen hervor und rief: „Señor, seht her, wir haben ihre Tiere gefunden!" Seine Stimme kippte. „Sie haben sogar ein Schwein!"

Der Kommandant lächelte. „Mitnehmen!" befahl er. „Heute Abend feiern wir Schlachtfest, Männer! Einen Schmaus mit saftigem Schweinefleisch!"

Er zückte einen kleinen Apparat und sprühte sich etwas in den Rachen.

Einige Soldaten folgten ihrem Kameraden. Unter Gegacker und Flügelschlagen kehrten sie zurück. Weiße Federn stoben durch die Luft.

Da geschieht es.

Eine hochschwangere Frau bricht aus dem Schutze der Familie aus. Sie rennt auf die Mitte des Platzes zu und schreit: „Ihr verurteilt uns zum Tode! Wenn ihr alles mitnehmt, werden wir verhungern."

In der Mitte des Platzes sinkt sie auf die Knie und stimmt einen Wehgesang an.

Einige Soldaten halten inne, betrachten die Frau.

Hände und Gesicht gen Himmel erhoben, erfleht sie die Gnade des Allmächtigen.

„Wir müssen etwas tun!" zischt meine Mutter Ilhuicóatl zu.

Chimallis Augen sind weit aufgerissen. Stumm nickt er.

„Nein", entgegnet Ilhuicóatl bestimmt. „Wir sind zu wenige. Es gibt nichts, was wir für diese Menschen tun können."

„Wir können sie doch nicht ihrem Schicksal überlassen!"

„Wir haben keine andere Wahl."

Die schwangere Frau, ihr tränenüberströmtes Gesicht den Soldaten zugewandt, kniet noch immer auf dem Boden. Ihr Flehen hat sich in hilfloses Schluchzen verwandelt.

Voller Panik sieht meine Mutter zu dem, dessen Reaktion sie fürchtet wie nichts auf der Welt. Coronel Sergio Rivadeneiras Gesichtsausdruck verrät keine Regung.

Die Stimmung auf dem Platz droht umzuschlagen. Einige Soldaten stehen unschlüssig am Rande. Beobachten die weinende Frau.

„Ilhuicóatl, wir müssen ihr helfen!" beschwört meine Mutter den Guerillero.

„Bitte! Señor!" fleht die Frau auf Knien. „Lasst Gnade walten! Wir wollen nichts als überleben."

„Halt's Maul, Schlampe!"

Die Klage der jungen Frau aber reißt nicht ab. „Habt Erbarmen!" jammert sie. „Habt Erbarmen, Herr!"

Rivadeneira tritt ihr mit seinen schweren Armeestiefeln in den Bauch.

Stille.

Ein erstickter Aufschrei. Die Schwangere krümmt sich, presst schützend die Hände vor ihren Leib.

Auf der fernen Seite des Platzes ein Schrei.

Ein junger Mann brüllt: „Ana! Nein!" Er rennt los.

Alles Weitere geschieht binnen Sekunden.

Meine Mutter will losstürzen, doch Ilhuicóatl packt sie mit eisernem Griff. Chimallis Hand schnellt vor, verschließt ihr den Mund. Sie windet sich. Vergeblich.

Ana wimmert, krümmt sich auf dem Boden.

„Habe ich dir nicht gesagt, du sollst dein verdammtes Maul halten, Schlampe?" Rivadeneira spuckt der Schwangeren ins Gesicht. Tränen bahnen sich staubige Rinnen auf Anas Wangen.

Meine Mutter versucht sich loszureißen, Ilhuicóatl und Chimalli aber halten sie fest.

Der Coronel greift nach seiner Machete. Zieht sie aus der Scheide. Betrachtet das stumpfe Metall. Er lacht. Dann rammt er der weinenden Frau die Klinge in den Bauch.

Ein schauderhafter Laut entringt sich Anas Brust.

Sie kippt nach hinten. Regt sich nicht mehr.

Der junge Mann stößt einen Kriegsschrei aus und stürmt, die Machete in der erhobenen Hand, über den Platz.

Rivadeneira packt eine Maschinenpistole. Feuert eine Salve auf den Mann ab. Der stolpert, selbst fast ein Kind noch, taumelt einige Meter voran. Fällt in den Staub, Gesicht voran.

Als meine Mutter ihre Augen wieder aufschlug, wusste sie zunächst nicht, wo sie war. Verwundert sah sie in das ernste Gesicht Ilhuicóatls. Er hatte sich über sie gebeugt und strich ihr sanft über das Haar. In seinem Blick lag eine tiefe Traurigkeit, darunter jedoch unverhohlener Hass. Er berührte die Narbe an ihrem Hals.

„Er hat das getan, nicht wahr?"

Meine Mutter wandte ihr Gesicht zur Seite. Neben ihr saß Chimalli. Er hatte seinen Kopf in die Hände gestützt und stierte ausdruckslos ins Astgeflecht um sie her.

„Wie viel Zeit ist vergangen?" wollte sie wissen. „Sind sie –?"

Ilhuicóatl schüttelte den Kopf. „Vor einer halben Stunde abgezogen. Nachdem du das Bewusstsein verloren hattest, haben sie ihre Laster beladen und sich davongemacht."

„Sind noch andere –?" Sie schluckte.

Wiederum schüttelte der Guerillero den Kopf.

Langsam setzte meine Mutter sich auf.

„Er hat das getan", wiederholte Ilhuicóatl, nur klang es nicht mehr wie eine Frage.

Sie wagte nicht, ihm in die Augen zu sehen.

Er schwieg.

Nach einer Weile fragte sie: „Was machen wir jetzt?"

Der Guerillero zuckte mit den Achseln. „Hier können wir nichts ausrichten. Und Lebensmittel bekommen wir ebenfalls keine mehr."

„Sollten wir nicht schauen, ob wir den Menschen irgendwie helfen können?" wandte Chimalli ein.

„Es gibt nichts, was wir in diesem Moment für sie tun könnten, Chimalli. Ich halte es für klüger, wenn wir uns nicht zeigen. Wenn sie uns sehen, werden sie sich fragen, weshalb wir ihnen nicht geholfen haben."

Chimalli sagte nichts.

„Du hast richtig entschieden, Ilhuicóatl", meinte meine Mutter letztlich. „Wir hätten keine Chance gehabt. Es waren einfach zu viele."

„Danke, Yoyotli. Ich wünschte, es wäre anders gewesen." Ilhuicóatl blickte zu Boden. „Die Schuld am Tod dieser Unschuldigen werde ich von nun an mit mir herumtragen." Er räusperte sich. „Aber ich muss an unsere Mission denken. Wenn wir in diesem Moment hinausgehen, gewinnt niemand etwas."

„Wir könnten ihnen Beistand leisten."

Ilhuicóatl betrachtete Chimalli nachdenklich.

„Möchtest du das tun, Chimalli?" fragte er.

Chimalli überlegte.

„Du hast wohl Recht, Ilhuicóatl", sagte er schließlich. „Niemand würde dadurch etwas gewinnen."

Ilhuicóatl atmete auf.

„Wissen die anderen, was geschehen ist?" fragte meine Mutter.

„Ich habe Chimalli zu ihnen geschickt, nachdem die Soldaten weg waren und ich hier bei dir gewacht habe. Sie erwarten uns unten am Fluss."

„Dann lasst uns aufbrechen. Wir müssen einen anderen Ort finden, an dem wir Nahrungsmittel besorgen können."

Ilhuicóatl nickte. „Wir werden in Richtung Süden gehen. In einigen Stunden Entfernung liegt eine Finca, wo wir es versuchen können."

Chimalli musterte ihn.

„Die Soldaten haben den Weg nach Norden genommen, insofern dürften wir erst mal vor ihnen sicher sein", Ilhuicóatl warf meiner Mutter einen besorgten Blick zu. „Wird es gehen?"

Sie nickte.

„Ohnehin werden wir ein Nachtquartier aufschlagen müssen, bevor wir zur Farm gelangen", fügte Ilhuicóatl hinzu. „Die Sonne steht bereits zu tief."

Die kleine Gruppe schlug ihr Lager am Ufer des Flusses auf. Herabhängende Äste boten ihnen Deckung. Während der zwei Stunden, in denen sie ihren Marsch fortgesetzt hatten, hatte kaum jemand ein Wort verloren. Niemand hatte gewagt, dem anderen in die Augen zu sehen. Itzmin und Citlalmina waren meiner Mutter nicht von der Seite gewichen, die jedoch hatte sich den Kopf mit Fragen zermartert.

War sie selbst vielleicht sogar glücklich davongekommen? Oder war Anas Schicksal letztlich ihrem eigenen vorzuziehen? Sie wusste es nicht. Wieder und wieder sah sie, wie Ana hintenüberfiel und das Blut aus ihrem Bauch schoss. Sie war so jung gewesen.

Obwohl sie vollkommen erschöpft war, wälzte Yoyotli sich ruhelos auf ihrem Lager aus Moos und Blättern hin und her. Hätte sie es nicht doch verhindern können? Wie hatte sie danebenstehen können, wie Rivadeneira diese Frau und das Baby in ihrem Bauch abschlachtete?

„Du solltest wirklich versuchen zu schlafen", vernahm sie da eine leise Stimme neben sich.

Sie drehte sich um. Aus der Dunkelheit funkelten sie Ilhuicóatls Augen an. Sein Körper war ihr zugewandt und sie spürte seinen warmen Atem auf der Haut.

„Wir haben morgen einen anstrengenden Tag vor uns."

„Ich weiß", entgegnete sie. „Aber kannst du es so einfach vergessen? Sobald ich die Augen zumache, sehe ich sie vor mir - ich - ich", sie schluckte, „wie soll ich da Ruhe finden?"

Sie drehte sich auf den Rücken und starrte in das Blätterdach. Ein sanfter Wind ließ das Laub im silbrigen Mondlicht erzittern. Wenige Meter weiter rauschte der Fluss vorüber.

„Dieser Mensch ist eine Bestie! Wie kann jemand nur so werden?"

„Ich kann es ebenso wenig vergessen wie du", gestand Ilhuicóatl. „Diese Grausamkeit - nein, es gibt schlichtweg keine Worte dafür." Er zögerte einen Augenblick, ehe er hinzufügte: „Angeblich war er nicht immer so."

„Was willst du damit sagen?"

„Ich kannte in der Hauptstadt einen Professor, der - naja, eigentlich spielt das keine Rolle." Ilhuicóatls räusperte sich. „Auf jeden Fall weiß ich einiges über Rivadeneiras Lebensgeschichte. Vor langer Zeit kämpfte er einen ganz anderen Kampf."

„Aber wie kann ein Mensch zu so einem Monstrum werden?" fragte meine Mutter.

„Darauf kann ich dir keine Antwort geben", meinte Ilhuicóatl leise. „Aber ich kann dir erzählen, was ihm widerfahren ist, wenn du möchtest."

„Was hast du in der Hauptstadt gemacht?"

„Auch ich hatte ein Leben vor diesem. Ich habe Wirtschaft studiert. Meine Eltern haben etwas Land geerbt, deshalb konnten sie mich auf die Universität schicken."

„Land?" fragte sie.

„Meine Eltern sind Ladinos."

„Was?" Meine Mutter starrte ihn fassungslos an. „Das kann nicht sein! Wieso bist du dann so – ich meine, du siehst aus wie wir!"

„Ich habe dunkle Haut – aber ich bin kein Maya."

„Aber warum kämpfst du auf unserer Seite?"

„Das ist eine andere Geschichte. Vielleicht erzähle ich sie dir bei Gelegenheit." Er nahm ihre Hand. „Ich kämpfe auf der einzig richtigen Seite. Zunächst aber solltest du erfahren, was diesem Coronel geschehen ist. Es könnte eines Tages noch wichtig werden."

Die Strahlen des Mondlichts zauberten ein bizarres Muster auf sein Gesicht.

„Ist *er* Lucías Vater?"

Meine Mutter zuckte zusammen. Sollte sie ihm die Wahrheit sagen? Was würde dann mit mir geschehen?

„*No tenga pena.* Du musst mir keine Antwort geben, wenn du nicht möchtest. Allerdings", sagte er eindringlich, „werde ich mich nicht zu deinem Richter aufschwingen."

„Was ist das also für eine Geschichte?" fragte sie.

„Gehen wir ein paar Meter, um die anderen nicht zu wecken."

Sie nickte und folgte Ilhuicóatl, als er sich leise erhob und unter den Baumkronen hervortrat.

„Da lang!" Er zeigte flussaufwärts. Schweigend legten sie einige Hundert Meter zurück, bis sie an einen Felsvorsprung gelangten, der in den Fluss hinauskragte. Ilhuicóatl ließ meiner Mutter den Vortritt.

Sie setzte sich. Ihre Beine baumelten über dem Fluss. Das Gewässer war an dieser Stelle breit und träge.

„Ich will dir erzählen, was ich über Sergio weiß", begann Ilhuicóatl.

„Sergio?" unterbrach sie ihn verächtlich.

„Ja, Sergio ist sein Name. Sergio Rivadeneira. Wir sollten nie vergessen, dass es sich bei all diesen Leuten um Menschen handelt. Menschen wie du und ich."

Sie starrte wortlos auf den Fluss hinaus.

„Wie unfassbar uns vorkommen mag, was sie tun", fuhr Ilhuicóatl fort, „wir haben nur eine Chance, sie eines Tages zu besiegen, wenn wir eben das nicht vergessen: sie sind nichts weiter als Menschen. Deshalb werde ich ihn Sergio nennen – so wie ihn früher seine Freunde nannten. Denn der Freund, der mir die Geschichte erzählt hat, kannte Sergio persönlich. Damals, als der noch auf der anderen Seite stand."

„Auf der anderen Seite?" Meine Mutter wandte sich ihm zu. „Willst du etwa behaupten, er hat auf unserer Seite gekämpft?"

„Das zu behaupten, wäre falsch. Die Situation war eine andere damals. Guatemala war auf dem Weg zur Demokratie. Der damalige Präsident, Jacobo Árbenz war sein Name –", meiner Mutter lief es kalt den Rücken herunter, „dieser Árbenz also unternahm einen Versuch, den US-Konzernen ihre Allmacht zu entreißen. Damals gab es keinen Bürgerkrieg im Land. Die Firmen herrschten wie Monarchen. Niemand wagte sich ihnen zu widersetzen. Ein Großteil des Landes lag brach und verkam. Niemand durfte es bebauen, während allerorten die Menschen verhungerten."

Meine Mutter dachte an ihren Vater. Ein ums andere Mal hatte der ihr erzählt, dass diese Zeit am Tage ihrer Geburt zu Ende gegangen war.

„Sergio jedenfalls stammte aus gutem Hause", setzte Ilhuicóatl seine Erzählung fort. „Seine Eltern waren Großgrundbesitzer. Er hätte ein sorgloses Leben führen können, ohne einen Finger krumm machen zu müssen. Aus irgendeinem Grund aber genügte ihm das nicht. Er war ein normaler Heranwachsender mit großem Ego. Mit 18 sagte er sich von seinen Eltern los. Er verließ das Haus im Streit, ging in die Hauptstadt und trat dort ins Militär ein. Keine besonders kluge Entscheidung, wenn du mich fragst. Vor allem nicht, da unser junger Sergio ein Problem mit Autoritäten hatte. Die Militärausbildung sorgte dafür, dass er lernte, sich anzupassen. Oder sich *vorübergehend* anzupassen, wollte er vorankommen. Und das wollte Sergio - mehr als alles andere. Er fühlte sich zu Höherem berufen und war davon besessen, seinen Eltern zu beweisen, was in ihm steckte." Ilhuicóatl spuckte aus. „Kaum drei Jahre, nachdem er in die Armee aufgenommen worden war, kam im Jahre 1945 Juan José Arévalo an die Macht. Er war der erste Präsident, den das Volk gewählt hatte. Der Weg dorthin war beschwerlich gewesen. Bereits im Vorjahr war der Diktator Ubico nach einem Generalstreik zurückgetreten. Die Macht hatte er einer Junta zugeschanzt, die aus drei Männern bestand. Einer davon war ein gewisser Ponce. Dieser Ponce nun war es, der die Idee hatte, Wahlen zu veranstalten. Sein Vorschlag war nicht wirklich ernst gemeint, musst du wissen.

„Warum machte er ihn dann?"

„Ponce hoffte, auf diese Art das Volk zu beruhigen", erwiderte Ilhuicóatl. „Das Ergebnis aber, so sein Plan, solle von vornherein feststehen. Schließlich wollte er Präsident werden."

Meine Mutter beobachtete die Spiegelungen auf dem Wasser.

„Aber er hatte sich verschätzt. Eines der großen Probleme damals waren Ubicos sogenannte Vagabunden-Gesetze."

„Davon habe ich nie gehört. Was ist das?"

„Es war eine Katastrophe. 120 Tage im Jahr mussten deine Leute für Plantagenbesitzer arbeiten. Unbezahlt. Sie konnten immer und überall aufgegriffen werden. Noch dazu standen die Finqueros außerhalb des Gesetzes. Das bedeutete, sie konnten strafen und töten, wie und wen sie wollten. 120 Tage! Ein Drittel des Jahres. Stell dir das mal vor, Yoyotli: du warst gerade auf dem Weg zum Markt oder was weiß ich, dann kam die Polizei und du musstest dein Arbeitsbuch vorzeigen. Hattest du noch nicht genügend Tage gearbeitet, nahmen sie dich einfach mit."

Yoyotli kauerte sich zusammen.

„An dieser Stelle", Ilhuicóatl senkte seine Stimme ab, „kommt nun Sergio ins Spiel. Ponce hatte nicht ernsthaft damit gerechnet, dass ihm bei diesen Wahlen jemand gefährlich werden könnte. Eigentlich sollten sie ein abgekartetes Spiel sein. Auf einmal aber führte die Opposition diesen Arévalo ins Feld. Es zeigte sich, dass dieser Mann im Lande ausgesprochen populär war. Als Ponce das realisierte, bekam er kalte Füße. Kaum dass Arévalo aus dem Exil in Argentinien zurückgekehrt war, ließ Ponce ihn verhaften. Mit einem anderen allerdings hatte er ebenfalls nicht gerechnet: Capitano Jacobo Árbenz, dem einstigen Stern am Himmel der guatemaltekischen Armee. Er war von Ubico entlassen worden und plante seine Rückkehr aus dem Exil. In seinem Gefolge befand sich Sergio."

„Jacobo Árbenz und Rivadeneira?"

„Die beiden hatten sich gleich zu Beginn von Sergios Militärdienst kennen gelernt", erklärte Ilhuicóatl. „Sergio bewunderte Árbenz wie einen großen Bruder. Er selbst hatte keine Geschwister. Seine Eltern hatten jeglichen Kontakt zu ihm abgebrochen, als er das Haus verlassen hatte. Árbenz war der einzige, der sich um ihn kümmerte. Insofern war Sergio Árbenz bedenkenlos ins Exil gefolgt, als dieser bei Ubico in Ungnade gefallen war. Eines Abends erzählte Árbenz Sergio von seinem Plan. Er wollte gegen Ponce vorgehen und Arévalo an die Macht verhelfen. Sergio witterte seine große Chance. Zusammen mit einer kleinen Gruppe Verbündeter marschierten sie zum Palacio Nacional in der Hauptstadt. Dort verteilten sie Waffen an die Unterstützer Arévalos. Ihr Plan sollte aufgehen: Ponce ergriff die Flucht. Im März wurde Arévalo zum Präsidenten gewählt."

Der Mond war hinter einer vorbeiziehenden Wolke verschwunden. Plötzlich war es finster um die beiden her.

„Aber was ist dann passiert?" fragte meine Mutter.

„Nun, zunächst verbesserten sich die Verhältnisse im Land langsam aber stetig. Árbenz wurde Außenminister. Da Sergio sich als Getreuer erwiesen hatte, stand er hoch in seiner Gunst. Rasch stieg er innerhalb der Armee auf, war bald auf du und du mit den höchsten Würdenträgern der Nation. Nach Arévalos Amtszeit folgte Árbenz ihm 1951 ins Amt des Präsidenten. Beide hatten sich jedoch mächtige Feinde geschaffen. Sowohl Kirche als auch Unternehmer waren von der Aussicht auf eine Umwälzung der Besitzverhältnisse keineswegs angetan. Die Kirche nicht, weil sie um ihren Einfluss auf das Bildungssystem fürchtete, die Unternehmer nicht, weil sie Grund und Boden zu verlieren hatten. Diese Furcht war natürlich berechtigt. Wäre es tatsächlich zu Árbenz Landreform gekommen, nun ja – wäre. Ist es aber nicht." Ilhuicóatl legte die Stirn in Falten. „Der Präsident hat die Macht seiner Gegner unterschätzt. Er tat einiges dafür, behutsam vorzugehen – doch allen voran die United Fruit Company fand seine Pläne wenig amüsant. Dann beging Árbenz einen Fehler. Er wollte die Firmen enteignen, ohne einen angemessenen Preis zu zahlen. Damit war das Spiel gelaufen."

„Aber warum tat er das dann? Hätte er sich nicht denken können, dass das nicht funktionieren würde?"

„Wenn du mich fragst, konnte er den Betrug nicht ertragen. Er war so offensichtlich. Unter Ubico hatte die United Fruit Bedingungen ausgehandelt, die für Guatemala und die Guatemalteken nichts weiter waren als ein schlechter Witz. Als Bemessungsgrundlage für die Entschädigung benutzte Árbenz die Zahlen, die das Unternehmen selbst angegeben hatte, um seine Steuerlast gering zu halten. Das wurde ihm übel genommen – sehr übel. Dazu kam das Schlagwort Enteignung. Das klang so sehr nach Kommunismus, dass es für die United Fruit ein Leichtes war, die US-Regierung auf ihre Seite zu ziehen."

„Und Rivadeneira ließ seinen alten Freund einfach im Stich?"

„Ganz so war es nicht", widersprach Ilhuicóatl. „Der Putsch, der von der CIA angezettelt wurde, hätte niemals geklappt, wären nicht völlig falsche Informationen verbreitet worden. Zahlenmäßig handelte es sich um ein paar Hundert Söldner, aber die Putschisten gebärdeten sich, als stünden sie zu Tausenden im Nachbarland. Sergio, einer der Getreuen des Präsidenten, kämpfte in einem der wenigen Gefechte, die überhaupt zur Verteidigung der Regierung stattfanden. Bei diesem Scharmützel geschah es nun, dass Sergio verletzt wurde. Ein Granatsplitter traf ihn ins Bein und er ging zu Boden. Seine Kameraden – Männer, für die er alles getan hätte, die ihm Freunde, ja, Familie waren – diese Männer hatten sehr wohl mitbekommen, dass Sergio getroffen worden war. Trotzdem traten sie Hals über Kopf den Rückzug an. Sie retteten ihre eigene Haut, ohne sich um ihn zu scheren. Sergio blieb inmitten des Schlachtfelds liegen. Die Kameraden, denen er unverbrüchliche Treue geschworen hatte, überließen ihn seinem Schicksal. Sergio rettete sich, indem er sich mit letzter Kraft unter einem Busch verbarg. Er muss viel Blut verloren haben. Trotzdem war er noch am Leben, als ihn am nächsten Morgen ein gegnerischer Soldat fand. Es handelte sich um einen jungen Mann namens Carlos Arana."

„Der, der jetzt Präsident ist?"

„Genau der. Nur war Arana damals nichts weiter als ein einfacher Soldat. Anstatt Sergio zu töten, was in dieser Situation ein Kinderspiel gewesen wäre, brachte er den Verwundeten ins Spital. Als Sergios Eltern erfuhren, was geschehen war, überwanden sie ihren Stolz und holten ihn nach Hause. Sergio verschwand für Jahre von der Bildfläche. Als er wiederauftauchte, war er nicht mehr derselbe. Der ehrgeizige Soldat und ergebene Gefolgsmann von Jacobo Árbenz hatte sich in einen verbitterten Zyniker verwandelt. In einen Feind der eigenen Vergangenheit. Tag für Tag erinnerte ihn sein steifes Bein an den Verrat seiner Kameraden. Mein Freund, der Sergio aus seinen Anfangsjahren beim Militär kannte, traf ihn einmal wieder. Sergio erkannte ihn nicht. Er sprach am Nebentisch mit einem Arzt. Mein Freund erzählte mir später, dass Sergio fürchtete, sein Mundgeruch könnte Anzeichen für eine tödliche Erkrankung sein. Was auch immer der andere sagte – Sergio wollte ihm nicht glauben. Wieder und wieder wiederholte er, dass er überzeugt war, sterben zu müssen."

„Leider hat er damit nicht Recht behalten", stieß Yoyotli hervor.

„Nein, das hat er nicht", entgegnete Ilhuicóatl, „aber ich denke, er glaubt es noch immer. Dabei sind viele Jahre seither vergangen. Hast du bemerkt, dass er sich ständig dieses Spray in den Rachen sprüht?"

Meine Mutter nickte nachdenklich. Die Wolken waren vorübergezogen. Tief stand der Mond über dem Horizont und tauchte die Nacht in ein unwirkliches Licht.

„Wir müssen ihn aufhalten", flüsterte sie.

aus: Smith-Hudson, Robert, Handbuch zur Aufständischen-Bekämpfung, Washington D.C., 1964.

Um den Kern einer Widerstandsbewegung zu treffen, ist es von essentieller Bedeutung, die sozialen Bande der Aufständischen zu zerstören.

Die Frau darf hierbei als Symbol gelten. Sie ist Sinnbild der Fruchtbarkeit und des Lebens. Frauen können als Träger der Familien- und Gemeinschaftsstrukturen angesehen werden. Selbst unter widrigsten Bedingungen trachten sie danach, die Mindestvoraussetzungen für ein gemeinschaftliches Überleben zu sichern. Insofern hat es sich im Rahmen der Aufstandsbekämpfung als probat erwiesen, den Reproduktionszyklus an dieser entscheidenden Stelle zu schwächen.

Kapitel 39 - LX

„Du hattest Recht. Lauter wirres Zeug! Sieht aus wie Gerichtsurteile. Aber nicht auf Spanisch. Portugiesisch vielleicht. Wenn ich die Initialen *RCS* weglasse–?“

„Kommt etwas anderes?“ fragte Kyriel.

Das Licht der Schreibtischlampe erleuchtete Elits Wohnzimmer nur unzureichend. Ihr Gastgeber war nicht zu Hause. Als Kyriel und Julián am Nachmittag wiederaufgetaucht waren, wirkte Elit erleichtert. Letztlich war es die neue Fährte gewesen, die Julián davon überzeugt hatte, aufzubrechen, egal, was von seinem Onkel zu halten war. Denn eines war klar, Pedro besaß keinerlei Informationen bezüglich Raúls Aufenthaltsorts.

„Facebook-Profile, aber nur Teile der Namen, die wir suchen. Was bedeutet dieses *LX* eigentlich?“

Juliáns Finger flogen über die Tasten. Kyriel lag mit geschlossenen Augen auf dem Sofa.

„*LX* ist offenbar die Abkürzung für die Swiss, du weißt schon, diese Schweizer Fluggesellschaft.“

„Das bringt uns nicht weiter.“

„Warte, ich gebe es mal bei Wikipedia ein.“ Juliáns Miene verdüsterte sich. „Also es gibt jede Menge Bedeutungen von *LX*. Zum einen die SWISS, das hatten wir ja bereits; dann ist *LX* die Abkürzung für Linux; das Symbol für die römische Zahl *60*; die Modellserie eines Teleskopherstellers und schließlich die Maßeinheit der Beleuchtungsstärke Lux.“

„Damit können wir nichts anfangen.“

Julián runzelte die Stirn. „Wir haben diesen Schlüssel - für den muss es ein Schloss geben. Mein Vater hat keine Erklärungen dazu geschrieben. Er muss also davon ausgegangen sein, dass mir diese Informationen genügen würden. Natürlich vorausgesetzt, dass der Schlüssel für mich bestimmt war.“

„Hör mal, Julián. Dein Vater ist vor über 20 Jahren verschwunden. Bis heute hat dieser unsichtbare *Freund* ihn aufbewahrt, das ist doch eindeutig. Man kann ihm wahrlich nicht vorwerfen, ihn voreilig dem Nächstbesten gegeben zu haben.“

„Aber wer ist dieser *Freund*? Warum hat er sich nicht direkt an uns gewandt, sondern uns den Umschlag anonym zukommen lassen?"

„Das weiß ich nicht", räumte Kyriel ein. „Aber, dass er für dich gedacht war, daran besteht kein Zweifel."

„Wenn ich hier *Dʳ Sᵃ Martins* eingebe, komme ich irgendwie bei *Doc Martens* raus. Aber der stellt mir das *R* und das *A* bei der Suche nicht hoch. Wenn ich dann noch *LX* hinzusetze, lande ich bei *Dr. Martin Luthers Gesammelten Werken*."

Julián zupfte an seinem Ohrläppchen.

„Aber ich suche die ganze Zeit über die deutsche Suchmaschine - ich Idiot! Auf die Idee hätte ich früher kommen können! - Ich probiere es mal über die spanische."

„Und?" fragte Kyriel nach einer Weile.

„Ich glaube, da sieht es nicht besser aus. Lauter Facebook-Profile. Und irgendwas über Brasilien. Ich klick es mal an." Er wippte mit dem Fuß. „Immerhin wäre das schon mal in Lateinamerika."

„Brasilien und Guatemala?" Kyriel klang skeptisch.

„Stimmt schon", meinte Julián, „ist ein Eck."

Kyriel stand auf, doch Julián schüttelte den Kopf.

„Nein, das ergibt keinen Sinn, das ist wieder auf Portugiesisch. Es geht um den *Rio Grande do Sul*, wenn ich das recht verstehe. Scheint eine wissenschaftliche Studie zu sein. Mit unserem *LX* hat das nichts zu tun, würde ich sagen."

Julián klickte zu den Suchergebnissen zurück

„Was ist das hier?" Kyriel beugte sich über Juliáns Schulter und deutete auf eines der Ergebnisse.

LX Factory de Lisboa Centro das Artes.

Julián rief die Seite auf.

„Das könnte etwas sein. Das ist zumindest ein Ort."

„Und nicht am anderen Ende der Welt", fügte Kyriel hinzu, während Julián den Inhalt der Seite überflog. „Um was geht's?"

„Ein Kunstzentrum in Lissabon. Moment, ich habe eine Idee", Juliáns Finger wirbelten über die Tastatur, „es wäre immerhin möglich –"

„Wovon sprichst du?"

„Ich kriege die ganze Zeit Einträge auf Portugiesisch, aber wart mal - das ist es!" Er wandte sich mit triumphierendem Gesichtsausdruck zu Kyriel um. „Ich glaube, ich weiß jetzt was mit *LX* gemeint ist!"

„Nämlich?"

„Hier in der portugiesischen Variante von Wikipedia heißt es unter dem Suchbegriff *LX: Lisboa, capital de Portugal; a utilização da sigla deriva do seu antigo nome latino por via árabe: Lisboa < Lixbõa < Lixbona < Al-Ušbuna < Ulixibona < Olisipo.* Verstehst du? Wir können ewig nach einem Ort in Spanien suchen - *LX,* das ist eine Abkürzung für Lissabon!"

„Lissabon?" Kyriel strich sich die Haare aus der Stirn. „Was könnte dein Vater in Lissabon gewollt haben?"

„Wenn ich das richtig verstehe, hieß Lissabon früher *Lixbõa,* mit *X,* daher das Kürzel. Immerhin ist das der erste *Ort,* der passt - und du musst eins bedenken", Juliáns Augen funkelten, „damals gab es noch kein Internet. Mein Vater muss davon ausgegangen sein, dass ich herausbekommen kann, was das bedeutet, oder? Insofern muss es eine bekannte Abkürzung sein, denkst du nicht?"

„Da stimme ich dir zu. Und was ist mit dem Rest? Kannst du über dieses *Dr S^a Martins, Pl^a Mafalda da Almeida Prado* etwas rausfinden?"

Julián Wangen glühten. Er gab die Abkürzung in der portugiesischen Suchmaschine ein. Nach einer Weile drehte er sich zu Kyriel um. „Das bleibt genauso kryptisch wie vorher. Aber," seine Stimme klang aufgeregt, „wenn wir erstmal dort sind, finden wir sicherlich eine Antwort. Dieses *Pl^a* steht sicher für *plaza,* also Platz."

„Lissabon?" Kyriel sah ihn lange an.

„Lissabon", entgegnete Julián.

Das Glück, das ihnen auf dem Weg nach Lissabon beschieden war, war beinahe unheimlich.

Sie hatten Granada kaum verlassen, da tat sich ihnen eine Mitfahrgelegenheit auf und zwar direkt bis in die portugiesische Hauptstadt. Um dem Ganzen die Krone aufzusetzen, hatte Rodrigo, der sie am Stadtrand aufgelesen hatte, ihnen im Verlaufe der Reise angeboten, sein Gästezimmer zu beziehen. Besser hätte es nicht laufen können.

Rodrigos Wohnung lag in der Rua José Estevão in Anjos, einem Stadtteil, von dem aus sie das Zentrum zu Fuß erreichen konnten. Fünf Tage durchkämmten Kyriel und Julián bereits die Straßen von Lissabon, doch hatten sie bislang keinen Platz ausfindig machen können, der den Namen *Mafalda da Almeida Prado* trug. Obschon jeder bereits von diesem Ort gehört zu haben schien, wusste niemand, wo er sich befand. Das bedeutete indes nicht, dass ihnen niemand Auskunft gegeben hätte. Die Bewohner der Hauptstadt schickten sie vom Bairro Alto in die Mouraria, vom Principe Real nach Alfama, vom Cais do Sodré nach Campolide, von Belém bis hinauf nach Santa Maria dos Olivais. Die Namen der Metrostationen kamen ihnen inzwischen vor wie gute alte Bekannte.

Am Morgen des sechsten Tages verkündete Julián, er werde sich nicht aus dem Bett bewegen.

„Was ist los mit dir?" fragte Kyriel. „Der Feuertraum?"

„Ja", log Julián. „Aber geh du nur!"

Kyriel zögerte, als er aber sah, dass es Julián ernst war, machte er sich allein auf den Weg.

Kaum war die Tür ins Schloss gefallen, stieß Julián einen tiefen Seufzer aus. Er hatte Kyriel nicht belügen wollen, aber es ging nicht anders. Er brauchte Stille um sich. Er stand auf und schloss die Läden des zum Hof gelegenen Fensters. Und Dunkelheit. Eine Dunkelheit, die der in seinem Inneren besser gerecht wurde als die sonnenüberfluteten Straßen Lissabons.

Julián kroch zurück ins Bett und zog sich die Decke über den Kopf. Ihn fröstelte. Was war nur los mit ihm? Sobald er die Augen schloss, droschen Gedanken auf ihn ein.

Ein grinsender Don Pedro beugt sich über ihn. Tiefschwarz starrt ein Fleck im Gelb des Augapfels ihn an. Größer und größer wird er. Saugt alles Licht in sich auf, der Fleck. Bis nichts übrig bleibt. Nichts, außer einem Klecks. Der regt sich. Eitergelb dehnt er sich aus. Birst schließlich. Eine Raupe entwindet sich dem Nichts. Schlängelnd. Windet sich hinan. Natterngleich hinan, wo ein Auge wartet. Wartet bös und bös brennt die Narbe. Schmutzige Finger reiben darüber. Greifen. Ein rostiges Messer in Gabriels Hand. Blutverschmiert. Blutschwärzend erklingt Gabriels Lachen. Das Messer an seinem Daumen. Sucht. Gleitet voran. Gleitet langsam unter den Nagel. Hebt ihn ab. Schwarzes Blut quillt hervor. Da fliegt er, der Nagel. Fliegt davon. Schmirgelpapier auf offenem Fleisch, ertönt Gabriels Lachen. Fliegt und wird zu einer leuchtendweißen Strähne im pechschwarzen Haar. Schlechter Mensch, lächelt Don Pedro. Dein Vater ist ein schlechter Mensch. Tut mir leid. Schlechter Mensch. Blutschwarz bohrt sich ein Fleck in die Tiefe. Loyalität. Das oberste Gebot. Loyalität. Also wirklich.

Julián fuhr hoch. Er war schweißgebadet. Sein Atem ging schnell. Etwas huschte über die Wand.

Ein Gecko. Sonst nichts. Nur ein Gecko.

Fröstelnd zog er sich abermals die Decke bis unter das Kinn.

Am Abend fand Kyriel den Freund noch immer im Bett liegend vor. Die Fensterläden waren geschlossen. Das Licht ausgeschaltet.

„Alles okay bei dir?" fragte er besorgt.

„Passt schon", erwiderte Julián blass.

„Möchtest du darüber reden?"

Julián schüttelte den Kopf.

„Hast du etwas herausgefunden."

Kyriel verneinte.

Tage lang sah sich Kyriel dieses Trauerspiel an. Als er am Abend des dritten Tages nach Hause kam, schaltete er das Licht an und riss die Fensterläden auf.

„Hier riecht es wie in den Pyramiden von Gizeh!"

Julián blinzelte. Kyriel setzte sich zu ihm auf die Bettkante und legte ihm die Hand auf die Stirn.

„Fieber hast du jedenfalls keins", sagte er. „Kannst du mir bitte endlich erklären, was mit dir los ist? Seit Tagen irre ich allein durch diese Stadt. Allein, auf der Suche nach einem Hinweis, der uns zu deinem Vater führen soll."

Julián starrte ihn an. „Ich kann nicht", wisperte er.

„So geht das nicht weiter! Julián, sprich mit mir!"

Kyriel stand auf. Trat ans Fenster und sprach zum Hof. „Ich will gern versuchen, dir zu helfen – aber das kann ich nicht, wenn du mich nicht lässt. Ist dir je in den Sinn gekommen, dass auch ich ein Problem damit haben könnte, in dieser Zeit allein zu sein?"

Juliáns Blick veränderte sich. Das erste Mal seit Tagen hatte Kyriel das Gefühl, Julián sehe ihn wirklich an.

„Hast du?"

„Also. Was ist los?"

Julián setzte sich auf. „Mir ist alles zu viel gerade."

„Das kann ich sehen. Ist es die Angst davor, deinen Vater tatsächlich zu finden?"

„Nein. Es ist nur–" Julián klang so erbärmlich, dass Kyriel sich wieder neben ihn setzte. „Ich weiß auch nicht. Du hast mich neulich gefragt, warum ich all meine Träume aufgegeben habe. Das will mir nicht mehr aus dem Kopf seither."

Julián sah zum Fenster hinüber. Das letzte Licht des Tages verglomm über den Hausdächern.

„Dann Pedro. Mein Onkel." Kyriel hatte Mühe, ihn zu verstehen, weil er so leise sprach. „Was der über meinen Vater gesagt hat."

„Ich hatte von Anfang kein gutes Gefühl bei dem."

„Das weiß ich doch. Trotzdem ist er der einzige Verwandte, den ich habe."

„Lass das nicht Lola hören."

„Das meine ich doch nicht, das weißt du genau. Aber ich habe keine Familie sonst." Julián legte die Stirn in Falten. „Loyalität steht über allem – so hat er es gesagt, nicht wahr?"

Kyriel nickte.

„Unabhängig davon, ob ich ihm vertrauen sollte oder nicht, an diesem Satz ist viel Wahres. Ist es nicht das, was dir die

Familie verspricht? Für dich da zu sein? Blut ist dicker als Wasser, wie es so schön heißt. Aber wie ist das bei mir? Du sagst selbst, dass dieser Pedro eine zwielichtige Gestalt ist."

„Das ist nur mein Eindruck", warf Kyriel ein. „Heißt nicht, dass das stimmen muss."

„Dort wollte ich das nicht sehen", gab Julián zu. „Mein Onkel. Ich hatte mich beinahe schon an den Gedanken gewöhnt. Das wäre doch was, so ein Onkel. Jemand, auf den ich mich verlassen kann."

„Du kannst dich auf mich verlassen."

Tags darauf stand Julián morgens wieder auf.

Stundenlang streiften Kyriel und er ziellos durch die Straßen und Gassen des Bairro Alto und des Chiado. Noch immer suchten sie nach einem Platz namens Mafalda da Almeida Prado. Kyriel wusste unterdessen genau, wo an portugiesischen Gebäuden die Straßenschilder angebracht waren. Obschon Mitte Dezember strahlte die Sonne vom stahlblauen Himmel.

Als sie am Miradouro do Adamastor vorbeikamen, beschlossen sie, eine Kaffeepause einzulegen. Kyriel zog seinen Pullover aus und hängte ihn über den Stuhl. Der Kellner stellte zwei *meia de leite*, Milchkaffee, auf den Tisch.

„Dois com quarenta, se faz favor."

Kyriel griff zum Geldbeutel und reichte ihm fünf Euro. Portugiesisch verstand er noch weniger als Spanisch, so dies möglich war. Selbst Julián hatte seine liebe Not, wenngleich die Portugiesen ihn mühelos zu verstehen schienen.

Kyriel nippte an seinem Kaffee. Tief unter ihnen zogen die Wasser des Tejo dahin. Anfangs hatte er den Fluss für das Meer gehalten. Sein Blick wanderte hinüber zur Ponte 25 de Abril, europäischer Zwilling der Golden Gate. Jenseits des Flusses, auf einem Hügel, wachte Cristo-Rei mit weit ausgebreiteten Armen über die portugiesische Hauptstadt.

„Mir gehen die Ideen aus, Kyriel. Wenn wir nicht endlich diesen Platz finden –" Julián ließ den Satz unvollendet.

Kyriel lächelte dem Freund zu, wenngleich auch sein Optimismus zu schwinden begann. „Hab Geduld. Wir finden ihn schon."
Julián legte den Kopf in den Nacken. Mit seinen Händen massierte er sich die Schläfen.
„Ich mag die Stadt", bemerkte Kyriel.
„Darum geht's nicht!"
„Du nicht?"
Julián warf ihm einen Blick zu, der alles besagen mochte.
„Ehrlich", beharrte Kyriel, „nun sag schon!""
„Keine Ahnung. Ist auch nicht wichtig."
„Ich finde schon." Kyriel fuhr sich die Haare aus der Stirn. „Klar, wir wollen deinen Vater finden–"
„Müssen!" unterbrach ihn Julián.
„Meinetwegen. Wir müssen deinen Vater finden. Trotzdem solltest du nicht vergessen, die Augen aufzumachen. Wie willst du finden, wenn du nicht siehst?"
Julián sah ihn an. Schwieg.
„Vielleicht hast du Recht", gab er nach einer Weile zu. „Es ist diese Ungewissheit. Sie ist anstrengend, weißt du?"

Als sie ausgetrunken hatten, gingen sie zurück ins Bairro Alto. Zwischen gekachelten Fassaden stiegen sie die Rua da Rosa hinan.
„Die Portugiesinnen sind scharf auf dich", bemerkte Julián plötzlich.
„Was?"
„Hast du nicht gesehen, wie die beiden dich gerade angehimmelt haben?" Julián lachte. „Und sie waren nicht die ersten! Blond is beautiful, sage ich da nur."
Kyriel errötete. „Ich sehe so etwas nicht."
„Dann bin ich vielleicht nicht der einzige, der die Augen aufmachen sollte", grinste Julián.
Kyriel erwiderte nichts.
Am Ende der Straße bogen sie nach links ab. Sie kamen an einem Park vorbei, ließen ihn aber links liegen.
„Lass uns da runtergehen." Kyriel deutete einen Hügel hinab. „Da war ich bislang noch nicht."

Julián nickte und warf einen Blick auf die Karte. Sie war über und über mit roten Markierungen übersät.

„Rato heißt der Stadtteil dort unten, wenn ich das richtig sehe."

Wiederum durchkämmten sie Gasse um Gasse, nahmen jeden noch so unscheinbaren Platz in Augenschein, folgten jeder Treppe, jeder Abzweigung.

Nach zwei Stunden stöhnte Julián: „Ich kann nicht mehr! Lass uns Schluss machen für heute. Lust habe ich auch keine mehr."

„Einverstanden. Was hältst du von einem kühlen Bier oben im Park?"

„Das ist die beste Idee, die du ungefähr seit Christi Geburt hattest!"

Kyriel grinste. „Zu viel der Güte!"

Oben angelangt ließen sie sich auf der Terrasse eines Kiosks nieder. Der Kellner brachte ihnen zwei *Sagres*. Kyriels Knochen schmerzten. Er lehnte sich zurück. Sein Augenmerk fiel auf ein Straßenschild.

„Julián?"

„Was ist?"

„Kannst du mir bitte mal den Zettel geben?"

„Muss das sein? Der ist ganz unten im Rucksack."

„Nun mach schon!"

Kyriel betrachtete zum hundertsten Mal die Buchstabenfolge.

Plª Mafalda de Almeida Prado.

„Kann sein, dass es gänzlich ohne Bedeutung ist", Julián sah ihn gelangweilt an und trank von seinem Bier, „aber du sagst doch immer, dass dieses *Plª* für *plaza* steht, nicht wahr?"

„Worauf willst du hinaus?"

„Wie gesagt, möglicherweise ist es unwichtig, aber sieh mal", er deutete auf das Straßenschild am Eck.

In blauen Lettern auf weißen Kacheln stand dort zu lesen:

Praça do Príncipe Real

„Auf Portugiesisch heißt Platz nicht *plaza*."

Julián blickte ihn verständnislos an.

„Verstehst du nicht? Wir sind die ganze Zeit über davon ausgegangen, dass dieses *Pl*[a] für Platz steht. Aber wer weiß? Es könnte sein–“

„– dass die Portugiesen diese Abkürzung überhaupt nicht für Platz verwenden!“ führte Julián den Satz zu Ende.

Er sprang auf und eilte, den Zettel in der Hand, zum Kiosk. Wild gestikulierend redete er auf den Jungen hinter dem Tresen ein.

Kurz darauf kehrte er wieder. „Also eins steht fest: Der Typ meinte, kein Mensch würde *praça* so abkürzen.“

„Und was bedeutet die Abkürzung?“

„Das konnte er mir leider nicht sagen.“

Kyriel atmete tief durch. „Gut. Wir sind einen Schritt weiter. Wenigstens werden wir nicht länger sinnlos durch die Stadt streifen.“

„Sondern?“

„Alles ist besser, als einer falschen Fährte zu folgen!“

„Da magst du Recht haben.“ Julián erhob sein Glas. „Auf den rechten Weg!“

„Auf den rechten Weg!“

Rodrigo betrat die Wohnung, kurz nachdem die beiden angekommen waren. Kyriel war dabei, Spiegeleier zu braten, während Julián es sich auf der Bank am Küchentisch bequem gemacht hatte. Vor ihm stand eine Flasche Vinho Verde, grüner Wein.

„Hattet ihr einen guten Tag?“ fragte Rodrigo.

„Anstrengend“, erwiderte Julián. „Aber wir haben eine Entdeckung gemacht, die uns weiterhelfen könnte.“

„Was denn?“ erkundigte sich Rodrigo.

„Möglich, dass wir die ganze Zeit über einer falschen Fährte gefolgt sind. Kyriel hat heute herausgefunden, dass der Name gar nicht zu einem Platz gehört.“

„Das ist ja interessant. Und wozu gehört er dann?“

„Wenn wir das wüssten!“

„Wir sollten versuchen, herauszukriegen, ob es eine Person gibt, die so heißt“, schlug Kyriel vor. „Oder wir konzentrieren uns auf diesen Doktor.“

Julián nickte.

„Genug von uns. Wie war dein Tag, Rodrigo?"

„Arbeit, nichts als Arbeit." Der Andalusier arbeitete seit Kurzem in einer Anwaltskanzlei in Lissabon. Er winkte ab. „Wie immer."

„Ich darf Ihnen keine Auskünfte geben", wiederholte die grauhaarige Dame hinter dem Schalter auf Englisch. „Die Daten unserer Einwohner unterliegen dem Datenschutzgesetz."

„Wissen Sie", meinte Julián in vertraulichem Ton, „ich war ein kleiner Junge, als mein Vater mich verlassen hat. Diese Frau ist womöglich der einzige Mensch auf der Welt, der mir weiterhelfen kann."

Die Beamtin betrachtete ihn ungerührt.

„Haben Sie Erbarmen! Ich bitte Sie nur um eine kleine Ausnahme. Ich habe nicht vor, diese Daten zu benutzen, um jemandem zu schaden. Darauf gebe ich Ihnen mein Ehrenwort."

„Was glauben Sie, wie oft ich um eine kleine Ausnahme gebeten werde?" entgegnete sie. „Manchmal glaube ich, die ganze Stadt kommt hierher, um mich um einen einzigen Gefallen zu bitten. Die Antwort ist nein. Auch bei Ihnen. Wenngleich ich Ihnen versichere, dass ich Ihnen bei der Suche nach Ihrem Vater Erfolg wünsche. Leider sind mir die Hände gebunden."

„Ich wäre Ihnen wirklich unglaublich dankbar." Julián setzte seinen Welpenblick auf. Beiläufig legte er sein Portemonnaie auf den Schalter. Ein Fünfzig-Euro-Schein lugte hervor.

Die Beamtin sah ihn unter ihren Brillengläsern hervor an.

„Ich möchte das nicht gesehen haben. Machen Sie, dass Sie hier verschwinden. Auf der Stelle! Sonst hole ich das Wachpersonal."

Julián war jedoch nicht bereit aufzugeben.

„Verzeihen Sie mir, bitte." Er holte den Zettel mit der Nachricht seines Vaters hervor und schob ihn über den Tresen. Der Fünfziger glitt in den Geldbeutel zurück. „Würden Sie nur einen Blick hierauf werfen! Bitte!"

Widerstrebend ergriff die Frau die Notiz und betrachtete sie. Nach einer Weile schüttelte sie den Kopf. „Es tut mir leid, aber ich kann Ihnen nicht helfen."

Julián ließ die Schultern hängen. Er wandte sich um. „Trotzdem herzlichen Dank! Und Verzeihung."

Die beiden gingen in Richtung Ausgang. Ein missgelaunter Wachmann musterte sie.

„Augenblick!"

Julián und Kyriel drehten sich um. Verstohlen winkte die Grauhaarige sie zurück. Der Uniformierte zupfte seine Krawatte zurecht und bedachte sie mit einem argwöhnischen Blick. Juliáns Herz pochte.

„Dürfte ich den Zettel noch einmal sehen?" wisperte sie, plötzlich aufgeregt. Julián reichte ihn ihr. „Es wäre möglich", die Beamtin rückte ihre Brille zurecht, „also, ich kann Ihnen nichts versprechen -- aber es bestünde die Möglichkeit, dass mit diesem Namen hier", sie deutete auf *Dr Sa Martins*, „Doktor Sousa Martins gemeint ist. Eigenartige Form, ihn abzukürzen. Aber möglich wäre es."

„Wer ist das?"

„Ein berühmter Arzt aus dem 19. Jahrhundert."

„Aus dem 19. Jahrhundert?" Julián sank der Mut.

Die Frau nickte. „Er war ein Held der Armen. Wohl, weil er selbst aus bescheidenen Verhältnissen stammte. Er hat viel zur Bekämpfung der Tuberkulose beigetragen. Diese Krankheit war ein großes Problem damals." Sie beugte sich über den Tresen und senkte ihre Stimme. „Als er dann selbst erkrankte, beging er Selbstmord."

Julián musste ernüchtert ausgesehen haben, denn die Beamtin fügte hinzu: „Allerdings gibt es ein Denkmal auf dem Campo dos Mártires da Pátria. An Ihrer Stelle würde ich es dort probieren." Sie zwinkerte ihm unter ihren Brillengläsern hervor zu.

„Vielen Dank!" strahlte der. „Sie waren uns eine große Hilfe!" Er fasste Kyriel am Arm und wandte sich zum Gehen. Endlich eine neue Spur!

„Versprechen Sie sich besser nicht zu viel davon!" rief die Frau den beiden hinterher.

Der Campo dos Mártires da Pátria lag unweit ihrer Wohnung. Die grünliche Statue des Doktor Sousa Martins ragte vor einem Gebäude der Medizinischen Fakultät gen Himmel. Auf ihrem Kopf hatte sich eine Möwe niedergelassen. Neugierig sah der Vogel auf sie herab und schrie.

„Herr im Himmel!“ rief Julián aus, als sie am Denkmal angelangt waren. „Du meinst doch nicht–?“

Hilfesuchend sah er zu Kyriel hinüber.

Die Statue stand auf einem Sockel. Um diesen herum türmten sich Aberhunderte von Steintafeln.

Votivgaben.

Auf den Tafeln waren Danksagungen eingraviert. Menschen priesen die Segnungen, die der verblichene Mediziner ihnen oder ihren Familienangehörigen hatte angedeihen lassen. Auf den meisten Tafeln waren zudem Name und Datum zu lesen.

„Meinst du, wir finden unsere Mafalda auf einer dieser Steinplatten?“ Julián sah sich um. Soweit er es überblicken konnte, war keine der Tafeln auf einen Zeitpunkt vor 2004 datiert! Allerdings sah er nur die, die obenauf lagen.

Kyriel zögerte. „Auszuschließen ist es nicht, fürchte ich.“

Julián zupfte an seinem Ohrläppchen.

„Warte einen Augenblick, ich habe eine Idee.“

Kyriel ging zu einer Gruppe von Schülern hinüber, die auf einer Bank in der Nähe saßen. Er fragte sie, wie die Marmortafeln auf Portugiesisch hießen.

„Placas“, grinste ein Junge mit violettem Cappy ihn an.

„Natürlich“, murmelte Kyriel.

Julián sah ihm erwartungsvoll entgegen.

„Wie es aussieht, haben wir unsere Mafalda gefunden.“

Don Pedro lockerte seine Krawatte und öffnete den obersten Hemdsknopf. Auf seiner Stirn schwoll eine Ader.

„Bin ich umgeben von einer Horde von Schwachköpfen?“ brüllte er in sein iPhone. „Habe ich mich etwa nicht verständlich ausgedrückt?“

Mit dem Handrücken wischte er sich den Schweiß von der Stirn, während er der Antwort seines Gesprächspartners lauschte.

„Ist mir völlig egal, wie ihr das macht! Also wirklich! Wofür bezahle ich dich eigentlich, du Sohn einer räudigen Hündin?" Seine Hand griff zu einem Kugelschreiber. Wütend krakelte er auf einem Notizblock herum. „Keine Widerrede", bellte er nach einer Weile. „Jeden Schritt! Habe ich mich diesmal klar ausgedrückt? Ich möchte über jeden verdammten Schritt in Kenntnis gesetzt werden, den mein geschätzter Neffe und sein Schoßhündchen in dieser Stadt unternehmen. Wenn sie Dünnschiss haben, möchte ich dass du mir Farbe und Geruch so beschreibst, dass mir noch hier in meinem verfluchten Büro schlecht wird. Ist das klar?" Seine Stimme wurde gefährlich leise. „Zum letzten Mal: Meine Geduld ist nicht unbegrenzt, stell sie besser nicht auf die Probe."

Kapitel 40 - Briefe an Godot VIII

Kastalien, 15. November 2008

Lieber Godot,

Kastalien bringt mich dazu, mich zu stellen. Womöglich war ich zuvor nicht bereit. Umso machtvoller bricht es nun über mich herein. Nie musste ich mich mit einem derartigen Verlust auseinandersetzen, mein Freund. Nie. Noch nicht einmal, als ich Dich verlor, obwohl das dem Schmerz bislang am nächsten kam.
Dasselbe war es dennoch nicht.
Der kleine Junge in mir nimmt voller Erstaunen wahr, wie dieses Erleben mich verändert. Mit Laura ist meine Gefährtin von mir gegangen. All meine Gedanken und Gefühle teilte ich mit ihr.
Erst der Tod jedoch schreibt die Erinnerung fest. Davor ist alles im Fluss. Wir wissen nicht, was bleiben wird. Der Tod aber wählt aus. Legt fest. Vieles geht, manches bleibt. Er ist der große Fixierer. Wahrscheinlich ist mein Anspruch zu hoch. Wie kann ich glauben, dass es schon Tage geben könne, da ich nicht an sie denken muss. Es ist kaum ein halbes Jahr vergangen. Auch die Träume sind mit Sicherheit normal. Morgen für Morgen erwache ich mit diesem Gefühl von Verlorenheit. Wird das je vergehen? Seit Monaten bemühe ich mich, meine Trauer in den Griff zu bekommen. Nichtsdestoweniger lande ich ein ums andere Mal in Gedanken bei ihr, ertappe mich, wie ich Erinnerungen nachhänge. Ein halbes Jahr ist vergangen, Godot. Ein halbes Jahr und ich bin noch immer nicht an dem Punkt angelangt, an dem ich glauben oder verstehen könnte, dass sie tot ist, dass sie niemals wiederkehren wird! Noch immer schrecke ich zusammen, weil ich sie vorbeilaufen sehe oder ihre Stimme höre. Dann wieder freue ich mich darüber, ihre Stimme noch im Ohr zu haben. Der Gedanke, dass sie eines Tages verschwinden könnte, macht mir Angst.
Kann man jemanden unabänderlicher verlieren als durch den Tod? Vermutlich schon. Die schlimmste Art zu sterben, ist wohl, dass niemand sich Deiner erinnert. Dass nichts bleibt. Du ausgelöscht wirst vom Angesicht der Erde und kein Mensch davon Notiz

nimmt. Insofern hatte Hitler einen Tod, der seinem unbotmäßigen Ego mit Gewissheit geschmeichelt hätte, wohingegen die Millionen und Abermillionen seiner Opfer in Vergessenheit geraten sind – nicht in ihrer Gesamtheit, aber doch, von Ausnahmen abgesehen, als erinnerte Individuen. Diese Menschen wurden nicht nur ihres Lebens, sondern ihres Todes desgleichen beraubt.
Nicht zuletzt aus diesem Grund versuche ich, Laura dem Vergessen zu entschreiben. Das führt mich Tag für Tag aufs Neue an meine Grenzen. Erst gestern habe ich gewagt, den Schuhkarton zu öffnen, den Ann-Marie mir gab. Er ist randvoll mit Lauras persönlichen Dingen. Briefe, Fotos, Notizen. Ich habe kaum begonnen, all das zu sichten. Es ist, als beträte ich verbotenes Terrain. Ich frage mich, ob sie das gutgeheißen hätte. Nach zehn Minuten musste ich den Karton weglegen. Es ging nicht mehr.
Seither aber will mich ein seltsames Gefühl nicht mehr loslassen. Irgendetwas passt nicht zusammen. Bislang habe ich nicht herausfinden können, was es ist. Womöglich bilde ich es mir auch nur ein.

An dieser Stelle werde ich diesen Brief beenden. Ich wünschte, ich hätte Dir mehr zu erzählen, doch fühle ich mich leer und taub.
Was gäbe ich darum, wie in alten Zeiten mit Dir beisammen zu sitzen! Die Zuversicht in Deinen Augen zu sehen. So wie es immer war.
Dein Schweigen beunruhigt mich. Ehrlich gesagt mache ich mir Sorgen.
Lassen wir die Vergangenheit ruhen, Godot, ich flehe Dich an. Es gibt so viel Wichtigeres.

Ich umarme Dich aus der Ferne und verbinde mich im Geiste mit Dir,

Dein Pascal

Kapitel 41 – Chaos, Liebe, Hoffnung

„Schön siehst du aus!"

Laura trug ihr geblümtes Kleid und hatte ein wenig Wimperntusche aufgelegt. Sie hob das Glas mit dem schillernden Rosé. „Auf deine Prüfung!"

Simon strahlte. „Wurde auch Zeit. Viel länger hätte ich das nicht durchgehalten."

„Vielleicht bekommen dich deine Freunde in Zukunft auch mal wieder zu Gesicht, nicht nur die alten Griechen."

„Da kannst du aber drauf wetten!"

„Können Sie Gläser wegläumen?"

„Du bist verrückt, Simon, wie sollten wir das schaffen?"

„Zu Seite, zu Seite!" drängte der Japaner. Simon nahm die Weingläser in die Hand. Der Kellner lächelte, als er die Platte abgestellt hatte.

„Blauchen noch ilgendetwas?"

„Nein, vielen Dank!"

Der Kellner zog sich unter Verbeugungen in die Küche zurück.

„Wetten, dass ich mehr Wasabi vertrage als du?" Auf Simons Gesicht lag dieses Lächeln, von dem Laura überzeugt war, dass nur sie allein es dorthin zu zaubern vermochte.

„Vergiss es!"

„Das wollen wir sehen! Sushi-Bomben, okay?"

„Du spielst mit deinem Leben", lachte Laura.

„Aber eine Bedingung gibt es", sagte Simon. „In die Augen schauen. Wer wegschaut verliert!"

Beide spießten ein Lachs-Sushi auf und tunkten es in den grünen Meerrettich.

„Das genügt für den Anfang", beschloss Simon.

Laura sah ihm in die Augen und schob sich den Happen in den Mund. Simon tat es ihr gleich.

Zunächst spürte sie nichts. Dann kribbelte die Schärfe durch den Hinterkopf hinauf zum Scheitel. Sie konzentrierte sich darauf zu lächeln und die Lippen geschlossen zu halten. Simons Augen wurden feucht. Sie schluckten.

„Pippifax!" meinte Simon.

„Lächerlich!" erwiderte Laura.

Mehr Wasabi. Kauen. Schauen. Schädeldecke auf dem Kopf behalten.

„Kinderspiel!"

Fünf Sushis später tränten Lauras Augen. Auf Simons Oberlippe und Stirn standen Schweißperlen.

„Gibst du auf?" fragte Laura.

„Niemals!"

Wieder tunkten sie Sushi in Wasabi. Der Kellner kam heran und verzog ungläubig das Gesicht.

„Wir bräuchten noch etwas Wasabi, bitte!"

„Danke!" keuchte Simon, als das Schüsselchen zwischen ihnen stand.

Laura krönte ihr Sushi mit einer Haube. „Zufrieden?"

„Wollen wir mal sehen!"

Explosion im Kopf. Rote Äderchen durchzogen das Weiß von Simons Augäpfeln, doch sein Blick blieb eisern auf Laura gerichtet. Deren Nase stellte einen Ausreiseantrag.

Dann geschah es. Ein Lachen bahnte sich seinen Weg, ein Lachen, das sie nicht aufhalten konnte. Simons Augen standen kurz davor aus den Höhlen zu treten, doch kaute er stoisch weiter.

Laura prustete los. Fisch landete in Simons Gesicht Ein Reisklumpen klebte unterhalb seines Auges. Laura lachte, bis ihr Bauch schmerzte. Tränen liefen über ihre Wangen.

Simon wischte sich Fisch und Reis aus dem Gesicht.

„Du bist ein Kind, Simon!" keuchte Laura, als sie wieder zu Atem kam. „Aber das ist einer der Gründe, warum ich dich so liebe."

„Laura."

Einige Bars und Stunden später saßen Laura und Simon in Simons WG-Zimmer in Johannis. Es war drei Uhr morgens. Simon drehte einen Joint. Auf den Boden hatte er eine Flasche Moscatel gestellt. Laura betrachtete zuerst ihn, dann die Flasche. Simon knuffte sie in die Seite.

Sie sah zu ihm auf. Seine langen Wimpern warfen einen Schatten auf ihr Herz.

„Laura! Was soll das?" fragte er hilflos. „Wir hatten so einen schönen Abend!"

„Nichts, nur–" Die Tränen schnitten ihr das Wort ab.

Simon reichte ihr ein Glas. „Trink, das wird dir gut tun."

Laura trank. Aber es tat ihr nicht gut.

„Ich verderbe dir den ganzen Abend!" schluchzte sie. „Es tut mir so leid!"

Simon packte sie bei den Schultern. Sie wand sich, doch er hielt ihr Gesicht fest. „Weißt du es denn nicht?"

„Was?" schniefte sie.

„Laura, verflucht! Du bist der fantastischste Mensch, den ich in den letzten ungefähr hundert Jahren kennen gelernt habe! Ich will nicht, dass du so bist! Was kann ich nur tun, um dir zu helfen? Du hast es nicht verdient, dich so zu fühlen!" Simons Augen füllten sich mit Tränen. „Was soll ich machen, um es dir zu beweisen? Du bist wundervoll! Klug. Schön. Witzig. Die beste Freundin, die ich je hatte. Ich liebe dich so sehr. Das weißt du doch! Verdammt, Laura!"

Das war zu viel für sie. Sie wollte ihn in die Arme nehmen. Sich von ihm halten lassen. Diesen Ort niemals verlassen.

Simon lehnte sich an die Wand, wandte den Blick jedoch nicht von ihr ab. Erlaubte ihr, seinen Schmerz zu sehen.

„Sag mir, was ich tun kann! Was immer es ist, ich werde es tun."

Laura stöhnte. Kein Wort kam über ihre Lippen.

„Vergiss eins nie, Laura: Du bist nicht allein! Ich bin bei dir, okay?"

Als sie am nächsten Morgen auf Simons Sofa erwachte, war ihr übel. Zugleich fühlte sie sich glücklich wie lange nicht. Seine Worte wirbelten durch ihren Kopf.

Der fantastischste Mensch. Ich liebe dich! Der fantastischste Mensch. Ich liebe dich! Der fantastischste Mensch. Der fantastischste Mensch.

Alles würde gut werden.

„Schlag dir endlich diese verdammte Illusion aus dem Kopf! Das wird niemals, niemals, niemals geschehen!"

Simons Worte waren ein rostiger Nagel, der in Lauras Fleisch getrieben wurde. Jede Silbe ein Hammerschlag.

Seit sie vor einem halben Jahr erneut den Kontakt zu Simon gesucht hatte, hatte sich Lauras Verhalten ihm gegenüber verändert. Sie hätte selbst nicht zu sagen vermocht, weshalb, aber sie hatte zu kämpfen begonnen. Was hatte sie schon zu verlieren? Was sie mehr wollte als alles andere, war das, was er ihr verweigerte. So wurden die Stunden mit ihm zur Qual. Ein endloser Kampf gegen die eigene Begierde.

Sie befanden sich auf dem Nachhauseweg vom Kloster, wo sie mit Freunden den Abend verbracht hatten. Marcel, Simons Freund, war nicht dabei gewesen. Zwischen Laura und ihm herrschte eine einvernehmliche Todfeindschaft, die jedoch ebenso totgeschwiegen wurde.

Während sie durch den nächtlichen Kontumazgarten liefen – die Bäume glitzerten im weißgoldenen Mondlicht und der Fluss floss stumm neben ihnen dahin – brachte Laura keinen Ton heraus. Sie kaute auf den Innenseiten ihrer Wangen bis der rostige Geschmack von Blut ihren Mund füllte und starrte geradeaus. Sie hatte keine Ahnung, ob Simon sie beobachtete. Auch er hatte nach seinem Ausbruch kein weiteres Wort verloren.

Sie kämpfte auf verlorenem Posten, dessen war sie sich bewusst. Dennoch konnte sie ihn nicht aufgeben. Seit Jahren hütete und nährte sie diese Liebe. Er war ihr Leben.

Schlag dir diese Illusion aus dem Kopf. Es wird niemals, niemals, niemals geschehen.

Wie konnte alles, was ihr Leben lebenswert machte für ihn Illusion sein?

Niemals, niemals, niemals.

In ihr war es bitterkalt. Eine erste Träne kullerte über ihre Wange, eine zweite. Dann begann sie zu schluchzen.

Simon hielt inne. Er nahm sie in den Arm.

„Tu das nicht, Laura! Bitte! – Laura, hörst du mich? Tu das nicht."

Doch seine Worte konnten Lauras Tränen keinen Einhalt gebieten.

Er hielt sie fest und flüsterte: „Wir schaffen das – gemeinsam! Hörst du, gemeinsam, Laura! Ich verspreche es dir!"

„Marcel hat mir verboten, dich zu treffen."

Dieser beschissene kleine Flachwichser!

Simon und Laura saßen einander unter einer Pappel im Wiesengrund gegenüber. Von Ferne konnte sie das alte Wasserrad erkennen. Ringsumher planschten Kinder in einem Graben.

Man schrieb den Mai des Jahres 2000. Trotz gegenteiliger Befürchtungen war der Jahreswechsel ohne nennenswerte Katastrophen vonstattengegangen und das Leben im neuen Jahrtausend hatte seinen gewohnten Gang wiederaufgenommen.

„Und?" fragte sie, bemüht, ihm nicht zu zeigen, wie sehr sie seine Antwort fürchtete. „Wirst du es dir verbieten lassen?"

Simons Lachen tropfte wie Balsam auf ihre Seele. „Bist du wahnsinnig?"

Dabei blieb es jedoch nicht.

Simon und Marcel stritten sich immer öfter ihretwegen. Hinzu kamen die Kommentare von Lauras Freundinnen.

„Wach endlich auf! Du verrennst dich! Sei realistisch! Wie kommst du darauf, dass er seine Meinung ändern könnte? Sei realistisch, Laura! Hörst du?"

Natürlich hörte sie. Sie war nicht taub. Doch was hatte sie dem entgegenzusetzen?

Nichts.

Eigentlich.

Außer ihrer Intuition.

Niemand erlebte ihn wie sie. Niemand kannte ihn wie sie. Niemand las ihn wie sie.

Eines Abends im November stand Simon unangekündigt vor Lauras Tür. Er sah erbärmlich aus.

„Komm erst mal rein!"

Wortlos gehorchte er.

„Was ist los?" fragte sie.

„Ich habe das dringende Bedürfnis, mich wegzurauchen."

„So schlimm?"

„Schlimmer." Seine Stimme zitterte.

„Ich hole Schnaps."

Als sie zurückkam, hatte Simon sich bereits einen Joint angezündet.

„Sorry, wir haben keine Schnapsgläser." Sie goss den Ouzo in Kaffee-Tassen.

„Kein Thema." Simon trank hastig. Nach dem zweiten Schluck sah er auf. „Marcel hat mich verlassen."

„Was?" Lauras Reaktion klang weniger entsetzt, als ihr lieb gewesen wäre.

„Naja. Wahrscheinlich ist es besser so. Ich meine–"

Ihm versagte die Stimme. Er verbarg das Gesicht in den Handflächen. Laura streichelte ihm den Kopf. Seit er sich die Dreadlocks abgeschnitten hatte, waren seine Haare weich. Sein Körper bebte. Dieses Mal war es Laura, die ihn wiegte und zu beruhigen versuchte. Ihre Worte und der Ouzo lullten Simon allmählich in den Schlaf.

Im Hochsommer des Jahres 2001 trafen Laura und Simon sich mit Bea im Wiesengrund. Die vergangenen Monate waren schwer für Simon gewesen, wie es Monate verlorener Hoffnung stets zu sein pflegen.

Träge lagen die beiden Mädchen im Schatten der Zitterpappeln, während ringsumher gegrillt wurde. Unzählige Kinder rannten umher und schrien Dinge, die Laura nicht verstand.

„Bin gleich wieder da", meinte Simon und entfernte sich. Als er wiederkam, hatte er zwei Flaschen eisgekühlten Sekts dabei.

„Was ist mir dir los", fragte Laura. „Du bist doch sonst nicht der große Trinker."

„Heute schon."

„Da weitermachen, wo man aufgehört hat", stöhnte Bea.

Simon ließ den Korken knallen. Da es keine Gläser gab, setzte Laura die Flasche an den Mund. Dann war Bea an der Reihe.

Eine Viertelstunde später lachten und alberten die drei herum. Kater vergessen.

Als es zu dämmern begann, brachen sie auf. In der Stadt war *Bardentreffen*. Simon kaufte auf dem Weg eine Flasche Ouzo.

„Man weiß ja nie!"

„Du bist verrückt", kommentierte Laura, „aber gib mal her."

Menschen drängten sich durch die Gassen der Altstadt. Vor den Konzertbühnen wurde getanzt und gesungen, an den Ständen wurden Bratwurst und Bier verkauft.

Sie landeten in den verfallenen Mauern des Katharinenklosters. Mitunter fing Laura einen Blick von Bea auf, der sie mahnte, sich von Simon fernzuhalten. Der nämlich wich ihr nicht von der Seite. Auf der Bühne stand eine Nürnberger Band. Der Mondschein tauchte die Menschen in silbernes Licht. Hinzu kam die purpurne Bühnenbeleuchtung.

Binnen Kurzem sorgten treibende Rhythmen dafür, dass niemand mehr stillstand. Laura schloss die Augen und ließ sich davontragen. Ihr Körper bewegte sich im Takt. Welch ein Abend! Mit einem Mal spürte sie, wie Simon ihre Taille umfasste. Er zog sie zu sich heran. Gemeinsam tanzten sie. Mochte dieser Augenblick nie vergehen!

Das Konzert dauerte eine Stunde. Schließlich verklang auch der letzte Ton. Einen Moment zögerte Laura, ehe sie die Augen aufschlug. Das Mondlicht blendete sie. Die Menschen ringsum tauchten aus einer tiefen Trance auf. Laura wandte sich zu Simon um. Dieser strahlte sie an und hielt ihr die Flasche hin. Sie nahm einen Schluck.

Eine Weile noch ließen sie sich durch den Trubel treiben, dann war auch das letzte Konzert des Abends vorüber. Ratlos standen die Menschen auf der Straße.

„Ich habe Lust, zu tanzen!"

Laura nickte. Wohin Simon ging, würde auch sie gehen.

In diesem Augenblick kam eine Gruppe Jungs heran. Einer erspähte die Flasche in Simons Hand.

„Hey, Alter, darf ich'n Schluck?" fragte er. Er war in Lauras Alter. Selbst zu dieser nächtlichen Stunde bemerkte sie seine leuchtend blauen Augen. Unter seinem Blondschopf hervor grinste er Simon an. Dieser reichte ihm die Flasche.

Laura trat einen Schritt zurück. Simon legte dem Jungen den Arm um die Schulter und die beiden begannen, sich zu unterhalten, während sie abwechselnd einen Schluck aus der Flasche nahmen. Einer der anderen Jungs sprach Bea an. Auch die reagierte mit einem Grinsen.

Auf einmal fragte sich Laura, was sie hier eigentlich tat. Sie hörte Simons Lachen. Leicht. Unbeschwert. Gegen solche Typen würde sie niemals eine Chance haben! Sie würde immer eine Frau bleiben. Nur eine Frau.

Mit starrer Miene setzte sie sich auf eine Sandsteinmauer am Rande des Flusses. Sie blickte hinaus aufs Wasser. Die Laternen auf der Brücke spiegelten sich.

„Was ist los, Laura?" Sie spürte Simons Atem am Ohr.

„Nichts." Sie vermochte nicht, ihn anzuschauen.

„Laura. Du kannst mich nicht belügen. Erzähl schon!"

„Alles in Ordnung", presste sie hervor.

„Das war doch nichts! Nur ein wildfremder Typ auf der Straße, mit dem ich ein paar Takte gewechselt habe."

Sie sah ihn noch immer nicht an. Simon drehte ihr Gesicht zu sich hin. „Was wir haben, Laura, ist hier oben", er streckte seine Hand weit über seinen Kopf. „Alles andere", seine Hand fiel auf Hüfthöhe hinab, „ist da unten." Er schaute sie an. „Verstehst du? Es gibt überhaupt keinen Grund, dir Sorgen zu machen!"

Laura sah ihm in die Augen. Ihr Blick verweilte. Schließlich die Andeutung eines Nickens und ein tiefer Atemzug.

Sie nahm Simon die Flasche aus der Hand.

„Lass uns tanzen gehen, okay?"

„Sie haben mich nicht kontrolliert", flüsterte Simon, als sie im *Hirsch*, einer ehemaligen Fabrik in der Südstadt, angelangt waren.

„Und?" fragte Bea.

„Kommt!" Er mischte sich unter das tanzende Volk. Der Saal war brechend voll. In der Mitte der Tanzfläche nahm er seinen Rucksack von der Schulter und kramte eine Flasche hervor.

„Noch eine?"

„Jetzt brauchen wir nur noch ein Glas!"

Im Nu kehrte er mit einem leeren Longdrinkglas zurück. „Bis zum Eichstrich!" Simon reichte Laura das Glas voller Ouzo und gab es dann an Bea weiter. Schließlich trank auch er selbst. „Jetzt wird getanzt!" rief er.

Seine Augen schlugen Funken. Er bewegte sich geschmeidig wie ein Panther. Sein Glück versetzte Laura einen Stich. Rasch senkte sie den Blick, begann, sich ihrerseits der Musik hinzugeben. Der Moment des Schmerzes verging ebenso schnell, wie er gekommen war. Wankelmut des Rausches!

Laura tanzte und lachte, trank und sang. Lachte und trank, sang und tanzte.

Irgendwann schlug sie die Augen auf und sah, dass sich ein Kreis von Leuten um Bea, Simon und sie gebildet hatte.

Sie sah Simon an. Jemand drückte ihm gerade einen Palmwedel in die Hand, damit fächelte er Bea Luft zu. Diese schien ihre Vorurteile gegen ihn abgebaut zu haben und wand sich im wummernden Beat, als gäb's kein Morgen mehr.

Simon wirbelte um die eigene Achse, Palmwedel gen Himmel. Direkt vor Laura kam er zum Stehen. Dieser Ausdruck in seinen Augen. Er packte sie bei den Hüften und zog sie zu sich heran.

Laura hätte später nicht zu sagen vermocht, wer den Anfang gemacht hatte. Auf einmal jedenfalls standen sie eng umschlungen auf der Tanzfläche und küssten sich.

Mit einem zaghaften Kuss auf den Mund hatte es begonnen. Dabei aber blieb es nicht. Sie hielt seinen schwitzigen Körper umklammert, fürchtete, ihre Beine würden wegsacken. Sechs Jahre! Ihre Hände glitten Simons Arme entlang, streichelten seinen Bauch. Er wich nicht zurück. Sechs Jahre des Wartens. Sein Gesicht so nah.

Sie fing Beas Blick auf. Besorgt. Laura zwinkerte ihr zu. Konnte sich ein Grinsen nicht verkneifen.

„Lass uns rausgehen." Simon ergriff ihre Hand. „Ich brauche frische Luft."

Eine laue Sommernacht erwartete sie. Simon streckte sich und sah ihr in die Augen, in seinem Blick etwas, was sie nie zuvor darin gesehen hatte.

„Lass uns gehen", schlug sie vor.

„Was ist mit Bea?"

„Die kann gut auf sich selbst aufpassen."

Simon nickte, ehe er sie umarmte. Laura küsste ihn sanft auf den Mund. Er erwiderte ihren Kuss. Sie nahm ihn bei der Hand. Gemeinsam schlossen sie die Fahrräder auf, die sie vor dem *Hirsch* abgestellt hatten.

„Hey!"

Laura drehte sich um.

„Was macht ihr?" wollte Bea wissen. Neben ihr stand ein Typ, den Laura nicht kannte. Er hatte seinen Arm um Beas Hüften gelegt.

„Ich denke, ich bringe ihn nach Hause."

Bea sah sie an. Nach einer Weile nickte sie.

„Alles klar. Pass auf ihn auf." Sie umarmte Laura. „Und auf dich", flüsterte sie ihr ins Ohr. Dann verschwand sie mit ihrem Begleiter in Richtung Bar.

Simon stieg auf sein Fahrrad, nur um nach fünf Metern umzukippen.

„Okay", lachte Laura, „ich glaube, wir laufen." Simon nickte ergeben.

Der Weg nach Hause war weit. Sie torkelten durch die nachtgraue Nürnberger Südstadt. Nur wenige Autos waren unterwegs. Am Horizont kündete ein silberner Streifen vom Herannahen des Tages.

Als sie nach einer Ewigkeit den Bahnhof hinter sich gelassen hatten, legte Simon sein Fahrrad auf die Straße.

„Ich brauche eine Pause!" Laura stellte ihr Rad am Straßenrand ab. Simon wankte auf sie zu und nahm sie in die Arme.

„Weißt du, Laura", er sah ihr in die Augen, „weißt du, wir sollten dankbar sein! Was wir haben! Es gibt so viele Menschen, die nichts dergleichen haben. Wir zwei, weißt du –"

Lauras Herz stockte. Ihre Kehle schnürte sich zusammen. „Ob *ich* das weiß?"

„So viele Menschen haben das nicht", wiederholte Simon. „Dabei ist es unglaublich wichtig." Erneut presste er sie an sich. Sie küsste ihn auf die Wangen. Spürte seinen Atem an ihrem Hals. Ihre Lippen fanden seine geöffnet. Hinter ihnen lief jemand vorbei.

Simon wandte sich um. „Ich küsse diese *Frau*!" rief er ihnen zu. Ihre Reaktion sah Laura nicht.

„Es gibt so viele Menschen, die das nicht haben. Nie hatten!" meinte er, seine Stimme tief vor Ernsthaftigkeit. „Wir schon!"

Laura konnte nicht genug davon bekommen, obschon er sich wiederholte.

Seelenfreundin. Jeden Passanten ließ er teilhaben. Sie hätte den Moment in Stein meißeln mögen.

Schließlich brachen sie auf.

„Ich sterbe vor Hunger!" ächzte Simon, als sie letztlich vor Lauras WG angekommen waren. Es war sechs Uhr morgens.

„Ich mach' dir was, okay?"

Laura buk ihm Brötchen auf, stellte Salami und Käse auf den Tisch. Er vertilgte alles in Windeseile.

„Hast du keinen Hunger?"

Sie schüttelte den Kopf. „Ich kann nichts essen. Nicht jetzt."

Von einer Sekunde auf die andere schlug Simons Stimmung um. Er saß auf der Küchenbank. Auf einmal strömten Tränen seine Wangen hinab.

„Aber was ist denn los, Simon?" Lauras Sonnengeflecht zog sich zusammen. „Süßer, was ist passiert? Es ist doch alles gut!"

„Es tut mir so leid!" schluchzte er. „Du hast keine Ahnung, wie leid es mir tut!"

„Was denn, Simon?" Sie streichelte seinen Kopf.

„So lange kennen wir uns schon und ich konnte es nie. Dich küssen, meine ich. Schon seit Monaten denke ich darüber nach, ob ich womöglich, ob ich vielleicht doch bi bin – aber nie konnte ich es!"

„Mein Lieber!" Laura nahm sein Gesicht in ihre Hände. Ihre Lippen küssten die Tränen von seinen Wangen. „Mach dir keine Sorgen! Bitte!"

„Ich liebe dich, Laura! Weißt du?"

Die Szene war wie aus einem Drehbuch, das sie selbst verfasst hatte. Dennoch saß er vor ihr und sprach diese Worte. Worte, auf die sie all die Jahre gewartet hatte.

„Du hast immer gesagt, du bist nicht in mich verliebt", warf sie ein.

Er blickte zu Boden. „Natürlich bin ich in dich verliebt."

Laura schmiegte sich an ihn, berührte seinen Hals, seine Arme, seine Brust, alles, wonach sie sich gesehnt hatte.

„Aber das kann nicht sein." Seine Worte tropften zwischen sie auf die Bank.

„Alles kann sein", entgegnete sie und hielt ihn fester. „So wein doch nicht, Simon. Kein Problem, ehrlich. Ich weiß das doch alles. Ich kann warten. Wenn ich eins gelernt habe, dann das!" Sie küsste die Salzperlen aus seinen Wimpern.

Er stand auf, holte sich ein Glas Wasser. Sie stellte sich hinter ihn und presste sich an ihn.

„Komm, mein Geliebter, lass uns schlafen gehen."

„Heute werde ich nicht auf dem Sofa schlafen. Nicht heute."

Ihr wurde leicht ums Herz. Sie hasste dieses Gehabe mit dem Sofa. Simon legte sich neben sie und umfasste ihren Körper. Sie bebte. Er trug nichts weiter als Shorts. Laura versank in seinen Armen. Schmeckte das Salz auf seiner Brust. Er keuchte. Seine Finger fuhren unter ihr T-Shirt. Er wälzte sich auf sie. Sie spürte ihn hart zwischen ihren Beinen. Ihre Schenkel glitten auseinander. Kurz fürchtete sie den Schmerz und doch gab es nichts, was sie mehr ersehnte.

Sie hielt ihn so fest umfangen wie nie einen Menschen in ihrem Leben. Um keinen Preis wollte sie ihn je wieder loslassen.

Irgendwann brach Simon stöhnend auf ihr zusammen. Sie fühlte seinen heißen Atem an ihrem Ohr.

„Ich bin zu schwer." Seine Stimme schläfrig. Er stemmte sich hoch, glitt von ihr herunter und gab ihr einen Gutenachtkuss. Binnen einer Minute war er eingeschlafen. Laura blickte ihn an. Betrachtete seine Wimpern. Lauschte seinen Atemzügen. Schließlich fiel auch sie in einen komatösen Schlaf.

Drei Stunden später erwachte sie. Ihr Blick fiel auf Simon. Ihr Herz tat einen Sprung.

Sanft legte sie eine Hand auf seine Brust. Er streichelte sie und schob sie beiseite. Lauras Atem stockte.

Ihr Blick glitt über seinen Rücken. Wie schön er war! Blieb an einem Pickel hängen. Selbst den liebte sie. Wenn er nur zu ihm gehörte.

Sie schüttelte den Kopf. Schloss die Augen. Sofort trug der Schlaf sie auf seinen Schwingen davon.

In den folgenden Stunden erwachte sie alle zehn Minuten, um sich seiner Gegenwart zu versichern. Jede Einzelheit seines schlafenden Körpers prägte sich ihr ein. Der Klang seines Atems. Sie dämmerte davon. Erwachte erneut. Inhalierte den Duft seines Haares. Driftete fort. Beobachtete das Heben und Senken seines Brustkorbs. Döste weg.

Es war Nachmittag, als Simon die Augen aufschlug.

Laura erwachte davon, dass er sie ansah. Sie schenkte ihm ein schüchternes Lächeln. Er erwiderte es. Langsam atmete sie aus.

„Wie geht's dir?"

Simon überlegte einen Augenblick.

„Ich bin glücklich", meinte er schließlich.

aus: Goldberg, Pascal: *Auf dem Lachsweg – Ein biographischer Roman,* München 2010

Kapitel 42 – 39 Sekunden

Der Guerilla-Trupp befand sich in der Nähe der Stadt Chimaltenango. Die Guerilleros waren zu dem Schluss gelangt, dass ihre vordringliche Aufgabe in diesem Moment darin bestehen sollte, Militäraktionen zu stören. Viele Konvois folgten der Panamericana, die von der Hauptstadt in Richtung Mexiko führte, um Nachschub nach Westen zu befördern.

Das Hochland war um diese Jahreszeit kühl. Deshalb hatten die Gefährten in jener Nacht ihr Lager in einer Höhle aufgeschlagen. So konnten sie ein Feuer entfachen, ohne dass sie Gefahr liefen, gesehen zu werden.

Dieser Tag gehört zu meinen allerersten Erinnerungen. Meine Mutter und Ameyal saßen vor dem Höhleneingang. Ringsum ragten Bäume in die Höhe, sodass wir vom unweit gelegenen San Juan del Valle abgeschirmt waren.

„Was ist los, Yoyotli?" fragte Ameyal.

Meine Mutter starrte gedankenverloren in die Baumkronen. Als Ameyal sie ansprach, zuckte sie zusammen.

„Wenn ich das wüsste", erwiderte sie. „Die Tiere verhalten sich merkwürdig. Hörst du die Vögel?"

Ameyal legte die Stirn in Falten.

„Auch die Hunde im Dorf wollen sich gar nicht beruhigen."

Ich stolperte, fiel hin und begann zu weinen.

„Alles gut!" Meine Mutter nahm mich in die Arme und strich mir über das Haar. „Ist doch nicht so schlimm." Aber ich konnte einfach nicht mehr aufhören.

Den Abend verbrachten die Guerilleros im Kreis um das kleine Feuer. Citlalmina und Itzmin saßen wie so oft an der Seite meiner Mutter und alberten herum. Die Wärme des Lagerfeuers schien ihre gute Laune anzufachen.

„Wenn wir erst unser eigenes Land haben", flüsterte Itzmin, „heirate ich eine schöne Frau. Die Schönste im ganzen Municipio, du wirst schon sehen!" Er knuffte Citlalmina in die Seite. „Und du wirst Patenonkel meines Erstgeborenen."

Citlalmina lächelte. „Meine Hütte wird neben deiner stehen. Dann können wir unseren Familien abends Geschichten von unseren Abenteuern in den Bergen erzählen."

Yoyo schmunzelte. Trotz der Entbehrungen der vergangenen Jahre hatten die beiden sich die Gabe bewahrt, ihr Leben als Abenteuer zu sehen - egal, wie oft sie gehungert und gefroren hatten. Zudem hatten sie den Abuelito begraben müssen. Er war von einer Kugel tödlich verwundet worden, als sie Guerilleros aus einem Gefängnis bei Antigua zu befreien versucht hatten. Die letzten Augenblicke im Leben des alten Mannes sollte meine Mutter nie wieder vergessen. Mit Müh und Not hatten sie ihn in ein abgelegenes Dorf geschafft. Dort lag der Abuelito im verdunkelten Hinterzimmer einer Bauernhütte. Ilhuicóatl hielt am Dorfeingang Wache. Meine Mutter wusch seine Wunde aus, während die übrigen Guerilleros bedrückt umherstanden. Die Befreiungsaktion hatte sich als einziger Fehlschlag erwiesen.

„Du warst wie eine Tochter für mich. Oft habe ich *Qachu Alom* dafür gedankt, dass sie dich zu uns gesandt hat", hatte der Abuelito mit versiegender Stimme gewispert. „Sei bereit. Was auch immer geschehen mag, verzage nicht. Du hast noch eine Rolle zu spielen. Das fühle ich."

Mit diesen Worten stieß er seinen letzten Atemzug aus. Das Licht in seinen Augen brach. Meine Mutter weinte hemmungslos. Wie viele Menschen sollten ihr noch genommen werden?

In jener Nacht waren die Träume gekommen, die ihr danach zum steten Begleiter werden sollten. Bisweilen flößten sie ihr Furcht, immer aber Ehrfurcht ein. Meine Mutter bemühte sich, zu verstehen - gelungen aber war es ihr bis zu jenem Tage nicht.

Auch in der Nacht zuvor war sie vom Feuertraum heimgesucht worden. Er war wie der Aufschrei einer anderen Dimension.

Meine Mutter fragte sich, ob der Traum der Grund für ihre Nervosität war, wie sie da im Kreise ihrer Kameraden am Feuer saß.

Ilhuicóatl hatte vorgeschlagen, tags darauf die Gegebenheiten rund um Chimaltenango auszukundschaften. Sie brauchten einen günstig gelegenen Stützpunkt, um sich nach den geplanten Überfällen auf die Konvois, wenn erforderlich, schnell zurückzuziehen. Sie hatten vor, früh aufzubrechen, weshalb es allen recht war, sich zeitig zur Ruhe zu begeben. Chimalli sollte die erste Nachtwache übernehmen, Itzmin die zweite.

Meine Mutter fand lange keinen Schlaf. Während der Wald um sie her in Spannung verharrte, hatten sich die Hunde im Dorf weitgehend beruhigt. Sie lag noch wach, als Chimalli leise die Höhle betrat, um Itzmin zu wecken. Der Junge reckte sich und rieb sich den Schlaf aus den Augen. Einmal mehr musste meine Mutter daran denken, wie er und Citlalmina sie damals schlafend in der Nähe ihres Dorfes gefunden und danach mit Tortillas und Frijoles versorgt hatten.

Manchmal nahm das Schicksal seltsame Wege.

Als Chimalli sich neben Cinteotl niedergelegt, den Arm um seine Frau geschlungen und Itzmin sich vor dem Höhleneingang postiert hatte, fiel Yoyotli endlich in einen unruhigen Schlummer.

Yoyotli schrak hoch. Verwirrt rieb sie sich die Augen. Die verglimmenden Reste des Lagerfeuers tauchten die Höhle in Zwielicht. Was war los?

Die Hunde in San Juan del Valle gebärdeten sich wie toll. Vor der Höhle kreischten die Vögel. Unscharf gewahrte meine Mutter Itzmins Silhouette vor dem Eingang.

Sie setzte sich auf. Das war der Moment, in dem auch ich die Augen aufschlug. Ich erinnere mich noch an den Ausdruck in ihren Augen. In diesem Moment hob ein mächtiges Getöse an. Es war, als werde die Welt aus den Angeln gehoben.

Meine Mutter versuchte auf die Füße zu kommen, stürzte jedoch und warf sich im Fallen über mich. Um mich her wurde es warm und dunkel. Dennoch spürte ich das Wanken der Höhlenwände. Alle schrien in Todesangst.

Mama schob mich in Richtung Höhlenausgang und beschirmte mich dabei mit ihrem Leib. Doch noch immer bebte der Boden unter uns. Es war, als öffnete sich das Tor zur Hölle.

„Itzmin!" schrie Citlalmina, dann sah ich ihn fallen. Er brüllte auf, als er sich mit der Hand in der Glut des erloschenen Lagerfeuers abfing. Ringsumher krachten Steine auf den Höhlenboden.

Sekunden dehnten sich zur Ewigkeit.

Noch immer erzitterten die Wände. Beinahe hatten wir den Ausgang erreicht.

Da stürzte die Decke ein.

Plötzlich brach meine Mutter zusammen und ihr ganzes Gewicht lastete auf mir. Wolken von Staub überall. Noch nach all den Jahren habe ich ihr Stöhnen im Ohr, als sie sich wiederhochstemmt.

Dann kehrte Stille ein.

Die Erde kam zur Ruhe.

Ich wagte keinen Laut von mir zu geben.

Vorsichtig blickte meine Mutter auf, blinzelte sich den Staub aus den Augen. Es war beinahe finster. Wo eben noch der Ausgang gewesen war, ragte ein Geröllhaufen auf.

Man schrieb den 04. Februar des Jahres 1976, kurz nach drei Uhr morgens.

Die Zerstörung der Welt dauerte 39 Sekunden.

Die Gefährten innerhalb der Höhle hatten das Erdbeben mit kleineren Verletzungen überstanden.

Citlalmina hatte Verbrennungen an der Hand davongetragen, Chimalli klagte über Kopfschmerzen und Schwindel, weil ihm ein Felsbrocken auf den Kopf gefallen war, ansonsten gab es nur Quetschungen, Prellungen und Schürfwunden. Einzig Ameyals Arm war gebrochen.

Ilhuicóatl begann umgehend damit, den verschütteten Eingang freizulegen, während meine Mutter notdürftig die Verletzten versorgte. Citlalmina und einige andere unterstützten Ilhuicóatl, nachdem sie den ersten Schreck überwunden hatten. Eins ums andere schafften sie die Trümmer beiseite.

„Itzmin!" rief Citlalmina wieder und wieder. „Itzmin!"

Von der anderen Seite des Geröllhaufens kam keine Antwort.

Alles dauerte viel zu lang. Endlich verkündete Ilhuicóatl, dass sie einen Durchgang geschaffen hatten. Ein kühler Luftzug drang zu uns herein. Ocatlana legte seine Hand auf die Schulter meiner Mutter.

„Tleyotl, du bist der Schmalste von uns allen. Versuch, ob du es hinausschaffst", bat Ilhuicóatl Ocatlanas Neffen.

Tleyotl tastete sich voran. Ab und an polterte ein Stein zu Boden.

„Stellt euch ans Ende der Höhle", meinte Ilhuicóatl. „Ich möchte keine weiteren Verletzungen riskieren."

Die Gruppe gehorchte.

„Ich bin draußen!" erklang Tleyotls aufgeregte Stimme einige Minuten später.

„Was ist mit Itzmin?" rief Citlalmina. „Siehst du ihn?"

„Es ist dunkel. Überall liegen Steine und Bäume herum. Aber ich kann fast nichts sehen", kam es zur Antwort.

„Und Itzmin?"

„Es sieht furchtbar aus hier!" Tleyotl klang, als unterdrücke er die Tränen. „Ich finde ihn nicht!"

„Ich gehe als nächster", sagte Citlalmina in die Dunkelheit hinein. Niemand machte Anstalten, ihn aufzuhalten.

„Wir warten, bis du durch bist, dann schicke ich Yoyotli mit Lucía", meinte Ilhuicóatl. „Ich selbst werde Ameyal helfen. Mit ihrem Arm wird sie es nicht allein schaffen."

Die Welt schmeckte anders als zuvor. Ich presste mich stumm ans Bein meiner Mutter. Keinen Zentimeter wich ich von ihrer Seite. Fahles Mondlicht drang durch das Blätterdach. Citlalmina saß vornübergebeugt und wiegte Itzmin in seinem Schoß.

„Wie geht es ihm?" fragte meine Mutter.

Citlalmina schien sie nicht zu hören. Einem unhörbaren Takt folgend wiegte er sich vor und zurück. Wir traten zu ihm hin.

An Itzmins Schläfe trocknete ein dunkles Rinnsal. Citlalmina hielt seinen Kopf umfasst. Tränen zogen dunkle Linien über seine Wangen, doch gab er keinen Laut von sich. Er sah nicht auf, als meine Mutter ihm die Hand auf die Schulter legte. Sie kniete sich neben ihn. Ilhuicóatl, der inzwischen ebenfalls aus dem Gefängnis der Höhle gekrochen war, schob mich zu Ameyal hinüber.

Minuten vergingen. Unterdessen waren auch die übrigen Guerilleros über den Geröllhaufen nach außen gekrochen.

Citlalmina murmelte leise vor sich hin. Cinteotl und Chimalli standen fassungslos daneben. Cinteotl zog Papalotl zu sich heran. Er vergrub den Kopf an ihrer Brust.

„Wir müssen hinunter ins Dorf!" sagte meine Mutter.

Ilhuicóatl stand neben ihr, reagierte aber nicht.

„Hörst du?" fragte sie. „Wir müssen den Menschen helfen."

Endlich fand Ilhuicóatls Blick den ihren.

„Nein", erwiderte er. „Es ist zu gefährlich. In Kürze wimmelt es von Soldaten. Das können wir nicht riskieren."

Meine Mutter sah ihn schweigend an. Die übrigen Gefährten beobachteten die beiden, mischten sich aber nicht ein.

Citlalmina wiegte noch immer den toten Itzmin in seinem Schoß.

„Also ich werde hinuntergehen", sagte meine Mutter schließlich. Ich umklammerte ihr Bein. „Der Grund, warum ich hier bin, ist der Kampf um eine gerechtere Welt. Wenn ich in einem solchen Moment davonlaufe", sie zögerte und sah Ilhuicóatl an, „mit allem, was ich über die Heilkunst gelernt habe, dann bin ich nicht besser als die Soldaten."

„Willst du unser ganzes Projekt gefährden?" Ilhuicóatls Muskeln spannten sich an.

„Was ist das für ein Projekt, wenn wir dabei die Menschen vergessen?"

Ilhuicóatl schwieg. Bislang hatte keiner der anderen Partei ergriffen.

Es war Citlalmina, der die Stille durchbrach.

Mit kaum hörbarer Stimme sagte er: „Ich finde, Yoyotli hat Recht." Er wandte sich uns zu. „Ich werde mit dir kommen. Aber zuerst will ich meinen Freund begraben. Das ist das Mindeste, was ich für ihn tun kann."

Sein Blick wanderte zu dem schlaffen Körper auf seinem Schoß. Er strich Itzmin das Haar aus der Stirn, ehe er sich erhob.

Niemand sonst hatte bislang ein Wort gesprochen. Nun aber nickte Papalotl zu Citlalminas Worten. Cinteotl trat hinter Citlalmina und legte ihm die Hand auf die Schulter. Ein jeder von uns hätte in diesem Augenblick an seiner Stelle stehen können. Wenige Minuten hatten über das Schicksal entschieden. „Ich helfe dir", sagte sie.

„Ich auch", meinte Tleyotl.

Ameyal kam einen Schritt auf uns zu. „Ich komme ebenfalls mit dir", sagte sie zu meiner Mutter. „Lasst uns nicht vergessen, wofür wir hier eigentlich kämpfen."

„Zuerst muss ich aber deinen Arm schienen." Es war Ilhuicóatl, der gesprochen hatte. Meine Mutter sah ihn an. Er nickte ihr zu. „Dann komme ich mit hinunter ins Dorf."

Ein Lächeln blitzte auf ihrem Gesicht auf, das auch mir leichter ums Herz werden ließ.

„Danke, Yoyotli", fügte Ilhuicóatl schließlich hinzu. „Manchmal ist es schwer, nicht zu vergessen, weshalb man tut, was man tut. In solchen Momenten braucht es Menschen, die einen erinnern."

Der Morgen begann zu dämmern. Meine Mutter sah sich um.

„Ich will sehen, ob ich einige Kräuter finde, die uns später nutzen können." Ihr Blick fiel auf Yunuen, einen älteren Mann, der schon Teil der Gruppe war, bevor die Dorfgemeinschaft hinzugestoßen war. „Yunuen, Papalotl begleitet ihr mich?"

San Juan del Valle lag in Schutt und Asche. Von den Häusern hatte kein einziges dem Erdbeben widerstanden. Baumstämme wiesen kopflos gen Himmel, von dem eine verschleierte Morgensonne herabsah.

Einige Dörfler hatten sich zusammengeschlossen und gruben in den Trümmern nach Überlebenden. Die Luft war erfüllt von Wehgeschrei. So mancher saß mit schmutzstarrendem Gesicht ungläubig vor dem, was er noch tags zuvor Zuhause genannt. Andere irrten ziellos umher, hielten Zwiesprache mit sich oder Gott. Zwischen all dem: Kinder, Hunde, Hühner.

Citlalmina hatte kein Wort gesprochen, seit sie die Höhle hinter sich gelassen hatten. Nie wieder würde meine Mutter den Ausdruck in seinen Augen vergessen.

Sie selbst ließ sich nichts anmerken, lächelte mich an wie an jedem anderen Tag. Auch Ameyal bemühte sich zwar, die Schmerzen zu verbergen, bisweilen aber verriet sie gerade ihr eingefrorenes Lächeln. Chimalli und Cinteotl schienen in der vergangenen Nacht um Jahre gealtert. Ilhuicóatl indes strahlte die altvertraute Gelassenheit aus.

Wenn ich heute daran zurückdenke, kommt es mir vor, als wären Tage vergangen, bis die Erde erneut bebte, dabei können es kaum mehr als ein paar Stunden gewesen sein.

Sofort flackerte die Panik wieder auf. Viele von uns rannten hinaus aufs offene Feld, alle flohen die verbliebenen Mauern. Die aber hielten stand. Das erste Beben hatte ganze Arbeit geleistet.

Als die Erde wieder zur Ruhe gekommen war, durchkämmten Tleyotl und Ocatlana das Trümmerfeld. Sie lauschten auf jedes Geräusch, um Überlebende aufzuspüren. Selbst in einem Moment wie diesem begegneten die Menschen Ocatlana mit Argwohn. Daran trug die schlohweiße Strähne Schuld, die viele für ein Mal des Teufels hielten.

Die anderen männlichen Guerilleros schlossen sich den Trupps an, die Verschüttete aus den Überresten der eingestürzten Häuser bargen. Immer wieder zogen sie verletzte, aber lebende Menschen aus den Schuttbergen. Für andere aber kam jegliche Hilfe zu spät.

Cinteotl, Ameyal und meine Mutter nahmen sich der Verwundeten an. Yunuen, der bereits beim Kräutersammeln geholfen hatte, gesellte sich zu den dreien. Sie errichteten eine provisorische Versorgungsstation neben den Überresten der Kirche.

Ich half beim Zerstampfen der Kräuter. Meine Mutter und Yunuen rührten damit Pasten an, die Entzündungen verhindern und die Wundheilung unterstützen sollten. Die Frauen von San Juan del Valle schafften herbei, was sie aus den Ruinen hatten retten können. Cinteotl und Ameyal prüften die Dinge auf ihre Brauchbarkeit. Alles, was als Verbandsmaterial herhalten konnte, behielten sie.

In den folgenden Stunden bestrich meine Mutter zahllose Wunden mit Pasten, legte Verbände an, schiente gebrochene Gliedmaßen und sprach Verletzten Mut zu. Ameyal, aufgrund ihres gebrochenen Arms nur beschränkt einsatzfähig, erbot sich, sich um die Fälle zu kümmern, denen kaum Hoffnung beschieden war. Sie spendete Trost und geleitete die Sterbenden auf ihrem letzten Weg.

Cinteotl hatte Chimalli gebeten, die Verstorbenen fortzuschaffen. Papalotl und zwei junge Männer aus dem Dorf halfen ihm dabei. Gemeinsam trugen sie die Toten zum Ortsrand, wo einige Jugendliche unter Aufsicht des Pfarrers eine Grube ausgehoben hatten.

Als die Abenddämmerung hereinbrach, sah meine Mutter müde aus. Wir hatten den ganzen Tag nichts gegessen. Ich saß neben ihr auf dem Boden und spielte mit ein paar Steinen. Da kamen Citlalmina und Ilhuicóatl mit einer Schüssel Frijoles und einigen Tortillas heran.

„Euch schickt der Himmel", seufzte meine Mutter und schlang zwei Maisfladen hinunter.

„Ich habe Kleidung besorgt", meinte Ilhuicóatl. „Das Militär wird nicht lange auf sich warten lassen. Wir dürfen nicht auffallen." Er reichte meiner Mutter den örtlichen Huipil. Sie streifte ihn über.

„Woher hast du die?", fragte sie.

Citlalmina bedachte uns mit einem unergründlichen Blick. Ilhuicóatl zuckte mit den Achseln.

„Die sind doch nicht –?"

„Das Wichtigste ist, dass keiner bemerkt, dass wir nicht hierhergehören."

„Wissen die Leute im Dorf, wer wir sind?"

„Jedenfalls sind sie für unsere Hilfe dankbar. Ihretwegen brauchen wir uns nicht zu sorgen." Damit drehte Ilhuicóatl sich um und verschwand in Richtung Ortsrand.

„Wie geht es dir?" fragte meine Mutter, nun an Citlalmina gewandt. Der Junge schüttelte den Kopf.

„Wenn du jemanden zum Reden brauchst –"

„*No tenga pena*. Ich komme schon klar."

Meine Mutter musste an ihren Schwager Rafael denken. Wie schwer es für ihn gewesen sein musste, als sie selbst nach der Ermordung meines Großvaters alle anderen ausgeschlossen hatte. „Dein Schmerz ist unser aller Schmerz, Citlalmina. Du musst ihn nicht allein tragen. Itzmin war Teil unserer Gemeinschaft. Wir alle werden ihn vermissen. Ich kann mir sehr gut vorstellen, was in dir vorgeht."

Citlalmina warf ihr einen zweifelnden Blick zu.

„Mein Vater", Yoyotli zögerte einen Augenblick. Dieses Leben war unwiederbringlich verloren. Dennoch fügte sie hinzu: „Weißt du, er wurde von der Weißen Hand ermordet."

„Das wusste ich nicht."

„Damals habe ich ähnlich reagiert wie du jetzt. Ich war so voller Zorn, wollte mit niemandem sprechen. Am liebsten wäre ich mit ihm gegangen. Was hatte ohne ihn alles noch für einen Sinn?"

Citlalmina betrachtete sie, als sehe er sie zum ersten Mal.

„Wir alle hatten ein Leben vor diesem", wisperte sie. „Auch wenn wir nicht darüber sprechen."

„Jetzt willst du mir wohl sagen, dass es gut für mich wäre, wenn ich mit jemandem rede?"

„Das musst du für dich selbst herausfinden. Ich will dir nur sagen, dass du nicht allein damit fertig werden musst, wenn du es nicht möchtest. Du kannst jederzeit zu mir kommen."

Gemeinsam mit den Bewohnern des zerstörten San Juan del Valle errichteten die Guerilleros eine Lagerstatt für die

Nacht. Seit dem Nachbeben am Vormittag hatte es keine weiteren Erdstöße gegeben. Dennoch suchten die Menschen das offene Feld. Niemand traute dem Frieden. Zu tief saß ihnen der Schrecken in den Gliedern.

Die obdachlos Gewordenen kauerten sich aneinander, um der Kälte zu trotzen. Sie waren völlig entkräftet und letztlich übermannte die meisten der Schlaf.

Meine Mutter hingegen starrte in die Sterne. Nichts wünschte sie sich sehnlicher als in ihr altes Leben zurückzukehren. Wie sie ihre Familie vermisste! Allen voran Pepito und Lucía. Aber natürlich auch meine Großmutter und die anderen Marquenses. Wie es Yolanda gehen mochte? Ob der kleine Francisco schon sprach? Der Gedanke daran, dass der eigene Neffe sie nicht erkennen würde, machte sie unsagbar traurig. Schlimmer war jedoch, dass nicht einmal sie *ihn* erkennen würde!

Citlalmina war es offenbar ebenso wenig vergönnt, Ruhe zu finden. Meine Mutter wandte sich zu ihm um und berührte seine Wange. Er betrachtete sie verwundert, ließ ihre Berührung aber zu.

„Kannst du nicht schlafen?" flüsterte sie.

„Ich muss die ganze Zeit an ihn denken. Was soll ich nur ohne ihn anfangen?"

Meine Mutter strich die Salzperlen aus seinem Gesicht. Einen Moment ließ er sie gewähren, dann ging ein Ruck durch ihn und er schob ihre Hand beiseite.

„Nicht."

Behutsam zog Yoyotli seinen bebenden Körper an sich und nahm ihn in die Arme. Citlalminas Widerstand schwand, als er sein Gesicht verbergen konnte. Sie streichelte ihm über den Rücken, bis nach einer Weile die Spannung in seinem Körper nachließ. Erschöpft schlief er schließlich ein.

Als ich am nächsten Morgen erwachte, fand ich mich zwischen den beiden wieder. Es fühlte sich gut an, das weiß ich noch heute. Ungewohnt, aber gut.

Die folgenden beiden Tage unterschieden sich kaum vom ersten Tag, den wir im Dorf verbracht hatten.

Als meine Mutter am Morgen des dritten Tages die Augen aufschlug, blinzelte Citlalmina, der nun jede Nacht neben uns verbrachte, sie verschlafen an. Sie strich ihm über das dichte schwarze Haar und küsste mich auf die Stirn. Plötzlich aber legte sie den Finger an den Mund. Unweit hatte Ocatlana sich auf seinem Lager aufgerichtet und sah zu uns herüber. Als er Yoyos Blick bemerkte, wandte er den seinen rasch ab. Am Rande des Lagers stand Ilhuicóatl und sah in die Ferne. Meine Mutter und Citlalmina erhoben sich und gingen zu ihm hinüber.

„Die Armee?"

„Vermutlich", entgegnete Ilhuicóatl besorgt.

„Sie werden nicht bemerken, dass wir nicht hierhergehören."

„Am besten, wir mischen uns unter die Dorfbewohner", meinte Cinteotl, die ebenfalls hinzugetreten war.

Ihr Mann nickte. „Ich wecke die anderen."

Das war jedoch nicht nötig. Das lauter werdende Motorengeräusch hatte inzwischen auch die restlichen Dorfbewohner geweckt.

Binnen Sekunden waren alle auf den Beinen und warteten auf die Ankunft der Kolonne, die sich vom Horizont her ihren Weg in Richtung San Juan del Valle bahnte.

Zwei Stunden vergingen, ehe der Treck das Dorf erreichte. Das Erdbeben hatte die Straßen in Buckelpisten voller Schlaglöcher und Verwerfungen verwandelt, sodass die schweren Fahrzeuge nur im Schritttempo vorankamen.

Bereits eine halbe Stunde bevor der Konvoi das Dorf erreicht hatte, kehrten Ocatlana und Tleyotl ins Lager zurück. Ilhuicóatl hatte sie ausgesandt. Er wollte den Konvoi nicht vollkommen unvorbereitet erwarten.

„Es sind viele. Männer und Frauen. Sie sprechen eine komische Sprache", stieß Ocatlana keuchend hervor. Tleyotl nickte zustimmend. Der Schweiß rann ihm übers Gesicht. „Außerdem tragen sie keine Uniformen. Die Lastwagen sind voller Säcke."

„Ein Hilfskonvoi", murmelte Ilhuicóatl.

„Sehr gut", entgegnete Chimalli. „Wir können jede Hilfe brauchen."

„Wir werden sehen.“ Ilhuicóatl legte die Stirn in Falten.

Vor allem wir Kinder bestaunten die hünenhaften blonden Männer, die den Lastwagen entstiegen. Sie luden Säcke voller Reis, Frijoles, Maismehl und Milchpulver ab. Zudem sprachen sie in jener wunderlich rauen Sprache miteinander, die niemand verstand.

Auch meine Mutter starrte die Männer mit den seltsamen Namen wie Bill, Davis oder Jack bisweilen an. Andauernd grinsten sie. Noch erstaunlicher aber waren die Frauen. Sie waren gekleidet wie Männer und verhielten sich auch so. Sie lachten laut, klopften einander auf die Schultern, es war eigenartig mitanzusehen.

Bereits am Ankunftstag errichtete der Hilfstrupp ein Zeltlager, sodass wir, wenn schon nicht vor der Kälte, zumindest vor Wind und Regen geschützt waren. Auch die Aufräumungsarbeiten kamen in Gang.

Am fünften Tage nach Eintreffen der fremdländischen Helfer sorgte gegen Mittag ein neuerliches Motorengeräusch für Aufregung. Am Horizont näherte sich eine weitere Wagenkolonne – Uniformierte diesmal, wie Ocatlana und Tleyotl, die noch einmal auf Spähmission gesandt wurden, berichteten.

Meine Mutter sah zu John, einem sommersprossigen Mann, der ein wenig Spanisch sprach. Mit ihm hatte sie in den vergangenen Tagen bei der Versorgung der Verletzten zusammengearbeitet. Er war Arzt und kam aus Louisiana, was weit im Norden lag. Weiter sogar als Tikal, die Ruinenstätte unseres Volkes im Dschungel von Petén, wenn sie ihn richtig verstanden hatte. Seine Heimatstadt lag am Meer und hieß *Norlens* oder so ähnlich.

Meine Mutter und ich mochten den Amerikaner. Mir schenkte er in Silberfolie gewickelte Süßigkeiten, die schmeckten wie nichts, was ich je zuvor gegessen hatte. Meine Mutter aber sah ihm zu, wenn er mit den Patienten arbeitete. Er wiederum beobachtete sie, schrieb Dinge in ein Buch mit abgegriffenem Ledereinband und stellte Fragen, die ich und meine Mutter – so hatte ich das Gefühl – oft nicht verstanden.

Ilhuicóatl, mit dem sie darüber sprach, dass John uns vor den Militärs beschützen werde, teilte ihre Zuversicht nur bedingt.

„Du kennst sie. Seit wann halten sie sich an Regeln? Und wann hätten sie sich je aufhalten lassen? Wir müssen jederzeit darauf vorbereitet sein, zu fliehen", war sein Kommentar. „Verbreite unter den anderen, dass wir uns bei der eingestürzten Höhle treffen, sollte etwas Unvorhergesehenes geschehen. Wenn irgend möglich, sollten wir die Waffen mitnehmen."

Meine Mutter nickte. Als wir San Juan del Valle erreicht hatten, hatten die Guerilleros die Waffen außerhalb des Dorfes versteckt, um kein Aufsehen zu erregen. Ohne sie waren wir schutzlos. Yoyotli gab Ilhuicóatls Anweisung an Papalotl weiter. Der übernahm es, die restlichen Guerilleros zu benachrichtigen.

Der Offizier, der aus dem Militärfahrzeug stieg, legte die Stirn in Falten, als er den Hilfskonvoi betrachtete. Er wandte sich seinen Untergebenen zu und bellte einige Befehle. Dann hinkte Coronel Sergio Rivadeneira zum Leiter der Einsatzkräfte hinüber. Die drei Sterne auf seinen Schulterklappen blitzten im Sonnenlicht.

„Im Namen des guatemaltekischen Volkes möchte ich Ihnen und Ihrer Truppe für den ehrenvollen Einsatz danken", verkündete der Coronel in offiziellem Tonfall.

Der Amerikaner, ein fettleibiger Mann namens Robert, nahm die Ansprache schwitzend zur Kenntnis. Ein Hauch von Verwunderung flog über sein gerötetes Gesicht, während er sich die blasenübersäten Hände rieb.

Die übrigen Mitglieder der Hilfstruppe hielten in ihrer Arbeit inne. Einige blickten auf, andere kamen näher heran, um mitzuverfolgen, was das zu bedeuten hatte.

„Die Regierung unseres Landes weiß die Anteilnahme und tatkräftige Unterstützung, die uns in diesen schweren Zeiten zuteilwird, über die Maßen zu schätzen. Um unseren geschätzten Präsidenten Kjell Laugerud zu zitieren: Guatemala está herida, pero no de muerte. Gemeinsam werden wir alles in unserer Macht Stehende tun, um die Folgen dieser Katastrophe schnellstmöglich zu überwinden und unser Land zu neuer Blüte zu führen."

Bevor Rivadeneira den Leiter der Hilfskräfte beim Ellbogen ergriff und ihn bestimmt in Richtung Konvoi führte, wanderte ein Minzwölkchen in seine Mundhöhle.

Meine Mutter senkte den Kopf, um in niemandes Blickfeld zu geraten. John drehte sich zu ihr um. „Was ist mit dir? Du siehst blass aus. Alles okay?"

Sie wich seinem Blick aus. „Komm schon, wir müssen nach den Verletzten sehen", meinte sie.

John wirkte irritiert. Dennoch folgte er ihr.

Als sie das Zelt betraten, schlug ihnen der muffige Geruch eiternder Wunden entgegen. Ein runzliger Maya streckte die Hand nach Yoyotli aus.

„Wasser", stöhnte er.

Meine Mutter kam seiner Bitte nach, benetzte seine spröden Lippen mit Flüssigkeit und setzte ihm eine Kelle voll Wasser an den Mund. Der Alte trank begierig. Aus dankbaren Augen sah er sie an. Ihre Gesichtszüge entspannten sich, während sie Verbände wechselte und den Verwundeten Mut zusprach.

John kümmerte sich um die Fälle, deren Wunden sich entzündet hatten. Um das Fieber zu senken und die Entzündungen einzudämmen, verabreichte er Penicillin. Als er meiner Mutter die Wirkweise des Medikaments erklärte, war sie fasziniert. Die beiden wurden jedoch unterbrochen. Vor dem Zelt wurden Stimmen laut. Blinzelnd traten sie aus dem Halbdunkel ins Sonnenlicht.

Robert stand in der Mitte des Lagers und sagte etwas in der eigenartigen Sprache. Ein Raunen ging durch die Gruppe der Helfer.

„Was ist los?" flüsterte meine Mutter John zu.

„Wir ziehen ab", erwiderte dieser.

Meine Mutter sah zu mir und Ameyal hinüber. Das Lächeln, das sie mir zuwarf, machte mir Angst. „Die guatemaltekische Armee wird sich ab jetzt um die Aufräumarbeiten hier kümmern", erklärte John. „Sorry", er wandte sich zu Yoyotli um. „Bob meint, dass wir woanders dringender gebraucht werden." Er streckte ihr seine Hand entgegen. „War ein Vergnügen, mit dir zusammenzuarbeiten."

„Aber das kann doch nicht – hier ist doch längst – mit wem soll ich denn –?"

Meine Mutter konnte keinen klaren Gedanken fassen. John betrachtete sie verwundert. Da traf sie eine Entscheidung. Sie straffte sich und folgte dem Leiter der Hilfskräfte, der sich von Rivadeneira abgewandt hatte und in Richtung Fahrzeugkolonne davon schritt. Ihre Finger glitten zur Narbe an ihrem Hals. Sie zog den Huipil höher.

„Señor!" rief sie.

Robert reagierte nicht.

„Señor Robert", versuchte sie es noch einmal.

Coronel Sergio Rivadeneira machte eine Handbewegung, als wolle er ein lästiges Insekt verscheuchen. „Weib, tu nichts, was du bereuen würdest!" zischte er.

Für eine Sekunde sah Yoyotli ihm direkt in die Augen. Er erkannte sie nicht!

„Señor Robert, bitte!" Der Amerikaner blieb stehen. Er drehte sich um und musterte meine Mutter verwundert. Sie eilte zu ihm hinüber.

„Bitte!" meinte sie, als sie Robert erreicht hatte. Ilhuicóatl stand in der Nähe. Sein Fuß zuckte nervös. „Sie können uns nicht verlassen. Wir brauchen Ihre Hilfe hier! Diese Männer sind Soldaten, keine Ärzte. Gehen Sie nicht! Ich bitte Sie. Im Namen der Verletzten."

Robert sah sie an, als ob er sie noch nie gesehen hätte. „Ich verstehe Ihre Sorge, aber bei der Armee gibt es ebenfalls ausgebildete Mediziner. Ich garantiere Ihnen, bei Ihren Landsleuten sind Sie in guten Händen."

„Das ist nicht wahr", flüsterte meine Mutter. Sie begann am ganzen Leib zu zittern.

„Was ist mit Ihnen?"

Von hinten war John zu ihnen getreten. „Sie versorgt mit mir die Verletzten."

Meine Mutter hörte einen vertrauten Klang. Ein Fuß, der über Sand schleifte.

„Sie sind Verbrecher!" zischte sie dem Leiter der Hilfskräfte zu. „Sie morden und vergewaltigen."

„Was sagen Sie da?" Robert glaubte, nicht richtig verstanden zu haben.

Da traf meine Mutter der Geruch, dem sie für alle Zeit entronnen gehofft.

„Diese Frau ist geistig verwirrt!" Rivadeneiras Stimme übertönte das Getuschel der Umstehenden. „Sie ist eine Aufrührerin und Volksverhetzerin."

Meine Mutter erstarrte. Ihr Blick war auf Robert gerichtet. „Bitte! Sie müssen mir glauben!"

„Also mir war diese Frau eine große Hilfe", ergriff John das Wort. „Sie weiß, was sie tut und kümmert sich hingebungsvoll um die Patienten."

„Romero! Tecpán!" belferte Rivadeneira.

Auf der anderen Seite des Lagers schraken zwei junge Soldaten zusammen. In Windeseile hasteten sie herbei. Meine Mutter fühlte, wie alle Kraft aus ihr wich. Sie sah zu mir hinüber. „Sie müssen mir glauben", flehte sie noch einmal. „Diese Männer sind Kriminelle. Im Namen Jesu Christi, haben Sie Erbarmen."

„Mir sind die Hände gebunden", sagte Robert leise. „Als Ausländer unterstehe ich den Weisungen des örtlichen Militärs. Es tut mir leid."

Damit wandte er sich ab. John stand noch immer an der Seite meiner Mutter. Betreten blickte er zu Boden.

Ich wusste nicht, was geschah, aber auf einmal bekam ich Angst. Eine Angst, noch größer als in der Höhle, als die Erde gewackelt hatte. Ich riss mich von Ameyal los und rannte auf meine Mutter zu. Ihre Augen weiteten sich.

„Mamá!" Schon im Laufen streckte ich ihr die Arme entgegen. „Mamá!"

Dann wurde alles schwarz. Ein Gewehrkolben hatte mich getroffen. Meine Mutter schrie auf.

„Nicht!"

„Ruhe, du Schlampe. Dich hat niemand gefragt." Rivadeneira beugte sich zu mir hinab. Raue Finger drehten mein Gesicht in Richtung Sonne. Der Gestank brachte mich ins Leben zurück. „Was haben wir denn da", lachte er höhnisch. „Wenn das mal kein Bastard ist!"

Meine Mutter starrte ihn an, dann zogen ihre Finger den Kragen ihres Huipils hinab. Zum Vorschein kam die Narbe in Form eines Rs. „Dieser Bastard", zischte sie, „ist Ihre Tochter."

Rivadeneira wandte ihr seinen Blick zu, bevor er mich erneut betrachtete. Mir wurde kalt.

„Tochter? Das ich nicht lache, du Fotze. Wer weiß bei einem Flittchen wie dir schon, wer ihn alles reingehalten hat."

Er zog einen Batzen Schleim hoch und spuckte ihn mir mitten ins Gesicht. Die zähflüssige Masse rann mir die Wange hinab. Ich begann zu weinen.

„Das ist es, was ich von deinen Lügengeschichten halte! Danke deinem Schöpfer auf Knien, dass ich ihr nicht den hässlichen kleinen Kopf abschneide."

Die Miene meiner Mutter gefror. Ihre Lippen bebten.

„Abführen!" knurrte der Coronel. „Ich werde mich später um sie kümmern."

Die Soldaten packten meine Mutter an den Schultern und zerrten sie davon. Ich sah ihr nach, doch sie war schon verloren.

Gießener Abendpostille

vom 05. Februar 1976, S.1

Schweres Erdbeben erschüttert Guatemala

Guatemala Stadt

In der Nacht zum Mittwoch erschütterte ein schweres Erdbeben den zentralamerikanischen Staat Guatemala. Die guatemaltekische Regierung spricht von mehreren Tausend Todesopfern. Weite Teile des Landes liegen in Schutt und Asche.

Gegen 03 Uhr Ortszeit (09 Uhr MESZ) ereignete sich ein Erdbeben der Stärke 7,5 auf der nach oben offenen Richterskala. Die Erdstöße hielten 39 Sekunden an. Das Epizentrum lag in einer Tiefe von 5 Kilometern in der Nähe der Stadt Los Amates circa 160 Kilometer nordöstlich von Guatemala Stadt. Seismologen warnen vor der Gefahr möglicher Nachbeben.

Ersten Berichten zufolge geht die Zahl der Todesopfer in die Zehntausende, die der Verletzten liegt ungleich höher. Über die Zahl der Menschen, die durch das Beben obdachlos geworden sind, existieren derzeit noch keine konkreten Angaben. Aufgrund der in Mittelamerika allem voran in ländlichen Gebieten vergleichsweise rückständigen Bauweise ist davon auszugehen, dass sie an die Millionengrenze heranreichen dürfte.

Experten sprechen von einer humanitären Katastrophe. US-Präsident Gerald Ford sicherte der Regierung des lateinamerikanischen Staates umgehend Unterstützung zu. Internationale Hilfsorganisationen befinden sich bereits auf dem Weg in die Krisenregion. Sie forderten die Bevölkerung auf, Geld und Kleidung zu spenden, um die Not des guatemaltekischen Volkes zu lindern.

RK

Kapitel 43 – Gaukelspiel wankender Wirklichkeit

Ein kühler Wind strich über die Praça dos Mártires da Pátria. Der Mond tauchte den Platz in ein gespenstisches Licht.

Kyriel trug eine schwarze Wollmütze. Den Kragen seiner Jacke hatte er hochgeschlagen. „Bist du dir sicher?“ fragte er.

„Was sollten wir sonst machen?“ entgegnete Julián ungeduldig. „Hast du einen besseren Vorschlag?“

Julián hielt eine Taschenlampe in der Hand und wirkte angespannt. Auch er verbarg sein Haar unter einer Mütze, die er tief in die Stirn gezogen hatte.

„Dann lass es uns anpacken. Bete zu Gott, dass uns niemand erwischt.“

„Nicht, dass ich an den glaube, aber wenn du meinst.“

Kyriel lächelte gequält und stieg hinter Julián über die Abzäunung. „Wo sollen wir anfangen?“

Julián deutete auf eine Stelle am Fuße des Sockels, auf dem die Statue stand. „Wenn wir uns von hier nach links vorarbeiten, merken wir, wenn wir fertig sind. Ich hoffe allerdings, dass wir unsere Mafalda vorher finden!“

„Das hoffe ich auch!“

Julián ergriff eine Steinplatte und reichte sie Kyriel. Dieser legte sie außerhalb der Umzäunung ab. So verfuhren sie, bis sie den ersten Stapel abgetragen hatten. Daraufhin reichte Kyriel Julián die Platten zurück und der schichtete sie wieder auf.

Die beiden gerieten ins Schwitzen. Die Marmortafeln waren schwer. Name über Name unbekannter Wundergläubiger wanderte durch ihre Hände.

Weshalb wohl, fragte sich Kyriel, glaubten die Menschen daran, dass ein verstorbener Arzt ihnen Wohltaten erwies?

Die schiere Anzahl der Tafeln verursachte ihm Übelkeit. Wie sollten sie eine einzige Platte finden, die vor über 20 Jahren hier abgelegt worden war? Wenn sie überhaupt hier abgelegt worden war – noch nicht einmal das vermochten sie mit Sicherheit zu sagen.

„Pscht! Hörst du das?“

Kyriel erstarrte. Jetzt bemerkte auch er das Geräusch. Schritte näherten sich. Er legte die Steinplatte ab, die er in Händen hielt. Ein gewisser Diogo Pereira. „Schnell!" flüsterte er.

Julián sprang über den Zaun und die beiden flüchteten in Richtung Park. Dort kauerten sie nieder.

„Ich komm' mir vor wie ein Verbrecher!" wisperte Julián.

„Einige Gläubige wären sicherlich *not amused,* wenn sie wüssten, was wir hier tun!" erwiderte Kyriel.

„Nichts" nörgelte Julián. „Letztlich tun wir nichts! Wir schichten ein bisschen um. Danach ist es ordentlicher als vorher."

„Erklären möchte ich es trotzdem niemandem!" Kyriel spähte über die Hecke, hinter der sie sich verborgen hielten. „Nur zwei Betrunkene", meinte er erleichtert.

Sie warteten, bis die beiden verschwunden waren, ehe sie ihre Aufgabe fortsetzten.

Es war sechs Uhr morgens, als Kyriel vorschlug, am nächsten Tag weiterzusuchen. Zweimal hatten sie sich noch in Deckung begeben müssen. Ihn schmerzte jeder Knochen im Leib, zudem war er hundemüde. Widerstrebend willigte Julián ein. Sie durften ihr Glück nicht überstrapazieren. Also kennzeichneten sie die Stelle, bis zu der sie gekommen waren, und brachen auf. Kurz darauf begegneten ihnen die ersten Frühaufsteher auf dem Wege zur Arbeit.

In der folgenden Nacht kehrten sie zurück. Sie hatten in all den Stunden weniger als ein Viertel der Votivgaben durchsucht. Die Aussicht auf schlaflose Nächte drückte Kyriels Stimmung. Julián allerdings machte einen entschlossenen Eindruck. Diesmal war es an Kyriel, Julián die Tafeln anzureichen. Der pfiff leise vor sich hin.

„Hast du keinen Muskelkater?"

Julián verneinte.

„Ich frage mich, weshalb du diese muskulösen Arme hast", grinste er, „wenn du trotzdem so verweichlicht bist."

Kyriel warf ihm einen finsteren Blick zu. Er wählte eine besonders schwer aussehende Marmorplatte und drückte sie Julián in die Hand, als wiege sie nichts. Dieser verzog keine Miene.

Bald spürte Kyriel, wie ihm der Schweiß den Rücken hinabrann. Sein T-Shirt klebte an der Haut. Der Nachtwind fuhr ihm unter die Jacke. Was für eine Plackerei!

Hin und wieder sehnte sich Kyriel nach seinem vergangenen Leben. Er griff nach dem Fulgurit auf seinem Sonnengeflecht. Es gab kein Zurück.

Stund um Stund verging.

Nur zweimal wurden die beiden von Spaziergängern unterbrochen, die ihre Hunde ausführten. Rasch verbargen sie sich hinter der Hecke. Niemand schien etwas zu argwöhnen, obschon keine Zeit blieb, die Platten außerhalb des Zauns beiseitezuschaffen.

Sie hatten die Frontseite des Denkmals hinter sich gelassen. Langsam aber stetig arbeiteten sie sich voran.

Da geschah es. Kyriel reichte Julián eine Marmortafel, die dieser nicht richtig zu fassen bekam. Sie polterte zu Boden. Zersprang in tausend Einzelteile. Der Lärm hätte Tote zu erwecken vermocht. Die beiden erstarrten. Betreten blickten sie sich an. Ohne ein Wort zogen sie sich hinter ihre Hecke zurück und warteten ab. Nichts regte sich.

Endlich wagte Kyriel auszuatmen.

„Nochmal gutgegangen", hauchte er.

„Wir müssen vorsichtiger sein!" nickte Julián. „Mit so einer Aktion können wir mächtig Ärger bekommen!"

„Wollen wir?"

„Bleibt uns nichts Anderes!"

Sie schoben die Steinscherben zu einem Haufen zusammen. Maria-João und ihr Bruder, dessen Genesung die Danksagung gewidmet war, wären vom Ende ihrer Votivgabe wenig begeistert gewesen.

Schweigend setzten die Freunde ihre Arbeit fort, trugen Platte um Platte ab, nur um sie abermals aufzustapeln. Eine Sisyphos-Arbeit.

Plötzlich traf ein Lichtstrahl Kyriel mitten ins Gesicht. Hilflos kniff er die Augen zusammen. Am Rande seines Blickfeldes machte er Julián aus. Ein auf offener Flur gestelltes Reh.

„What do you guys think you are doing here?" brummte eine Bassstimme.

Der Polizist senkte die Taschenlampe. Ein grimmiges Gesicht unter zusammengezogenen Augenbrauen musterte sie.
„We are looking for something", entgegnete Julián. „Ich habe nach der Krankheit meiner Schwester eine Platte für den gütigen Doktor anfertigen lassen. Sein Segen hat sie gerettet. Nun kann ich die Tafel allerdings nirgends mehr finden. Es ist eine Schande! Wo nun auch meine Mutter erkrankt ist."
Der Uniformierte musterte Julián nachdenklich, Pistole und Schlagstock griffbereit am Gürtel. Einen Moment lang schien er geneigt, Juliáns Geschichte Glauben zu schenken. Dann jedoch fiel der Strahl der Taschenlampe auf den Scherbenhaufen, den die beiden später hatten fortschaffen wollen. Ein Fehler, wie sich nun erwies.
„Und was soll das sein?" fragte er streng. „Es sieht mir vielmehr so aus, als würden Sie eine religiöse Anbetungsstelle schänden. Aber keine Sorge. Das werden wir alles klären." Er wandte sich um. „Paulo!"
Erst jetzt bemerkten die beiden den Polizeiwagen.
Julián sah Kyriel schuldbewusst an. Ehe sie es sich versahen, hatten die Polizisten ihnen Handschellen angelegt und sie landeten auf dem Rücksitz des Polizeiautos.

Kyriel saß auf einer Pritsche in einer lichtlosen Gefängniszelle. Er war allein. Julián war in einer anderen Zelle untergebracht worden, vorgeblich, damit sie keine Absprachen treffen konnten. Vor dem Morgen war mit einer Anhörung nicht zu rechnen. Selbst ein Telefonat war ihnen verweigert worden. Kyriel hörte ein Rascheln in einer Ecke der Zelle. Er zog die Jacke enger um seinen Leib und streckte sich auf der Pritsche aus. Die Schuhe behielt er an. Die zusammengefaltete Wolldecke am Fußende rührte er nicht an.
Nach einer Weile fiel er in einen unruhigen Schlaf.
Er träumte.
Als er erwachte, war es noch immer finster.

Er hatte Laura in seinen Armen gehalten. Sein Körper surrte vor Schwermut. Verlassenheit pulste durch seine Adern.

Etwas unterschied diesen Traum von den früheren.

Oft hatte er von Laura geträumt. Nie aber hatte er ihren Atem beim Erwachen in seiner Mundhöhle geschmeckt. Nie war seine Umgebung von ihrem Duft durchtränkt gewesen, gerade so, als habe sie den Raum eben erst verlassen.

Er schloss die Augen, doch so sehr er sich auch mühte, vermochte er die Traumgebilde nicht einzufangen. Sowie er sie zu fassen versuchte, entglitten sie ihm. Das Herz pochte wild in seiner Brust. War das ein Traum –? Was aber sonst sollte es gewesen sein? Er wusste es nicht zu sagen.

Mit einem Mal war ihm kalt.

Dieser Traum – er hatte sich so real angefühlt. Dergleichen war ihm noch nicht widerfahren. Unbestreitbar hing eine fremde Gegenwart im Raum. Er konnte sich nicht erinnern, sich je so verletzlich gefühlt zu haben. Könnte er die vergangenen Monate doch ungeschehen machen! An einem Punkt im Frühjahr noch einmal ansetzen. Doch das war unmöglich. Ihm war zum Heulen zumute. Was ihm blieb, war die Gegenwart. Selbst die aber drohte ihm zu entgleiten wie die Traumbilder zuvor. Traumbilder. Kein Traum vermochte auf diese Art zu berühren.

Kyriel bemühte sich, ruhiger ein- und auszuatmen. Letztlich gelang es ihm, das Zittern unter Kontrolle zu bringen.

Angenommen, dies war kein gewöhnlicher Traum – was war es dann? Gab es etwas Anderes? Oder machte er sich etwas vor? Drohte er gar, den Verstand zu verlieren? Andererseits – gab es nicht Dinge zwischen Himmel und Erde, die nicht zu ergründen waren? Bildete er sich das alles möglicherweise nicht ein? Hatte Laura diese Welt nicht endgültig verlassen?

Kyriel holte tief Luft. Spürte die Pritsche unter dem Schaumstoff. Versuchte, sich zu konzentrieren.

Mit Inbrunst flehte er in die Finsternis: „Was willst du mir sagen, Laura? Komm zurück! Diesmal höre ich zu, ich verspreche es dir.“

Still saß er und lauschte. Die Zeit versickerte im Zellenboden.

Nichts geschah.

Letztlich sank er auf die Pritsche zurück und schloss die Augen. Der Schlaf weigerte sich jedoch, ihn erneut unter seine Fittiche zu nehmen. Was blieb, war das Gefühl, etwas Bedeutsames vergessen zu haben.

Das Geräusch eines Schlüssels, der sich im Schloss drehte, ließ Kyriel hochfahren. Er musste schließlich doch eingeschlafen sein. Die Zelle war von tristem Morgenlicht erfüllt. Es schmeichelte den Wänden nicht. Hie und da hatten sich frühere Insassen verewigt.

Zwei uniformierte Beamte traten ein. Sie hießen ihn aufstehen und legten ihm Handschellen an. Dann führten sie ihn durch Neonröhren-beleuchtete Korridore. Zuletzt verließen sie den Bau und überquerten einen gepflasterten Hof. Der Himmel hing freudlos über der Stadt. Einer der Beamten öffnete die Tür zu einem zweiten Gebäude. Unsanft schob sein Kollege Kyriel hinein. Bei dem Haus schien es sich um das eigentliche Polizeirevier zu handeln. An den Wänden hingen Fotografien von Polizisten, die gewichtig unter Uniformmützen hervorblickten. Unter den Rahmen verblassten Namen und Jahreszahlen. *Pedro da Almada,* entzifferte Kyriel, *1978-1983.* Die Polizisten führten ihn in einen verglasten Raum. Herabgelassene Jalousien schützten die Insassen vor zudringlichen Blicken.

An einem weißen Resopaltisch saß Julián. Kyriel atmete auf. Außerdem stand ein Mann im Nadelstreifenanzug mit dem Rücken zu ihm. Als die Uniformierten die Tür hinter ihm geschlossen hatten, drehte er sich um.

Es war Rodrigo.

„Was machst du denn hier?" rief Kyriel. Selten hatte er sich so gefreut, einen Menschen zu sehen. Mit einem Blick gebot Rodrigo ihm zu schweigen.

Kyriel setzte sich auf den ihm zugewiesenen Stuhl. Julián wirkte blass und übernächtigt. Dennoch zwinkerte er ihm zu, als die Beamten ihm den Rücken kehrten. Die redeten wild gestikulierend auf Rodrigo ein. Kyriel verstand kein Wort. Ob es Julián anders erging, vermochte er nicht zu sagen. Rodrigo verzog keine Miene. Erst als die Beamten ihre Ausführungen unterbrachen, hob er zu einer Erwiderung an. Seine Stimme klang ruhig und sachlich. Die Beamten verfielen in Schweigen. Der eine verschränkte die Arme, der andere sah zu Boden. Hin und wieder warfen sie einander hilflose Blicke zu.

Rodrigos Monolog dauerte fünf Minuten.

„Gehen wir", sagte er schließlich.

Dankbarkeit durchflutete Kyriel. Julián war der Beste. Grandiose Idee, Rodrigo anzurufen.

Düstere Wolken zogen über den Himmel, als sie auf die Straße traten.

„Ich bringe euch nach Hause", meinte Rodrigo. Sein Auto stand auf der gegenüberliegenden Straßenseite.

„Was hast du denen erzählt, dass sie uns so einfach haben gehen lassen?" fragte Julián.

„Was habt ihr euch nur dabei gedacht?" antwortete Rodrigo kopfschüttelnd. „Das hätte ins Auge gehen können!"

Sie stiegen ein.

„Vielen Dank, dass du uns da rausgeholt hast!" Julián mied Rodrigos Blick. Der drängte nicht weiter auf die Beantwortung seiner Frage.

Kyriel saß auf der Rückbank. Die Nacht steckte ihm in den Knochen.

„Julián hat Recht. Wir stehen in deiner Schuld." Liebevoll streichelte er mit den Fingern über die Taschenuhr seiner Großmutter.

„Vergesst das nicht", entgegnete Rodrigo in einem Tonfall, der Kyriel kurz aufhorchen ließ. Vermutlich war er bloß übermüdet.

„Keinesfalls", meinte er. „Wir müssen uns bei dir revanchieren."

„Schöne Uhr", bemerkte Rodrigo. Seine Stimme klang nun gelassen wie eh und je.

„Ein Erbstück", erklärte Kyriel. „Meine Oma hat sie mir hinterlassen."

Rodrigo pfiff anerkennend durch die Zähne.

„Jedenfalls", räusperte sich Julián, „solltest du Hunger mitbringen, wenn du heute Abend aus der Arbeit kommst."

„Das dürfte das geringste Problem sein", sagte Rodrigo. „Ich habe einen langen Tag vor mir." Er hielt vor dem Haus in der Rua José Estevão. „Ich muss direkt weiter", meinte er, als die beiden ausstiegen. „Wir sehen uns später. Erholt euch!"

Der Motor heulte auf, als er davonfuhr.

„Da haben wir noch mal Glück gehabt."

Kyriel saß erschöpft auf seinem Bett. „Das kannst du laut sagen!"

Julián streckte sich aus und ächzte.

Es grenzte an ein Wunder, dass die Beamten keine Probleme gemacht hatten. Rodrigo schien etwas von seinem Beruf zu verstehen. Wie gut, dass Kyriel auf den Gedanken kommen war, ihn anzurufen.

„Hast du verstanden, was die Bullen gesagt haben?" fragte Kyriel.

„Keinen Ton. Dieses Portugiesisch liegt mir nicht. Lesen ist kein Problem, aber wenn sie sprechen, verstehe ich nur Bahnhof."

„Und Rodrigo?"

„Er spricht ziemlich gut, habe ich das Gefühl. Zumindest verstehe ich kein Wort."

Kyriel streifte T-Shirt und Hosen ab und streckte sich ebenfalls auf seinem Bett aus. „Sag mal", begann er zaghaft, „wie soll es jetzt weitergehen?"

Julián spürte, wie sein Magen verkrampfte. Diese Gedanken hatten ihn schon in der vergangenen Nacht um den Schlaf gebracht.

„Wenn ich das wüsste."

„Wir können mit Mafalda nicht so weitermachen wie bisher", gähnte Kyriel. „Ich bezweifle, dass Rodrigo uns noch einmal so leicht da rausholen könnte."

„Da gebe ich dir Recht", erwiderte Julián. „Irgendwelche Alternativ-Vorschläge?""

Kyriel starrte an die Zimmerdecke. „Manchmal frage ich mich, ob es irgendeinen Sinn hat, was wir hier tun. Mir ist klar, dass wir deinen Vater finden müssen, aber ich bin mir nicht sicher, ob wir auf dem richtigen Weg sind."

Julián schluckte. Er zwang sich, seiner Stimme einen festen Klang zu geben. „Wir werden ihn finden."

Kyriel wandte ihm das Gesicht zu.

„Sicher", ergänzte Julián, obwohl er sich keineswegs sicher war. „Wir sollten ein wenig schlafen, dann sieht die Welt nicht mehr so düster aus. Kein Wunder, dass du schwarzsiehst, übernächtigt wie wir sind."

Kyriel rang sich ein Nicken ab, ehe ihm die Augen zufielen.

Julián wurde von Kyriels Stöhnen geweckt. Er fühlte sich, als habe er ein Rendezvous mit einem Presslufthammer gehabt.

Kyriel hatte die Decke weggestrampelt und warf sich hin und her. Offenbar träumte er. Sein Gesicht zuckte, das Haar war schweißnass. Ein unbestimmtes Gefühl hielt Julián davon ab, ihn zu wecken. Widerstrebend hatte er begonnen, die Macht der Träume zu achten.

Er nahm eine Kopfschmerztablette. Sein Versuch, wieder einzuschlafen, scheiterte daran, dass Kyriel einen Kampf mit einem imaginären Gegner ausfocht. Dies kannte Julián nur allzu gut.

Mit einem Schrei schrak Kyriel schließlich hoch. Verstört sah er sich im Zimmer um.

„Alles okay?" fragte Julián.

Anstatt zu antworten, schlüpfte Kyriel in Hose und T-Shirt, zog seinen Pullover über und ergriff den Wohnungsschlüssel.

„Was hast du vor?"

„Keine Ahnung. Ich muss mir über einiges klar werden."

„Das war nur ein Traum."

Kyriel warf ihm einen finsteren Blick zu. „Ich gehe spazieren“, sagte er, als er die Tür ins Schloss zog.

„Und was ist mit dem Abendessen für Rodrigo?“ rief Julián ihm hinterher, erhielt aber keine Antwort.

Der Wind riss an Kyriels Haaren, als er auf die Straße trat. Ziellos folgte er dem Weg, den seine Füße einschlugen. Zunächst hangabwärts zum Largo de Martim Moniz, von dort aus hinauf in die verwinkelten Gässchen der Mouraria, des ehemaligen Maurenviertels, das vom großen Erdbeben des Jahres 1755 weitestgehend verschont geblieben war.

Seine Gedanken rasten. Die Welt um ihn her hatte an Schärfe verloren, schien an den Rändern auszufransen.

Laura war tot! Die Jenseitigen kamen nicht auf Stippvisite, um uns zu trösten. Schon gar nicht aber, um uns den rechten Weg zu weisen. Oder doch?

Ein Satz kam ihm in den Sinn, ein Satz, den er vor langer Zeit gelesen hatte. *Ist wirklich nicht, was wirkt, und Wahrheit nicht Erlebnis und Gefühl?*

Womöglich war dies der Zugang zum Verständnis der Welt. Wie sonst hätte er zu einer Entscheidung über Wahrhaftigkeit gelangen sollen? Die einzigen Werkzeuge, die ihm hierbei zu Gebote standen, waren doch Geist und Gefühl. War es nicht geradezu seine Pflicht, von ihnen Gebrauch zu machen?

Daran hatte er bislang nicht gezweifelt. Bislang aber hatten diese Werkzeuge ihn auch nie auf derart trügerisches Terrain gelotst. War es in diesem Augenblick nicht seine Aufgabe, jenes Gaukelspiel der Sinne als ebensolches zu entlarven? Immerhin bestand die Möglichkeit, dass diese Erlebnisse nichts anderem entsprangen als seinem eigenen Wollen.

Wach auf, Kyriel!

Lauras Worte brannten auf seiner Haut. Warum zweifelte er die Bedeutsamkeit seiner eigenen Träume an, wo er Juliáns Träumen seit Monaten Realität zugestand?

Wach auf, Kyriel! Aufwachen.

Noch einmal flackerte der Satz in ihm auf. *Wirklich ist, was wirkt.*

Er stieg eine verwitterte Treppe hinauf. Sein Atem ging stoßweise. Welche Bewandtnis hatte es damit, dass ausgerechnet der Höllenfürst diesen Satz aussprach? *Luzifer.* Träger des Lichts. Unsinn! Der Teufel war eine Erfindung der Katholiken, um die Menschen Furcht und Gehorsam zu lehren. War nicht in seinem Namen über Jahrhunderte hinweg alles verunglimpft worden, was sich nicht ins herrschende Weltbild schickte?

Wach auf, Kyriel. Du kennst den Weg. Woher sollte er den verdammten Weg kennen?

Eine gelbe Straßenbahn kam ihm entgegen. Sie wirkte wie ein Überbleibsel aus vergangener Zeit. Er bog ab und folgte einer kleinen Straße, die steil bergauf führte. Die Stadt war auf sieben Hügeln erbaut, wie dereinst Rom. Er gelangte zu einem Miradouro, drehte sich eine Zigarette rauchte. Straßen und Häuser ergossen sich über das Tal und die umliegenden Hügel. Zu seiner Linken thronte uneinnehmbar das *Castelo de São Jorge.*

Eine übermächtige Stimme drängte ihn zu glauben. *Wach auf, Kyriel. Du kennst den Weg. Ich bin bei dir.* Unwillkürlich umschloss seine Hand den Fulgurit.

Es tat einen dumpfen Schlag. Kyriel wandte sich um. Eine Windböe hatte die Tür einer Kapelle am Rande des Aussichtspunktes aufgestoßen. Er erhob sich, um sie zu schließen. Als er an dem Gotteshaus ankam, zog die Finsternis ihn an. Die Tür schlug noch immer gegen die Wand. Kyriel kämpfte gegen den Wind an und drückte sie zu. Mit einem Mal war es still ringsumher. Die Kirchbänke lagen im Zwielicht. Eine Opferkerze warf tanzende Schatten an die blau gekachelten Wände. Der Geruch einer verlorenen Zeit wehte ihn an. Die Holzbank ächzte auf, als er sich setzte. Seine Hand wanderte zu dem Fulgurit auf seiner Brust. „Ich will es auf einen Versuch ankommen lassen. Was habe ich zu verlieren?“ dachte er bei sich.

Nach einigen Minuten spürt er, wie Ruhe in ihn Einzug hält. Er sinkt hinab. Ein Sog erfasst ihn, nimmt ihn auf, umfängt ihn. Sanft. Warm. Treibt ihn voran, lindernd, gleitend, an die Grenzen des Möglichen. In uralten Angeln erbeben Pforten. Ein Schauder durchzuckt seine Sinne. Fühlergleich greifen sie aus. Wohlig warm. Tasten. Fordern. Begehren Einlass. Allerheiligstes. Lass ein! Allerheiligstes, lass ein! Ein Aufschrei durchzittert die Welt. Stille ward es. Pforten erbeben in uralten Angeln.

In Dinkelsbühl derweil gießt Siegmar Koesterbaum sich einen Ouzo ein. Das Einschenken gerät unversehens in Vergessenheit. Warum? – Siegmar hätte es nicht zu sagen gewusst. Auf dem wachstuchbedeckten Tisch breitet sich eine Lache aus. Er schilt sich einen Idioten und holt einen Lappen.

Im Garten währenddes blickt Hannelore auf und lauscht dem Gesang einer Nachtigall. Nie hat er ihr betörender geklungen als in diesem Augenblick. Ein schwermütiges Seufzen entringt sich ihrer mütterlichen Brust.

Lola hingegen legt, einige hundert Kilometer entfernt, besorgt die Stirn in Falten. *Der Turm* und *Der Magier*. Was mag dies nur verheißen? Argwöhnisch begutachtet sie zum wiederholten Male den Blitz, der neben dem Turm einschlägt und alles Gewesene zu Fall bringt. Schließlich aber lässt sie sich vom *Magier* versöhnen. Sie lächelt. Mrs. Ochmonek zu ihren Füßen schnuppert und grunzt zufrieden.

Zeitgleich fühlt Ann-Marie ihre Knie weich werden. Sie vermag sich eben noch am Geländer der Rolltreppe festzuhalten, sonst wäre sie gefallen. Ihr ist, als habe eine dunkle Schwinge sie berührt. Mit wackligem Gang flüchtet sie sich in die Haushaltswarenabteilung des Kaufhauses. Mit einem Mal scheinen ihr die Weihnachtseinkäufe unbedeutend. Hilflos blickt sie sich um, tritt letztlich den Weg nach draußen an.

„Was ist das?" fragt Pascal. Simon, der ihm gegenübersitzt, mustert ihn. Er wirft einen Blick auf das Foto. „Keine Ahnung", entgegnet er schließlich. Die beiden sehen einander an. „Irgendetwas daran behagt mir nicht", flüstert Pascal.

In einem kleinen Dorf auf der anderen Seite der Welt öffnet sich knarzend eine Pforte. Lange, sehr lange war sie verschlossen. Geschwind versammelt sich eine Gruppe von Kindern vor dem windgebeugten Häuschen und versucht einen Blick zu erhaschen. Niemand vermag später mit Gewissheit zu sagen, ob das, was sie erzählen, nicht ihrer Phantasie entsprungen ist. Alle aber sind sich einig, dass es besser sei, die Vergangenheit Vergangenheit sein zu lassen.

Als Kyriel die Kapelle der *Santa do Monte* verließ, dunkelte es. Seine Hand hielt den Fulgurit fest umschlossen. Er hatte jegliches Zeitgefühl verloren und warf einen Blick auf die goldene Taschenuhr, dann stieg er den Hang hinab. Ein Gefühl tiefer Zufriedenheit erfüllte ihn.

Julián stand in der Küche. Er hatte sich eine Schürze umgebunden. Sein Haar stand wirr vom Kopf ab. In der Pfanne zischte und brutzelte es. Als Kyriel eintrat, sah er nicht auf. Der Duft von gebratenen Garnelen lag in der Luft. Kyriel lief das Wasser im Munde zusammen. „Ich sterbe vor Hunger! Du bist fantastisch, Julián."

Julián drehte sich um. Das Lächeln erstarb auf seinen Lippen.

„Was ist mit dir geschehen?"

„Ich habe mich gestellt."

„Gestellt? Was soll das heißen – gestellt?"

„Ich werde den Weg zu Mafalda finden."

Kapitel 44 - Briefe an Godot IX

Kastalien, 06. Dezember 2008

Lieber Godot,

manchmal frage ich mich, welcher Teufel mich geritten hat, mir den Beruf des Schreibers auszusuchen.
Wie Du weißt, ist aussuchen womöglich das falsche Wort. Mehr denn eine Wahl war es seit jeher mein Beruf, im Wortessinne. Ich konnte mich nicht verweigern, koste es, was es wolle. Wer weiß dieser Tage noch, dass Beruf mit jenem Ruf zu tun hat, der keinen Widerspruch zulässt?
An Tagen wie dem heutigen verfluche ich mein Los.
Seit Wochen führe ich allabendlich lange Gespräche mit Simon. Laura selbst hat mir nie von ihm erzählt. Geschweige denn von der Tragik ihrer Beziehung. Ich sehe den Schmerz in seinen Augen, wenn ich nicht weiß, wovon er spricht. Ich kann es ihm nachfühlen. Laura hat ihre gemeinsame Vergangenheit verschwiegen.
Zugleich fällt es mir schwer, mich beim Schreiben nicht in Details zu verlieren. Manchmal genügen wenige Worte. Nur welche? Ich will Laura gerecht werden. Wäre das doch nicht so ungemein schwer. Vermag ich diesen Anspruch überhaupt zu erfüllen?
Nicht die Details zählen, sondern das Gesamtbild. Deshalb heißt es auszuwählen. Zu verzichten. Alles aber, was ich nicht erzähle, wird unweigerlich in Vergessenheit geraten. Das ist meine Macht und mein Unglück. Was wäre ihr wichtig erschienen? Vielleicht ist es einfacher, über Menschen zu schreiben, die einem weniger nahestehen.
So ziehen also die Tage ins Land.
Manchmal gehe ich den ganzen Tag in meiner Kammer auf und ab, ohne ein einziges Wort zu schreiben. An anderen Tagen sitze ich stundenlang am Schreibtisch, nur um später alles zu verwerfen. Dann gibt es die Tage, an denen die Erzählung fließt und ein Eigenleben gewinnt. Es sind viel zu wenige.
Gestern Abend nahm ich den Karton mit Lauras Erinnerungen zur Hand. Dabei stieß ich auf eine Aufnahme aus dem Jahre 2002.

Simon konnte mir nicht weiterhelfen. Er meinte, das sei die Zeit gewesen, da er und Laura sich aus den Augen verloren hatten.
Das Foto zeigt einen See, an dessen Rand Berge aufragen. Womöglich Vulkane. Laura steht neben einem Hippie in weiten Hosen und freiem Oberkörper. Seine Haare sind mit einem Tuch zusammengebunden. Beide strahlen. Sie wirkt glücklich.
Sie hat mir nie von einer solchen Reise erzählt. Wo dieses Foto entstanden sein mag? Je öfter ich es betrachte, desto mehr habe ich das Gefühl, dass es von Bedeutung sein könnte. Ich kann Dir noch nicht einmal sagen, warum. Aber ich werde es herauszufinden.

Ich umarme Dich aus der Ferne und verbinde mich im Geiste mit Dir,

Dein Pascal

Von:	"Ann-Marie Bernhard" <AMBernhard@mail.com>
An:	"Pascal Goldberg" <pa_gold@me.com>
Betreff:	Danke
Datum:	Fri, 12. Dec 2008 16:17:35

Lieber Pascal!

Endlich finde ich Zeit und Ruhe, dir zu schreiben. Seit jenem Tag im September ist so viel geschehen. Zudem hatte ich deine E-Mail-Adresse nicht – ich musste sie auf Umwegen herausfinden. Was wusste ich schon über dich? Praktisch nichts, abgesehen davon, was du selbst mir in den Tagen unseres Beisammenseins in deiner Wohnung erzählt hast. Das war nicht viel. Erst im Nachhinein wurde mir klar, dass es die ganze Zeit nur um mich ging. Und Laura. Aber ich habe es geschafft, erinnerte mich, dass du von einer Begegnung mit Kyriel erzählt hast. Er hatte deine E-Mail-Adresse.

Es gibt zwei Gründe, weshalb ich dir schreibe. Zum einen will ich dir sagen, dass du dir keine Sorgen machen musst. Ich habe alles geklärt, habe mit den Ärzten in der Klinik gesprochen und die volle Verantwortung für mein Verschwinden übernommen. Glücklicherweise war ich nach der Zeit bei dir wieder so klar im Kopf, dass es mir gelang, mich glaubhaft zu machen. Natürlich missbilligten sie meine Entscheidung. Anhaben konnten sie mir jedoch nichts, schließlich hatten sie keine Handhabe gegen mich. Ich war ja nicht zwangseingewiesen worden.
In den vergangenen Wochen habe ich mehrfach vor deiner verschlossenen Tür gestanden. Bitte wisse, dass du jederzeit zurückkommen kannst. Du brauchst dich nicht mehr zu verstecken. Ich hoffe, dass das der Grund ist, weshalb ich dich dort nicht antreffe. Mir ist klar, welches Risiko du für mich auf dich genommen hast.
Das ist der zweite Grund, weshalb ich dir schreibe. Ich will mich von Herzen bei dir bedanken. Ich stehe in deiner Schuld.
Wärst du nicht gewesen, ich weiß nicht, wo ich gerade stünde.
So aber bin ich in mein Leben zurückgekehrt. Ich habe begonnen, mich der Realität zu stellen, so schmerzhaft sie auch ist. Du hattest Recht, Laura hätte auf keinen Fall gewollt, dass ich einfach aufgebe.
Das Leben hat mir eine wunderbare Tochter geschenkt und es hat sie mir viel zu früh wieder genommen. Das ist grausam. Damit zurecht zu kommen, werde ich erst lernen müssen. Es ist noch immer so schwer. Oft wache ich morgens auf und bin schweißgebadet. Im Traum kommt sie zu mir. Nirgends sonst, aber im Traum. Manchmal wünschte ich mir, ich könnte nur noch schlafen. Sobald ich die Augen aufschlage, ist sie fort. Sind diese Träume Fluch oder Geschenk? An manchen Tagen schaffe ich es kaum aufzustehen.
Dann denke ich an dich und dieser Gedanke macht mir Mut. Dass du mich aus diesem Alptraum befreit hast, der Klinik, das ist das Größte und Selbstloseste, was jemals jemand

für mich getan hat. Es gibt sehr wenige Menschen wie dich, Pascal. Menschen, die bereit sind, für einen anderen Menschen alles zu riskieren, nur um dem Glauben an die Menschlichkeit zu folgen.
Ich bezweifle, dass ich selbst dazu im Stande gewesen wäre. Vermutlich hätte ich zu viel Angst gehabt, hätte niemals darauf vertraut, dass das, was ich empfinde, wirklich richtig ist, selbst wenn die Ärzte es anders entschieden haben.
Ich weiß, dass meine Tochter dir in vielerlei Hinsicht ähnlich war. Dieses Wissen lässt mich der Welt aufs Neue ins Auge sehen. Über so viele Jahre habe ich versucht, Laura eine gute Mutter zu sein. Ich wollte sie beschützen und ihr alles beibringen, was ich über das Leben zu wissen glaubte. Nun ist sie fort. Das hat alles, was ich für Gewissheit hielt, in Frage gestellt. Ihr Tod raubt mir den Boden unter den Füßen.
Mittlerweile erkenne ich aber auch, wie viel ich von Laura lernen kann. Vielleicht ist das erst jetzt möglich, wo sie nicht mehr ist.
Ich spreche oft mit ihr, Pascal. Und glaub mir, ich halte das noch nicht einmal für verrückt. Im Gegenteil - ich habe eher das Gefühl, dass mir diese Gespräche Halt geben, auch wenn ich natürlich weiß, dass ich mir keine Antwort zu erhoffen brauche. Dennoch macht die Beziehung, die ich als Mutter zu meiner Tochter habe, es unnötig, Lauras Antworten tatsächlich zu hören. Ich trage sie in mir, wie ich sie über neun Monate in mir getragen habe. In diesem Sinne wird sie mich niemals verlassen, wird sie immer an meiner Seite sein.
Erst jetzt kann ich es zulassen, kann ich Laura als den Menschen sehen, der sie war.
Ist das nicht seltsam? Ausgerechnet der Tod bringt mich dazu, die Dinge anders zu sehen?
Ich denke, du wirst mich verstehen. Was auch immer geschieht, Pascal, du sollst wissen, dass du auf mich zählen kannst.
Ich hoffe, es geht dir gut und auch du lernst wieder, den Blick nach vorn zu richten.

Mir ist klar, dass dir dieser Verlust näher gegangen ist, als du mir zeigen wolltest. Ich wusste deine Stärke in dieser Zeit zu schätzen. Aber du musst nicht in dieser Rolle verharren. Bei mir darfst du sein, wer immer du bist. Das und noch so vieles mehr schulde ich dir.
Mach dir bitte keine Sorgen – weder um mich, noch um die Situation hier.
Ich würde mich sehr freuen, von dir zu hören!

Deine Ann-Marie

Kapitel 45 – Vom Niedergang des Wolkenplaneten

Laura betrat das Wohnzimmer ihrer Eltern. Ihr Vater hatte sich am Esstisch niedergelassen hatte und starrte aus dem Fenster. Ihre Mum saß auf der Kante des Ledersofas und wippte mit dem Fuß.

Peter sah auf, als Laura hereinkam. „Laura", sagte er förmlich. „Setz dich bitte."

Laura tat, wie ihr geheißen. „Was ist hier los?" fragte sie.

„Deine Mutter und ich haben beschlossen, uns scheiden zu lassen." Ihr Vater blickte sie nicht an. „Wir denken, es ist am besten so."

Ann-Marie schrumpfte in sich zusammen.

„Mum! Was soll das? Was ist hier los?"

„Laura, bitte", unterbrach ihr Vater sie. „Wir sind doch alle erwachsene Menschen!"

Ann-Marie kiekste. Laura sah zu ihr hinüber. Ihre Miene war zur Maske gefroren.

„Könnt ihr mir bitte erklären, was hier los ist! Mum! Dad! Was soll das alles?"

„Das musst du deinen Vater fragen." Ann-Maries Stimme ließ Laura das Blut in den Adern gerinnen.

„Dad?"

Peter betrachtete seine Tochter wortlos.

„Bitte! Sag mir, dass das alles nicht wahr ist!"

„Frag deine Mutter", sagte er. „Es ist wahr."

Ann-Marie warf ihm einen hasserfüllten Blick zu. Sie warf die Tür hinter sich ins Schloss, als sie den Raum verließ. Peter sackte in sich zusammen. Laura spürte, wie Übelkeit in ihr aufstieg. „Dad?" Ihr Vater starrte zu Boden. „Was wird hier gespielt?"

Als ihr Vater ihr weiterhin jegliche Reaktion verwehrte, packte Laura ihre Tasche und verließ das Haus. Sie rannte die Straßen ihrer Kindheit entlang. Unter ihren Füßen erzitterte die Vergangenheit.

Sie hörte den Bus, der sie hätte nach Hause bringen können. Sie ließ ihn fahren.

Sie wollte nur laufen, immer weiter laufen.

„Simon?"

„Was ist los? Du hörst dich nicht gut an!"

Laura presste den Hörer ans Ohr. „Mir geht's auch nicht gut."

„Ist etwas passiert?"

Sie zögerte. Wenn sie es ausspräche, gewänne es eine andere Realität.

„Laura? Bist du noch dran?"

„Hm."

„Du sprichst so leise. Ich kann dich kaum verstehen."

„Es ist nur –", begann sie zaghaft. „Nun –", sie schluckte, „meine Eltern lassen sich scheiden."

„Bitte?"

„Du hast schon verstanden."

„Ann-Marie und Peter?"

„Verdammt, Simon. Wie viele Eltern habe ich wohl?"

„Klar, sorry, blöde Frage. Es ist nur – haben sie dir gesagt, warum?"

„Es war ein Fiasko. Meine Mum hat zuerst kein Wort gesagt. Dann haben sie sich gegenseitig die Schuld zugeschoben. *Frag deinen Vater, frag deine Mutter.* Wie in einem schlechten Film! Ich könnte kotzen."

„Klingt gruselig."

„War es auch."

Eine Weile sagte keiner ein Wort.

„Simon?"

„Ja?"

„Kannst du vorbeikommen?"

Als Simon nicht sofort antwortete, fügte Laura hinzu: „Bitte! Ich kann nicht allein sein heute."

„Sorry, Laura, aber ich kann nicht."

Lauras Magen verkrampfte sich. Sie war den Tränen nah. „Warum?" Ihre Stimme kaum mehr als ein Flüstern.

„Ich habe eine Verabredung. Mit einem alten Freund. Wir haben uns ewig nicht gesehen. Es geht wirklich nicht. Tut mir leid."

„Hm."

„Wir können uns morgen sehen, wenn du möchtest. Soll ich zu dir kommen?"

Lauras Hände krampften sich um die Lehne ihres Schreibtischstuhls. Sie brauchte ihn jetzt, nicht morgen.

„Simon, mir geht's echt Scheiße."

„Du, ich weiß. Aber ich kann leider nichts machen. Ich bin verabredet. Das ist schon ewig geplant."

„Sorry. Ich wollte dich nicht stören. Weiß gar nicht, warum ich dich angerufen habe. Entschuldige. Dumm von mir."

Sie legte auf.

Seit der Nacht, in der sie sich geliebt hatten, war es Laura nicht gelungen, an Simon heranzukommen. Nicht, dass sie sich nicht getroffen hätten. Sie trafen sich. Dennoch drang sie nicht zu ihm durch. Sprach sie ihn darauf an, bestritt er dies.

Geduld hatte sie sich vorgenommen. Er brauchte Zeit.

Nachdem Simon an jenem Morgen gegangen war, hatte drei Tage Funkstille zwischen den beiden geherrscht. Laura hatte das verstanden, sogar gutgeheißen. Das Letzte, was sie wollte, war ihn zu bedrängen. Also hielt sie sich zurück.

Auch ihr Leben schlingerte. Zwar verblieb die unterschwellige Furcht, alles mochte nur eine Illusion sein. Desgleichen aber wandelte sie auf einem Wolkenplaneten. Jeder Atemzug ein Destillat aus Glück und Zuversicht.

Dies war ein weiterer Grund, weshalb sie ein paar Tage vergehen ließ, ehe sie Simon anrief. Nach all den Jahren hatte sie diese Stunden des Glücks verdient. Sie erlaubte sich gar, nicht darüber nachzudenken, was ihre nächste Begegnung mit ihm bringen mochte.

Seine Worte, als sie sich wiedersahen, ließen ihre Träume platzen wie Seifenblasen. *Geduld* gelobte sie sich erneut und lächelte durch ihre Maske.

„Mach dir um mich keine Sorgen", bat sie ihn.

Es war mitnichten gelogen, dass sie das, was sie in jener Nacht geteilt hatten, als Geschenk empfand. Ebenso wenig, dass sie nie so glücklich gewesen war, wie in den unwiederbringlich vergangenen Tagen ihres Wolkenplaneten. Den Pulsschlag der Hoffnung verschwieg sie.

Simon ließ es dabei bewenden.

Nach dem dritten Versuch, eine ihrer Freundinnen zu erreichen, gab Laura auf. So sehr sie die Aussicht scheute, mit den Gedanken an die absonderliche Szene in ihrem Elternhaus allein zu bleiben, kam sie sich doch mit jedem Anruf mehr wie eine Bittstellerin vor. Bea hatte keine Zeit. Miri ging nicht ans Telefon. Brittas Mutter versicherte ihr, sie werde ihrer Tochter ausrichten, dass Laura angerufen habe.

Ohnehin war es Simon, dessen Gesellschaft sie sich wünschte. Wer hätte ihn zu ersetzen vermocht?

Sie verließ die WG und wanderte ziellos durch die Altstadt. Irgendwann stand sie an jener Ecke, wo Simon sie geküsst und das noch voller Stolz den Passanten zugerufen hatte. Der Ort lachte ihr höhnisch ins Gesicht.

Sie hastete in eine Seitengasse. Wenige Meter entfernt bemerkte sie eine Schwulen-Bar. Hineinzublicken wagte sie nicht, eilte weiter. War dies der Grund, weshalb Simon ihrer beider Nähe unentwegt hatte kommentieren müssen?

Sie fröstelte. Die Sommernacht spottete der Kälte in ihr.

Wenn selbst die Vergangenheit sich als unzuverlässig erwies, worauf war noch Verlass?

Nach einer Odyssee durch die Gassen der Altstadt flüchtete Laura sich ins *Downtown,* eine tigerfelllastige Kellerkneipe nahe der Burg. Sie fand Halt in einem Cuba Libre.

„So eine bezaubernde Frau und ganz allein unterwegs?"

Die Stimme gehörte einem Studenten, der sich als Marcel vorstellte. Unter allen möglichen Namen dieser. Ironie des Schicksals.

Laura gefiel das Lächeln in seinen Augen.

Der Weg in sein Bett war kaum weiter als vier Cuba Libre. Als Laura Marcels riesigen Schwanz sah, erschrak sie. Er streifte ein Kondom über. Sie hatte das Gefühl zu zerreißen, als er ihn sie eindrang. Nichts aber kam dem Schmerz gleich, der bereits in ihr war.

In all den Jahren hatte sie sich nie vorstellen können, diese Erfahrung mit jemand anderem zu teilen als Simon. Sie hatte sich für ihn aufgehoben. Dennoch besänftigten Marcels Stöße das Gefühl der Verlorenheit in ihr.

Nachdem er gekommen war, lagen sie eine Weile wortlos beisammen. Laura mochte seinen Geruch. Sie strich ihm die feuchten Haare aus der Stirn. Küsste ihn. Stand auf und verschwand.

Zu Hause in ihrem Bett schloss sie die Augen. Sie spürte in sich hinein, versuchte herauszufinden, was sie fühlte, aber es wollte ihr nicht gelingen. Einzig der Schmerz zwischen ihren Schenkeln schien real.

Als Simon tags darauf anrief, ging sie nicht ans Telefon. Er versuchte es nicht noch einmal. Auch am Montag nicht. Lauras Fingernägel fielen ihrem Entschluss zum Opfer, aber sie rief ihn nicht zurück. Sie kam sich vor wie ein trotziges Kind. Allerdings war ihr klar, dass er sich, wenn sie mit ihm spräche, entschuldigen und sie sich von ihm einwickeln lassen würde. Spätestens nach einer halben Stunde gewänne ihr Harmoniebedürfnis die Oberhand.

So würde es diesmal aber nicht laufen. Sie fühlte sich im Stich gelassen und wollte, dass er das spürte. War sie zu schwach, seinen Worten zu widerstehen, musste sie eben dem Drang widerstehen, mit ihm zu sprechen.

Laura lag auf ihrem Bett und starrte ins Leere. Wieso kam er nicht vorbei? Er wusste genau, wo sie wohnte. Weshalb probierte er kein zweites Mal, sie zu erreichen? Was hatte er zu verlieren?

Diese Gedanken führten ins Nichts.

Dass er mit ihr geschlafen hatte, mochte Simons Leben verkomplizieren. Dass ihr bester Freund sie aber in einem solchen

Moment allein ließ, dafür fehlte ihr jegliches Verständnis. Denn der war er schließlich trotz alledem. Oder etwa nicht?

Zwei Tage später war dennoch sie es, die Simon anrief, weil sie es nicht länger aushielt. Hatte sie damit gerechnet, er würde sich bei ihr entschuldigen, lag sie falsch. Vielmehr warf er ihr vor, sich wie ein schmollendes Kind zu verhalten. Letzten Endes räumte er ein, dass er sich anders hätte verhalten können, es aber nicht getan hatte. Seine Entschuldigung erschien Laura verlogen. An ihrem Gefühl änderte sie nichts. Auch nicht daran, dass er sie allein gelassen hatte, als sie ihn so dringend brauchte.

„Dein Vater hat mich betrogen! Seit Monaten! Vielleicht seit Jahren! Und dann besitzt er allen Ernstes die Dreistigkeit, es abstreiten zu wollen. Dabei habe ich ihn auf frischer Tat ertappt!"

„Mit Tante Irmi?" Laura stand ihrer Mutter in der Küche in Großgründlach gegenüber. Sie war fassungslos. Ann-Marie wischte sich mit einem Stück Küchenrolle die verlaufene Wimperntusche aus dem Gesicht. Das Ergebnis war verheerend.

„Diese *Person* wird mein Haus nie wieder betreten."

Laura mochte nicht darüber nachdenken, dass diese *Person* zugleich die Schwester ihrer Mutter war. Sie streichelte ihrer Mum den Arm. Ann-Marie schrak zurück.

„Weißt du, hätte er mit mir gesprochen! - Keine Ahnung. Natürlich waren wir nicht mehr wie damals mit 20. Nur, frage ich dich, ist das nicht normal? Aber diese Lügen! Du kennst mich. Ich kann alles verzeihen. Aber wenn ich mir vorstelle, dass er mir seit Jahren in die Augen geschaut–" Ann-Marie schüttelte sich. „Nein, das kann ich nicht. Ich kann es einfach nicht!"

„Das verlangt auch niemand von dir!" warf Laura ein.

„Und was ist mit dem Haus? Dem Auto? Der Zukunft? Was bleibt mir jetzt?" Ann-Maries Blick kippte ins Leere. „Das

Alter", setzte sie düster hinzu. „Wenn ich mir die beiden vorstelle, wie sie –"

„Mum!"

Ann-Marie sah sie an.

„Bitte! Er ist und bleibt mein Vater. Ich will das nicht hören!"

„Glaub mir, Kind, auch ich wollte das nicht hören. Geschweige denn sehen. – Diese Bilder! Mir wird kotzübel, wenn ich die beiden vor mir sehe, wie sie – Das ist so" – sie sammelte ihre Gedanken, ballte sie im Mund zusammen und spie Laura das Wort entgegen: *„widerwärtig*!"

Laura sah zu, dass sie wegkam. Ihr schlechtes Gewissen setzte ihr zu, sobald sie das Haus verlassen hatte. Sie würde wiederkommen. Aber zunächst müsste sie das alles verdauen.

Am Abend traf sie Simon. Sie erzählte ihm von ihren Erlebnissen zu Hause. Zwar hörte er ihr zu, doch Laura spürte die Befangenheit zwischen ihnen. Als er sie am Ende des Abends fragte, ob sie bei ihm übernachten wollte, lehnte sie ab. Stattdessen machte sie sich auf den Weg nach Hause.

Die Nachtluft blies ihren Kopf frei. Zum ersten Mal an diesem Tag konnte Laura frei atmen – wenngleich der Boden unter ihr wankte.

In den beiden folgenden Wochen sah Laura Simon kaum. Seine Abwesenheit bestimmte ihre Tage genauso wie ihre Nächte. Sie vermisste ihn.

Dann lud er sie zum Abendessen ein.

Nach einem anstrengenden Tag in dem Café, wo sie seit einigen Monaten arbeitete, betrat Laura Simons Wohnung. Der Geruch von Brathähnchen schlug ihr entgegen. Ihr wurde übel. Dabei mochte sie Hähnchen eigentlich.

Simon umarmte sie und streichelte ihr über den Rücken.

„Alles gut?"

Laura verabscheute diese Frage. Was hätte sie antworten sollen außer *ja*. Widerwillig nickte sie. Er schien es nicht zu bemerken und schlenderte in die Küche zurück. „Möchtest du was trinken? Ich habe uns einen Riesling besorgt!"

„Warum nicht!"

Nach dem Essen setzte sich Laura aufs Fensterbrett und zündete sich eine Zigarette an. Schweigend betrachtete sie die Bushaltestelle vor dem Haus. Am Himmel hingen Gewitterwolken. In der Ferne blitzte es.

Simon setzte sich auf das Sofa unter dem Fenster. Er räusperte sich, woraufhin Laura sich ihm zuwandte. Einen Augenblick lang wirkte er verlegen.

„Ich muss dir etwas sagen", begann er schließlich.

Laura verschränkte die Arme.

„Erinnerst du dich an Daniel?"

„Warum?" fragte sie. Wie gut sie es in all den Jahren doch gelernt hatte, sich nichts anmerken zu lassen!

„Du weißt ja, wie das zwischen uns war. Er war wie ein kleiner Bruder für mich. Ich hätte nie zu hoffen gewagt, dass er und ich - du weißt schon. Als er sich dann geoutet hat, war ich mit Marcel zusammen. Und nach dem einen Mal mit Daniel - natürlich habe ich das Ganze beendet. Ich wusste ja, dass das mit Marcel sonst den Bach runtergegangen wäre."

„Komm zum Punkt, Simon."

„Okay. Sorry, du hast Recht. Also, vor ein paar Wochen haben wir uns zufällig auf Rosa Hirsch wiedergetroffen. Seitdem telefonieren wir jeden Tag miteinander. Daniel hat vor ein paar Tagen zu mir gesagt, dass er es gern mit mir versuchen würde - jetzt, wo wir beide Single sind."

Laura sah zum Wetterleuchten am Horizont. Tief durchatmen. Nichts sagen, was ihr später leid täte.

„Weißt du, Laura, ich finde, dass du es verdient hast, das zu wissen."

Laura hatte nicht vor, ihre Lippen in diesem Leben noch einmal zu öffnen. Sie stierte in den Abendhimmel. Ihre Kiefermuskeln begannen zu schmerzen.

„Alles andere wäre nicht fair!"

Hatte er allen Ernstes gerade von Fairness gesprochen? Noch ein Wort und sie wäre weg.

Simon schwieg.

„Lass uns diesen Film anschauen, den du sehen wolltest", sagte sie tonlos. Sie spürte, wie Simons Blick auf ihr zu ruhen kam, sah ihn aber nicht an. Das Sofa ächzte.

Als sie hörte, dass er den Fernseher eingeschaltet hatte, glitt Laura vom Fensterbrett hinab und setzte sich auf den Sessel. Sie konnte sich jedoch nicht konzentrieren. Trotz allem war sie dankbar für die Zeit. Sie fürchtete die eigene Reaktion.

„Du hast gesagt, Daniel würde es gern probieren. Aber was willst du, Simon?" fragte sie, als der Film vorüber war.

Er schluckte. Zögerte einen Augenblick.

„Ich will es auch", meinte er dann.

„Nun, ich kann dich nicht zwingen."

„Zwingen? Wozu?"

„Wenn du glaubst, dass das der Weg ist, wie du glücklich wirst, musst du es probieren."

Simon unterdrückte ein Lächeln.

„Ich frage mich nur, weshalb ich so etwas immer vorher wissen muss", setzte Laura hinzu.

„Was meinst du?"

„Seit Tagen trage ich dieses Gefühl mit mir herum." Sie seufzte. „Zuerst diffus, von Mal zu Mal klarer. Heute Morgen bin ich aufgewacht, weil ich davon geträumt habe, dass du etwas mit einem Typen hast."

„Ernsthaft?"

„Wenn du mir nicht glaubst, frag Bea."

„Natürlich glaube ich dir, ich meine–"

„Ich habe ihr heute Nachmittag erzählt, dass ich Angst davor habe hierherzukommen, weil du mir genau das erzählen würdest."

Simon zündete sich einen Joint an. „Weißt du, Laura, das ist einer der Gründe, warum ich dich so mag. Dass du solche Dinge fühlen kannst."

Sie verzog den Mund und sah weg.

„Du bist mein Mittelpunkt. Wie sollte ich dich nicht fühlen können?"

„Laura."

„Was ich nicht verstehe, Simon, ist – wie kannst du in dieser Nacht neulich solche Dinge zu mir sagen, und jetzt–"

„Aber Laura. Als ich so geweint habe, da habe ich dir gesagt, dass es zwischen uns niemals funktionieren kann. Das war der Grund, warum ich so traurig war!"

Wie vom Donner gerührt starrte Laura ihn an.

„Was?" fragte Simon.

„Das ist unglaublich." Ihre Stimme zitterte. „Du erinnerst dich nicht?"

„Aber natürlich, ich–"

„Weißt du wirklich nicht mehr, warum du geweint hast? Was du gesagt hast?"

„Doch, ich sage dir–"

„Nein, Simon. Du hast geweint und ständig wiederholt, dass es dir so leid täte."

„Sage ich doch!"

„Nichts sagst du!" unterbrach sie ihn. „Du hast gesagt, es täte dir so leid, dass du das nie zuvor konntest. Mich zu küssen, meine ich!"

Simon senkte den Blick. „Nein. Laura. Ich sage dir, es war ein Fehler. Ich hätte das nie tun dürfen. Ich bin der Teufel, wirklich. Verzeih mir! Ich wusste ja, was du fühlst. Das hätte nie geschehen dürfen."

„Schwachsinn! Fang endlich an, ehrlich zu dir zu sein!"

„Es könnte niemals funktionieren mit uns. Wir passen nicht zusammen. Wenn ich mit dir zusammen wäre, wäre ich für immer auf der Suche. Du bist nicht, was ich suche, Laura."

„Was soll das heißen?"

„Ich suche einen Mann. Du weißt das. Einen, der mich halten kann. Jemanden, der unschuldig ist!" Lauras Lachen zerschnitt die Luft. In Scherben fiel sie zu Boden. Dessen ungeachtet fuhr Simon fort. „Außerdem, ganz im Ernst, mit einem Menschen wie dir könnte ich niemals zusammen sein."

„Einem Menschen wie mir?"

„Mit deinem Charakter, meine ich." Simon hielt ihrem Blick stand.

„Wie kannst du so etwas denken?" Laura hasste sich dafür, aber sie konnte nicht anders. Sie begann zu weinen. „Was fällt dir ein, so etwas zu sagen?"

„Aber es ist die Wahrheit", beharrte Simon. „Du weißt das, Laura!"

„Fick dich, Simon! Was willst du damit bezwecken?" Ihr Körper bebte. „Und in jener Nacht? – Alles gelogen? Du hast gesagt, du liebst mich!" Sie vergrub ihr Gesicht in den Händen.

„Laura, bitte. So wein doch nicht!"

„Du bist lustig! Ein Mensch mit meinem Charakter?"

„Ich meine damit gar nicht, dass du einen schlechten Charakter hast. Das ist nicht, was ich sagen will!"

„Nein, ist klar. Nur für dich leider nicht gut genug. Da rennst du lieber zu diesem Daniel. Lauf nur davon, Simon. Ich halte dich nicht auf! Wie könnte ich auch? Ein Mensch wie ich!"

„Könntest du nicht." Seine Worte kaum mehr als ein Wispern. Sie erwiderte nichts darauf.

„Was denkst du?" fragte er nach einer Weile.

„Das möchtest du nicht wissen."

Er sah sie an. Ihre Lippen blieben verschlossen. Sie schmeckte Blut.

„Ich habe diesen Fehler schon einmal gemacht", begann Simon von Neuem. „Darum habe ich mir geschworen, dass ich das nie wieder tun würde."

„Welchen Fehler?"

„Mit einem Menschen zusammen zu sein, von dem ich weiß, dass es nicht funktioniert."

„Was meinst du?"

„Marcel. Als er angefangen hat, mir Dinge verbieten zu wollen, da wusste ich, dass es nicht funktionieren kann. Trotzdem habe ich nicht Schluss gemacht. Das neulich Nacht hätte nie passieren dürfen."

„Wie kannst du so etwas sagen? Diese Nacht ist es nicht, was dir leid tun sollte! Das war wenigstens ehrlich. Vielleicht das Ehrlichste, was je zwischen uns passiert ist." Sie holte tief Luft. „Außerdem – wie kannst du es wagen, mich mit Marcel zu vergleichen? Ich weiß, wie es dir ging, als du mit ihm zusammen warst! Du warst ein Wrack! Er hat dich fertig gemacht. Ich erinnre mich daran, wie du drauf warst, wenn du von ihm kamst."

„Wenn ich von dir nach Hause gehe, bin ich genauso traurig. Was glaubst du, wie es mir geht, wenn ich dich so sehe?"

Tränen liefen Lauras Wangen hinab.

„Laura, sprich mit mir!"

Sie stierte auf ihre Fingerkuppen, als gäbe es auf dieser Welt nichts Interessanteres.

„Verdammt!" Simon sprang auf und lief zum Fenster. Er atmete tief durch. „Was soll ich denn tun, deiner Meinung nach?" Noch immer erwiderte Laura nichts. „Nun sag schon, was du denkst!"

„Das willst du nicht wissen."

„Natürlich will ich es wissen. Was glaubst du, warum ich dich frage!"

Sie wandte sich ihm zu. Er zuckte zurück.

„Bitte! Wenn du unbedingt möchtest."

„Ich möchte." In seiner Miene flackerte Unsicherheit auf.

„Also, wenn du es genau wissen willst, Simon: in diesem Moment wünschte ich mir, ich würde sterben. Ich will nur tot sein. Verschwinden. Nichts weiter."

„Laura, verdammt noch mal!"

„Ich habe dir gesagt, du willst es nicht wissen."

Sie stand auf. Vor dem Fenster zerriss der Schrei einer Katze die Nacht. Sie sah zu ihm hinüber. In seinem Gesicht vollzog sich eine Wandlung.

„Ist das dein Ernst?" Seine Stimme war mit einem Mal vollkommen ruhig.

„Was glaubst du wohl, Simon? Seit sechs Jahren kämpfe ich diesen Kampf! Ich bin so müde. Ich kann nicht mehr!"

„Wenn du so denkst, dann habe ich keine andere Wahl. Wir müssen aufhören, uns zu sehen. Diese Verantwortung kann ich nicht tragen."

Unter Laura tat sich der Boden auf. All die Jahre war dies der Satz gewesen, den sie am meisten fürchtete.

„Ich denke, es ist besser, wenn ich jetzt gehe."

„Siehst du eine andere Chance?" Simon schluckte. „Ich meine, wenn du eine Idee hast - ich will doch nur–"

Laura fühlte sich unsagbar schwer. Sie stemmte sich hoch.

„Wir reden morgen nochmal, okay?" Simons Stimme klang mit einem Mal flehentlich. „Laura?"

Sie nahm die Flasche Wein vom Tisch, ging zur Tür. Einen Augenblick hielt sie inne. Sie konnte so nicht gehen. Wenn sie so ginge, gäbe es kein Zurück.

Schließlich drehte sie sich um. Simon war aufgestanden. Sie machte einen Schritt auf ihn zu. Noch einen. Als er vor ihr stand, umarmte sie ihn. Sie sprach die Worte ganz leise. „Ich liebe dich, Simon."

Laura drehte sich nicht noch einmal um, als sie die Tür ins Schloss zog. Schwarz schwappte die Nacht über ihr zusammen. Das Bild ihrer Mutter tauchte in ihrem Kopf auf. Ann-Marie mit verschmierter Wimperntusche im Gesicht. Hatte sie sich je so verlassen gefühlt wie in diesem Moment? Sie sah zum Mond hinauf, der zwischen zwei Wolken hervorblitzte.

Niemals, so schwor sie sich, niemals wieder in ihrem Leben würde sie einen einzigen Menschen derart lieben.

aus: Goldberg, Pascal: *Auf dem Lachsweg – Ein biographischer Roman*, München 2010

Kapitel 46 – Traum von einer besseren Welt

Waren meiner Mutter die Sekunden des Erdbebens wie eine Ewigkeit vorgekommen, erging es ihr in der Kammer hinter der Sakristei der Kirche in Chimaltenango nicht anders. In der Stadt sah es kaum besser aus als in San Juan del Valle. Die Mehrzahl der Häuser war eingestürzt. Das Gotteshaus war eines der wenigen Gebäude, das noch stand.

Die Soldaten hatten auf dem Weg kein Wort mit ihr gewechselt. Auch Yoyotli hatte keinen Versuch unternommen, etwas herauszubekommen. Der Widerwille, mit dem die beiden ihre Mission ausführten, stand ihnen ins Gesicht geschrieben. Dennoch hatten sie Rivadeneiras Auftrag entgegengenommen, ohne Fragen zu stellen.

Seitdem die Tür hinter ihr ins Schloss gekracht war, fragte sie sich ein ums andere Mal, weshalb sie versucht hatte, die Amerikaner zum Bleiben zu bewegen. Ilhuicóatl hatte ihr doch eingeschärft, dass es das Wichtigste war, unauffällig und unerkannt zu bleiben.

In den ersten Stunden zuckte sie bei jedem Geräusch zusammen. Dann aber schlief sie zusammengekauert in einer Ecke des Raums ein.

Der seltsame Traum suchte sie wieder einmal heim. Das Feuer. Der Quetzal, jener Vogel, der nach der Niederlage des letzten Mayakönigs Tecún Uman in Blut gebadet und dessen Brustgefieder die Farbe davon angenommen hatte.

Oft ängstigte sie der Feuertraum, in jenem Augenblick aber erschien er ihr seltsam vertraut, beinahe wie ein Freund in der Fremde. Der Quetzal war das Symbol ihres Volkes. Wenn er sie besuchte, konnte der Traum ihr nicht übelwollen.

Stund um Stund verging, ohne dass etwas geschehen wäre. Ab und zu drehte sich der Schlüssel im Schloss. Wortlos wurden ihr einige Tortillas und bitteres Wasser hingestellt. Das Licht blendete sie, sodass sie kein Gesicht erkennen konnte.

Hatte der Coronel sie vergessen?

Yoyotli wusste nicht zu sagen, wie lange sie bereits in dieser finsteren Kammer saß. Es mussten Tage vergangen sein.

Mit den Stunden des Wartens kamen die Erinnerungen. Mit ihnen die Verzweiflung.

Die Gedanken meiner Mutter kreisten um mich, um San Marcos und ihre verlorene Familie, um meinen Großvater, der so grausam ermordet worden war, um meine Großmutter und den Bruder und die Schwester, die sie niemals wiedersehen würde, aber auch um die Guerilleros, die ihre Gefährten geworden waren und die in eben jenem Moment womöglich die Konsequenzen ihrer Unbedachtsamkeit auszubaden hatten. Bisweilen wanderten ihre Gedanken zu Rivadeneira. Das waren die Momente, in denen ihr Herz zu rasen begann und kalter Schweiß sich auf ihrem Körper ausbreitete. Zugleich glomm ein ungekannter Hass in ihr auf.

Da saß sie also verlassen im Dunkeln und niemand interessierte sich für ihr Schicksal. Nur ein wiederkehrender Traum von Feuer. Wieso hatte sie nie gewagt, mit jemandem darüber zu sprechen?

Bisweilen wünschte sie, der Coronel käme endlich, um mit ihr anzustellen, was auch immer er mit ihr anzustellen gedachte. Denn nichts, so kam es ihr vor, könne schlimmer sein als die Angst vor dem, was da kommen möge.

In der Dunkelheit hatte Yoyotli das Gefühl, sich aufzulösen. Es gemahnte sie an die ersten einsamen Tage ihrer Wanderung, jene Tage, nachdem sie ihre Familie verlassen hatte und bevor Citlalmina und Itzmin sie im Schlaf überrascht hatten. Citlalmina und Itzmin. Citlalmina, an dessen Seite sie die vergangenen Nächte verbracht hatte. Itzmin, der nun im ewigen Schlafe neben einem Felsen ruhte, bedeckt von Staub, Erde und dem eigenen Blut.

Zumindest musst du dich nun niemals mehr fürchten, dachte meine Mutter.

Da näherten sich Schritte. Sie klangen fest und bedrohlich. Anders als die, die Wasser oder Tortillas brachten. Sie kauerte sich in einer Ecke zusammen.

Der Schlüssel wurde herumgedreht. Knarzend schwang die Tür auf.

„Mitkommen", bellte eine Stimme in befehlsgewohntem Ton.

Das Licht nahm ihr die Sicht. Eine Hand umfasste ihren Arm und zog sie auf die Füße. Meine Mutter strauchelte, brachte jedoch nicht die Kraft auf, sich zu wehren. Also ließ sie sich hinter dem Fremden herziehen.

„Der Coronel hat aber gesagt, wir sollten niemand zu ihr lassen." Die Stimme klang unterwürfig.

„Ich habe meine Befehle."

„Aber Señor", wandte die Stimme ein.

„Keine weiteren Diskussionen. Ich soll die Gefangene zur Vernehmung in die Hauptstadt bringen und das werde ich auch tun. Wenn Ihnen meine Vorgehensweise nicht passt, können sie auf dem Dienstweg jederzeit Beschwerde gegen mich einlegen."

Sie waren gekommen! Meine Mutter ließ sich hinausführen und folgte dem festen Griff ihres Häschers. Sie waren gekommen!

Meine Mutter saß auf der Rückbank des alten Militärbusses. Ihre Knie schlugen gegeneinander, so sehr zitterten ihr die Beine. All die Stunden, in denen sie es geschafft hatte, ihre Angst unter Kontrolle zu halten, fielen von ihr ab. Sie fühlte sich schwächer als in der kleinen Kammer hinter der Sakristei.

„Wir treffen die anderen an der Lichtung, wo wir die Waffen zurückgelassen haben", meinte Ilhuicóatl, ohne sich zu ihr umzuwenden. Er trug noch immer die Soldatenuniform. Zum ersten Mal bemerkte Yoyotli, dass er tatsächlich aussah wie ein Ladino. Wie hatte sie nur so überrascht sein können, als er es ihr in jener Nacht am Fluss erzählt hatte?

Tausend Fragen brannten ihr auf der Seele, doch keine einzige wollte über ihre Lippen kommen. Selbst die vom Erdbeben verwüstete Landschaft ringsumher erschien ihr in jenem Augenblick wunderschön.

Auch Ilhuicóatl schwieg sich aus. Mit ernster Miene blickte er geradeaus. Die aufgerissenen Stellen auf der Straße hatten sich in Schlammlöcher verwandelt. Über den Baumsilhouetten am Horizont kündete ein orangegelber Wolkenhimmel vom nahenden Sonnenaufgang.

Endlich gelangten sie zum Fuß des Berges. Ilhuicóatl gebot meiner Mutter auszusteigen und sich im Gebüsch zu verbergen, während er einen geeigneten Platz suchte. Nach wenigen Minuten kehrte er wieder. Gemeinsam erklommen sie die Steigung zur Lichtung. Meine Mutter bemerkte die Guerilleros erst, als sie auf der Lichtung angelangt waren. Als Ilhuicóatl und Yoyotli aber aus dem Dickicht traten, eilte Citlalmina auf sie zu. Er ergriff ihre Hände und drückte sie.

„Ich bin so froh, dass du wieder bei uns bist!" meinte er leise.

Meine Mutter sah sich um und fing Ocatlanas Blick auf. Schüchtern lächelte er ihr zu.

„Da bist du nicht allein", sagte Ameyal. Endlich umfing mich wieder der vertraute Geruch. Ich versteckte meinen Kopf an ihrer Brust.

„Woher wusstet ihr, wo sie mich hingebracht haben?" Sie streichelte mir über das Haar.

Ameyal drehte sich zu Tleyotl um. „Unser kleines Feuerherz hier ist den Soldaten, die dich mitgenommen haben, hinterhergelaufen." Sie legte dem Jungen die Hand auf die Schulter. „Ehrlich gesagt hatten wir noch nicht einmal Zeit zu reagieren, da war er schon weg."

Tleyotl winkte ab und sah zu Boden. „Das war doch–"

Meine Mutter kniete vor ihm nieder.

„Zeit, dass wir hier verschwinden!" unterbrach Ilhuicóatl die Szene. „Wir sind hier nicht sicher. Rivadeneira könnte aufgefallen sein, dass wir nicht mehr da sind."

„Wie ist er mit den Leuten im Dorf umgegangen?" erkundigte sich Yoyotli.

Niemand sah sie an. In diesem Augenblick bemerkte Yoyotli, dass Papalotl fehlte. Sie blickte zu seinem Onkel Chimalli und seiner Tante Cinteotl hinüber.

Cinteotl schüttelte den Kopf. Ihre Augen füllten sich mit Tränen. Rasch wandte sie den Blick ab.

Meine Mutter spürte wie eine Welle des Hasses sie hinwegzureißen drohte. Dies alles musste endlich ein Ende haben! Der Krieg. Die Gewalt. Die Morde.

Der Mann, der meiner Mutter und Ilhuicóatl im Zwielicht einer schwach beleuchteten Gasse Guatemala Citys gegenüberstand, hatte seine Baseball-Cap tief ins Gesicht gezogen. Nur die Spitzen seiner schwarzen Haare lugten darunter hervor. Seine Bewegungen wirkten fahrig. Ein ums andere Mal wandte er sich um und sah in Richtung der Abzweigung, an der eine der größeren Straßen vorbeiführte.

Man schrieb den 16. November des Jahres 1979.

Der Name des Mannes war Mateo Sic Chen.

„Wir müssen uns endlich Gehör verschaffen", beharrte Ilhuicóatl. „Die internationale Staatengemeinschaft darf nicht länger wegsehen, während unser Volk niedergemetzelt wird. Die Lage in El Quiché verschlechtert sich zusehends. Wir brauchen eine durchschlagende Aktion! Eine, die uns so viel Aufmerksamkeit beschert, dass es nicht möglich ist, die Situation länger zu ignorieren. Es muss ein Ende haben mit den Massakern!"

„Wir denken genauso. Solange die USA aber weiterhin diese Nicht-Einmischungs-Politik verfolgen? An wen sollen wir uns wenden, mit so einem mächtigen Verbündeten auf Seiten unserer Gegner? Es ist beinahe unmöglich."

„*Beinahe unmöglich* bedeutet also, es ist möglich", versetzte Ilhuicóatl.

Mateo wischte sich die feuchten Handflächen an seiner Jeans ab. Widerstrebend nickte er.

„Irgendeine Möglichkeit muss es ja geben."

Yoyotli hatte das Gespräch der Männer bisher stumm verfolgt. „Wie wäre es, wenn wir die Spanier um Hilfe bitten würden?" schlug sie nun vor. „Die Diktatur dort scheint zu Ende zu sein. Würden sie uns vielleicht unterstützen?"

Ilhuicóatl strich sich gedankenverloren mit den Fingern übers Kinn. Mateo warf einen weiteren Blick in Richtung Hauptstraße. Es war mitten in der Nacht. Jede Menschenansammlung wurde mit größtem Argwohn betrachtet. Was dies bedeutete, sollten sie aufgegriffen werden, war allen Beteiligten klar. Unruhig trat er von einem Bein aufs andere.

„Ich denke, Yoyotli hat Recht. Das könnte eine Möglichkeit sein", erwiderte Ilhuicóatl schließlich gedehnt.

Mateo seufzte.

„Ich habe gehört, dass die spanische Regierung es alles andere als gern sieht, dass die Armee im Nordwesten spanische Priester tötet." Ilhuicóatl senkte seine Stimme. „Könnten wir auf die Unterstützung der *CUC* zählen?"

„Wir wollen diese Situation genauso dringend verändern wie ihr, das kannst du glauben. Aber ich muss erst mit meinen Kameraden sprechen. Auch dürfen wir unsere Familien nicht vergessen. Es ist nicht ohne Risiko, das Ausland mit hineinzuziehen."

„Allzu groß sollte das Risiko in dieser Angelegenheit nicht werden", entgegnete Ilhuicóatl.

„Ohne Rücksprache mit den anderen kann ich dir nichts zusichern", Mateo blitzte Ilhuicóatl unter seiner Cap hervor an. „Das verstehst du sicher."

„Dann schlage ich vor, wir treffen uns in zwei Wochen wieder. Bis dahin solltest du genügend Zeit haben."

„No tenga pena."

„Wir überlegen in der Zwischenzeit, wie wir das Ganze angehen könnten, ohne dass es zu riskant wird."

Die beiden Männer reichten sich die Hand. Dann wandte Mateo sich Yoyotli zu und deutete eine Verbeugung an, ehe er in Richtung Hauptstraße entschwand.

Niemand vermochte später zu sagen, wes Geistes Kind die Idee war. Mit einem Mal schwebte sie durch das staubige Kellergewölbe und bot sich als perfekte Lösung an. Die spanische Botschaft!

„Das Großartige an diesem Einfall ist, dass sich unsere Leute während der Aktion auf dem Botschaftsgelände und somit *nicht* auf guatemaltekischem Hoheitsgebiet befinden–"

„– weshalb sie auch nicht Gefahr laufen, von der Armee aufgegriffen zu werden. Die Armee hat kein Recht, spanisches Territorium zu betreten", führte Chimalli Ilhuicóatls Gedanken zu Ende. „Eine saubere Sache also. Praktisch ohne Risiko."

Ilhuicóatl nickte zufrieden. „Genau. Nicht einmal *sie* würden es wagen. Das – und dann die Sache mit den Schulen und den besetzten Radiosendern – gemeinsam dürfte uns das die Aufmerksamkeit verschaffen, die wir brauchen."

„In diesem Land geschieht nichts ohne Risiko", gab Citlalmina zu bedenken.

Er lehnte an einem der unverkleideten Rohre, die durch den Heizungskeller des abgelegenen Gebäudes der Zona 18 führten. Meine Mutter saß neben ihm. Ich selbst döste auf ihrem Schoß und pendelte zwischen den Welten.

„Wenn unser Anliegen erst einmal Gehör findet, wird sich hier so einiges verändern. Verlasst euch drauf. Wir müssen die Staatengemeinschaft endlich dazu zwingen, diesen Zustand nicht länger hinzunehmen." Ilhuicóatls Augen blickten müde in die Runde. „Es ist eine Schande, dass sie es bislang getan hat! Für heute sollten wir Schluss machen, denke ich."

Chimalli und Cinteotl erhoben sich, als hätten sie nur auf das Signal zum Aufbruch gewartet.

„Yoyotli? Hast du einen Augenblick für mich?"

„Sicher."

„Lass uns ein paar Schritte gehen", schlug Ilhuicóatl vor. „Ocatlana, könntest du dich kurz um die Kleine kümmern?"

Die Augen des jungen Guerilleros leuchteten auf. Er nickte beflissentlich und warf meiner Mutter ein scheues Lächeln zu.

„Es geht mich eigentlich nichts an", begann Ilhuicóatl, als sie außer Hörweite waren, „aber da ich mich um das Wohl der ganzen Gruppe zu sorgen habe, sehe ich es dennoch als meine Pflicht an, mit dir zu sprechen."

Meine Mutter fragte sich, was nun kommen mochte.

„Ich weiß nicht, ob es dir aufgefallen ist, aber ich fürchte, dass Ocatlana nicht gern sieht, was zwischen dir und Citlalmina vor sich geht."

„Zwischen mir und Citlalmina?"

„Wie gesagt, mir kann es eigentlich egal sein, aber wir dürfen nicht riskieren, dass hier Zwietracht entsteht." Ilhuicóatl sah sie ernst an. „Wir sind eine Einheit, davon hängt unser Überleben ab. Verstehst du?"

„Aber es ist überhaupt nichts zwischen ihm und mir", verteidigte sie sich. „Ocatlana kann nichts sehen, was nicht da ist."

„Ich spreche nur aus, was ich seit geraumer Zeit beobachte", sagte Ilhuicóatl. „Er ist eifersüchtig auf Citlalmina. Wie auch immer du es nennen magst, seit Itzmins Tod damals seid ihr sehr vertraut miteinander. Ich will es dir letztlich nur sagen. Glaub mir, das ist mir nicht weniger unangenehm als dir, aber ich muss das Ganze im Auge behalten."

„Verstehe."

„Gute Neuigkeiten!" begann Mateo, als Ilhuicóatl und meine Mutter ihn vier Wochen später erneut trafen. Bei ihrer letzten Begegnung hatten sie ihm die Idee mit der spanischen Botschaft unterbreitet.

„Wir haben die Unterstützung der Studenten. Die Jungs von der Frente Estudiantil Robin García stehen bei der Aktion an unserer Seite, wenn wir die Besetzung der Radiostationen nicht außen vor lassen. Dass wir dabei sind, hatte ich ja bereits zugesagt."

Mateos Augen lagen im Schatten. Das Treffen fand in einer Bar in der Nähe der Capilla de Yurrita in der Hauptstadt statt. Der Kneipenbesitzer hatte sich in den vergangenen Jahren als vertrauenswürdig erwiesen, sodass die Guerilleros die verrauchte Kneipe hin und wieder als Ort konspirativer Treffen wählten. Nichtsdestotrotz hieß es achtsam sein.

Mateo lächelte unter seinem Cap hervor.

„Endlich werden wir uns Gehör verschaffen", erwiderte Ilhuicóatl. „Ich bete dafür, dass die Schlächterei ein Ende findet. Es ist wahrlich an der Zeit. Zu viele haben ihr Leben gegeben. Es muss eine Kommission eingesetzt werden, die in den Norden fährt, um sich die Zustände vor Ort anzusehen. Sie müssen mit den Bauern sprechen."

„Das klingt beinahe zu schön, um wahr zu sein. Meine Söhne kennen kein Leben ohne Krieg. Selbst ich kann mich kaum erinnern."

„Ich habe mich ein wenig umgehört", raunte Ilhuicóatl. Meine Mutter beugte sich vor. „Es scheint, dass Botschafter Cajal nicht ohne Sympathien für unsere Sache ist. Genaues wissen wir sicherlich erst, wenn die Aktion läuft, aber ich habe ein gutes Gefühl bei der Sache."

„Ich auch, compañero, ich auch. Ich muss immer wieder an Nicaragua denken. Dort haben sie es auch geschafft." Mateo lehnte sich zurück. Zum ersten Mal erhaschte meine Mutter einen Blick auf seine Augen. Die Dunkelheit darin, erzählte sie mir später, habe sie nie mehr vergessen können. „Warum sollte es bei uns nicht funktionieren? Wenn alles so klappt, wie wir es uns vorstellen, ist es Ende Januar als Abschluss der mehrwöchigen Protestaktion so weit."

„Allein die Vorstellung!" Yoyotli hatte dunkle Ringe unter den Augen. In den vergangenen Wochen hatte der Feuertraum sie Nacht für Nacht heimgesucht. „Ich wage es kaum zu glauben!" Sie kaute auf ihrer Unterlippe. Seit so vielen Jahren war dieser Kampf auf verlorenem Posten geführt worden.

„Ich hoffe nur, wir täuschen uns nicht", murmelte Mateo. „Meine Familie, ihr wisst ja."

Eine Weile saßen sie an jenem Abend noch beisammen. Trotz der verbliebenen Vorbehalte war die Stimmung hoffnungsfroh. Die drei genossen ein ungekanntes Gefühl von Zuversicht. Am Ende des Abends fiel es ihnen schwer, sich zu trennen.

Meine Mutter und Ilhuicóatl schlichen gemeinsam durch die unbelebten Gassen der Hauptstadt.

„Guter Mann, dieser Mateo", sagte er irgendwann.

Der Tonfall in seiner Stimme ließ meine Mutter innehalten. Erstaunt sah sie ihn an.

„Diesmal wird sich etwas verändern, Yoyotli. Ich kann es spüren. Mit dieser Aktion wird sich das Blatt wenden."

Er sollte Recht behalten.

Diario de Castilla y León
vom 02. Februar 1980, Leitartikel

Massaker in der spanischen Botschaft. Regierung bricht diplomatische Beziehungen zu Guatemala ab

Ciudad de Guatemala

Die Regierung Guatemalas verübt ein nie dagewesenes Massaker in der spanischen Botschaft des Landes. Örtliche Widerstandskämpfer und Botschaftsmitarbeiter finden den Tod in den Flammen. Der spanische Botschafter Máximo Cajal y López überlebt mit leichten Verletzungen.

Am Donnerstag Vormittag besetzten rund 30 indigene Aktivisten die spanische Botschaft der guatemaltekischen Hauptstadt, um ihrer Forderung nach der Einrichtung von Kommissionen zum Schutze der einheimischen Bevölkerung im Nordwesten des Landes Nachdruck zu verleihen. Dort war es wiederholt zu Massakern an der Zivilbevölkerung gekommen. Laut Polizeiangaben waren die Widerstandskämpfer mit Macheten, Pistolen und Molotov-Cocktails bewaffnet.

Bereits in den vergangenen beiden Wochen war es vermehrt zu Protesten seitens der Bauern aus dem Landesteil El Quiché gekommen, wobei unter anderem Schulen und Radiosender besetzt wurden, um die Forderung nach einem Ende der Gewalt zum Ausdruck zu bringen.

In der spanischen Botschaft befanden sich zum fraglichen Zeitpunkt neben dem spanischen Botschafter Máximo Cajal y Lopéz, Konsul Jaime Ruíz del Árbol und mehrere ehemals hochrangige Funktionäre der guatemaltekischen Regierung – es handelt sich hierbei, nach bislang unbestätigten Angaben, um Ex-Vizepräsident Eduardo Cáceres Lehnhoff, Ex-Kanzler Adolfo Molina Orantes, sowie einen namentlich nicht genannten guatemaltekischen Juristen.

Laut Augenzeugenberichten umstellten Beamte der guatemaltekischen Polizei die Botschaft und drangen dann in die ersten beiden Stockwerke vor. Hiermit verstießen sie gegen geltendes internationales Recht. Botschafter

Cajal wies die Beamten laut eigener Aussage wiederholt auf die Rechtswidrigkeit ihres Vorgehens hin und bemühte sich fortwährend um eine friedliche Lösung des Konflikts.

Es wird gemutmaßt, dass die guatemaltekische Polizei die Botschaft im weiteren Verlauf mit weißem Phosphor in Brand steckte. Die Angaben hierüber sind jedoch widersprüchlich. Seitens der guatemaltekischen Regierung und des für den Einsatz verantwortlichen Coronel S. Rivadeneira ist von einer Selbstverbrennung der Okkupanten die Rede, die den Tod der Geiseln hierbei willentlich in Kauf genommen haben sollen. Präsident Romeo Lucas García weist die Vorwürfe eines Massakers entschieden zurück.

Neben Botschafter Cajal überlebte nur eine weitere Person den Brand: der indigene Gregorio Yujá, der gemeinsam mit dem Botschafter in eine nahegelegene Klinik gebracht wurde. Yujá sollte jedoch ein kaum weniger tragisches Ende beschieden sein als seinen Mitstreitern. Am frühen Morgen wurde er aus seinem Klinikzimmer entführt. Seine verstümmelte Leiche, die eindeutige Folterspuren aufwies, wurde wenige Stunden später vor der San Carlos Universität gefunden.

Insgesamt kamen beim Brand der spanischen Botschaft 37 Menschen ums Leben.

Als Reaktion auf die Ereignisse brach die spanische Regierung umgehend die diplomatischen Beziehungen zu dem zentralamerikanischen Staat ab.

Regierungschef Adolfo Suarez sprach von einem ungekannten und nie dagewesenen Vergehen gegen die Normen internationalen Rechts. In seiner Erklärung nannte er die Geschehnisse eine schreckliche Tragödie und verurteilte die Vorfälle aufs Schärfste. Den Angehörigen der Opfer sprach Suarez sein tief empfundenes Beileid aus. Fürderhin berief er Botschafter Cajal aus Guatemala ab und ließ ihn umgehend außer Landes bringen. Wie aus gut informierten Kreisen verlautet, sei dies der Sorge um die Sicherheit des Botschafters geschuldet gewesen, da es Morddrohungen gegen Cajal gegeben habe.

RK

Kapitel 47 - Mafaldas Botschaft

Obschon sie sich warm eingepackt hatten, fröstelte Julián, als sie auf der Praça dos Mártires da Pátria anlangten. Die Aussicht, abermals einem portugiesischen Ordnungshüter in die Arme zu laufen, behagte ihm gar nicht. Kyriel schien zuversichtlicher. Julián warf einen Seitenblick auf den Freund.

Seitdem er am Vorabend von seinem Spaziergang nach Hause zurückgekehrt war, wirkte er verändert. Das wäre kein Problem gewesen, hätte Julián diese Veränderung zu greifen vermocht. Eben damit aber tat er sich schwer. Was war Kyriel widerfahren?

Vor der Statue des Doktors Sousa Martins blieben sie stehen. Kerzen flackerten in einem metallenen Kasten neben der Umzäunung. Julián sah sich um. Niemand zu sehen.

„Wie willst du Mafalda nun finden?"

Er sah zu Kyriel hinüber; der gab keine Antwort. Seine Augen waren geschlossen. Julián überlegte, ob er die Frage wiederholen sollte, irgendetwas an Kyriels Gebaren ließ ihn jedoch davon Abstand nehmen. Er strahlte eine Ruhe aus, die Julián den ganzen Tag über nicht verspürt hatte. Zumindest nicht, seit ihm klar geworden war, dass ihnen nichts anderes übrig bliebe, als die vermaledeite Statue erneut aufzusuchen, wollten sie diese Suche abschließen.

Julián trat von einem Bein aufs andere. Minuten vergingen. Schließlich konnte er nicht länger an sich halten: „Amigo, was tust du da eigentlich? Wir sind nicht hier, um einen Yoga-Kurs zu absolvieren."

Kyriel öffnete die Augen nicht. Stattdessen gebot er Julián mit einem Handzeichen zu schweigen.

„Gewiss, Euer Großmeisterlichkeit", brummte dieser. „Ganz wie Ihnen beliebt."

Nach einer Ewigkeit - Juliáns Zehen waren inzwischen taub vor Kälte - schlug Kyriel die Augen wieder auf. Er lächelte geheimnisvoll.

„Wollen wir mal sehen!"

Julián starrte ihn an. Kyriel warf einen kurzen Blick über die Praça, ging einige Schritte an der Abzäunung entlang und stieg dann darüber. Er kletterte er über die Votivgaben hinweg, auf den Fuß des Sockels zu.

„Kann ich Eurer Großmeisterlichkeit in irgendeiner Form behilflich sein?“ fragte Julián. „Falls ja, so braucht Ihr es mich nur wissen zu lassen.“

Kyriel murmelte etwas Unverständliches. Schließlich ergriff er eine der Marmortafeln und bettete sie um.

„Keine Ahnung, was das alles soll, aber ich gehe einfach mal davon aus, dass du weißt, was du tust.“

Eine Tafel nach der anderen wanderte unter Kyriels sicherem Griff beiseite. Julián biss sich auf die Lippen. Das hatten sie bereits zwei Nächte lang versucht! Der Effekt war gleich null gewesen. Auf einmal hielt Kyriel inne. Er beugte sich nach vorn, ergriff die Tafel, die vor ihm lag. Dann wandte er sich Julián zu.

„Mafalda da Almeida Prado“, flüsterte er.

Julián riss die Augen auf.

„Jetzt guck nicht wie der ungläubige Thomas, hilf mir lieber! Wir müssen die anderen zurücklegen.“

Rasch überstieg Julián die Absperrung und kraxelte zum Fuß des Sockels hinauf.

„Bitte schön“, grinste Kyriel. „Seine Großmeisterlichkeit ist stets zu Diensten.“ Er reichte Julián die Tafel.

„Aber das ist ja“, stieß dieser hervor, als er sie entgegennahm. „Also, das kann unmöglich Marmor sein! Die ist viel zu leicht.“

Von außen betrachtet unterschied die Tafel sich kaum von den anderen.

Mafalda da Almeida Prado – com amor eterno.

„Ich schätze mal, das ist, wonach wir gesucht haben“, erwiderte Kyriel. „Lass uns schleunigst von hier verschwinden.“

„Wie hast du das gemacht?“ fragte Julián.

„Das kann ich dir nicht erklären, fürchte ich.“ Kyriels Stimme klang rau. „Wichtig ist, dass wir sie gefunden haben. Endlich. Und jetzt los. Ich habe keine Lust auf eine weitere Nacht auf Staatskosten.“

Die beiden verriegelten die Tür hinter sich, als sie sich aufs Bett setzten.

„Hast du den Schlüssel?"

Julián nickte.

Es dauerte eine Weile, bis sie das Schloss gefunden hatten. Die Zeit hatte ganze Arbeit geleistet. Im Laufe der vergangenen 25 Jahre hatte sich die Tafel verfärbt und verzogen. Sie bestand aus zwei Teilen. Das Schloss war in einer Art Seitenlasche eingelassen, weshalb sie es zunächst übersehen hatten.

„Worauf wartest du?" Kyriel blickte Julián an.

Dieser schüttelte den Kopf. „Es ist nichts, nur–"

„Du musst es nicht erklären." Kyriel klopfte ihm auf die Schulter. „Aber jetzt sind wir so weit gekommen. Bist du gar nicht neugierig?"

„Doch, schon."

Vorsichtig schob Julián den Schlüssel in das rostige Schloss. Es knirschte, als er ihn umdrehte, dann schnappte die Tafel auf.

Darin lag ein Umschlag.

Lola stand darauf.

Mit einem Mal begann Julián zu zittern.

„Er ist für meine Mutter." Seine Stimme bebte. Behutsam entnahm er den Umschlag und begutachtete ihn von allen Seiten.

Lola. Nichts weiter.

„Willst du ihn nicht aufmachen?"

Julián rührte sich nicht.

Kyriel wartete einen Moment. „Julián?" fragte er dann erneut. „Willst du ihn nicht aufmachen?"

Entgeistert starrte der ihn an. „Er ist nicht für mich bestimmt", wisperte er. „Ich kann ihn doch nicht einfach - nach all den Jahren!"

„Soll ich ihn für dich aufmachen?" erbot sich Kyriel.

„Ich weiß nicht." Julián kaute auf seiner Unterlippe. Schließlich reichte er Kyriel den Umschlag.

„Bist du sicher?“

Es dauerte einen Augenblick, dann nickte Julián.

„Aber sei vorsichtig!“

Kyriel öffnete den Umschlag mit einem Messer. Er holte einen vergilbten Bogen Papier hervor und entfaltete ihn. Die Schrift war an manchen Stellen verblasst, aber lesbar. Julián nahm ihm den Brief aus der Hand.

Geliebte Lola,

ich sitze hier am Tag vor meiner Abreise in einer Absteige am Hafen von Lissabon. Dir diese Zeilen zu schreiben, zerreißt mir beinahe das Herz, allein wenn ich daran denke, wie viel Zeit vergehen mag, bis ich dich und meinen geliebten Sohn endlich wieder in die Arme schließen darf.

Meine Gedanken gelten einzig dir und Julián, euch, meiner Familie. Lola, das darfst du niemals bezweifeln.

Was musst du nicht alles durchgemacht haben!

Ich bitte dich inständig, mir zu glauben, mein Augenstern! Mir blieb keine Wahl. Ich musste gehen, durfte ich dich und meinen kleinen Julián doch keinesfalls in Gefahr bringen.

Noch immer bin ich mir nicht darüber im Klaren, ob es richtig ist, dich diesem Risiko auszusetzen. Da du allerdings so weit gekommen bist, gehe ich davon aus, dass du dich ohnehin nicht davon hast abhalten lassen wirst, mich aufzuspüren. Deshalb habe ich beschlossen, dir diese Botschaft zukommen lassen.

Allerdings muss ich gewisse Vorsichtsmaßnahmen treffen.

Du darfst mit niemandem, und ich betone NIEMANDEM über diesen Brief sprechen. Versprich mir das, Lolita, ich flehe dich an. Davon mag unser aller Überleben abhängen.

Erinnerst du dich an jene Nacht auf dem Kai? Du weißt, wovon ich spreche, oder? Jene Nacht, in der der Mond als silberne Sichel über uns am Himmel stand und wir die Beine im warmen Meer baumeln ließen. Wir hatten uns kurz zuvor kennen gelernt. Die ganze Welt schien uns ein Ständchen darzubringen. Entsinnst du dich, mein Augenstern, was ich dir damals erzählt habe? Du wirst

dich erinnern, ich weiß es – musst dich erinnern! Darauf setze ich in diesem Augenblick all meine Hoffnung.
Jenen Menschen, von dem ich damals zu dir sprach, werde ich ausfindig machen. An seiner Seite werde ich auf dich warten, auf dich und meinen Sohn.
Allein die Vorstellung, dass ich morgen allein dieses Schiff besteigen soll – ohne euch! – bringt mich schier um den Verstand. Ich kann nur zu Gott beten, dass wir eines Tages wieder vereint sein werden.
Es tut mir so unendlich leid, dass ich einfach so fortging, mein Augenstern! Wenn du wüsstest, wie sehr ich mich dafür schäme. Was musst du von mir denken! Aber ich werde dir alles erklären, sobald wir einander gegenüberstehen. Dann darf ich dich endlich wieder in die Arme schließen und in deine Augen schauen.
Bis dahin bleibt mir nur, von euch zu träumen.
Wisse, dass es seit meinem Fortgang keine Sekunde gab, in der ich nicht bei euch gewesen wäre.
Eines habe ich in diesem Leben sehr früh lernen müssen – manchmal ist es nur möglich, diejenigen zu beschützen, die einem wichtig sind, indem man Entscheidungen trifft, die sie zunächst nicht verstehen und die sie unter Umständen sogar verletzen. Wie sehr hatte ich mir gewünscht, nie wieder vor einer solchen Wahl zu stehen! Aber ich bin voller Zuversicht, dass es das Beste ist, was ich in diesem Augenblick zu tun vermag.
Für dich.
Für Julián.
Für uns.

Ich liebe dich, Lolita. Ich liebe dich und Julián mehr als mein Leben. Ihr seid mein Leben! Daran, versprich es mir, darfst du niemals zweifeln. Nicht eine Sekunde lang.
Ich erwarte euch voller Sehnsucht.

In ewiger Liebe,

RCS
7. Mai 1986

Tränen nahmen Julián die Sicht.

Als er die Zeilen seines Vaters zu Ende gelesen hatte, las er den Brief ein zweites Mal. Schließlich ein drittes.

Kyriel hatte über seine Schulter hinweg mitgelesen.

Als Julián nochmals beginnen wollte, die Worte seines Vaters zu lesen, griff er nach dem in engen Lettern beschriebenen Bogen und entwand ihn Juliáns Griff. Dieser ließ es geschehen. Sah nicht einmal auf.

Eine Weile saßen sie schweigend beieinander. Als Kyriel schließlich einen Arm um des Freundes Schultern legte, schlugen die verlorenen Jahre über Julián zusammen. Ach, diese Jahre! Jahre, in denen er sich einsam und verlassen geglaubt. Die Kruste splitterte. Splitter bohrten sich in eine Jungenseele, zu zart, sich zu wehren. Schuld und Scham brandeten herauf. Bitternis. Ein Junge von zwei Jahren. Zitterte. Verlassen. Allein auf der Welt.

Und doch nicht.

Nicht allein, ohne es je zu ahnen.

Kyriel legte die Hand auf Juliáns Sacrum, wie Laura es einst bei ihm getan, und wiegte den Freund. Hin und her, her und hin. Wellen des Schmerzes kamen und gingen. Hin und her. Her und hin. Hin und her. Her und hin. Bis die Tränen schließlich versiegten.

Der Duft frisch gebrühten Kaffees erfüllte die Wohnung. Lola und Totumay saßen am Frühstückstisch, als das Telefon klingelte. Verwundert blickten sie einander an. Wer mochte das sein um diese Zeit?

Lola stand auf, ging zum Sideboard hinüber, wo das Telefon stand und nahm ab. Mrs. Ochmonek folgte ihr auf dem Fuße.

„Hallo? – Ah, hijo! Wie schöne Überraschung ist, von dir zu hören!“

Sie wurde still. Setzte sich.

Totumay beobachtete sie. Alle Farbe wich aus Lolas Gesicht. Mrs. Ochmonek begann, Lolas Handfläche zu schlecken. Lola ließ es geschehen. Ihre Augen füllten sich mit Tränen.

„Was ist geschehen? Sind die Jungen wohlauf?" flüsterte Totumay beunruhigt.

Lola bedeutete ihm mit einer Geste zu schweigen. Sie wich seinem Blick aus. Lautlos rannen ihr Tränen über die Wangen.

„*Dios mío*", stöhnte sie nach einer Weile auf. „*Hijo, tienes que creerme, ¡no lo sabía!*" Lola verbarg ihr Gesicht in den Händen. „*No, no puedo pensar ahora. ¡Dios me salve! Dame cinco minutos, hijo, por favor. Te vuelvo a llamar. Te lo prometo. – Cinco minutos, ¿vale?*"

Sie lauschte, dann legte sie auf.

„Was ist geschehen?" fragte Totumay.

Lola schüttelte bloß den Kopf. Aschfahl setzte sie sich an den Tisch zurück. Plötzlich stürzte sie hinaus und warf die Schlafzimmertür hinter sich ins Schloss. Mrs. Ochmonek blieb davor stehen und sah sich fragend um. Schließlich wedelte sie verunsichert mit dem Schwanz.

Die Kaffeetasse, die Lola umgeworfen hatte, rollte über den Tisch und fiel zu Boden.

Julián nahm beim ersten Klingeln ab.

„¿Mamá?"

Lola am anderen Ende der Leitung, wirkte ein wenig ruhiger.

„*Oye*, wir müssen unbedingt wissen, wovon mein Vater spricht. Was ist in dieser Nacht am Kai passiert? Von wem hat er dir damals erzählt?"

„Es tut mir so leid, Julián", wisperte Lola. „Du musst mir glauben, ich hatte keine Ahnung. Kannst du mir verzeihen?"

Julián schwieg.

„Hijo, bitte, so sprich mit mir! Wenn ich hätte gewusst, ich hätte doch niemals – ich war sicher, dass er hatte uns einfach verlassen! Was er hat nur gemeint? Welche Gefahr, von die er schreibt?"

„Ich habe keine Ahnung, mamá. Aber wir wollen es herausfinden. Müssen es herausfinden. Mein Vater – wo ist er?"

„Kannst du mir verzeihen?" Lola schniefte. „Julián? Du weißt, dass ich immer will nur das Beste für dich, oder?"

„Ich weiß", erwiderte Julián mit brüchiger Stimme. Kyriel reichte ihm ein Taschentuch. „Aber du musst dich erinnern. Was hat mein Vater dir in der Nacht am Kai damals erzählt? Worüber habt ihr gesprochen?"

„Das ist so lange her!" Lola zögerte. „Ich weiß wirklich nicht mehr genau. Aber ich glaube, hat er mir von eine Mädchen erzählt. Er hat gesagt, er macht sich Sorgen."

„Das ist alles? Mamá, das genügt nicht. So werden wir ihn niemals finden! Denk nach, bitte!"

Totumay murmelte etwas im Hintergrund, das Julián nicht verstehen konnte. Es dauerte eine Weile, bis Lola wieder sprach. „Ich glaube, hat er gesagt, dass sie ihre Mutter verloren hat. Dein Vater", Julián hörte, dass sie erneut zu weinen begann, „dein Vater hat immer sich Sorgen gemacht um andere."

„Name? Name!" flüsterte Kyriel.

„Kannst du dich an ihren Namen erinnern?"

„War irgendwas mit L, ich glaube. Laura? – Nein. – Luisa? – Ach, ich bin nicht sicher, hijo. Mehr als 25 Jahre ist das her."

„Probiere es, mamá, bitte!"

Stille in der Leitung. Lola schien zu überlegen.

Nach einer Weile stieß sie hervor: „¡Lucía! – Das war ihr Name, ich glaube. Nein, bin ich sicher jetzt. Sie hieß Lucía. Dein Papá hat gesagt, es war die einzige Mädchen, die nicht diese Maya-Namen hatte. Ich weiß nicht genau mehr, warum, aber er hatte auch so einen Maya-Namen, als er in die Guerilla war. Und er sagte, dieses Mädchen war geboren und ihre Mutter hat ihr der Name von ihrer Schwester gegeben."

„Guerilla?"

„Ja, in Guatemala damals. Bevor er in Spanien gekommen ist. – *Ay, perdón*, kannst du nicht wissen, stimmt. Ich habe dir ja nie von ihm erzählt." Abermals brach Lola in Tränen aus.

Also war sein Vater womöglich nach Guatemala zurückgegangen! Als er merkte, dass Lola sich gefangen hatte, fragte er: „Du hast gesagt, sie alle hatten einen Maya-Namen. Kannst du dich erinnern, wie mein Vater hieß?"

„Oh ja, natürlich", antwortete Lola.

Juliáns schoss das Blut in die Wangen.

„Er hieß Tleyotl. Er hat immer mir geklärt, was das bedeutet: Feuerherz. Er war ein sehr mutiger Mann, dein Vater. - Moment, Julián, warte ein Augenblick, bitte."

Im Hintergrund vernahm Julián Totumays Stimme. Er konnte zwar nicht verstehen, was dieser sagte, aber er klang aufgeregt. Lola erwiderte etwas.

Kyriel, der alles über Lautsprecher mitverfolgte, sah den Freund fragend an.

„Bist du sicher?" Hörten sie nun Lola fragen, die offenbar die Hand von der Muschel genommen hatte. „Klingt wie ein Märchen, das!"

„¿Mamá?"

„Ja, hijo, ich bin noch dran. Es ist nur - Totumay glaubt, dass er kennt dein Vater!"

„Was?" riefen Julián und Kyriel gleichzeitig.

„Ja", murmelte Lola, „ich hatte ihm nie den Maya-Namen gesagt. Aber er hat mich auch nie gefragt, ehrlich. Endlich ich beginne zu verstehen, warum ich habe den *Turm* und den *Magier* gelegt, ich glaube."

„Was?"

„Nur Tarot. Komische Karten. Ich habe sie nicht verstanden. Jetzt wird klarer."

„Kennt er dann auch diese Lucía?" wisperte Kyriel.

„Moment, Julián, ich gebe dir ihn."

„Totumay?"

„Hallo, Julián. Es sieht so aus, als würde ich in der Tat deinen Vater kennen. Unfassbar, einfach unfassbar!"

„Bist du sicher?" Julián schluckte. „Ich meine, gibt es vielleicht viele Menschen mit demselben Namen dort?"

„Nur wenige bedienten sich damals der alten Namen. Eine Verwechslung - nein, das halte ich für ausgeschlossen."

„Unglaublich", Kyriel schüttelte den Kopf. „Frag ihn, ob er eine Ahnung hat, wo sich diese Lucía aufhalten könnte."

„Totumay, hast du eine Idee, wie wir diese Lucía finden könnten?"

„Ehrlich gesagt, bin ich nicht sicher. Wenn es sich um ein und dieselbe Person handelt", er zögerte, „ist sie die Tochter der Schamanin, von der ich dir bereits erzählte."

„Yoyotli?"

„In der Tat."

„Aber sie ist tot."

„Das macht die Sache fürwahr kompliziert. Aber lass mich einen Augenblick überlegen", Julián hörte, wie Totumay sich eine Pfeife ansteckte. „Sicherlich liegt es im Bereich des Möglichen. Als Yoyotli damals starb, verließ ich das Land binnen weniger Tage. Lucía befand sich damals in der Obhut einer Frau namens Ameyal."

„Also sollten wir diese Ameyal finden."

„Das wäre eine Möglichkeit, dürfte sich aber schwierig gestalten, da ich ebenso wenig weiß, wo sie ist."

„Irgendwo müssen wir aber beginnen. Jetzt, wo ich weiß, dass er mich nicht einfach im Stich gelassen hat, muss ich meinen Vater mehr denn je finden. Er ist der Einzige, der mir weiterhelfen kann. Wenn er es denn kann."

„Es besteht eine geringe, wenn auch nicht gänzlich zu vernachlässigende Möglichkeit, dass Lucía in das Dorf ging, aus dem ihre Mutter stammte. Yoyotli sprach oft von ihrer Heimat, von jenem See am Fuß der Vulkane. Ob Lucía dort jedoch willkommen gewesen wäre? Nun, die Zeiten ändern sich, wer weiß."

„Das wäre ein Anfang. Selbst wenn sie nur für eine Weile dorthin gegangen ist, gibt es vielleicht jemanden, der sich an sie erinnert. Oder an meinen Vater."

„Hör zu, Julián", sagte Totumay, „wenn ihr euch dazu entschließen solltet, nach Guatemala zu fahren, müsst ihr unter allen Umständen vorsichtig sein. Dieses Land ist anders als Europa."

„Natürlich, das werden wir", brummte Julián. „Aber nun sag schon, Totumay, weißt du, wie das Dorf heißt, aus dem Yoyotli kam? Oder zumindest dieser See?"

„Der Name des Dorfes ist San Marcos la Laguna. Es liegt am Ufer des Lago de Atitlán."

Kapitel 48 – Briefe an Godot X

Kastalien, 17. Dezember 2008

Lieber Godot,

diese Geschichte lässt mir keine Ruhe. Dabei vermag ich Dir noch nicht einmal zu sagen, weshalb. Seit ich dieses Foto von Laura gefunden habe, will es mir nicht mehr aus dem Kopf.
Inzwischen glaube ich zu wissen, wo die Aufnahme entstanden ist. Es muss wohl auf einer Reise nach Mittelamerika gewesen sein.
Wenige Tage nachdem ich Dir zuletzt geschrieben hatte, erhielt ich eine E-Mail von Lauras Mutter. Ich rief sie daraufhin an, um zu erfahren, ob sie mir etwas über besagtes Foto sagen könnte. Sie war nicht sicher und meinte sie müsse es sehen.
Kurzum, ich fuhr nach Nürnberg und besuchte sie.
Nie zuvor hatte ich Lauras Elternhaus betreten. Als ich durch die Straßen des Ortes lief und später in dem Zimmer saß, in dem Laura aufgewachsen war, wandelte sich etwas in mir. Ich könnte nicht in Worte fassen, was es war. Vielleicht rückte sich manche Vorstellung in meinem Kopf zurecht. Es ist eine Sache, sich Dinge vorzustellen, eine andere, sie zu sehen, hören, schmecken.
Ann-Marie hatte es sich nicht nehmen lassen, für mich zu kochen. So saßen wir im Esszimmer beisammen, unser Blick schweifte über die Felder hinter dem Haus. Allmählich legte sich die Befangenheit des Wiedersehens.
Es tat gut zu sehen, dass sie sich wieder gefangen hatte. Zugleich aber ließ mich ihre Gegenwart meiner eigenen Traurigkeit auf andere Weise gewahr werden. Gesten, Blicke, ihr Lächeln – Ann-Marie erinnert sehr an Laura.
Wir kamen schließlich auf Lauras Reise zu sprechen, die ja der Grund für meinen Besuch war. Allzu viel konnte Ann-Marie mir nicht sagen. Offenbar war sie damals sehr mit sich selbst beschäftigt – es handelte sich um die Zeit ihres ersten Psychiatrie-Aufenthalts.
Dennoch erfuhr ich, dass Laura Mittelamerika bereiste. Das muss kurz nach ihrer Entzweiung mit Simon gewesen sein. Ungleich

interessanter aber war, dass Ann-Marie mir anbot, Lauras Tagebücher mitzunehmen.
Schon als ich die ersten Seiten las, wurde mir klar, wie schwer es mir fiel, Lauras Aufzeichnungen tatsächlich zu lesen. Ihre Schrift, der unverkennbare Klang ihrer Stimme, den ich aus den Sätzen herauszuhören vermeine.
Es dauerte einen ganzen Abend, bis ich die Bücher fand, die von der Reise erzählten. Ich kann dir nicht wirklich sagen, was es ist, Godot, aber etwas irritiert mich. Was Laura schreibt, klingt kryptisch. Sie erzählt von einem Dorf. Dort lebte sie offenbar. Seltsam ist jedoch, dass sie nur Initiale benutzt, wenn sie über die Menschen schreibt, mit denen sie zu tun hat. Was mag der Grund hierfür sein? Das ungute Gefühl, das ich dabei habe, will einfach nicht verschwinden.
Immerhin habe ich herausgefunden, dass es sich wohl um einen Ort in Guatemala handelt. Laura scheint in eine Hippie-Kommune geraten zu sein. Immer wieder schreibt sie von nächtlichen Ritualen, die mich an Initiationsriten erinnern. Der Mann auf dem Bild scheint mir ein gewisser J. zu sein, zumindest taucht dieser in den Beschreibungen immer wieder auf. Laura hatte offenbar Achtung vor ihm. Auch taucht die Initiale S. auf. Ich gehe davon aus, sie steht für Simon.
Ich weiß noch nicht genau, was Laura auf ihrer Reise widerfahren ist, aber es muss sie verändert haben. Dies meinte zumindest Ann-Marie.
Vergeistigt habe sie gewirkt, als sie wiederkehrte; zugleich stärker, zielstrebiger, als habe sie einen neuen Weg eingeschlagen.
Du kannst mir entgegenhalten, dass es normal ist, sich zu verändern, insbesondere auf Reisen. Eine andere Sache aber lässt mir keine Ruhe. In dem fraglichen Tagebuch schreibt Laura über ein Ereignis, das ihr Sorgen macht. Voller Unruhe scheint sie es zu erwarten.
Just als es soweit ist, brechen ihre Aufzeichnungen ab. Als ich das Tagebuch genauer unter die Lupe nahm, stellte ich fest, dass einige Seiten feinsäuberlich herausgetrennt wurden. War sie das selbst? Was mag sie dazu veranlasst haben? Es will mir nicht in den Kopf. Der nächstdatierte Eintrag findet sich in einem anderen Tagebuch.

Laura ist zu diesem Zeitpunkt bereits zurück in Deutschland.
Und noch eine weitere Sache lässt mir keine Ruhe. Es ist beinahe eine Manie. Immer wieder muss ich dieses Foto anschauen. Irgendetwas stimmt nicht damit – nur komme ich einfach nicht darauf, was es ist!
Ich muss dieser Angelegenheit auf den Grund gehen. Bloß frage ich mich, wie. Von Zeit zu Zeit habe ich Angst davor, worauf ich stoßen werde, wenn ich weiter bohre. Ist es womöglich besser, die ganze Sache einfach ad acta zu legen? Sollte ich der Toten ihre Geheimnisse lassen? Kann ich das in diesem Augenblick überhaupt noch?

Ich halte Dich auf dem Laufenden, Godot.

Zunächst aber umarme ich Dich aus der Ferne und verbinde mich im Geiste mit Dir,

Dein Pascal

Kapitel 49 – Per aspera ad astra

Er sah ihr tief in die Augen. „Wie ich dich vermisst habe! Du darfst nie wieder gehen, mich nie wieder verlassen! Ich kann ohne dich nicht leben!"

„Oh, ich wusste es. Wusste es immer!"

Lauras Hals schnürte sich zusammen. Simon schlang seine Arme um ihre Hüften und zog sie zu sich heran. Ein warmer Windzug strich durch ihr Haar. Feucht.

„Ohne dich ist mein Leben leer und sinnlos", hauchte er in ihr Ohr. Lauras Bauch kribbelte. Simon näherte sich ihrem Gesicht. Er leckte über ihre Wange.

„Was tust du da?"

„Verlass mich nie wieder!" stöhnte er. „Nie wieder, hörst Du? Du musst für immer an meiner Seite bleiben!" Seine raue Zunge glitt über ihre Haut.

„Simon, nein!"

Warm. Rau. Feucht.

„Nein, Simon!"

Laura schob ihn von sich. „Nein, Simon, nein, nicht!"

Sie riss die Augen auf. Welpenaugen funkelten sie an. Hingebungsvoll schleckte Caba über ihre tränenfeuchte Wange.

„Caba, Schluss!"

Laura schubste sie weg. Sie tat einen Satz zurück, nur wieder auf sie zuzuspringen. Ein neues Spiel! Ihr Kläffen erfüllte die Hütte. Schlappohren flatterten.

Es war nicht Simon gewesen. Das würde nie geschehen.

„Komm her, du Süße! Du hast bestimmt Hunger." Sie ergriff das Hundebaby und stemmte sich von der Schaumstoffmatratze hoch, die sie auf dem Boden der gemieteten Hütte vorgefunden hatte.

Als sie in den Garten trat, kniff sie die Augen zusammen. Durch die Bougainvillea fiel das Licht der Morgensonne. Hinter den Weihnachtssternen, groß wie Bäume, erstrahlte ein azurblauer Himmel. Der ewige Frühling.

Cabas Sprünge wurden höher, als Laura zur Küchentür ging.

„Du bleibst draußen", ermahnte sie die Hündin. Diese tapste hinter ihr her. Laura seufzte. Sie wusste nicht, wie man Hunde erzog. Den vollkommen verdreckten Welpen hatte sie, dem Tode nah, hinter einem Müllcontainer in Panajachel gefunden.

Laura schüttete Haferflocken in eine Plastikschüssel, schlug ein rohes Ei darüber und stellte der Hündin ihr Frühstück hin. Sie selbst machte sich auf den Weg hinunter zum See, um ihr morgendliches Bad zu nehmen und Wasser für die Hütte zu holen.

Es war nicht das erste Mal, dass sie in den drei Wochen, seit sie in Guatemala war, von Simon geträumt hatte. Dennoch war es in dieser Nacht besonders intensiv gewesen.

Ihr war übel. Sie atmete tief ein, doch das Gefühl blieb.

„Hola Laura", grüßte sie eine der einheimischen Frauen, die Spanisch sprach.

„Hola, Mari Ángel", erwiderte Laura und lächelte. „Geht's dir gut?"

Mari Ángel nickte. „Möchtest du?" Fragend deutete sie auf den Korb voller Bananen auf ihrem Kopf.

„Später vielleicht, danke! Irgendwie fühle ich mich nicht so gut heute Morgen."

Mari Ángel musterte sie. Nach einer Weile trat ein Ausdruck in ihre Augen, den Laura nicht zu deuten wusste.

„Was?"

„Du solltest dich schonen. Das ist wichtig am Anfang."

„Was meinst du?"

„Dein Körper muss sich daran gewöhnen. *No tenga pena.* Das war bei mir beim ersten Mal nicht anders."

„Beim ersten Mal?" Lauras Verstand stolperte. „Nein, nein, Mari Ángel, es ist nicht, was–"

Um Gottes willen! Wie hatte sie nur so blind sein können? Acht Wochen. Jene Nacht lag acht Wochen zurück. Dann war um sie her alles zusammengebrochen. Die Ehe ihrer Eltern. Ihre Beziehung zu Simon. War es da nicht normal, dass nichts normal war?

„Laura? Alles in Ordnung?"

Laura schob Mari Ángels Arm beiseite und nickte. „Klar", flüsterte sie. „Natürlich. Alles bestens."

Sie stürzte davon. Mari Ángel blieb am Wegesrand zurück und sah ihr nach.

Wieder und wieder tauchte Laura im See unter. Der Gedanke aber ließ sich nicht verscheuchen.

Acht Wochen! Das konnte nicht sein! Durfte nicht sein. Nicht bei einem einzigen Mal! Andere Paare probierten es über Jahre! Andere Paare. Sie waren ja noch nicht einmal ein Paar! Eine Welle von Panik drohte Laura fortzureißen. Was sollte sie nur tun?

Sie watete ans Ufer des Lago. Zunächst hieß es, sich Klarheit zu verschaffen. Vielleicht war alles ein großer Irrtum. Es konnte andere Ursachen geben. Stress. Emotionale Belastung. Viele Frauen hatten das. Unregelmäßigkeiten. Sie wrang ihre Haare aus, sah an sich hinab, strich sie mit der Hand über den Bauch. Genau wie immer, befand sie. Prüfend begutachtete sie ihren Busen. War er schon immer so groß gewesen?

Jetzt nur nicht in Panik geraten. Das alles konnte ebenso gut Einbildung sein. Seit der Klinik vermied sie es, ständig auf ihren Körper zu achten.

Der Test, den sie in Panajachel geholt hatte, verfärbte sich rot. Schwanger.

Caba schwänzelte um sie herum. Lauras Gedanken aber waren woanders. Was sollte sie tun? Simon anrufen? Wie würde er reagieren? Zurück nach Deutschland fahren? Mit ihren Eltern sprechen? Wollte sie dieses Kind überhaupt?

Noch wäre es nicht zu spät. Sie musste in der neunten Woche sein. Schnell müsste es gehen, aber zu spät wäre es noch nicht.

Laura ließ sich hintüber auf die Schaumstoffmatratze sinken. In ihrem Kopf drehte sich alles. Wollte sie wirklich zurück?

Zum ersten Mal in ihrem Leben hatte sie in den vergangenen Wochen ein Gefühl von Freiheit verspürt. Sie hatte gar den Eindruck gehabt, dass ihr Leben in der Fremde sehr viel mehr die Bezeichnung *Leben* verdiente, als es dies zu Hause je getan hatte. War sie nicht immer bloß Spielball gewesen? Im Beziehungsgeflecht ihrer Eltern? In der Verbindung mit Simon? All das lag in weiter Ferne.

Obschon der Verlust an ihr nagte, fühlte sich Laura endlich zufrieden. Sie hatte ihren eigenen Weg eingeschlagen. Nicht auf die mahnenden Worte ihrer Mutter gehört. Simon gar nicht erst gefragt. Nun drohte mit einem Schlag all das zusammenzubrechen.

Drei Tage und drei Nächte verließ Laura ihre Hütte nicht.

Dann hatte sie eine Entscheidung getroffen.

Nicht ihren Vater, nicht ihre Mutter, nicht Simon würde sie um Hilfe bitten. Diesmal käme sie allein klar. Es war an der Zeit, sich aus all diesen Verstrickungen zu befreien, so verworren die Lage auch erscheinen mochte.

Eines war ihr in diesen Tagen ebenfalls klar geworden. Niemals könnte sie dieses Baby in ihrem Bauch umbringen. Nicht Simons Kind. Nicht nach allem, was geschehen war.

Laura befolgte Mari Ángels Rat. Sie ließ es ruhig angehen. Seit sie ihre Entscheidung getroffen hatte, war die Panik einer verhaltenen Zuversicht gewichen.

Eines Nachmittags – sie hing in der Hängematte, die sie zwischen zwei Bäumen im Garten gespannt hatte, ihren Gedanken nach – überkam sie das Gefühl, beobachtet zu werden. Sie sah auf. Ihr Blick traf den einer jungen Frau in der traditionellen Tracht der Mayas. Sie stand vor dem Gartenzaun und sah zu Laura herüber. Im Schlepptau hatte sie drei Kinder. Das Kleinste, ein Mädchen von vielleicht drei Jahren, umklammerte die Hand seiner Mutter, als könne diese ihm abhandenkommen. Mit der freien Hand wischte es sich die laufende Nase.

Als Laura der Frau ein Lächeln schenkte, erwiderte die Fremde es schüchtern. Gleich darauf wandte sie sich ab, zog ihre Kinder hinter sich her und ging über den Sandweg davon.

Laura lehnte sich zurück. Die Hände ruhten auf ihrem Bauch. Allzu lange könnte sie kein Hehl mehr aus ihrer Schwangerschaft machen. Unter der Hängematte hatte Caba es sich bequem gemacht. Ihre Füße zuckten im Schlaf. Wind strich durch die Wipfel und wiegte auch Laura in einen sanften Schlummer.

Am frühen Abend kam Kathrin vorbei und erzählte ihr, dass sie alle sich nach Einbruch der Dunkelheit auf der Lichtung hinter Jays Haus treffen wollten. Laura beschloss hinzugehen.

Besagte Lichtung bot eine fantastische Aussicht über den Lago Atitlán. Ehrfurchtgebietend ragten die Vulkane am anderen Ufer auf. Als Laura eintraf, waren bereits zahlreiche Menschen versammelt. Viele von ihnen waren zufällig in San Marcos gestrandet und hatten sich nicht aufraffen können, den Ort wieder zu verlassen. Sie hausten in den Backpacker-Hostels. Andere, wie Tris, Jay oder Kyle versuchten sich am Lago eine Existenz aufzubauen, indem sie Massage-Workshops, Reiki oder Schweige-Retreats anboten.

Ein großes Lagerfeuer brannte in der Mitte der Lichtung. Pablo, ein Amerikaner aus Florida, gestikulierte wild.

„Vollkommen absurd, deshalb einen Krieg anzufangen!" unterbrach Kyles tiefe Stimme Pablos Ausführungen. „Wir leben nicht mehr zu Zeiten des Alten Testaments! Wer nicht für uns ist, ist gegen uns?"

„Hast du mitbekommen, was da abgeht, Pablo?" schaltete sich Alex, eine junge Kanadierin ein. „Schwarzhaarig, wie du bist, stecken die Leute wie dich bald zur Vorbeugung ins Gefängnis, wenn das so weitergeht. Diese Anschläge sind das Schlimmste, was uns seit Jahren passiert ist! Nicht wegen der Menschen, die dabei gestorben sind, sondern deswegen, was noch kommen wird."

„Wir müssen uns zur Wehr setzen", grummelte Pablo. „Immerhin wurden wir angegriffen. Hast du diese Bilder gesehen? Die Menschen, die in den Tod springen?"

Laura atmete tief durch und setzte sich neben Kathrin ans Feuer. Kathrin kam aus Bern. Die beiden hatten sich in dem Hostel kennen gelernt, wo Kathrin jobbte, um ihre Reisekasse aufzubessern.

„Schon wieder die Anschläge?" Trotz des Feuers fröstelte Laura. Caba ließ sich auf ihrem Schoß nieder.

„Selbst hier gibt es nur das eine Thema. Was glaubst du, was zu Hause los ist!"

„Ich möchte es gar nicht wissen, ehrlich gesagt. Bin froh, dass ich da raus bin. Außerdem habe ich genug eigene Probleme im Kopf."

Fragend sah Kathrin sie an. Laura schüttelte den Kopf.

„Lieb von dir, aber nicht jetzt. Und nicht hier!"

In der Luft lag der Duft von verbranntem Copal.

„Hey chicas! Wollt ihr?"

Jemand legte Laura von hinten die Hand auf die Schulter. Sie drehte sich um. Es war Marcello, ein Backpacker aus Florenz. Er hielt ihr einen Joint hin.

„Du weißt doch, dass ich nicht rauche, Marcello."

„Hätte ja sein können - zur Feier des Tages oder so."

„Lass sie einfach", wandte Alec ein und nahm Marcello den Joint aus der Hand. „Ich glaube, unsere Laura hat nicht den besten Tag heute."

Laura warf ihm ein säuerliches Lächeln zu. Im Hintergrund lief die Terrordiskussion weiter. Das ging seit drei Wochen so.

„Also, Leute, ganz im Ernst, von den Konsequenzen mal abgesehen, war das doch ein genialer Coup", meinte Oliver, ein langhaariger Norweger, der zu Kathrins Linken saß. „Das *World Trade Center* - lasst euch das mal auf der Zunge zergehen. Das Herzstück des Kapitalismus!"

„Aber genau das ist es, was mir zu denken gibt. Glaubt ihr ernsthaft, irgendjemand könnte das schaffen?"

„Wie meinst du das, Marcello?"

„Irgendjemand - außer den Amerikanern selbst?"

„Ihr widert mich an", fauchte Pablo die beiden an. „Da geht es um Menschen! Familienväter. Mütter. Töchter. Söhne."

„Wir widern dich an?" gab Oliver zurück. „Anderswo auf der Welt schlachten Hundertausende sich gegenseitig ab und kein Hahn kräht danach."

Laura hatte am Tag nach den Anschlägen mit ihrer Mutter telefoniert. Ann-Marie war außer sich vor Sorge gewesen. Sie hatte ihre Tochter bestürmt, nach Hause zu kommen. Bei dieser Gelegenheit hatte Laura auch von Schröders *uneingeschränkter Solidarität* erfahren. Nun aber plagten sie andere Sorgen.

„Es gibt nichts, was wir tun können", sagte Alec und sog den Rauch ein. „Also entspannt euch!"

Tris, Lauras Nachbarin unten am Seeufer, erhob sich. Sie sieht aus wie eine Fee, dachte Laura.

„Unterschätz nicht unsere Macht", wandte sie sich an Alec. „Lasst uns unsere Energie bündeln. Senden wir ein Signal für den Frieden hinaus in den Kosmos."

Kyle begann auf den Percussions einen Rhythmus zu spielen.

„Wir sind alle Menschen!" rief Tris. „Diese Welt geht uns alle an. Wir lassen es nicht zu, dass ein wild gewordener Cowboy in Washington über unser aller Schicksal entscheidet!"

„Genau!" rief jemand aus der Runde.

„Martha, du gibst den Ton vor!"

„Pacha Mama", begann die Angesprochene mit glockenheller Stimme zu singen. Die anderen fielen ein. Caba hob den Kopf und blinzelte, danach rollte sie sich wieder ein und schlief weiter.

Laura betrachtete den orangenroten Mond, der über dem fernen Ufer des Lago aufging. Mit der Musik verflüchtigten sich die Missklänge über den Wassern. Selbst Pablo, der Tris bei dem *wild gewordenen Cowboy* einen bitterbösen Blick zugeworfen hatte, schien sich zu entspannen.

Kathrin legte einen Arm um Laura. Unversehens fühlte Laura sich schwer. Sie ließ ihren Kopf auf Kathrins Schulter sinken. Die Berührung tat ihr gut. Außer Caba kam ihr niemand nahe, seit sie mit Simon gebrochen hatte. Kathrin fragte, wo sie in den vergangenen Tagen abgeblieben sei.

Erneut schüttelte Laura den Kopf. „Nicht heute, okay?"
Die Schweizerin bohrte nicht weiter nach.

Es war noch früh, als Laura aufbrach und sich auf den Weg hinab zu ihrer Hütte machte. Der Pfad war steil. Zum Glück schien der Mond. Caba umschwänzelte ihre Beine. Laura aber schenkte ihr keine Beachtung. Sie war müde.

Sie langte am Fuß des Hügels an. Vor ihr lag das *Moonfish*-Café. Auf einmal erstarrte sie. Hatte sich dort nicht etwas bewegt? Auch Caba verharrte reglos, die Ohren aufgerichtet. War da jemand?

Dann raschelte es im Gebüsch. Heraus trat jene Frau, die am Nachmittag an ihrem Zaun gestanden hatte. Sie blieb stehen, musterte Laura schweigend. Schließlich nickte sie ihr zu, drehte sich um und verschwand. Nachdenklich blickte Laura der Frau hinterher. Diese Menschen waren so anders.

Es sollten fünf Tage vergehen, bis sie die Fremde wiedersah. Laura lag am Sandstrand unten am Ufer, als eine Gruppe von Maya-Frauen zum See hinabstieg. Etliche Kinder trotteten hintendrein. Die Frauen trugen Körbe voller Wäsche. Unter ihnen befand sich Mari Ángel, die Laura freundlich zunickte. Sie lief neben eben jener Fremden her, die Laura nicht aus dem Kopf wollte.

Laura versuchte, Blickkontakt zu ihr aufzunehmen. Tatsächlich sah die Frau ihr kurz in die Augen, ehe sie sich ihren Kindern zuwandte und in einer Sprache etwas zu ihnen sagte, die Laura nicht verstand. Lachend stürmten die drei davon. Die beiden Jungs erklommen die Felsen, die in den Lago hinausragten. Unbeholfen bemühte sich die Jüngste, ihren Brüdern zu folgen.

Die Frauen wateten in den See hinein und begannen die Wäsche einzuweichen. Laura bewunderte die Geduld und die Fertigkeit, mit der sie die Kleidung sauber bekamen. Da wurde geschrubbt, gewrungen und die Wäsche auf Stein geschlagen.

Sie selbst hatte es einmal versucht, ließ es aber schnell dabei bewenden. Wozu gab es Hotels mit Waschmaschinen. Ohnehin war es ihr seltsam vorgekommen, das Waschmittel in diesem wunderbaren See zu gebrauchen. Schon sich selbst hier zu waschen, war gewöhnungsbedürftig gewesen. Laura setzte sich auf und beobachtete die Frauen. Erst in Guatemala waren ihr die Annehmlichkeiten der modernen Welt bewusster geworden. Früher hatte sie sie als selbstverständlich genommen. Vermutlich hatte noch ihre Großmutter, zumindest aber ihre Urgroßmutter auf ähnliche Art gewaschen wie die Frauen hier. Dem fröhlichen Lachen nach zu urteilen, machte es ihnen sogar Spaß.

Plötzlich erklang ein Schrei. Blankes Entsetzen. Ein Platschen.

Die Frauen erstarrten inmitten ihrer Bewegung.

Ohne zu überlegen, sprang Laura auf. Sie rannte los und warf sich ins Wasser. Die Stelle, wo das Kind in den See gefallen war, lag vielleicht hundert Meter entfernt. Sie konnte das aufgewühlte Wasser sehen. Das Kind paddelte und schlug wild mit den Armen um sich.

Laura schwamm, wie sie nie zuvor geschwommen war. Sie hörte das Kreischen der Frauen, die über die Felsen hasteten. Die übrigen Kinder standen hilflos am Rand.

Laura kam im Wasser schneller voran als die Frauen draußen. Sie näherte sich dem prustenden Kind.

Auf einmal ging es unter.

Schneller! Schneller! trieb Laura sich an.

Endlich erreichte sie die Stelle. Nichts. Laura sah nach unten. Schemenhaft erblickte sie eine Gestalt unter sich. Sie trieb leblos dahin.

Laura tauchte hinab. Das trübe Wasser erschwerte ihr die Sicht. Sie schwamm blindlings darauf los. Das Kind hatte sie aus den Augen verloren. Sie bemühte sich, in dem Halbdunkel irgendetwas auszumachen.

Nichts.

Verflucht!

Sie tastete. Griff ins Leere. Tastete weiter. Eine Schlingpflanze blieb an ihrem Arm hängen.

Ihr ging die Luft aus.

Mit letzter Kraft schoss Laura nach oben. Durchbrach die Oberfläche. Atmete tief ein.

Blickte ins Trübe.

Wieder hinunter.

Erneut schwamm sie auf den Punkt los, den sie von oben gesehen hatte. In der Tiefe war das Wasser kalt.

Dort! Ein schemenhafter Umriss.

Mit wenigen Zügen war sie da.

Sie packte das Kind. Zog es an ihre Brust. Strebte nach oben, wo das Licht wartete.

Die Frauen standen fassungslos am Rand. Weinen. Panik.

Alle sahen sie zu ihr hinüber, als Laura aus dem Wasser auftauchte. Sie schwamm zum nächstgelegenen Felsen. Sie hielt einer Frau das Kind entgegen. Es war die Fremde vom Gartenzaun. „Madre de dios!" schrie sie.

Das Kleine regte sich nicht. Erst jetzt erkannte Laura, dass es sich um das kleine Mädchen handelte. Die Tochter der Frau.

Rasch stemmte sie sich hoch. Erklomm den Felsen. Die Mutter presste die Kleine an ihre Brust und weinte laut. Laura kraxelte auf sie zu. Die Frau umklammerte ihre Tochter.

Laura sprach auf Spanisch zu ihr. Sie wusste nicht, ob die Frau sie überhaupt verstand. Auf jeden Fall ließ sie das Mädchen nicht los.

Abermals redete Laura auf sie ein.

Keine Reaktion.

Verdammt!

Laura versetzte der Frau eine Ohrfeige.

Voller Entsetzen sah sie Laura an. Aber sie ließ los.

Laura beachtete die Frau nicht weiter und legte den schlaffen Körper auf den Fels. Sie verschränkte die Hände und setzte sie auf dem Brustkorb der Kleinen auf. Bearbeitete ihn mit festen Stößen. Er wirkte so zerbrechlich unter ihrem Griff.

Die Sekunden zerdehnten sich zu einer Ewigkeit. Laura spürte die atemlosen Blicke der Umstehenden auf sich.

Endlich spuckte die Kleine einen Wasserstrahl aus. Dann einen zweiten. Und noch einen. Schließlich hustete sie, wandte den Kopf um und schlug die Augen auf.

Ihre Mama schluchzte laut auf.

„Ana! Querida! Gracias a dios!" Sie zog das Mädchen an ihre Brust, als wolle sie es erdrücken. Die Kleine zitterte. Sie sah sich verwundert um. Ansonsten fehlte ihr aber scheinbar nichts.

„Oh gütiger Gott! Ich danke Dir! Vielen Dank, vielen, vielen Dank!" Die Fremde drehte sich zu Laura. Die Tränen, die ihre Wangen hinabliefen, waren nun Tränen der Erleichterung. Auch die anderen Frauen atmeten auf.

„Ich bin Lucía", stellte die Frau sich vor.

„Und das", sie wiegte die Kleine in ihren Armen, „das ist die kleine Ana."

Auch Laura fing an zu zittern. Der Schreck saß ihr in den Gliedern. „Hallo Ana", sagte sie. „Ich bin Laura."

Ana starrte sie aus schwarzen Kulleraugen an, als wisse sie nicht recht, was sie mit all dem Trubel anfangen solle.

„Wie kann ich dir nur danken?" wiederholte Lucía. „Wenn du nicht gewesen wärst–"

„Du brauchst mir nicht zu danken", wehrte Laura ab. „Das war doch selbstverständlich!"

Lucías weiße Zähne erstrahlten in ihrem dunklen Gesicht. Zärtlich küsste sie Ana auf die feuchte Stirn. „Das werde ich dir nie vergessen! Niemals!"

Laura spürte plötzlich, dass von hinten jemand an sie herangetreten war. Sie wandte sich um und sah Mari Ángel, die sich zu ihr hinabbeugte.

„Bist du in Ordnung?" fragte die besorgt.

Erst jetzt dachte Laura an das Baby in ihrem Bauch. Sie erschrak kurz. Dann atmete sie tief durch.

„Danke, aber ich glaube schon."

Lucías Blick wanderte von einer zur anderen. Dann lächelte sie.

Als Laura am nächsten Morgen erwachte, fand sie eine Tüte mit Tortillas auf dem Verandatisch. Daneben eine Schüssel mit Frijoles.

Einen Augenblick zögerte sie, dann griff sie zu. Die Tortillas waren noch warm. Selbst wenn Laura die einheimische Kost nicht eben schmackhaft fand, war sie unterdessen an dem Punkt angelangt, wo sie mehr über das Lebensgefühl dieser Menschen herausfinden wollte. Die Einheimischen ernährten sich ausschließlich von Tortillas, Frijoles, Reis und Eiern. In Deutschland unvorstellbar.

Nach ein paar Tortillas und Bohnen war sie satt.

Lucía und ihren Kindern begegnete sie den ganzen Tag nicht, ebenso wenig in den folgenden Tagen. Die morgendlichen Tortillas aber wurden zum Ritual. Wann auch immer Laura aufwachte – kam sie aus dem Haus, fand sie dort Frijoles und Tortillas.

Eines Nachmittags stand Kathrin im Garten.

„Hey! Ich wollte mal schauen, was du so treibst. Man bekommt dich gar nicht mehr zu Gesicht!"

„Ich habe mich in der letzten Zeit ein wenig zurückgezogen", gab Laura zu. „Ich hatte ein schlechtes Gewissen deswegen. Wie läuft's denn im Hostel? Alles klar soweit? Setz dich doch!" Sie schob Kathrin einen Stuhl hin.

„Isst du jetzt diesen Fraß?" Kathrin deutete auf die geöffnete Tüte mit den Tortillas.

„Man gewöhnt sich daran, ehrlich gesagt. Außerdem bekomme ich sie geschenkt."

„Warum das denn?"

Laura erzählte ihr von Lucía, der kleinen Ana und den Geschehnissen am See.

„Und seither bringt sie dir jeden Tag Tortillas?"

„Ich wüsste nicht, wer es sonst sein sollte. Allerdings habe ich Lucía seitdem nicht noch einmal gesehen."

„Komisch, wirklich. Da rettest du ihre Tochter und sie bringt dir Tortillas. Aber ich finde diese Menschen ohnehin schwierig."

„Diese Menschen?"

„Die Indígenas eben. Sie kommen mir so", Kathrin suchte nach dem passenden Wort, „schüchtern vor. Freundlich schon, auf ihre Art. Aber ich habe nicht das Gefühl, dass ich je an einen von ihnen herangekommen bin."

„Mich fasziniert diese Andersartigkeit. Ist das nicht der Reiz dieses Ortes?" Die Blüten der Bougainvillea rauschten im Wind. „Wenn ich mich darauf einlasse, kann ich hier etwas lernen. Eine Art zu denken, die es bei uns nicht gibt. Und das mit den Tortillas finde ich nett, ehrlich gesagt."

„Anstrengend. Dieses ewige *No tenga pena*, ich kann es nicht mehr hören. Manchmal möchte ich sie packen und schütteln. Sag einfach, was du wirklich denkst! Das kann doch nicht so schwer sein." Kathrin seufzte. „Anscheinend schon."

„Das ist eine andere Kultur. Warum erwartest du, dass sie genauso ticken wie du? Das ist arrogant, findest du nicht?"

„Arrogant?" Kathrin verzog den Mund. „Ich bin seit sieben Monaten hier, du gerade mal seit ein paar Wochen."

„Jetzt versteh mich nicht falsch, bitte!" beschwichtigte Laura. „Hast du Hunger? Viel kann ich dir nicht anbieten, aber du kannst dich gern von den Tortillas bedienen. Ein paar Frijoles wären auch noch da."

„Nein, vielen Dank. Das kannst du wieder arrogant finden, aber mir schmeckt das Zeug einfach nicht. Da kann ich genauso gut Pappe essen."

„Du musst ja nicht. Ich habe nur sonst nichts da gerade. Ich muss erst einkaufen gehen."

Laura lehnte sich auf ihrem Stuhl zurück. Ihr Blick schweifte durch den Garten. Sie holte tief Luft. Mit der Linken kraulte sie Cabas schokobraune Schlappohren.

„Ich frage mich nur", setzte sie nach einer Weile ihren Gedanken fort, „weshalb sie es sind, die lernen sollen, uns zu verstehen. Immerhin sind wir die Eindringlinge hier. Das ist schließlich ihr Zuhause, denkst du nicht? Wir kommen hierher und nötigen sie quasi, sich uns anzupassen."

„Ich nötige niemanden zu irgendwas", stöhnte Kathrin. „Ich fände es nur einfacher, mit ihnen zusammenzuarbeiten, wenn sie klar ihre Meinung sagen würden. Ist ja nicht so, dass ich hier nicht klar käme. Muss mich ja nicht mit ihnen anfreunden."

„*Sie, mit ihnen* – du redest, als ob sie alle gleich wären."

„Ach Laura, lass gut sein. Willst du mir auch noch Rassismus unterstellen?"

„Ich höre dir nur zu."

„Und du nennst mich arrogant. Ehrlich!" Kathrin stand auf. „Ich gehe jetzt besser. Vielleicht bist du nächstes Mal besser gelaunt."

Caba sprang von Lauras Schoß. Fragend blickte sie zu ihrem Frauchen auf.

„Wie du meinst", sagte Laura. Sie sparte es sich zu erwähnen, dass sie keineswegs schlechte Laune gehabt hatte, jedenfalls nicht bis eben. „Dann sehen wir uns die Tage."

Kathrin nickte knapp, dann war sie zum Gartentürchen hinaus.

Tags darauf entschied Laura, Lucía aufzusuchen. Zwar wusste sie nicht, wo diese wohnte, aber in einem Dorf wie San Marcos konnte es nicht allzu schwer sein, das herauszufinden.

„Du bleibst hier", sagte sie zu Caba. Die Hündin stellte die Ohren auf und sah Laura aufmerksam an. „Ich komme bald wieder, okay?"

Laura zog die Holztür zum Garten zu und sicherte sie mit einem Drahtband. Sie ging an den Kaffeesträuchern und Bananenpalmen vorbei und folgte dem Sandweg in Richtung Dorfplatz. Kaum hundert Meter von ihrer Hütte entfernt bemerkte sie, dass Caba hinter ihr her trottete.

„Kleiner Plagegeist!" Sie tätschelte der Hündin den Kopf. „Dann kommst du eben mit."

Zunächst hielt sie an einem Stand, wo eine Maya-Frau Obst, Gemüse und dergleichen an die Touristen verkaufte. Die Frau kannte Lucía nicht, meinte aber, Laura solle ins Barrio Uno oder ins Barrio Dos hinaufgehen. Dort wohnten die Einheimischen zumeist.

Bislang war Laura weder im einen noch im anderen Viertel gewesen. Das Leben der Westler spielte sich am Seeufer und im Umfeld der Hostels, Cafés und Esoterik-Einrichtungen ab.

Sobald Laura den Dorfplatz hinter sich ließ und den Hügel zum Barrio Uno erklomm, veränderten sich die Hütten. Der Putz bröckelte zu Boden. Die Dächer wirkten schäbig.

„Hola! Hola!" rief ein Mädchen, das auf dem Boden saß. Aus großen schwarzen Augen sah sie zu Laura auf.

„Hola!" erwiderte Laura. Die Kleine strahlte.

„Hola, hola!" brabbelte sie fröhlich weiter. „Hola, hola, hola…"

Laura lächelte und ging weiter. Aus einem Hof drang Geschrei. Laura blieb stehen und lauschte. Stritt da jemand? Nach einer Weile erkannte sie, dass es sich um einen Prediger im Radio handelte, der das Jüngste Gericht vorhersagte. Eine Gruppe Jungs stürmte auf sie zu und lachte laut. Das Jüngste Gericht schien sie nicht zu scheren.

„Hola!" riefen sie Laura zu. „*¡Dame un quetzal!*"

Dann waren sie auch schon an ihr vorbei.

„¡Oye!" rief Laura ihnen hinterher. „Wer mich zu Lucía bringen kann, der kriegt einen Quetzal von mir!" Augenblicklich blieben die Jungen stehen.

„¡Yo! ¡Yo! ¡Yo!" rief es aus vielen Mündern zugleich. Laura schmunzelte.

„Welche Lucía meinst du?" fragte einer der Jungen, ein kleiner Bursche mit einer großen Lücke zwischen den Vorderzähnen.

„Sie hat drei Kinder, soweit ich weiß. Ihre jüngste Tochter heißt Ana."

„Die kenne ich!" rief der Kleine. „Ich bring dich hin!"

Laura nickte. „Wie heißt du", fragte sie.

„Guille", rief er Laura zu, doch da musste sie bereits zusehen, dass sie ihm hinterherkam. Die anderen Jungen ließen sich nicht beirren und folgten ihnen.

Vor einem wellblechgedeckten Haus direkt neben einer blauen Kapelle blieb Guille stehen. Caba war anzusehen, dass sie das Ganze als Spiel empfand. Sie schien enttäuscht davon, dass es bereits zu Ende sein sollte. Ein ums andere Mal stupste sie Guilles Hand an.

Laura gab dem Jungen den versprochenen Quetzal. Die anderen belagerten ihn umgehend. Dann trollte sich die ganze Truppe.

Auf Lauras Klopfen hin öffnete eine ältere Frau die Tür.

„Hallo, ich bin Laura. Mir wurde gesagt, Lucía wohne hier. Ist sie vielleicht zu Hause?"

Aus verschmitzten Augen blickte die Alte Laura an.

„Ich bin Lucías Mutter. Aber bitte, kommen Sie doch rein!"

Laura folgte der Frau ins Halbdunkel der Hütte. Sie ging gebeugt.

„Lucía!" rief sie.

Einen Augenblick später erschien Lucía. Als sie Laura sah, wirkte sie überrascht. Dann lächelte sie breit.

„Schön, dass du hier bist! Wie hast du hierher gefunden?"

„Einer der Jungs aus dem Dorf hat mich hergeführt. Wie geht es Ana? Hat sie den Schock gut überstanden?"

In diesem Moment kam das Mädchen hereingerannt. „Mamá!" rief es mit vorwurfsvoller Stimme. „Mamá!"

Als Ana Laura erblickte, zögerte sie. Gleich darauf huschte sie hinter Lucías Rock. Hinter dem Durchgang zum anderen Zimmer lugten nun auch die beiden Jungen hervor.

„Cuco, Salva, kommt schon rein!"

Schüchtern traten die beiden ein.

„Darf ich dir meine Söhne vorstellen: Salva", sie deutete auf den Größeren der beiden, „und Cuco."

Cuco hatte eine Zahnlücke, die seinem Lächeln etwas Schelmisches verlieh. Salva spielte am Kragen seines abgetragenen Hemdes herum.

„Hallo, ihr zwei! Ich bin Laura."

„Die Kinder sprechen noch nicht so gut Spanisch", erklärte Lucía.

„Der Grund, weshalb ich hier bin, ist, dass ich dir für die Tortillas danken wollte. Die kommen doch von dir, oder?"
Lucía nickte. *„No tenga pena."*
„Das ist wirklich sehr nett von dir." Verlegen sah sich Laura in der ärmlichen Hütte um. „Nur – ich weiß nicht recht, wie ich es sagen soll: Ihr habt selbst so wenig. Ich denke, es ist nicht gut, wenn du mir Tortillas bringst."
Lucía sah sie ernst an. „Aber du hast doch keine."
„Das ist wahr", gab Laura zu. „Und es ist sehr liebenswert von dir. Aber ich kann mich selbst versorgen."
„Ich verdanke dir das Leben meiner Tochter", entgegnete Lucía, „Du bist jetzt Teil dieser Familie."
Lauras Hals wurde eng. Rasch wandte sie den Blick ab.
„Mamá, kann ich die Kinder bei dir lassen? Ich möchte Laura etwas zeigen."
Die Alte nickte. Ana, die sich noch immer am Rock ihrer Mutter festhielt, guckte misstrauisch, als Lucía ihre Händchen losmachte. Lucía flüsterte auf sie ein, bis sie auf ihre Großmutter zulief.
„Komm!"
Laura folgte Lucía aus der Hütte hinaus. Die beiden ließen das Dorf hinter sich und stiegen einen steilen Hügel hinauf. Laura geriet schnell außer Atem. Lucía hingegen schien die Steigung nichts anzuhaben. Nach einer Weile blieb sie stehen. Sie hatten während des Aufstiegs kaum miteinander gesprochen. Laura war dankbar für die Pause.
„Das hier", Lucía deutete auf das Land ringsumher, „das ist die Milpa. Sie versorgt mein Volk mit allem, was wir brauchen. Wir kümmern uns im Gegenzug um die Pflanzen. Respektieren Mutter Erde, seit wir Mayas uns erinnern können."
Laura blickte sich um. Der Wind strich über den Hügel und spielte mit ihrem Haar. Ihr Atem beruhigte sich. Sie sah das Feld mit den Maispflanzen. Sah, wie sich die Bohnen an ihnen hochrankten. Ein Kolibri versenkte seinen Schnabel in einer Blüte. Dahinter reckten die Berggipfel sich dem Himmel entgegen. Ein Gefühl des Friedens überkam Laura.
Sie betrachtete Lucía. Etwas lag in deren Gesichtsausdruck, was sie bei anderen Menschen bislang vergebens gesucht

hatte. All die Menschen, denen sie auf ihrem bisherigen Lebensweg begegnet war, erschienen ihr mit einem Mal wie Getriebene. „Danke, dass du mich hierhergebracht hast", sagte sie schließlich.

Lucía lächelte sie an. „Du gehörst zu meiner Familie."

In diesem Augenblick regte sich das Ungeborene in Lauras Bauch. Simons Kind. Lauras Hände fuhren hinab. Es war das erste Mal.

Lucía warf ihr einen wissenden Blick zu. „Es ist dein Erstes, nicht wahr?"

Laura nickte.

„Es ist normal, dass es dich tritt", lächelte Lucía. „*No tenga pena*. Bei uns bist du in guten Händen."

Erneut musterte Laura diese Frau.

Von Anfang an hatte sie sie gemocht. Jetzt aber erfüllte sie noch ein anderes Gefühl, ohne dass sie zu sagen vermocht hätte, weswegen. Ehrfurcht.

Die kommenden Wochen sollten Lauras Leben verändern. Lucía hatte sie eingeladen, wann immer sie wollte ins Barrio Uno zu kommen. Anfangs zögerte Laura, je öfter sie aber im Hause von Lucía und ihrer Familie zu Gast war, desto mehr legte sie ihre Scheu ab.

Bei ihrem zweiten Besuch lernte sie José Luís, Lucías Mann, kennen. Auch er empfing sie mit offenen Armen.

Das Leben im Dorf war schlicht.

José Luís bewirtschaftete die Milpa. Meist begleiteten ihn Cuco und Salva. Lucía und ihre Mutter kümmerten sich derweil um die Mahlzeiten – sie verarbeiteten den Mais, bereiteten den Teig für die Tortillas zu und buken sie dann auf dem Comal. Die häuslichen Tätigkeiten fielen in ihren Aufgabenbereich.

Der vordere Raum der Hütte wurde als Wohn- und Essbereich genutzt, hier befand sich auch die Kochstätte. Der hintere Raum diente der Familie als Schlafzimmer.

Hätte jemand Laura zuvor erzählt, dass sie Respekt vor einer solchen Art zu leben empfinden, ja sie gar beneiden könnte, sie hätte es nicht geglaubt. Kinder, die bei der Feldarbeit halfen, eine sechsköpfige Familie, die in einem einzigen Raum schlief, die traditionelle Rollenverteilung zwischen den Geschlechtern - all dies hätte ihr widerstrebt.

Es waren dies auch die Argumente, mit denen sie in den seltener werdenden Gesprächen mit Kathrin konfrontiert wurde.

Doch Lauras Erfahrungen sprachen eine eindeutige Sprache. Die Kinder litten keineswegs unter der täglichen Arbeit. Sie liebten es, mit ihrem Vater hinaus auf die Milpa zu gehen oder die Hühner und Hunde zu versorgen, die auf dem Hof herumstreunten. Allzeit fand sich ein Lächeln auf ihren Gesichtern.

Laura selbst hatte bald den Dreh bei der Zubereitung der Tortillas raus. Sie genoss es, ihre Stunden in Gesellschaft der beiden Frauen und der kleinen Ana vor dem Herdfeuer zu verbringen.

Das Mädchen legte ihre Schüchternheit Laura gegenüber schnell ab. Oftmals stand sie bereits wartend an der Tür, um Laura zu begrüßen. Dann musste Laura sie auf den Schoß nehmen, sobald sie sich gesetzt hatte.

Mit der Zeit strahlte die Gelassenheit der Maya-Frauen auf Laura ab. Die Tage hätten immer so weitergehen dürfen.

In dem Maße, in dem sie sich Lucía und ihrer Familie annäherte, entfremdete Laura sich von der Hippie-Gemeinschaft vor Ort. Ihre Freundschaft zu Lucía weckte den Argwohn der Hippies unten am See. Laura hegte den Verdacht, dass Kathrin ihren Teil dazu beitrug. Seit dem Gespräch in Lauras Garten war die Stimmung zwischen den einstigen Freundinnen abgekühlt. Als Kathrin schließlich bemerkte, dass Laura schwanger war, verschlechterte sich das Verhältnis weiter. Kathrin war beleidigt, nicht ins Vertrauen gezogen worden zu sein. Aber auch von Lauras Seite schwand das Interesse, als ihr aufging, dass Kathrin eifersüchtig auf ihre Freundschaft zu Lucía war - wenngleich sie das nie zugegeben hätte. Eine Freundin, die ihr neue Erfahrungen missgönnte, war das Letzte, was Laura gebrauchen konnte. Sie war froh, sich endlich aus den Abhängigkeiten in ihrem Leben gelöst zu haben.

Das Weihnachtsfest nahte. Es sollte das erste sein, das Laura ohne ihre Familie und fern der Heimat verbrachte. Obschon ihre Mutter sie am Telefon gebeten hatte, zu Weihnachten nach Hause zu fliegen, hatte Laura sich dagegen entschieden. Bislang hatte sie niemandem in Deutschland von ihrer Schwangerschaft erzählt. Sie gedachte, dies noch eine Weile so zu belassen – die Probleme kämen früh genug. Umso größer war ihre Freude, als Lucía sie fragte, ob sie das Fest nicht mit ihnen begehen wolle.

Am Heiligabend schien die Sonne und es hatte 25 Grad. Es fiel Laura schwer, das mit ihrer Vorstellung von Weihnachten in Einklang zu bringen.

Tags zuvor war sie mit dem Boot nach Panajachel hinübergefahren, um Weihnachtsgeschenke für die Kinder zu besorgen. Den halben Tag schlenderte sie über den Markt, hielt unzählige Puppen, Autos und andere Spielsachen in Händen. Dennoch hatte sie stets das Gefühl, nicht das Richtige gefunden zu haben. Für die drei sollte es etwas ganz Besonderes sein.

Es war bereits Nachmittag, als sie sich völlig erschöpft auf einem Felsen am Rande des Sees niederließ. Noch immer stand sie mit leeren Händen da.

Laura ermüdete schneller als früher. Sie lehnte sich zurück und schloss die Augen. Die Sonnenstrahlen wärmten ihr Gesicht. Ihre Hand streichelte über die wachsende Wölbung ihres Bauches.

Was tat sie hier eigentlich? Wie Schuppen fiel es ihr da von den Augen. Wollte sie diese Kinder dem gleichen Zirkel von Begehren aussetzen, in dem sie aufgewachsen war? Wohin hatte sie das geführt? Mit Schaudern dachte sie an die Klinik zurück. Die Stunden in der Geschlossenen, umgeben von gescheiterten Existenzen. Noch dazu wäre sie vermutlich eines Tages nicht mehr hier. Wie sollten Lucía und José Luís solchen Wünschen dann gerecht werden?

Nein, nichts würde sie kaufen. Keine Plastikpüppchen. Keine Spielzeugautos. Nichts. Eine große Erleichterung überkam Laura. Es war die richtige Entscheidung. In dieser Welt ging es nicht um derartige Dinge. Es ging um ganz anderes. Diese Menschen wussten das gut.

Laura beschloss, ein typisch deutsches Essen für die Familie zuzubereiten. Das sollte ihr Beitrag zum Fest sein. Also besorgte sie noch in Panajachel Kartoffeln, Kalbfleisch, Öl und eine Reibe.

Um nicht den ganzen Abend in Lucías Küche zu verbringen, entschied Laura, das Essen – Wiener Schnitzel mit Kartoffelsalat – in ihrer Hütte am See vorzubereiten. Den Vormittag des Heiligen Abends verbrachte sie damit, Kartoffeln zu kochen, Brot für die Panade zu reiben und mit einem flachen Stein die Schnitzel zu klopfen.

Nachdem sie am Vorabend nach San Marcos zurückgekehrt war, war sie noch im Barrio Uno vorbeigegangen, um Lucía zu sagen, dass sie sich nicht um das Weihnachtsessen zu kümmern brauche.

Es war später Nachmittag, als Laura ein Feuer im Garten machte. Sie erhitzte eine Pfanne mit Öl und begann, die Schnitzel zu braten.

„Laura!" keifte da plötzlich eine Stimme. Es war Tris, ihre Nachbarin. Sie lehnte auf dem Fensterbrett über dem Schild, das Reiki-Kurse anbot. „Mach sofort das Feuer aus! Ich kann diesen Gestank in meinem Haus nicht ertragen! Was sollen meine Kunden denken, wenn das ganze Haus nach Fett und Rauch stinkt."

Laura blickte zu ihr hinauf.

„Hörst du? Ich habe gesagt, du sollst das Feuer ausmachen! Sonst–"

„Dir auch frohe Weihnachten!"

Alle Feenhaftigkeit war aus Tris Antlitz verschwunden. Es wirkte kalt und bitter.

„Mach sofort dieses Feuer aus!" kreischte sie.

„Was hältst du davon, wenn du deine Fenster schließt, Tris? Ich denke, ich kann in meinem Garten Feuer machen, wann immer es mir passt."

Tris war blass vor Zorn. „Das kannst du nicht machen. Ich wohne länger hier als du. Du hast ein bisschen Rücksicht zu nehmen, verdammt! Ich sage es dir noch einmal im Guten, mach jetzt sofort dieses Feuer aus."

„Das werde ich nicht tun. Ich brate meine Schnitzel zu Ende. Wenn ich fertig bin, lösche ich das Feuer."

Tris schlug das Fenster so heftig zu, dass Laura einen Augenblick lang fürchtete, es falle aus dem Rahmen. Dann verschwand sie im Innern des Hauses.

„Na dann frohe Weihnachten", murmelte Laura.

Nach Einbruch der Dunkelheit stieg sie hinauf ins Barrio Uno. Ana wartete bereits an der Tür.

„Laura!" rief sie aufgeregt. „Hola, Laura! Hola!"

Im Haus brannten Kerzen. Die Familie saß um das Herdfeuer. Die Wangen der Jungen waren gerötet.

„Ich will nur das Fleisch warm machen, dann können wir essen", verkündete Laura und stellte den Pott mit Kartoffelsalat auf den Tisch. Neugierig lugten die Kinder hinein.

Laura erntete Bewunderung für ihr Essen. Niemand ließ sich zweimal bitten, als es um einen Nachschlag ging, selbst die kleine Ana nicht.

Nach dem Essen schlug Lucía vor, etwas zu singen. Die Augen der Kinder leuchteten, als sie Laura eines ihrer Lieblingslieder beibringen durften.

Im Gegenzug sang sie ihnen *Stille Nacht, heilige Nacht* vor. Sie konnten gar nicht genug davon bekommen. Ein ums andere Mal musste Laura von Neuem beginnen.

So vergingen die Stunden wie im Fluge. Es war bereits kurz vor Mitternacht, als Lucía die Kinder zu Bett brachte. Laura saß am Herd und verlor sich im Spiel der Flammen. Ihre Gedanken stahlen sich fort und wanderten zu Simon.

Er wusste nicht, dass er Vater würde. Ihr war wehmütig zumute. Handelte sie unverantwortlich? War sie es ihm nicht schuldig, ihm davon zu erzählen?

„Was ist mit dir?" fragte Lucía, als sie zurückkam. Sie betrachtete ihre Freundin. Laura zögerte.

„Ich denke, es ist an der Zeit, ins Bett zu gehen", meinte da José Luís. „Denkst du nicht auch?"

Bei diesen Worten wandte er sich zu seiner Schwiegermutter. Die verstand den Wink, reckte sich und warf Lucía einen liebevollen Blick zu. Sie legte Laura eine Hand auf die Schulter und drückte ihr einen raschen Kuss auf den Scheitel.

„Danke für dieses wundervolle Fest", sagte Laura.

Als die beiden die Tür hinter sich zugezogen hatten, fragte Lucía erneut: „Also?"

Laura verschränkte die Hände über ihrem Bauch. „Ach, weißt du, es geht um den Vater des Kindes", begann sie.

Dann brach die ganze Geschichte aus ihr hervor. Lucía unterbrach sie selten. Nur ab und an stellte sie eine Frage, wenn sie nicht sicher war, alles richtig verstanden zu haben.

Als Laura geendet hatte, graute draußen bereits der Morgen. Ohne recht zu wissen, warum, hatte sie das Gefühl, ihr sei eine große Last von den Schultern genommen.

Lucía musterte sie nachdenklich. „Das ist nicht so, wie es sein sollte", meinte sie schließlich. „Ich weiß, wie es ist, ohne Vater aufzuwachsen."

In diesem Moment wurde Laura bewusst, dass sie nie gefragt hatte, wo Lucías Vater war. Wie selbstverständlich war sie davon ausgegangen, dass er tot war.

„Das Wichtigste aber, Laura, das Wichtigste für ein Kind ist die Gemeinschaft."

aus: Goldberg, Pascal: *Auf dem Lachsweg – Ein biographischer Roman*, München 2010

Kapitel 50 - Der Rache verheißungsvoller Ruf

In jenem staubigen Kellergewölbe, in dem vor über zwei Jahren die unselige Idee der Besetzung der spanischen Botschaft geboren worden war, saßen die Guerilleros im Kreis und teilten Tortillas und Frijoles. Arturo, ein entfernter Cousin Citlalminas, der ihnen diesen Raum für ihre heimlichen Zusammenkünfte zur Verfügung stellte, stand oben Wache, sodass keine ungebetenen Gäste hereinplatzen würden.

„Was ist mit dir, Yoyotli?" Seit jeher hatte Ilhuicóatl ein gutes Gespür für Schwingungen innerhalb der Gruppe. „Seit Monaten ziehst du dich zurück. Du wirkst in dich gekehrt, manchmal beinahe apathisch."

Totumay sah meine Mutter aufmerksam an. Er war Deutscher. Seit gut einem Jahr war er Mitglied der Guerilla-Gruppe - um genau zu sein, seit meine Mutter ihn von einer Reise nach Europa mitgebracht hatte. Sie war dorthin gefahren, um die Haltung der guatemaltekischen Reformkräfte darzulegen.

Yoyotli zögerte einen Moment, dann stellte sie die Schale zu Boden. „Es ist nicht, dass ich deine Sorge nicht zu schätzen wüsste." Sie räusperte sich. „Aber ich bin mir nicht sicher, ob es klug ist, meine Gedanken mit der Gemeinschaft zu teilen."

„Du bist unsere Schwester", erwiderte Citlalmina.

Meine Mutter straffte sich. Sie warf ihrem besten Freund einen dankbaren Blick zu.

„Also, raus mit der Sprache - was quält dich?"

„Ich kann ihn nicht aus dem Kopf bekommen." Ihre Hand fuhr zu der Narbe am Hals. „Wann immer ich die Augen schließe, sehe ich sein Gesicht vor mir. Der Gestank seines Atems reißt mich aus dem Schlaf. Es ist einfach - alles, was er getan hat - was er mir - ach, was heißt mir?" Sie sah in die Runde. Ihr Blick kam auf Cinteotl und Chimalli zu ruhen. „Was er uns angetan hat. Papalotls Ermordung. Die Demütigung. All das." Ihre Stimme verwandelte sich in ein Flüstern. „Nicht zu vergessen, das Massaker in der Botschaft. Ich schaffe es nicht, das beiseitezuschieben. Es frisst mich auf! Mein Herz ist voller Hass!" Ihre Stimme war mit einem Mal kalt. „Und voll von dem Gedanken an Rache. Ehrlich gesagt", sie blickte zu Boden, „wünsche ich mir nichts sehnlicher, als seinen Kopf platzen zu sehen wie eine reife Papaya!"

Niemand im Raum wagte zu atmen. Alle Augen waren auf meine Mutter gerichtet. Auf einmal war es kühl in der Kammer – beinahe so, als habe jemand eine Tür geöffnet und von draußen wehe ein eisiger Wind herein. Ich klammerte mich an ihrem Corte fest.

Ilhuicóatl betrachtete sie mit ausdruckslosem Blick. Nach einem Schweigen, das eine Ewigkeit zu währen schien, strich er sich über das kleine Bärtchen am Kinn.

„Wir können dich wohl alle verstehen. Jeder der Menschen in diesem Raum hat vieles erlebt, was solche Gedanken rechtfertigen würde. Jede einzelne Geschichte reichte aus."

Cinteotl und Chimalli nickten.

„Dann lasst uns endlich etwas tun! Wir haben es lang genug hingenommen. Bringen wir das Schwein um! Wenn es jemand verdient hat, dann er!" Die Narbe leuchtete rot.

„Ich denke nicht, dass wir uns persönliche Rache auf die Fahnen schreiben sollten." Es war Cinteotl, die diese Worte gesprochen hatte.

„Wie kannst du das sagen?" Ocatlana schrie beinahe. „Er hat euren Neffen auf dem Gewissen!"

„Glaubst du, irgendjemandem in diesem Raum wäre dies bewusster als mir?"

Ocatlanas Blick wandte sich hilfeheischend an meine Mutter. Diese aber schwieg.

„Also ich finde, wir sollten es tun", spie er hervor.

„Wenn wir anfangen, Gleiches mit Gleichem zu vergelten, sind wir kein Stück besser als sie", erwiderte Cinteotl.

„Er war dein Neffe, verdammt!" Ocatlana sprang auf. Seine Wangen glühten. „Und was ist mit Lucía?"

Ich blickte auf. Ich hatte keine Ahnung, weshalb mein Name in diesem Moment ins Spiel gebracht wurde, aber es war, als lege jemand eine Schlinge um meinen Hals und ziehe zu. Ich begann zu zittern. Meine Mutter legte ihre Hand auf meine Schulter. Als ich sie ansah, schüttelte sie beinahe unmerklich den Kopf, also schwieg ich. Aber mir brannten eine Million Fragen auf der Seele.

„Ich muss Cinteotl beipflichten", ergriff Ilhuicóatl das Wort. „Außerdem wäre es ausgesprochen riskant, Rivadeneira anzugehen. Seine Paranoia macht ihn vorsichtig. Soweit ich gehört habe, ist er kaum je ohne einen ganzen Stab von Getreuen anzutreffen."

„Kaum je", wiederholte Yoyo seine Worte.

„Wir müssen an das Wohl der Gruppe denken", entgegnete Ilhuicóatl. „An das Wohl all unserer Brüder und Schwestern. Was wäre gewonnen, wenn wir Rivadeneira aus dem Weg schaffen? Ein anderer nähme seine Position ein. Die Dinge blieben beim Alten. Sie bekämen ein anderes Gesicht, aber an der Lage würde das nichts ändern."

„Glaubst du wirklich, ein anderer könnte so grausam und erbarmungslos sein wie Rivadeneira?" wisperte meine Mutter. „Denk nur an die Schwangere in dem Dorf damals! Es könnte sehr wohl besser werden, wenn er tot ist!"

„Die Möglichkeit bestünde, gewiss. Aber es ist eben nur eine vage Möglichkeit. Dafür das Leben unserer ganzen Gruppe aufs Spiel setzen?" Er sah ihr fest in die Augen. „Ich bin nicht bereit, dieses Risiko einzugehen. So furchtbar Rivadeneiras Machenschaften auch sein mögen - es steht in keinem Verhältnis." Ilhuicóatl legte Yoyotli eine Hand auf den Oberarm. „Lass dich nicht von deinem Schmerz leiten."

Meine Mutter wandte sich ab. Ich sah, wie sie ihre Zähne aufeinanderbiss. „Wenn das so leicht wäre! Ich kann keine Nacht schlafen, ohne dass seine Fratze mich heimsucht!" Ihre Stimme brach.

„Dennoch hat Ilhuicóatl Recht, Yoyotli."

Meine Mutter starrte ihren besten Freund fassungslos an.

Citlalmina aber fuhr fort: „Stell dir vor, wie es wäre, noch mehr Menschen aus unserer Gruppe zu verlieren. Es sind schon jetzt viel zu viele. Allein die Vorstellung! - Ich kann dieses Leid nicht mehr ertragen."

„Aber genau das ist es doch! Das ist der Grund, weshalb wir ihn aus dem Weg räumen sollten. Er ist für so viel Unglück verantwortlich!" beharrte meine Mutter. „Tleyotl, Ameyal, Totumay – was denkt ihr? Ihr habt bislang kein Wort gesagt." Herausfordernd sah sie in die Runde.

Ameyal blickte verlegen zu Boden. „Es tut mir leid, Yoyo, aber ich fürchte, ich bin Ilhuicóatls Meinung. Das Risiko ist zu groß."

„Ich für meinen Teil würde mich gern der Entscheidung der Gruppe beugen – ich habe das Gefühl, dass ich als Fremder nicht über solch gewichtige Dinge entscheiden sollte", flüsterte Totumay. Yoyotli, die seit einem Jahr das Bett mit ihm teilte, bedachte ihn mit einem vorwurfsvollen Blick.

„Und du, Tleyotl?"

„Wir sollten eine gemeinsame Entscheidung treffen. Wenn es der Wille der Mehrheit ist, Rivadeneira aus dem Weg zu schaffen, könnt ihr selbstverständlich auf mich zählen." Er wagte es nicht, meiner Mutter in die Augen zu sehen. In all den Jahren war sie auch für ihn wie eine Mutter gewesen. Wie die Mutter, die er an dem Tag verloren hatte, als die Armee sein Heimatdorf ausgelöscht hatte und nur die Kinder geflohen waren.

„Wir sollten eine halbe Stunde Pause machen", schlug Totumay vor.

„Gute Idee", stimmte Chimalli ihm zu. „Wir sollten alle versuchen, uns über die Sache klar zu werden. Ohne vorschnell zu urteilen."

Als die Gruppe nach einer halben Stunde in den Keller zurückkehrte, hatte sich die Stimmung kaum verändert. Die Mehrheit sprach sich gegen den Vorschlag meiner Mutter aus, selbst wenn manch einem dabei offensichtlich unwohl war. Sie alle hatten unter den Machenschaften und der Grausamkeit des Coronels gleichermaßen gelitten.

Nur ein paar wenige hatten mit Yoyotli und Ocatlana für den Racheplan gestimmt; nicht einmal Citlalmina war darunter. Totumay hatte sich, wie angekündigt, enthalten. Als ich zu ihr aufsah, war die Miene meiner Mutter aus Stein.

Im Frühjahr des Jahres 1982 hatte sich ein neuer Präsident an die Macht geputscht, ein gewisser Efraín Ríos Montt, den alle nur den General nannten, obschon sämtliche seiner Vorgänger ebenfalls der Armee angehört hatten.

War bei manch einem der Guerilleros kurzzeitig die Hoffnung aufgekeimt, es könne - nach der Politik der verbrannten Erde, die der vorherige Präsident Romeo Lucas García verfolgt hatte, um den sozialen Bewegungen die Grundlage zu entziehen - nicht schlimmer kommen, wurde er alsbald eines Besseren belehrt.

Im Gegenteil: die Verfolgung oppositioneller Gruppen erreichte unter dem neuen Präsidenten, Mitglied einer christlichen Pfingstgemeinde, ein ungekanntes Ausmaß. Ganze Dörfer wurden dem Erdboden gleichgemacht. Die paramilitärischen Einheiten der PAC durchkämmten allem voran El Quiché, wo verschiedene Guerilla-Gruppen Unterschlupf gesucht hatten. Wahllos metzelten sie die Landbevölkerung nieder, ganz gleich ob Mann, Frau oder Kind. Die Vermutung, jemand könne mit den Guerilleros sympathisieren, genügte für ein Todesurteil.

Währenddessen rühmte der General in allsonntäglichen Radio- und Fernsehansprachen die Erbaulichkeit eines moralischen und tugendhaften Lebens im Geiste Jesu.

Im Juni desselben Jahres beschlossen die Guerilleros, Guatemala City zu verlassen. Das Pflaster in der Hauptstadt war zu heiß geworden. Razzias standen auf der Tagesordnung, sodass die Aufklärungsarbeit, die Ilhuicóatl bei den Mittellosen leisten wollte, unmöglich wurde.

Immer häufiger war in jenen Tagen von Nicaragua die Rede. Die Sandinisten hatten es geschafft. Was wenige hundert Kilometer entfernt möglich war, musste doch auch hier möglich sein!

Meine Mutter wurde in jener Zeit zunehmend von Alpträumen verfolgt. Das Bild Rivadeneiras ließ sie Nacht für Nacht schweißgebadet aufschrecken. Unvermindert loderte ihr Hass. Zugleich war dies die Zeit, in der ich von den Hintergründen meiner Geburt erfuhr. In den Jahren zuvor hatten die Guerilleros das Thema umschifft, so gut sie konnten. Doch inzwischen war ich zu alt.

Man schrieb den Oktober des Jahres 1982. Eines Nachmittags trat Ocatlana an meine Mutter heran und bat sie darum, ihn auf einen Spaziergang zu begleiten. Sie half gerade einer Bäuerin bei der Maisernte. Der ernste Ausdruck auf dem Gesicht ihres Freundes jedoch veranlasste sie dazu, mich in Tleyotls Obhut zu geben und seinem Wunsch nachzukommen. Tleyotl nahm mich bei der Hand und versprach mir, dass ich mit ihm die Hühner füttern dürfe.

Als Yoyotli und Ocatlana die Siedlung hinter sich gelassen und ein nahegelegenes Waldstück erreicht hatten, platzte er mit seinen Neuigkeiten heraus.

„Ich habe einige Nachforschungen angestellt."

Yoyotli warf ihm einen fragenden Blick zu.

Ocatlana räusperte sich. Selbst im Halbdunkel des Waldes schien die weiße Strähne in seinem pechschwarzen Schopf hervorzuleuchten. „Weißt du, ich konnte es einfach nicht lassen. Irgendeine Möglichkeit musste es doch geben – egal, was Ilhuicóatl über die Paranoia und seine ständigen Begleiter erzählt hat. Niemand ist unantastbar."

„Sprichst du, wovon ich glaube, dass du sprichst?"

In Ocatlanas Augen blitzte Nervosität auf. „Ich hatte ohnehin in der Hauptstadt zu tun. Ilhuicóatl hatte mich selbst hingeschickt. Da konnte ich auch gleich die Gelegenheit nutzen."

Yoyo setzte sich auf einen Baumstumpf am Rande des Pfades. Die Welt um sie her drehte sich. „Und?" fragte sie schließlich.

Ocatlana, der vor ihr ausgeharrt hatte, ging in die Knie. Behutsam neigte er sich zu ihr hin. „Ich glaube, es gibt eine Chance."

Er ließ seine Worte wirken.

„Aber", wandte sie ein, „du weißt doch, dass die Entscheidung der Gemeinschaft–"

„Jetzt lass mal die Gemeinschaft außen vor und hör mir zu." Ocatlana ergriff ihre Hand. Meine Mutter ließ ihn gewähren. „Es gibt da diesen Ort, wo er immer allein hingeht. Ein Friedhof, etwas abgelegen. Das Seltsame ist die Regelmäßigkeit, mit der er ihn aufsucht. Du könntest deine Uhr danach stellen. Jeden Mittwoch, um acht Uhr abends."

„Was tut er dort?" unterbrach sie ihn.

„Ich vermute, er besucht das Grab eines Freundes. Der Name sagt mir nichts. Aber es scheint kein Familienangehöriger von ihm zu sein."

„Dann gibt es also eine Möglichkeit."

Ocatlana nickte. Meine Mutter starrte ins Halbdunkel des Waldes. Ihr Bein wippte auf und ab.

„Und?" fragte Ocatlana nach einer Weile.

Yoyo sah ihn an, als habe sie vergessen, wer er war. Dann schob sie ihre Gedanken beiseite. „Ich werde noch einmal mit den anderen sprechen müssen."

„Wie du meinst." Ocatlanas Augen wurden dunkel. „Lass uns jetzt lieber zurückgehen, nicht dass uns jemand vermisst."

Sie trafen sich in der Hütte eines einäugigen Bauern namens Ignacio. Das knisternde Herdfeuer verbreitete eine angenehme Wärme. Ameyal hatte ihre Arme um die Knie geschlungen, ich lehnte an ihrer Seite. Meine Mutter stand in der Mitte des Raumes. Niemand außer ihr und Ocatlana kannte den Grund für diese Zusammenkunft.

„Ich weiß", begann sie mit zittriger Stimme, „dass wir dieses Thema schon einmal besprochen haben, aber ich will euch dennoch bitten, mir noch einmal zuzuhören." Sie straffte sich. „Es geht um Rivadeneira."

Ein Raunen ging durch die Gruppe.

Ocatlana trat an ihre Seite und ergriff das Wort. „Wie ihr alle wisst, war ich im Auftrag Ilhuicóatls in der Hauptstadt."

Einige nickten, gespannt, was nun kommen mochte.

„Dort habe ich etwas herausgefunden, was die Sachlage ändert, denke ich. Es ist keineswegs unmöglich, an diesen Unmenschen heranzukommen, wie wir bei unserem letzten Gespräch annahmen." Tleyotl musterte seinen Onkel verwundert. „Ich habe mir die Freiheit genommen, Rivadeneiras Tagesablauf unter die Lupe zu nehmen."

Cinteotl sog hörbar den Atem ein.

„Dabei habe ich herausgefunden, dass er einmal wöchentlich allein zu einem Friedhof geht. Dort verbringt er ungefähr eine halbe Stunde."

„Das ändert nichts daran, dass das Ganze ausgesprochen riskant ist", warf Chimalli ein. „Mitten in der Hauptstadt – selbst wenn er allein dorthin geht. Vielleicht wäre es möglich, ihn dort zu überraschen. Aber wie sollen wir von diesem Friedhof wieder wegkommen?"

„Die Unverhältnismäßigkeit zwischen Nutzen und Risiko", sagte Ilhuicóatl, „hat sich seit unserem letzten Gespräch nicht geändert."

„Verdammt! Wir haben eine Chance, uns diesen Mistkerl endlich vom Hals zu schaffen und ihr wollt sie ungenutzt verstreichen lassen? Was seid ihr nur für Feiglinge?" rief Ocatlana.

Yoyotli legte ihm beruhigend die Hand auf die Schulter. „Lass", wisperte sie. „Das bringt doch nichts."

Ocatlana bebte. Er trat einen Schritt zurück.

„Womöglich hätte ich mich schon früher an euch wenden sollen", ergriff meine Mutter abermals das Wort. „Aber bisher habe ich nicht den Mut gefunden, diesen Schritt zu gehen."

„Welchen Schritt, Yoyo?" Ameyal zog mich dichter an sich heran.

Meine Mutter räusperte sich. „In dem Dorf, in dem ich aufgewachsen bin, war ich einige Zeit die Schülerin unserer Dorfschamanin. Ich sage das, damit ihr das, was ich euch gleich erzählen werde, nicht als Unsinn abtut. Nicht, ohne zuvor über meine Worte nachzudenken."

Ich hatte keine Ahnung, was nun kommen würde, doch irgendetwas erschreckte mich. Vielleicht war es ihr Tonfall.

Vielleicht waren es ihre Augen. Sie huschten von einem zum anderen wie ein Kaninchen auf der Flucht.

„Ich weiß ehrlich gesagt nicht einmal genau, wann es anfing." An dieser Stelle seufzte meine Mutter und ich musste mich beherrschen, nicht zu ihr zu laufen und ihr Bein zu umklammern, wie ich es getan hatte, als ich ganz klein war. „Es liegt bereits viele Jahre zurück. Weit vor dem Erdbeben, dessen bin ich mir sicher."

Tleyotl, mittlerweile ein hübscher Mann von 20 Jahren, musterte Yoyotli gespannt. Sein Mund war leicht geöffnet, als er, von seinem Platz am Feuer aus, mit funkelnden Augen zu ihr aufsah.

„Weder kann ich euch genau sagen, woher er kommt, noch was er zu bedeuten hat, aber ich will euch endlich von dem Traum berichten, der mich seit so vielen Jahren heimsucht."

Ilhuicóatl richtete seinen Blick auf meine Mutter. Sie wich nicht vor ihm zurück.

„Warum ich es nicht früher getan habe? Keine Ahnung. Wahrscheinlich, weil er mir Angst macht und ich ihn nie ganz verstanden habe."

„Welche Art Traum?" erkundigte sich Cinteotl.

„Es ist ein Traum von Feuer", erwiderte Yoyotli. „Ein Traum unseres Volkes, vermute ich, denn stets kommt der Quetzal darin vor."

„Berichte uns der Reihe nach", befahl Ilhuicóatl mit tiefer Stimme.

„Ich will es versuchen." Meine Mutter strich sich eine Strähne aus dem Gesicht und nickte. Mit einem Mal schien sie ihre Sicherheit zurückgewonnen zu haben. „Also, der Traum beginnt immer gleich. Es ist, als würde ich erwachen. Ich befinde mich in einer Höhle. Kein Geräusch ist zu hören. Eine gespenstische Stille um mich her, obwohl vor mir ein kleines Rinnsal eine Felswand hinabfließt. Ich kann es sehen, hören aber kann ich es nicht. Kurz darauf erklingt von Ferne her ein leises Rauschen. Es wird mit der Zeit lauter. Irgendwann erkenne ich, dass es sich um das Schlagen mächtiger Flügel handelt. Sehen kann ich da allerdings noch nichts. Ich kann mich nicht bewegen."

Einzig das Zischen und Knistern verbrennenden Holzes war neben der Stimme meiner Mutter zu hören.

„Auf dem Boden dieser Felshöhle", fuhr sie fort, „bewegen sich Schatten. Sie machen mich unruhig. Ihre Bewegungen sind irr. Hastig. Als ob sie alles, was sie tun, nur beginnen würden, ohne es je zu Ende zu bringen." Einen Moment lang fühlte ich den Blick meiner Mutter auf mir, dann wanderte er weiter. „Der Flügelschlag wird immer lauter. Ich kann mich nicht rühren, bis ich den Luftzug in meinem Nacken spüre. Dann endlich schaffe ich es. Ich drehe mich um."

„Und dann?" hauchte ich. Meine Mutter hatte auch mir nie zuvor von diesem Traum erzählt.

„Vor mir steht ein Quetzal. Ich weiß es, weil ich ihn aus den Wäldern kenne. Seine Brust ist allerdings grün. Auch ist der Quetzal in meinem Traum beinahe so groß wie ich selbst. Aus klugen Augen sieht er mich an. Klug, zugleich jedoch unendlich traurig. In diesem Moment ertönt ein zischender Laut. Ich schaue nach unten, dorthin, wo die Schatten über den Boden huschen. Noch bevor ich das Feuer sehen kann, kann ich es riechen. Es verbreitet einen Geruch von Schwefel. Mir wird übel. Der Quetzal sieht mich noch immer aus seinen traurigen Augen an", meine Mutter schluckte. „Dann beginnen wir zu brennen. Er und ich. Das letzte, was ich erkenne, ist, dass sich das Gefieder über seiner Brust blutrot verfärbt. Dann wache ich auf."

Die Stille hing wie eine finstere Wolke im Raum.

„Ich wünschte, du hättest uns früher von diesem Traum erzählt." Es war Ilhuicóatl, der das Schweigen durchbrach. „Das hätte uns womöglich einiges erspart."

Niemals sollte ich erfahren, was er mit diesen Worten meinte.

„Diese Höhle", entgegnete meine Mutter mit einer Stimme, als taste sie sich ohne Licht durch eben jene, „ich vermute, diese Höhle ist ein Sinnbild für unser Leben. Unser Leben als Guerilleros. Ein Leben im Dunkeln. Im Versteckten. Wir können keinen Schritt im Licht des Tages tun. Immer müssen wir fürchten, dass uns jemand verrät."

Ilhuicóatl betrachtete sie nachdenklich. Der Rest der Gruppe hing gebannt an ihren Lippen.

„Das Feuer", mit einem Mal wirkte meine Mutter größer. Ihre Stimme wurde laut, beinahe bedrohlich. „Das Feuer ist die Unterdrückung, die unserem Volk seit so vielen Jahrhunderten widerfährt." Sie sah in die Runde. „Alles wurde uns genommen."

Jedem einzelnen sah sie tief in die Augen.

„Das Land."

Chimalli wandte den Blick ab.

„Der Glaube."

Auch Citlalmina duckte sich unter dem bohrenden Blick meiner Mutter weg.

„Die Würde."

Ich klammerte mich an Ameyals Bein.

„Das Gefieder des Quetzals", sie schrie es nun beinahe, „es verfärbt sich rot. Rot wie das Blut unseres Volkes, das auf dieser Erde vergossen wurde."

Meine Mutter hielt inne. Niemand wagte auch nur zu atmen. Sie schritt zum Feuer hinüber und nahm einen brennenden Ast heraus.

„In diesem Moment aber", sie hielt den Stock in die Höhe wie ein flammendes Schwert, „in diesem Moment haben wir endlich die Gelegenheit, einen dieser Unterdrücker zu beseitigen." Sie atmete hörbar ein. „Nein, nicht irgendeinen, den Schlimmsten von allen."

Tleyotl nickte ehrfürchtig.

Wieder sah Yoyotli in die Runde. „Wir dürfen diese Chance nicht einfach vorüberziehen lassen. Lasst uns endlich aus dieser Ohnmacht heraustreten und unser Schicksal in die eigenen Hände nehmen. Es wird Zeit, dass wir Schluss machen! Schluss mit dieser Grausamkeit! Schluss mit der Willkür!"

„Dieser Traum", unterbrach Cinteotl sie flüsternd, „dieser Traum ist fürwahr der Traum unseres Volkes."

Yoyotlis Blick loderte im Widerschein des Feuers.

„Schon der große Tecún Umán, unser letzter König, soll eine derartige Vision gehabt haben, bevor er in der entscheidenden Schlacht gegen die Spanier fiel."

„Aber ist es nicht eben das?" Ilhuicóatls Stimme war wie ein Donnerschlag. „Tecún Umán fiel. Dieser Traum verheißt Niederlage, nicht Sieg." Er trat auf meine Mutter zu und nahm ihr den brennenden Ast aus der Hand. „Auch ich habe bereits von ihm gehört. Es heißt, seit den Zeiten des großen Tecún Umán sei er von einer Generation auf die nächste übergegangen. Nur was, Yoyotli–" Sein Gesicht kam dem meiner Mutter ganz nahe. Seine Stimme wurde gefährlich leise. „Was macht dich glauben, dass er für uns das Zeichen sei, Rivadeneira umzubringen?"

Meine Mutter wich nicht zurück, brachte aber keinen Ton hervor.

„Dein Urteilsvermögen ist überschattet von deinen Gefühlen. Reiß uns nicht alle mit in den Abgrund! Denk an deine Tochter!"

„Glaubt ihr nicht", Ocatlana sprang auf und meiner Mutter zur Seite, „wenn jemand aus unserer Mitte auserwählt ist, von diesen Visionen heimgesucht zu werden, ist das ein Zeichen?" Herausfordernd sah er seine Mitstreiter an.

„Es liegt an uns! Wacht auf! Wir können uns unserer Verantwortung stellen und dieses Monster endlich seiner verdienten Strafe zuführen oder", er spie geräuschvoll ins Feuer, „uns weiter wie die Lämmer zur Schlachtbank führen lassen."

„Ich bin deiner Meinung!" Heldendurst brannte in Tleyotls Augen. Yoyotli lächelte ihm dankbar zu.

Totumay, der sich bislang bedeckt gehalten hatte, nickte. „Es klingt vernünftig, was Ocatlana sagt. Weshalb sollte Yoyotli diese Träume haben, wären sie kein Zeichen?"

„Schluss mit dieser Naivität. Dies sind nichts als Hirngespinste. Wunschträume! Nichts, aber rein gar nichts ändert sich aufgrund eines Traumes!" Ilhuicóatl vermochte seinen Zorn nicht zu verbergen. „Ich sage euch, dieser Plan bringt uns in Teufels Küche. Dieses Schwein hat genug Opfer unter uns gefordert. Ich bitte euch, lasst Vernunft walten! Ich habe keine Lust, wieder jemanden von euch zu Grabe zu tragen. Was soll sich ändern, wenn wir Rivadeneira töten? Ein neuer Rivadeneira wird an seine Stelle treten. Aber vielleicht ist einer – oder sind sogar mehrere von uns dann nicht mehr hier, um das zu erleben!"

Alle sahen ihren Anführer an. Nie erhob er seine Stimme!

„Wir müssen eine Weile aus der Schusslinie bleiben. In der derzeitigen Situation wäre alles andere wider jede Vernunft. Dieser Kampf darf nicht zu einem persönlichen Rachefeldzug verkommen. Es geht um die Zukunft unseres Volkes! Um das Leben unserer Kinder und Enkel."

Die Abstimmung verlief knapp. Obschon es zunächst schien, dass die Stimmung zu Yoyotlis Gunsten umgeschlagen hatte, sprach sich die Mehrheit letzten Endes gegen den Plan aus. Ameyal und Tleyotl, die diesmal auf Seiten meiner Mutter gestanden hatten, versuchten, sie zu beruhigen. Sie zitterte am ganzen Leib.

„Ich verstehe nicht, wie sie das einfach so abtun können", murmelte sie. „Es wäre die Gelegenheit."

„Wir müssen die Meinung der Gemeinschaft respektieren", sagte Ameyal. „Wenn wir aufhören, uns an diesen Grundsatz zu halten, verraten wir die Gebräuche unseres Volkes. In diesem Moment hätten wir den Kampf verloren."

Am darauffolgenden Tag suchte Ocatlana meine Mutter auf, als diese dabei war, Ignacios Hühner zu füttern.

„Hast du eine Minute für mich?" Er blickte sich auf dem Hof um. Niemand war in der Nähe.

„Natürlich", erwiderte sie. „Ich wollte mich ohnehin bei dir bedanken, dass du gestern so für mich eingetreten bist."

„Das war doch selbstverständlich." Er verzog den Mund zu einem Grinsen, wurde jedoch sofort wieder ernst. „Weswegen ich hier bin. Ich weiß ja nicht, wie du darüber denkst, aber wir könnten das Ganze auch allein durchziehen."

Yoyotli blinzelte gegen die Morgensonne an. Ocatlanas weiße Strähne leuchtete wie die Flügelspitze eines Engels über seinem Kopf.

Im ersten Moment fehlten ihr die Worte. Sie hatte bislang nicht darüber nachgedacht, sich dem Urteil der Gemeinschaft zu widersetzen. Es kam ihr nicht richtig vor.

„Ich weiß nicht", entgegnete sie zögerlich.

„Nun, willst du, dass das Dreckschwein endlich seine gerechte Strafe bekommt? Denk nur an Lucía. Wie er sie damals angesehen und ihr ins Gesicht gespuckt hat."

„Denkst du denn, es ist möglich? Ohne die Hilfe der anderen, meine ich?"

„Oh ja!" Ocatlana strahlte. „Ich habe mir alles genau überlegt. Wir zwei werden es gemeinsam tun. Allerdings müssen wir ein wenig Geduld haben. Sollten wir jetzt gemeinsam in die Hauptstadt fahren wollen, wird Ilhuicóatl mit Sicherheit misstrauisch."

Yoyotli nickte. „Wie genau stellst du dir das vor?"

Ocatlana beugte sich nahe an sie heran. Er flüsterte ihr seinen Plan ins Ohr. Meine Mutter spürte, wie ihr das Blut vor Aufregung in den Kopf schoss.

Das konnte klappen! In der Tat.

In den folgenden Monaten trafen sich Ocatlana und meine Mutter immer wieder heimlich, um über die Details ihres Vorhabens zu sprechen. Meist machten sie zu diesem Zwecke einen Waldspaziergang. Totumay, der sich über die häufige Abwesenheit meiner Mutter zu wundern begann, nahm diese hin, ohne nachzuhaken, da ihr - was auch immer sie in diesen Zeiten tun mochte - offenbar gut tat. Hinzu kam, dass er mit seinen beinahe fünfzig Jahren die stürmischen Zeiten hinter sich hatte und in ruhigeren Gewässern segelte.

Es geschah in einer lauen Nacht Ende Mai.

Ocatlana und meine Mutter saßen auf einer Lichtung im Wald, unweit des Dorfes, in dem die Guerilleros noch immer Zuflucht nahmen. Eben noch hatten die beiden über Rivadeneiras Gewohnheit, dieses Mundspray zu verwenden gesprochen, als Ocatlana sich zu Yoyotli hinüberbeugte und sie auf die Lippen küsste. Unwillkürlich stieß sie ihn zurück.

„Nicht", hauchte sie, überrascht von seinem Ungestüm. „Das geht nicht. Du weißt doch, dass ich mit Totumay–"

Ocatlanas Augen wurden finster. Rasch wandte er sich ab.

„Ocatlana, bitte!" Meine Mutter ergriff seine Hand. „Du bist mein Freund, das musst du verstehen. Aber nicht auf diese Art." Sie schluckte. „Du weißt, dass ich dich sehr gern habe."

Seine Hand war eiskalt. Er schwieg. Eisern starrte er in die entgegengesetzte Richtung.

Mit einem Mal kamen ihr die Worte Ilhuicóatls in den Sinn. *Ich fürchte, dass Ocatlana nicht gern sieht, was zwischen dir und Citlalmina vor sich geht.* Sie hatte es gehört und vergessen.

„Bitte, tu das nicht! Ich brauche dich doch. Zerstör nicht alles, was zwischen uns ist. Wir haben ein gemeinsames Ziel, vergiss das nicht. Das ist wichtiger als alles andere."

Endlich wandte sich Ocatlana ihr erneut zu. Yoyotli vermochte nicht in seinen Augen zu lesen.

„Ich werde es nicht vergessen", sagte er. „Es ist wohl besser, wenn ich jetzt gehe."

Er stand auf, drehte sich um und ging alsbald davon. Und es war Nacht.

Yoyo blieb auf dem Baumstumpf sitzen und sah ihm nach, wie er mit hängenden Schultern fortschlich. Ihr war elend zumute. Sie wusste nicht recht, wie ihr geschehen war, geschweige denn, was sie nun tun sollte. Hoffentlich hatte sie mit ihrer Unbedachtheit nicht alles zerstört.

Aus einem Brief, den Coronel Sergio Rivadeneira im Juni 1983 auf den Stufen vor seiner Haustür fand:

Sehr verehrter Coronel Rivadeneira,

ich bin im Besitz von Informationen, die für Sie von einigem Wert sein dürften. Es geht um einen Anschlag auf ihr Leben.
Sollten Sie sich für diese Informationen interessieren, wovon ich ausgehe, biete ich Ihnen an, sich am Abend des 27. Juni in Jaimes Bar in der Zona 5 einzufinden. Dort werde ich Ihnen alles Wissenswerte mitteilen, so wir uns auf eine angemessene Entlohnung für meine Dienste einigen können.
Kommen Sie allein oder Sie werden nie erfahren, was ich Ihnen zu sagen habe.

Ein unbekannter Freund

Kapitel 51 - Abschied

Seit Stunden tigerte Julián im Zimmer auf und ab wie eine Raubkatze im Käfig. Guatemala. Es ließ ihm keine Ruhe. San Marcos la Laguna. Er kostete den Klang dieses Namens. Er schmeckte exotisch. Hoffnungsvoll. War dies das fehlende Puzzlestück? Sollte sein Vater noch immer dort sein? Nach all den Jahren?

Er konnte sich kaum vorstellen, wie es wäre, ihm gegenüberzustehen. Raúl war sein Vater und doch waren sie einander Fremde. Wie würde er reagieren, wenn Julián ihm sagte, dass er sein Sohn war?

Sein Sohn.

Dem es nach all den Jahren endlich gelungen war, ihn zu finden. Aber wollte Raúl noch immer gefunden werden? In all der Zeit hatte er nicht ein Mal einen Schritt unternommen, um Lola und ihn aufzuspüren. Hatte er das Interesse verloren? Hatte er eine neue Familie? War das der Grund?

Es gab keinen Weg, das herauszufinden, außer hinzufahren.

Julián stöhnte. Kyriel, der auf dem Bett saß, sah auf. Seit dem Telefonat mit Lola und Totumay wirkte er seltsam in sich gekehrt.

„Wir müssen", erklärte Julián. „Wir müssen nach Guatemala fahren." Er ging weiter auf und ab. Sein Bauch kribbelte.

„Du musst", sagte Kyriel leise.

Julián blieb stehen. Er drehte sich um und sah Kyriel an.

„Ich würde ja mitkommen, aber es geht nicht", murmelte der. „Ich kann es mir nicht leisten."

„Das Geld von meiner Mamá–"

„Ist so gut wie weg", unterbrach ihn Kyriel. „Es hätte ohnehin nie für einen Flug nach Guatemala gereicht."

„Wir könnten Lola fragen. Sie würde dir bestimmt–"

„Das möchte ich nicht", fiel Kyriel ihm erneut ins Wort. „Deine Mutter hat mir mehr Geld gegeben, als ich je hätte annehmen sollen. Ich habe schon jetzt ein schlechtes Gewissen. Ich kann unmöglich noch mehr Geld von ihr annehmen. Das bin nicht ich, Julián."

„Du willst mich allein fahren lassen?" Julián schaute ihn ungläubig an.
„Was bleibt mir anderes übrig? Seit Stunden denke ich darüber nach, aber ich finde keine Lösung."
Julián setzte sich aufs Bett. Mit einem Mal fühlte er sich elend.
„Aber wir haben die ganze Reise gemeinsam unternommen."
„Ich wünschte, ich könnte es ändern."

Das Abendessen verlief schweigsam.
Rodrigo hing nach einem 14-Stunden-Tag in der Kanzlei mehr auf seinem Stuhl, als dass er saß; Julián stocherte lustlos in seinen Pommes frites herum und Kyriel stierte auf seinen Teller, als könne der ihm Antworten auf die drängenden Fragen des Lebens liefern.
„Was ist mit euch los?" Rodrigo richtete sich schließlich auf. „Schmeckt es euch nicht?"
Julián nuschelte etwas Unverständliches.
„Also ich finde es echt lecker", versuchte Rodrigo es weiter. „Das Fleisch ist großartig. Danke fürs Kochen, Julián."
„Das Essen ist nicht das Problem."
„Was ist es dann? Kann ich euch helfen?"
Rodrigo sah von einem zum anderen. „Um was geht es? Ihr seht aus, als hätte euch jemand durch den Fleischwolf gedreht."
Kyriel blickte von seinem Teller auf und sah zu Julián hinüber.
„Mein Vater", begann der zögerlich. „Wie es aussieht, haben wir eine Spur gefunden, die uns nach Guatemala führt."
„Das ist doch großartig!"
Julián stocherte wieder in seinen Pommes herum.
„War es nicht genau das, was ihr wolltet?"
„Schon", druckste Julián herum, „aber–"
„Ich habe kein Geld, um mitzukommen", murmelte Kyriel. Wie immer sprachen sie Englisch, wenn sie zu dritt waren.
Rodrigo nahm sich ein weiteres Stück Rind. Er hielt den beiden die Fleischplatte hin, doch keiner griff zu. Eine Weile sagte niemand etwas. Rodrigo kaute und sah auf die Häuser auf der gegenüberliegenden Straßenseite. Ich hätte da eine Idee", sagte er schließlich.

Julián und Kyriel sahen ihn an.

„Du hast doch diese Taschenuhr, Kyriel. Dürfte ich die einmal sehen?"

„Meine Uhr?" Kyriel riss die Augen auf.

„Genau."

„Die ist ein Erbstück!"

„Nun zeig sie ihm zumindest!"

Kyriel zog die Uhr aus seiner Hosentasche. Zögerlich reichte er sie Rodrigo. Der wog sie in der Hand und betrachtete sie eingehend.

„Kennst du dich mit so etwas aus?" fragte Julián.

„Nur ein wenig. Aber ich habe Freunde, die sich auskennen." Rodrigo klappte die Uhr auf und hielt sie unter die Lampe. „Die scheint wirklich alt zu sein", murmelte er. „Schwer ist sie zudem." Er beugte sich vor und begutachtete das Ziffernblatt. *A. Lange und Söhne*. „Hast du die je schätzen lassen?"

„Nein", erwiderte Kyriel. „Wie gesagt, sie gehörte meiner Oma. Ich habe nicht vor, sie zu verkaufen."

„Diese Uhr könnte die Lösung für euer Geldproblem sein, wenn ich das richtig einschätze", Rodrigo lehnte sich zurück und gab Kyriel die Uhr wieder. „Ich bin kein Experte, aber selbst ich kenne *Lange und Söhne*. Wenn du möchtest, könnte ich einen Freund bitten, sie zu schätzen."

Kyriel steckte die Uhr in die Tasche. „Die Antwort ist nein. Diese Uhr ist das einzige Andenken an meine Großmutter. Ich werde sie nicht verkaufen." Er stand auf. „Niemals."

Mit diesen Worten verließ er das Zimmer.

Am nächsten Morgen erwachte Kyriel mit einer Erinnerung an den sauerherben Geruch seiner Großmutter. Er schmeckte nach Geborgenheit. Als er ihn fester um sich schlingen wollte, griff er ins Leere.

Verschlafen tastete er nach der Taschenuhr, die auf dem Nachtisch lag, und schloss die Hand darum. Juliáns Atem auf der anderen Seite des Raumes ging in regelmäßigen Zügen. Kyriel zog sich die Decke über den Kopf und schloss die Augen.

Gab es keine andere Möglichkeit?

Blau waren die Augen der Großmutter gewesen, saphirblau. Spiegel der seinen. Eine tiefe Traurigkeit ergriff ihn. War das Leben nichts als eine Verkettung von Verlusten?

Als sei es gestern gewesen, stand das Bild vor seinen Augen. Der Tag, an dem er die Großmutter zuletzt gesehen hatte. Nur eine Woche vor ihrem Tod hatte sie all ihre Lieben um sich versammelt, um ihren 85. Geburtstag zu feiern. Es schien, als wusste sie, dass es Abschied zu nehmen galt. Luftig war sie gewesen an jenem Tag, beinahe fadenscheinig. Als sei ein Teil von ihr bereits in jene andere Welt hinübergetreten. Auf ihren Lippen aber lag ein Lächeln. Und ihre Augen strahlten gütig wie eh.

Seine Gedanken wanderten weiter.

Zurück.

Zimten hing der Geruch von Weihnachtsgebäck in der Stube. Unter seiner Hand der raue Bezug des grünen Sofas. Die Lichter des Christbaums brachen sich in den Gläsern der Erwachsenen. Alle Welt lachte und war froh.

Das Silberpapier knisterte unter seinen Fingern, als er die Geschenke auswickelte. Unterhemden. Damit er nicht fror. Selbstgestrickte Socken.

Damals waren ihm diese Geschenke unbrauchbar erschienen. Nichts, was sein Kinderherz hätte hüpfen lassen. Dann aber fand er immer noch eines der Bücher, die er sich gewünscht hatte, einen Führer durch die heimische Vogelwelt, verborgen in einem der Unterhemden.

Der Gedanke an die kindliche Undankbarkeit schnürte ihm das Herz zusammen. Sie hatte gewollt, dass er nicht fror, dachte er. Ihn fröstelte. Seine Augen begannen zu brennen. Damals hatte es jemanden gegeben, der sich darum sorgte, ob er fror.

Am Tag, als es soweit gewesen war, hatte niemand es ihm sagen müssen. Er saß am Schreibtisch, sah auf und wusste, dass sie gegangen war. Es war, als hätte sie ihn ein letztes Mal angerührt, um ihm Lebwohl zu sagen. Ruhe und Schwere breiteten sich gleichermaßen in ihm aus. Als das Telefon schließlich klingelte, überraschte es ihn nicht. Auf diesen einen Punkt führte das ganze Leben zu.

Und doch blieben Spuren. Spuren, die ihn anwehten aus jener anderen Welt. Ein Geruch. Ein Klang. Allenthalben eine Erinnerung, verborgen in den Falten des Alltags. Die, die blieben, hatten es schwer. Es war leichter zu gehen.

Kyriel fühlte die Uhr in seiner Hand. Ticken aus einer fernen Zeit. Das Gehäuse schien warm, als berge es eigenes Leben, an dessen Schale sein Puls sich nur brach.

„Hör mal", Juliáns geflüsterte Worte rissen ihn aus seinen Gedanken. „Ich wollte mich bei dir entschuldigen."

Kyriel schlug die Augen auf. Julián stand neben seinem Bett und sah auf ihn herab. „Natürlich kannst du nach Hause fahren. Wie könnte ich es dir verbieten wollen?"

Kyriel räusperte sich den Schlaf von den Stimmbändern. „Ich will ja gar nicht fahren."

„Ich habe nur Angst, allein vor ihm zu stehen. Ich weiß nicht, wie es sein - was dann geschehen wird."

Kyriel schlug die Decke zurück. Er stand auf und umarmte den Freund wortlos.

Noch am selben Morgen buchte Julián einen Flug von Lissabon nach Guatemala City. Der Flug ginge zwei Tage später, am Mittwochabend.

Wie üblich saßen sie an jenem Abend beisammen und tranken Wein.

„Du bist dir also sicher?" fragte Rodrigo an Kyriel gewandt.

„Sicher wäre übertrieben", murmelte Kyriel. „Aber einen anderen Weg sehe ich nicht. Außerdem wird Julián das auch ohne mich schaffen. Wir sind schon so weit gekommen. Die letzten Meter übersteht er auch allein."

„Das werde ich wohl müssen." Julián seufzte. „Aber hat auch seine Vorteile, dich endlich los zu sein." Er schlug Kyriel auf den Rücken. „Schließlich bist du manchmal eine echte Plage."

„Na danke", erwiderte der. „Schön zu wissen, dass man geschätzt wird."

„Ich frage", unterbrach Rodrigo das Geflachse der beiden, „weil ein Freund von mir morgen früh nach Soria fährt. Als ich ihm davon erzählt habe, dass du in Richtung Deutschland trampen willst, hat er angeboten, dich bis dorthin mitzunehmen. Das wäre ein gutes Stück Weg."

„Morgen früh?" Kyriel fuhr sich die Haare aus der Stirn. „Das ist aber sehr plötzlich."

„Auf einen Tag kommt es nicht an", beruhigte ihn Julián. „Wenn du mich fragst, nutz die Chance! Wenn du gehen musst, kann dir nichts Besseres passieren. Diese Strecke hinter dich zu bringen, könnte dich sonst ein paar Tage kosten."

„Wo liegt dieses Soria genau?"

„Eine gute Tagesreise von hier", erwiderte Rodrigo. „Wenn du dir nicht auf der Straße die Beine in den Bauch stehst."

Kyriel legte die Stirn in Falten. „Dann wäre das also mein letzter Abend."

„Zeit zu packen, amigo", sagte Julián, unbeschwerter als ihm zumute war.

Bleiern graute der Morgen, als Kyriels Wecker schrillte. Rasch stellte er ihn ab. Julián brummelte etwas im Schlaf und wälzte sich im Bett herum.

Kyriel rieb sich die Augen und setzte sich auf. Deutschland. Er konnte es nicht glauben. Was ihn dort erwarten mochte?

Er duschte und zog sich an.

„Kaffee!" flüsterte er und trat an Juliáns Bett.

„Das Zauberwort!" reckte der sich gähnend.

Zu zweit saßen sie in der Küche. Von Rodrigo hatte Kyriel sich bereits vor dem Zubettgehen verabschiedet.

„Dieser Typ holt dich hier ab?" Julián nahm einen Schluck des öligen, schwarzen Gebräus zu sich.

„Vor der Tür."

„Was für ein Service!" Julián pfiff anerkennend durch die Zähne.

Die Minuten verstrichen, ohne dass sie einander noch viel zu sagen gehabt hätten. Dann war es fünf vor acht. Kyriel schulterte seinen Rucksack.

„Ich bringe dich noch runter", sagte Julián, als Kyriel ihn umarmen wollte.

Vor dem Haus parkte bereits das Auto von Rodrigos Freund. Ein dunkelblauer Alfa Romeo. Der Mann stieg aus.

„Alfonso", streckte er Kyriel die Hand entgegen.

„Kyriel."

„Pass auf dich auf!" Er sah Julián in die Augen. „Und halt mich auf dem Laufenden, verstanden?"

„Aye, aye, Sir. Wird gemacht."

Julián umarmte Kyriel und streichelte ihm ungeschickt über den Hinterkopf.

„Lass mich wissen, was es in Deutschland Neues gibt."

Kyriel schluckte. „Mache ich."

Dann drehte er sich um, schob seinen Rucksack auf den Rücksitz des Alfa Romeo und nahm neben Alfonso Platz.

„Danke", flüsterte Julián.

„Kein Thema", erwiderte Kyriel.

Er zog die Tür hinter sich zu und hob die Hand zum Gruße. Julián stand am Straßenrand und sah hinterher, als der Wagen die Rua José Estevão hangabwärts davon fuhr.

Kapitel 52 – Briefe an Godot XI

San Marcos la Laguna,
Lago de Atitlán,
Guatemala
07. Januar 2009

Lieber Godot,

seit einigen Tagen halte ich mich in Guatemala auf. Lauras Fährte hat mich in ein kleines Dorf am Lago de Atitlán geführt. Schnell fand ich heraus, dass die Aufnahme, von der ich dir schrieb, hier entstanden sein musste.
Ein seltsamer Ort, mein Freund. Am Seeufer lebt eine Gemeinde gestrandeter Hippies und Esoteriker, in den anderen beiden Vierteln des Dorfes leben die Guatemalteken.
Die Landschaft ist zauberhaft. Nie war ich an einem schöneren Fleckchen Erde. Dennoch verspüre ich eine Beklemmung in mir, die ich bislang nicht ablegen kann.
Es mag an den Menschen liegen.
Seit ich begonnen habe, Fragen über Laura zu stellen, stoße ich auf eine Mauer des Schweigens. Niemand scheint sich an sie zu erinnern, niemand je von ihr gehört zu haben.
Das ist eigenartig, da sich Laura eine ganze Weile hier aufgehalten haben muss. Ann-Marie sprach sogar von einem Jahr. Irgendjemand muss damals schon hier gelebt haben. Soweit ich das sehe, verdienen sich die Leute, die hier leben, mit spirituellen Praktiken eine goldene Nase. Es würde mich doch sehr wundern, gäben sie diese Goldgruben auf, da sie sie einmal aufgetan haben.
Weshalb also das Schweigen? Was ist hier geschehen? Ich vermag es mir nicht zu erklären. Noch nicht.
Auch empfinde ich die Herzlichkeit, die mir zu Anfang entgegengebracht wurde, im Lichte der Kälte, die mir nun entgegenschlägt, als Heuchelei. Meine Fragen scheinen unwillkommen. Das weckt meine Instinkte. Wo Fragen nicht willkommen sind, ruhen Geheimnisse.
Was ist Laura widerfahren?

Bislang beschränkte ich mich darauf, mit der Hippiegemeinde zu sprechen. Doch scheint es, als müsse ich meine Nachforschungen auf die indigene Bevölkerung ausweiten. Meine Hoffnung, dort etwas herauszufinden, hält sich zwar in Grenzen, aber ich will nichts unversucht lassen. Mein erster Eindruck sagt mir jedoch, dass es schwierig sein könnte, bei den Einheimischen offenere Antworten zu erhalten.
Die Guatemalteken, die mir bislang begegnet sind, waren stets freundlich, wirkten zugleich aber sehr zurückhaltend, beinahe verschüchtert. Ganz so, als versuchten sie noch immer, dem weißen Mann alles rechtzumachen. Das erschreckt mich. Ich hatte gehofft, dass es dergleichen im 21. Jahrhundert nicht mehr gäbe.
Zugleich reizt es mich, an dieser Fassade zu kratzen. Mal sehen, was darunter zum Vorschein kommen mag.

Ich umarme Dich und verbinde mich im Geiste mit Dir,

Dein Pascal

Kapitel 53 – Lachslaichen

Laura brachte ihre Tochter am 08. Mai des Jahres 2002 in der Hütte ihrer Freundin Lucía zur Welt. Die Geburt verlief glatt. Vom Einsetzen der Wehen bis zu dem Augenblick, in dem Laura ihre Tochter im Arm hielt, vergingen gerade mal fünf Stunden. Wie sich herausstellte, war Lucías Mutter eine erfahrene Hebamme.

Dennoch fühlte Laura sich schwach, als sie nun auf dieses winzige Wesen hinabsah. Zugleich durchflutete sie ein ungekanntes Glücksgefühl.

„Simona", flüsterte sie und küsste den weichen Schopf. Sie sog den Duft der Unschuld in sich auf. Unwillkürlich traten ihr Tränen in die Augen. „Simona!" wisperte sie abermals. Vorsichtig drückte Laura ihr Baby an sich. Die Augen ihres Papas. Und so klein war sie. So schutzlos und zerbrechlich. Unvorstellbar, dass dieses Geschöpf in ihr herangewachsen war!

Den Menschen in Deutschland hatte Laura ihre Schwangerschaft bis zum letzten Tage verschwiegen. Über all die Monate hatte sie sich eingeredet, dass sie nur den rechten Moment abwarten wollte. Nun war sie Mutter.

Vier Wochen vergingen, ehe Laura sich dazu durchrang, endlich ihre Mutter anzurufen, um ihr von ihrer Enkelin zu erzählen. Sie fürchtete Ann-Maries Reaktion. Dann aber sah sie zu Simona und wusste, dass nichts auf der Welt sie dazu bringen könnte, die Entscheidung, die sie getroffen hatte, zu bereuen.

Laura ging also ins Internetcafé am Dorfplatz und wählte die Nummer ihrer Mutter. Es dauerte eine Weile, bis abgenommen wurde.

„Hallo? Mum?" fragte Laura in die Sprechmuschel. „Mum, bist du es? Hier spricht Laura."

Es knackte in der Leitung. Dann endlich antwortete eine Stimme: „Laura? Oh mein Gott, gut, dass du anrufst. Wir wussten ja nicht, wie wir dich erreichen sollten!"

Laura wurde eiskalt.
„Wer spricht denn da?"
„Hier ist Carola."
Die Nachbarin? Was um Himmels willen?
„Carola? Ist irgendetwas passiert? Wo ist meine Mutter?"
„Keine Panik, Laura. Mit deiner Mutter ist soweit alles in Ordnung."
„Soweit? Was soll das heißen, soweit? Ist ihr etwas geschehen? Hatte sie einen Unfall? Wo ist mein Vater?"
„Nein, Laura, kein Unfall. Hör zu. Deine Mutter ist im Krankenhaus. Aber es geht ihr gut soweit. Sie hatte einen Zusammenbruch."
„Einen Zusammenbruch? Was denn für einen Zusammenbruch? Was ist–"
„Das war alles zu viel für sie. Die Nerven, schätze ich. Du weißt es ja selbst, die Sache mit der Scheidung und so weiter. Da kam einfach viel zu viel zusammen. Auf jeden Fall ist sie jetzt in der Psychiatrie. Ich kümmere mich derweil um das Haus."
„Und was ist mit meinem Vater? Kümmert der sich nicht um sie?"
„Ich halte das für keine besonders gute Idee, ehrlich gesagt. Deine Mutter ist nicht gerade gut auf ihn zu sprechen. Natürlich weiß er von ihrer Lage. Aber es ist wohl vernünftiger, dass er sich aus der Sache raushält. Aber nach dir, Laura, nach dir fragt sie ständig. Ich denke, es wäre wirklich gut für Ann-Marie, wenn du kommen würdest. Ich bin ja so froh, dass du endlich anrufst. Wir warten schon seit fünf Wochen darauf."
Laura konnte den Unterton in Carolas Stimme nicht überhören.
„Das ist alles nicht so einfach", erwiderte sie. „Carola, ich muss jetzt Schluss machen. Ich melde mich wieder, sobald ich kann, okay?"
„Laura, du kannst doch nicht!" Carola klang irritiert. „Du solltest wirklich –"
„Ich rufe an. Bald. Versprochen. Aber jetzt muss ich auflegen. Mein Geld geht aus", log Laura.

„Okay, mach das! Aber schau, dass du so schnell wie möglich nach Hause kommen kannst. Deine Mutter braucht dich wirklich."

„Ich werde sehen, was ich tun kann. Bitte, grüß sie ganz herzlich von mir, okay? Richtest du ihr das aus? Sag ihr, dass ich angerufen habe, und dass es mir gut geht, ja?"

Laura war übel, als sie den Hörer auflegte. Was sollte sie bloß tun?

Simona, die sie, wie sie es von Lucía gelernt hatte, in einem Tuch auf dem Rücken trug, schien Lauras Unwohlsein zu spüren. Sie quengelte ununterbrochen vor sich hin und strampelte mit den Beinchen, soweit es der Platz zuließ.

Vor dem Café saß Caba und sah Laura aus vorwurfsvollen Augen an, als wolle sie sagen: „Wo warst du so lange? Hast Du mich vergessen?" Dann sprang sie an ihr hoch und alle Vorwürfe waren vergessen. Ließen sich doch alle Probleme so leicht lösen wie Hundesorgen!

Ihre Mum in der Psychiatrie? Wie hatte es nur so weit kommen können? Laura konnte es sich einfach nicht vorstellen. Der Gedanke daran, dass sie ganz allein gewesen war!

Gedankenverloren lief sie den Weg zu ihrer Hütte hinab, bis sie am Gartentürchen anlangte. Am liebsten hätte sie sich versteckt. Die zunehmende Lautstärke von Simonas Protest zeigte ihr jedoch, dass das keine Option war. Ihre Tochter hatte Hunger. Laura löste das Tuch und nahm die Kleine an die Brust. Der Schmerz, den ihr das Stillen bereitete, brachte sie zurück in die Gegenwart. Zärtlich streichelte sie Simonas dichter werdendes Haar.

Das wäre fortan ihr Leben.

Am Abend des folgenden Tages saß Laura am Seeufer. Simona schlief auf einem Tuch, das sie auf dem Sand ausgebreitet hatte, während Caba versuchte, den eigenen Schwanz zu fangen. Die Sonne war hinter den Bergen versunken und ein violetter Schimmer lag über dem See.

Auf einmal hörte Laura Gelächter. Als sie sich umdrehte, sah sie eine Gruppe einheimischer Männer in Badekleidung den Weg hinabkommen. Sie schmunzelte. Die offenkundige Unbeschwertheit der Männer nahm ihr etwas von der Last von den Schultern, die sie seit dem Telefonat mit Carola verspürte. Sie erkannte José Luis und seinen besten Freund Miguel und hob die Hand zum Gruß. Die beiden schenkten ihr ein fröhliches Lächeln.

Es war ein Vergnügen, den Männern bei ihrem Waschritual zuzusehen. Alle Härten des Alltags schienen vergessen, sobald sie sich in die Fluten stürzten. Wie kleine Jungs tollten sie umher und schäkerten ausgelassen miteinander.

Laura musste an ihren Vater denken. Unmöglich, sich ihn hier vorzustellen. War das ausschließlich die Perspektive der Tochter? Konnte sie das in ihrem Vater bloß nicht erkennen? Oder hatte er tatsächlich diese Kindlichkeit verloren?

Der Gedanke stimmte Laura traurig. Sie sah zu ihrer Tochter hinüber. Simona war so klein, so unschuldig. Sie allein trug die Verantwortung für sie. Wie sollte sie das schaffen? Sie war doch selbst kaum den Kinderschuhen entwachsen. Zumindest für deutsche Verhältnisse. Das Leben der Menschen hier schien viel früher zu beginnen. Lucía hatte Salva mit 20 bekommen und sich schon Kommentare anhören müssen, ob sie wohl niemals Kinder haben wolle.

Laura seufzte. Sie hatte bisher kaum über Ann-Maries Situation nachdenken können. Simona hielt sie auf Trapp. Wenn sie sie abends endlich zu Bett gebracht hatte, fühlte Laura sich erschlagen, doch währte es meist nicht lange, bis Simona Hunger bekam und Laura mit ihrem Geschrei weckte. Ohnehin schlief Laura leicht wie nie zuvor. Jedes Geräusch ließ sie hochfahren und zu ihrer Tochter hinübersehen.

Nun aber kamen die Bilder. Wie aufdringliche Verwandte standen sie in der Tür und Laura konnte sie nicht zurückweisen. Ihre Mutter im weißen Krankenhauskittel. Wirrer Blick. Ratlose Ärzte.

Laura hatte keine Ahnung, woher die Bilder kamen. Waren sie schon immer da gewesen? Wenn auch nur als Möglichkeit? Die Klarheit erschreckte sie.

Deine Mutter braucht dich in dieser Zeit wirklich. Seit fünf Wochen warten wir auf deinen Anruf. Deine Mutter braucht dich.

In diesem Augenblick kam Kathrin zum Strand heruntergeschlendert. Sie warf Laura einen abschätzigen Blick zu und ging wortlos weiter, nur um einige Meter entfernt ein Tuch auf dem Sand auszubreiten.

Waren denn alle gegen sie? Ging alles schief, was sie anpackte?

Kathrin war schier ausgeflippt, als Laura ihr erzählt hatte, dass sie das Baby in San Marcos zur Welt bringen wollte. Seither hatten sie kein Wort mehr mit einander gewechselt. Wenn Laura ihr im Dorf begegnete, behandelte Kathrin sie wie Luft. Dass Simona wohlauf war, hatte an der Situation nichts verändert. Laura musste sich beherrschen, um nicht hinüberzugehen und Kathrin zu fragen, was sie das alles anging. Nur, was sollte das bringen?

Dennoch konnte Laura das fröhliche Planschen der Männer nicht mehr genießen. Sie packte ihre Sachen und beschloss, Lucía einen Besuch abzustatten.

Lucía saß auf einer hölzernen Bank vor der Hütte. Als sie Laura und Simona erblickte, lächelte sie. „Schön, dass du vorbeischaust. Ich habe schon überlegt, ob ich morgen zu dir runterkommen sollte. Aber ich wollte nicht aufdringlich sein."

„Du bist mir jederzeit willkommen, Lucía. Um ehrlich zu sein, sehe ich zurzeit niemanden so gerne wie dich."

Voller Wärme blickte Lucía Laura an. „Das ist sehr nett von dir. Ist mit Simona alles in Ordnung? Wie geht es dir?"

Ein Teil der Last, die sie seit dem Telefonat tags zuvor mit sich herumtrug, fiel in Gegenwart der Freundin von ihr ab, noch bevor Laura überhaupt Gelegenheit gehabt hätte, etwas zu erzählen.

„Gut dich zu sehen, Lucía."

„Setz dich zu mir, Laura." Sie wies auf den Platz neben sich.

„Bist du hungrig?"

Laura schüttelte den Kopf. Sie kam der Aufforderung nach und setzte sich.

„Ich nicht, aber Simona, vermute ich. Sie hat den ganzen Weg hier herauf vor sich hin gequengelt."

Behutsam legte Laura ihre Tochter an die Brust. Es dauerte einen Augenblick, bis die Kleine die Brustwarze gefunden hatte, dann jedoch begann sie zu trinken. Laura biss die Zähne zusammen.

„Daran wirst du dich gewöhnen", meinte Lucía. Während Laura die Kleine stillte, saß Lucía schweigend neben ihr. Sie sah hinab in die staubigen Straßen von San Marcos, dann wanderte ihr Blick zum See, glitt über die Bäume am Ufer dahin, ehe er zurückkehrte und in Richtung Milpa davonstrich. Schlussendlich richtete er sich in die Ferne.

„Erzähl mir, was geschehen ist", bat sie letztlich, als Laura ihre Brust verhüllt und Simona auf den Arm genommen hatte, um ihr auf den Rücken zu klopfen.

Laura atmete tief durch.

Dies war der Grund, weshalb sie hergekommen war. Sie wollte Lucías Rat. Lucía, die eine andere Sicht auf die Dinge hatte, als sie selbst. Dennoch würde sie nicht sprechen können, ohne dabei in Tränen auszubrechen.

Lucía legte ihr eine Hand aufs Kreuzbein. Laura erbebte. Dann ließ sie ihren Tränen freien Lauf. Bei Lucía waren sie und ihr Leid gut aufgehoben.

Nach einigen Minuten verebbte das Weinen.

Lucía nickte ihr zu, also erzählte Laura von ihrem Gespräch mit der Nachbarin, von Ann-Maries Zusammenbruch und von den Erfahrungen, die sie selbst in der Psychiatrie gesammelt hatte.

Lucía lauschte stumm. Die meisten Erlebnisse und Begebenheiten, von denen Laura sprach, mussten ihr fremd sein. Unverständlich. Also bemühte sie sich, all das, was ihr auf der Seele brannte, in Worte zu fassen, die auch ihre Maya-Freundin begreifen konnte. Im Lichte dieser Distanz erschien ihr so manches erschreckender als zuvor.

„Weißt du, hätte Simon mir damals nicht beigestanden, ich wäre niemals dort rausgekommen. Zumindest nicht heil. Was aber soll nun mit meiner Mutter geschehen? Jemand muss für sie da sein."

„Wird sie in dieser Klinik nicht gut versorgt?" fragte Lucía.

„Ich fürchte nein." Laura wandte sich Lucía zu. „Verstehst du, der Einzige, der mir wirklich geholfen hat damals, war Simon. Weil er an mich glaubte. Alle anderen haben versucht, mir einen Stempel aufzudrücken. Ich hatte Probleme. Große Probleme, das gebe ich zu. Aber ich war immer noch ich selbst. Das wollte dort niemand sehen."

Lucía nickte bedächtig.

„Du willst ihr also helfen."

„Natürlich will ich ihr helfen. Sie ist meine Mutter. Aber die andere Seite ist, dass ich mich nicht dazu zwingen lassen will. Noch dazu habe ich jetzt ein Kind." Laura zögerte eine Weile, ehe sie hinzufügte: „Zu Hause weiß niemand etwas von Simona."

„Was?" Lucía sah überrascht auf. „Warum nicht?"

„Du kannst dir nicht vorstellen, wie meine Mutter reagiert hätte. Eine Hausgeburt in Guatemala?" Laura lächelte bitter. „Ich habe dir doch von der Schweizerin erzählt –"

Lucía nickte.

„Meine Mum wäre vollkommen hysterisch geworden. Die Menschen in Europa haben einen Stempel für euer Leben parat." Lucía musterte sie mit offenem Blick. „Entwicklungsland. Was immer hier passiert, für uns Europäer ist das nichts – viel zu gefährlich."

„Trotzdem kommt ihr her. Ihr seid seltsam."

„Das ist Urlaub. Nichts weiter. Nach ein paar Wochen geht es zurück nach Hause. In die richtige Welt. Das hier ist nur Abenteuer."

„Und du?"

Laura lehnte sich an die Hauswand und betrachtete die blaue Kapelle.

„Wenn ich das erklären könnte", meinte sie irgendwann. „Ich habe mich nie so gefühlt wie hier. Es ist wie nach Hause kommen. Obwohl ich erst seit ein paar Monaten hier bin."

Lucía lächelte.

„Du bist ein Teil davon", sagte Laura zu ihr. „Vor vielen Jahren, als Simonas Vater und ich gemeinsam in der Klinik waren, haben wir uns etwas versprochen. Wir würden nicht aufgeben. Wir wollten sein wie die Lachse. Gegen den Strom schwimmen. Bis wir irgendwann am Ziel wären. Am Ursprung." Sie nahm Lucías Hand. „Bei dir und deiner Familie habe ich das erste Mal das Gefühl, diesem Ursprung nahe zu sein. Ich muss nicht kämpfen. Ich bin einfach nur."

„Als ich klein war, habe ich bei den Guerilleros gelebt", Lucía senkte ihren Blick. Ihre Stimme wurde weich. „Viele Jahre. Bis meine Mutter verschwunden ist und erst nach Jahren wiederauftauchte. Ich habe diese Menschen geliebt. Trotz der ewigen Angst. Obwohl wir nichts hatten und ständig auf der Flucht waren."

Laura nickte.

„Aber erst seit ich mit meiner Mutter nach San Marcos gekommen bin, in ihr Heimatdorf, fühle ich mich so, wie du es beschreibst. Das ist die Gemeinschaft. Es ist der Ort. Nichts ist schlimmer als die ewige Furcht."

Sie schwiegen.

„Aber was willst du tun?" fragte Lucía schließlich.

„Wenn ich das wüsste. Ich habe keine Ahnung. Was bringt es schon, wenn ich hinfliege?"

„Sie ist deine Mutter."

„Jetzt fang du nicht auch noch an. Bitte."

„Was meinst du?"

„Ich kann es nicht mehr hören. Jeder sagt mir, was ich zu tun oder zu lassen habe. Ich bin es so leid."

„Wahrscheinlich hat sie furchtbare Angst gerade."

„Ich bin überfordert, Lucía. Für wen kämpfe ich eigentlich? Für Simona? Für meine Mutter? Für mich?"

Lucía erwiderte nichts.

Lauras Blick richtete sich auf den See unten im Tal. „Wenn ich mir das Leben dort so anschaue - weißt du, ich will meiner kleinen Simona das nicht antun."

„Glaubst du, anderswo ist es besser?" fragte Lucía.

„Hier ist es besser."

„Ach Laura. Das Leben hier ist hart. Wir sind arm."

„Aber ihr haltet zueinander. Bei uns kämpft jeder gegen jeden."

In den darauffolgenden Nächten schreckte Laura mehrfach aus dem Schlaf.

Bilder ihrer Mutter suchten sie heim. Ann-Marie, die im Nachthemd durch Klinikgänge irrte. Schluchzend. An verschlossenen Türen Einlass begehrend. Ihr anklagender Blick, auf eine dunkle Stelle tief in Lauras Innerem gerichtet.

Nach einem solchen Parforceritt durch die Welt der Imagination fühlte Laura sich morgens wie gerädert. Hinzu kam, dass Simona noch immer im Zweistunden-Rhythmus wach wurde.

Eine tiefe Traurigkeit ergriff von ihr Besitz. Sie vermochte die Traumgespinste morgens nicht abzustreifen und so verliehen sie ihren Tagen einen finsteren Beiklang.

Einige Tage später befand sie, dass es keinen Sinn habe, sich weiter zu drücken. Erneut suchte sie das Internet-Café auf, um in Nürnberg anzurufen. Als sie ihr Abbild in der Scheibe der Eingangstür erblickte, erschrak Laura. Die Nächte hatten tiefe Ringe unter ihren Augen graben.

Carola meldete sich nach dem dritten Klingeln. „Laura, schön, dass du dich endlich meldest! Wie geht's dir dort drüben in der Ferne?"

„Kann nicht klagen", log Laura. „Und dir?"

„Es muss – ob ich will oder nicht."

„Meine Mutter ist offenbar noch nicht wieder zu Hause?"

„Nein. Die Ärzte sagen einem aber auch nichts Genaues. Sie ist noch immer in der Klinik. Seit sie diese Tabletten bekommt, scheint es ihr besser zu gehen. Sie wirkt ruhiger."

„Was bekommt sie denn?"

„Ach, zu dumm, aber ich habe den Namen vergessen. Sie scheinen jedenfalls zu wirken, soweit ich das beurteilen kann. Auch wenn deine Mutter oft sehr müde ist. Jedenfalls weint sie nicht mehr ununterbrochen. Das war schlimm mitanzusehen. Aber nun sag doch mal, wann kommst du nach Hause?"

„Ich weiß es nicht, Carola."

„Also ich glaube ja, es ist deine Pflicht als Tochter. Aber wer bin ich schon, als dass ich mich in eure Familienangelegenheiten einzumischen hätte? Nach allem, was deine Mutter für dich getan hat. Ich erinnre mich nur allzu gut, wie sie fix und fertig in meiner Tür stand. Wegen der Sache mit dir damals. Aber gut, letztlich musst du das selbst wissen. Bist ja schließlich eine erwachsene Frau jetzt."

„Ich denke ja schon darüber nach. Aber das ist alles nicht so einfach."

„Was soll daran nicht so einfach sein? Du kaufst dir ein Flugticket und kommst her! Ihr jungen Leute seid so umständlich manchmal! – Nicht, dass du jetzt glaubst, deine Mutter hätte mir aufgetragen, das zu sagen. Das ist bloß meine Meinung. Im Gegenteil, deine Mutter sagt sogar, ich soll dich nicht drängen. Sie schafft das schon allein, deshalb bräuchtest du nicht extra zu kommen. Aber du weißt ja, wie sie ist."

Wie ist sie denn? wollte Laura schreien, verkniff es sich aber.

„Und mein Vater?"

„Unverändert. Er hält sich raus. Ich habe ihn nicht zu Gesicht bekommen."

Nachdem Laura sich verabschiedet hatte, bezahlte sie, verließ das Café und schlug den Weg ins Barrio Uno ein. Vor dem wellblechgedeckten Häuschen traf sie auf Lucías Mutter, die ihr ein Lächeln schenkte. Lucía habe José Luís zusammen mit den Kindern zur Milpa begleitet.

Also stieg Laura den Weg zur Milpa hinauf. Für Caba der Höhepunkt des Tages. Laura fand Lucía ein wenig abseits unter einem Baum. Sie schien tief in sich selbst versunken. Als Laura sich näherte, trat jedoch das übliche Glitzern in ihre Augen. Bisweilen glaubte Laura, Lucías Augen seien etwas heller als die ihrer Mutter.

Caba sprang an Lucía hoch und schleckte ihr das Gesicht. Diese lachte und schob die Hündin beiseite, ehe sie aufstand.

Sie ergriff Laura am Ellbogen. „Lass uns ein paar Meter gehen. Die Kinder sind bei José Luís."

„Gern", erwiderte Laura.

Die beiden schritten gemächlich hangaufwärts. In Lucías Gegenwart fühlte Laura sich ruhiger.

„Ich habe eben mit der Nachbarin meiner Mutter telefoniert", begann sie.

Lucía nickte. „Wie geht es deiner Mutter?"

„Wenn ich das so genau wüsste. Aus den Berichten meiner Nachbarin werde ich nicht recht schlau. Offenbar bekommt sie starke Medikamente. Ich fürchte, sie stellen sie nur ruhig."

„Das klingt nicht gut."

„Nein. Ich mache mir ernsthaft Sorgen, vor allem, weil mein Vater sich nicht blicken lässt. Natürlich wollen sie sich scheiden lassen, aber in einem solchen Moment – sie wäre gerade auf seine Hilfe angewiesen. Andererseits ist es genau das, was die Nachbarin auch zu mir sagt – und ich bin noch immer hier."

Lucía winkte José Luís auf der Milpa zu, als sie vorbeiliefen. Er grub mit einem Spaten die Erde um und warf ihnen ein breites Grinsen zu. Schweiß rann seine Wangen hinab.

Lucía rief ihm etwas zu, was Laura nicht verstand. José Luís nickte.

„Wir können ein Weilchen fortbleiben.", wandte sich Lucía an Laura. „Er passt auf die Kinder auf."

Ein Schwarm Kolibris umschwirrte einen Busch am Wegesrand. Bunte Farbblitze.

„Was willst du nun tun?"

„Wenn ich das nur wüsste, Lucía. Ich fühle mich schuldig, weil ich nicht dort bin. Wenn ich aber darüber nachdenke, Simona nach Deutschland zu bringen, wird mir ganz schlecht."

„Aber warum? Das ist ihre Heimat. Du kannst sie nicht auf ewig davor beschützen."

„Ich wünschte, ich könnte es."

„Wovor genau willst du sie bewahren?"

Laura schwieg. Geduld aber war eine von Lucías Stärken.

Stumm folgten sie dem Weg in einen Wald hinein. Simona begann sich in ihrem Tuch zu regen und vor sich hin zu quäken. Nach einer Weile gelangten sie auf eine kleine Lichtung.

„Können wir uns setzen?" bat Laura. „Simona hat Hunger."

Als Simona trank, nahm Laura den Faden wieder auf. „Ich möchte nicht, dass Simona in den gleichen Strudel gerät wie ich. Wenn ich mein Leben anschaue, gibt es so einiges, was ich ihr gerne ersparen wollte. Was ist das für eine Welt, in der ich aufgewachsen bin?"

„Eine reiche Welt", entgegnete Lucía. „So sehr wir es uns wünschen mögen, es gibt nichts, was wir unseren Kindern ersparen können. Sie müssen ihre eigenen Erfahrungen machen."

„Reich und zugleich so unglaublich arm, Lucía. Das ist der Teil, den du dir nicht vorstellen kannst. Ich habe gesehen, was sie euch hier in der Fernsehwerbung vorgaukeln. Aber unser Leben ist kein einziges Zahnpastalächeln. Das Schlimmste ist jedoch, dass sie uns glauben machen wollen, es sei so – und wenn deines anders aussieht, hast du das Gefühl, versagt zu haben."

Simona seufzte tief. Die beiden Frauen mussten lachen.

„Aber im Ernst: es widert mich an. Niemand ist mehr bereit, Verantwortung für den anderen zu übernehmen, meine Eltern sind nur eines von zahllosen Beispielen. Das ist nicht wie zwischen dir und José Luis."

„Aber deine Eltern waren sehr lange verheiratet, oder?"

„Das waren sie, ja. Genau genommen sind sie es noch. Was ich meine, ist, dass heutzutage alle davonlaufen, sobald es schwierig wird. Das war nicht immer so. Aber heute ist die Devise oft: das gefällt mir nicht mehr, dann suche ich mir etwas anderes. Natürlich sind die Menschen unabhängiger als früher. Sonst könnten sie das nicht tun."

„Um nichts in der Welt wollte ich unsere Dorfgemeinschaft missen. Es muss schwierig sein, sich allein zurecht zu finden."

„Dieses Gefühl, nicht allein dazustehen, ist durch nichts zu ersetzen. Dafür würde ich sogar auf diese Art von Freiheit verzichten."

„Das ist der Grund, warum deine Mutter dich braucht. Ob sie es ausspricht oder nicht."

„Ich weiß", räumte Laura ein. „Aber die Vorstellung, Simona in dieser Welt aufzuziehen?" Die Kleine hatte in der Zwischenzeit fertig getrunken und war auf Lauras Arm eingeschlafen. „Sie hat noch nicht mal einen Vater."

„Du könntest Simon von seiner Tochter erzählen, Laura."

„Ich will ihn nicht an mich ketten. Nicht auf diese Art. Dazu liebe ich ihn zu sehr. Noch immer. Vermutlich wäre er bereit, die Verantwortung für sie zu übernehmen – aber ich will das nicht, nicht so."

„Andererseits beklagst du dich darüber, dass niemand Verantwortung übernehmen will."

„Ich würde ihn auf eine Weise an mich binden, die unsere Beziehung zerstören würde. Das kann auch für Simona nicht der richtige Weg sein. Wahrscheinlich würde er in diese Vaterrolle schlüpfen. Aber es wird nie das sein, was er wollte."

„Das klingt alles so kompliziert. Dagegen ist unser Leben einfach."

„Bei uns ist immer alles so unendlich kompliziert. Alles ist voller Widersprüche. Ich will mein Kind nicht in einer Welt aufziehen, in der ich von vornherein weiß, dass es an den Widersprüchen zerbrechen muss."

„Zerbrechen denn alle daran?" fragte Lucía.

„Nicht alle, nein. Noch weniger aber wollte ich, dass Simona zu einer dieser Marionetten würde, die es nicht tun."

So zogen die Wochen ins Land.

Ann-Maries Zustand war, wenn man den Worten Carolas Glauben schenken durfte, unverändert; über eine mögliche

Entlassung aus der Klinik schienen sich die Ärzte bislang nicht äußern zu wollen.

Zwei weitere Gespräche hatte Laura mit der Nachbarin geführt. Sie sorgten dafür, dass ihr Unbehagen wuchs. Was, wenn sie ihre Mutter in der Psychiatrie lassen wollten? War denn niemand da, der ihr zur Seite stand? Andererseits wurde Laura das Gefühl nicht los, ihr werde die Pistole auf die Brust gesetzt. Ihr Versuch, mit ihrem Vater ein Gespräch über das Thema zu führen, war an einer Mauer des Schweigens zerbröckelt.

Peter erklärte seiner Tochter, sie habe vom anderen Ende der Welt aus leicht reden und solle doch zunächst vor der eigenen Haustür kehren. Damit war das Gespräch für ihn beendet. Mit den Worten ihres Vaters war eine Kälte über den großen Teich geschwappt, die sich in Laura festfraß.

Einzig Simona war ihr in diesen Tagen ein Lichtblick. Seit sie ihr dieses pausbäckige Lächeln schenkte, schmolz Lauras Herz beim Anblick ihrer Tochter vollends dahin. Nie hätte sie für möglich gehalten, so für ein anderes Wesen empfinden zu können. Ihre Liebe zu Simona erstrahlte in einer Reinheit, wie es nur die Liebe zu den eigenen Kindern vermag.

Es war einer der seltenen Wolkentage am Lago de Atitlán, als Laura das nächste Mal zu Hause anrief.

„Oh, Gott sei Dank, Laura, ich bin so froh, dass du anrufst!" Die Stimme der Nachbarin überschlug sich. „Es ist so schrecklich, dass ich dich nicht erreichen kann, wenn es wichtig ist."

„Ist etwas passiert?"

„Laura, ach, Laura, es tut mir so leid." Carolas Stimme nunmehr ein einziges Schluchzen. „Deine Mutter –"

„Jetzt beruhig dich doch bitte und sag mir, was geschehen ist? Was ist mit ihr?"

Die Stimme der Nachbarin war kaum zu verstehen. „Sie haben sie – also sie hat versucht – oh Gott, Laura es ist so schrecklich!"

„Carola! Sprich es aus!" unterbrach Laura sie ungehalten. „Was ist los?"

„Du musst jetzt ganz stark sein, mein Kind. Deine Mutter hat versucht, sich das Leben zu nehmen."

Alle Farbe wich aus Lauras Gesicht. „Was?" stammelte sie, „aber, ich dachte, sie ist – wie konnte sie? Sie ist doch in der verdammten Psychiatrie, oder?"

„Ich weiß es doch nicht!" erneut begann Carola zu schluchzen. Sie war eine alleinstehende Frau Mitte Sechzig. Früher wäre sie wohl als alte Jungfer bezeichnet worden. Seit Laura denken konnte, wohnte sie im Haus nebenan. „Es geht ihr soweit gut, denke ich. Sie haben sie rechtzeitig gefunden. Sie ist jetzt wieder auf der geschlossenen Station."

Laura versuchte zu begreifen, was sie eben gehört hatte.

„Was hat sie", sie schluckte, „also, wie hat sie es denn probiert?"

„Soweit ich sagen kann mit Rasierklingen. Sie wollte sich wohl die Beine rasieren."

„Das kann doch nicht wahr sein! Das ist ein gottverdammtes Irrenhaus und die geben ihr Rasierklingen und lassen sie damit allein? Wer ist dort eigentlich verrückt?"

„Das ist eine gute Klinik, Laura. Ich kann verstehen, dass du aufgebracht bist, aber die Ärzte tun wirklich, was sie können. Und die Schwestern, die ich bisher kennen gelernt habe, sind entzückend. Sie kümmern sich rührend um deine Mutter."

„Und trotzdem kann so etwas passieren! Ich fasse es einfach nicht. Wie krank ist diese Welt eigentlich?"

„Du musst unbedingt herkommen, Laura. Es kann so nicht weitergehen."

„Wie geht es ihr jetzt? Hast du sie gesehen?"

„Es heißt, sie wolle niemanden sehen. Aber ich versuche es natürlich wieder."

„Ich melde mich bei dir, sobald ich entschieden habe, was ich tun werde, Carola. Du bist eine große Hilfe. Ich weiß gar nicht, wie ich dir danken soll."

Laura würgte auf dem Kloß in ihrem Hals herum.

Direkt, nachdem sie aufgelegt hatte, versuchte sie, ihren Vater zu erreichen. Der hob jedoch nicht ab. Also verließ Laura das Café. Ihre Schritte führten sie unversehens ins Barrio Uno. Ein düsterer Himmel hing über dem Dorf. Wind wirbelte Staub auf und trieb einige vertrocknete Blätter vor sich her.

Es sollten drei weitere schlaflose Nächte vergehen.

Am Morgen des vierten Tages wachte Laura auf und wusste, dass die Entscheidung gefallen war. Beinahe schien ihr, sie wäre nicht daran beteiligt gewesen. Wie sonst hätte sie sich dieses Gefühl erklären sollen? Zugleich verspürte sie Erleichterung. Paradox. Die Zeit der Ungewissheit war vorbei.

Sie stemmte sich von der Schaumstoffmatratze hoch. Caba stupste sie mit ihrer kalten Nasenspitze am Schienbein, doch Laura hatte nur Augen für ihre Tochter. Behutsam nahm sie Simona auf den Arm. Selbst im Schlaf schien sie zu lächeln. Erfüllt von Zärtlichkeit presste sie Simona an sich, spürte ihren kindlichen Herzschlag auf der Brust, streichelte über den dunklen Flaum auf ihrem Köpfchen.

Von überall her hätte sie stammen können, dunkel wie sie war. Einzig die Augen zeugten von ihrer Herkunft. Verräterische Augen. Laura legte Simona auf die Matratze zurück und deckte sie zu.

Es gab viel zu tun. Sie durfte keine weitere Zeit verlieren. Jeder Moment des Zögerns würde alles noch schwieriger machen.

Am Abend schlug Laura schließlich den Weg ins Barrio Uno ein. Während sie die Straßen entlangschritt, vorbei am Geplärr der Hinterhof-Prediger, erschien ihr jeder Schritt schwerer als der vorangegangene. Beinahe als versuche eine höhere Gewalt, sie zurückzuhalten. Nur gab es kein Zurück mehr. Die Dinge hatten begonnen, ihren Lauf zu nehmen.

Der Platz vor dem wellblechgedeckten Haus, in dem Lucía und ihre Familie wohnten, lag verlassen da. Einzig die Hühner scharrten selbstvergessen im Sand.

Laura ging zur Eingangstür hinüber. Sie hob die Hand, um zu klopfen. Hielt inne. Konnte es nicht.

Da öffnete Lucías Mutter die Tür von innen.

„Laura!" rief sie. „Komm rein. Lucía ist hinten." Dann stutze sie. Mit wachem Blick sah sie Laura an. Als ihre Hand Lauras Wange berührte, zuckte jene unwillkürlich zurück.

Nein, diese Zärtlichkeit hatte sie nicht verdient, nicht an diesem Tag.

Die Augen der alten Frau glichen Pforten zu einer anderen Welt. Eine Welt von unendlicher Weite. Lange blickte sie Laura an. Diese blieb wortlos im Türrahmen stehen. Sie hätte sich nicht bewegen können. Ihr Herz wollte verweilen. Jenseits der Pforten lagen Schwermut und Trauer. Laura war, als sähe sie in einen Spiegel. Dann schlug ihr Verstehen entgegen. Ein Mantel des Mitgefühls umfing sie.

Sie hätte nicht zu sagen vermocht, wie viel Zeit vergangen war, als die Alte sie nach innen führte. Es hätten Sekunden oder Stunden sein mögen.

Lucía saß am Rande des Bettes und erzählte ihren Kindern eine Geschichte. Mit gebanntem Blick sahen Ana, Salva und Cuco ihre Mutter an. Ana umklammerte die Hand ihres großen Bruders.

Laura gab Lucías Mutter ein Zeichen, diese nicht zu unterbrechen. Leise setzte sie sich. Obschon sie nichts verstand, lauschte sie der Melodie von Lucías Worten. Nach einer Weile endete die Erzählung. Ana waren die Augen zugefallen. Ihr regelmäßiger Atem erklang leise im Raum.

Laura erhob sich und trat zu Lucía hinüber. Zärtlich streichelte sie ihrer Freundin über die Schulter. Diese blickte überrascht auf. Sie schien noch immer in der Welt der Geschichte gefangen.

„Ich bringe Salva und Cuco zu Bett, dann können wir reden", wisperte sie.

Laura wartete mit der schlafenden Simona auf dem Arm auf der Bank im Hof.

„Schön, dich zu sehen", meinte Lucía, als sie leise die Tür hinter sich zuzog. „Aber du siehst traurig aus."

Laura wollte zu einer Erklärung ansetzen, dann nickte sie nur. Sie hatte Angst, ihr bliebe die Stimme weg.

„Komm her, was ist los?" fragte Lucía und zog Laura zu sich heran. Diese nahm Simona hoch. Lucía umarmte Mutter und Kind gemeinsam. Das schien Simona nicht zu gefallen. Sie begann zu weinen.

„Schhh", flüsterte Laura und streichelte ihr über die Wange. „Schlaf weiter, mein Baby."

Dann erzählte Laura, weshalb sie gekommen war.

Lauras Rückflug nach Deutschland sollte eine Woche später gehen. Früh morgens müsste sie nach Guatemala City aufbrechen.

In der Nacht vor dem Abflug tat Laura kein Auge zu. Ihr war, als stünde ihr der Gang zum Galgen bevor. Simona lag auf ihrem Bauch. Auch sie kam nicht zur Ruhe.

Vor Tagesanbruch stand Laura auf und zog sich an. Ihre wenigen Habseligkeiten hatte sie bereits am Vorabend zusammengepackt. Wehmütig blickte sie sich in der bescheidenen Behausung um, die in den vergangenen Monaten ihr Heim geworden war.

Caba wedelte mit dem Schwanz. Sie ahnte nicht, was der Tag bringen würde. Laura tätschelte ihr den Kopf. Wie es ihr ergehen würde? Nein, sie durfte nicht anfangen, über die Zukunft nachzudenken.

Mit Sack und Pack machte sie sich auf den Weg ins Barrio Uno.

Ein kühler Luftzug schlug ihr entgegen. Der Rucksack lastete schwer auf ihrem Rücken, als Laura die dämmrigen Straßen hinan stieg. Simona trug sie auf dem Arm. Erhaben zeichneten sich die Silhouetten der Berge vor dem Morgenhimmel ab.

Lucía stand bereits im Türrahmen des wellblechgedeckten Hauses und sah ihrer Freundin entgegen. Schweigend grüßten sich die beiden Frauen. Sie standen sich gegenüber und sahen einander lang in die Augen.

„Du bist dir also immer noch sicher?" fragte Lucía schließlich.

Laura zögerte einen Augenblick. Das Herz schlug ihr bis zum Hals. Ihr war so übel, dass sie sich an Ort und Stelle hätte übergeben können.

Endlich nickte sie.

Es war alles gesagt.

„Du weißt, dass du jederzeit –" begann Lucía.

Laura schüttelte den Kopf. Es schnürte ihr die Luft ab. Wenn sie das wirklich tun musste, musste sie jetzt gehen. Sonst verließe sie der Mut.

Sie umklammerte ihre Tochter wie ein Schiffbrüchiger das rettende Treibholz. Sog den Duft ihres unschuldigen Lebens ein.

Erst als sie den eisernen Geschmack des eigenen Blutes wahrnahm, bemerkte Laura, dass sie sich auf die Lippen biss.

Ich tue das für dich. Ich hoffe, du wirst dies eines Tages verstehen können.

Lucía musterte sie. „Du wirst immer Teil dieser Familie sein. Unserer Familie."

Wieder konnte Laura nichts weiter tun, als zu nicken. Tränen nahmen ihr die Sicht.

Ich muss gehen. Ich schaffe das sonst nicht.

Mit einem Gewaltakt riss sie sich Simona von der Brust. Ein letztes Mal küsste sie ihren flaumigen Kopf. Dann streckte sie sie ihrer neuen Mutter entgegen. Lucía nahm die Kleine zärtlich auf den Arm. In diesem Augenblick begann Simona herzerweichend zu weinen.

Laura wandte sich ab. Blind stürzte sie den Berg hinunter, in Richtung Dorfplatz. Dort wartete der Pickup, der sie aus diesem Leben fortbringen sollte, als hätte es sie niemals gegeben.

Sie bog um die erste Kurve. Lucías Haus wäre nun aus ihrem Sichtfeld entschwunden, selbst wenn sie sich umwandte.

Das war er also, der Lachsweg.

An seinem Ende stand der Tod.

aus: Goldberg, Pascal: *Auf dem Lachsweg – Ein biographischer Roman,* München 2010

Kapitel 54 - Ende ohne Zauber

Als Julián die Maschine nach Miami bestieg, hatte er ein flaues Gefühl im Magen. Er verstaute sein Handgepäck im Fach über dem Sitz und ließ sich auf seinem Fensterplatz nieder. Draußen zeigte sich Lissabon von seiner schönsten Seite. Die Sonne pinselte die Flughafengebäude in Goldtönen neben die Start- und Landebahnen. Julián aber flog nicht gern.

Ein beleibter Mann mit Nickelbrille setzte sich auf den Platz neben ihn und legte den Sicherheitsgurt an. Sein Lächeln wirkte schal. Julián schloss die Augen. In der Nacht zuvor war der Feuertraum zu ihm gekommen. Neue Brandblasen spannten auf seinem Bauch.

Womöglich wäre dies ja bald vorüber. Wenn er seinen Vater fand. Und der ihm helfen konnte. Diese vielen Wenns.

Der Mann neben ihm rutschte geräuschvoll auf seinem Sitz hin und her. Julián konnte ihn dabei riechen.

Neun Stunden bis Miami.

Auf einmal hörte er eine vertraute Stimme.

„Excuse me, Sir." Der Sitz neben ihm erbebte. Julián riss die Augen auf. „Do you think it would be possible to change places? I could offer you mine besides the window. It's right over there. It's just that this guy is a friend of mine. We travel together."

Der Mann brummelte etwas und löste seinen Gurt.

„Thank you very much, Sir. That is really kind of you."

„Was zum Geier machst du hier?" fragte Julián. „Solltest du nicht längst in Südfrankreich sein?"

„Ich dachte, eine Luftveränderung könnte nicht schaden. Auf Dauer wird Europa ziemlich langweilig."

Julián strahlte über das ganze Gesicht. „Aber wie?"

„Ich habe die Uhr verkauft."

Der Mann schälte sich aus dem Sitz.

„Thank you so much", wiederholte Kyriel.

„No problem." Er zwängte sich an Kyriel vorbei. Der setzte sich. Julián starrte ihn an, als wäre er der wiedererstandene Leib Christi.

„Konnte dich ja schlecht allein fahren lassen", brummte Kyriel. „Danach hättest du wieder schamlos übertrieben. Außerdem hatte Lola mich schließlich gebeten, auf dich aufzupassen."

„Du bist verrückt", war alles, was Julián hervorbrachte.

„Ach was." Kyriel legte den Gurt an. „Nur etwas abgehetzt und übermüdet. Beinahe hätte ich diesen verdammten Flieger verpasst."

Julián wandte seinen Kopf zum Fenster.

„Glaubst du, sie hätte es verstanden?"

Sie waren irgendwo über dem Atlantik. Kyriel war inzwischen wieder wach, nachdem er Start sowie weite Teile des Fluges verschlafen hatte.

Verständnislos sah er Julián an. „Wer was?"

„Glaubst du, deine Oma hätte verstanden, dass du ihre Uhr verkauft hast?"

„Wahrscheinlich nein."

„Ich habe meine nie kennen gelernt."

„Verstanden hätte sie es wahrscheinlich nicht", sagte Kyriel. „Aber sie wollte, dass ich glücklich bin. Mehr als vielleicht jeder andere Mensch in meinem Leben wollte sie das."

„Also denkst du, sie hätte es doch verstanden?" Julián rieb sich die Nase.

„Das war eine andere Generation. Meine Oma hat viele Dinge nicht verstanden, die ich getan habe." Leiser fügte er hinzu: „Genauso wenig wie andersrum."

„Was meinst du?"

„Sie war ein Kriegskind", stellte Kyriel fest. „Sei ehrlich, hatten wir je eine Chance, diese Generation zu verstehen?"

„Selbst bei Lola ist das manchmal schwer", erwiderte Julián. „Franco. Diktatur." Er zuckte mit den Achseln. „Geht über meinen Horizont."

„Unser Leben ist von dem der Kriegsgeneration so weit entfernt." Kyriels Blick driftete davon. „Wie hätte meine Oma verstehen sollen, dass ich mein Studium abgebrochen habe? Damals haben sie sich all die Möglichkeiten gewünscht, die wir wegwerfen. Wie hätte sie meine Beziehung zu Laura verstehen sollen?"

„Das wäre schwer gewesen", nickte Julián. „Aber nicht unmöglich."

„Vielleicht doch."

„Warum hast du also die Uhr verkauft?" Julián beugte sich zu Kyriel vor und öffnete seinen Gurt. „Ich habe gesehen, wie viel sie dir bedeutet hat."

„Als ich im Auto saß, habe ich lange nachgedacht. Stimmt schon, meine Oma hätte es nicht verstanden, aber nicht deshalb", er strich sich die Haare aus der Stirn, sein Blick wanderte zum Fenster hinüber, „nicht deshalb, weil sie es missbilligt hätte. Ihr waren andere Dinge wichtig als mir. Ein Heim. Die Familie. Sicherheit. Allem voran Sicherheit. Aber", er räusperte sich, „aber sie wollte, dass es mir gut geht. Sie wollte, dass ich glücklich bin. Das ist mir dort klar geworden, als ich im Auto saß." Julián musterte ihn. „Und dann habe ich mich gefragt, was das heißt. Die Antwort war, dass es in diesem Augenblick bedeutet, mit dir zu gehen."

Julián schluckte. Er wandte sich ab.

„So ist das." Kyriel klopfte ihm auf den Rücken. „Diese Reise ist unsere gemeinsame Reise. Wir haben sie zusammen begonnen und wir werden sie zusammen zu Ende bringen."

In Guatemala City fanden sie nach sechzehnstündiger Reise Unterschlupf in einem heruntergekommenen Hotel namens *Tikal*. Julián war todmüde. Kaum hatten sie die Zimmertür hinter sich ins Schloss gedrückt, warf er sich auf das durchgelegene Bett. Er hatte es gerade noch geschafft, den Rucksack abzustellen.

Im Hotelzimmer war es stickig. Ein rostiger Ventilator lief auf Hochtouren. Verzweifelt bemühte sich Julián einzuschlafen, doch das metallische Surren ließ ihn nicht zur Ruhe kommen. Von der gegenüberliegenden Straßenseite warf die Neonreklame eines Strip-Lokals pinkes Licht an die Wand über seinem Bett. Kyriel schien das nicht zu stören. Kaum hatte er sich hingelegt, hörte Julián seine gleichmäßigen Atemzüge.

Dann und wann dämmerte Julián weg, im Halbschlaf aber suchten ihn Traumgesichte seines Vaters heim und ließen ihn hochschrecken.

Früh morgens brachen sie schließlich in Richtung der ehemaligen Hauptstadt Antigua auf. Von dort aus sollte es zum Lago de Atitlán weitergehen.

Am Busbahnhof herrschte buntes Durcheinander. Motoren jaulten auf, Menschen rannten umher wie aufgescheuchte Hühner, manche trugen selbige in Körben bei sich. Busfahrer schrien Städtenamen hinaus.

Kyriel erspähte einen rostigen amerikanischen Schulbus, der die Aufschrift *Antigua* trug. Zusammen mit einer beleibten Guatemaltekin in traditioneller Tracht quetschten Julián und er sich auf eine Bank, die einst für zwei Highschool-Hintern vorgesehen war. Unfähig, sich auch nur einen Zentimeter zu bewegen, betrachteten sie die hügelige Landschaft, die an den Fenstern vorbeiflog. Julián malte sich im Kopf Wiedersehens-Szenen aus.

Im Mittelgang des Busses standen die Einheimischen dicht gedrängt beieinander. Hin und wieder gingen sie – einem geheimnisvollen Ritual folgend – alle zugleich in die Knie.

„Warum tun sie das?" fragte Julián seine Banknachbarin schließlich.

„Es ist verboten, im Gang zu stehen", bleckte die ihm ihr zahnloses Grinsen entgegen. „Wenn die Polizei am Straßenrand steht", fügte sie hinzu, „sagt der Chico den Leuten, dass sie sich verstecken müssen."

Der Chico war ein pickliger Jugendlicher, der die Tickets im Bus verkaufte. Er trug die Verantwortung für das Geschehen an Bord. Kyriel sah die Alte freundlich an.

Mitten auf der Landstraße winkte der Chico ihnen zu. „Panajachel – Panajachel!" schrie er, eilte zu ihnen, schob die alte Frau aus der Bank und zerrte an Juliáns Ärmel. Als die beiden auf der Landstraße standen, kletterte er aufs Busdach und reichte ihnen die Rucksäcke hinunter. Kaum dass sie sie in Händen hielten, brüllte er *Dale, dale!* und der Fahrer gab Gas.

Kyriel blieb stehen und betrachtete den See im Tal.

„Komm endlich!" Die Fahrt über war Julián schweigsam gewesen. „Ich will ankommen!"

Kyriel sah ihn aus geröteten Augen an.

Auf der Ladefläche eines Pickups fuhren sie hinab nach Panajachel. Dort bestiegen sie ein Boot, das sie über den See bringen sollte. Letztlich erreichten sie San Marcos. Julián konnte sich kaum noch auf den Beinen halten.

Es hatte wenig Sinn, die Suche nach Lucía noch an diesem Abend aufzunehmen. Insofern stiegen sie in einem der Backpacker-Hostels ab.

Frisch geduscht spazierten sie hinab zum *Moon Fish,* einem Café mit Seeblick und Terrasse. Sie bestellten zwei Licuados, frische Fruchtshakes, und vegetarische Pasta. Julián brachte kaum einen Bissen herunter. Lustlos kaute er auf den Nudeln herum. Kyriel aß letztlich auf, was er übrig ließ.

„Ich bin so gespannt, ob wir tatsächlich deinen Vater finden!"

Schweigend zog Julián an seiner Zigarette.

„Komm schon! Alles ist besser, als ewig auf der Stelle zu treten!"

„Wer weiß, ob er mich überhaupt sehen will?" entgegnete Julián. „Er wird mich gar nicht erkennen! Nach so langer Zeit hat er vielleicht eine andere Familie. Wir haben ihn schließlich enttäuscht, oder?"

Kyriels Gesichtsausdruck ließ ihn hinterherschieben: „Er hat uns eine Botschaft hinterlassen. Und wir? Wir haben uns nicht darum geschert. Keiner hat je nach ihm gesucht!"

„Du hattest doch keine Ahnung–" setzte Kyriel an.

Julián aber sprang auf und lief in die Nacht davon.

Kyriel blieb alleine sitzen. Nachdenklich starrte er auf den See hinaus.

Es war Mittag, als Julián tags darauf erwachte. Kyriel saß an einem Tisch und schrieb etwas in ein Notizbuch.

„Guten Morgen", sagte er, als Julián sich regte. „Draußen ist herrlichster Sonnenschein! Zeit, dass du aufwachst."

„Morgen", murmelte Julián. Am liebsten hätte er sich die Decke über den Kopf gezogen und weitergeschlafen. Dennoch erhob er sich und schlurfte ins Bad.

Frisch geduscht und rasiert trat er eine halbe Stunde später wieder ins Zimmer.

„Ich brauche Kaffee."

„So gefällst du mir schon besser", lächelte Kyriel. Er schlüpfte in seine Schuhe. „Auf geht's!"

Sie frühstückten ausgiebig in einem Café im Ort. Juliáns Appetit war zurückgekehrt, sodass ihm die Rühreier mit Speck gerade recht kamen.

„Wollen wir Lucía suchen?" fragte Kyriel bei einer Zigarette.

Julián zuckte mit den Achseln. „Deswegen sind wir hier, nicht wahr?"

Sie traten auf einen gepflasterten Weg und blickten sich um. Kyriel zeigte auf einen hölzernen Stand wenige Meter dorfeinwärts. Eine Frau mit dunkel getönter Brille stand dort und verkaufte Obst, Gemüse und Süßkram.

„Was kann ich für Sie tun?" fragte sie hinter ihren dunklen Brillengläsern hervor.

„Kennen Sie eine gewisse Lucía?" Juliáns Stimme übertönte kaum den Wind.

„Viele Menschen hier heißen so." Die Frau bedachte ihn mit einem unfreundlichen Blick.

„Sie ist die Tochter einer Frau namens Yoyotli", schaltete Kyriel sich auf Englisch ein.

Die Frau nickte. „Die kenne ich."

„Können Sie uns dann auch sagen, wo wir sie finden können?"

„Im Barrio Uno", die Frau deutete hangaufwärts. „Einfach der Straße folgen, bis zu einem Platz vor einer blauen Kapelle. Fragen Sie dort noch mal." Sie wandte sich ab. Das Gespräch schien beendet.

Juliáns Herz klopfte bis zum Hals, als sie den Weg hinauf ins Barrio Uno einschlugen. Hatten sie wirklich die Frau gefunden, von der Totumay gesprochen hatte? Den nächsten Gedanken wagte er kaum zu Ende zu spinnen: Wäre sein Vater ebenfalls hier? Konnte es sein, dass er über all die Jahre hinweg sein Versprechen gehalten und auf Lola gewartet hatte?

Sie gelangten zu der blauen Kapelle. Auf dem Platz spielten Kinder mit einem Basketball. „Hola" rief ihnen ein Mädchen entgegen. Sie saß auf dem Boden und spielte im Sand. Neugierig blickte sie zu ihnen auf. „Hola."

„Hola", lächelte Kyriel.

Julián winkte einen der Jungen heran, die nun ebenfalls auf sie aufmerksam geworden waren, und fragte ihn nach Lucía. Er mochte um die 13 sein.

„Mamá!" Der Junge wandte sich um und schrie etwas in einer Sprache, die Julián nicht verstand.

Eine Frau von Mitte dreißig trat aus einem Häuschen am Rande des Platzes. Sie war von schlankem Wuchs. Ihre Haut wirkte heller als die der Einheimischen, denen sie bislang begegnet waren. Wie alle Frauen des Dorfes trug sie die traditionelle Tracht. Ein Mädchen von sieben oder acht Jahren wich ihr nicht von der Seite. Sie trug die gleichen Farben wie ihre Mutter. Aus fremdartig grünen Augen blickte sie ihnen entgegen.

„Ich bin Lucía. Ihr seid auf der Suche nach mir?" fragte die Frau. „Wie kann ich euch helfen?"

„Hallo", Julián streckte Lucía die Hand entgegen, „ich bin Julián. Das hier", er deutete auf Kyriel, „ist mein Freund Kyriel."

Er zögerte einen Augenblick. „Es klingt vielleicht komisch, aber ich suche nicht Sie direkt, sondern einen gewissen Raúl Coya Salamina. Man hat mir gesagt, dass Sie mir vielleicht helfen könnten." Lucías Miene blieb ausdruckslos, also fügte er hinzu: „Es ist möglich, dass Sie ihn unter dem Namen Tleyotl kennen."

Kurz blitzte etwas in Lucías Gesicht auf, dass Julián nicht zu deuten verstand.

„Kommen Sie doch rein", sagte sie freundlich und raffte den Vorhang beiseite, der den Eingang zum Haus verdeckte.

„Kennen sie meinen Vater?" fragte Julián, sobald sie die Hütte betreten hatten. „Also Raúl, meine ich. Er ist nämlich mein Vater, wissen Sie?"

„Nehmen Sie Platz, ich bitte Sie." Sie deutete auf einen Tisch im vorderen Teil des Häuschens. Im Herd flackerte ein Feuer. „Sie müssen durstig sein - ich bringe Ihnen etwas zu trinken."

Sie eilte davon und kam mit einem Krug Wasser und Gläsern zurück. Das grünäugige Mädchen tappte hinter ihr her.

Lucía goss ein, dann setzte sie sich zu ihnen. Julián wippte mit den Knien. Die Wasseroberfläche in den Gläsern kräuselte sich.

„Ich kenne deinen Vater", sagte Lucía schließlich. „Vielmehr kannte ich ihn."

Julián lief es eiskalt den Rücken hinunter. Er erstarrte.

„Es tut mir sehr leid, Julián, dass ich diejenige bin, die Ihnen das sagen muss", Lucía senkte den Blick. „Aber Tleyotl ist tot. Seit vielen Jahren schon."

„Tot?" fragte Julián tonlos. „Aber wie?"

Er biss sich auf die Lippen. Was sollte das jetzt noch für eine Rolle spielen? Tot. Sein Vater war tot. Niemals würden sie ihn finden. Er war tot. Sie würden niemals mit ihm sprechen können. Alles war verloren.

„Er starb im Bürgerkrieg", antwortete Lucía. „Ihr Vater war ein mutiger Mann. Er kämpfte für die Unterdrückten. Die Rechtlosen. Wir verdanken ihm viel."

Julián sagte nichts. Er stierte in das Wasserglas in seinen Händen.

„Was ist los?" Kyriel stieß seinen Freund sachte an der Schulter.

„Er ist tot", erwiderte dieser, seine Stimme kaum mehr als ein Atemzug. „Mein Vater", in diesem Augenblick wandte er sich zu Kyriel um. „Mein Vater ist tot. Alles war umsonst. Unsere Suche ist zu Ende. Wir sind gescheitert."

Endlose Sekunden brandeten an die Gestade der Zeit. Keiner im Raum wagte ein Wort zu sprechen.

„Do you speak English?" war es Kyriel, der die Stille schließlich durchbrach.

Lucía schüttelte den Kopf. „Aber ich spreche ein bisschen Deutsch."

„Sie müssen verstehen, wir sind seit Monaten auf der Reise. Wir sind aufgebrochen, um Juliáns Vater zu finden."

Lucía nickte. In wenigen Sätzen umriss Kyriel die Monate ihrer Suche. Julián saß neben ihm, sein Blick leer. Das Mädchen mit den grünen Augen kletterte auf Lucías Schoß.

„Mamá?" fragte es.

Lucía legte einen Finger auf die Lippen und schüttelte den Kopf. Die Kleine verstummte.

„Jedenfalls", räusperte sich Kyriel und strich eine Haarsträhne aus seiner Stirn, „haben wir in Lissabon einen Brief von Raúl gefunden, der an Juliáns Mutter gerichtet war."

„Lola", wisperte Lucía.

Julián zuckte zusammen.

„Genau. Woher wissen Sie?" bestätigte Kyriel überrascht.

„Nachdem Raúl zurückgekommen hat, er hat immer von seiner Familie in Europa gesprochen. Aber ich war selbst noch ein Kind damals. Manchmal er hat mir erzählt, dass er hat ein wunderschön Frau dort. Dann er hat gelacht. Aber es war ein traurige Lachen."

„Aber warum ist er ausgerechnet hierhergekommen? Warum zu Ihnen? Er ist nicht hier aufgewachsen, oder?"

„Ich weiß nicht", wisperte Lucía. „Er hat gesagt, er hat nicht einen Menschen hier, wenn nicht uns."

„Wenn nicht uns", murmelte Julián.

Lucía musterte ihn. Auf einmal stand sie auf und sagte: „Ich will euch ein Platz zeigen, wenn ihr möchtet."

Kyriel erhob sich gleichfalls. „Komm, Lucía will uns etwas zeigen."

„Wenn nicht uns", murmelte Julián noch immer, als berge dieser Satz die Antwort auf die letzte Frage.

„Julián!" Kyriel ergriff seine Hand und zog ihn auf die Füße.

Lucía und ihre Tochter führten die Freunde hinunter zum See, an dem Café vorbei, wo sie am Abend zuvor gegessen hatten und dann über einen Pfad, der einen baumbestandenen Hügel hinaufführte. Letztlich erreichten sie eine Lichtung, hoch über den Wassern des Sees.

„Das", Lucía deutete ringsumher, „ist ein heilige Ort von mein Volk. Er hat gute Energie. Viel Kraft. Ist sehr alte Ort."

Sie setzten sich ins Gras. Julián wirkte noch immer abwesend.

„Lucía", sagte Kyriel nach einer Weile, „es gibt einen Grund, warum wir Raúl suchen – oder gesucht haben. Julián hat einen Traum. Wir haben herausgefunden, dass dieser Traum aus dem Volk der Mayas stammt."

Lucía saß Kyriel gegenüber auf dem Boden. Sie betrachtete ihn.

„Was ist das für ein Traum?" fragte sie schließlich.

„Es geht um Feuer. Das ist genau das Problem. Wenn Julián aufwacht, hat er manchmal Verbrennungen", verständnislos sah Lucía ihn an, „also Brandblasen", versuchte Kyriel es unter der Verwendung von Gesten zu erklären.

Letztlich riss Lucía die Augen auf. „Sí, sí, ich verstehe. Ampollas."

„Wir hatten gehofft", erklärte Kyriel, „dass Juliáns Vater uns weiterhelfen könnte. Wir wissen noch nicht einmal, warum er damals überhaupt nach Spanien gekommen ist. Was hatte es mit all dem auf sich? Und warum ist er, ohne ein Wort zu sagen, zurück nach Guatemala gefahren?"

„In dem Brief, den wir gefunden haben, schreibt Raúl von einer Gefahr." Dies waren Juliáns erste Worte, seit er vom Tod seines Vaters erfahren hatte. „Was kann er gemeint haben? Wovor hatte er Angst?"

„Was ist *Gefa*?" fragte Lucía. „Ich kenne nicht."

Julián wechselte ins Spanische zurück. „Ich übersetze wieder für dich, okay?"

Kyriel nickte.

„Ich weiß nichts von dieser Gefahr", erwiderte Lucía schließlich. „Er hat nie ein Wort über seine Zeit in Europa verloren – nur über seine Familie dort."

Julián schluckte.

„Aber wissen Sie sonst etwas über Juliáns Traum? Irgendetwas? Uns wurde erzählt, dass dieser Traum ein Traum der Mayas ist." fragte Kyriel. „Oder über Raúl? Alles könnte uns weiterhelfen!"

Lucía zögerte. Das Mädchen mit den grünen Augen hatte sich wieder neben seine Mutter gesetzt. Es musterte Kyriel neugierig.

Julián sah sich um. Ein purpurnes Abendrot ergoss sich über den Himmel. Dunkelviolett leuchteten die Wasser des Sees zu ihnen herauf.

„Wir sind so weit gekommen. Helfen Sie uns, Lucía! Bitte!", Kyriel ergriff ihre Hände. „Sie sind unsere letzte Hoffnung!"

Lucía atmete tief ein. Sie betrachtete die beiden Reisenden, die Lichtung, den See. Als Julián sich gerade fragte, was sie da eigentlich tue, erhob sie sich.

„Ich werde Ihnen erzählen, was ich weiß. Zuerst aber muss ich zu Hause Bescheid geben. Könnten Sie in der Zwischenzeit ein Feuer machen? Das dürfte eine lange Nacht werden."

„Natürlich", erwiderte Julián, „was immer Sie sagen!"

Ohne ein weiteres Wort ging Lucía mit der Kleinen an der Hand in Richtung Dorf davon. Mit offenem Mund starrte Julián den Silhouetten der beiden hinterher.

Als Lucía eine Stunde später wiederkehrte, war es finster. Inmitten der Lichtung loderte ein Feuer.

Lucía setzte sich. Sie hatte das Mädchen wieder mitgebracht. Die Kleine bettete ihren Kopf auf den Schoß der Mutter, streckte sich aus und schloss die Augen.

„Nun, Tleyotls Geschichte kann ich Ihnen nicht erzählen. Erzählen kann ich Ihnen aber die Geschichte meiner Mutter. Sie kannte ihn wie kein anderer hier."

Julián spürte wie sein Herz heftig zu klopfen begann. Das Lagerfeuer zischte und knisterte. Über der Lichtung hing der

Duft verbrannten Holzes.

Und so begann Lucía, die Geschichte ihrer Mutter zu erzählen. Sie setzte ihre Worte mit Bedacht.

„Der Sturm", hob Lucía an, „der Sturm, der am Tage von María Dolores' Geburt über den Lago Atitlán zog und das Palmdach von Eufemias und Salvadors Hütte riss, fegte zugleich den demokratisch gewählten Präsidenten des Landes aus dem Amt. Man schrieb den 27. Juni des Jahres 1954. Der verhängnisvolle Wind wehte von Norden."

Kapitel 55 - Briefe an Godot XII

San Marcos la Laguna,
Lago de Atitlán,
Guatemala
03. Februar 2009

Lieber Godot,

ich sitze hier auf einer Lichtung über dem Lago und bin vollkommen fassungslos.
Heute habe ich Lauras Tochter kennen gelernt. Du hast richtig gelesen – Laura hat eine Tochter, ein Mädchen von sechs Jahren. Sie lebt bei einer Maya-Familie hier in San Marcos.
Es fällt mir schwer zu beschreiben, was das mit mir macht.
Wie konnte sie nur? Wie konnte sie das tun? Niemals, in all der Zeit, die ich mit ihr verbracht habe, hat sie ein Sterbenswörtchen darüber verloren. Nichts, nicht die Spur einer Andeutung.
Wenn ich die Kleine ansehe, zerreißt es mir das Herz. Die Ähnlichkeit mit ihrer Mutter ist zu frappant. Die Augen allerdings hat sie von ihrem Vater. Simon.
Ich weiß nicht, was ich jetzt tun soll. Soll ich Simon von seiner Tochter erzählen? Ist es nicht meine Pflicht? Aber, das frage ich mich, weshalb hat Laura es nicht getan? Darf ich mich einfach über ihre Entscheidung hinwegsetzen? Sicherlich hätte sie niemals eine solche Entscheidung getroffen, hätte sie nicht gute Gründe dafür gehabt.
Die Kleine ist bezaubernd. Das steht außer Frage.
Ob sie wohl weiß, dass ihre Mutter nicht ihre richtige Mutter ist? Gott, ich höre mich an, wie eines dieser spießigen Arschlöcher, die ich sonst so verabscheue. Was heißt schon richtig? Leibliche Mutter also. Ob sie es weiß?
Glücklich sieht sie aus. Gesund. Voller Leben. – Und arm.
Arm? Wie kann ich es wagen, dieses anmutige Geschöpf als arm zu bezeichnen, nachdem ich das Strahlen ihrer Augen gesehen habe?
Ich muss Dich erstmal beiseitelegen, Godot. Ich schaffe es nicht. Zu viel geht mir im Kopf herum.

06. Februar 2009

Dieses Land! Der Boden, die Luft, das Wasser – alles ringsumher vibriert von Trauer. Sie schnürt mir die Luft ab. All das Blut, das hier vergossen wurde! Mir ist, als schlichen die Seelen der Gemetzelten umher, kämen, gleich mir, nicht zur Ruhe. Drückt diese Schwere niemanden außer mir?
Drei Tage und Nächte habe ich diese Hütte nicht verlassen. Weshalb, Godot, trifft mich dieser Schmerz erneut mit solcher Härte? Laura ist seit mehr als einem halben Jahr tot! Was ändert es da, dass ich ihre Tochter aufgespürt habe?
Wie dem auch sei, es hat mich in einen Schockzustand versetzt. Viel habe ich nachgedacht in diesen vergangenen Tagen. Wenn Laura ihre Tochter hierließ – was mag der Grund gewesen sein?
Zumindest lichten sich nun, im Nachhinein, einige der Zweifel. Ihre Augenblicke der Verlorenheit, sie ergeben plötzlich einen Sinn. Beinahe wundert mich, dass es so wenige waren.
Was muss sie durchgestanden haben? Was mag es sie gekostet haben, diese Entscheidung zu treffen?
Vor allem frage ich mich, wie ich nun weitermachen soll. „Auf dem Lachsweg" ist weit gediehen. Wie aber soll ich die Brücke zwischen der Laura schlagen, die ich kannte, und der Laura, die ihre Tochter hier zurückließ? Welchen Weg hat sie beschritten, ohne dass ich die leiseste Ahnung davon gehabt hätte?
Vermutlich gelangt jeder Autor, der sich mit biographischer Recherche beschäftigt, früher oder später an diesen Punkt. Meine Verstrickung ist allerdings zugleich emotionaler Natur. Ich versuche, Laura vor dem Vergessen zu bewahren.

Der Tod.
Viele Stunden habe ich in der Abgeschiedenheit meiner Hütte über ihn nachgedacht. Warum fällt es mir so schwer, dieses Phänomen zu begreifen? Beharrlich entzieht es sich mir, wann immer ich es zu betrachten suche. Mein Verstand reicht nicht weiter als bis an die Pforten der Sterblichkeit. Sobald ich mir vorzustellen versuche, dass das, was ich als Laura kannte, ihr Körper, mittlerweile Beute der Zeit geworden ist, verliere ich jegliches Verständnis.

Rational verstehe ich es, ja. Aber kann ich es auch begreifen? Die Vorstellung, dass ihr wundervolles Lachen nie wieder zu hören sein wird. Die Vorstellung, dass ihr Körper zu bestehen aufgehört hat. Was, wenn ich schon diese schlichten Wahrheiten nicht zu begreifen vermag, verstehe ich überhaupt von der Natur des Menschseins?
Ich komme mir vermessen vor, Godot. Ich hatte nicht erwartet, dass meine Reise mich in den Grundfesten erschüttern würde. Weder die Reise hierher, noch die auf Lauras Spuren. Warum diese Angst vor dem Tod?
Im Laufe der Zeit, so wurde mir klar, hat sich das Bild, das wir Menschen uns von unserer Körperlichkeit machen, mehr und mehr dem Bild angeglichen, das wir von Maschinen haben. Mitunter richten wir dieselben Ansprüche an die Funktionalität unseres Körpers, wie wir sie an Maschinen zu richten gewohnt sind. Etwas funktioniert nicht? Dann wird es ausgetauscht. Gelenke, Gliedmaßen. Fehlfunktionen werden korrigiert.
Wenn es aber so einfach ist, Teile zu ersetzen, ist es dann nicht ebenso einfach, uns komplett zu ersetzen? Sind wir gänzlich austauschbar geworden? Selbst die Gnade des Geistes können wir nicht mehr ohne 0-1-Schema betrachten.
Ist uns darüber der Glaube abhandengekommen? Haben wir unsere Zuversicht verloren, weil wir verlernt haben, unsere Kreatürlichkeit von der der Maschinen zu unterscheiden, die wir erschaffen? Wer möchte schon entsorgt werden?
In der Tat ist diese Vorstellung des Endes beunruhigend.
Wir sind jedoch keine Maschinen.
Als ich, in einem Zustand zwischen Wachen und Schlafen, in meiner halbdunklen Hütte lag, fragte ich mich, ob nicht eben dieser Zustand – diese Zwischenwelt aus Geist, Licht und Liebe, die dem Bild, das ich mir vom Zustand nach dem Tode mache, so nahekommt – bereits ein hinreichender Grund für Vertrauen darstellt.
Ich wünsche es mir, Godot. Ich wünsche es mir nicht zuletzt für Laura.

Ich umarme Dich aus der Ferne und verbinde mich im Geiste mit Dir,

Dein Pascal

Kapitel 56 - Welcher Art Mensch

Luftspiegelungen flirrten über den heißen Asphalt der Hauptstadt. Es war Mittwochnachmittag. Man schrieb August des Jahres 1983.

Der Geruch von Teer verursachte meiner Mutter Übelkeit, als sie zu *Doña Ángels Taverne* eilte. In der Nacht zuvor hatte sie kein Auge zugetan. Gedanken an die bevorstehenden Ereignisse hatten sie ebenso gepeinigt wie Erinnerungen und Schuldgefühle. War es wirklich rechtens, sich dem Willen der Gemeinschaft zu widersetzen?

Ilhuicóatl belogen zu haben, ließ ihr keine Ruhe. In all den Jahren hatte sie den Anführer der Guerilleros schätzen gelernt, selbst wenn sie nicht immer seiner Meinung war. Dennoch konnte sie gemeinhin auf seine Unterstützung zählen.

Nicht aber in diesem Fall.

All die Grausamkeiten, die Rivadeneira an ihren Brüdern und Schwestern begangen hatte, waren an ihr vorübergezogen, während sie sich im Bett einer stickigen Absteige hin und her gewälzt hatte. Und dann hatte sie an das Entsetzen in meinen Augen gedacht, als sein Speichel über mein Gesicht rann, als mein Kopf zwischen den grobschlächtigen Fingern meines Vaters gefangen war.

Nebliger Dunst schlug Yoyotli entgegen, als sie die Tür zu *Doña Ángels Taverne* öffnete. Die Sonne hatte hier Hausverbot. In einer abgelegenen Ecke fand sie Ocatlana. Er hatte ein gleichmütiges Gesicht aufgesetzt. Meine Mutter aber kannte ihn zu gut, um es ihm abzunehmen.

„Du bist also tatsächlich gekommen."

„Wie wir es vereinbart haben."

„Bist du dir sicher?"

Yoyo nickte.

Doña Ángel, die pausbäckige Wirtin, schlurfte zu ihnen herüber. Sie stellte Ocatlana ein Bier hin. „Und für dich, Schätzchen?"

Meine Mutter bestellte einen Kaffee. Ocatlana sog nervös an einer Zigarette. Es war die zweite, seit Yoyotli den Raum betreten hatte.

Als die Wirtin den Kaffee gebracht hatte, beugte meine Mutter sich über den Tisch. „Hast du sie?"

Ocatlana blickte sich verstohlen im Raum um. Dann ergriff er den Leinenbeutel, der neben ihm auf dem Stuhl lag, und öffnete ihn. Sie warf einen Blick hinein. Schwarz schimmerte das Metall. Ocatlana verschloss den Beutel wieder. Erneut sah er sich um, doch niemand schien von ihnen Notiz zu nehmen. Die einzigen anderen Gäste waren zwei ältere Männer an der Bar, die in ein Gespräch verwickelt waren.

Er schob meiner Mutter den Beutel zu. „Vergiss nicht – acht Uhr. Es ist jede Woche das gleiche."

„Ich danke dir. Mir ist klar, dass das nicht selbstverständlich ist. Du bist ein echter Freund."

Ocatlana bedachte sie mit einem Blick, den meine Mutter nicht zu lesen verstand. Er leerte sein Glas, erhob sich und legte einige Münzen auf den Tisch.

„Wir sehen uns dann an dem Ort, von dem wir gesprochen haben?" fragte sie. Ihre Hände zitterten, als sie den Beutel an sich nahm.

„Sicher."

Rasch verließ er die Taverne und drückte die Tür hinter sich zu. Meine Mutter kaute auf ihren Fingernägeln. In fünf Minuten ginge auch sie.

Als Yoyo auf die Straße trat, blendete sie das Sonnenlicht. Sie kniff die Augen zusammen. Auf der gegenüberliegenden Straße erblickte sie eine Uhr. Sie atmete tief durch.

Vier Stunden noch.

Der Cementerio de la Virgen de Guadalupe war nur spärlich beleuchtet. Vereinsamt standen einige Laternen zwischen in die Wände eingelassenen Gräbern. Mächtige Steinmauern schieden den Friedhof vom Rest der Stadt. An manchen Stellen begannen sie bereits zu verwittern.

Die Kirchenglocken läuteten sieben Uhr.

Die Lage des Grabes, nach dem sie Ausschau zu halten hatte, hatte Ocatlana ihr genau beschrieben. Es trug den Namen eines Mannes: *Eduardo Sánchez de la Vega.*

Als meine Mutter schließlich davorstand, fiel ihr auf, wie jung dieser Eduardo gewesen war, als er starb. Seine Lebensdaten standen unter dem verblichenen Foto: *18. Juli 1918 – 27. Februar 1936.* Das Foto zeigte einen Jungen mit pomadisiertem schwarzem Haar, der lächelnd in die Kamera blickte. Offenbar ahnte er nicht, was ihm bevorstand.

Wer mochte dieser Eduardo sein? Weshalb war er mit gerade mal 17 Jahren verstorben? Und was trieb Rivadeneira dazu, nach beinahe 45 Jahren noch immer dieses Grab aufzusuchen? Freundschaft? Schuld?

Yoyotli wischte die Gedanken beiseite. Die Antworten würde sie nie erfahren.

Sie blickte sich um. Zwischen den Steinwegen waren einige Büsche verstreut, genau wie Ocatlana es ihr erzählt hatte. Unweit des Grabes bemerkte Yoyotli eine mannshohe Hecke. Sie konnte das Gewicht des Leinenbeutels an ihrer Hüfte fühlen. Ihr Herz schlug heftig in der Brust. Dort wollte sie sich verbergen.

Ihre Hand strich über die Narbe am Hals. Sie spürte ein sanftes Pochen. Ihr Blick wanderte über den Friedhof. Niemand zu sehen. Rasch ging sie zu der Hecke hinüber. Sie bog einige Zweige auseinander und glitt zwischen das Geäst. Von hier aus hätte sie alles bestens im Blick.

Coronel Rivadeneira betrat den Cementerio de la Virgen de Guadalupe um Punkt acht Uhr.

Ein leiser Wind rauschte durch die Blätter.

Als sie die Silhouette des Coronels auftauchen sah, rieselte ein Schauer den Rücken meiner Mutter hinab. Er war tatsächlich allein, auch hierin bestätigte sich Ocatlanas Geschichte. Der Klang eines über den Kieselboden nachgezogenen Beines drang zu ihr herüber.

Die Zeit schien stehen geblieben, während sich Rivadeneira langsam der Hecke näherte, in der Yoyotli sich verborgen hielt. Über ihr im Dickicht pfiff eine Nachtigall ihr Lied.

Endlich gelangte der Coronel an die Grabstelle. Der Puls meiner Mutter raste. Vor Angst war sie wie gelähmt. Rivadeneira griff in die Tasche seiner Uniform und holte das Sprayfläschchen hervor. Zwei Wolken wanderten in rascher Folge in seine Mundhöhle.

Wenn sie es nicht tat, wer sollte es dann tun?

Ihre Hand glitt hinab in den Leinenbeutel. Das kühle Metall biss in ihre Haut.

Meine Mutter atmete tief ein. Hielt eine Sekunde inne. Dann bog sie die Zweige auseinander. Ein Rascheln begleitete ihre Bewegung.

Rivadeneira schien es nicht wahrzunehmen. Andächtig stand er vor dem Grab von Eduardo Sánchez de la Vega.

Yoyotli trat einen Schritt nach vorn. Vom Himmel herab beobachtete der Mond jede ihrer Bewegungen.

Noch immer hatte der Coronel ihr den Rücken zu gewandt. Kalter Schweiß rann ihr die Wirbelsäule hinab.

Sie legte die Pistole an.

Zielte auf seinen Kopf.

Zögerte.

Verharrte reglos.

Nein, nicht einmal ihn könnte sie hinterrücks erschießen.

Die Waffe in ihrer Hand wurde schwer. Yoyotli ließ sie sinken. Machte einen weiteren Schritt auf den Coronel zu. Unter ihren Füßen knirschten Kiesel.

In diesem Moment wandte Rivadeneira sich um.

Meine Mutter umklammerte die Pistole fester. Erneut richtete sie sie auf sein Gesicht.

„Kennst du mich?" stieß sie hervor.

Auf Rivadeneiras Antlitz funkelte ein maliziöses Grinsen. Seine Haare schimmerten silbern im Mondlicht. Er zuckte mit den Achseln.

„Du bist die Hure, die mir damals aus der Sakristei abgehauen ist, wenn ich nicht irre."

Yoyotli ersparte sich die Mühe zu antworten.

Dieser Mistkerl hatte alles zerstört, was ihr im Leben einmal wichtig gewesen war. Bilder blitzten auf. Die Hochzeit ihrer Schwester. Das Leid in Pepitos Augen, als sie aus dem Dorf verjagt worden war.

Rivadeneiras Unerschrockenheit verblüffte sie. Seine ganze Gestalt drückte jene erbarmungslose Gelassenheit aus, die sie seit jeher von ihm kannte.

Sie trat einen Schritt näher, die Mündung der Waffe unverändert auf die Stelle zwischen seinen Augen gerichtet.

„Du irrst dich", sagte sie kühl. „Ich bin die Frau, die deinen Schandtaten ein für alle Mal ein Ende setzen wird."

Der Coronel regte sich nicht. Meine Mutter versuchte, in seinen Augen zu lesen. Sie fand nichts als Leere.

In der Nähe sandte ein Käuzchen seinen klagenden Ruf in die Nacht.

Ihr Finger lag auf dem Abzug der Pistole. Ihr Atem ging stoßweise.

Abdrücken. Sie musste einfach nur abdrücken.

Dennoch zögerte sie.

„Dir fehlt die Courage." Rivadeneiras Stimme klang heiser. Als habe er die Nacht zuvor durchzecht. „Für so eine Tat braucht es jemand anderen als dich. Einen Mann. Jemanden von Größe – nicht so eine bedeutungslose Schlampe."

„Schnauze", befahl Yoyotli.

„Du willst mir das Licht ausblasen?" fuhr er unbeirrt fort. „Kriech besser unter den Stein zurück, unter dem du hervorgekommen bist."

Meine Mutter zitterte. Diese Beleidigungen sollten an ihr abprallen. Dennoch geriet sie ins Zaudern.

Der Gestank von Rivadeneiras Atem hüllte sie ein.

„Du bist nicht in der Position, mich zu beleidigen."

„Komm schon, gesteh es dir ein: Das ist eine Nummer zu groß für dich. Du kannst es nicht. Mach einfach die Beine breit, ja? Das ist es doch, was ihr Schlampen am besten könnt." Rivadeneiras Lachen hallte von den Mauern des Cementerios wider.

Meine Mutter trat einen Schritt zurück. Ihr war heiß und kalt zugleich.

Sie musste es tun. Dieser Mensch hatte es nicht verdient zu leben! All das Leid, das er über ihr Volk gebracht hatte.

Eine winzige Bewegung. Es wäre so einfach.

Da gingen ihr zwei Gedanken gleichzeitig durch den Kopf.

Zum einen kamen ihr die Worte in den Sinn, die Ilhuicóatl ausgesprochen hatte, bevor sie nach San Juan del Valle hinabgegangen waren – an jenem Tag, als sie Itzmin verloren.

Manchmal ist es schwer, nicht zu vergessen, weshalb man tut, was man tut. In solchen Momenten braucht es Menschen, die einen erinnern.

Jahre waren seither vergangen. Damals war sie dieser Mensch für ihn gewesen. Welcher Art Mensch war sie in der Zwischenzeit geworden?

Dann dachte meine Mutter an mich. Wie könnte sie mir je wieder in die Augen sehen?

Sie kehrte in die Gegenwart zurück.

Es waren nur Sekunden verstrichen. Der Blick des Coronels ruhte unverwandt auf ihr.

„Ich sag's doch!" durchschnitt seine Stimme die Nacht. „Du kannst es nicht!"

Yoyotlis Finger strich über den Abzug.

Sie könnte ihre Brüder und Schwestern von dieser Plage befreien. Für immer.

Dann ließ sie die Pistole sinken.

Mit hängenden Schultern stand sie da.

Innerhalb eines Herzschlags trat Rivadeneira auf sie zu und entwand ihr die Waffe.

Im selben Augenblick wurde ihr klar, dass sie einen entsetzlichen Fehler begangen hatte. Wieder entstellte jenes maliziöse Grinsen seine Züge, als er die Pistole nun auf sie richtete.

„Das ist genau euer Problem. Ihr habt einfach nicht genug Verstand, um im entscheidenden Moment zu handeln. Ihr seid und bleibt kleine Kinder." Verächtlich rümpfte er die Nase. „Deshalb werdet ihr uns immer unterlegen sein. Ihr werdet nie bekommen, was ihr verlangt."

Meine Mutter wagte nicht, sich zu bewegen.

Wäre dieser kühle Abendwind das Letzte, was sie in diesem Leben spüren dürfte? Wieder dachte sie an mich. Was hatte sie nur getan? Sie würde mich nie wiedersehen.

Der Coronel trat ganz dicht an sie heran. Sein Atem raubte ihr beinahe die Sinne. Yoyo biss die Zähne zusammen. Sie bot alle Kraft auf, um seinem Blick nicht auszuweichen. Ihre Knie drohten nachzugeben.

Die Mündung der Pistole ruhte auf ihrer Brust.

„Ist es das, was du wolltest? Wirklich? Bist du hierhergekommen, um zu sterben?"

Yoyotli schwieg. Rivadeneira fuhr mit der Pistolenmündung um ihre Brustwarzen. Sie bekam eine Gänsehaut.

„Oder hat es dir so viel Spaß gemacht, dass du einfach nicht genug davon bekommen kannst?"

Ihr wurde schlecht. Die Vorstellung, dass dieses Monster noch einmal in sie eindringen könnte, verschlug ihr den Atem. Sie dachte an die letzte Nacht mit Totumay. Wie er sie im Arm gehalten hatte, nachdem sie wieder einen dieser Träume gehabt hatte.

Rivadeneira trat einen Schritt zurück. Die Pistole entfernte sich von Yoyotlis Körper, blieb aber auf sie gerichtet.

„Ich muss dich enttäuschen, fürchte ich." Seine Stimme klang blechern. „Aber du bist ein hässliches Flittchen und ich bin heute nicht in Stimmung."

Yoyo wagte nicht aufzuatmen.

„Ich töte dich lieber gleich."

Er legte die Pistole auf sie an. Schützend riss Yoyotli die Hände vor die Brust.

„Oder hast du noch etwas zu sagen? Ein paar letzte Worte vielleicht?" Er senkte die Waffe. „Etwas, das ich der Nachwelt überliefern soll?"

Meiner Mutter liefen die Tränen über die Wangen. Sie schämte sich, schämte sich so unendlich und konnte dennoch nichts tun.

„Nein?" lachte er.

„Bitte", flehte sie. „Tu es nicht. Denk an deine Tochter."

Sie sank auf die Knie.

Rivadeneira spuckte aus. „Wag es nicht, das noch einmal zu sagen, Schlampe!"

„Aber sie ist deine Tochter", beharrte meine Mutter und drehte ihm die Narbe zu. Im Licht der Laterne hatte sie die Farbe eingetrockneten Blutes.

„Du scheinst es wahrlich darauf anzulegen!"

Rivadeneira hob die Waffe und drückte ab.

Ein Donnerschlag zerriss die Nacht.

Yoyotli sank nach hinten über.

Rivadeneiras Hohngelächter ließ sie auffahren. Verwirrt sah sie sich um. Dann blickte sie an sich herab.

Nichts. Kein Blut.

Der Coronel stand über ihr. Im Gegenlicht erkannte sie nur seine Umrisse.

„Denkst du wirklich, du hättest jemals die Chance gehabt, mich zu töten?"

Yoyotli wusste nicht, wie ihr geschah. Sie musste ohnmächtig geworden sein.

„Meinst du allen Ernstes, ich hätte nicht gewusst, was du im Schilde führst? Du unterschätzt mich. Ich habe es dir bereits gesagt: ich bin eine Nummer zu groß für dich. Ein Sergio Rivadeneira lässt sich nicht von einer billigen Schlampe in einem Hinterhof abknallen wie ein räudiger Köter."

Er ließ einen gellenden Pfiff ertönen.

Sekunden später spürte Yoyotli wie der Boden unter ihr erbebte. Schwere Stiefel näherten sich.

Sie setzte sich auf.

Rivadeneira sah sie an.

„Ich könnte dich töten." In seinen Augen lag Genugtuung. „Ja, das könnte ich." Er griff in seine Tasche und zog das Spraydöschen hervor. Zwei Minzwolken wanderten in seinen Mund. „Nicht mit diesem Spielzeug natürlich."

Er warf die Pistole, die er noch immer in Händen gehalten hatte, neben Yoyotli auf den Boden.

„Aber hiermit."

Seine Hand holte eine andere Waffe unter der Uniform hervor. Er beugte sich zu meiner Mutter hinab. Die Pistole, die er nun in der Hand hielt, war größer.

Er zwang Yoyotli, sich aufzurichten. Mühsam rappelte sie sich hoch. Das kalte Metall lag auf der verhassten Narbe.

„Doch – ehrlich gesagt", sagte Rivadeneira schließlich, „du bist es nicht wert."

Meine Mutter stand schlotternd vor ihm, den Blick zu Boden gerichtet. Er zog die Waffe zurück. „Sieh mich gefälligst an, wenn ich mit dir rede!"

Widerwillig hob sie den Kopf.

Sergio Rivadeneira spuckte ihr ins Gesicht.

„Männer, verpasst dem Flittchen eine Abreibung, die sie ihr Lebtag nicht vergisst. Aber lasst sie am Leben. Es gibt noch so einiges, worüber sie nachzudenken hat."

Mit diesen Worten drehte er sich um und hinkte davon.

Ein erster silberner Lichtstreifen kündete am Horizont vom Hereinbrechen eines neuen Tages. Das Knistern des Lagerfeuers war der einzige Laut, der zu vernehmen war.

Eine Gänsehaut überzog Kyriels Körper. Julián neben ihm schien in Starre verfallen, nachdem er Kyriel Lucías letzte Worte übersetzt hatte.

Lucía wirkte erschöpft. Die beiden Reisenden hatten ihre Erzählung in all den Stunden kein einziges Mal unterbrochen.

Kyriel vermochte all die Figuren vor sich zu sehen, als wäre er selbst dabei gewesen. Lucías Mutter, Ilhuicóatl, Ameyal, Citlalmina. Und natürlich Tleyotl, Juliáns Vater.

Der Kloß im Hals schnürte ihm beinahe die Luft ab.

Er reckte sich, um wieder Leben in seine Glieder zu bringen, bemüht seine Ergriffenheit zu verbergen. Hatte er das Recht dazu, derart betroffen zu sein? Immerhin war es Lucías Geschichte, um die es sich handelte – nicht die seine.

Julián regte sich ebenfalls. Sein Silberblick wanderte zunächst zu Kyriel, dann zu Lucía. In seinen Augen stand Verzweiflung.

„Es tut mir so leid", murmelte er schließlich. „Ich wünschte nur, wir hätten die Gelegenheit gehabt, mit Ihrer Mutter zu sprechen, als sie noch lebte."

„Oh, aber die haben Sie." Lucía lachte. „Meine Mutter lebt doch noch! Sie ist heute nur in Santiago de Atitlán. Morgen kehrt sie zurück."

Drittes Buch - Mosaik

Kapitel 57 – Don Pedros Erinnerungen

Sie saß mir gegenüber und sah so elend aus, wie ich mich fühlte. Glücklicherweise litt ich nie unter Schlafstörungen, weshalb man es mir nicht ansah. Lola hingegen war weiß wie ein Laken. Ihre Augen huschten umher wie die eines in die Enge getriebenen Rehs. Auf ihrem Schoß saß Julián, mein Großneffe, kaum zwei Jahre alt.

Es fiel mir schwer, seinem Blick standzuhalten.

Ich wusste, wie es war, ohne Eltern aufzuwachsen. Raúl hatte dieses Gefühl nicht gekannt. Natürlich hatte er in derselben Nacht wie ich seine Eltern verloren. Dennoch war sein Leben anders verlaufen. Er war so jung gewesen. Yoyotli und ich hatten ihm die verlorenen Eltern weitgehend ersetzen können.

In diesem Augenblick hätte ich Lola Halt und Zuversicht vermitteln können. Wahrscheinlich müssen. Es lag in meiner Hand. Zugleich aber war mir klar, dass ich vermutlich nie wieder die Gelegenheit bekäme, so einfach aus der Sache rauszukommen.

Also belog ich sie.

„Sei ehrlich, Pedro. Hat er dir gegenüber irgendetwas angedeutet? Wusstest du, dass er mich verlassen wollte?"

Ich tat so, als fiele es mir schwer, ihr zu sagen, was ich ihr zu sagen hatte. Wenn ich die Sache durchziehen wollte, musste ich überzeugend sein. Ich hatte keinerlei Lust, mich in den kommenden Jahren immer wieder mit dem leidigen Thema herumschlagen zu müssen. Es gab wichtigere Dinge, um die ich mich zu kümmern hatte, jetzt, da mein Neffe mich im Stich gelassen hatte.

Ich räusperte mich. „Weißt du, Lola, Raúl war seit jeher ein wenig unstet. Ich kann nicht behaupten, dass er direkt mit mir über seine Pläne gesprochen hätte. Aber ich hatte dergleichen befürchtet."

„Aber wieso, Pedro? Wir waren so glücklich!"

Sie hielt Julián fest, als wäre er der Rettungsring, der einem Schiffbrüchigen zugeworfen wird. Kein Wunder, dass der

Kleine zu weinen begann. Es war erbärmlich.

„Nicht weinen, Schätzchen. Deine Mamá ist bei dir. Ich werde immer bei dir bleiben, mein Baby. So hör doch auf zu weinen."

Ich konnte hören, dass Lola bei diesen Worten ihre liebe Mühe hatte, die eigenen Tränen zurückzuhalten. Abermals sah sie mich aus weit aufgerissenen Augen an. Geschmack hatte mein Neffe gehabt, dass musste ich ihm lassen.

„Ich wünschte, ich könnte dir mehr sagen, Lola. Aber ich hatte seit Längerem das Gefühl, dass Raúl alles zu eng wurde. Er ist ein Kind des Krieges, weißt du. Wir sind manchmal etwas eigenartig."

„Etwas eigenartig?" Sie sprang auf und funkelte mich an. „Er hat mich mit einem zweijährigen Kind sitzen lassen. Seinem Kind. Das nennst du eigenartig?"

„Es tut mir leid. Lass es mich wissen, wenn ich irgendetwas für dich und Julián tun kann, okay?"

Lola schnäuzte sich mit einer Hand in ein Stofftaschentuch, mit der anderen hielt sie Julián. Es trug Raúls Initialen.

„Was soll ich jetzt nur tun, Pedro? Ich kann den Jungen doch nicht allein großziehen! Er braucht seinen Vater! Hat Raúl wirklich nichts zu dir gesagt? Wohin er gegangen sein könnte, zum Beispiel? Hast du keine Idee?"

Ich schüttelte entschieden den Kopf.

„Ich bin ebenso überrascht wie du. Ich wünschte, es wäre anders gekommen, das musst du mir glauben!"

Dieser Teil entsprach, weiß Gott, der Wahrheit.

Dabei hatte ich alles so sorgfältig geplant. Ich verstand gar nicht, wie es derart hatte aus dem Ruder laufen können.

Drei Tage zuvor hatte ich Raúl zu mir gebeten.

Ich saß am Schreibtisch in meiner kleinen Bruchbude in der Calle de las Minas. Die Abendsonne schien mir ins Gesicht, als mein Neffe anklopfte.

„Herein, herein!"

Ich war bester Stimmung. Alles lief genau so, wie ich es mir vorgestellt hatte. Es hatte eine Weile gedauert, aber mittlerweile hatte ich die nötigen Kontakte geknüpft. Wir konnten jeden Augenblick loslegen. Dann wären unsere finanziellen Sorgen ein für alle Mal Geschichte. Wie sehr ich diesen Moment herbeisehnte!

Raúl trat ein. Wir umarmten einander.

„Tut mir leid, dass ich mich so lange nicht habe blicken lassen, Onkelchen", scherzte er. „Aber du weißt ja, das Leben eines Vaters gönnt einem wenig Verschnaufpausen."

„Wie geht's meinem Lieblingsgroßneffen?"

„Prima, ich habe das Gefühl, ihm beim Wachsen zuschauen zu können. Außerdem wird er jeden Tag frecher. Sein liebstes Wort ist *no*."

Das sah dem Kleinen ähnlich.

„Aber was gibt's? Du klangst am Telefon so geheimnisvoll."

„Setz dich, Raúl."

Erwartungsvoll blickte er mich an.

Ich musste vorsichtig sein, das war mir klar. Mein Neffe war Familienvater. Aber ich brauchte ihn. Wir hatten die Jahre des Krieges gemeinsam durchgestanden. Das verband.

Ich räusperte mich und erzählte Raúl von meinen Plänen.

Er unterbrach mich kein einziges Mal.

„Es kann überhaupt nichts schiefgehen, siehst du? Alles ist perfekt durchdacht. Wir sind in jeder Richtung abgesichert", beendete ich meine Ausführungen. „Außerdem werden wir uns nie wieder Gedanken um Geld machen müssen."

Ich lächelte ihn voller Zuversicht an. Meine Finger verschränkte ich, um meine Nervosität zu verbergen.

Raúl ließ sich Zeit mit seiner Antwort.

Ich las sie seinen Augen ab, ehe er auch nur ein Wort gesagt hatte.

„Pedro", begann er, „so gern ich dir helfen würde - ich kann das nicht tun. Ich muss an meine Familie denken." Er rutschte auf seinem Stuhl hin und her. „Drogen? Das ist viel zu gefährlich. Ich habe einen kleinen Sohn. Das macht mich viel zu angreifbar."

„Nichts wird geschehen", wischte ich seine Einwände beiseite. „Wir haben die allerbesten Kontakte. Meine Leute sind alle in Marokko aufgewachsen. Die kennen die Gegend wie ihre Westentasche. Es kann gar nichts passieren, wenn wir vorsichtig sind. Und das werden wir sein, Raúl, ich verspreche es dir."

Er sah mich ausdruckslos an.

Dann schüttelte er den Kopf.

„Ich kann das nicht tun. Du musst mich verstehen. Bitte!"

Der verzweifelte Unterton in seiner Stimme ließ mich hoffen, dass noch nicht alles verloren war.

„Raúl, so hör doch. In unseren Adern fließt das gleiche Blut. Du bist die einzige Familie, die mir geblieben ist. Niemandem könnte ich jemals so vertrauen wie dir! Ich brauche dich bei dieser Unternehmung. Du wirst meine rechte Hand sein. Wir werden ein Leben führen, wie wir es uns niemals zu erträumen gewagt hätten. Gerade wenn du an deine Familie denkst – willst du wirklich, dass dein Sohn in diesen erbärmlichen Verhältnissen aufwächst? Was kannst du ihm denn schon bieten?"

Obschon ich spürte, dass eine leise Wut in mir aufstieg, hatte ich meine Stimme unter Kontrolle. Unmöglich, dass Raúl hätte wissen können, wie es in mir aussah. Die vergangenen Wochen hatten mich eine Menge Kraft gekostet. Keinesfalls durfte ich so kurz vor der Ziellinie aufgeben.

„Eine andere Antwort kann ich dir leider nicht bieten, Pedro."

Er sah mich mitleidig an – wie einen Welpen, den er eben aus der Mülltonne gefischt hatte.

Mitleid! Wie konnte er es wagen? Nach allem, was ich für ihn getan hatte!

„Ich denke, ich gehe jetzt besser."

Mein Neffe erhob sich. In diesem Augenblick beging ich einen Fehler, der nicht nur mir zum Verhängnis werden sollte. Ehe er die Tür erreicht hatte, stellte ich mich ihm in den Weg.

„Wage es nicht, jetzt zu gehen." Mein Tonfall ließ Raúl inmitten seiner Bewegung erstarren. „Du glaubst nicht ernsthaft, dass du dich mit all dem Wissen, dass ich dir eben anvertraut habe, einfach so davonstehlen kannst?"

„Was soll das heißen? Glaubst du, du kannst mich aufhalten? Pedro, mach dich nicht lächerlich! Ich behalte dein Geheimnis für mich, versprochen."

Er lachte. Die Selbstgefälligkeit in seiner Stimme machte mich wütend. Das würden wir ja mal sehen! Ein paar Asse hatte ich noch im Ärmel. Ich hatte nicht vorgehabt, ihn unter Druck zu setzen, aber wenn es nicht anders ging, ging es eben nicht anders. Bisweilen heiligte der Zweck bekanntlich die Mittel.

„Spar dir deine Scheinheiligkeit!"

Raúl sah mich an, als hätte ich ihn geohrfeigt.

„Scheinheiligkeit? Was willst du damit sagen?"

„Nun tu nicht so. Ich kaufe dir deine Naivität nicht ab. Du weißt ganz genau, dass die Dinge ihren Preis haben."

„Ich habe nicht die leiseste Ahnung, wovon du sprichst."

„Muss ich tatsächlich deutlicher werden?" Ich spürte, wie mir die Situation zu entgleiten drohte. Das durfte nicht geschehen. Ich räusperte mich. „Denk mal scharf nach! Hast du dich nie gefragt, wie wir es uns leisten konnten, zu fliehen und hier neu anzufangen?"

„Das weiß ich doch! Wir haben auf dem Schiff angeheuert."

„Natürlich. Aber wie haben wir das alles finanziert? Neue Pässe? Glaubst du dieser Kapitän hätte uns aus reiner Gutherzigkeit diese Arbeit gegeben?"

„Was willst du damit sagen?"

„Ich möchte dir nur klarmachen, dass du dich nicht mir nichts dir nichts aus dem Staub machen kannst. Wenn ich nicht wäre, wärst du wahrscheinlich überhaupt nicht mehr am Leben. Wärst vermutlich irgendwo in der Pampa verreckt, dort drüben. Mit einer Kugel in der Seite elendig krepiert!"

„Ich will wissen, was du damit sagen willst, Ocatlana! Wie hast du es finanziert – so es etwas zu finanzieren gab?" Er baute sich vor mir auf und funkelte mich an.

„Ocatlana ist tot! Es gibt ihn nicht mehr. Der Krieg ist vorbei, zumindest für uns. Dafür solltest du dich dankbar zeigen."

„Beantworte meine Frage. Woher hattest du das Geld?"

Ich hatte mir mein eigenes Grab geschaufelt, das wurde mir in diesem Augenblick klar. Aber nun gab es kein Zurück mehr.

„Was glaubst du denn, Raúl?"

„Ehrlich gesagt, ich habe keine Ahnung. Bis eben wusste ich nicht einmal, dass es nötig war, welches zu haben."

„Klar, du bist immer der kleine Tleyotl geblieben. Konntest dich ja hinter mir und deiner geliebten Yoyotli verstecken, wenn es brenzlig wurde." Bitterkeit zog mir die Mundhöhle zusammen.

Raúl sah mich an wie ein verwundetes Tier. Dabei sprach ich nichts als die Wahrheit.

„Sie hat dir einen letzten Dienst erwiesen, mein Lieber. Auch wenn sie nie davon erfahren hat. Aber ich denke, es wäre ihr recht gewesen. Schließlich warst du immer ihr Liebling."

„Was willst du damit sagen?" Seine Stimme überschlug sich fast.

„Dass du hier in deinem kleinen Idyll leben kannst, mit deiner Familie und allem - das hast du Yoyotli zu verdanken. Oder vielmehr Rivadeneira, um genau zu sein. Wag es also nicht, mich hängen zu lassen. Du schuldest mir dein Leben. Ich habe uns die Freiheit erkauft."

„Du hast *was* getan?" Raúls Gesicht war mit einem Mal aschfahl.

„Ich habe den Preis bezahlt, den es zu bezahlen galt, um uns eine bessere Zukunft zu ermöglichen. Überhaupt eine Zukunft - wenn wir realistisch sein wollen. Und das wollen wir doch, nicht wahr?"

„Sag, dass das nicht wahr ist. Pedro! Ich flehe dich an! Sag, dass du das erfunden hast, ich bitte dich!"

Ich sah zu Boden. Wie sehr wünschte ich, ich hätte es erfunden.

„Nein! Das ist unmöglich!" Raúl schüttelte den Kopf, während er im Raum auf und ab lief. „Das hast du nicht getan. Das kannst du einfach nicht getan haben. Nicht Yoyo! Nicht du!"

„Ich würde also vorschlagen, du überlegst dir gut, was du tust. Wir werden ein wunderbares Geschäft zusammen aufbauen! Wenn unsere Familie in Zukunft ein besseres Leben führen kann, dann waren all die Opfer wenigstens nicht umsonst."

„Gelohnt? Du hast sie umgebracht! Du hast sie umgebracht, damit du fliehen konntest!"

„Wir", korrigierte ich ihn, „damit wir fliehen können. Damit wir leben können. Ich habe es für unsere Familie getan."

„Benutze dieses Wort nie wieder! Nie wieder, hörst du? Du bist Abschaum. Ich habe keine Familie mehr. Mein Onkel ist in Guatemala gestorben. Er hieß Ocatlana. Die einzige Familie, die mir in diesem Leben noch bleibt, sind meine Frau Lola und mein Sohn Julián!"

„Dann würde ich vorschlagen, du tust, was ich dir sage. Du hast keine Wahl, Raúl."

Fassungslos starrte er mich an.

„Entweder du steigst mit mir in dieses Geschäft ein oder du verschwindest von der Bildfläche – und zwar endgültig. Nur dann wird deiner Familie nichts geschehen. Wenn du wirklich an das Wohl deiner Familie denkst, verhalte dich entsprechend."

Damit musste ich ihn doch umstimmen.

Ich tat es nicht gern, aber ich konnte nicht zulassen, dass er mit diesem Wissen herumlief. Er hätte alles gefährdet. Als mein Partner hingegen – niemand wäre besser geeignet als Raúl.

„Darf ich ihre Bordkarte sehen, Señor?"

Die Frage riss Don Pedro aus seinen Gedanken. Er hielt der lächelnden Flughafen-Assistentin seinen Boardingpass hin. Sie nickte und verglich die Daten mit dem Namen auf seinem Ausweis.

„Guatemala?"

Don Pedro nickte.

„Eine angenehme Reise wünsche ich Ihnen, Señor Coya!"

„Danke", brummte er und schritt die Gangway hinab.

Die Räder seines Rollkoffers klapperten metallisch. Eine adrett gekleidete Flugbegleiterin wies ihm den Weg zu seinem Platz in der Business Class. Don Pedro verstaute den Koffer im Gepäckfach und ließ sich in den Sitz sinken.

Womöglich könnte er nach all den Jahren endlich zu Ende bringen, was er so stümperhaft begonnen hatte. Er hatte seinen Neffen damals unterschätzt. Raúl war tatsächlich verschwunden.

23 Jahre war das nun her.

Ungläubig schüttelte Don Pedro den Kopf, während er den Sicherheitsgurt anlegte.

23 Jahre. Ein halbes Leben.

Kapitel 58 - Begegnungen, erwartete und unerwartete

„Yoyotli lebt!" flüsterte Julián vor sich hin. Sie hatten kurz geschlafen und waren nun auf dem Weg ins Barrio Uno. Der Duft erwachenden Lebens erfüllte die Luft. Aus den Hütten stieg Rauch auf. Tortillas wurden gebacken. Frijoles gegart. Über allem die Morgensonne. Ein Tag wie jeder andere in San Marcos la Laguna.

„Ob sie mir helfen kann?" Julián und Kyriel gelangten zu der blauen Kapelle.

„Wenn es jemand kann, dann sie", Kyriel warf Julián einen Blick zu. „Was Totumay wohl sagen wird, wenn er davon erfährt?"

„Habe ich mich auch schon gefragt." Julián schwitzte. „Aber zuerst muss ich mit Yoyotli sprechen."

Sie überquerten den Hof. Hühner stoben flatternd davon.

Vorsichtig klopfte Julián an die offene Tür und trat ein. Am Tisch saß ein Fremder. Er hielt eine Tasse Kaffee in Händen. Hinter ihm Lucía, umringt von vier Kindern. Die Kleine mit den grünen Augen schien die Jüngste zu sein, der Junge, den sie beim Basketballspielen getroffen hatten, der Älteste. Vor dem Herdfeuer stand eine Frau. Sie hatte ihnen den Rücken zugewandt. Das musste Lucías Mutter sein.

Der Fremde blickte auf.

„Kyriel?" rief er aus.

Julián wandte sich zu Kyriel um.

„Pascal", wisperte der. „Was?"

Pascal erhob sich und ging auf Kyriel zu. Die beiden umarmten sich.

„Wie hast du davon erfahren?" fragte Pascal.

Juliáns Blick wanderte von einem zum anderen.

„Habe ich was erfahren?" Kyriel ergriff Pascal bei den Schultern und trat einen Schritt zurück. „Was machst du hier?"

„Sie kennen sich?" Lucía hielt das grünäugige Mädchen bei der Hand. „Aber wie ist das möglich?"

„Das", murmelte Julián, „frage ich mich allerdings auch. Könnte mich mal einer aufklären?"

Die Frau am Herdfeuer wandte sich um.

Ihr Blick traf Julián. Unwillkürlich griff der nach einer Stuhllehne. Schwarze Kinderaugen verfolgten jede seiner Regungen.

„Julián", ergriff Lucía das Wort, „das ist Yoyotli. Meine Mutter."

Juliáns Finger lösten sich von der Lehne. Er deutete eine Verbeugung an. Die Narben durchzogen Yoyotlis Gesicht wie Flüsse eine verblasste Landkarte.

„Es ist mir eine Ehre", flüsterte er.

Yoyotlis Augen durchbohrten ihn. Letztlich schenkte sie ihm ein Lächeln. „Willkommen in unserem Hause, Julián, Tleyotls Sohn."

Julián schluckte. Tleyotls Sohn.

„Nein wirklich, Pascal, ich habe nicht die leiseste Ahnung, wovon du sprichst", hörte er Kyriel wispern.

„Gott, wie ich mich freue, dich wiederzusehen", entgegnete Pascal. „Mehr als du dir vorstellen kannst."

„Was tust du hier am Ende der Welt?"

Julián drehte sich um. Die Art, wie Pascal Kyriel ansah, verursachte ihm Unbehagen.

„Yoyotli", half er sich, „darf ich Ihnen Kyriel vorstellen. Mein bester Freund und Reisegefährte."

Kyriel wandte sich von Pascal ab und gab Yoyotli die Hand. „Es freut mich sehr."

„Was mag es sein, das uns alle", mit einer Kopfbewegung umfasste Yoyotli die Menschen im Raum „in diesem Hause zusammenführt?"

„Das frage ich mich auch", sagte Kyriel. „Julián, das ist Pascal. Ich habe dir von ihm erzählt."

„*Der* Pascal?"

Kyriel nickte.

Die beiden reichten einander die Hände.

„Nun müssen Sie mir aber erklären, woher Sie einander kennen", bat Lucía.

„Kyriel war Lauras Freund", antwortete Pascal daraufhin in akzentfreiem Spanisch.

Das schien Lucías Frage zu beantworten. Sie wirkte plötzlich sehr beschäftigt und suchte Kleidungsstücke zusammen.

Kyriel kaute auf seiner Unterlippe. Nachdenklich sah er Pascal an.

„Ich nehme die Kinder mit zum See hinunter", sagte Lucía. „Ich habe einen Berg Wäsche. Salva, Cuco! Kommt ihr? Ana, Simona?" Sie ergriff einen Korb und schob die Kleinen hinaus.

„Was hältst du davon, wenn wir einen Spaziergang machen?" Pascal warf Kyriel einen vielsagenden Blick zu. „Ich denke, wir haben das ein oder andere zu bereden."

Kyriel sah zu Julián hinüber.

Der nickte bloß.

Wenig später fanden Yoyotli und er sich allein in der Küche wieder. Im Herd knisterte ein Feuer. Auf Yoyotlis Aufforderung hin, setzte Julián sich an den Tisch.

„Lucía hat Ihnen von meinen Träumen erzählt?" fragte er leise.

Yoyotli sah ihn ernst an. „Das hat sie."

„Sie – also, wenn ich das richtig verstanden habe, haben Sie den gleichen Traum?"

„Ich hatte ihn, oh ja", erwiderte Yoyotli.

„Haben Sie ihn nicht mehr?"

„Ich hatte ihn beinahe vergessen. Das alles liegt so weit zurück." Yoyotli fuhr sich mit den Händen über das vernarbte Gesicht. „Dann erzählte Lucía mir von dir."

Kapitel 59 - Nicht der Reichste unter den Reichen

„Aber wie sind Sie ihn losgeworden?" fragte Julián. „Was bedeutet dieser Traum? Bis heute habe ich das nicht begriffen. Und wie sind Sie diesem Rivadeneira entkommen?"

„Viele Fragen auf einmal." Die Schüchternheit in Yoyotlis Lächeln überraschte Julián. „Ich fürchte, auf die meisten kenne ich keine Antworten." Sie sank auf einem Stuhl nieder. „So es überhaupt Antworten auf diese Fragen gibt", fügte sie nach einer Weile hinzu.

Julián erschrak.

„Die Verlorenheit aber. Die Ungewissheit." Ihr Blick strich davon. „All das ist mir vertraut. Eines jedoch habe ich gelernt, seinerzeit: die einfachen Antworten, die ich zu finden gehofft hatte, gibt es nicht."

„Was meinen Sie damit?"

„Ich habe versucht den Traum zu benutzen. Mit Rivadeneira damals."

Julián nickte nachdenklich. „Wie sind Sie entkommen? Totumay glaubt, Sie seien tot."

„Totumay?" Yoyotli sah ihn überrascht an.

„Er lebt zurzeit im Haus meiner Mutter. Ohne ihn hätte ich nie von Ihnen erfahren." Julián senkte seinen Blick. „Jedenfalls ist er felsenfest davon überzeugt, dass sie gestorben sind."

Einen kurzen Augenblick wirkte es, als weile Yoyotli in weiter Ferne.

„Das glaubten sie alle. Auch dein Vater. Aber ich will von vorne beginnen oder besser gesagt am Ende. In jener Nacht, als ich den Fehler beging, Rivadeneira töten zu wollen und dafür beinahe mit meinem eigenen Leben bezahlt hätte." Ihre Finger glitten über ihr Gesicht. „Womöglich habe ich das sogar. Er hat mich auf andere Art vernichtet."

Begleitet vom Geruch der Bohnen und des Feuers begann Yoyotli in der dunklen Hütte zu erzählen. Julián lehnte sich zurück und lauschte dem Klang ihrer Stimme.

Rivadeneiras Männer leisteten ganze Arbeit. Als sie mit mir fertig waren, stand mein Körper in Flammen. Doch sie hatten seinen Worten Folge geleistet und mich am Leben gelassen.

Wie wünschte ich mir in diesem Augenblick, sie hätten es nicht getan! Nichts ersehnte ich mehr, als die Augen zu schließen und sie nie wieder öffnen zu müssen.

Da ich keine Kraft hatte, mich zu bewegen und zudem die Mehrzahl der Knochen in meinem Körper gebrochen war, fiel ich an Ort und Stelle in einen tiefen Schlaf: auf dem Cementerio de la Virgen de Guadalupe vor dem Grab eines gewissen *Eduardo Sánchez de la Vega*, dessen Name mich anstarrte, sobald ich die Augen aufschlug.

Am darauffolgenden Morgen fanden mich zwei ältere Friedhofsbesucherinnen. Dem Entsetzen in ihren Blicken entnahm ich, dass es nicht gut um mich stand.

„Lassen Sie mich liegen", flehte ich sie an. Sie schenkten meinen Worten keine Beachtung. Anstatt mich in Ruhe sterben zu lassen, zerrten sie mich hinter das Gebüsch, in dem ich mich zuvor verborgen hatte. Sie versprachen wiederzukehren.

Immer wieder löschte eine gnädige Bewusstlosigkeit meine Schmerzen aus. Schließlich kamen die Frauen zurück – in Begleitung ihrer Männer.

Als ich das nächste Mal erwachte, fand ich mich in einem Haus unweit des Cementerio wieder. Ein weißes Laken bedeckte meinen Leib bis unters Kinn. Ich war zu schwach, um nachzusehen, was von ihm geblieben war.

Ohne die Fürsorge der alten Damen hätte ich wohl nicht überlebt. Nie fragten sie, was mit mir geschehen sei. Nie zogen sie einen Arzt zu Rate. Sie schienen zu ahnen, dass dieser unliebsame Fragen stellen würde. Also versorgten sie mich anstatt dessen mit dem, was ihnen zu Gebote stand. Das war nicht viel. Sie schienten meine Arme und Beine, wechselten meine Verbände. Tag für Tag bestrichen sie die eiternden Wunden mit Salbe.

Nach und nach kehrten meine Kräfte zurück. Auch die Prophezeiung Coronel Rivadeneiras erfüllte sich. In Doña Arantxas Haus dachte ich über mein Leben nach.

Noch immer suchte mich der Feuertraum heim. Was hatte ich falsch gemacht? Immerhin hatte ich die Weisung des Traumes befolgt. Ich hatte mich der Unterdrückung entwunden. Hatte versucht, mich am Schlächter meines Volkes zu rächen. Die Höhle hatte ich doch verlassen, oder?

Der Traum aber ließ mir keine Ruhe.

Die Monate strichen ins Land. Es kam der Tag, an dem ich Doña Arantxa und Doña Magda verließ. Obwohl ich nicht wusste, wohin, wusste ich, dass es an der Zeit war zu gehen.

Man schrieb unterdessen März.

Zur Guerilla konnte ich nicht zurück. Ich hatte Ilhuicóatl verraten. Ich hatte die Gemeinschaft verraten. Außerdem war in jener Nacht auf dem Friedhof etwas in mir zerbrochen. Meine Zeit im Widerstand war vorüber. Viele Jahre hatte ich diesen Kampf ausgefochten. In all der Zeit hatte nichts sich verändert, nichts sich zum Besseren gewendet. Noch immer schlachteten die Mächtigen meine Brüder und Schwestern ab. Noch immer gab es kein Entrinnen. Wie hatten wir uns je etwas vormachen können?

Ich selbst hatte Glück gehabt - oder Pech, je nachdem, wie man es nennen wollte. Dass Rivadeneira es nicht für nötig befunden hatte, mich zu töten, schmerzte mehr als die Verletzungen, die seine Männer mir zugefügt hatten.

Ich war ein Niemand. Nicht einmal der Kugel seiner Pistole wert.

Zudem hatte ich unsere Grundsätze verraten. Ich hatte mich dem Willen der Gemeinschaft widersetzt. Der einzige Grund, weshalb unsere Traditionen über all die Jahrhunderte hatten überleben können, war, dass wir diese Grundsätze nicht verrieten. Niemals.

Am Tage, als mein Vater beerdigt wurde, hatte der Abuelito mich gemahnt, unsere Traditionen zu ehren und an meine Kinder weiterzugeben.

Respektiere diese unsere Bräuche und Geheimnisse, meine Tochter. Bewahre sie in deinem Herzen. Lass nicht zu, dass sie verloren gehen. Genau so, wie Salvador und Eufemia es an dich weiter-

gegeben haben, gib dieses Geschenk an deine Kinder weiter. Damit handelst du im Geist deines Vaters. Lass nicht den Zorn in deinem Herzen über deine Entscheidungen bestimmen. Niemand wird im Stande sein, uns auszulöschen, so wir nur zusammenhalten. Nicht der Reichste unter den Reichen.

Nun aber hatten Zorn, Schmerz und Hass die Oberhand über mich gewonnen. Somit war ich um keinen Deut besser als die, die zu bekämpfen ich geschworen hatte. Womöglich hatte der Abuelito tiefer in meine Seele geblickt, als ich damals verstanden hatte.

Wohin aber sollte ich mich nur wenden? Ich mochte mein Leben verwirkt haben. Aber was war mit meiner Tochter? Ich hatte Lucía bei meiner Freundin Ameyal zurückgelassen. Ich war mir sicher, dass diese sich gut um sie kümmern würde. Aber konnte ich mein Kind aufgeben? Nach allem, was mir genommen worden war?

Ich war bereit, den Preis für meinen Verrat zu bezahlen. Hieß das jedoch, Lucía den Preis für meine Fehler bezahlen zu lassen? Bestimmt hielt sie mich für tot. War es besser, sie in diesem Glauben zu belassen? Ameyal, Ilhuicóatl und Citlalmina würden sie in unsere Gebräuche und Rituale einweisen. Die Gemeinschaft der Guerilleros wäre ihr zu Hause. Bei ihnen wäre meine Tochter gut aufgehoben. Besser womöglich als an meiner Seite.

Dann musste ich an Ocatlana denken.

Würde meine Tochter jemals erfahren, wer ich wirklich gewesen war? Sie war erst neun. Ihre Erinnerung an mich würde schwinden. Andererseits, hatte ich nicht genau das verdient? Hatte ich durch meinen Verrat nicht jegliches Recht verwirkt, am Leben meines Volkes teilzuhaben? Am Leben meiner Tochter?

Nein, ich konnte ihnen nicht unter die Augen treten. Was geschähe, wenn mir Ocatlana gegenüberträte? Er hatte mich verkauft und verraten.

Doch hatte ich das Recht, zu urteilen? War ich nicht selbst zur Verräterin am eigenen Volk geworden?

Nein, es gab kein Zurück. Dieses Leben war vorüber. Wo hätte ich die Meinen auch suchen sollen? Die Wahrscheinlichkeit, dass sie in Xela geblieben waren, ging gegen Null. Sie mussten die Rache des Coronels fürchten.

Doña Arantxa überließ mir einen Rock und eine Bluse. Ohne meine Tracht kam ich mir verkleidet vor. Ohne zu wissen, wohin ich gehen sollte, verließ ich die Hauptstadt eines Nachts in Richtung Westen.

In den folgenden Monaten irrte ich umher. Mal fand ich in einer verwaisten Scheune Unterschlupf, mal schlief ich unter freiem Himmel. Ein Tag glich dem anderen. Mit der Sonne erwachte auch ich, setzte meinen Weg fort, solange meine Beine mich tragen wollten. Bisweilen begegneten mir Bauern und musterten mich aufgrund meiner seltsamen Kleidung. Manche schenkten mir Tortillas und Frijoles. Nie stellten sie Fragen. Nie erzählte ich von mir aus. Zu jener Zeit war es besser, nicht zu wissen.

Ansonsten ernährte ich mich von den Früchten des Waldes und der Felder. Dörfer und Städte mied ich, von den größeren Straßen hielt ich mich fern. Sobald ich das Geräusch von Motoren vernahm, schlug ich mich in die Büsche und harrte solange aus, bis ich mir sicher sein konnte, niemandem zu begegnen.

Nie in meinem Leben war ich tiefer mit *Qachu Alom* verbunden als in meinen Tagen als Vagabundin. Ich war verwahrlost. Abgemagert. Von schlecht verheilten Narben und verwachsenen Knochen gezeichnet. Zugleich aber war ich wieder Tochter meines Landes.

War ich anfangs schwermütig gewesen, lernte ich im Laufe der Wochen und Monate mein Leben in der Wildnis schätzen. Mitunter saß ich stundenlang an einem Flusslauf und beobachtete das Spiel des Wassers. Allabendlich wiegte mich das Lied der Sterne in den Schlaf.

Womöglich hätte ich mein früheres Ich vergessen, wäre da nicht noch immer der Feuertraum gewesen. Bisweilen erwachte ich mitten in der Nacht. Das Rauschen von Flügeln klang in meinen Ohren nach. An anderen Tagen folgten mir die wissenden Augen des Quetzals, wohin ich auch gehen mochte. Vorwurfsvoll blickten sie mich an.

Eines Morgens dann verwandelten sich die Augen des Vogels in die anklagenden Augen meiner Tochter. Von diesem Moment an wurde die Wildnis mir zum Gefängnis. So sehr ich mich selbst davon zu überzeugen suchte, dass Lucía ohne mich besser dran sei, wollte es mir doch nicht gelingen. Tag für Tag erwachte ich mit dem Gefühl, einen furchtbaren Fehler zu begehen.

Wochen vergingen. Der Sommer kam. Eines Tages wusch ich mich in einem Bergsee. Meine Kleider trockneten auf den Felsen am Ufer. Die Sonne wärmte meine Haut. Als ich mein Spiegelbild im Wasser erblickte, erschrak ich. Die Frau, die mir entgegensah war, abgemagert bis auf die Knochen. Unter ihren Augen hatten sich dunkle Ringe eingegraben.

Da wusste ich, dass meine Zeit in der Einsamkeit zu Ende ging. Ich musste meine Tochter finden. Was auch immer geschehen war – Lucía gehörte zu mir. Ohne sie ging ich vor die Hunde. Aber ich war nicht bereit zu sterben. Es hatte Momente gegeben, da wäre ich es gewesen. Diese Zeit aber war vorüber.

So kehrte ich denn ins Reich der Lebenden zurück.

Lucía zu finden, erwies sich jedoch als schwierig. Wie ich vermutet hatte, waren meine Freunde nicht in Xela geblieben. Einerseits war ich erleichtert, als der einäugige Ignacio mir erzählte, dass sie wenige Tage nach meinem Verschwinden aufgebrochen waren. Wenn ich nicht die Einzige war, die damals von Ocatlana verraten worden war, so hatten die anderen es geschafft, der Gefahr zu entgehen. Ignacio aber lebte. Rivadeneiras Leute waren also nicht bei ihm aufgetaucht.

Andererseits fehlte mir somit jeder Anhaltspunkt. Wo sollte ich nach Lucía suchen? Wenn meine Kameraden in den Jahren ihres Nomadentums eines gelernt hatten, dann, sich unsichtbar zu machen. Wo sollte ich anfangen?

Auf Einladung Ignacios hin verbrachte ich eine Nacht in der kleinen Hütte am Waldrand. Das erste Mal seit Monaten hatte ich ein Dach über dem Kopf. Auf einmal fühlte ich mich von der Welt abgeschnitten.

Ohne zu wissen, wohin, brach ich am folgenden Morgen auf. Ich trat eine achtmonatige Irrfahrt an. Landauf, landab. Mein einziger Vertrauter in jenen Monaten war der Feuertraum. Ich wähnte mich glücklich, wenigstens einen Fixpunkt in meinem Leben zu wissen. Langsam verwandelte sich meine anfängliche Zuversicht jedoch in Panik. Hatte ich meine Tochter für immer verloren?

Ich war verzweifelt und einsam. Eines Abends, ich durchquerte gerade das Atliplano, riet mir ein unbestimmtes Gefühl, zum Ausgangspunkt meiner Suche zurückzukehren. Ich gehorchte.

Als ich erneut an der Tür des Einäugigen klopfte, hatte ich die Hoffnung so gut wie aufgegeben. Ich war von einem Gefühl der Dankbarkeit überwältigt, als er mir anbot, abermals eine Nacht unter seinem Dach zu verbringen. Wie wohltuend war die Gesellschaft einer vertrauten Seele! Ignacios Gegenwart erinnerte mich an bessere Zeiten – die Wochen und Monate vor meinem Verrat, als mein Leben noch in festen Bahnen verlief.

Ich vermisste meine Freunde. Noch mehr aber vermisste ich meine Tochter. Mochte sie auch die Frucht von Rivadeneiras Verbrechen sein, sie war dennoch in meinem Leib herangewachsen. Ich hatte sie großgezogen und sie gelehrt, was sie wusste. Dieses Band vermochte niemand zu zertrennen – so hoffte ich jedenfalls in jenen Monaten der Verlassenheit.

Bisweilen hatte ich das Gefühl, die stummen Augen des Quetzals, die mich in den Minuten nach dem Erwachen so häufig begleiteten, hätten mir alle Antworten zu geben vermocht, hätte ich sie nur zu lesen verstanden. Auch die Antwort auf die Frage, wo meine Tochter sich befand. Ob sie mich vergessen hatte.

Ich schlief ruhig in jener Nacht in Ignacios Hütte. Als ich am Morgen die Augen aufschlug, verfing sich mein Blick an einem Holzbalken über mir. Schläfrig starrte ich vor mich hin.

Plötzlich jedoch war ich hellwach.

Ich hatte das schon einmal gesehen! Eine Markierung! Genau wie Citlalmina sie bisweilen für Itzmin hinterlassen hatte.

Ich sprang von meinem Lager auf und besah die Stelle. Als ich Monate zuvor hier gewesen war, war mir nicht der Gedanke gekommen, einer der Guerilleros könne mir eine Botschaft hinterlassen haben. Viel zu sehr hatte ich mich geschämt!

Ich wischte mir den Schlaf aus den Augen und betrachtete die Markierung. Es dauerte eine Weile, bis ich verstand. Dann musste ich lachen. Wie hatte ich das bei meinem ersten Besuch übersehen können?

In der Hütte war es still. Ich ging hinab zur Feuerstelle. Hinter dem Eisengerüst fand ich den Stein, den Citlalmina gekennzeichnet hatte. Vorsichtig rüttelte ich daran. Siehe da, er bewegte sich. Behutsam zog ich ihn heraus. Mein Atem ging schwer, als ich das zusammengefaltete Papierstück in Händen hielt, das dahinter verborgen lag.

Wenn Tag und Nacht sich gleichen, will ich von meines Freundes Seit' nicht weichen. C.

Citlalmina.

Er hatte mir eine Botschaft hinterlassen. Ich konnte mein Glück kaum fassen. Ich schob den Stein zurück und steckte den Zettel in Doña Arantxas Rock, den ich noch immer trug. Ich würde Citlalmina wiedersehen! Er würde mir sagen, wo ich Lucía finden könnte!

Einige Minuten vergingen, eher mir klar wurde, dass die letzte Tag- und Nachtgleiche kaum einen Monat zurücklag. Wieder musste ich warten. Fünf Monate. Dann aber würde ich sie wiedersehen!

Von Citlalminas Nachricht erzählte ich Ignacio nichts. Ich fragte ihn nur, ob er mir für eine Weile Unterschlupf gewähren könne. Er lud mich ein zu bleiben, solange ich wolle.

Anfang September des Jahres 1985 brach in nach San Juan del Valle auf.

In der versprochenen Nacht wachte mein Freund am Grabe Itzmins. Citlalmina hatte Wort gehalten. Es musste die fünfte

Tag- und Nachtgleiche sein, seit ich verschwunden war. Ich fürchtete mich, ihm unter die Augen zu treten. Eine Weile beobachtete ich ihn schweigend.

Als ich schließlich aus dem Schatten trat, sah Citlalmina mich an, als sei ich eine Erscheinung.

„Du lebst?" fragte er mit tonloser Stimme. „Wir waren sicher, dass du gestorben seist."

„Manchmal habe ich mir gewünscht, ich wäre es."

Citlalmina sah mich einfach nur an. In diesen Sekunden wäre ich am liebsten verschwunden. Dann zog er mich zu sich heran und verbarg seinen Kopf an meiner Schulter. Er weinte.

„Ich hatte die Hoffnung aufgegeben", brachte er schließlich hervor. „Was ist passiert? Wo warst du in all der Zeit?"

Ich streichelte ihm über den Kopf. Meine eigenen Tränen waren vor langer Zeit versiegt. „Wo ist Lucía? Geht es ihr gut?"

Er nickte. „Sie ist bei Ameyal und den anderen. Du wirst sie nicht wiedererkennen! Eine richtige Frau ist aus ihr geworden."

Seine Worte versetzten mir einen Hieb. Ich konnte in seinen Augen sehen, dass er es bemerkte.

„Es geht ihr gut, Yoyo! Das ist das Wichtigste."

Die nächsten Stunden gehörten uns allein. Einzig mit Itzmin in seinem Grab teilten wir die Gedanken dieser Nacht.

Erst als der Horizont sich purpurn färbte, stiegen wir vom Berg hinab. Wir hatten einen zweitägigen Marsch vor uns.

Obwohl ich mittlerweile erfahren hatte, dass Ocatlana gemeinsam mit deinem Vater die Gruppe verlassen hatte, wollte meine Nervosität nicht weichen. Laut Citlalmina waren die beiden kurz nach meinem Ausbleiben von einem Tag auf den anderen verschwunden. Da sie das Wenige, was sie besaßen, mitgenommen hatten, waren meine Freunde davon ausgegangen, dass ihnen nichts zugestoßen war.

Was tatsächlich geschehen war, schien niemand zu ahnen.

Als wir die Gegend um San Juan del Valle hinter uns ließen, beschlich mich Furcht. Furcht vor Ilhuicóatls Reaktion.

Furcht vor dem Ausdruck in den Augen meiner Freunde. Am meisten aber fürchtete ich mich vor der Begegnung mit Lucía.

Diese Befürchtung zerfiel zu Staub, sobald ich meiner Tochter gegenüberstand. Wie hatte ich glauben können, sie habe mich vergessen! Sie wich mir nicht mehr von der Seite.

Die Begegnung mit meinen Gefährten entpuppte sich als ungleich schwieriger. Zwar überwog die Wiedersehensfreude, doch schlug mir zugleich eine Welle des Argwohns entgegen. Ilhuicóatl vermochte ich kaum in die Augen zu schauen. Dass ich mit niemandem außer Citlalmina über das Vorgefallene geredet hatte, machte es nicht leichter. Selbst ihm hatte ich Ocatlanas Verrat verschwiegen. Ich hatte beschlossen, keine neuen Wunden aufzureißen. Was hätte es geändert?

Nie werde ich Citlalminas Blick vergessen, als ich ihm sagte, dass ich vorhatte, die Guerilleros zu verlassen. Ich hatte es von Anfang an vorgehabt, meinen Plan aber zunächst für mich behalten. Er sah mich an wie Pepito, mein Bruder, so viele Jahre zuvor, als ich aus meinem Heimatdorf vertrieben worden war.

Lucía ließ ich die Wahl. Ich hätte es verstanden, hätte sie bleiben wollen. Diese Menschen waren alles an Heimat, was sie je gekannt hatte.

Ich aber musste gehen. In jener Nacht auf dem Cementerio de la Virgen de Guadalupe war die Widerstandskämpferin Yoyotli gestorben. Im entscheidenden Augenblick hatte sie versagt. Trotz all des Leids, das Rivadeneira ihr und den Ihren zugefügt hatte, hatte sie ihn nicht töten können.

Im Laufe der vergangenen beiden Jahre war mir klar geworden, dass ich nach San Marcos zurückkehren wollte. So viel Zeit war verstrichen. Ich musste es auf einen Versuch ankommen lassen. Ich sehnte mich nach meiner Familie. Dem Dorf. Dem Land, in dem ich aufgewachsen war. Bei jedem Gedanken daran versetzte es mir einen Stich.

Vermutlich erging es Citlalmina ähnlich, nur gab es keine Heimat, in die er hätte zurückkehren können. Mein Angebot, uns zu begleiten, schlug er aus.

Als Lucía und ich uns aufmachten, wusste ich, dass es ein Abschied für immer sein würde. Lucía weinte ohne Unterlass, als wir uns den Weg aus dem Urwald bahnten. Es handelte sich um einen Schmerz, den ich ihr nicht abnehmen konnte. Auch mir würden sie fehlen: allen voran Ameyal und Citlalmina.

Unser Marsch dauerte mehrere Tage. Wir hielten uns abseits der großen Straßen, vermieden jeden Kontakt mit Menschen. Je näher wir dem Lago de Atitlán kamen, desto nervöser wurde ich. Was erwartete uns dort? Wären meine Geschwister, meine Mutter, meine Lehrmeisterin Yolanda und all die anderen noch am Leben? Wenn sie uns hier nicht aufnähmen, stünden wir abermals vor dem Nichts.

Mit weichen Knien stieg ich schließlich, mit meiner Tochter an der Hand, den Hügel nach Panajachel hinab und dort in ein Boot, das uns über den See brachte.

Zu Hause.

Ich hatte beinahe vergessen, wie sich das anfühlte.

Ich erkannte mein Dorf kaum wieder. Wie Fremde tasteten meine Tochter und ich uns die Wege entlang in Richtung Barrio Uno. Niemand schien uns zu bemerken.

Als Lucía und ich am Dorfplatz ankamen, hatten sich dort jedoch bereits einige Dorfbewohner versammelt. Andere strömten hinzu. Die Neuigkeit von meiner Rückkehr verbreitete sich wie ein Lauffeuer.

Mir war übel vor Furcht.

Da standen sie, all die Menschen, die mich hatten aufwachsen sehen. All die Menschen, die mich verjagt hatten, als ich mit dem Mädchen schwanger war, das nun an meiner Seite ging und beinahe so groß war wie ich selbst.

Auf der anderen Seite des Platzes konnte ich meinen Bruder Pepito ausmachen. Neben ihm stand Vicenta. Hatte mein Bruder doch nicht Rosa geheiratet? Vicenta hielt zwei kleine Jungen an der Hand. Zu seiner Linken standen meine Schwester Lucía und ihr Mann Rafael. Konnten die Männer neben ihnen meine Neffen Francisco und Salvador sein? War das möglich? Andere vertraute Gesichter musterten mich. Paloma, Mari Ángel, Jaime, Imelda, Diego und Yolanda. Alle waren sie gekommen. Mein Herz schlug bis zum Hals. Ich sah mich nach meiner Mutter um, konnte sie aber nirgends entdecken.

Lucía umklammerte meine Hand. Ich drückte die ihre ebenso fest. In der Mitte des Platzes blieben wir schließlich stehen. Wir wagten es kaum zu atmen, geschweige denn zu sprechen.

Es war Pepito, der den ersten Schritt auf mich zumachte.

Mein Bruder, der zum Mann geworden war.

Langsam trat er auf mich zu. Den Bruchteil einer Sekunde zögerte er. Sah mich an. Dann zog er mich in seine Arme. Meine Knie wurden weich. Mein Bruder aber stützte mich.

Schließlich gab er mich frei. Er machte einen Schritt auf Lucía zu und umarmte meine Tochter. Mir schnürte es die Kehle zu.

Letztlich wandte er sich um. Sein Blick glitt über die Runde. Entschlossen. Noch immer lag eine gespenstische Stille über dem Platz.

Als erster trat Rafael vor. Dann kamen sie, einer nach dem anderen. Niemand sprach ein Wort. Alle sahen sie mir in die Augen und umarmten mich. Und meine Tochter.

Wir waren zu Hause.

Dann hörten die Träume auf. Zunächst bemerkte ich es nicht. Erst nach Wochen fiel es mir auf. Ich grübelte und kam letztlich zu dem Schluss, dass ich dankbar war, diese Verantwortung nicht mehr auf meinen Schultern zu spüren. Eine Verantwortung, die ich ohnehin niemals verstanden hatte.

Yoyotli lehnte sich zurück und sah Julián an. Dieser wandte rasch den Blick ab. Gemeinsam lauschten sie dem Knistern des Feuers.

„Was soll ich nun tun?" fragte Julián schließlich.

„Ich fürchte, jeder muss seinen eigenen Weg finden", entgegnete Yoyotli. „Mehr als dich an meiner Geschichte teilhaben zu lassen, steht nicht in meiner Macht. Ich wünschte, ich könnte dir eine größere Hilfe sein."

„Aber was ist mit meinem Vater geschehen, als er zurückkam?"

„Tleyotl kam einige Zeit nach meiner Rückkehr hierher. Er hatte sich auf die Suche nach den Guerilleros gemacht und sie letzten Endes gefunden. Wie alle hielt dein Vater mich für tot, nachdem er von Ocatlanas Verrat erfahren hatte. Sein Ziel war es, Lucía zu finden. Er fühlte sich verantwortlich." Yoyotli blickte Julián an. „Ocatlana war sein Onkel. Tleyotl konnte es nicht glauben, dass der mit dem Geld, das er für seinen Verrat kassiert hatte, ihre Flucht aus Guatemala finanziert hatte."

„Hatte mein Vater jemals diese Träume?"

„Der Traum ist sprunghaft, Julián. Mir scheint, er sucht sich seine Träger selbst. Bis heute habe ich nicht verstanden, warum er sich ausgerechnet mich ausgesucht hat. Was war ich schon für eine Hilfe?"

Julián starrte in die Flammen. Letztlich sprach er die Frage aus, die ihm auf der Seele brannte. „Wie ist mein Vater gestorben?"

Yoyotlis Gesichtsausdruck verdüsterte sich. „Es war Krieg. Noch immer. Dein Vater hat nie etwas anderes erlebt."

„Außer in der Zeit mit uns in Spanien", warf Julián ein.

„Nicht aber in seiner Heimat."

In diesem Augenblick hörten sie Schritte über den Hof kommen. Es klopfte an der Tür.

„Herein!" rief Yoyotli.

Ein Lichtstrahl drang in die Hütte, als die Tür aufgezogen wurde.

„Du hast dir Zeit gelassen", flüsterte Yoyotli.

Im Türrahmen stand Don Pedro.

„Du!" Julián sprang auf. „Du wagst es, hierherzukommen?"

Pedro Coya Guarcas betrat den Raum. Er starrte Yoyotli an.

„Du lebst?" stieß er hervor. „Dank sei Gott. Du lebst!"

Er nahm den Hut vom Kopf.

„In all den Jahren hatte ich geglaubt–"

Seine weiße Strähne leuchtete im Widerschein des Feuers.

Julián trat einen Schritt auf seinen Onkel zu. „Wie hast du uns gefunden?" Seine Stimme klang bedrohlich. „Dass du es allen Ernstes wagst! Was hast du meinem Vater angetan?"

„Julián. So hör mir doch zu. Es gibt für alles eine Erklärung. Mein Freund Rodrigo–"

„Schluss mit den Ausflüchten! Ich habe genug davon", zischte Julián.

„Er sollte", Pedros Stimme zitterte. „Er hat euch geholfen, als ihr–"

„Was hast du getan?" Julián stieß ihn mit beiden Händen von sich. „Weshalb ist mein Vater geflohen? Es war deine Schuld, oder?"

Pedro wehrte sich nicht. Ebenso wenig schien er bereit, sich zu erklären. Noch immer starrte er Yoyotli an.

„Verräter!" Mit aller Macht stieß Julián Pedro in Richtung Ausgang. Pedro taumelte. Zorn blitzte in seinem Gesicht auf.

„Mörder!" schrie Julián. „Verschwinde!"

Pedros Hand fuhr in die Tasche seines Jacketts. Da erhob sich Yoyotli. Sie hatte bislang geschwiegen. Entschlossen trat sie zwischen die beiden Männer. Widerstrebend ließ Julián von seinem Onkel ab.

„Ocatlana", sagte Yoyo.

Pedro erstarrte.

„Er hat Sie verkauft!" rief Julián. „Er hat meinen Vater auf dem Gewissen. Wie können Sie mit ihm sprechen?"

„Ocatlana gibt es nicht mehr", flüsterte Don Pedro.

Yoyotli überhörte seine Bemerkung. Fest blickte sie Julián in die Augen. Ergriff seine Hand. „Würdest du uns bitte allein lassen?"

Julián musterte sie fassungslos.

„Ich möchte unter vier Augen mit deinem Onkel sprechen."

„Dieser Mann ist nicht mein Onkel." Er spuckte Don Pedro vor die Füße. „Er ist niemand."

Yoyotli hielt noch immer Juliáns Hand in der ihren.

„Dennoch", entgegnete sie ruhig. „Lass uns bitte für eine Weile allein."

Julián entzog sich ihrem Griff. Er verschränkte die Finger ineinander, bis das Blut aus ihnen wich. „Wie Sie meinen."

Er warf Pedro einen hasserfüllten Blick zu. Dann wandte er sich um und ging hinaus.

Kapitel 60 – In guten wie in schlechten Zeiten

„Wovon hast du gesprochen, Pascal? Ist etwas mit Ann-Marie? Sie hat mir diese E-Mail geschrieben, in der sie mich nach deiner Adresse fragte." Kyriel zögerte. „Aber wie hast du erfahren, dass wir hier sind? Ich wusste es damals selbst nicht."

Pascal sah Kyriel aus seinen graugrünen Augen an. Sie stiegen die staubigen Straßen des Barrio Uno zum Dorfplatz hinab. „Dann weißt du es nicht?" fragte er.

„Was weiß ich nicht?" Kyriel strich sich die Haare aus der Stirn. „Das wird mir langsam unheimlich."

Pascal bemühte sich um ein Lächeln. „Wenn Du nichts weißt, verstehe ich ehrlich gesagt nicht, was du hier machst."

„Ich kenne einen guten Ort", erwiderte Kyriel. „Eine Lichtung über dem See. Lass uns dorthin gehen, um zu reden."

Wenig später lagen sie nebeneinander auf dem Rücken und sahen in den wolkenlosen Himmel hinauf. Der Wind zerzauste Pascals Locken.

„Also", forderte Kyriel ihn auf.

Pascals Augen verengten sich, als er zu sprechen begann. „Von Zeit zu Zeit habe ich mich gefragt, ob Laura ein Geheimnis mit sich herumträgt. Manchmal wirkte sie so – abwesend. Unzugänglich."

„Das hätte ich doch mitbekommen!" entgegnete Kyriel. „Wir waren vier Jahre zusammen! Wenn sie ein Geheimnis gehabt hätte, hätte ich davon gewusst."

„Sie war so offen. So direkt. Weshalb", Pascal drehte sich zu ihm hin, „weshalb hätte man also daran zweifeln sollen, dass sie einem alles erzählte?"

Kyriel zögerte.

„Aber es gab diese Momente, Kyriel. In denen war sie vollkommen weg. Bei mir zumindest." Pascal setzte sich auf. „Als ich allein in Nürnberg zurückblieb", fuhr er fort, „merkte ich nach einer Weile, wie schwer ich mir mit all dem tat. Dem Verlust. Der Trauer." Er riss einen Grashalm aus.

„Irgendwann habe ich dann beschlossen, über Laura zu schreiben. Ich dachte, das könnte mir helfen."

Schweigend sah Kyriel auf den See hinab.

„Weißt du, was mir dabei als erstes auffiel? Das ich praktisch nichts über sie wusste. Ich hatte anderthalb Jahre mit ihr verbracht, aber, wenn ich darüber nachdachte, hatte sie mir nie etwas über sich erzählt. Also über ihre Vergangenheit."

Kyriels Gedanken grasten Erinnerungen ab. Es musste etwas geben! Musste. Vier Jahre. Alles andere war undenkbar.

Pascal riss weitere Grashalme aus.

„Das habe ich so nie wahrgenommen", gab Kyriel schließlich zu.

„Mir fiel es auch erst im Nachhinein auf", sagte Pascal. „Aber als es mir klar wurde, konnte ich nicht mehr aufhören, darüber nachzugrübeln. Ich fragte mich, ob es einen Grund dafür gab."

Kyriel setzte sich nun ebenfalls auf und massierte sich die Schläfen.

„Alles okay?" fragte Pascal.

„Ich bin nur nicht sicher, ob ich hören will, was jetzt kommt", murmelte Kyriel.

Pascal sah ihn an. Schließlich nickte Kyriel resigniert.

„Am besten, ich beginne mit dem Ende." Pascal zögerte. Er legte Kyriel die Hand auf den Arm. „Laura hat eine Tochter."

Kyriel war blass, als Pascal seine Geschichte schließlich beendet hatte.

„Von Anfang an. Da war dieses Gefühl." Seine Stimme war kaum hörbar. „Bei der Kleinen, meine ich. Ich hätte nicht sagen können, was es war." Er schüttelte den Kopf.

„Ich begreife es noch immer nicht wirklich", sagte Pascal.

Kyriel strich ihm über den Rücken. „So treffen wir uns also wieder - wer hätte das gedacht?" Er lachte heiser.

Pascal zupfte die Blätter von einem Grashalm und steckte sich den Stängel in den Mund. „Keine Ahnung, wie es weitergehen soll. Und ob überhaupt."

„Ann-Marie. – Oma." Kyriel ließ sich auf den Rücken sinken. „Könnte sein, dass sie das freut."

„Laura hat es offenbar anders gewollt. All die Jahre hat sie geschwiegen."

„Ich frage mich, warum sie nie mit mir darüber gesprochen hat."

Pascal zuckte mit den Achseln. „Hätte sie das gekonnt?"

Keiner sagte etwas.

Nach einer Weile meinte Pascal: „Hätte ich doch nie begonnen, über sie zu schreiben."

„Vielleicht musste das so sein."

„Und jetzt?" Er stand auf und ging zum Rand der Lichtung. Unter ihm lag der Abhang, der zum Seeufer führte. Einige Touristen sprangen johlend von einem Felsen ins Wasser.

„Ist es nicht besser, manche Wahrheiten für sich zu behalten?" Pascal drehte sich um. „Steht es mir zu, zu ändern, was sie nicht ändern wollte?"

Kyriel starrte ausdruckslos vor sich hin.

„Und was ist mit Simon?" murmelte Pascal. „Ich wünschte, mir blieben diese Entscheidungen erspart."

„Hilft alles nichts."

Pascal setzte sich wieder neben Kyriel. „Jedenfalls gut, dass du hier bist. Ich kam mir so verdammt allein vor."

„Ohne unser Gespräch damals wäre ich das nicht", lächelte Kyriel. „Du hast gesagt, ich solle gehen."

„Schockiert dich das alles gar nicht?"

„Klar schockiert es mich." Kyriel zuckte mit den Achseln.

„Wie konnte sie ihr eigenes Kind hier zurücklassen?"

Kyriel ließ sich Zeit mit der Antwort.

„Das werden wir nie mit Sicherheit sagen können", entgegnete er schließlich.

Pascal ließ sich nach hinten sinken und verschränkte die Arme hinter dem Kopf. Sein Blick folgte ein paar einsamen Wolken, die der Wind über den Himmel trieb.

„Manchmal ist ein klarer Schnitt womöglich besser. Wenn ich an die Kleine denke", Kyriel flüsterte fast, „sie wirkt glücklich. Ist das vielleicht Begründung genug?"

„Ihr eigenes Kind", murmelte Pascal.

„Es kann hart sein, Entscheidungen für die zu treffen, die wir lieben."

„Zu der Zeit war Ann-Marie in der Geschlossenen und hat nur mitbekommen, dass Laura zurückkam, um für sie da zu sein. Vielleicht hatte es damit zu tun, dass Laura dieses Gefühl kannte. Eingesperrt sein."

„Sie hat all das vor uns versteckt." Kyriel wandte sich Pascal zu. „Es tut weh, dass sie nicht genug Vertrauen hatte, mir davon zu erzählen. Was sagt das über mich aus – über uns?"

Pascal rieb sich über das Kinn. „Wahrscheinlich hat das nichts mit dir zu tun. Scheinbar wollte sie das trennen. Ihr altes und ihr neues Leben. Aber geht das? Mir kommt es wie eine Lüge vor. Womöglich ist das meine eigene Schwäche. Liebe endet nicht. Nicht für mich."

Kyriel sah ihn an. „Das ist keine Schwäche. Aber könntest du eine richtige Entscheidung treffen? In einer solchen Situation?"

„Und was ist mit Loyalität? Sollte es nicht darum gehen, füreinander da zu sein? Immer diese moderne Unverbindlichkeit: *in guten wie in schlechten Zeiten – außer ich überlege es mir anders.*"

„Vielleicht war gerade das ein Zeichen von Loyalität, Simona aufzugeben."

„Wie könnte es das sein?"

„Weil es manchmal besser ist, Dinge zu beenden. Das kann einem viel Leid ersparen." Kyriel sah Pascal direkt in die Augen. „Selbstschutz. Das wäre ein Grund für einen Schnitt."

„Das passt aber nicht zu dieser Situation."

„Wenn du es umdrehst schon."

„Wie meinst du das?"

„Nach all dem, was du erzählt hast", Kyriel räusperte sich. „Laura konnte ja noch nicht einmal sich selbst schützen. Ist es kein Zeichen von Loyalität, Simona da nicht mit hineinziehen zu wollen?"

„Loyalität heißt für jemanden da sein." Pascal schloss die Augen.

„Was weiß ich schon?" fragte Kyriel. „Wo ich offenbar so Vieles nicht wusste."

„Damit bist du jedenfalls nicht allein."

„Trotz allem, Pascal, glaube ich nicht, dass ich Laura nicht kannte. Ich konnte sie doch fühlen. Und eigentlich kann ich das immer noch. Oder geht es dir anders?"

Pascal hatte Tränen in den Augen. Er schüttelte den Kopf.

Kyriel fasste ihn bei den Schultern. „Darauf müssen wir vertrauen. Du und ich. Das ist alles, was bleibt."

Als Julián die Hütte verließ, stoben die Hühner über den Hof. Durch seinen Kopf wirbelten die Gedanken. Er kickte einen Stein davon. Eines der Hühner flog auf und gackerte laut. Vielleicht war es gut, dass Yoyotli ihn rausgeschickt hatte.

In ihm brannte der Schmerz. Schmerz um einen Vater, den er nie kennen gelernt hatte. Schmerz um einen Vater, den er nie kennen lernen würde. Hätte Lola doch geschwiegen!

Um die halbe Welt war er gereist und war keinen Schritt weiter als an jenem Tag, als er zu Totumays Hütte im Wald aufgebrochen war. Nichts hatte sich verändert.

Wie sollte es nun weitergehen? Das Ende des Regenbogens war erreicht, der verhießene Schatz nicht da.

Ihr Bungalow war leer. Julián legte sich aufs Bett und starrte zur Decke. Müdigkeit überkam ihn und er schlief ein.

Das Bild seines Vaters stand ihm vor Augen, als er wieder erwachte. Ein Lächeln umspielte Raúls Lippen. Nie zuvor hatte er eine solch klare Vision von seinem Vater gehabt. Er wusste ja nicht einmal, wie dieser aussah. Dennoch mochte Julián das Bild nicht gehen lassen.

Er schob das Laken beiseite und erhob sich.

Als er den Bungalow verließ, grüßte ihn ein Traveller mit einem breiten Lächeln. „Hey man, how are you doing?"

Julián brummte etwas. Der Mann, Kanadier, seinem Akzent nach zu urteilen, ließ sich nicht beirren. „Awesome day, isn't it?"

Julián nickte. Er sah sich um. Der hereinbrechende Abend tünchte die Welt in Pastell. Ein Kolibri umschwirrte die Bougainvillea.

Julián überließ den Reisenden sich selbst und machte sich auf den Weg zu der Lichtung, auf der Lucía ihnen in der Nacht zuvor Yoyotlis Geschichte erzählt hatte.

Als er dort ankam, stieß er auf Kyriel und Pascal. Die Vertrautheit, die die beiden ausstrahlten, die Art, wie sie miteinander sprachen, versetzte Julián einen Stich.

Kyriel lächelte ihm zu, als er ihn sah. „Komm schon, setz dich zu uns!"

Julián ließ sich neben den beiden im Gras nieder.

„Ich habe Pascal von unserer Reise erzählt. Ich hoffe, das war dir recht."

„Ist ja kein Geheimnis", murmelte Julián.

„Hast du etwas erfahren?" erkundigte sich Kyriel.

„Du wirst nicht glauben, wer dort aufgetaucht ist."

Kyriel sah ihn an.

„Don Pedro." Julián betonte die Respektsbekundung, als handle es sich um ein Verbrechen.

„Was macht der denn hier? Wie konnte er überhaupt wissen, wo–?"

„Offenbar war unser guter Freund Rodrigo gekauft."

„Wie bitte?"

„Hätte Yoyotli mich nicht hinausgeschickt, ich hätte für nichts garantieren können."

„Yoyotli dürfte genug Grund haben, ihm selbst die Hölle heiß zu machen. Hat sie dir vorher etwas über den Feuertraum erzählt?"

„Nichts, was mir weiterhilft, fürchte ich." Julián sah von einem zum anderen. „Aber was ist mit euch?" Er wandte sich an Pascal. „Was machst du eigentlich hier? Du hast doch mit der ganzen Geschichte überhaupt nichts zu tun, oder? Du bist doch", er zögerte. In seiner Stimme lag unverhohlene Feindseligkeit. „Du bist doch der Typ, mit dem Kyriels Freundin etwas hatte, oder?"

„Lass nur, Pascal ist in Ordnung. Wir haben das geklärt."

Julián sah Kyriel zweifelnd an. „Soll auch nicht mein Problem sein", brummte er schließlich.

Pascal sah betreten zu Boden. „Das Ganze ist kompliziert", erklärte er schließlich. „Tatsächlich gibt es einen anderen Grund, weshalb ich hier bin. Kyriel, willst du es ihm erzählen?"

„Es ist zwar vollkommen verrückt, aber Pascal hat Recht." Daraufhin erzählte er Julián von Simona und wie Pascal Lauras Tochter aufgespürt hatte. Als er geendet hatte, drängte er Julián, dem vor Staunen der Mund offenstand, zu erzählen, was er von Yoyotli erfahren hatte.

„Insofern", schloss Julián, nachdem er das Wenige berichtet hatte, was er erfahren hatte, „bin ich genauso ratlos wie zuvor. Mein Vater ist im Krieg ums Leben gekommen. Yoyotli hat keine Ahnung, was es mit dem Traum auf sich hat. Alles war umsonst."

Kyriel sah ihn nachdenklich an. Pascal schwieg ebenfalls.

„Das ist gut", begann Kyriel schließlich.

„Das gut zu finden, ist wohl das Unpassendste, was dir dazu einfallen kann."

„Wie ich das finde, spielt letztlich keine große Rolle. Es ist alles, was wir haben. So viel steht fest."

„Ich glaube kaum, dass es *mir* hilft, nach Hause zurückzugehen. Das ist doch die Quintessenz von Yoyotlis Geschichte? Sie ist nach Hause zu ihrer Familie zurückgegangen."

„Womöglich ist das nicht alles", merkte Pascal an.

„Sondern?"

„Yoyotli fragte sich genau wie du, weshalb der Traum ausgerechnet sie ausgesucht hatte", meinte Kyriel. „Immerhin sei sie keine große Hilfe gewesen."

„Trotz allem lebte sie in Guatemala. Hat gegen dieses Terror-Regime gekämpft", wandte Julián ein. „Sie war eine Guerillera!"

„Du siehst nur die Unterschiede, fällt dir das auf?" fragte Kyriel.

Julián schwieg.

„Wenn ich von einem überzeugt bin", sagte Kyriel weiter, „dann, dass diese Reise uns nicht ohne Grund hierhergeführt hat. Plötzlich steht auch noch Pascal da. Er hat mit dieser Geschichte rein gar nichts zu tun. Dennoch treffen wir ihn auf der anderen Seite der Welt. Das ist zu grotesk, um ohne Bedeutung zu sein."

„Zu abwegig für einen Zufall", fand auch Pascal. „Den Zusammenhang verstehe ich allerdings auch nicht."

Die drei sahen einander ratlos an.

„Wie deutete Yoyotli den Feuertraum?" wollte Pascal dann wissen.

„Die Höhle", erklärte Julián, „verstand sie als Sinnbild für die Unterdrückung der Mayas durch die Spanier. Den Quetzal als Symbol für ihr Volk. Sie glaubte, dass es an der Zeit sei, diese Unterdrückung abzuschütteln, weil er in dem Traum auftauchte."

„Das Feuer sollten wir auch nicht vergessen", gab Kyriel zu bedenken.

„Da darfst du unbesorgt sein", sagte Julián.

„Der Phönix", murmelte Pascal.

„Ich frage mich, was uns das bringen soll", unterbrach Julián seinen Gedanken. „Den Traum in seine Einzelteile zu zerlegen und an ihm herumzudeuten. Yoyotli hat das an den tiefsten Punkt ihres Lebens geführt."

„Von wo an es aber bergauf ging."

„Hast du ihre Narben gesehen?"

„Natürlich", antwortete Kyriel. „Die stammen aber von ihrer Konfrontation mit Rivadeneira."

„Ich habe ständig diese Bilder im Kopf", sagte Julián. „Es ist, als könnte ich Yoyotlis Geschichte vor mir sehen. Den Markt in dieser Stadt, das Erdbeben, den Friedhof."

„Geht mir nicht anders", sagte Kyriel. „Wie sie von hier vertrieben wurde. Die Ermordung ihres Vaters. Das alles ist so ungerecht."

„Ich wünschte, sie hätte diesen Rivadeneira erledigt." Julián sah erst Kyriel, dann Pascal herausfordernd an, als warte er auf Widerspruch.

Kyriel schwieg.

„Was hätte das gebracht?" fragte Pascal schließlich.

„Er hat ihr ganzes Leben ruiniert! Er hat sie vergewaltigt und was nicht noch alles!"

Nun war es an Julián, Grashalme auszureißen und von sich zu schleudern.

„Hätte sie ihn getötet, hätte er gewonnen", entgegnete Pascal.

„Das Schwein hätte es verdient gehabt."

„Meiner Meinung nach ist dieser Kampf zum Scheitern verurteilt." Pascal beschirmte die Augen mit der Hand, um sich vor den Strahlen der tiefstehenden Sonne zu schützen. „Yoyotli hat das verstanden, schätze ich."

„Gewinnt in dieser Welt denn stets das Böse?" fragte Julián.

„Das Böse hat nicht gewonnen." Pascal sah zu Kyriel. Der erwiderte nichts.

„Yoyotli konnte Rivadeneira in diesem Augenblick nicht töten", meinte Julián. „Aber ich hätte nicht gezögert, das kannst du mir glauben!"

„Etwas in ihr hat die Oberhand gewonnen", sagte Kyriel.

„Oder behalten", meinte Pascal.

„Warum glaubst du, dass der Kampf zum Scheitern verurteilt ist, Pascal?" Kyriel streckte sich aus. Der Wind trug den Geruch von verbranntem Holz über die Lichtung.

„Du gewinnst den Kampf, indem du dich verlierst oder du verlierst den Kampf und bleibst dir treu."

Nachdenklich sah Julián auf das purpurne Wasser hinaus.

„Yoyotli hat sich für Letzteres entschieden", sagte er nach einer Weile.

Wieder schwiegen sie.

Das Geräusch von Stimmen ließ die drei letztlich aufhorchen. Jemand kam den Pfad zur Lichtung herauf.

Nach einer Weile tauchte Lucías Kopf am Wegesrand auf. Wie Orgelpfeifen folgten die Köpfe der Kinder. Salva, Cuco, Ana – und die Kleinste: Simona.

„Dachte ich mir, dass ich euch hier finde. Wollt ihr nicht mit ins Dorf hinunterkommen? Ihr müsst essen!"

Daran hatte in den vergangenen Stunden keiner gedacht.
„Das können wir nicht annehmen", sagte Kyriel.
„Keine Widerrede, es gibt genug für alle", unterbrach ihn Lucía.
„Dann kümmern wir uns aber morgen ums Essen", insistierte Kyriel.
„Das könnt ihr gern."
Gemeinsam stiegen sie den Hang hinab. Die Kinder sprangen einige Meter vornweg, wobei Salva mit seinen 13 Jahren so tat, als ginge ihn das alles nichts an.
„Was wohl aus Rivadeneira geworden ist?" flüsterte Julián, sodass Lucía ihn nicht hören konnte.
Kyriel zuckte nur mit den Achseln.

Kapitel 61 – Des Richters Urteil

„Wie hast du es geschafft? All die Jahre war ich überzeugt, deinen Tod zu verantworten zu haben."

„Du versuchst also nicht einmal, es zu bestreiten."

Pedro sah zu Boden. Trotz des maßgeschneiderten Anzuges wirkte der Mann, der vor ihr stand kleiner, als der verwahrloste Guerillero mit den traurigen Augen, den Yoyo in Erinnerung hatte.

„Hätte das denn einen Sinn?"

„Vermutlich nicht. Dennoch habe ich in all den Jahren gehofft, es möge eine andere Erklärung geben. Ich habe dir vertraut, Ocatlana. Ich habe nie glauben können, dass du dazu fähig gewesen sein sollst."

„Mein Leben", Pedro räusperte sich und zog den Krawattenknoten zurecht. „Mein Leben hätte auch anders verlaufen können. Weißt du, es ist nicht gerecht."

„Du sprichst von Gerechtigkeit?"

„Hättest du mich in jener Nacht nicht zurückgewiesen – Yoyo, alles hätte gut werden können. Trotz des Krieges und allem. Warum hast du das getan? Wir hätten glücklich sein können."

„Du wusstest genau, dass dies nicht die Art Freundschaft war, die wir teilten, Ocatlana." „Warum eigentlich nicht? Konntest du es nicht sehen? Hast du es nicht gespürt? Seit dem Tag im Wald, an dem ich diese schreckliche Aufgabe mit den Hunden übernehmen musste – Du warst die Einzige, die mich je verstanden hat. Du musst es doch auch gefühlt haben. Diese Spannung, sobald wir einander berührten, war es auch noch so flüchtig. Nie später hat es eine andere gegeben. Keine Frau konnte neben dir bestehen. Viele hätten es gern versucht", Pedros Stimme brach. „Du glaubst nicht, welch ein Stein mir vom Herzen fällt, dass du noch lebst."

Er griff nach Yoyotlis Hand, diese aber zog sie zurück. Kraftlos ließ er sich auf der Bank neben der Feuerstelle nieder. Sein Gesicht sank in seine Handflächen. „Ich habe alles zerstört, nicht wahr?"

„Was erwartest du, Ocatlana? Du hast mich an den Menschen verraten, den ich am meisten auf diesem Erdball fürchtete. Den Menschen, den ich hasste, wie keinen anderen. Du wusstest genau, was er mir angetan hatte. Du hast es in Kauf genommen, um deine Flucht zu finanzieren. Schlimmer noch, du hast dir deinen Stolz mit meinem Leben zu erkaufen versucht."

„Es gibt keine Entschuldigung dafür, das ist mir seit Langem klar. Nichts könnte das je wieder gut machen. Ich war nur so unglaublich verletzt. Wie konntest du mir das antun? Du warst doch mein einziger Halt. Zu Tleyotl warst du ganz anders – du warst wie eine Mutter für ihn, was immer er tat, du warst für ihn da! Und ich? Was war mit mir? Ich habe dich doch genauso gebraucht wie er. Ich hatte ebenso meine Familie verloren wie er. Konntest du das nicht sehen?"

„Du hast Tleyotl in den Tod geschickt."

„Er ist tot?"

„Was glaubst du, weshalb sein Sohn dich einen Mörder schimpft. Tleyotl ist gestorben. Er war kaum anderthalb Jahre zurück. Er konnte es nicht verwinden, was in diesem Land noch immer vor sich ging. Die Gewalt. Der Krieg. Er fand keine Ruhe. Wie ich hatte er seine Familie verloren. Es spielte keine Rolle, dass sie noch lebte. Für ihn war sie unerreichbar. Anfangs hat er gehofft, dass sie kämen: Lola und Julián. Irgendwann musste er sich eingestehen, dass er sich etwas vormachte. Niemand würde kommen. Er hatte sie verloren."

„Es war meine Schuld. Lola kam zu mir und ich habe geschwiegen. Gelogen habe ich sogar, als sie mich fragte, ob ich etwas wüsste. Hätte ich ihr doch bloß die Wahrheit gesagt. Sie hat ihn geliebt, ich wusste das. Aber ich war so wütend auf ihn, dass er mich im Stich gelassen hatte, nach allem, was ich für ihn getan hatte."

„Bist du je erwachsen geworden, Ocatlana? Hast du je aufgehört, andere verantwortlich zu machen, wo du doch die Verantwortung bei dir zu suchen hättest? Hier stehst du in deinem teuren Anzug und siehst aus wie ein Mensch, den ich nicht kenne. Einer dieser Geschäftsmänner aus der

Hauptstadt. Ein Kind in einer übergroßen Verkleidung. Hast du vergessen, wer du bist? Du versteckst dich hinter dieser Fassade. Dabei sitzt dahinter noch immer der kleine Junge, der uns alle gerettet hat, weil er die Aufgabe übernahm, die Hunde zu töten. Diese schreckliche Aufgabe."

Pedro vermochte nicht, Yoyotli anzusehen. Langsam wiegte er sich auf der Bank vor und zurück. „Schreckliche Aufgabe. Schreckliche Aufgabe", wisperte er tonlos vor sich hin. Sein Blick wirkte leer.

„Das bist du doch nicht. Hast du gänzlich vergessen, wo deine Wurzeln wachsen? Das", Yoyotli deutete auf Don Pedros Anzug und seine blank polierten Schuhe, „das ist nicht deine Welt, Ocatlana. Anzüge und krumme Geschäfte. Das waren doch immer die Menschen, die wir bekämpft haben. Die, die unsere Feinde groß gemacht haben. Plantagenbesitzer, die unser Volk versklavt haben. Wie konntest du zu so einem werden? Guatemala ist deine Heimat. Wir sind dein Zuhause. Hast du deine Brüder und Schwestern vergessen?"

„Ich bin doch kein Plantagenbesitzer geworden, Yoyotli", unterbrach er sie kaum hörbar.

„Drogen?" entgegnete sie. „Ist es noch immer das, womit du dein Geld verdienst? Du hast dich in ihre Welt eingekauft. War es das wert? Hast du deinen Frieden gefunden? Die Sicherheit, nach der du dich so verzweifelt gesehnt hast?"

Yoyotlis Worte hatten nichts Anklagendes.

Pedro gab keine Antwort. Er konnte es nicht. Sein Blick war auf das flackernde Feuer gerichtet.

„Tleyotl hat es nicht ausgehalten", fuhr Yoyotli mit leiser Stimme fort. „Er konnte nicht mehr schweigend zusehen, während sie weiterhin unser Volk abschlachteten. Ich konnte es. Mein Leben war in jener Nacht verwirkt, als du mich verrietest. Danach gab es für mich kein Zurück mehr. Dein Neffe aber war anders aufgewachsen. Der Kreis der Guerilleros – sie waren seine Familie gewesen. Sein Versuch, eine eigene Familie zu gründen, war gescheitert. Tleyotl konnte nicht anders. Er musste wieder da raus, musste sich einmischen."

„Wie ist er gestorben?"

Das Bild von Tleyotls Körper, der an einem Seil von der Decke der Kapelle baumelte, blitzte in ihrem Geist auf. Yoyo konnte es kaum ertragen. Nach all den Jahren nicht.

„Spielt das denn jetzt noch eine Rolle?"

Pedro schüttelte den Kopf.

„Vermutlich nicht."

Lange Zeit schwiegen die beiden.

Sie saßen nebeneinander und hingen Gedanken nach, jeder den seinen.

„Komm nach Hause, Ocatlana", sagte Yoyotli schließlich. Behutsam legte sie ihre narbige Hand auf die des Mannes im Anzug. Pedro wandte sich ihr zu. In seinem Gesicht stand Fassungslosigkeit.

„Komm nach Hause", wiederholte sie. „Hier ist dein Platz. Lassen wir die Vergangenheit endlich ruhen. So viel Zeit ist vergangen. Wem ist damit geholfen, wenn wir länger darüber nachdenken. Wenn wir weiterhin versuchen, Dinge zu ändern, die nicht mehr zu ändern sind. Nichts wird je ungeschehen zu machen sein. Glaubst du nicht, dass dieser Krieg uns bereits genug genommen hat? Wollen wir ihn nicht endlich hinter uns lassen?"

„Ich", begann er. Seine Stimme brach erneut. „Ich –"

So sehr er sich auch bemühte, Don Pedro vermochte nicht weiterzusprechen. Kein Ton wollte ihm über die Lippen kommen. Er biss sich auf die Wangen, bis der Geschmack des eigenen Blutes seinen Mund erfüllte. Tränen liefen ihm über das Gesicht.

Mit einem Mal sprang er auf und ergriff seinen Hut. Sein Blick war wirr. Ohne ein weiteres Wort stürmte er zur Tür hinaus.

Yoyo erhob sich, doch Pedro hatte die Hütte bereits verlassen. Schweren Herzens trat sie auf den Hof hinaus. „Ocatlana! So warte doch!" rief sie ihm hinterher.

Doch sie wusste, dass sie verloren hatte.

Don Pedro, der Patron von Granada, wandte sich nicht noch einmal um.

Er eilte die staubige Straße hinab, hinunter zum Steg, wo das Boot vor Anker lag, dessen Fahrer er mit einem 100-Quetzales-Schein davon überzeugt hatte, auf seine Rückkehr zu warten. Zu Don Pedros Erleichterung ersparte ihm das Schicksal ein abermaliges Aufeinandertreffen mit Julián, dem Sohn seines verstorbenen Neffen.

Yoyotli stand auf dem Hof und sah ihm nach. Lange verharrte sie dort, noch als Pedros Gestalt nichts weiter war, als eine Erinnerung auf ihrer Netzhaut, die nicht verblassen wollte.

Ocatlana.

Liebender und Verschmähter.

Verlorener und Retter.

Freund und Verräter.

Ocatlana.

Kapitel 62 - Daunenkrone

Das Abendessen verlief schweigsam. Julián, Kyriel und Pascal lernten Lucías Ehemann José Luís kennen, hingen aber schnell ihren Gedanken nach. Weder José Luís noch Lucía oder Yoyotli waren die Art von Mensch, sie dabei zu stören. Einzig die Kinder sprangen auf, sobald sie aufgegessen hatten, und begannen in der Hütte umherzutollen.

Zu seiner Erleichterung hatte Julián beim Hereinkommen festgestellt, dass Pedro offenbar verschwunden war. Yoyotli hatte es nicht thematisiert und er selbst verspürte keinerlei Bedürfnis, das Gespräch auf seinen Onkel zu lenken.

Die Sterne funkelten am Nachthimmel, als die drei sich schließlich auf den Weg zu ihrem jeweiligen Quartier machten.

„Habt ihr Lust, euch noch ein wenig ans Seeufer zu setzen?" fragte Pascal, als sie den Dorfplatz erreichten. Selbst um diese Zeit hing der schwere Geruch des Blauregens über dem Platz.

Kyriel und Julián sahen einander an. „Warum nicht?"

Sie liefen hinunter zum Dock. Dort setzten sie sich und ließen die Füße baumeln. Am anderen Ufer glänzten die Lichter San Pedros wie auf dem See verstreute Diamanten.

Pascal atmete tief ein. „Diese Stille!"

Und wahrlich war die Stille beinahe vollkommen. Nur das Wasser schwappte an die Füße des Docks.

„Wie ist es für dich, Lauras Tochter gegenüber zu stehen?" fragte Julián nach einer Weile.

„Irgendwie okay", erwiderte Kyriel.

„Ich wünschte, ich könnte es so leichtnehmen wie du", meinte Pascal.

„Ich weiß auch nicht", sagte Kyriel. „Aber irgendetwas sagt mir: ist gut so. Weiß Simona von Laura?"

Pascal nickte. „Lucía hat es ihr von Anfang an erzählt."

„Ich war vollkommen perplex, als Lucía auf einmal Deutsch mit mir geredet hat."

„Sie hatte plötzlich eine deutsche Tochter. Das hat auch ihr Leben verändert."

„Was sagt sie zum Thema Simon?"

„Sie sagt, es sei meine Entscheidung. Laura habe sie zwar gebeten, sich um Simona zu kümmern. Aber sie hat nichts darüber gesagt, was wäre, sollte Simonas Vater davon erfahren." Pascal sah auf das nachtschwarze Wasser hinaus. Er schluckte. „Sie wusste ja nicht, dass sich alles so entwickeln würde."

Julián deutete zum Seeufer. Funkelnde Lichter erglommen dort, nur um gleich darauf zu verlöschen.

„Was ist das?" fragte Kyriel.

„Fireflies", meinte Pascal.

Wortlos beobachteten sie das Schauspiel.

„Ich denke trotzdem, dass ich Simon davon erzählen werde", durchbrach Pascal schließlich die Stille.

„Ein Zurück gibt es dann nicht mehr", meinte Julián.

„Ich weiß. Ich weiß auch, dass Laura es ihm nicht gesagt hat. Dass sie es ihm nicht sagen wollte. Aber Laura ist tot", Pascal atmete tief durch. „Ihre Absichten mögen gut gewesen sein, aber ich kann Simon dieses Wissen nicht vorenthalten. Ich habe ihn kennen gelernt. Ich kann mir nicht vorstellen, dass er etwas entscheiden würde, was schlecht für die Kleine wäre."

„Dann ist diese Entscheidung also gefallen."

Das Wasser schlug gegen die Planken des Stegs, als wäre nichts geschehen.

Julián saß in der Küche des Hauses im Barrio Uno. Yoyotli und Simona saßen mit ihm am Feuer. Der Rest der Familie war ausgeflogen.

In den vergangenen Tagen hatte Julián Yoyotli des Öfteren aufgesucht. Es tat ihm gut, über den Feuertraum zu sprechen und sein Empfinden mit jemandem zu teilen, der wusste, wovon er sprach. Wusste, wie es sich anfühlte.

Simona hörte aufmerksam zu, während die beiden sich unterhielten. Hin und wieder lächelte sie unergründlich, so wie es nur Kinder vermögen. Ihr Blick aber war auf das Feuer gerichtet. Mit einem Stock stocherte sie in der Glut herum.

„Ich habe auch Träume", sagte sie, ohne aufzusehen.

Julián durchfuhr es wie ein Schock.

Er räusperte sich. „Träume?"

„Wovon träumst du, mein Schatz?" wollte Yoyotli wissen.

„Von Feuer?" hakte Julián nach. „Träumst du auch von Feuer."

„Nein!" Simona sah ihn an, als verstünde er gar nichts.

Julián entspannte sich wieder.

„Aber wovon träumst du?" fragte Yoyotli.

„Manchmal träume ich von der anderen Mamá."

„Der anderen Mamá?"

Simona nickte. Obwohl er direkt neben dem Feuer saß, fröstelte Julián.

„Hab ich doch gesagt, Omi."

„Weißt du denn, wie die andere Mamá aussieht?" fragte Julián.

„Immer anders."

„Aber wie weißt du dann, dass sie es ist?"

„Sie fühlt sich gleich an."

Yoyotli streichelte Simona über das lockige Haar. „Das ist gut, Schätzchen."

Simona lächelte sie an. Ihre Wangen glühten.

„Machen dir die Träume Angst?"

Julián dachte an den Traum, den er von seinem Vater gehabt hatte. Einerseits war es schön gewesen, seinem Vater so nahe zu sein, andererseits hatte es ihn erschreckt.

Simona schüttelte den Kopf. Ihre Locken flogen hin und her. Sie sah wieder ins Feuer.

Sie schwiegen.

„Warum bist du so traurig?" fragte Simona nach einer Weile.

Verwundert sah Julián sie an. „Ich?" Er zögerte.

Simona sah zu ihm auf.

„Wahrscheinlich", erwiderte er nach einer Weile, „weil ich meinen Papá nie kennen lernen durfte."

Simona nickte nachdenklich. „Aber hast du keine Mamá?"

Julián blieb die Antwort schuldig. Das Feuer prasselte und zischte. Hatte er denn keine Mamá?

Wieder schwiegen sie.

Dann wandte Julián sich Yoyotli zu. Weiße Strähnen durchzogen ihre streng nach hinten gebundenen Haare. „Fanden Sie diesen Quetzal im Traum auch so unheimlich?"

Yoyotli sah Julián an. Die Narben in ihrem Gesicht störten ihn nicht mehr.

„Im Gegenteil. Er hat mich beruhigt. Da er im Feuertraum auftauchte, konnte der Traum mir nichts Böses wollen. Der Quetzal ist das Symbol unseres Volkes."

„Dieses Rauschen geht mir durch und durch. Ich bekomme Gänsehaut. Und dieser Blick!"

Simona riss die Augen auf. „Du hast Angst vor einem Quetzal?"

Julián schaute zu Boden. „Ich würde nicht sagen, dass ich Angst habe", murmelte er. „Er ist mir eher unheimlich."

Die Kleine sprang auf. Sie ging zu ihrer Großmutter hinüber und flüsterte ihr etwas ins Ohr. Yoyotli hörte zu, schließlich lächelte sie.

Simona drehte sich zu Julián um und streckte ihm die Hand entgegen. Der nahm die Hand und ließ sich hochziehen. Er sah zu Yoyotli hinüber, die nickte ihm zu.

„Komm!" sagte Simona.

Die beiden verließen das Haus.

„Wohin gehen wir?" fragte Julián, als sie auf einen Feldweg einbogen und die letzten Häuser hinter sich ließen. Simona grinste ihm nur zu.

Julián folgte ihr den steilen Hang hinauf. Schnell waren sie umgeben von dichtem Wald. Die Luft roch würzig. Simona sprang aufgeregt voran. Julián hatte einige Mühe, ihr nachzukommen. Er begann zu schwitzen. Dem Mädchen schien die Steigung nichts auszumachen.

Irgendwann blieb Julián mit hochrotem Kopf stehen. Er presste sich die Hände in die Seiten.

„Langsam", keuchte er.

Simona hielt an und drehte sich zu ihm um.

„Nun verrate mir schon, wohin wir gehen!"

Aus großen Augen strahlte die Kleine ihm entgegen. „Wir besuchen den Quetzal."

Julián erstarrte. Ihm wurde heiß. Dann kalt.

„Nun komm schon!" rief Simona und streckte ihm abermals die Hand entgegen.

Julián versuchte sich aus seiner Starre zu reißen. Wenn ein Kind das konnte? Wie konnte er? Seine Füße drohten ihm den Dienst zu versagen, letztlich aber ging er einen Schritt auf Simona zu und rang sich ein Lächeln ab. In den Augen der Kleinen konnte er sehen, dass sie es ihm nicht abnahm. Dennoch stapfte sie weiter, als sie erkannte, dass er ihr wieder folgen würde.

Bald verließen sie den schmalen Weg und schlugen sich ins Unterholz. Äste brachen. Julián kam es vor, als veranstalte er ein enormes Getöse, während Simona sich behände, beinahe geräuschlos durch das Dickicht schlängelte. Gelegentlich drehte sie sich zu ihm um, sagte jedoch nichts. Dann wurde sie langsamer. Als sie sich umwandte, legte sie ihren Zeigefinger auf die Lippen.

„Woher weißt du, wo der Quetzal ist?" flüsterte Julián.

„Ich weiß es nicht. Aber er kommt oft dahin." Simona zuckte mit den Achseln. „Er mag Avocados." Ihr Blick wanderte in die Baumkronen hinauf. Ansonsten verharrte sie reglos.

„Da lang. Nicht mehr weit", zog sie Julián schließlich weiter. „Kannst du leiser laufen? Sonst müssen wir lange warten."

Julián nickte. Er würde es zumindest versuchen.

Sie bewegten sich nun gemächlicher voran. Obwohl es Julián nicht gelingen wollte, so leise durch das Unterholz zu schleichen wie Simona, schien sie zufrieden. Erst jetzt bemerkte er die Farbenpracht um sich her. Unterschiedlichste Gerüche strömten auf ihn ein. Noch immer konnte er nicht frei atmen, aber die Furcht war nicht mehr so überwältigend wie zu Anfang.

Schließlich blieb Simona stehen. Julián, der seinen Gedanken nachhing, wäre beinahe in sie hineingelaufen.

Wieder legte sie den Zeigefinger auf die Lippen. Julián sah sich um. Die Stelle sah genau aus, wie alle anderen. Simona, die seinen Blick bemerkte, deutete auf einen Baum. Die Avocados waren so klein, dass Julián einen Moment brauchte, bis er verstand. Simona setzte sich ins Moos. Julián tat es ihr gleich.

Nach einer Weile begannen Juliáns Beine zu schmerzen. Simona saß vollkommen reglos. Also unterdrückte auch Julián den Impuls, seine Position zu verändern. Ein ums andere Mal war Geflatter in den Baumkronen ringsumher zu vernehmen. Jedes Mal erschrak Julián. Der Quetzal ließ sich allerdings nicht blicken.

Fragend sah Julián Simona an. Die aber lächelte ihm nur zu. Das Warten schien ihr nichts auszumachen.

Juliáns Beine waren unterdessen taub. Er bewegte die Zehen und ein Kribbeln fuhr ihm durch den Leib. Er biss die Zähne aufeinander. Da zeigte Simona plötzlich mit einem Finger in Richtung Avocado-Baum. Julián fühlte einen Schlag in den Magen. Dennoch zwang er sich aufzusehen.

Was er sah, ließ ihm den Atem stocken. Hoch über ihm saß ein Vogel. Flügel und Rücken schimmerten in leuchtendem Blau, Kopf und Hals waren grün. Der Bauch aber erstrahlte blutrot. Der Quetzal.

Er sprang von einem Zweig zum nächsten. Auf seinem Köpfchen trug er eine gelbe Daunenkrone. Er neigte es, blickte hinab. Kletterte dann zu einer der Avocados und pickte daran herum. Lange Schwanzfedern wogten wie eine Schleppe hinter ihm her.

Nie hatte Julián etwas Schöneres gesehen. Er konnte seinen Blick nicht abwenden. Alle Furcht war mit einem Mal verschwunden.

Ein Sonnenstrahl fiel auf das Federkleid des Vogels. Der Quetzal flog auf, schwang sich auf einen höher gelegenen Ast, wippte vor und zurück und flog dann davon.

Julián schluckte einen Kloß im Hals herunter.

Simona betrachtete ihn.

Er lächelte ihr zu. „Danke", wisperte er.

„Siehst du, du brauchst keine Angst zu haben."

„Nein, wirklich nicht." Juliáns Augen waren feucht.

„Weißt du was?"

„Nein."

„Mein Papá hat mir erzählt, dass du einen Quetzal nie fangen darfst", sagte Simona.

„Warum nicht?"

„Es geht nicht. Er lässt sich nicht einsperren."

„Was passiert, wenn du ihn einsperrst?"

„Der Quetzal braucht die Freiheit. In einem Käfig wird er sehr traurig. Dann tötet er sich."

„Er bringt sich um?"

„Genau", bestätigte Simona mit wippenden Locken. „Du darfst einen Quetzal nicht einsperren. Er reißt sich alle Federn aus. Solange bis er tot ist."

„Das ist furchtbar."

„Niemand sperrt ihn deswegen ein."

„Das ist gut."

Die beiden sahen einander an. Eine Träne kullerte über Juliáns Wange.

„Du musst nicht traurig sein."

Simona legte ihre kleine Hand in Juliáns große. Er schniefte. Sie saßen nebeneinander und der weiche Mantel des Waldes umhüllte sie, bis Julián sich wieder fasste.

Schließlich sprang Simona auf. Auch Julián stemmte sich hoch. Seine Glieder schmerzten, doch er fühlte sich leichter.

Gemeinsam wanderten sie zurück, hinab nach San Marcos la Laguna, wo in Yoyotlis Hütte Tortillas und heiße Frijoles auf sie warteten.

Kapitel 63 – Briefe an Godot XIII

San Marcos la Laguna,
Lago de Atitlán,
Guatemala
14. Februar 2009

Lieber Godot,

all das, was derzeit in mir hochbrandet, löst einen solch heftigen Fluchtimpuls in mir aus, dass ich entschieden habe, zu bleiben.
Guatemala.
Seltsames Land.
Laura ließ ihre Tochter hier zurück. Simona wird sich niemals an sie erinnern können.
Ich aber erinnere mich. Ich erinnere mich an jenen Tag, als meine Eltern mich fortschickten. Summerhill. Du weißt, dass ich es liebte, dort zu sein. Ich war zehn, als ich ging. Mein Gott, was hatte ich damals für eine Angst! Noch heute sehe ich den Vater und die Mutter in der Tür unseres Hauses stehen. Sie winken mir nach, während mich das Taxi aus meinem Leben reißt, mich davonkarrt, als könne man einen solchen Verlust jemals ersetzen.
Ich kann mich erinnern, Godot. Und das ist es, was gerade mit mir geschieht. Ich erinnere mich.
Mitnichten wollte ich mutterseelenallein in der Fremde auf eigenen Beinen stehen. Ich war zehn Jahre alt.
Es war gut in Summerhill aufzuwachsen. Ja. Doch es hat auch Narben hinterlassen. Die zu sehen, habe ich mir nie erlaubt.
Alles hat seinen Preis.
Simonas Mutter ist Lucía, die Frau, die ich kennen lernen durfte. Es gibt kein Zurück, womöglich gab es das nie.
Meine Mutter hingegen war die Frau, die mich im Sommer ins Schwimmbad fuhr und an Weihnachten Plätzchen buk. Sie hätte mehr sein können, aber sie hat sich dagegen entschieden.
Ich will mich nicht in Selbstmitleid verlieren. Über all die Jahre habe ich damit gelebt. Aber ich fürchte das Vergessen. Mit jedem

Tag, jeder Stunde, jeder Sekunde geht ein Stück Vergangenheit verloren. Unwiderruflich.
Das ist unser Schicksal, Godot. Es wird keiner Revolution sich beugen. Was bleibt, ist die Zukunft.

Ich umarme Dich aus der Ferne und verbinde mich im Geiste mit Dir,

Dein Pascal

Kapitel 64 - Steinchen

Von: "Simon Montiniere " <Si_monde@mail.de>
An: "Pascal Goldberg" <pa_gold@me.com>
Betreff: Re: Guatemala
Datum: Thu, 12. Feb 2009 22:08:17

Lieber Pascal!

Ich bin vollkommen fassungslos, seit ich deine Mail gelesen habe. Gerade war ich zwei Stunden draußen, um Holz zu hacken, doch klarer fühle ich mich noch immer nicht.
Eine Tochter.
Simona.
Wie konnte Laura mir das verschweigen? Wie konnte das überhaupt geschehen? Ein einziges Mal haben wir miteinander geschlafen! Unfassbar.
Ich habe also eine Tochter.
Eine Tochter, die ich noch nie gesehen habe. Die mich noch nie gesehen hat. Und jetzt?
Wahrscheinlich ist es dir nicht leichtgefallen, mir davon zu erzählen. Ich danke dir dafür, dass du so entschieden hast. Das war ausgesprochen mutig.
Simona. Sie benennt unsere Tochter nach mir und verheimlicht sie mir gleichzeitig. Ich hatte nie eine Chance, selbst zu entscheiden.
Die Geschichte macht mich so unglaublich traurig, Pascal. Ich fühle mich wie erschlagen. Wie konnte es nur so weit kommen? Ich habe sie geliebt wie eine Schwester!
Trotzdem habe ich es hingenommen, als sie den Kontakt abgebrochen hat. Habe nie versucht, sie zurückzuholen und alles zu klären.
Ich konnte ja sehen, wie sie in all den Jahren unserer Freundschaft darunter gelitten hat, dass es keine Chance für uns gab. Manchmal hätte ich mir weiß Gott gewünscht,

ich hätte die Wahl gehabt. Aber so funktioniert es nun einmal nicht. Ich hatte keine Wahl. Die Dinge sind, wie sie sind. Oder etwa nicht? Habe ich es mir zu leicht gemacht? Vielleicht. Aber ich hatte einfach keine Kraft mehr.
Als ich damals merkte, dass Laura sich in mich verliebt hatte, dachte ich, sie käme schon darüber hinweg. Deshalb ließ ich den Dingen ihren Lauf. Aber wie viel Zeit auch verging, sie tat es nicht. Sie hatte sich vollkommen in den Gedanken verrannt, dass wir zwei füreinander geschaffen seien. Das Seltsamste daran war, dass ihr Glauben sogar mich bisweilen zweifeln ließ. Sah sie etwas, was ich nicht sehen konnte? Und dann diese eine Nacht. Was habe ich da nur angerichtet, Pascal?
Wie hatte ich das tun können? Obwohl ich wusste, was sie für mich empfand! Auf eine Art war ich in dieser Nacht ehrlich. Ich habe Laura geliebt. In dieser einen Nacht dachte ich mir, wenn sie es so unbedingt will, warum sollte ich es ihr nicht geben? Wie naiv war ich. Zu glauben, dass es danach womöglich besser werden könnte.
Nichts wurde besser. Ganz im Gegenteil. Ich fühlte mich unglaublich schuldig. Hatte ich nur mit ihr gespielt? War ich so besoffen gewesen, dass nichts für mich mehr eine Rolle spielte?
Als sie mir ein paar Tage später gegenüber stand, bekam ich Panik. Dieser Blick in ihren Augen.
Ohne mich rausreden zu wollen, Pascal, aber auch ich war jung damals. Ich habe es nicht hinbekommen. Lieber flüchtete ich mich in eine bedeutungslose Beziehung und hoffte, dass das für Laura die Dinge klären würde. Was war ich nur für ein Feigling!
Heute misstraue ich meiner Erinnerung. Sie ist trügerisch. Hatte Laura womöglich doch Recht?
So ist das mit Erinnerungen, nicht wahr? Sie erzählen uns die *Geschichte* unseres Lebens. Wir erzählen uns diese Geschichte.
Wenn etwas nicht ins Konzept passt, feilen wir eben so lange daran herum, bis es passt. Zumindest mir geht es so.

Ein Überlebensmechanismus, vermutlich. Ich war derjenige von uns beiden, der es damals leichter hatte. Und schon ich habe es nicht geschafft, ehrlich zu mir zu sein.
Vielleicht kann ich Lauras Entscheidung besser verstehen, als ich wahrhaben will.
Hätte es diese Chance gegeben, die Laura für uns sah?
War es womöglich meine Arroganz, die es nicht zuließ?
Ich hatte mich schon geoutet. Mich dem Risiko ausgesetzt, alle zu verlieren. Ich wollte das nicht noch einmal. Aber was sagt eine solche Entscheidung schon über den Rest des Lebens aus? Ist sie tatsächlich eine einmalige Angelegenheit? Oder habe ich mich nur in die Geborgenheit einer neuen Schublade sinken lassen?
Laura hat das so nie formuliert. Unausgesprochen aber stand es stets im Raum. Sie glaubte, dass ich die Augen vor der Realität verschloss.
Hatte sie Recht?

Wie lange hast du vor, in Guatemala zu bleiben, Pascal?
Ich muss dorthin fliegen. Das wird mir klar, während ich diese Zeilen schreibe. Was auch immer danach geschehen mag, ich muss meine Tochter sehen.
Werden wir uns dort begegnen? Ich würde mich sehr freuen. Ich könnte einen Freund gebrauchen. Diese Geschichte macht mir Angst. Diesmal aber werde ich nicht wieder davonlaufen.

Noch einmal Danke für deine Ehrlichkeit, Pascal. Selbstverständlich werde ich es übernehmen, mit Ann-Marie und Peter darüber zu sprechen. Allerdings erst, wenn ich aus Guatemala zurück bin. Zunächst will ich mir selbst ein Bild machen.

Ich hoffe also, dich in ein paar Tagen zu sehen!

Bis dahin,

Simon

„Kyriel, Junge! überschlug sich Hannelore Koesterbaums Stimme. „Ich habe mir ja solche Sorgen gemacht! Du lebst! Du hast seit Monaten auf keine meiner Nachrichten auf deiner Mailbox reagiert! Wo bist du? Ist etwas geschehen? Geht's dir gut?"

„Mama, so beruhige dich doch! Ja, es geht mir gut. Ich bin in Guatemala."

„Guatemala", schrie es auf der anderen Seite der Leitung. „Um Himmels willen! Was machst du denn da?"

„Ich habe Julián auf eine Reise begleitet."

Kyriel stand in einer winzigen Kabine des Internetcafés am Dorfplatz von San Marcos. Er hielt den Telefonhörer ein wenig von seinem Ohr entfernt und fragte sich, ob all die Traveller im Café seine Mutter wohl ebenfalls hören konnten.

„Es ist wundervoll hier. Außerdem dachte ich, es sei an der Zeit, die Eiszeit zu beenden."

„Du kannst dir gar nicht vorstellen, wie froh ich bin, von dir zu hören." Seine Mutter schnäuzte sich lautstark in ein Taschentuch. „Seit Wochen konnte ich nicht schlafen, weil ich ständig in Sorge war. Und erst Weihnachten! Ohne zu wissen, wo du bist! Es war die Hölle. Aber jetzt ist ja alles gut. Wann kommst du nach Hause, mein Junge?"

„Das weiß ich noch nicht so genau. Ich bin noch immer mit Julián hier. Außerdem muss ich mir noch über einige Dinge klar werden." Kyriel zögerte. Dann räusperte er sich und fügte leiser hinzu: „Weißt du, Mama, Laura hat eine Tochter. Sie ist hier in Guatemala aufgewachsen."

„Was?" schrie Hannelore auf. „Oh mein Gott, Junge, das tut mir so leid! Wie konnte sie dir das nur antun? Aber das ist doch unmöglich, das kann doch unmöglich! Lass dir da bloß nichts anhängen."

„Es ist doch nicht meine Tochter. Sie ist schon sechs."

„Ah, hm. Gott sei Dank." Eine Welle der Erleichterung schlug über den Atlantik. „Aber erzähl endlich. Wie geht es dir?"

„Es geht mir gut. Ja, wirklich, es geht mir gut. Die Entscheidung wegzugehen, war das Beste, was mir passieren konnte. Ich habe das Gefühl, endlich klarer zu sehen."

„Siegmar", Hannelores Stimme wirkte verzerrt. Wahrscheinlich hatte sie die Hand über die Sprechmuschel gelegt. „Siegmar, weißt du wer dran ist? Du wirst es nicht glauben! Ja, er ist - es ist der Junge!"

Im Hintergrund vernahm Kyriel ein Brummen.

„Kann ich mit Papa sprechen", bat er.

„Aber natürlich! Warte, ich gebe ihn dir!"

„Kyriel", drang Siegmars Bass durch die Leitung. „Wo bist du, mein Junge? Warum hast du so lange nichts von dir hören lassen? Deine Mutter hat sich schon Sorgen gemacht!"

„Hallo Papa!" Kyriel schluckte und holte tief Luft, ehe er antwortete. „In Guatemala bin ich. Ich habe es Mama gerade schon erzählt."

„Naja, mir soll's recht sein. Gut, dass du anrufst, übrigens. Ich habe erst gestern mit Herrn Rübsal gesprochen. Also es gibt noch immer die Chance, dass du bei uns anfängst, wenn du zurückkommst. Der Mann ist eine treue Seele, kann ich dir sagen. Eskapaden hin oder her - er weiß eben, dass du mein Sohn bist."

„Ich werde mit Sicherheit nicht bei der Sparkasse anfangen, Papa", entgegnete Kyriel mit fester Stimme.

„Junge, das haben wir doch schon so oft diskutiert. Ich dachte, du wärst inzwischen vielleicht zur Vernunft gekommen."

„Das bin ich. Weißt du, ich habe eins verstanden, in der Zwischenzeit."

„Das da wäre?"

„Ich hab' dich lieb, Papa. Euch beide, dich und Mama. Und ich glaube, ich begreife ein bisschen besser, was es bedeutet, dass ihr mein Bestes wollt."

Stille am anderen Ende der Leitung.

„Das ist der eigentliche Grund, weshalb ich anrufe. Ich wollte, dass ihr das wisst."

„Heißt das", Siegmars Stimme klang belegt, „dass ich Herrn Rübsal sagen kann, dass du bald zurückkommst?"

„Ja, das kannst du ihm sagen, Papa." Kyriel unterdrückte ein Schmunzeln. „Ich fürchte nur, dass ihn das gar nicht so besonders interessieren wird."

Stille.

„Verstehe", sagte Siegmar nach einer Weile.

Hannelore flüsterte etwas im Hintergrund. „... ihm schon", war alles, was Kyriel verstehen konnte.

Siegmar räusperte sich. „Also, ähm, deine Mutter meint, ich soll dir sagen" - Kyriel hörte, dass sein Vater abbrach und Hannelore erneut auf ihn einredete. „Ja, du hast ja Recht." Er räusperte sich abermals, „also *ich* will dir sagen, dass - also, dass: es tut mir leid."

Kyriel wartete ab, ob noch etwas käme. Außer dem Rauschen in der Leitung war jedoch nichts zu vernehmen.

„Kein Problem", murmelte er schließlich.

Als er aufgelegt hatte, spürte Kyriel einen Kloß im Hals. Rasch verließ er das Internetcafé und trat hinaus in die milde Luft der guatemaltekischen Nacht.

Totumays Lunge rasselte wie ein Sägewerk. Der Husten wollte und wollte nicht besser werden, egal wie sehr Lola sich auch bemühte, ihn in den Griff zu bekommen. Weder Zitronen- noch Schmalzwickel hatten bisher Wirkung gezeigt. Selbst die Ärzte, die sie mit ihm aufgesucht hatte, hatten nichts herausfinden können.

Totumay lag auf der Couch in Lolas Wohnzimmer. Durch schlierige Scheiben fiel die Abendsonne auf sein faltiges Gesicht. Besorgt legte Lola ihm die Hand auf die Stirn.

„Das wird schon wieder", sagte er. „Und wenn nicht - ich bin ein alter Mann, Lola. Irgendwann gehen wir alle."

„Unsinn. Irgendwann ja, aber ist irgendwann nicht jetzt. Nicht auch in mein Wohnzimmer, das kann ich dir versprechen."

Das Telefon klingelte.

Lola erhob sich und ging hinüber zum Sideboard. Als sie abheben wollte, fiel ihr der Hörer aus der Hand und polterte zu Boden. Totumay sah sie überrascht an. Rasch bückte sich Lola und drückte den Knopf, um das Gespräch anzunehmen.

„Julián, cariño! Ich wusste genau, dass du bist das! Hast du Raúl gefunden?"

Sie lauschte.

„Verstehe", sagte sie nach einer Weile. „Tut mir so leid, hijo. Ist das alles meine Schuld."

Totumay sah, dass Lola mit den Tränen rang.

Sie lauschte weiter, was Julián ihr von der anderen Seite des Erdballs zu berichten hatte. Ein Lächeln glitt über ihr Gesicht.

„Wirklich? Das musst du ihm selbst erzählen! Ich gebe ihn dir! Wart ein Moment."

Sie schaute zu Totumay hinüber. Der war bereits aufgestanden. Fragend sah er sie an.

„Julián will dich sprechen!"

Er nahm den Hörer entgegen. „Guten Abend, Julián! Ich hoffe, es ist dir wohl ergangen?"

Julián erwiderte etwas.

Totumay nickte. „Ein kleiner Husten, ansonsten kann ich mich nicht beklagen. Deine Mutter versüßt mir die Tage, ich will es nicht bestreiten."

Wieder hörte er Julián zu. Sein Blick wurde starr.

„Bist du sicher?" wisperte er. „Aber, wie –?"

Er verstummte. Lauschte den Worten am anderen Ende der Leitung.

„In all den Jahren war ich überzeugt–" Der Satz verebbte im Nichts.

Totumay nahm das Telefon und ging hinüber zur Couch. Er ächzte und setzte sich. „Das ist wunderbar! Hätte ich das nur geahnt! Das ist ganz wunderbar." Er rang um Fassung, wandte seinen Blick dem Fenster zu.

Die Küchenuhr tickte ebenso unbeirrt weiter, wie sie es in den vergangenen 25 Jahren getan hatte.

Letztlich stahl sich ein Lächeln auf Totumays Gesicht. Seine Augen schwammen in Tränen. „Ich weiß es nicht, Julián. Darüber muss ich erst nachdenken." Abermals nickte er. „Verstehe. - Ja." Er schluckte. „Ich bin dir zutiefst zu Dank verpflichtet. Danke für deinen Anruf!" Er warf Lola einen Blick zu, der ihr Herz anrührte. „Genau. Wir sprechen uns, sobald ich dir etwas Genaueres sagen kann! Dir wünsche ich einen wundervollen Tag!"

Totumay legte auf.

„Yoyotli lebt", murmelte er. „Nach all den Jahren, in denen ich sicher war, dass sie in jener Nacht gestorben sei."

Lola berührte sanft seinen Oberarm. „Aber das sind gute Neuigkeiten, nicht? Wir können dort fahren!"

„Das ist eine Möglichkeit."

Totumay nickte, unfähig ein weiteres Wort zu sagen.

Sein Blick wanderte über die in abendliches Gold gewandeten Häuser. Nach einer Weile erst wandte er sich abermals Lola zu. Seine Augen funkelten.

Epilog

Am Ufer des Lago de Atitlán saßen Simon, Pascal, Julián, Lucía und Yoyotli. Die Felsen waren noch von der Sonne aufgeheizt. Wehmütig blickte Simon in die Ferne. Ein purpurner Himmel überspannte den See. In seinen Wassern spiegelten sich die Silhouetten der Vulkane am gegenüberliegenden Ufer.

Den ganzen Nachmittag lang hatte Kyriel Simona von ihrer Mutter erzählt. Julián hatte übersetzt. Die Augen der Kleinen hatten an Kyriels Lippen gehangen, obschon sie keines seiner Worte hatte verstehen können.

Hand in Hand schritten Kyriel und Simona über den Strand. Der warme Sand rann durch ihre Zehen. Einer Eingebung folgend ging Kyriel in die Knie. Er betrachtete Simona eingehend. So vieles ihrer Mutter fand sich in ihrem Äußeren wieder: Die schwarzen Locken. Das offenherzige Lächeln. Der dunkle Teint. Er fragte sich, wie er dies anfangs hatte übersehen können. Simona war ebenfalls stehen geblieben.

„Julián, könntest du einen Moment kommen, bitte!"

Julián erhob sich und kam zu den beiden herüber.

„Könntest du mir einen Gefallen tun und noch einmal übersetzen?"

„Natürlich, amigo."

In den letzten Tagen wirkte Julián ausgeglichener. Es schien, als sei ihm eine Last von den Schultern genommen. Auch hatten ihn die Träume in den vergangenen Nächten nicht heimgesucht. Das mochte nichts bedeuten, Kyriel wertete es dennoch als gutes Zeichen.

Er wandte sich Simona zu. „Am Tag, als deine Mama gestorben ist, haben sie diesen Stein am Strand gefunden."

Er zog das Band, an dem der Fulgurit um seinen Hals hing, unter dem engen T-Shirt hervor. Seine Hand umschloss den Stein. Kyriel schloss die Augen und atmete tief durch. Dann streifte er sich das Band über den Kopf.

„Sein Name ist Fulgurit. Er entsteht, wenn ein Blitz in Sand einschlägt", erklärte er Lauras Tochter, ehe er ihr den Stein in die Hand legte. „Ich denke, wenn jemand diesen Fulgurit haben sollte, bist du es, Simona."

Aus moosgrünen Augen musterte ihn die Kleine. Sie wog den Stein in ihrer Hand. Betastete ihn. Dann führte sie ihn an ihre Wange und ließ ihn über ihre Haut gleiten. Eine Welle des Glücks durchströmte Kyriel, als er sie dabei beobachtete.

Simona stand auf, roch an dem Fulgurit. Dann küsste sie ihn mit ihren kindlichen Lippen und warf ihn in hohem Bogen in den See.

Kyriel erschrak. Julián sah seinen Freund aus weit aufgerissenen Augen an. Einen Moment lang herrschte Stille.

Dann platschte es.

Von der Stelle aus, wo der Stein ins Wasser gefallen war, breiteten sich konzentrische Kreise aus.

Simona lachte. Kyriel musterte sie. Dann straffte er seine Schultern. Atmete tief ein. Und wieder aus. Er sah hinaus auf die Wellen. Nickte. Sah erneut zu Simona.

Schließlich lachte auch er.

ENDE

Nachwort

Die Figuren im *Mosaik der verlorenen Zeit* sind - abgesehen von den guatemaltekischen Präsidenten und anderen historischen Persönlichkeiten, die in die traurige Geschichte dieses Bürgerkrieges verwickelt waren - frei erfunden.

Bei der Recherche über den guatemaltekischen Bürgerkrieg habe ich mich um historische und kulturelle Genauigkeit bemüht. Dazu zog ich unter anderem die deutsche Zusammenfassung des REMHI-Bericht (*Recuperación de la Memoria Histórica*) der Erzdiözese Guatemala Stadt, das Werk *Guatemala -El silencio del gallo* von Carlos Santos und die (Auto-) Biographie der Friedensnobelpreisträgerin Rigoberta Menchú (*Me llamo Rigoberta Menchú y así me nació la conciencia,* Elisabeth Burgos) zu Rate.

Mein Anliegen war es, den Mayas und ihrer Kultur - soweit dies als Mitteleuropäer überhaupt in meiner Macht stand - gerecht zu werden. Ich empfinde höchste Achtung und Respekt für dieses Volk.

Sollten mir dennoch Fehler unterlaufen sein, trage ich dafür selbstverständlich allein die Verantwortung.

Danksagung

Ohne die Unterstützung einer Vielzahl von Menschen läge dieses Buch in seiner heutigen Form nicht vor Ihnen.

Mein ganz besonderer Dank gilt Caroline Hack. Ohne Deine Hilfe, Geduld und Beharrlichkeit hätte dieses Buch niemals entstehen können. Du bist die beste Freundin und Kritikerin, die ich mir wünschen könnte - gerade weil Du mir niemals eine Schwäche durchgehen ließest.

Des Weiteren danke ich Bernd Häußler, der mich das erste Stück des Weges begleitete; Birgit Sterly, die die Rolle einer liebevollen und wohlwollenden Erstleserin übernahm; Jelle Tiddens, dessen bereichernd anderer Weltsicht ich manch neuen Gedanken verdanke und Tim Bauer, der die Erstfassung nicht nur komplett las, sondern mir auch einen entscheidenden Stein im Mosaik schenkte.

Für seine Geduld während der Niederschrift danke ich Manuel Eyrich - Du hattest die Hauptlast meines Schreibens zu tragen, so lange Du es eben ertrugst. Ich habe das nicht vergessen.

Für die liebevolle Aufnahme in ihren Häusern danke ich John Moss, Erin Riendl, Erin Roddie und Noemi Rutishauser. Ohne meine Zeit im Schutze Eurer Gemäuer hätte dieser Roman nicht entstehen können. John, ich wünschte, ich hätte allzeit einen derart motivierenden und aktiven Menschen an meiner Seite - wäre dem so, hätte ich sicherlich bereits weit mehr Bücher geschrieben.

Meinem Vater, Hans-Peter Uhlich, danke ich für seine bedingungslose Unterstützung. Es ist wundervoll, immer auf Dich zählen zu können, auch wenn wir bezüglich meines Weges nicht seit jeher einer Meinung waren.

Für das Korrekturlesen der Rohfassung danke ich meiner Mutter, Anneliese Uhlich. Vor allem aber gebührt Dir Dank dafür, dass ich immer auf Dich zählen kann, wenn es darauf ankommt!

Meiner Schwester, Britta Uhlich, danke ich dafür, dass ich in vielerlei Hinsicht von ihr lernen konnte und kann. Du bist die beste Schwester, die ich mir wünschen könnte. Manchmal wünschte ich, ich wäre ein wenig mehr wie Du.

Nicht zu vergessen die Menschen, die mich auf dem letzten Stück des Wegs begleitet haben und ohne deren Hilfe das Buch ein sehr viel Schlechteres wäre: Benjamin Bietenholz und Ursula Hetzel und wieder einmal Caroline Hack. Ich weiß all die Mühe, die ihr auf diesen letzten Meter noch in mein Werk gesteckt habt, wahnsinnig zu schätzen.

Und natürlich Silke Klemt, die mein Cover designt hat: ohne Dich hätte das Mosaik niemals ein so wundervolles Gesicht gefunden! Danke dafür!

Nicht vergessen seien hier auch: Julia Cameron, ohne deren „Weg des Künstlers" ich niemals so weit gekommen wäre, und Philipp Seis, der mir mich lehrte, dass viel mehr möglich ist, als ich mir je hätte träumen lassen.

Zu guter Letzt ein Dank an meine Freunde Julie Alderson, Mario Gliemann, Marion Taschke, Nic Santa und Jan Körber, – ohne jeden einzelnen von Euch wäre ich nicht der, der ich bin. Ein Dank für die gemeinsamen Jahre!

Glossar

Für ein Verzeichnis der wichtigsten Figuren siehe
www.mosaikderverlorenenzeit.de

abuela/abuelita/abuelito(s): Großmutter, Oma. (Im guatemaltekischen Spanisch wird besonders häufig der Diminutiv verwendet, so wird aus der abuela, der Großmutter, die abuelita, das Großmütterchen). Die abuelitos einer indigenen Dorfgemeinschaft sind zugleich eine Art gewählter Dorfältester.

Albaicín: Alter maurischer Stadtteil in Granada, der vorwiegend aus weißen Häusern besteht.

cabaña: Hütte

café con leche: Milchkaffee

¡calla!: Halt's Maul!/ Schweig!

cariño: Spanisches Kosewort: Liebling.

cementerio: Friedhof

chicha: Alkoholisches Getränk, das bei rituellen Anlässen in Guatemala getrunken wird. Chicha (teils auch boj genannt) wird aus fermentiertem Zuckerrohrsaft gewonnen.

Chichicastenango (Chichi): Guatemaltekische Stadt im Süden des Departamento El Quiché, die vor allem wegen ihres Marktes berühmt ist.

chucho: Köter

comal: tönerne Scheibe, auf der die Tortillas gegart werden

copal: Räucherholz, das in vielen Maya-Ritualen Verwendung findet

corte: hier: traditioneller Rock der indigenen Frauen in Guatemala

CUC: Comité de Unidad Campesina, eine Bauernvereinigung, die den Guerilleros nahestand und sich für die Rechte der indigenen Bevölkerung stark machte.

cuento: Märchen, Erzählung

curandera: Schamanische Heilerin in der guatemaltekischen Dorfgemeinschaft

durmilón: Schlafmütze

Disculpen las molestias, señores. Este es un amigo mío de Alemania y nos perdimos hace algunas horas. Va a dormir en mi casa. Uds. pueden ver, todavía lleva su equipaje. Pues, quizá sea mejor que ahora le lleve a casa, ya es un poco tarde, ¿no? Venga, perdonen, por favor, y ¡muchas gracias por su ayuda!: Entschuldigen Sie die Umstände, meine Herren. Das ist ein Freund aus Deutschland und wir haben uns vor einigen Stunden verloren. Er schläft bei mir zu Hause und hat, wie Sie sehen können, noch immer sein Gepäck dabei. Nun, vielleicht wäre es besser, wenn ich jetzt nach Hause bringe, es ist ja doch schon ein bisschen spät, nicht wahr? Also, verzeihen sie noch mal, und vielen Dank für ihre Hilfe!

Estoy hasta los cojones de estos putos médicos.: Diese verdammten Ärzte gehen mir auf den Sack!

finquero: Plantagenbesitzer

frijoles: Schwarze Bohnen, zusammen mit Maismehltortillas eines der typischen Grundnahrungsmittel der indigenen Bevölkerung in Guatemala

gitano: Zigeuner

gringo: In Guatemala als abwertende Bezeichnung für Ausländer, speziell Amerikaner, gebraucht.

Guatemala está herida, pero no de muerte.: Ausspruch des guatemaltekischen Präsidenten Kjell Laugerud García nach dem Erdbeben des Jahres 1976: Guatemala ist verwundet, aber nicht tödlich.

haab: Der Haab-Kalender ist einer der drei verschiedenen Maya-Kalender. Er besteht aus 18 Monaten zu je zwanzig Tagen und fünf Unglückstagen am Ende des Jahres und entspricht somit der Länge nach dem westlichen Sonnenkalender.

hija/ hijo: Tochter/ Sohn, wird häufiger als im Deutschen als Anrede verwendet, auch gegenüber Fremden, wenn sie deutlich jünger sind als der Sprecher.

huipil: Traditionelle Bluse der indigenen Frauen in Guatemala, die auch heute noch getragen wird, wohingegen sich die traditionell Kleidung der Männer weitgehend verloren hat.

huracán: Spanische Wurzel des ins deutschen übertragenen Wortes Hurrikane. In der Mythologie der Mayas spielt Huracán als Gott des Blitzes und der Winde eine bedeutsame Rolle.
indígena: Heute im Spanischen gebräuchlicher Terminus für die Ureinwohner des amerikanischen Kontinents. Das Wort indígena ist im Spanischen sowohl Substantiv als auch Adjektiv – ins Deutsche ist bislang nur das Adjektiv indigen vorgedrungen.
jocote: gelbe, essbare Baumfrucht, die in Guatemala heimisch ist
kakchiquel: Maya-Sprache, deren Verbreitung sich hauptsächlich auf die Provinz Sololá, in der sich der Lago Atitlán befindet, und deren Umgebung beschränkt. Alles in allem gibt es in Guatemala über zwanzig indigene Sprachen. Das Volk der Kakchiquel ist auch eine der zahlreichen Maya-Ethnien auf dem guatemaltekischen Staatsgebiet.
lago: See
ladino: Als Ladinos werden in Guatemala die Mestizen bezeichnet, also der Teil der Bevölkerung, der zumindest partiell von den spanischen Kolonisatoren abstammt.
leña: Feuerholz
Lisboa, capital de Portugal; a utilização da sigla deriva do seu antigo nome latino por via árabe: Lissabon, Hauptstadt Portugals; die Verwendung der Bezeichnung rührt vom alten lateinischen Namen her, der über das Arabische transportiert wurde
marquense: Bezeichnung für die Einwohner von San Marcos
milpa: Traditionelle indigene Ackerbauweise in Guatemala: mehrere Nutzpflanzen, üblicherweise Mais, schwarze Bohnen (frijoles) und Kürbis werden auf einem Stück Land gemeinsam angebaut, da sie ihr Wachstum gegenseitig begünstigen.
muchá: vor allem in Guatemala gebräuchliche Kurzform von muchacho: Junge
municipio: Verwaltungseinheit in Guatemala, entspricht in etwa der deutschen Bezeichnung Gemeinde
niña: Mädchen, oft auch als Kosewort gebraucht.
no tenga pena: In Guatemala häufig verwendete Redensart, bedeutet so viel wie: Mach dir keine Sorgen! (wörtlich: Hab keinen Schmerz!)

PAC: Patrullas de Autodefensa Civil: paramilitärische Einheiten auf Seiten der Militärregierungen Guatemalas, die für ihre Grausamkeit und die Wahllosigkeit der von ihnen begangenen Morde berüchtigt waren.
padre: Vater, auch: Priester
país de la eterna primavera: Land des ewigen Frühlings
Partido Guatemalteco de Trabajo (PGT): Kommunistische Partei Guatemalas, befürwortete die unter Präsident Árbenz (1951-54) geplante Agrarreform. Árbenz selbst gehörte jedoch nicht der PGT an.
Quetzal: 1. Währung Guatemalas; 2. Tropischer Vogel mit buntem Federkleid, Wappentier Guatemalas
Quiché: Region im Nordwesten Guatemalas; zugleich sind die Quiché-Mayas eine der größten Ethnien des Landes, ihre Sprache (ebenfalls Quiché) ist die meistgesprochene indigene Sprache Guatemalas.
resistencia: Widerstand
sobrino: Neffe
sombrero: Sonnenhut
teniente coronel: milit.: Oberstleutnant
Tecún Umán: Letzter Anführer der Quiché-Mayas im Kampf gegen die Eroberung durch die Spanier. Tecún Umán wurde im Jahre 1524 von Pedro de Alvarado in einer Schlacht nahe dem heutigen Quetzaltenango geschlagen und gilt heute als guatemaltekischer Nationalheld.
tío: Onkel
Tohil: Tohil gilt als Stammgott der Quiché-Maya. Sein Name wird auch als einer der vielen Namen des Gottes Huracán (s.o.) betrachtet. Die Quiché-Maya verehren Tohil (Aussprache: To kwal) als den Gott, der sie von der Kälte erlöste, indem er ihnen das Feuer brachte.
tortilla: Aus selbsthergestelltem Maismehl gebackener Fladen, der in Lateinamerika großteils anstelle von Brot verzehrt wird und mit dessen Zubereitung die indigenen Frauen tagtäglich stundenlang beschäftigt sind.
und sie werden gequält werden Tag und Nacht, von Ewigkeit zu Ewigkeit: Offenbarung 20,10

United Fruit Company: US-amerikanischer Großkonzern, der in Zentralamerika riesige Ländereien besaß. Auf den Plantagen der United Fruit Company, landläufig auch der Polyp genannt, wurden für den Export bestimmte tropische Früchte angebaut. In vielen Ländern hielt die United Fruit Company quasi eine Monopolstellung inne: so gehörten ihr in Guatemala ein Großteil des Eisenbahnnetzes und der einzige Karibikhafen Puerto Barrios. Aufgrund geschickter Verhandlungen mit den diktatorischen Regierungen Anfang des zwanzigsten Jahrhunderts hielt die United Fruit ebenfalls das Postmonopol und war von inländischen Steuern in Guatemala befreit. Die enge Verquickung zwischen United Fruit Company und US-Regierung war eine der Ursachen für den CIA-geführten Staatsstreich gegen den guatemaltekischen Präsidenten Jacobo Árbenz im Jahre 1954. Árbenz' Versuch einer Landreform, der vorsah, unter anderem brachliegende Landflächen der United Fruit Company zu enteignen (in den 50-er Jahren besaß die United Fruit Company 42 Prozent des landwirtschaftlich nutzbaren Landes in Guatemala, wovon 85 Prozent brachlagen) und zur Nutzung zwangszuverpachten, scheiterte. Als Entschädigung sollte eine Zahlung in Höhe des von der United Fruit Company zur steuerlichen Veranlagung selbst angegebenen Grundstückswertes geleistet werden. Dieser Wert war allerdings von Seiten des Unternehmens viel zu niedrig angesetzt worden, so dass es seine Beziehungen ins US-Außenministerium und zur CIA nutzte (beide Ressorts wurden seinerzeit von ehemaligen Anwälten der United Fruit geleitet), um die unliebsame Reform durch einen Putsch gegen Árbenz abzuwenden.
Zona 18: Stadtteil von Guatemala City

Paul-Schallück-Str. 8, 50939 Köln

Text: Elyseo da Silva,
www.elyseoswelt.de
www.mosaikderverlorenenzeit.de
Umschlaggestaltung und Satz der Print-Version:
Silke Klemt, www.silkeklemt.de
Lektorat: Dr. phil. Caroline Hack, Ursula Hetzel

ISBN-13:978-1530267866

Printed by Create Space, an Amazon.Com Company
Printed in Germany

42910072R00355

Printed in Poland
by Amazon Fulfillment
Poland Sp. z o.o., Wrocław